Knaur.

Knaur.

Im Knaur Taschenbuch Verlag
erschienen bereits folgende Romane von Silke Schütze:
Schwimmende Väter
Links und rechts vom Glück
Als Tom mir den Mond vom Himmel holte

Die Autorin:
Silke Schütze, Jahrgang 1961, lebt in Hamburg. Nach ihrem Studium der Philologie war sie Pressechefin bei einem Filmverleih und Chefredakteurin der Zeitschrift CINEMA. Silke Schütze, die zahlreiche Romane und Kurzgeschichten veröffentlicht hat, hält Schreiben für die zweitschönste Sache der Welt. Sie versucht seit Jahren, einen Kräutergarten anzulegen, der den Winter überlebt, und träumt mit ihrer Familie von einem Haus in Südfrankreich. 2008 wurde Silke Schütze vom RBB und dem Literaturhaus Berlin mit dem renommierten Walter-Serner-Preis ausgezeichnet.

Wenn Ihnen dieser Roman gefallen hat, empfehlen wir Ihnen gerne weiteren Lesestoff – schreiben Sie einfach eine E-Mail mit dem Stichwort »Kleine Schiffe« an: guteunterhaltung@droemer-knaur.de

Silke Schütze

Kleine Schiffe

Roman

Knaur Taschenbuch Verlag

Besuchen Sie uns im Internet:
www.knaur.de

Wenn Ihnen dieser Roman gefallen hat,
empfehlen wir Ihnen gerne weiteren Lesestoff –
schreiben Sie einfach eine E-Mail mit dem Stichwort
»Kleine Schiffe« an: guteunterhaltung@droemer-knaur.de

Originalausgabe April 2010

Redaktion: lüra – Klemt & Mues GbR, Wuppertal
Umschlaggestaltung: ZERO Werbeagentur, München
Umschlagabbildung: Gettyimages / Red Cover / Jean Maurice
Satz: Adobe InDesign im Verlag
Druck und Bindung: GGP Media GmbH, Pößneck
Printed in Germany
ISBN 978-3-426-50129-0

4 5 3

Für die, mit denen ich
auf kleinen und großen Schiffen reise …

1. Kapitel

Was ich sagen kann:
es gab da jemanden
und ich nehme es zu schwer.
Bernd Begemann: »*Ich nehme es zu schwer*«

Willst du das wirklich?«
Ich kann ihn kaum verstehen, denn er sagt diese Worte leise und atemlos, während er meinen Bauch küsst. Seine Hände streichen über meine Hüften, er schmiegt seinen großen Körper an meinen. Ich schließe die Augen, lasse mich fallen, verdränge Kummer und Melancholie und konzentriere mich nur auf seine Berührungen.
Wieder sagt er etwas. *Ich möchte jetzt nicht sprechen, ich möchte nur fühlen.* Doch er stützt sich auf die Ellbogen, und dort, wo er meine Haut geküsst hat, wird es kalt. So fühlt sich Enttäuschung an.

Ich öffne die Augen. Ohne Brille sieht er verwundbarer aus, jünger, weicher.

»Willst du das wirklich?«, wiederholt er seine Frage und betrachtet meinen nackten Körper mit dieser Mischung aus Stolz, Begehren und Bewunderung, die ich so lange nicht in seinem Gesicht gesehen habe. So hat er mich angesehen, als wir einander noch nicht lange kannten, beim ersten Mal und den vielen, vielen Malen danach. Irgendwann aber, als unsere Zärtlichkeiten immer verzweifelter und vergeblicher dem einzigen Zweck dienten, endlich ein Kind zu bekommen, erlosch dieser Blick. Jetzt haben wir uns fast zwei Jahre lang kaum gesehen, und auch vor dieser Trennung hatten wir schon lange nicht mehr miteinander geschlafen.

Ein Gedanke durchzuckt mich: *Vielleicht hätten wir doch nur eine Trennung auf Zeit ausprobieren müssen, und alles wäre wieder gut geworden?*

Aber das wollte Andreas nicht. »Ich brauche Klarheit. Ich muss raus. Ich muss mein Leben noch einmal neu in den Griff bekommen. Allein.«

Er ging nach Dänemark, an eine Klinik in Aabenraa. Unsere Wohnung in Winterhude haben wir verkauft – und die Scheidung eingeleitet. Ich habe alles mitgemacht, so wie ich immer alles mitgemacht habe, was Andreas anfing. Nach dem Schreien, dem Heulen, den Vorwürfen und meinen verzweifelten Fragen.

»Warum? Sag mir doch wenigstens, warum! Es war doch nicht alles schlecht.«

Andreas verschränkte die Arme vor der Brust. »Aber es war schon lange nicht mehr gut.«

Er ist erst aus unserem Schlafzimmer ausgezogen, dann aus der Wohnung und schließlich aus unserem Leben.

Bittere Ironie: Vor sieben Stunden waren wir beim Scheidungsrichter – jetzt liegen wir nackt miteinander im Bett. Diesmal bin aber ich verantwortlich für den Gang der Dinge. Oder vielmehr Tina, meine beste Freundin. Die hat mich nämlich vor zwei Tagen gefragt, ob ich noch weiß, wann ich das letzte Mal mit Andreas geschlafen habe. Und als ich etwas verwirrt verneinte, hat sie den Kopf geschüttelt und gesagt: »Ist doch verrückt, oder? Das erste Mal erinnern wir immer in allen Einzelheiten – aber das letzte Mal? Dabei ist das doch viel wichtiger für eine Beziehung.«

Sie muss es wissen: Sie hat diverse letzte Male hinter sich, davon zwei mit Ex-Männern. Obwohl ich nicht sicher bin, ob das letzte Mal wirklich wichtiger ist als das erste Mal, kam ich ins Grübeln. Wann ist Sex mit Andreas so nebensächlich geworden, dass ich mich nicht einmal mehr an das letzte Mal erinnern kann? Dabei war Sex mit Andreas immer gut. Er ist ein liebevoller, ein zärtlicher Mann, einer, der dabei reden und sogar lachen kann.

Wir waren fast fünfzehn Jahre verheiratet, und ich hatte mich in seiner – unserer – Liebe eingerichtet. Sie war wie ein Hausschuh, der schon bessere Zeiten gesehen hat, aber unübertroffen bequem ist. Seit dem Gespräch mit Tina schien es mir auf einmal sehr wichtig, ein allerletztes Mal mit Andreas zu schlafen – und diese letzte Erinnerung wie ein besonders schönes Foto in das Album unserer gemeinsamen Geschichte zu kleben. Vielleicht aus dem Aberglauben heraus, die Beziehung damit auch für mich endlich zu lösen? Oder um mir zu beweisen, dass ich ihn immer noch verführen kann? Ich hatte weder die Trennung noch die Scheidung gewollt. Ich wollte Andreas.

Aber ich habe auch verstanden, dass er unsere Ehe als eingefahren empfand. Ich habe immer alles verstanden, was Andreas tat oder ließ. Ich habe mich zwar nie gelangweilt, doch so absurd es klingen mag: Der heutige Tag, der Tag meiner Scheidung, war mit Abstand der aufregendste Tag seit Jahren. Zum ersten Mal *fühle* ich wieder etwas. Fühle *mich*. Das tut gut, auch wenn es Schmerz ist, den ich empfinde. Verzweiflung. Oder vielleicht eine absurde, hilflose Lust. Ich hatte mir vorgenommen, mit Andreas zu schlafen. Also bereitete ich mich mit Hilfe einer sorgfältigen Beinrasur und unter großzügiger Verwendung meines Lieblingsparfüms am Morgen auf diesen Tag vor. Und dann stand ich heulend vor meinem Kleiderschrank. Denn was bitte trägt man zu einer Scheidung?

Während wir im Amtsgericht darauf warteten, aufgerufen zu werden, hatte ich das seltsame Gefühl, mir selbst zuzuschauen. Das war doch nicht ich, die da mit blassem Gesicht und in dem ungewohnten dunklen Kostüm im Wartezimmer saß! Das alles hatte nichts mit mir zu tun. Nichts, gar nichts. Es fing schon beim Datum an: An einem 14. April tut kein Mensch so etwas freiwillig. An einem 14. April starrt man morgens aus dem Fenster und fragt sich, ob der Frühling jemals kommen wird. Man schlägt den Kragen hoch, sieht die Wurfsendungen durch und ärgert sich, weil man eine Laufmasche hat. Eine Scheidung passt sowieso viel besser in den November, dachte ich und sah mir weiter beim Schlechtfühlen zu.

Andreas empfand wahrscheinlich ähnlich, obwohl *er* es doch gewesen war, der sich nicht mit einer Trennung zufriedengeben konnte. Mit ernster Miene saß er neben mir. Über einem Anzug, den ich nicht kannte, trug er seinen Trenchcoat und einen schwarzen Schal, der mir ebenfalls neu war.

Die Scheidung war keineswegs so dramatisch, wie man das aus amerikanischen Fernsehserien kennt. Wir saßen mit »unserer Anwältin« und dem Richter in einem öden Gerichtszimmer. »Unsere Anwältin« – auch das klingt hochdramatisch, so als gehörte sie uns und würde ständig von uns konsultiert, wenn es zum Beispiel um unsere (nicht vorhandenen) Immobilien oder (ebenfalls nicht vorhandenen) Aktienpakete oder (schon gar nicht vorhandenen) Drogenvorräte und (niemals benötigten) Alibis ging. Wir hatten unsere Anwältin vorher insgesamt dreimal getroffen. Sie ist eine Bekannte meines Chefs, eine kluge, nette Frau in meinem Alter, die immer in Eile ist. »Alleinerziehend mit fünfjährigen Zwillingen!«, hatte sie bei unserem ersten Termin entschuldigend vorgebracht, weil sie mit einer zwanzigminütigen Verspätung erschien.

Der Richter war ein bedrohlich großer Mann mit einem zerzausten Haarkranz um eine runde Glatze und mit einem Gipsfuß (Sportunfall!). Irgendetwas an uns schien ihn zu verblüffen, denn er blickte zweimal misstrauisch zu uns herüber, bevor er zu seinem Platz humpelte. Er sah aus wie die Idealbesetzung des Unholds im Märchenland. Er lehnte zwei quietschrote Krücken gegen den Tisch, blätterte in unserer Akte, blätterte weiter, fragte uns mit einer sanften Stimme, die so gar nicht zu seiner riesigen Statur passte, nach dem absolvierten Trennungsjahr und ob wir unsere Ehe als »endgültig gescheitert« betrachteten. Bei diesen Worten fiel zunächst die eine, dann die andere Krücke mit lautem Knall zu Boden.

Erst in diesem Moment ließ Andreas meine Hand los. Auch das mag befremdlich erscheinen: Wir haben uns monatelang nicht gesehen, treffen uns auf den Stufen zum Amtsgericht Hamburg-Mitte am Sievekingplatz und marschieren dann Hand in Hand zur Verhandlung. Andreas hat mich immer an die Hand genommen, von unserem ersten Treffen damals auf Juist an, als er mir auf sein Segelboot half. So kam es uns gar nicht merkwürdig vor, Händchen haltend zu unserem Scheidungstermin zu gehen, sondern richtig und gut. Vielleicht schaute deshalb dieser Richter-Riese am Anfang so irritiert.

Nach dem Termin schüttelten wir dem Richter und der Anwältin die Hand. Und dann standen wir auf der Straße herum – nun doch ein wenig verlegen.

»Wollen wir noch etwas zusammen essen?«, fragte ich schließlich.

Andreas sah auf seine Uhr. Er war unschlüssig.

Ich hängte mich an seinen Arm. »Komm schon. Das sind wir uns doch wohl schuldig, oder?«

Andreas seufzte. »Hunger habe ich allerdings. Wo möchtest du denn essen? Ich habe nicht so wahnsinnig viel Zeit.«

Wie auf Verabredung vermieden wir beide die Erinnerung an unser altes Stammlokal in Winterhude, das »3 Tageszeiten«, und die leckere Wildkräutersuppe auf der Speisekarte.

Andreas sagte: »Warum zeigst du mir nicht einfach ein Lokal, das in der Nähe deiner neuen Wohnung ist?«

Ich bin vor kurzem nach Eimsbüttel gezogen, in ein altes Häuschen in der Wiesenstraße. Eigentlich wünschte ich mir eine kleine Wohnung in der Nähe der Praxis am Rothenbaum, in der ich als Arzthelferin arbeite. Aber dann hat mich Tina in eine Kneipe in Eimsbüttel geschleppt, einem Bezirk, der meistens mit dem Adjektiv »lebendig« beschrieben wird – was die bunte Mischung aus jungen Familien, Senioren, Studenten, Ausländern und Künstlern zusammenfassen soll. Andreas' bester Freund Johannes hat in Eimsbüttel gelebt, wo er eine Praxis für Naturheilkunde betrieb, und eigentlich fand Andreas Eimsbüttel immer ein bisschen zu »studentisch« und »chaotisch«. Aber Johannes' große Loftwohnung, die er nach etlichen Beziehungen allein bewohnt hatte, mochte Andreas.

Die beiden kannten sich seit dem Studium und verbrachten ihr halbes Leben in enger Freundschaft – bis Johannes überraschend vor knapp drei Jahren starb. Einfach so. Gehirnschlag. Er fiel vom Fahrrad und war tot.

In guten Momenten bezeichnet Andreas Johannes' Tod als Glücksfall. »So möchte ich auch mal sterben«, sagt er dann. »Ohne Krankheit, ohne Verfall, ohne vom Ende zu wissen.«

Wenn ich die Beziehung von Andreas und Johannes mit der

von Tina und mir vergleiche und mir vorstelle, Tina wäre von einem Tag auf den anderen tot, dann bleibt mir fast die Luft weg. Andreas muss sich ohne seinen besten Freund sehr allein fühlen. Aber er spricht nicht darüber. Jedenfalls nicht mit mir. Vielleicht auch mit niemand anderem, denn außer Johannes hatte Andreas nicht viele Freunde. Wir sind beide keine Menschen mit großen Freundeskreisen. Andreas redet nicht über Johannes. Aber er fährt seitdem sein Rennrad, und als er einmal einen jungen Mann dabei erwischte, wie dieser versuchte, das Rad vom Ständer im Hof zu klauen, hat ausgerechnet mein sanfter, ruhiger Andreas den Dieb fast bewusstlos geschlagen.

Ich habe nur einmal versucht, mit Andreas über Johannes zu sprechen. Er ist zusammengezuckt, als hätte ich ihm eine brennende Zigarette auf die Haut gedrückt. Er ist aus dem Bett aufgesprungen und hat sehr leise und mit viel Nachdruck gesagt: »Nein, Franziska, erspar mir das. Es gibt nichts, was in diesem Fall trösten könnte.« Und dann hat er sich auf den Balkon gesetzt und drei Flaschen Bier hintereinander getrunken.

Dass ich nach Eimsbüttel gezogen bin, hat Andreas nicht kommentiert. Dabei lag Johannes' Wohnung nur zwei Ecken von meinem neuen Zuhause entfernt.

Auch bei der Kneipentour mit Tina dachte ich natürlich an Johannes. Aber dann forderte eine Entdeckung meine ungeteilte Aufmerksamkeit, und Johannes und sogar Andreas rückten in den Hintergrund. Auf meinem Rückweg zur U-Bahn – Tina hatte einen alten Bekannten getroffen und wollte die Bekanntschaft unbedingt noch in jener Nacht auffrischen – stolperte ich zufällig in einen großen Hinterhof in der Wiesenstraße. Kopfsteinpflaster, Mülltonnen – und dann:

ein Holzzaun, dahinter ein kleiner, verwilderter Garten mit einem alten Baum, ein weißes Häuschen. Zweistöckig und mit einem Zettel in einem der dunklen Fenster: »Zu vermieten«. Die Telefonnummer schrieb ich mir sofort auf, und wenig später setzte ich meinen Namen unter den Mietvertrag.

Die Wiesenstraße liegt in unmittelbarer Nähe der belebten Osterstraße, und dort fielen mir auf Anhieb mehrere Restaurants ein, die ich Andreas nach dem Scheidungstermin vorschlug. Wir landeten in einem arabischen Imbiss, und beim anschließenden Bummel über die Osterstraße kaufte ich eine Flasche Rotwein – »zur Feier des Tages«. Meine dumme, leicht nervöse Bemerkung quittierte Andreas mit einem gequälten Lachen. An die Hand nahm er mich übrigens nicht mehr.

»Ich muss eigentlich los«, sagte er.

Aber mir fiel schnell etwas ein. »Könntest du mir nicht – sozusagen als letzten Liebesdienst – die Waschmaschine anschließen?«

Andreas verdrehte die Augen, aber er nickte schließlich.

Also schlenderten wir zu meinem Häuschen, das noch nach frischer Farbe und Tapezierkleister riecht. Während Andreas die Waschmaschine anschloss, öffnete ich die Weinflasche. Wir tranken aus den Gläsern, die wir uns für unseren ersten gemeinsamen Hausstand auf einem Flohmarkt in Frankreich ertrödelt hatten. Und weil das Bett die einzige Sitzmöglichkeit in meiner noch spärlich möblierten Behausung ist, mussten wir uns dort niederlassen.

Nach dem zweiten Glas habe ich mich zu ihm hinübergelehnt und die vertrauten, fremden Lippen geküsst. Und er hat erst vorsichtig, dann immer heftiger meine Küsse erwidert. Jetzt liegen wir nackt in meinem neuen Bett, und er fragt, ob ich wirklich mit ihm schlafen will.

Ich sehe in sein Gesicht, das in der Dämmerung kaum zu erkennen ist, und versuche mir jedes Härchen seiner dunklen Augenbrauen, jede in die Stirn fallende Strähne einzuprägen. Ich sehe seinen Mund mit den nach oben gezogenen Mundwinkeln, seine gerade Nase. Und ich sehe seine schön geformten Hände, die nun wieder meine Hüften umfassen, und sage laut: »Ja, ich will. Wirklich.«

Danach liegen wir erschöpft nebeneinander. Andreas vergräbt seinen Kopf an meiner Schulter und drückt mich so eng an sich, dass ich mich kaum bewegen kann. Trotz dieser großen, tröstlichen Nähe vermeiden wir, einander in die Augen zu sehen.

Ich denke an unser erstes Mal, damals, in dem kleinen Apartment auf Juist. Ich hatte bei einem Preisausschreiben einen Segelkurs gewonnen. Andreas jobbte dort in den Semesterferien als Segellehrer. In unserer ersten Nacht erzählte er mir eine asiatische Legende, die besagt, dass der Mond bei der Geburt eines Jungen dessen Fuß mit einem roten Band an den Fuß seiner zukünftigen Frau bindet. Das Band ist unsichtbar, doch die beiden Menschen suchen einander, und wenn sie sich finden, erreichen sie das größte Glück auf Erden.

»Was geschieht, wenn sie einander nicht finden?«, fragte ich damals in die Dunkelheit.

Andreas küsste mich und sagte: »Dann finden sie niemals ihr Glück. Jedenfalls nicht in dieser Welt. Erst im Himmel erkennen sie, wer für sie bestimmt war.«

Am nächsten Morgen kaufte er in einem Schreibwarengeschäft rotes Geschenkband aus Seide und band es mir um den Knöchel. »Ich muss nicht mehr auf den Himmel warten.«

Ich habe dieses Band immer gehütet wie einen Schatz, es

war mir fast wichtiger als der Ehering. Trotzdem habe ich heute Morgen Tränen hinunterschlucken müssen, als ich den schmalen, goldenen Ring mit dem eingravierten »F & A« vom Finger zog und in meinem Schmuckkästchen verstaute. Mein Finger fühlt sich nackt an. Alle paar Minuten durchzuckt mich der Schreck. »Du hast deinen Ring verloren!« Dann versuche ich mich mit dem Satz zu beruhigen: »Ich habe ihn nicht verloren, ich bin bloß geschieden.« Und frage mich, was mich an diesem Satz beruhigen soll.

Andreas trägt seinen Ring schon länger nicht mehr, denn seine Finger sind gleichmäßig gebräunt. Er hat in Aabenraa gleich Anschluss an Segler gefunden und verbringt jede freie Minute auf See. Seit damals sind wir nie wieder gemeinsam gesegelt. Ich befürchtete schon als Kind immer, ins Wasser zu fallen und zu ertrinken. Was natürlich unrealistisch ist, weil ich schwimmen kann. Aber sind Ängste nicht sowieso meistens unrealistisch? Schiffe gefielen mir zwar aus der sicheren Entfernung an Land, und ich liebte Geschichten und Filme über Matrosen, Piraten und abenteuerlustige Kapitäne. Aber eben nur in der Theorie, praktisch habe ich auch heute noch Angst, ins Wasser zu fallen. Weswegen ich auch als Hamburgerin nie auf der Alster rudere oder Hafenrundfahrten mache. Ohne das Preisausschreiben wäre ich niemals auf die Idee gekommen, ein Segelboot zu betreten. Den Segelurlaub als Gewinn hatte ich völlig überlesen, mich hatte damals eine Reise nach Athen gereizt, die es ebenfalls zu gewinnen gab.

Andreas bleibt nicht über Nacht. Ich bin nur kurz eingeschlafen, als ich spüre, wie er aus dem Bett schlüpft.

Während er im Bad verschwindet, schleiche ich hastig zu meinen Schmuckkästchen, das auf der Fensterbank steht. Dort liegt neben dem ausrangierten Ehering sauber eingerollt das rote Seidenband. Das schiebe ich, als ich die Wasserspülung rauschen höre, schnell in die Innentasche von Andreas' Lederjacke, gleich neben das Portemonnaie. Ein bisschen albern komme ich mir dabei vor, aber ich kann nicht anders – ich murmele wie eine Gebetsformel die Worte: »Damit gebe ich dich frei.« Und ich wundere mich, dass mir dabei nicht das Herz bricht.

Andreas kommt zurück. Er sammelt seine Kleidungsstücke ein, setzt die Brille auf und wirft mir einen überraschten Blick zu. Der Schein der Korridorlampe erhellt nur den Türrahmen. Ich blinzele in die Helligkeit. »Habe ich dich geweckt?«

Jetzt ist mir meine Nacktheit unangenehm. Ich schüttele den Kopf und schlüpfe wieder unter die Decke.

Andreas schaut sich um. »Gibt's hier irgendwo Licht?«

Ich drücke schnell auf den Schalter der kleinen Tischlampe, die ich neben das Bett auf den Boden gestellt habe, da ich noch keinen Nachttisch besitze. Dabei wäre mir am liebsten, der Raum würde weiterhin im gnädigen Halbdunkel bleiben.

»Jetzt muss ich mich beeilen. Ich arbeite doch morgen früh«, murmelt Andreas mit gerunzelter Stirn. Die Zärtlichkeit, die Sanftheit, alles ist verschwunden. Er wirkt gereizt und hektisch. Sein Blick streift durch den Raum. »Na, da hast du ja noch eine Menge Arbeit vor dir«, sagt er und schnürt seine Schuhe zu. »Hast du dir das gut überlegt? Mit Makramee und Topflappenhäkeln kommst du hier nicht weit.« Er zeigt auf die offenen Kabel, die von der Decke hängen.

Es ist nicht nett von ihm, darauf herumzuhacken, dass ich gern bastele, aber er hat dieses Hobby schon immer belächelt. Ich habe allerdings den Eindruck, dass er auch gar nicht nett sein will. Er will nur noch weg.

Während er aus der Küche seine Tasche holt, stehe ich mit nackten, kalten Füßen im Türrahmen und denke unglücklich darüber nach, was man wohl in einer solchen Situation sagen kann. »Hab ein gutes Leben« etwa? Oder »Mach es gut«? »Melde dich mal«? Oder »Es war eine schöne Nacht. Ich werde dich nicht vergessen«? Vielleicht sogar: »Geh nicht. Unsere Scheidung war ein großer Fehler. Wir gehören doch zusammen«?

Andreas scheinen völlig andere Gefühle zu bewegen. Mein Ex-Mann bricht das Schweigen mit einer Bemerkung, nach der ich zum ersten Mal über unsere Scheidung froh bin. Er klopft noch einmal anerkennend auf die Waschmaschine, die er angeschlossen hat, bleibt nachdenklich einen Moment lang vor dem Gerät stehen, und sagt dann: »Weißt du, Franziska, es ist schon gut, dass wir keine Kinder haben. Du bist so ...« – er sucht nach Worten – »du bist so unselbständig! Mit einem Kind wärst du doch dauernd überfordert gewesen.« Er macht eine bedauernde Kopfbewegung. »Du willst zu wenig.« Dann schüttelt er sich, als wolle er den gestrigen Tag, den jetzigen Moment, diesen Morgen mit mir abschütteln wie ein Hund die Regentropfen. Es sieht aus, als schüttele er gleich unser ganzes gemeinsames Leben, unsere Ehe und auch noch mich mit ab.

Er gibt sich einen Ruck, beugt sich kurz über mich, und wir verabschieden uns mit steifen Wangenküssen. Ich schaffe es nicht, ihm nachzusehen, wie er über den Hof geht, obwohl der erste Morgenschimmer den Himmel erhellt. Ich verkrieche mich wieder unter der Decke. Das Kopfkissen duftet nach seinem Rasierwasser. Aber meine Füße werden nicht mehr warm.

2. Kapitel

Wahrscheinlich wird es schlimmer als wir denken
weil es neu ist
und weil wir es nicht kennen
sie werden lügen
um uns zu trösten.

Bernd Begemann: »*Wir sind fünfzehn*«

Zwei Menschen haben sich über meine neue Lebenssituation gefreut: meine Freundin Tina und mein Vater Hermann. Das würden beide natürlich abstreiten, wenn ich sie direkt darauf anspräche. Aber ich weiß, dass es so ist.

Tina kenne ich seit der Schulzeit. Sie ist Physiotherapeutin mit eigener Praxis – und einem Flirt niemals abgeneigt. »Stell dir vor, was wir jetzt alles zusammen machen können!«, hatte sie geradezu gejubelt, als ich mit verheulten Augen von Andreas' Trennungsplänen berichtete. »Tolle Wellness-Urlaube, Tanzkurse, Yoga, Feldenkrais, Kulturreisen!«

»Aber ich will mit Andreas zusammen sein«, schluchzte ich.

Tina winkte nur ab. »Mit dem machst du doch nix außer fernsehen und am Samstag den Wocheneinkauf.« Sie zeigte mir einen Vogel. »Und nach dem Krimi am Sonntag einmal in der Woche Sex?«

Ich wurde rot, denn tatsächlich hatte es sich eine Zeitlang so eingespielt, dass wir nach dem »Tatort« miteinander schliefen. Woher Tina das wohl wusste? Hatte Andreas ihr irgendwann davon erzählt? Ich spürte einen heißen Strahl Eifersucht in mir hochschießen und warf ihr einen scharfen Blick zu.

Tina aber lächelte unbefangen und winkte noch einmal beruhigend ab. »Keine Sorge, dein Ex hat kein Wort gesagt. Das ist gängige Praxis bei alten Ehepaaren. War bei mir und Bodo zuletzt auch so.«

Mein Vater freute sich erst recht, als ich ihm von der Scheidung erzählte. Schon nach der Trennung hatte er angefangen, sich wieder in mein Leben einzumischen. Und nach der Scheidung glaubt er wohl, sogar das Recht dazu zu haben. Endgültig und mit Amtssiegel. Er hat mich nach Mamas Tod allein großgezogen. Als Mama noch lebte, war er in seinem Job als Koch derart eingespannt, dass ich ihn kaum zu Gesicht bekam. Damals kochte er in einem Edelrestaurant am Elbufer.

»Koch zu sein«, sagte mein Vater immer, »bedeutet, Stress aushalten zu können!« Stundenlang am heißen Herd, Bestellungen von vierzig Gästen, ein schusseliger Kellner, der die Bestellungen durcheinanderbringt, ungeregelte Arbeitszeiten, Überstunden, Feiertagsschichten von dreizehn bis vierzehn Stunden … Papas Rekord lag bei dreißig Stunden am Stück, vom Silvestermorgen um zehn Uhr bis Neujahr um vier Uhr am Nachmittag, weil nach der Silvesterparty auch noch das Neujahrsbüfett angerichtet werden musste.

Mama litt unter einer Herzkrankheit. Ich habe mir als Kind immer vorgestellt, dass ihr Herz zu schwer wurde. Ich sah es vor mir – wie ein großes, atmendes Radieschen, das in ihrer Brust immer größer wurde und sie schließlich in die Tiefe zog. In ihr Grab, dachte ich damals. Sie war eine so kleine, zarte Person, dass ich sie schon mit zwölf Jahren um einen halben Kopf überragte.

Mama war alles, was ich nicht bin. Sie war zart, ich bin kräftig. Sie war sehr musikalisch, ich traute mich nur, im Schulchor zu singen. Sie wollte Malerin werden und wurde Zeichenlehrerin, ich bin Arzthelferin. Sie liebte Gedichte und zitierte ständig Verse. Ich lese zwar hin- und wieder einen Roman, aber nur noch selten Lyrik. Die schönsten Gedichte habe ich sowieso durch Mama im Kopf. Oder im Herzen. Und dann lese ich natürlich Bastelanleitungen in Zeitschriften oder den Fernsehteil in der Tageszeitung.

Ich habe keine einzige Pflanze in meiner Wohnung, Mama hatte einen grünen Daumen. Sie hat unseren Garten in der Bebelallee hingebungsvoll angelegt und gepflegt: Neben einem kleinen Apfelbaum und einem großen alten Birnbaum gab es Rhododendren, Pfingstrosen, Flieder, Forsythien und sogar eine Zaubernuss. Als feststand, dass sie nicht mehr aus dem Krankenhaus zurückkommen würde, holzte mein Vater in einer Nachtaktion alle Büsche im Garten ab. Nur den Birnbaum und das Apfelbäumchen rührte er nicht an. Ich wachte vom Geräusch der Motorsäge auf, lief zum Fenster und sah meinen Vater im Schein der Neonröhre, die über der Terrasse angebracht war, mit der Säge hantieren. Als sich ein Nachbar über den Lärm beschwerte, schrie mein Vater ihn so wild an, dass er sofort seinen Kopf einzog, die Fenster schloss und die Rollläden herunterließ. Danach wandte sich Papa der Zaubernuss zu, und ich schlich mit klopfendem Herzen zurück ins Bett.

Nach Mamas Tod zogen wir in eine Wohnung in Altona, in die Nähe der Elbe. Dort gab es keinen Garten, aber ich konnte den Anblick der abgeholzten Büsche nie vergessen. Papa hörte bei dem Nobelrestaurant auf – viel zu spät für Mama, dachte ich damals. Er wechselte in die Betriebskantine der Beiersdorf AG. »Bei Nivea«, wie Papa immer ein wenig abschätzig sagte, weil seine neue Arbeitsstätte natürlich nicht halb so glamourös war wie das Restaurant an der Elbe. Und er sagte es auch, weil er schon damals ein notorischer Nörgler war. Dabei arbeitete er gern in der modernen Kantine und suchte sich später eine Wohnung in Eimsbüttel, in der Nähe des Beiersdorf-Werks.

Seine ehemaligen Arbeitskollegen und Freunde, Rudi und Helmut, mit denen er ständig zusammen ist, wohnen auch in dem Viertel, und ich sehe die beiden fast genauso häufig wie Papa. Die Brüder sind wie er Mitte siebzig und sehen einander zum Verwechseln ähnlich: Beide haben kurze weiße Haare, einen kleinen Bauchansatz unter ihren buntgemusterten Freizeithemden und tragen goldgeränderte Brillen. Rudis – oder Helmuts? – Frau hat sich vor Jahren von Rudi – oder Helmut? – getrennt, während Helmut – oder Rudi? – ein ewiger Junggeselle ist. Papa mit seinen grauen Locken und den Rollkragenpullis sieht in Gesellschaft der beiden immer ein bisschen deplaziert aus, finde ich. Sie ziehen ihn manchmal als »feinen Pinkel« auf. Damit spielen sie auch auf Papas ehemalige Stellungen als Chefkoch in schicken Restaurants an. Aber es klingt mehr nach Hochachtung als nach Häme.

Dass ich mich wirklich scheiden lassen und sogar in seine Nähe ziehen würde, fand Papa also wunderbar – und ich frage mich inzwischen, ob es richtig war. Natürlich konnte er die Gelegenheit nicht auslassen, auf mir herumzuhacken. »Hat Andreas inzwischen eine andere?«, muffelte er in den Kragen seines dicken Rollkragenpullovers, den er am liebsten auch im

Hochsommer tragen würde. Ich verschränkte meine Arme vor der Brust und lehnte mich an die Wand seiner Küche. Sie ist stets aufgeräumt, es gibt keine Flecken, keine Krümel, keine Glasränder, sondern nur aseptische Sauberkeit. Ist wohl eine Berufskrankheit – und die Erklärung dafür, dass in meiner Küche das Chaos herrscht. Denn mit jeder vergessenen Kartoffelschale, jedem nicht abgewaschenen Hackbrettchen, jedem Soßentropfen feiere ich den Ungehorsam gegen meinen perfekten Vater.

»Du mochtest Andreas doch sowieso nicht«, schnappte ich zurück.

Mein Vater ließ sein Kinn wieder im Pulloverkragen verschwinden. Wie eine Galapagosschildkröte sah er aus. Wie eine schlecht gelaunte, missmutige, bösartige Galapagosschildkröte. Er murmelte: »Stimmt. Angeber.«

Aber er besichtigte, gemeinsam mit »den Unvermeidlichen«, wie ich Rudi und Helmut nenne, umgehend das Häuschen und suchte eine Wand aus, durch die er vom Hof ein Loch für eine Rollstuhlrampe brechen will. »Man muss vorsorgen, Kind! Wenn ich später zu dir ziehe … und nicht mehr laufen kann.«

Papa und ich im selben Stadtteil – das macht mich nervös. Denn er ist wie gesagt ein klassischer Miesepeter. An allem hat er etwas rumzumeckern. Am Wetter, den Fahrscheinpreisen für den Nahverkehr, der Politik im Allgemeinen und der Rentenpolitik im Besonderen, am Fernsehprogramm, an tätowierten Menschen in Supermärkten genauso wie an Hunden in öffentlichen Grünanlagen. Am liebsten besäße er wohl auf dem Rathausmarkt einen Schreibtisch mit der Aufschrift: »Hier meckert für Sie …« Dann würde er Klagen aus der Bevölkerung annehmen und erst recht so richtig losgranteln.

Manchmal stelle ich mir vor, dass er in seiner freien Zeit vorzugsweise bei diversen Beschwerdenummern anruft, aber das stimmt natürlich nicht. Im Gegenteil: Er ist Teilnehmer des täglichen Seniorenmittagstischs der Kirchengemeinde, kocht dort zweimal in der Woche mit einer Truppe rüstiger Senioren, besucht mit Helmut und Rudi den Schachclub in der Bücherhalle, und manchmal sitzt er in dem dickohrigen Lehnsessel, den ich bereits aus meinen Kindertagen kenne, und blättert in den alten Gedichtbänden meiner Mutter.

Als ich in die Wiesenstraße gezogen bin, habe ich in meinen Umzugkisten den Bilderrahmen wiedergefunden, den er mir zu meinem achtzehnten Geburtstag geschenkt hat. Darin steckt ein Blatt Papier, auf das er mit seiner schönsten Handschrift das Lieblingsgedicht meiner Mutter geschrieben hatte: »Der Herbst« von Georg Heym. Mama liebte Lyrik, und immer wenn es Herbst wurde, zitierte sie Heym. Das Gedicht beginnt mit den Worten »Viele Drachen stehen in dem Winde,/Tanzend in der weiten Lüfte Reich./Kinder stehn im Feld in dünnen Kleidern,/Sommersprossig und mit Stirnen bleich ...« Wenn Mama diese Worte sprach, wurde mir als Kind sehr feierlich und friedlich zumute. Es klang wie ein Märchen, und ich sah die vielen bunten Drachen an einem blauen Herbsthimmel tanzen. Natürlich verstand ich nicht alles, aber Mama erklärte mir, was hinter den Worten stand.

»Warum haben die Kinder bleiche Stirnen?«, fragte ich. Mama strich meinen Pony beiseite. »Sieh mal, die Kinder waren im Sommer alle draußen und sind braun gebrannt. Der Herbstwind schiebt ihnen die Haare aus der Stirn, so wie ich es jetzt bei dir mache. Und dann sieht man, dass ihre Stirnen viel heller sind. Das ist ein Bild für den Herbst.« Meine Lieblingsstelle kam in der zweiten Strophe. Da heißt es: »In dem

Meer der goldnen Stoppeln segeln /Kleine Schiffe, weiß und leicht erbaut.«

Was mit den kleinen Schiffen gemeint ist, habe ich nie gefragt. Das war mir immer klar. Zu einem Meer gehören doch Schiffe! Ob sie für die verdorrten Blütenstände von Disteln oder Löwenzahn stehen? Das ist mir erst viel später eingefallen. Als Kind sah ich kleine weiße Segelboote über ein goldenes Meer gleiten. Mehr noch, ich fühlte sie, ich war selbst eines dieser kleinen Schiffe, das verträumt und stolz über glänzende Wellen glitt. Sicher aufgehoben, geborgen.

Ausgerechnet dieses Gedicht las mein Vater bei Mamas Beerdigung vor. Ich erinnere mich, dass ich ihn dafür genauso gehasst habe wie für die Verwüstung des Gartens. Die Worte, die ich mit der Stimme meiner Mutter im Ohr hatte, klangen aus seinem Mund ungewohnt und unpassend. »In dem Meer der goldnen Stoppeln segeln / Kleine Schiffe, weiß und leicht erbaut; Und in Träumen seiner lichten Weite / Sinkt der Himmel wolkenüberblaut.« Papa stolperte über die Verse wie jemand, der barfuß über spitze Steine geht, und ich ertrank an diesem schrecklichen Tag in Trauer, Scham und Wut.

An jenem achtzehnten Geburtstag verstaute ich den Rahmen kommentarlos in einer Wäscheschublade. Auch in der Wohnung in der Wiesenstraße liegt er zwischen meinen Unterhemden im Kleiderschrank. Manchmal berühre ich ihn, wenn ich Wäsche aus dem Schrank nehme. Aber ich denke dann nie an meinen Vater. Ich kenne das Gedicht Wort für Wort – und zwar nicht aus-wendig, sondern viel tiefer. Inwendig. Unvergesslich. Dazu muss ich keinen Rahmen aufstellen.

Das Schlafzimmer habe ich zuerst gestrichen, denn ich wollte auf einmal so schnell wie möglich aus der alten Wohnung raus und in mein neues Leben hinein. Andreas hatte schon bei seinem Auszug etliche Möbel mitgenommen, und ich trennte mich jetzt von weiteren. Außer einigen kleinen Teilen musste allerdings der alte Nussbaum-Schlafzimmerschrank meiner Großeltern mit in mein neues Haus. Und natürlich habe ich auch alle meine Bastelutensilien aus der Kammer mitgenommen. Sie stehen jetzt in dem Raum neben dem Wohnzimmer, und ich denke darüber nach, ihn zum reinen Bastelzimmer zu machen.

Dass ich das Häuschen so günstig und schnell bekommen habe, lag an der Tatsache, dass ich dem Vermieter versicherte, es mache mir nichts aus, vieles selbst zu renovieren.

»Meine Hochachtung, gnädige Frau«, sagte er etwas schnöselig und deutete eine Verbeugung an. Ich kenne diese Sorte Männer aus der Praxis: stets im Anzug, enorm smart, aber häufig mit sehr unreiner Haut auf dem Rücken.

»Eine Frau von Ihrem Format begrüße ich gern als Neuzugang in unserer Hausgemeinschaft«, fügte er hinzu. Was mir Tina hinterher mit »solvent, alleinstehend, keine lauten Partys, keine Hunde und keine Kinder« übersetzte.

Dass ich mir das Häuschen überhaupt leisten kann, verdanke ich Tante Susanne, Papas Schwester. Die ist nämlich kurz nachdem Andreas und ich uns getrennt hatten gestorben. Sie lebte in einer Eigentumswohnung in Hannover, die sie uns hinterließ. Papa vermietet sie, und ich bekomme davon monatlich genug, um mir die Miete in der Wiesenstraße leisten zu können. Den Rest spart Papa, für den Fall, dass er bettlägerig wird oder medizinische Hilfe braucht. Es geht mir also gut. Manchmal habe ich deswegen ein schlechtes Gewissen. Deutschland ist immer noch ein Land der Erben, Krise hin oder her. Ich gehöre zu diesen Erben. Und könnte ohne Erbschaft nicht so leben, wie ich es tue.

Natürlich ist das Häuschen ein wenig zu groß für eine einzige Person. Aber ich fühle mich dort jetzt schon wohler als jemals in unserer alten Wohnung. Als ich am ersten Morgen im neuen Haus in meiner Küche stand und mir den ersten Kaffee machte, erfasste mich keinesfalls wie erwartet das heulende Elend. Im Gegenteil: Ich spürte, wie mich ein warmer Strom Aufregung und Vorfreude durchflutete. Ich blickte mich in meiner Küche um, sah auf das verwilderte Grün vor dem Küchenfenster und fing an, mich in meiner neuen Welt einzurichten. Die Küche ist zu großen Teilen Papas Werk, und diesmal habe ich ihn ausnahmsweise schalten und walten lassen. Seine Hilfe bei der Küche abzulehnen wäre ungefähr so gewesen, als würde man sich beim Durchchecken eines Autos gegen die Hilfe eines Automechanikers wehren. Papa hat dankenswerterweise keine chromglänzende Schulküche eingerichtet, sondern eine gemütliche Kochinsel geschaffen, mit Hängeschränken, einem modernen Herd und einer beeindruckenden Kühlschrank-Gefriertruhe-Kombination, die mich an den Eisberg erinnert, der die Titanic zum Untergang brachte. Auf der breiten Fensterbank ist Platz für Kräutertöpfe, es hängen Körbe für Zwiebeln und Knoblauch von der Decke der Speisekammer, und gegen einen großen, ovalen Holztisch vom Flohmarkt hatte er ebenso wenig wie gegen die Anschaffung eines gemütlichen Küchensofas. Im Untergeschoss gibt es außer der Küche noch eine Gästetoilette, einen kleinen Flur mit Windfang, das geplante Bastelzimmer und ein Wohnzimmer mit Kamin. Oben befinden sich neben dem Badezimmer mit der zweiten Toilette noch drei Zimmer. Eines davon ist mein Schlafzimmer, aus einem will ich ein Gästezimmer machen und aus dem dritten – keine Ahnung. Herrlich, wie viel Platz ich jetzt habe. Und wie viele Möglichkeiten! Aber das hat noch Zeit. Zunächst müssen die oberen Räume gestrichen werden.

Genau das tue ich zwei Tage nach der Scheidung im Anschluss an die Arbeit, während auf Klassikradio leise Filmmusik dudelt. Tina, die mir helfen will, öffnet erst einmal die mitgebrachte Flasche Sekt. Nach dem charakteristischen Korkenknallen höre ich wenig später ihre Schritte auf der Treppe. Während sie ein Tablett mit Flasche und Gläsern auf dem Boden abstellt, wirft sie ihre langen dunklen Haare mit Schwung nach hinten.

Vereinzelt sind bei ihr schon graue Strähnen zu sehen, aber Tina hat sich geschworen, die Haare niemals abzuschneiden. »So eine Kurzhaarfrisur für Frauen ab vierzig, das kommt bei mir nicht in die Tüte«, versichert sie mir in regelmäßigen Abständen. »Wieso wollen Frauen in diesem Alter eigentlich einen praktischen Haarschnitt? Die Kinder sind in der Pubertät, der Kerl beim Fußball, da hat man doch endlich mal Zeit für die Haare!«

»Alles Gute zur Scheidung, Süße!«, ruft sie jetzt. Sie drückt mir ein Glas in die Hand, und wir stoßen an. »Auf die Freiheit!«, sagt Tina.

»Auf die Freiheit!«

Während wir streichen und dabei munter die Sektflasche leeren, malt sich Tina unsere gemeinsame Zukunft aus. »Glaub ja nicht, dass du für alle Zeit ohne Männer durchs Leben gehen musst«, tröstet sie mich. »Wenn du aus dem Nestbau-Kinderwagenkauf-Schwiegerelterntreffen-Alter raus bist, lernst du Männer viel einfacher kennen. Die sind total erleichtert, dass du sie nicht gleich für das gemeinsame Elternjahr verhaften willst.« Unter ihrem Zeitungshut mit den gelben Farbspritzern blinzelt sie mich unternehmungslustig an.

»Und was, wenn ich gar nicht darauf erpicht bin, irgendwelche Männer kennenzulernen?«, wage ich einzuwenden.

Tina ist empört. »Süße, du bist vierundvierzig, nicht vierundachtzig. Du willst doch jetzt nicht etwa enthaltsam leben und zur alten Jungfer verkommen?« Sie stemmt ihre Hände in die Hüften. »Jetzt geht es doch erst richtig los! Keine Angst, schwanger zu werden, kein Druck von außen, endlich unter die Haube zu kommen. Das haben wir doch alles hinter uns.«

»Und was kommt jetzt?«

Tina hebt erneut ihr Sektglas. »Na, Vergnügen! Sieh mal, wir leben in einer Zeit, in der alles möglich ist. Wir sind noch voll in Saft und Kraft, haben beide einen Job, verdienen Geld und können es uns gutgehen lassen – ohne einem Kerl die Socken zu sortieren, die Hemden zu bügeln und das Klo zu putzen. Bevor die Krise bei uns ankommt, möchte ich noch ein wenig leben.«

Ich lasse den Farbpinsel sinken.

»Du hörst dich an wie eine Frauenrechtlerin aus dem vorigen Jahrhundert. Seine Socken hat Andreas allein sortiert, das Klo haben wir abwechselnd geputzt, und seine Hemden waren bügelfrei.«

»Und trotzdem kommen die wenigsten Männer von allein darauf, im Haushalt mit anzupacken.«

Tina hat die klassische Doppelbelastung – Arbeit und Haushalt – in ihren Ehen natürlich stärker gespürt als ich. Schließlich besitze ich keine eigene Praxis, sondern habe bei meinem Internisten recht geregelte Arbeitszeiten und, trotz mancher Stresstage in Stoßzeiten, einen eher ruhigen Job. Ich trage nicht wie Tina die Verantwortung für den ganzen Laden. Ich bekomme regelmäßig mein Gehalt, während sie dafür sorgen muss, dass es nicht nur ihr, sondern auch ihren zwei Angestellten gutgeht.

Dennoch finde ich, dass sie sich mit ihrem Nörgelton fast schon wie mein Vater anhört. »Aber die meisten Männer tun was im Haushalt, wenn man sie bittet«, widerspreche ich. »*Wir* müssen jetzt alles allein machen.«

Tina zuckt mit den Achseln. »Ja, aber nur unseren Kram. Das macht mir nichts aus. Aber ich fand es immer blöd, wie meine Gatten letztlich davon ausgingen, dass ich die Verwalterin der Putzmittel und Waschmaschinenprogramme war.«

Ich schweige, denn mir hat das alles viel weniger ausgemacht als Tina. Andreas arbeitete als Anästhesist in der Universitätsklinik Eppendorf, und ich hatte mit seiner Arbeitskleidung nichts zu tun. Die Reinigung übernahm die Klinik. Privat trug er meistens Jeans, T-Shirts und Polohemden. Die modernen Sportklamotten – Andreas ist passionierter Läufer und Radfahrer – kommen fast trocken aus der Maschine und machen wenig Arbeit. Nur: Weil ich besser koche – das habe ich von Papa nebenbei gelernt –, war ich meistens für die Mahlzeiten zuständig. Das war jedoch gleichzeitig auch Eigennutz.

Andreas liebt Knoblauch und würde ihn wahrscheinlich auch ins Apfelmus reiben, wenn man ihn ließe. Außerdem schwärmt er für alles, was ungesund ist: zu fett, zu salzig, zu süß, zu dunkel gebraten. Obwohl er Arzt ist und es besser wissen müsste. Bei mir hat er zähneknirschend sogar Tofu gegessen – am liebsten natürlich scharf angebraten und mit viel frischem Knoblauch.

Tina entgegne ich: »Eigentlich habe ich gern für Andreas gekocht und abends mit ihm gegessen. Für mich allein zu kochen, finde ich viel schwieriger.«

Sie lacht. »Dann ist es für dich umso einfacher, eine Neubesetzung für dein unbemanntes Raumschiff zu finden.« Sie breitet die Arme aus, packt mich und wirbelt mich durch den Raum. »Du bist ungebunden, ohne lästigen Kinderanhang, siehst gut aus und kannst kochen. Die Männer werden dir die Tür deines Häuschens einrennen!«

»Dazu muss die Tür aber erst einmal gestrichen werden!«, japse ich, befreie ich mich aus ihrem Griff und gieße den letzten Sekt ein. »Also, Prost!«

Schon einen Monat später meldet Tina uns für einen Kochkurs an.

»Aber ich kann doch kochen!«, jammere ich entgeistert, als sie nach der Arbeit mit der Nachricht bei mir vorbeikommt. »Wieso kochen? Warum nicht wenigstens ein Gospel-Workshop?«

Jetzt ist es an Tina, mich entgeistert anzustarren. »Gospel-Workshop? Seit wann singst du denn?«

Ich zucke nur mit den Achseln. Dass ich vor einigen Tagen im Bioladen einen Zettel mit der Ankündigung »Gospelchor sucht neue SängerInnen« abgerissen habe, verschweige ich ihr lieber und lenke ab. »Soll ich den Kamin anheizen? Es ist ja immer noch recht kühl.«

Unser Gespräch findet auf meinem neuen Sofa statt, das ich auf einem meiner Wochenendbeutezügen durch Einrichtungshäuser und Wohnmärkte entdeckt habe. Es ist mit rotem Samt bezogen und sehr gemütlich. Als das Feuer brennt, schließe ich die Glastür vor dem Kamin und setze mich im Schneidersitz auf den Teppich.

Tina lehnt sich zufrieden zurück. »Eine neue Wohnung ist wie eine neue Liebe, nicht wahr?«

»Ach, weißt du, die alte Liebe wäre mir eigentlich genug gewesen«, seufze ich.

Tina schürzt missbilligend die Lippen. »Nun begreif das doch endlich als Chance! Andreas ist weg und kommt so schnell nicht wieder.«

»Du hast ihn doch auch gemocht.«

Tina nickt. »Ja, und zwar sehr. Aber ich finde, dass er dich … nun ja …« Sie verstummt.

Ich starre sie an. »Er hat mich was?«

Tina zieht unbehaglich die Schultern hoch. »Na, ich fand schon, dass er dich manchmal ein bisschen bevormundet hat.«

Das ist mir neu. »Wie meinst du das?«

»Er hat dir überhaupt nichts zugetraut – außer vielleicht, sein Lieblingsessen zu kochen.«

»Das stimmt doch gar nicht!« Meine Stimme klingt schärfer, als ich will.

Aber Tina lässt sich davon nicht beeindrucken. Sie kontert ebenso laut: »Doch, Franzi, das stimmt.« Dann zählt sie auf: »Er ist ständig auf Achse gewesen – Lauftreff, Marathongruppe, Segeln, Radtouren. Und wenn er nach Hause kam, hat er sich an den gedeckten Tisch gesetzt.«

Da hat sie recht. Andererseits hatte ich doch nichts Besseres vor. Ich habe das gern getan. Und ohne, dass Andreas das von mir verlangt hätte. Wir haben das nie besprochen. Ich habe es einfach gemacht – und war stolz darauf, dass er mein Essen mochte.

Tina fährt ungerührt fort: »Nicht einmal ein Bild durftest du selbst aufhängen. Er hat dir doch ständig das Werkzeug aus der Hand genommen. Und dann hat er dir dauernd alles erklärt: wie man Kochwäsche behandelt, Espresso kocht, am sinnvollsten staubsaugt! Nein, nein, Andreas hat in dir das hilflose Weibchen gesehen, das am liebsten Patchworkdecken näht und Konfitüre einmacht.«

Ich muss lachen. Dass er mir ständig etwas erklärte, was ich schon längst täglich benutzte (Waschmaschine, Tiefkühltruhe, das neue Dampfbügeleisen, den Staubsauger, die Kaffeemaschine), war sogar zwischen Andreas und mir ein häufig zitierter Witz gewesen. Aber ein Fünkchen Wahrheit steckt natürlich in dem, was Tina sagt: Andreas war immer mein Beschützer – er gab in unserer Beziehung den Ton an. Vielleicht hat ihn das am Ende gelangweilt?

Tina scheint meine Gedanken zu lesen. »Jetzt fang aber bitte nicht an, darüber nachzugrübeln, ob das alles deine Schuld war. War es nicht. Jedenfalls nicht ausschließlich. ›Was zwei Menschen verbindet, kann kein dritter beurteilen‹, heißt es. Wahrscheinlich gilt das genauso für das, was Menschen irgendwann trennt. Da wird plötzlich aus einer Mücke ein Elefant – und die Katastrophe nimmt ihren Lauf. Eigentlich ist es doch ein völlig normaler Vorgang. Man liebt sich, man entliebt sich, man verliebt sich aufs Neue. Keine große Sache. Passiert dauernd und täglich.« Für mich stimmt das so nicht. Für mich ist das eine große Sache. Ich habe mich nie richtig entliebt. Ich liebe Andreas immer noch. Seine Marotten? Ich habe mindestens ebenso viele! Mich neu zu verlieben – das erlebe ich wahrscheinlich auch nicht. Jedenfalls nicht täglich.

Laut sage ich: »Aber dass etwas dauernd und täglich passiert, macht es doch nicht weniger schmerzhaft.«

Tina streicht mir verständnisvoll über den Arm. »Ich weiß, Süße.« Dann klatscht sie in die Hände. »Jetzt wird aber nicht mehr Trübsal geblasen.« Sie zieht aus der Umhängetasche ihr kleines Laptop und öffnet es auf ihren Knien. »Komme ich hier eigentlich ins Netz?«

»Ja, ich darf die Wireless-LAN-Verbindung der Hebammenpraxis aus dem Vorderhaus benutzen.«

Tina zieht die Augenbrauen hoch. »Hebammenpraxis?«

»Das sind zwei wirklich nette Frauen um die dreißig. Wir haben uns vor kurzem kennengelernt und waren uns sehr sympathisch.«

Tina nickt. »Du lässt dich aber von denen nicht anstecken, oder?«

Ich runzele die Stirn. »Womit denn? Ich werde bestimmt keine Hebamme, und Babys sind kein Thema mehr.«

Tina nickt ungeduldig. »Glücklicherweise. Wie heißt das Passwort?«

»Bambino.«

Tina loggt sich auf einer Website ein, und plötzlich ist der Raum von Geschirrgeklapper und Stimmengewirr erfüllt.

Interessiert beuge ich mich vor. »Was ist das?«

»Die Website vom Restaurant »Nil« am Neuen Pferdemarkt«, erklärt Tina und klickt auf ein Icon. »Hier kommen die Kochkurse.«

»Ich sag's noch einmal: Ich kann kochen!«

Tina wirft mir einen vernichtenden Blick zu. »Aber nicht so: ›Warmer Bauernziegenkäse mit braisiertem Chicorée und Tomatenconfit, Provençalische Fischsuppe mit Rouille, Ente à l'orange mit Oliven und Rosmarin. Gâteau au chocolat.‹« Sie sieht mich triumphierend an. »Oder?«

»Gâteau au chocolat!«, meckere ich. »Das ist nichts weiter als ein Schokoladenkuchen!«

»Hört sich aber besser an«, kontert Tina. »Das Kochen ist doch nur Nebensache.«

»Und was ist die Hauptsache?«

Mit einer großen Geste wirft Tina die Arme in die Luft.

»Das Essen hinterher! Der Spaß vorher! Und die Männer, die man da kennenlernen kann.«

»Männer in einem Kochkurs?«

Tina nickt. »Klar, jeder attraktive Single um die vierzig, der etwas auf sich hält, lässt sich so was von seinen Freunden schenken. Ein Kochkurs mit lauter interessierten Küchenfeen ist doch das perfekte Jagdrevier für einsame männliche Herzen. Wirst schon sehen!« Sie senkt ihre Stimme. »Behauptet jedenfalls ein Blog, auf den ich über dieses Single-Internetportal ›True Love‹ gekommen bin.« Sie lässt sich aufatmend in die Kissen sinken. »Ich hab uns schon angemeldet: für das ›Romantik-Dinner Austria‹!« Tina beugt sich vor und scrollt weiter nach unten. »Hier ist es: ›Tiroler Speckknödelsuppe, Gesottener Tafelspitz mit Blattspinat, Rösti, Schnittlauchsauce und Preiselbeeren, Wiener Apfelstrudel mit Vanillesauce‹. Oder interessiert dich eher das Mai-Menü? Das bieten die nämlich auch noch im Juni an.« Sie liest vor: »›Salat von Spargel und Kalbstafelspitz mit Sauce Gribiche, Felchenfilet mit Brunnenkresseschaum, Keule vom Maibock mit Waldmeister-Mairüben und Kartoffelkrapfen. Rhabarberstrudel mit Sauerampfersauce‹.« Ihre Augen fliegen zurück zum Anfang des Textes. »Brunnenkresseschaum, hm, allein das klingt doch schon ziemlich erotisch.«

Es dauert eine Weile, bis ich meine Sprache wiederfinde. »Brunnenkresseschaum? Romantik-Dinner Austria?«

»Du sagst es, Süße.« Sie runzelt kritisch die Augenbrauen, zeigt auf meine Baumwollbluse und die schlabberige Cargo-Hose. »Der Termin für den Kurs liegt in der zweiten Juniwoche. Mach dich bis dahin bitte ein bisschen landfein. Man könnte meinen, du wärst schon bei deinen Freundinnen im Vorderhaus Praxispartnerin geworden.«

»Bei den Hebammen?«

Tina nickt. »Also ein bisschen schicker darf's schon sein. Romantik-Dinner, du verstehst?«

Mit einem entschiedenen Ruck klappt sie das Laptop zu. »Kennwort ›Bambino‹. Ich fasse es nicht! Nur gut, dass wir damit nichts am Hut haben!«

3. Kapitel

Es wird noch ein sehr schöner Tag werden
es wird noch ein sehr schöner Tag werden
Oh ich wünschte
Ich könnte es mir glauben.

Bernd Begemann: *»Es wird noch ein sehr schöner Tag werden«*

Immer, wenn ich angespannt bin, bastele ich. Das beruhigt mich. Wenn meine Hände beschäftigt sind, weicht die Nervosität. Wenn ich ausschneide, klebe oder falte, fühle ich mich wie unter einer Tarnkappe und habe ich das Gefühl, etwas Sinnvolles zu tun, Anfassbares zu produzieren. Etwas, das meine Existenz bestätigt.

Renovieren jedoch ist Knochenarbeit. Ich habe an einem Tag nicht nur das letzte Zimmer gestrichen (in einem hellen Aprikot-Ton), sondern auch noch einen IKEA-Küchenschrank zusammengebaut. Dabei habe ich mir fast einen Bruch gehoben, weil ich den Karton mit den Einzelteilen vom Flur in die Küche schleppen musste. Im Anschluss habe ich mir beim Einsetzen der Schrauben für die Schublade zwei Fingernägel abgebrochen und den Daumen blaugehämmert. Vom Streichen habe ich immer noch mörderischen Muskelkater in den Oberarmen – die Dachschrägen haben es in sich.

Jetzt fehlen noch ein paar Anschlüsse, Steckdosen und Lampen. Aber der Anblick der herabhängenden Kabel und der noch zu streichenden Türen entmutigt mich, und auf einmal verspüre ich nur noch die Lust, etwas Kleines, Überschaubares zu basteln. Klappkarten! Das erscheint mir viel einfacher als die letzten Renovierungsarbeiten. Und ich habe bei meinem jüngsten Streifzug durch das Schanzenviertel im Büromarkt Hansen nostalgische Aufkleber mit Glitzerengeln gekauft ... Denn natürlich bestelle ich nicht bei irgendeinem Homeshopping-Sender oder im Versandhandel für Bastelbedarf. Nein, ich bin Jägerin. Und als solche schleppe ich die Beute in meine Höhle und füge sie meinen Vorräten hinzu, mit denen ich jede Kindertagesstätte zwei Wochen lang nonstop bebasteln könnte. Ich sitze also am Küchentisch – und am Ende liegen fünfzehn Klappkarten vor mir. Weihnachten kommt bestimmt! Ich bin so vertieft in die letzten Feinheiten, dass mich erst das Telefon wieder zurückholt. »Wo bleibst du denn?«, keift Tina in mein Ohr. Der Kochkurs! Heute ist der erste Abend. Ich weiß schon, warum ich lieber bastele – da habe ich wenigstens keine unternehmungslustige Tina an meiner Seite.

Der Kochkurs wird ein Reinfall. Das liegt vor allem an meiner körperlichen Verfassung. Ich lande deutlich weniger enthusiastisch als Tina im »Nil«. Sie erwartet mich aufgekratzt mit einem Glas Prosecco in einer Gruppe gutgelaunter, miteinander schwatzender Menschen. Bevor sie mich begrüßt, wirft sie einen strafenden Blick auf mein rechtes Hosenbein. Das habe ich hochgekrempelt, weil Andreas' altes Fahrrad, das er nicht mit nach Dänemark genommen hat, keinen Kettenschutz besitzt. Immerhin habe ich mir ihren Hinweis zu Herzen genommen und eine elegante, weiße Leinenhose zu meinem besten schwarzen T-Shirt angezogen. Tina selbst hat ihre langen seidigen Haare zu einer formschönen Banane aufgedreht, trägt eine blütenweiße Bluse und eine enge, weiß-blau karierte Hose. Wäre sie nicht deutlich über 1,70 Meter groß, würde man sie glatt für Audrey Hepburn während ihrer kulinarischen Ausbildung in »Sabrina« halten.

»Dein Hosenbein!«, zwitschert sie jetzt nachdrücklich und gibt mir einen leichten Kuss auf die Wange.

Bevor ich abtauche, um den Makel zu beseitigen, raune ich zurück: »Du siehst großartig aus – so stelle ich mir eine Sterneköchin vor.«

Das ist keine oberflächliche Schmeichelei. Selbst wenn ich mein Idealgewicht halte, sehe ich neben Tina immer ein bisschen mollig und mopsig aus. Und meine blonden Locken lösen sich sowieso aus jeder Frisur – ich lasse sie einfach schulterlang herunterwachsen.

Früher störte mich das nicht weiter. Ich sah vielleicht aus wie ein Mauerblümchen, aber ich hatte Andreas. Tina dagegen sah immer aus wie ein Model, hatte aber ständig Liebeskummer, Beziehungsprobleme, Singlefrust. Durch die Trennung und die Scheidung hat sich das Ganze etwas verschoben, und ich kann es noch nicht richtig einordnen. Ich wollte nie ein Single sein. Doch jetzt bin ich es, scheitere an dem Zusammenbau eines Küchenschranks und treibe mich in Kochkursen herum, die ich so nötig habe wie Lippenherpes.

Kurz: Ich fühle mich nicht gerade in Topform, als ich mich nach unten beuge, um das hochgekrempelte Hosenbein runterzuwickeln: etwas verschwitzt, mit Muskelkater und schlaffen Gliedern. Dazu habe ich seit Tagen leichte Spannungsgefühle in den Brüsten und leide unter PMS. Durch den Stress und die ungewohnte körperliche Arbeit hat sich meine Periode verspätet. Vielleicht sind es auch bereits Symptome der Wechseljahre? Dass ich heute Morgen zu allem Überfluss auch noch einen Pickel auf dem linken Nasenflügel entdeckt habe, werte ich als eine der größten Ungerechtigkeiten überhaupt. Ich dachte, wenn man die ersten Falten bekommt, verschwinden wenigstens die Pickel. Aber wie sooft belehrt uns das Leben eines Besseren.

Als ich aus der Hocke hochkomme, fällt mein Blick auf einen Mann, bei dem mir der Atem stockt. Und der mich so strahlend anlächelt, als sei ich seine Traumfrau.

Jetzt verstehe ich, was Tina in Kurse wie diese treibt. Oder besser: wer. Solche Männer trifft man im Drogeriemarkt äußerst selten. Und ich verstehe die aufgeregte, summende Atmosphäre im Restaurant. Denn der Mann, der mir herzlich lächelnd mit der einen Hand ein Glas reicht, während er mit der anderen ein Klemmbrett hält, sieht nicht nur gut aus – er hat eine so freundliche Ausstrahlung, dass ich beinahe fühle, wie ihm mein Herz zufliegt. Er ist nicht besonders groß, aber er hat vergnügte, offene Augen, kurze schwarze Haare und ein sympathisches Lächeln. Er ist bestimmt immer Klassensprecher gewesen und umschwärmter Kapitän der Schulmannschaft, schießt es mir durch den Kopf. Und wenn ein Neuer in die Klasse kam, hat er sich als Erster vorgestellt und die übliche Mauer von Schüchternheit und Fremdeln mit einem freundlichen Satz durchstoßen. So jemanden wünschen sich Männer als Freunde und Frauen als Liebhaber …

»Hallo, ich bin Stefan – und du?«

Tina stößt mich in die Seite. »Du bist gemeint, Franzi!«

Verwirrt sehe ich erst sie, dann den Mann an. »Hm?«

Ringsum wird gelacht und gekichert, alle starren mich an.

Ich spüre, wie ich rot werde. »Entschuldigung, ich war in Gedanken.«

Stefan hält mir immer noch das Glas hin. »Kein Problem, wir fangen einfach noch einmal von vorn an.« Er hebt das

Glas in meine Augenhöhe und lächelt erleichtert, als ich es ihm endlich abnehme. Dann konsultiert er sein Klemmbrett. »Es fehlen immer noch zwei, aber vielleicht kommen die gar nicht. Eine Abmeldung habe ich zwar nicht erhalten, aber …«

Er zählt die Gruppe durch, wirft einen Blick auf die große Uhr über dem Tresen. Dann wendet er sich den Teilnehmern zu. »Kommt doch bitte alle zusammen, damit wir uns vorstellen können.« Er nickt mir aufmunternd zu. »Dass ich Stefan bin, haben wohl alle mitbekommen. Ich bin Koch, leite den Kurs, komme aber leider nicht aus Wien. Falls keiner etwas dagegen hat, schlage ich vor, dass wir uns duzen. Ihr werdet sehen: In der Küche ist nicht viel Platz für Höflichkeiten, das ›Du‹ macht alles etwas leichter. Ich möchte jetzt gern mit einer kleinen Vorstellungsrunde beginnen. Dabei interessieren mich außer euren Namen die Gründe, warum ihr diesen Kurs machen wollt.« Er zeigt auf mich. »Die Letzten werden die Ersten sein. Bitte!«

Ich bin nicht besonders schüchtern, aber ich hasse solche Momente. Bestimmt leuchtet mein Pickel wie eine Ampel … »Ich bin Franziska und ich mache diesen Kurs, weil mich meine Freundin dazu überredet hat«, erkläre ich wahrheitsgemäß und zeige auf Tina.

Alle lachen. Auch Stefan, der den Ball aufnimmt und sich sofort an Tina wendet. »Prima, dann kann uns Tina bestimmt erklären, warum sie Franziska ausgerechnet zu diesem Kurs überredet hat!«

Tina wird natürlich kein bisschen rot, sie schenkt ihr hinreißendes Lächeln Stefan und einem Mitvierziger im Anzug, der in ihr Beuteschema passt, und gurrt: »Ach, weißt du, Stefan, österreichische Küche finde ich einfach unglaublich …« – sie pausiert bedeutungsvoll und lässt dann das Wort in den Raum fließen wie warme Schokoladencouvertüre auf einen frisch gebackenen Kuchen – »… unglaublich sinnlich.«

Stefan sieht sie so erfreut an, als hätte sie ihm gerade einen Michelin-Stern verliehen. »Wunderbar! Das geht mir auch so. Dann bist du hier richtig.« Er wendet sich an die Gruppe. »Italienische Küche – si, naturalmente. Französische Küche – o, là, là! Aber am sinnlichsten ist eindeutig die Küche aus Österreich. Heute Abend werdet ihr alle einen Strudel machen, und wer schon einmal Strudelteig in der Hand gehabt hat, weiß, wovon ich spreche: ein einmaliges taktiles Erlebnis, für das es kaum Worte gibt. Der Teig muss sich nämlich so anfühlen wie ein Babypopo …« Bei den Worten »taktiles Erlebnis« verschleiern sich Tinas Augen erwartungsfroh. Mir dagegen wird heiß, und ich habe das Gefühl, leicht zu schwanken. Der Prosecco scheint mir nicht zu bekommen.

Als Nächstes stellt sich der Anzug vor. Er heißt Bernhard, hat im Skiurlaub die österreichische Küche lieben gelernt und den Kurs von Freunden zum Geburtstag geschenkt bekommen. Tina wirft mir einen »Na-bitte!«-Blick zu.

Es folgen die Freundinnen Angelika und Heidrun, die keinen Platz mehr in dem Kurs Mai-Küche bekommen haben und »einfach neugierig« sind. Bei dem Wort »neugierig« lächelt Heidrun, eine schmale Enddreißigerin mit Überbiss, erst Stefan, dann Bernhard beseelt an.

Dies veranlasst Tina, Stefan ihr Glas zum Nachschenken hinzuhalten, um die Aufmerksamkeit wieder auf sich zu lenken. Wenn mir nicht so schlecht wäre, würde ich das sogar unterhaltsam finden. Es ist immer dasselbe mit Tina: Wenn sie nicht im Mittelpunkt steht, ändert sie das umgehend.

Doch jetzt präsentieren sich Jonas und Suse, ein stilles Lehrer-Ehepaar, das von seinen Kindern mit dem Kochkurs überrascht wurde. »Österreich, weil Suse am liebsten die alten Sissi-Schinken im Fernsehen sieht«, verrät Jonas und legt seinen Arm um Suses Schulter. Die beiden sind zwar nicht gerade ein attraktives Paar, aber die vertraute Geste löst in meinem Herzen kurzfristig ein neiderfülltes Ziehen aus. Andreas hat mich auch immer mit solcher Selbstverständlichkeit berührt. Obwohl mir mittlerweile wirklich gar nicht mehr gut ist, bemerke ich mit einer gewissen Genugtuung, dass sowohl Tina als auch Heidrun und Angelika ebenfalls bei Jonas' zärtlicher Geste zusammengezuckt sind. Ich muss wirklich sehr an PMS leiden, denn anstatt in frisch geschiedener Melancholie zu versinken, zische ich Tina schadenfroh zu: »Grandiose Idee, in einem Kurs Männer kennenzulernen, die sich ihre Frauen selbst mitbringen.«

Tina sieht mich entsetzt an. »Findest du diesen Jonas etwa interessant?«

Ich schaue ihn mir genauer an, die Halbglatze, die lustigen blauen Augen und das kleine Bäuchlein über dem Gürtel, und kann guten Gewissens den Kopf schütteln. »Ich meinte das nur prinzipiell. Uns bleibt ja immerhin noch Bernhard.«

Tina spitzt den Mund. »Und Stefan.«

Aber das stimmt nicht. Stefan ist gerade dabei, die Schürzen zu verteilen, als die Tür aufspringt und zwei Männer – einer mit raspelkurzen blonden Haaren, der andere mit schwarzen Locken, Mitte dreißig, breitschultrig und groß – mit prall gefüllten Sporttaschen und viel Gelächter in den Raum platzen. »Sorry, wir sind zu spät! Aber wir mussten noch in die Verlängerung gehen.« Sie verbreiten einen Duft von Frische, Duschgel und Rasierwasser.

Stefan blickt erst hoch, dann auf sein Klemmbrett. »Daniel und Matthias?«

Die beiden nicken. Der Blonde zeigt auf sich. »Ich bin Daniel.« Der Dunkelhaarige ergänzt: »Und ich Matthias.«

Es stellt sich heraus, dass Daniel und Matthias in derselben Freizeitfußballmannschaft spielen, beide im IT-Bereich arbeiten und gehört haben, dass österreichische Küche derzeit »total angesagt« ist. Mit den beiden kommt Schwung in den Kurs. Angelika und Heidrun ziehen sich die Blusen glatt. Sie tauschen erst verschwörerische Blicke miteinander, dann werfen sie kecke Blicke in Richtung des Kicker-Duos.

Tina wischt ein nicht vorhandenes Stäubchen von ihrer immer noch blütenreinen weißen Bluse und sorgt dafür, dass die beiden stimmungsmäßig aufholen können. »Stefan, wo bekommen unsere Sportler ein Glas für den Aperitif? Und wollen wir nicht langsam loslegen und beispielsweise besprechen, wer mit wem was macht?« Dabei lässt sie keinen Zweifel daran, dass sie entweder mit Matthias oder Daniel im Team backen will.

Jetzt verstehe ich auch, was sie so sinnlich an der österreichischen Küche findet: Knödelkneten. *Na, bravo.* Dass ich in ihren Überlegungen keine Rolle spiele, finde ich nicht problematisch. Vielleicht liegt es wirklich am Alkohol, aber das kodderige Gefühl scheint sich eher zu verstärken als abzuflauen. »Kann einem auch vor dem Essen schon schlecht werden?«, frage ich Tina leise. »Ich habe noch gar nichts gegessen, aber …«

Tina wirft mir einen besorgten Blick zu. »Vielleicht ist dir der Sekt auf nüchternen Magen nicht bekommen? Du bist so blass. Willst du an die frische Luft?«

Doch ich werde einer Antwort enthoben, denn Stefan treibt uns alle die Wendeltreppe hoch in die Küche. Als Erstes verarbeitet er, assistiert von Tina, neidisch beäugt von Heidrun und Angelika, Mehl, Salz, Öl und lauwarmes Wasser zu einem glatten, elastischen Teig. Tina darf den Teig zu einer Kugel formen und mit Butter bestreichen. Sie macht das so gekonnt, dass Daniel und Matthias sie mit halb geöffneten Mündern anstarren und Bernhard spontan sein Jackett ablegt. Mit einem scharfen Messer schneidet Stefan ein Kreuz in den Teig und verpackt den Superklops in Folie. »Der hat jetzt zwei Stunden Zeit, um in sich zu gehen«, scherzt er. »Und nun zur Vorspeise.«

Noch gelingt es mir, mich zusammenzureißen. Aber als wir uns alle um die sogenannten »Posten« verteilen sollen und Stefan sagt: »Für die Zubereitung der Tiroler Speckknödel wird eine Kloßmasse mit Speck vermengt«, spüre ich bei dem Wort »Kloßmasse« erst einen scharfen metallischen Geschmack auf der Zunge und dann jede Menge bittere Spucke im Mund, die sich einfach nicht mehr wegschlucken lässt.

»Entschuldigung!« Ich bin froh, dass ich mir gemerkt habe, wo die Toilette ist. Ich rase die Treppe hinunter, erreiche in letzter Sekunde die rettende Tür und übergebe mich, wie ich mich noch nie übergeben habe.

Endlich ist es vorbei, und während ich mir erschöpft das Gesicht mit kaltem Wasser abwasche, zermartere ich mir das Gehirn, wo ich mir eine Magen-Darm-Grippe zugezogen haben könnte. In der Praxis werden wir ständig mit Keimen konfrontiert, aber im Laufe der Zeit bin ich gegen vieles immun geworden. Außerdem werden wir geimpft und waschen uns andauernd die Hände. Erstaunlicherweise geht es mir bald wieder gut. Ein Blick in den Spiegel überzeugt mich, dass mein Pickel nicht mehr als ein roter Punkt ist, und ein bisschen Farbe habe ich auch wieder auf den Wangen.

Einigermaßen gefasst steige ich in die Küche hinauf. Hier ist man inzwischen beim Hauptgericht angelangt. Tina kabbelt sich mit Daniel und Matthias am großen Topf, in den das Fleisch für den Tafelspitz versenkt werden soll. Niemand würdigt mich eines Blickes, Bernhard hat sich Angelika und Heidrun angeschlossen und diskutiert die Frische von Meerrettich – dem österreichischen »Kren«. Nur Suse, die mit Jonas Gemüse putzt, wirft mir einen nachdenklichen Blick zu. Vielleicht macht sie sich Sorgen, dass ihr Jonas von der flirtigen Stimmung angesteckt wird, die Tina und die Sportler verbreiten. Befürchtet sie, dass er dadurch in Heidruns oder meine Arme getrieben wird? Es sind schließlich vier anhanglose Frauen im Kurs.

Doch Jonas interessiert sich mehr für den Liebstöckel auf dem Brett vor sich als für mich. Ich werde flugs zum Schnittlauchschneiden für die Soße eingeteilt. Dabei erklärt mir Stefan, dass Einfachheit beim Kochen das A und O sei: »Einfach und ein bisschen Pfiff!« Nebenbei nennt er mir noch das Rezept für seinen Lieblingsgurkensalat, der zu allem passt: »Rote Zwiebeln klein hacken, Gurkenscheiben dazu, Salz, Zucker, durchziehen lassen. Später viel Dill und einen tüchtigen Klacks Crème fraîche zur Abrundung.«

Beim »tüchtigen Klacks Crème fraîche« wird mir wieder ein bisschen schwindelig, aber es gelingt mir, die Übelkeit mit einem großen Glas Wasser zu bekämpfen.

Alle sind bester Laune, reden durcheinander und löchern Stefan mit Fragen. Was er von seinem Arbeitsalltag erzählt, ist mir als Tochter eines Kochs nicht neu. Doch ich spüre zum ersten Mal so etwas wie Mitgefühl und Interesse für diesen Beruf. Fast beginne ich, meinem Vater Abbitte zu leisten. Habe ich ihn jemals nach seinen Träumen gefragt? Danach, warum er Koch werden wollte? Während ich Stefan zuhöre, wie er mit leuchtenden Augen von gelungenen Menüs spricht, wie er die Namen exotischer Gewürze über seine Zunge rollen lässt, als wären es die Namen seiner Geliebten, begreife ich, dass Papas Satz von der Stressresistenz eines Kochs nur die halbe Wahrheit war. Wer Koch wird, ist vor allem eins: leidenschaftlich von dem Wunsch getrieben, das Glück zu finden – in der perfekten Kombination von Zutaten, in einem speziellen Geschmack. Nicht nur für sich, sondern stets auch für andere, mit denen er dieses Glück teilen will. An einem großen Tisch.

Meine Stimmung hebt sich durch diese Erkenntnis. Tinas Laune dagegen hat einen spürbaren Dämpfer bekommen. Sie zieht sich so weit wie möglich von Daniel und Matthias zurück und quetscht sich mit Gewalt zwischen Suse und mich.

»Was ist denn los?«, flüstere ich und schiebe ihr die Suppenterrine hin.

Tina füllt sich großzügig von der leckeren Suppe auf den Teller. »Gar nichts ist los, das ist ja das Problem«, flüstert sie zurück.

»Und wieso nicht?«

Tina verdreht die Augen. »Na, weil die keine Verwendung für Frauen haben!«

Ich betrachte die beiden, die der Suppe mit großem Appetit zusprechen. »Wieso? Sind beide in festen Händen?«

Tina fasst sich an den Kopf. »Du sagst es. Aber gegenseitig.«

»Gegenseitig?« Bei mir fehlt ein Cent zum Euro. Ich sehe wieder zu den beiden hinüber, die jetzt mit Heidrun scherzen. Endlich begreife ich. »Du meinst …?«

Tina nickt ergeben. »Ja, sie sind ein Paar. Stockschwul.«

Ich verbeiße mir eine Bemerkung über Männer in Kochkursen. Ein Blick auf Tinas Miene verrät mir, dass diese ersten Widerstände ihren Jagdtrieb eher beflügeln. Es kommen ja noch zwei Beutetiere in Frage: Bernhard und Koch Stefan selbst.

Während der weiteren Vorbereitung des Hauptgangs robbt sich Tina beharrlich an Bernhard heran. Als ich vom Abwaschbecken hochblicke, sehe ich, dass sie ihm einen Apfel so kokett hinhält wie Eva ihrem Adam. Diesmal führt die Geste nicht zur Vertreibung aus dem Paradies – jedenfalls nicht sofort. Bernhard lächelt glückselig, greift nach der reifen Frucht und beginnt sie zu schälen. Als er sie Tina zur Weiterverarbeitung reicht, scheint er ihr mindestens einen Fünf-Karäter zu übergeben. Zu meiner Überraschung schneidet sie den Apfel jedoch hastig in Scheiben und wirft ihn in eine Schale mit Semmelmehl, Zucker, überbrühten Rosinen, Mandeln, Vanillezucker und Zimt. Dann kehrt sie Bernhard den Rücken zu. Ich folge seinem waidwunden Blick und verstehe sofort, was Tinas Interesse gefesselt hat: Stefan und der Teigklops. Sie versenkt ihre Finger dicht an dicht mit Stefans Händen im Strudelteig, der jetzt »genau richtig« ist, wie unser Maestro verkündet.

Nach dem beharrlichen Kneten bekommt jeder von uns einen Klumpen Teig ausgehändigt. Stefan hatte recht mit seiner Beschreibung: Der Teig fühlt sich wirklich einzigartig gut an. Samtig weich und von einer Konsistenz wie zarte, glatte Haut. Suse und Jonas, offenbar die Einzigen mit Kindererfahrung, strahlen erst einander, dann quer durch den Raum alle anderen an. »Es stimmt, Stefan: So fühlen sich Babypopos an!«

Wir rollen den Strudelteig so vorsichtig wie möglich aus.

»Ihr müsst die flachen Hände unter die Teigplatte schieben und den Teig gleichmäßig über den Handrücken immer dünner ausziehen«, empfiehlt Stefan seiner schwitzenden Crew. »Der Teig ist richtig, wenn ihr die Zeitung – oder sagen wir: einen Liebesbrief – durch ihn lesen könntet.« Dabei lächelt er unverfroren Tina an, die glasige Augen bekommt.

Damit ist wohl besiegelt, wen Tina heute Abend abschleppen wird, denke ich und genieße das Gefühl des Teiges an meinen Händen. Ich beobachte Suse, die mit ruhiger Hand den Strudelteig pergamentpapierdünn zieht und sich von ihrem Umfeld nicht ablenken lässt. Ich kann mir vorstellen, dass sie eine gute Mutter ist. Und offenbar wird sie auch geliebt. Schließlich schenkt man doch Eltern, die man hasst, keinen Kochkurs, oder? »Kommt auf die Eltern und deren Kochkünste an«, würde Tina jetzt vielleicht sagen.

Aber die kann im Moment gar nichts sagen. Denn auch der gute Bernhard ist ein Jäger und Sammler – er lässt sich seinen Schneid nicht so schnell von einem Kerl mit Kochmütze abkaufen. Im Gegenteil: Jetzt läuft er zu großer Form auf, lässt sich von Tina helfen, nutzt jede Möglichkeit, sie zu berühren, indem er vorgibt, ein Stück Teig von ihrer Bluse schnippen oder ihr den Mehlstaub von der Hose klopfen zu wollen. Tina fühlt sich geschmeichelt und lässt sich das gefallen. Als beide aus dem begehbaren Kühlschrank wieder auftauchen und die vorbereitete Vanillesauce mitbringen, ist nicht zu übersehen, dass sie geknutscht haben.

Endlich sind alle Teller gefüllt, der Tisch gedeckt und die Schürzen abgenommen. Wir sitzen im unteren Restaurantbereich, der Wein schimmert in den Gläsern, alle außer mir sind fröhlich, rotwangig und stolz. Stefan hält eine kleine launige Rede, lobt seine Küchenmannschaft und wünscht dann einen guten Appetit. Die Gläser werden erhoben, alle prosten Stefan zu. Daniel und Matthias stoßen an, blicken einander tief in die Augen und versinken dann in einem leidenschaftlichen Kuss. Was Stefan mit einem augenzwinkernden »Das ist der Romantik-Teil beim Romantik-Austria-Dinner!« kommentiert. Jonas lacht und gibt Suse gut gelaunt einen knallenden Kuss auf den Mund, woraufhin sie mit feuerrotem Kopf beginnt, an ihrem Stück Tafelspitz zu schneiden. Aber es freut sie doch – das ist an ihrem Lächeln zu sehen.

Heidrun, Angelika und ich widmen uns betont aufmerksam dem Essen, während Tina in der Hüftgegend offenbar mit Bernhard zusammengewachsen ist. Er spießt ein Stück Tafelspitz auf und will ihr gerade die Gabel in den Mund schieben, als sein Handy klingelt. Die Gabel weiter neckisch vor Tinas Mund balancierend, fummelt er das Telefon aus seiner Hosentasche. »Ja?« Abrupt sinkt die Gabel auf den Teller.

Tina schnappt wie ein Karpfen auf dem Trockenen.

Bernhard steht hastig auf. »Aber, Schatz, reg dich nicht auf! Hast du ihm die Tropfen gegen Blähungen schon gegeben? Warte einen Moment ...« Seine Worte verklingen, als er zum Telefonieren auf die Straße geht.

Tina sieht mich entsetzt an. Und ich? Ich spüre wieder diesen fiesen metallischen Geschmack auf der Zunge und fliehe schnellstmöglich auf die Toilette. Und wenn ich zuvor gedacht habe, ich hätte mich in meinem Leben noch nie derartig übergeben, so kann ich das von dieser Brech-Arie auch wieder behaupten. Ich habe das Gefühl, mein Innerstes auszukotzen. Weil alles so schnell ging, habe ich nicht einmal die Tür der Kabine verschlossen. Ich knie vor der Schüssel, während Brechkrämpfe meinen Körper schütteln. Zwischen dem

Würgen schnappe ich nach Luft und finde sogar Kraft genug, mich daran zu freuen, dass das »Nil« eine so gepflegte Toilette hat. Der Boden ist derart sauber, dass wir unseren Strudel davon essen könnten, schießt mir durch den Kopf. Dann spucke ich schon wieder, weil das Wort Strudel eine ungeheure Eruption in mir auslöst.

Während ich keuchend über der Schüssel hänge, fühle ich unerwartet einen kühlen Lappen auf meiner Stirn.

Ich drehe mich um und bemerke Suse hinter mir. Sie lächelt mich an und legt ihre Hände auf meine Schultern. »Besser?«

Ich zucke mit den Achseln, lasse mir aber bereitwillig von ihr aufhelfen. Sie dreht den Kaltwasserhahn auf und befiehlt kurz und sachlich: »Gesicht waschen und dann das kalte Wasser auf die Unterarme laufen lassen.« Jetzt weiß ich also, wie Suse als Mutter ist: ruhig, souverän und absolut vertrauenerweckend. Wenn diese Mutter sagt: »Das wird schon wieder!« – dann wird es das auch.

Die Tür geht auf. Stefan erscheint. In der Damentoilette? Mit einer raschen Handbewegung wischt er meine Verlegenheit weg. Er reicht mir ein Glas Wasser mit einem Schnitz Zitrone darin. »Du hast bestimmt einen völlig ausgetrockneten Mund, oder?« Stefan und Suse tauschen einen amüsierten Blick, der mir verrät, dass sie mehr wissen als ich.

»Was ist?«, frage ich, leere das Glas in einem Zug und reiche es Stefan zurück.

Er strahlt mich wieder mit diesem Lächeln an, das mich am Anfang des Abends ganz wackelig in den Knien werden ließ. »Na, hör mal, Franziska! Dass deine Übelkeit nichts mit unserem Kochkurs zu tun hat, weißt du doch wohl auch, oder?«

»Natürlich nicht«, beeile ich mich zu sagen. »Das ist bestimmt eine Magen-Darm-Grippe, die ich mir in der Praxis eingefangen habe.« Ich wende mich an Suse. »Ich bin Arzthelferin.«

Suse schüttelt den Kopf. »Hast du denn Durchfall?«

Das ist mir jetzt doch ein wenig zu intim – besonders, weil Stefan immer noch keine Anstalten macht, die Damentoilette zu verlassen. Aber da beide mich weiter mit geradezu unverschämtem Interesse angucken, antworte ich brav: »Nein, habe ich nicht, aber …«

Wieder tauschen Stefan und Suse einen vielsagenden Blick, ehe Stefan sagt: »Hör mal, Franzi – ich darf doch Franzi sagen?«

Ich nicke benommen.

»Ich bin vor zwei Wochen zum dritten Mal Vater geworden …«

Diesen Teil seines Satzes bekomme ich noch mit, weil ich denke: die arme Tina, zwei junge Väter an einem Abend. In einem Kochkurs, bei dem sie zeigen wollte, wie frei und unbeschwert das Leben ab vierzig wird. Was Stefan sonst noch sagt, geht in einem neuen Brechkrampf unter. Anschließend wische ich mir, geschwächt auf dem Klodeckel hockend, mit Suses Lappen das Gesicht ab.

Stefan nimmt meine andere klamme Hand. »Also, ich denke, du solltest morgen mal mit deinem Frauenarzt reden.«

Ich bin auf einmal wieder hellwach. »Ich soll mit meinem Frauenarzt reden?« Was für eine merkwürdige Situation: Da sitze ich mit einer Lehrerin und einem Koch auf der Damentoilette und lasse mich zum Gynäkologen überweisen!

Stefan nickt und drückt meine Hand. »Meine Frau sah nach ihren Kotzorgien auch immer so aus wie du: erschöpft, krank und gleichzeitig strahlend.«

Ich atme tief durch. Was soll das heißen?

In diesem Moment platzt Tina in unsere kleine Toilettenparty. Sie reißt die Tür mit Schwung auf und krakeelt: »Was läuft hier eigentlich? Händchenhalten auf dem Mädchenklo?« Ihr anzügliches Lächeln, das erst Suse, dann Stefan trifft, verglimmt, als sie mich Häufchen Elend auf dem Klodeckel hocken sieht. »Franzi, Süße, was ist denn los?«

Ich winke ab. »Mir geht's gut, aber wie geht es dir? Wo ist Bernhard?«

Tina schneidet eine Grimasse. »Vergiss Bernhard. Eine weitere leere Hose an meiner Wäscheleine. Viel interessanter scheint der geschiedene große Bruder von Daniel zu sein. Der steht auf Frauen, sagt Daniel.« Sie macht eine Pause und bedenkt uns mit einem fragenden Blick. »Was macht ihr drei eigentlich hier?«

Stefan hilft mir auf und grinst. »Ich habe Franzi das Versprechen abgenommen, ihr Kind, wenn es ein Junge wird, Stefan zu nennen.«

Suse ergänzt schüchtern und mit einem Anflug von Humor: »Oder Felix. Von diesem österreichischen Wahlspruch: Tu felix Austria ... Du glückliches Österreich.«

Auf Tinas Gesicht spiegelt sich Verwirrung, dann langsam ungläubiges Verstehen. Sie sucht meinen Blick. »Franziska Funk, was soll das heißen?«

Ich lächele sie kläglich an. »Tina, ich fürchte, ich bin schwanger.«

Woraufhin Tina mit einem kleinen Aufschrei auf den frei gewordenen Klodeckel sinkt.

4. Kapitel

Und wir glauben beide daran
dass man glücklich werden kann
selbst dann wenn man vorher unglücklich war
Die Gelegenheit ist da.
Bernd Begemann: »*Hoffnungsvoll*«

Am nächsten Abend, direkt nach der Arbeit, mache ich einen Schwangerschaftstest. Er ist positiv. Erschüttert sinke ich mit dem Stäbchen in der Hand auf das Küchensofa.

»Also? Nun sag schon!« Tina reißt das Beweisstück an sich und starrt auf das Display. »Zwei rote Streifen. Deutlich.« Sie blickt sich suchend um. »Wo ist denn die Beschreibung? Zwei Stäbchen bedeuten ...«

»... dass ich schwanger bin«, ergänze ich matt. »Ich bin vierundvierzig Jahre alt, geschieden und zum ersten Mal schwanger.«

Tina winkt ab. »Weißt du, wie sicher solche Tests sind?«

Bedauerlicherweise weiß ich das. Ich habe nämlich vor kurzem dazu eine Sendung im Radio gehört. »Diese Schwangerschaftstests sind zu neunundneunzig Prozent sicher.«

Tina lässt die Antwort kurz auf sich wirken. Dann wendet sie ein: »Manchmal kommt es doch vor, dass Eier befruchtet werden, dann zeigt so ein Schwangerschaftstest ein positives Ergebnis an. Nisten sich die Eier aber nicht ein, ist der Test ein paar Tage später negativ.« Sie hört sich an wie eine Biologielehrerin. Als sie mein skeptisches Gesicht sieht, fasst sie nach: »Echt! So was passiert! Hat eine Kollegin von mir mal erlebt. Die dachte, sie sei schwanger – aber dann: Pustekuchen!«

Ich schüttele den Kopf. »Aber nicht nach so langer Zeit.«

Tinas Gesicht ist ein Fragezeichen.

Ich seufze. »Ich weiß nämlich genau, wann ich schwanger geworden bin.« Lächelnd füge ich hinzu: »Und du bist quasi schuld daran.«

Tina sinkt neben mir aufs Sofa, immer noch dreht sie das Stäbchen unbehaglich zwischen den Fingern. Ich nehme es ihr ab, stehe auf und befördere es in den Müll. »Du hattest mich doch gefragt, ob ich noch weiß, wann ich das letzte Mal mit Andreas geschlafen habe.«

»Na und?«

»Weil ich es nicht mehr wusste, habe ich es dann so eingerichtet, dass wir es noch einmal miteinander getan haben. Im April, als ...«

»... als er zur Scheidung nach Hamburg gekommen ist«, fällt mir Tina ins Wort. Sie denkt nach. »Das ist fast zwei Monate her. Kommt da überhaupt noch eine Abtreibung in Frage?« Sie steht wieder auf und beginnt nervös hin und her zu gehen. Ihre Absätze klackern laut auf dem Fußboden. »Auf jeden Fall musst du erst einmal zum Frauenarzt und herausbekommen, ob das mit den neunundneunzig Prozent auch bei dir den Tatsachen entspricht. Da kannst du dann auch gleich mal wegen eines Abbruchs fragen.« Sie grinst mich unsicher an. »In deinem Alter gehörst du doch schon zur Risikogruppe, oder?« Doch als sie meine verzweifelte Miene sieht, gefriert ihr Lächeln.

In der letzten Nacht habe ich wach gelegen und über Stefans und Suses Worte nachgedacht. Das Merkwürdige war, dass etwas in mir, ein kleiner harter Kern unterhalb des Nabels, in dem Moment, als Stefan von »meinem Kind« sprach, *wusste,* dass seine Vermutung stimmte.

Ich bin – schwanger.

Nach all den gescheiterten Versuchen. Zugegeben, so richtig professionell hatten wir es nicht betrieben. »Ich kann doch nicht die Grünen wählen und gleichzeitig medizinisch die Natur beeinflussen«, hatte Andreas gemurrt. Er ging dann allerdings doch zum Arzt, um auszuschließen, »dass es an mir liegt«, wie er sich ausdrückte.

Ich war ebenfalls erleichtert, als Dr. Fohringer mir wenig später schwarz auf weiß attestierte, dass auch ich nicht »die Schuldige« war. »Biologisch ist bei Ihnen alles in Ordnung.«

Fast fünf Jahre haben wir intensiv daran gearbeitet, Eltern zu werden: Temperatur messen, Eisprung ausrechnen, Sex nach Fahrplan. Kein Wunder, dass unsere Liebe dabei etwas auf der Strecke geblieben ist. Kurz vor meinem vierzigsten Geburtstag beschlossen wir gemeinsam, dass es genug sei. Wir waren beide so froh, dass wir vor lauter Erleichterung erst einmal ein halbes Jahr überhaupt nicht miteinander geschlafen haben. Das Bett wurde wiederentdeckt als gemeinsamer Erholungsort, in dem man frühstücken, lesen, fernsehen konnte – es war herrlich.

Danach fanden wir den Anschluss nicht mehr. Statt uns lustvoll miteinander zu vergnügen, fehlte dem Akt jetzt die Sinnhaftigkeit. Kinder, das war uns klar, würden dabei nicht entstehen. Die Entdeckung aufregender neuer erotischer Kontinente trauten wir einander jedoch nicht mehr zu. Wobei ich Andreas auf diesem Gebiet nichts vorwerfen kann. Es liegt bestimmt an mir. Ich bin nicht der Typ, mit dem man entspannt Pornos guckt, um danach das Bett in Grund und Boden zu rammeln.

Diesen letzten Satz traue ich mich natürlich höchstens zu denken – nicht einmal Tina gegenüber würde ich ihn laut aussprechen. Andreas brachte mir einmal Strapse mit: schwarz, mit einer roten Schleife auf dem Strapsgürtel. Aber statt sie zu tragen, wollte ich vor allem wissen, wo er sie gekauft und wer ihn dabei beraten hatte.

»Du kommst doch nicht *allein* auf solche Ideen!«, sagte ich so vorwurfsvoll, als habe er gerade mindestens ein internationales Menschenrecht verletzt, und würdigte die Strapse keines weiteren Blickes. »Ich bin doch keine Nutte!«

Wir ließen das Thema fallen.

Gestern Nacht, als ich mich schlaflos in meinem neuen Bett mit dem Gedanken anzufreunden versuchte, dass ich schwanger bin, ist mir diese Begebenheit wieder eingefallen. Wo wohl die Strapse geblieben sind? Hat Andreas sie zurückgebracht? Weggeworfen? Oder – das gibt meinem Herzen einen kleinen Stich – einer anderen geschenkt?

Tina räuspert sich, ich tauche aus meinen Gedanken auf. Sie blickt mich forschend an. »Du willst doch das Kind nicht etwa bekommen?«

Mir fallen die vielen traurigen Momente ein, wenn ich nach Tagen des hoffnungsvollen Wartens doch wieder meine Regel bekam. Warum ich mir eine Tochter wünschte, weiß ich nicht. Aber für mich war mein Kind immer eine Tochter. Natürlich hätte ich mich auch über einen Jungen gefreut, aber ich träumte nur von einem Mädchen. Vielleicht, weil ich als Kind vor Jungen ein wenig Angst hatte. Und weil ich schon als Teenager beim Babysitten in der Nachbarschaft keine Ahnung hatte, was ich mit den Jungs anfangen sollte. Mit den kleinen Mädchen buk ich Kuchen in der Sandkiste, kippte meine Bastelsachen aus oder nähte Kleider für ihre Barbies. Jungen dagegen starrten mich oft unergründlich lange an, sie fanden Nähen doof und wollten lieber Fußball spielen.

Als ich dann mit Mitte dreißig das Ticken der biologischen Uhr nicht mehr überhören konnte, setzte sich der Wunsch nach einer Tochter in mir fest. Ich erinnere mich noch an einen Morgen, an dem ich wieder einmal mit Menstruationsblut zwischen den Schenkeln aufwachte. In der Nacht hatte ich von einem Ballon geträumt, von seinem Spiegelbild auf der glatten Oberfläche eines Sees, von wehenden Schleifen in dunklem Wasser. Traurigkeit legte sich um mein Herz wie glitzernde Mückenlarven um Seerosenblätter. Selbst im Schlaf spürte ich sie.

Ich sah mir selbst mit einem kleinen, wachen Teil meines Bewusstseins beim Träumen zu. Durch den Ausschnitt eines Dachfensters beobachtete ich eine weinende Fremde im Haus gegenüber und – erkannte mich. Das Spiegelbild des Ballons zitterte, und dann zerplatzte er. Die Luft wurde erschüttert, das spürte ich im Traum bis in meinen Leib. In den frühen Morgenstunden erwachte ich mit diesem Bild, mit dem Gefühl des geplatzten Ballons, und wusste schon, bevor ich nachsah, dass ich meine Tage bekommen hatte.

Im Badezimmer hockte ich auf der Toilette, kramte die Tampons hervor und heulte. Als Andreas klopfte, öffnete ich ihm, aber ich konnte mich nicht trösten lassen. Seine Berührung hätte ich nicht ertragen. Ich setzte mich auf den Badewannenrand und brachte auf seine Fragen nur unter heftigem Schluchzen heraus: »Ich werde nie eine Tochter haben. Nie!« Danach weinte ich nur noch. Und konnte nicht mehr aufhören.

An jenen Morgen denke ich jetzt, Jahre später, in meiner neuen Küche, und ich weiß: So einfach, wie Tina sich das vorstellt, ist es nicht. Tina wiederholt ihre Frage. »Du willst das Kind doch nicht etwa haben?«

»Und was, wenn doch?«

Tina holt tief Luft. »Was, wenn doch? Franzi, das kann doch nicht wahr sein! Was willst du mit einem Kind?«

»Du weißt, wie sehr ich mir eins gewünscht habe! Du solltest sogar die Patentante werden.« In Gedanken ergänze ich: und Johannes der Patenonkel.

Tina erwidert forsch: »Ja, aber da waren wir doch noch viel jünger! Das ist vorbei.«

Meine Augen werden feucht. »Vielleicht doch nicht.«

Tina läuft wieder hin und her. »Willst du etwa eine von diesen spätgebärenden Übermüttern werden?« Sie spricht die Worte so aus, als handele es sich um widerwärtige Insekten.

»Erst einmal muss ich zum Frauenarzt. Vielleicht ist das ja auch eine Hormonschwankung. Oder das vorgezogene Klimakterium.«

Tina schüttelt den Kopf. »Und was, wenn nicht? Willst du dann wirklich vermuttern?« Sie nimmt mich genauer in Augenschein. »Was ist denn los, Franzi? Seit wann bist du so nah am Wasser gebaut?«

Ich grabe in meiner Jeans nach einem Papiertaschentuch, schneuze die unterdrückten Tränen weg. »Was wäre so schlimm am Vermuttern?«, wage ich zu fragen.

Tina seufzt. »Na, beispielsweise die Tatsache, dass das unsere Freundschaft extrem belasten würde.«

»Was hast *du* denn damit zu tun?«

Tina sieht sich in der Küche um. »Gibt es bei dir eigentlich etwas zu trinken?«

Ich spüre das schlechte Gewissen der Gastgeberin, hole Gläser aus dem Schrank, stelle Rotwein und Mineralwasser auf den Tisch vor dem Kamin und werfe Tina eine Tüte Chips zu. »Machst du die auf?«

Wir stoßen an. Wobei ich nur ein wenig am Wein nippe und mich ansonsten an das Wasser halte. Man kann ja nie wissen.

Tina nimmt einen kräftigen Schluck Rotwein, dann seufzt sie tief auf. »Guck mal, Franzi, wie schön wir es jetzt haben: ein gemütlicher, ruhiger Abend in deinem gemütlich eingerichteten Häuschen, leckerer Rotwein, ab und an ein Kochkurs mit aufregenden Männern ...« Sie grinst. »Und das willst du aufgeben für ein Leben mit Kind? Mensch, Franzi, dann ist es aus mit unserer Gemütlichkeit! Dein neues rotes Küchensofa wird vollgekleckert mit Brei und anderem ekligen Zeug. Dein schöner alter Esstisch wird zerkratzt werden. Kein vernünftiges Wort könnten wir mehr miteinander reden. Dauernd würde das Baby dazwischenquaken.« Sie entwirft des Weiteren ein Horrorszenarium aus durchwachten Nächten, die ich graugesichtig, körperlich stets am Rande des Zusammenbruchs, kaum überstehen würde. »Statt dich altersgemäß mit mir im Wellness-Bad zu aalen, wirst du als Herrin der Augenringe wie ein Zombie durch deinen Alltag aus vollgespuckten Tüchern, müffelnden Windeln und Breiflecken auf der Bluse wanken.«

Wider Willen muss ich lachen. »Du kennst dich ja gut aus.«

Tina dreht ihr Glas zwischen den Fingern. »Na klar. Erstens habe ich Bodos Kinder mit aufgezogen – die Kleine war gerade mal vier Jahre alt, als wir uns zusammentaten. Und zweitens sehe ich das doch überall um uns herum.«

»Und du findest das so schrecklich?«

Tinas Antwort kommt prompt. »Absolut!«

Ich greife nachdenklich zum Wasserglas. »Aber das Vermuttern muss doch für mich gar nicht zutreffen.«

Tina sieht mich zweifelnd an. »Das sagst du jetzt. Aber wenn du erst einmal Mutter bist ... Wer weiß, ob du dann überhaupt noch etwas mit mir machen willst? Du wirst eine völlig neue Szene entdecken ...«

»Die Szene der vollgekotzten Spucktücher?«

Tina lässt sich nicht beirren. »Du wirst dich in Baby-Lounges rumdrücken.«

Das ist mir neu. »Baby-Lounges?«

Tina fasst sich an den Kopf. »Franzi, wo lebst du eigentlich? Dieser Stadtteil ist ein Babyparadies!« Sie lauscht ihren eigenen Worten nach. »So gesehen, hast du es richtig gemacht. Also, es gibt hier jede Menge Läden, in denen sich Muttis mit ihrem Nachwuchs treffen. Bodos Büro hat für einige von denen die Websites gestaltet.«

»Was geschieht in diesen Baby-Lounges?«

»Das ist nichts weiter als eine modernisierte, aufgehübschte Variante des stinklangweiligen Kaffeekränzchens meiner Oma. Wie aufregend kann es wohl sein, sich über Milchschorf, Windelausschlag und verrotzte Babynasen auszutauschen?« Tina ist jetzt völlig in ihrem Element und legt weiter nach: »Erinnerst du dich noch an Britta, die ein paar Monate lang bei mir in der Anmeldung saß?«

Ich nicke. Britta war eine vergnügte Endzwanzigerin mit unverkennbar hamburgischem Zungenschlag, die wenige Monate nach ihrem Arbeitsantritt in Tinas Praxis einen ihrer Patienten heiratete.

Tina sieht mich triumphierend an. »Nachdem sie jahrelang versucht hatte, ihren Kerl zu einem gemeinsamen Kind zu überreden, ist sie dann diesem Typen auf den Leim gegangen, den ich nach einer Meniskus-OP behandelt habe.« Sie verzieht das Gesicht, als habe sie eine Fischgräte zwischen den

Backenzähnen. »Dieter Rödinger. Mitte vierzig, geschieden, mittleres Management, starker Kinderwunsch. Einer von denen, die ihr Kind am liebsten im selbstgebatikten Tuch vor sich hertragen.«

»Klingt wie ein Volltreffer. Vor allem, weil doch heutzutage fast jeder fünfte Vater in die Babypause geht.« Als Tina mich stirnrunzelnd mustert, ergänze ich kleinlaut: »Habe ich jedenfalls in der Zeitung gelesen.«

»Na, dann muss es ja stimmen!« Tina lässt sich nicht beirren. »Da regt mich ja schon die Formulierung auf: fast jeder fünfte Vater! Da hast du's! Alle diese Zahlen, was Kinderbetreuung angeht, sind so verschwommen. Außerdem ist das alles Augenwischerei.«

Sie grinst mich an. »Ich hab das auch gelesen. Tatsache ist, dass die meisten Väter nur diese zwei Vätermonate nehmen, wenn der Nachwuchs da ist. Und da geht es um Kohle – die verfällt nämlich sonst. Du siehst: Das ist nicht viel mehr als eine Geste. Ein Feigenblatt. Nach dem Motto: ›Seht her, was für ein toller Vater ich bin.‹ Nach diesen zwei Monaten traben die schnellstens wieder zurück zur Arbeit – und Mutti kann sich dann nicht einmal mehr über mangelndes Engagement beschweren.«

»Aber ohne Geld geht es doch nicht.« Ich finde Tina zu zynisch. »Schließlich kämpfen hier junge Familien …«

Sie prustet hämisch los: »Junge Familien? Der Typ, den sie als Vorzeigevater abgebildet hatten, war achtundvierzig Jahre!«

»Na und? Hast du mir nicht kürzlich vorgehalten, dass das Leben mit über vierzig erst richtig losgeht?«

Tina sackt genervt auf dem Sofa zusammen. »Ja, doch. Aber nicht so!«

Wir schweigen für einen Moment. Es ist auch wirklich interessant, wie sehr sich die Bedingungen, unter denen Kinder in Deutschland auf die Welt kommen, geändert haben. Meine Mutter war mit siebenundzwanzig eine »späte Erstgebärende«, wie die Krankenschwestern sie ein wenig abfällig bezeichneten. Sie war derart betroffen, dass sie es noch Jahre später erzählt hat. Heute gelten Männer mit achtundvierzig als »junge Väter«. Andreas ist sechsundvierzig. Er sieht sehr gut aus, ist schlank, sportlich, leistungsfähig. Auch in zehn Jahren könnte noch jeder Junge mit ihm Fußball spielen, und jedes kleine Mädchen wäre stolz, sich von ihm auf der Schaukel anschubsen zu lassen. Andreas ... Wie gern wären wir Eltern geworden! Wir hatten uns sogar schon Namen ausgedacht: Ein Junge sollte Lukas heißen, ein Mädchen Amélie. Früher habe ich diese Namen manchmal leise vor mich hin gesagt, aber irgendwann habe ich damit aufgehört. Jetzt murmele ich sie kaum hörbar vor mich hin, verstumme aber sofort, als ich Tinas Blick auf mir spüre.

Tina schiebt mir auffordernd ihr Weinglas über den Tisch. »Bist du sauer?«

Ich winke ab. »Nein, ich denke nur ...«

»Du denkst zu viel!«, sagt Tina und klatscht in die Hände. »Davon bekommst du nur schlechte Laune. Überhaupt wären bei dir ein bisschen mehr Pep und Gut-drauf-Sein angesagt. Du bist in den letzten Wochen geradezu verschrumpelt.« Sie fängt meinen gekränkten Blick auf. »Nein, nein, ich meine nicht, dass du faltig wie eine alte Handtasche aussiehst. Aber stimmungsmäßig, weißt du?«

»Eine Scheidung ist ja auch nicht gerade ein Gute-Laune-Macher, oder?«

Tina sieht mich liebevoll an. »Das ist mir klar.« Sie setzt

sich neben mich und legt mir den Arm um die Schultern. »Aber ein Baby auch nicht.«

»Du willst doch nur, dass ich nicht ... *vermuttere*.«

Tinas warmherziges Lächeln verschwindet wie auf Knopfdruck. »Das eine hat doch mit dem anderen nichts zu tun.« Sie beugt sich wieder vor und sieht mich durchdringend an. »Verstehst du nicht, Franzi? Du wirst eine von ihnen werden. Du solidarisierst dich schon jetzt mit ihnen!«

Ich verkneife mir, auf den fehlenden Mann in meinem Leben hinzuweisen. Auch würde ich wohl weiterarbeiten, und der Aufenthalt in Baby-Lounges würde sich in meinem Fall auf ein Minimum beschränken.

Tina greift wieder zur Rotweinflasche. Wie sie da so sitzt, mit einer dicken Sorgenfalte auf der Stirn, erinnert sie mich an das Hündchen Susi aus dem Walt-Disney-Film »Susi und Strolch«, nachdem die anderen Hunde der kleinen Susi erklärt haben, wie das erwartete Baby ihrer Besitzer ihr Leben verändern wird.

Ich beuge mich hinüber und gebe Tina einen Kuss auf die Wange. »Also, erstens sind wir ja noch gar nicht sicher – und wenn es sicher ist, weiß ich noch nicht, ob ich es behalten will.«

Doch dann stellt Tina die Frage, vor der ich mich seit gestern Abend fürchte: »Wirst du es Andreas sagen?«

Dazu fällt mir vorerst nichts ein.

Auch zwei Tage später bin ich in dieser Frage nicht weiter. Nur dass ich schwanger bin, weiß ich jetzt genau.

»Na, da wird sich Ihr Mann aber freuen«, sagt mein Frauenarzt. Als ich nach der Untersuchung im Sprechzimmer Platz nehme, lächelt er mich strahlend über seine Brillengläser hinweg an. Dr. Fohringer hat unsere Bemühungen um Nachwuchs jahrelang begleitet, weshalb ich ihm auch umgehend reinen Wein einschenke. »Wir sind geschieden.«

Dr. Fohringers Miene verrät nur eine kurze Irritation. »Und der Vater des Kindes …«

»… ist mein Ex-Mann.« Ich lächele entschuldigend und schließe gleich eine Fachfrage an: »Können Sie mir sagen, warum das jetzt geklappt hat und nicht, als wir noch verheiratet waren?«

Dr. Fohringer blickt in meine Patientenkarte, als würde er dort die Antworten auf die großen Fragen dieser Welt finden. Dann legt er den Kopf auf die Seite. »Nein, das kann ich Ihnen nicht sagen, Frau Funk. Das ist wie ein Sechser im Lotto. Wussten Sie, dass man davon ausgeht, dass heute jede sechste Ehe ungewollt kinderlos ist?« Er blickt aus dem Fenster und sagt fast mehr zu sich selbst als zu mir: »Ich habe das mal ausgerechnet. Wenn die Zahl stimmt, heißt das, dass in Deutschland rund zwei Million Paare mit unerfülltem Kinderwunsch leben.« Er lächelt mich erneut an. »Denken Sie an den Lottosechser, Frau Funk. Heute haben Sie ihn gewonnen!« Dann scheint ihm meine veränderte Lebenssituation wieder einzufallen. Er blickt etwas verlegen drein und fragt: »Sie wollen das Kind doch bekommen?«

Ich seufze. »Kann ich diese Frage überhaupt noch stellen?«

Fohringer konsultiert abermals meine Karte. Dann nickt er. »Sie müssen sich nur schnell entscheiden. Sagen Sie mir doch Anfang nächster Woche Bescheid.«

Als ich am nächsten Tag von der Arbeit komme, steht mein Vater mit den Unvermeidlichen vor der Tür. Das heißt, eigentlich sitzen die drei auf meiner neuen Gartenbank – gemütlich hingefläzt in der Feierabendsonne.

Mein Herz sinkt, denn ich habe mich auf einen ruhigen Abend gefreut. Viel mehr noch: Ich brauche diesen Abend. Ich wollte nämlich endlich eine Pro-und-Kontra-Liste anlegen. Dieses Listenschreiben zur Entscheidungsfindung ist eine Technik, die mir mein Vater beigebracht hat. Ich gebe es ungern zu, aber manche seiner Tipps waren gut. Die Pro-und-Kontra-Listen schrieb ich schon als Kind, wenn es darum ging, sich gegen die Klavierstunden und für den Sportverein oder gegen den Urlaub mit Papa (Zelten an der Ostsee) und für die Reise mit den Pfadfindern (Zelten an der Ostsee) zu entscheiden.

»Schreib die jeweiligen Argumente auf und halte dann gegeneinander, was dafür und dagegen spricht«, empfahl mir Papa. Bis heute ist das ein Prinzip, mit dem ich mir häufig Klarheit verschaffe. Denn damals gab mir mein Vater einen Tipp, den ich erst sehr viel später schätzen lernte. Er schaute nachdenklich auf meine Liste zum Thema Ferien an der Ostsee und sagte: »Es kann gut sein, dass du viele Argumente *gegen* eine Sache gefunden hast und dich am Ende doch dafür entscheidest. Oder umgekehrt. Du musst lernen, auf deine innere Stimme zu hören, selbst wenn offensichtlich alles gegen eine bestimmte Entscheidung spricht.«

Deshalb bin ich mit den Pfadfindern an die Ostsee gefahren, obwohl ich mir wesentlich weniger Eiskugeln und Minigolfspiele leisten konnte, als ich bei einer Reise mit Papa bekommen hätte.

Ich habe also vor, mit einem Kopf voll lauter wirrer Ideen durch eine Pro-und-Kontra-Liste mehr Klarheit in meine Zukunft zu bringen. Doch natürlich kann ich Papa und die Unvermeidlichen nicht einfach fortschicken.

»Das ist ja schön! Wollt ihr mich besuchen?«, frage ich mit

forcierter Fröhlichkeit, als ich die drei auf der Bank vor dem Gartenhaus erblicke.

»Nach was sieht's denn aus?«, muffelt Papa mich an, und Helmut (oder Rudi) wirft meckernd ein: »Nee, wir sitzen hier nur so rum!«

Kaum habe ich aufgeschlossen, stromern die drei auch schon durchs Haus, als wären sie zahlende Gäste. Rudi und Helmut flegeln sich auf das Sofa, während Papa den Kühlschrank durchsucht, um mit der enttäuschenden Nachricht zurückzukehren: »Kein Bier da!«

Mühsam bewahre ich die Fassung und frage: »Möchtet ihr einen Tee?«

Rudi und Helmut schütteln den Kopf. »Wir sind gleich im Schachclub verabredet.« Sie winken Papa aufmunternd zu, der jedoch zu meinem Leidwesen keinerlei Anstalten macht, sich ihnen anzuschließen.

Vielmehr sagt er: »Dann bis gleich, und haltet mir einen Platz frei.«

Rudi und Helmut verabschieden sich. »Bis bald, Franziska!«

»Ja, bis bald!« Ich atme auf und schließe die Tür hinter ihnen.

Papa mustert mich mit einem nachdenklichen Blick. Obwohl es draußen sommerlich warm ist, hat er sich wieder in seinen Pullikragen vergraben.

»Ich mache mir einen Tee«, informiere ich ihn. »Möchtest du auch einen?«

Papa schüttelt den Kopf. »Hast du auch Kaffee da?«

Ich nicke. »Aber was sagt dein Blutdruck dazu?«

Er verdreht die Augen. »Mein Blutdruck sagt gar nichts dazu. Dem geht's prima.«

Ich öffne die Kaffeedose. Und dann geschieht es wieder: Als ich das starke Aroma des Pulvers in die Nase bekomme, wird mir schlecht. Ich kann Papa gerade noch ein »Entschuldigung, bin gleich wieder da!« zuwerfen, da beutelt mich auch schon der Brechkrampf. Hastig verriegele ich die Tür der Gästetoilette hinter mir.

Als ich zurückkomme, steht Papa am Küchentresen und lässt kochendes Wasser in die Espressokanne laufen. Er hat den Tisch gedeckt: einen Teebecher für mich und eine Tasse für sich. Dazu Kekse, die er mitgebracht haben muss, Honig und Milch. Es sieht sehr gemütlich aus. Weil aber der Kaffeeduft schon wieder direkte Auswirkungen auf meinen empfindlichen Magen hat, öffne ich die Gartentür und lasse warme, frische Frühsommerluft hinein.

Papa beobachtet mich. Als wir uns gegenübersitzen, fragt er unvermittelt: »Was ist los?«

Ich versuche mich mit einer schnippischen Antwort herauszureden: »Was soll denn los sein? Nichts ist los!«

Er zeigt hinter sich. »Dir ist richtig schlecht geworden, das war nicht zu überhören. Wirst du krank?«

Ich rette mich in einen Schluck Tee und stecke meine Nase extra lange in den Becher. Ob ich es Papa sagen soll, habe ich mir bisher noch gar nicht überlegt. Andererseits ist das Kind sein Enkel. Ich schlürfe weiter den Tee und bewege die Frage noch ein wenig in meinen Gedanken.

»Also?« Papa lässt nicht locker.

»Ich bin schwanger.«

Ich weiß nicht, welche Reaktion ich erwartet habe – jedenfalls überrascht er mich. Er starrt weiter vor sich hin und sagt sehr langsam: »Du bist … oha!« Danach versinkt er in seinem Kragen und sagt gar nichts mehr.

Erschrocken sehe ich ihn an. War das zu viel für ihn? Schließlich ist der Mann über siebzig. Aber nein, er atmet regelmäßig, und seine Augen sind zusammengekniffen, als müsse er in starkes Sonnenlicht sehen. Wir sind schon eine merkwürdige Familie: Die Tochter versinkt im Tee, der Vater im Kragen.

Papa greift nach einem Keks und stippt ihn in die Espressotasse. Diese Unsitte hat schon meine Mutter zur Weißglut getrieben, als wir noch normale Kaffeetassen besaßen und Espresso nur ein Wort aus dem Italienurlaub war. Er futtert den Keks, spült mit Espresso nach und fragt: »Wer ist der Vater?«

»Andreas.«

Meinem Vater ist deutlich anzusehen, dass er mich für völlig verrückt hält. »Ich dachte, das klappt bei euch nicht.«

»Tja.«

»Ich dachte, ihr seid geschieden.«

»Sind wir auch.«

Papa muss das Ganze erst einmal verarbeiten. Er reibt sich die Augen. »Du hast schon immer Schwierigkeiten gehabt, dich an die richtige Reihenfolge zu halten.« Damit spielt er auf meine ersten Koch- und Backversuche an, bei denen ich häufig unfertige Gerichte in den Ofen schob oder das Dessert schon vor der Vorspeise servierte.

»Willst du das Kind haben?« Ungewohnt fürsorglich gießt er neuen Tee in meine Tasse.

Ich weiß nicht, wann wir das letzte Mal so friedlich allein zusammengesessen haben. Früher war immer Andreas dabei, und die beiden haben sich nie gut verstanden. Oder die Unvermeidlichen hängen an Papa wie die Zecken, und die Gespräche drehen sich um Schach, Fußball und Lokalpolitik.

Ich schaue auf den von meinem Vater gedeckten Tisch, nasche von den Keksen, die er mitgebracht hat, leere die Tasse Tee und entscheide mich für die Wahrheit. Ich antworte ehrlich: »Ich weiß es nicht.«

Papa nickt nachdenklich.

Mir fällt etwas ein. »Was würde Mama mir wohl raten?«

Papa ist von meiner Frage genauso überrascht wie ich selbst. Über sein Gesicht fliegt ein leichter Schatten. Dann sagt er: »Deine Mutter würde wahrscheinlich sagen: Kauf dir ein Buch.«

Jetzt lachen wir beide. Meine Mutter war der Bücherwurm der Familie. Sie las, wo sie ging und stand. Und sie glaubte, dass man alles in Büchern finden kann. Dass in ihnen alle Rätsel gelöst und alle Wunder beschrieben werden. Dass zwischen zwei Buchdeckeln alles Wissen gesammelt und alle Magie zu entdecken ist. Ich besaß bereits einen Ausweis der Jugendbücherei, bevor ich lesen konnte. Zum Geburtstag schenkte Mama mir unverdrossen Bücher, obwohl ich kein Hehl daraus machte, dass sie mich nicht besonders interessierten. Arme Mama! Ich versuche mich zu erinnern, wie meine Mutter aussah, wenn sie ihre Standardratschläge zum Erwerb eines Buches gab. Hat sie dabei ironisch die Augenbrauen gehoben? Die Lippen geschürzt? Gelächelt? Für eine Sekunde glaube ich Mama zu sehen. Doch das Bild verschwimmt, rutscht weg. Papa kann ich danach nicht fragen. Er würde nur sein Gesicht in den Händen verbergen und vorgeben, alles vergessen zu haben. Vielleicht würden seine Augen dabei feucht werden. Dem fühle ich mich heute nicht gewachsen.

Papa stellt seine Espressotasse klirrend auf die Untertasse. »Alleinerziehende Mütter haben es schwer. Dazu kommt, dass du nicht mehr die Jüngste bist.«

»Papa! Ich bin vierundvierzig, nicht vierundachtzig!« Gut, dass mir Tinas Argument für einen wilden Lebensstil wieder einfällt.

Er nickt. »Ich weiß, aber …«

Ich bohre nach: »Was rätst du mir? Schließlich geht es um dein Enkelkind.«

Er versinkt in seinem Kragen, taucht dann aber überraschend schnell wieder auf und schnappt: »Noch ist das nicht mein Enkel, sondern ein winziger Zellklumpen. Wenn ich sterbe, geht dieser Zellklumpen wahrscheinlich noch nicht einmal in die Schule! Kurz: Ich würde es nicht bekommen, wenn ich du wäre.« Mit zwei Sätzen hat er die innige Vater-Tochter-Stimmung pulverisiert. Ich wünschte, ich hätte jetzt auch einen Rollkragen, in dem ich versinken könnte. Meine Teetasse ist leider schon leer.

»Wieso?«

Papa steht auf und räumt den Tisch mit lautem Getöse ab. Dazu sagt er in nörgelndem Ton: »Wieso? Wieso? Denk doch mal nach, Franziska. Du bist frisch geschieden, nicht gerade praktisch veranlagt. Dieses Haus ist zu groß für dich, es ist nicht einmal fertig renoviert. Außerdem wollte ich doch hier mit einziehen. Mit einem Säugling und mir, das geht niemals gut!«

Ich verschränke die Arme vor der Brust. »Wer hier mit einzieht, das bestimme immer noch ich.«

Papa macht ein gekränktes Gesicht. »Franzi, du bist mein einziges Kind. Und du willst mich nicht bei dir haben?«

Du und die Unvermeidlichen. Und dann bin ich eure Putzfrau. Betreutes Wohnen bei Franzi Funk, denke ich. Und dann denke ich noch: *Zellklumpen*. Ich beginne das Geschirr in die Spülmaschine zu räumen und drücke mich um eine Antwort.

Schließlich muss ich auf solche unfairen Einwürfe nicht antworten.

Papa versteht, dass die Teestunde beendet ist. »Lass mich wissen, wofür du dich entscheidest«, verkündet er, während er in seine Jacke schlüpft, die er über das Sofa geworfen hat. Bevor er geht, stellt er die Frage, die ich so ähnlich schon von Tina kenne: »Weiß Andreas davon?«

Diesmal habe ich eine Antwort parat. »Nein, Papa, er weiß es nicht. Und ich möchte auch nicht, dass er es erfährt.«

Zum ersten Mal bin ich froh, dass Papa Andreas nie mochte, denn die Galapagosschildkröte streckt unternehmungslustig den Kopf aus dem Kragen. Seine Augen blitzen, als er mir versichert: »Von mir erfährt er kein Wort.« Er tätschelt unbeholfen meine Schulter.

Enge Kuschelumarmungen sind meinem Vater ein Greuel. Am liebsten würde er mir wohl die Hand geben, aber er weiß, dass das zwischen Eltern und Kindern zu unpersönlich ist. Also täuscht er in der Regel eine Umarmung vor, in dem er auf mich zutritt, meine Nähe aber im letzten Moment mit einem stählernen Griff abwehrt und eine Art Luftumarmung inszeniert, zu der auch beidseitige Luftwangenküsse gehören.

Bevor ich hinter ihm die Tür schließen kann, dreht er sich noch einmal um. »Franzi, vielleicht versuchst du es mal mit einer Pro-und-Kontra-Liste?«

Seine Schritte hallen im Hof. Ich stehe am Fenster. Er dreht sich in der Einfahrt noch einmal um und hebt die Hand. Mama hat ihm immer nachgewinkt, wenn er zur Arbeit ging. Aber ich stecke meine Hände in die Hosentaschen und nicke nur.

Abends liege ich in meinem Bett und versuche meine tanzenden Gedanken zu choreographieren. Für wenige Sekunden war ich heute rundum glücklich: als ich mit Papa an dem von ihm gedeckten Tisch saß. Ich fühlte mich aufgehoben und umsorgt. Wie ein geliebtes Kind.

Meine Gedanken tanzen weiter. Papas Pro-und-Kontra-Liste will sich einfach nicht schreiben lassen. Denn ich weiß längst, was ich tun werde. Ich kann das Kind nicht bekommen. Wie soll das gehen? Ohne Vater? Ohne Freundin? Ohne Großvater? Ich bin keine Heldin.

5. Kapitel

All dieses Wissen
all dieses Glauben
all dieses Beten
und all dieses Vermissen
bringt dich nicht zurück zu mir.
Bernd Begemann: *»Es wird noch ein sehr schöner Tag werden«*

In den Nächten ist es am schlimmsten. Seit ich weiß, dass ich schwanger bin, kann ich nicht mehr schlafen. Die Gedanken rasen durch meinen Kopf. Denn so eindeutig, wie ich meinte, habe ich mich doch noch nicht gegen das Kind entschieden. Ich schwanke zwischen Angstvisionen und Euphorie. Ich kann das Kind nicht bekommen. Nicht jetzt, nicht in meiner Situation. Was, wenn es nicht gesund ist? Oder wenn ich krank werde? Schließlich ist Mama auch früh gestorben. Das Schicksal, als Waise aufzuwachsen, möchte ich meinem eigenen Kind ersparen. Andererseits – und dieses Gefühl habe ich Tina und meinem Vater verheimlicht – vermag ich mein Glück kaum zu fassen. Ich musste davon ausgehen, dass ich nicht schwanger werden kann. Und jetzt das. Der Lottosechser. Muss ich diese Chance nicht nutzen? Oder kann ein Lebenstraum auch zu spät in Erfüllung gehen?

Im Dunkeln lege ich die Hände auf meinen Bauch. Noch fühlt sich alles an wie immer. Meine Hüftknochen, die leichte Wölbung unter dem Nabel, die ich weder mit Diäten noch mit Gymnastik jemals wegbekommen habe.

Andreas mochte dieses kleine Bäuchlein. »Du bist doch kein Junge, sondern eine Frau«, hat er einmal gesagt, seine Wange auf meinen Bauch gelegt und den Bauchnabel geküsst. An diese Worte denke ich jetzt, während ich versuche, in mich hineinzuhorchen.

Ich bin schwanger.

Noch ist mein kleiner Gast unsichtbar. Abgesehen von der Übelkeit, die er – oder sie? – mir weiterhin auf den Hals, oder besser, auf den Magen hetzt. Sogar nachts. Daran kann man sich wohl nicht gewöhnen, aber es macht mir keine Angst mehr. Ich hänge mittlerweile fast routiniert über der Kloschüssel und greife nach dem Anfall zum WC-Reiniger. Das Kotzen macht mir nicht mehr so viel aus – es ist nichts gegen das Karussell in meinem Kopf.

Ich beginne, mich vor der Nacht zu fürchten. Das war auch so, als Andreas mir gesagt hat, dass er sich von mir trennen will. Damals war ich genauso froh, wenn sich die Dunkelheit vor unserem Schlafzimmerfenster in das milchige Grau des Morgens verwandelte.

Tagsüber gibt es Gesetze, die die Stunden bestimmen. Man muss zur Arbeit, man muss einkaufen, die Spülmaschine ausräumen, bügeln, irgendetwas. Durch den Tag kommt man immer, selbst wenn man verlassen, unglücklich, liebeskrank ist. Aber die Nächte! In den Nächten stürzen die zerbrochenen Träume mit Getöse auf die Seele. Die unerfüllten Wünsche lagern als Eisengewichte auf dem Herzen. Panik nimmt einem den Atem – die Furcht, nie wieder glücklich zu werden und keine heilen Träume mehr zu finden, presst einem den Angstschweiß aus jeder Pore.

Am Morgen fühlt man sich leer, ausgehöhlt. Als habe einem jemand Sand in die Augen gestreut. Er scheuert ständig unter den Augenlidern, und man ist unendlich müde. Doch in der nächsten Nacht kann man trotzdem nicht besser schlafen.

Zum ersten Mal bin ich froh, dass meine Mutter nicht mehr lebt. Für Mama wäre eine Abtreibung mit Sicherheit eine Sünde. Sie war keine besonders fromme Christin, ging aber hin und wieder zur Kirche. Sie hat mit mir gebetet, als ich klein war. Das Gute-Nacht-Sagen war ein ausgeklügeltes Ritual. Erst wurde ich gebadet, dann kuschelte ich mich ins Bett, und Mama las vor. Am Anfang Bilderbücher, und als ich größer wurde, auch Geschichten wie »Die wunderbare Reise des kleinen Nils Holgersson mit den Wildgänsen«, und zwar das Original. Danach wurde gebetet. Ein Kindergebet, nichts Aufwendiges. Nur ein Vers, der den Schlusspunkt hinter meinen Tag setzte.

Wenn ich jetzt schlaflos in der Dunkelheit liege, versuche ich mich an das Gebet zu erinnern. Und während ich die ersten Worte murmele, fallen mir auch die anderen wieder ein. »Lieber Gott, mach mich fromm, dass ich in den Himmel komm. Amen, gute Nacht.« Wobei ich mich als Kind nicht daran störte, dass ich nicht wusste, was »fromm« eigentlich bedeutet. Und heute? »Fromm« ist kein Wort, das in meinem Leben Platz hat. Ebenso wenig wie Gott.

Die Schlussformel meines Kindergebets verschmolz zu einem Wort. *Amengutenacht.* Meine Mutter wiederholte das »Nacht« noch dreimal und küsste mich bei jedem »Nacht« auf die Wangen und die Stirn. Danach wurde das Licht ausgeknipst, und ich schlief in dem Bewusstsein ein, dass der Zauberspruch *Amengutenacht-nacht-nacht-nacht* die Geister der Nacht in seinem Bann hielt. *Ob ich wohl mit meinem Kind gebetet hätte?,* frage ich mich nachts, wenn mich auch mein altes Kindergebet nicht rettet. Vielleicht liegt es an den fehlenden Küssen.

Als ich mich mit dreizehn Jahren über meine glatten Haare beschwerte und um eine Dauerwelle bettelte, sah meine Mutter mich traurig an. »Franziska, so wie du bist, so hat dich der liebe Gott gemeint.«

Wahrscheinlich hätte sie auch über Abtreibung in dieser Art mit mir diskutiert. »Wenn ein Leben entsteht, hat Gott es so gemeint – da dürfen wir Menschen nicht eingreifen.«

Ich starre in die Dunkelheit. Kann ich die Entscheidung für oder gegen das Kind allein treffen? Muss ich das nicht mit Andreas besprechen? In diesem Moment meiner Überlegungen verhärtet sich mein Herz, und ich höre Andreas' letzte Sätze wieder: »Weißt du, Franziska, es ist schon gut, dass wir keine Kinder haben. Du bist so unselbständig – mit einem Kind wärst du doch völlig überfordert gewesen.« Und dann die Vernichtung: »Du willst zu wenig.«

Will ich wirklich zu wenig? Ich wälze mich unter der Decke unruhig auf die andere Seite. Im Moment weiß ich noch nicht einmal, was ich überhaupt will. Und erst recht nicht, was ich *nicht* will. Also springen meine Gedanken wieder ins Karussell und schleudern mich verzweifelt, hellwach und mit rasendem Herzen, durch die Nacht.

Am Ende dieser schlaflosen Woche finde ich mich am Samstagmorgen in einer Buchhandlung in der Innenstadt wieder. Getrieben von einer unbestimmten Unruhe bin ich ins Zentrum gefahren und dann nach einem unentschlossenen Bummel durch das luxuriöse Kaufparadies Alsterhaus in der Buchhandlung gelandet.

Eine Viertelstunde später fliehe ich kopflos aus dem Laden, ich bin erschlagen von den gefühlten acht Millionen Büchern zu den Themen Schwangerschaft und Kinderkriegen. Vom Schwangerschaftskalender für den werdenden Vater bis zum

Ratgeber, wie man dauerkreischende Babys in den Schlaf wiegt, vom medizinischen Fotoband, der keine Fragen offenlässt und mich an die Auslage des Fleischers erinnert, über den betulichen »Unser-Spatz-ist-da«-Erfahrungsbericht im Eigenverlag mit schaurigen Knittelversen (»Hurra, Hurra, unser Spatz ist da! Da freut sich Mama, freut sich Paps, und Opa trinkt ein Gläschen Schnaps!«) bis zum esoterischen Babyhoroskop-Sammelband mit persönlicher Sternenkarte scheint es nichts zu geben, was es nicht gibt. Gleichgültig, welches Buch ich aufschlage, überall lächeln mich süße Babys an. Ein Anblick, der mir das Herz vor Glück und Trauer zusammenzieht.

Als zwei junge Mütter mit ihren nach Babyöl und Vanille duftenden Säuglingen an das Regal neben mich treten und nach einem Babykochbuch suchen, ist es um mich geschehen. Wie von Furien gejagt, sprinte ich die Rolltreppe ins Erdgeschoss hinab und werfe mich in den Strom der Wochenendshopper, die zwischen Hanse-Viertel und Binnenalster die Straßen verstopfen. Ich schlage den Weg zur Alster ein. Wenn man von der Alster spricht, denken Nicht-Hamburger an einen Fluss. Der fließt aber eher unsichtbar mitten durch die Stadt, denn er bildet dabei einen riesigen See, der vor fast tausend Jahren aufgestaut wurde. Damals wollte man eine Kornmühle damit betreiben, heute ziehen Jogger wie ferngesteuert ihre Runden um die Alster.

Um diesen See marschiere ich jetzt, als ob ich beim Hamburg-Marathon als Walkerin mitmischen wollte. Ich lasse die Kunsthalle links liegen und schaue eine Weile lang den Skateboardfahrern zu, die auf dem Vorplatz mit halsbrecherischen Sprüngen raffinierte Kurven fahren. Es sind junge wilde Männer mit kunstvoll aufgeschlitzten Jeans und weiten T-Shirts, die bald anfangen, mir nervöse Blicke zuzuwerfen. Halten sie mich für eine besorgte Mutter, die gleich ihren Sohn vom Board zieht? Oder für eine von der Menopause geschüttelte Single-Frau, die hier einen One-Night-Stand klarmachen will?

Abrupt gehe ich weiter. Und dann finde ich mich unversehens in der Wandelhalle des Hauptbahnhofs vor der Abfahrt-Tafel. Um mich herum zerren Reisende Trolleys hinter sich her, schleppen ihre Reisetaschen, Mütter zetern ihre Kinder an, ein Teenie-Liebespaar knutscht, alte Leute drücken sich ängstlich durch die Menge und schlagen besorgt einen Bogen um Bettler, Junkies, Dealer und Obdachlose.

Ich überfliege die Tafel. An einem Städtenamen bleibt mein Blick hängen: Berlin! In zehn Minuten fährt ein Zug nach Berlin ab. Es erscheint mir wie ein Zeichen. Berlin! Ich war nur einmal dort – als kleines Mädchen von neun Jahren. In meiner Erinnerung war das der einzige Ausflug, der nicht Richtung Ostsee ging, wo wir die Ferien üblicherweise auf einem Campingplatz verbrachten.

Wir sind damals nach Berlin gefahren, um Bekannte meiner Eltern zu besuchen. Es war ein für mich zunächst äußerst langweiliges Treffen gewesen. Ich war das einzige Kind und saß schlecht gelaunt am Kaffeetisch. Aber dann gingen meine Eltern mit mir in den Berliner Zoo. Und dort geschah, was diesen Trip in der Familiengeschichte zu einer erinnerungswürdigen Geschichte machte. Mama und Papa verloren mich und fanden mich erst nach einer nervenaufreibenden Stunde wieder. Dabei hatte ich nur auf einer abgelegenen Bank in der schummerigen Dunkelheit des Nachttierzoos, von den ungewohnten Aufregungen des Tages übermannt, ein Nickerchen gehalten. Meine Eltern wähnten mich längst auf dem schönen großen Spielplatz und drehten fast durch, als sie mich in der Schar spielender, kreischender Kinder nicht entdecken konnten. Ich dagegen irrte nach dem Aufwachen erschreckt und heulend über das Gelände. Ein aufmerksamer Tierwärter griff mich bei den Seehunden auf und brachte mich zu meinen Eltern, die händeringend im Büro der Zooleitung saßen. Von der Zoo-Direktion bekam ich nach der glücklichen Familienzusammenführung ein Eis spendiert.

All das geht mir durch den Kopf, während ich eine Fahrkarte kaufe und zum Gleis hetze. Es erscheint mir mit einem Mal selbstverständlich, dass ich in Berlin die Antwort auf meine Fragen finde. Vielleicht werde ich auch einfach nur verrückt.

»Du bist … wo?«, klingt eine Stunde später Tinas verblüffte Stimme aus meinem Handy. Ich rühre appetitlos im Kakaobecher, der im Bordbistro vor mir steht, streife den von mir bestellten Apfelkuchen mit einem desinteressierten Blick und sage mit einer Lässigkeit, die gar nicht zu meinem seit der Abfahrt unruhig pochenden Herzen passt: »Im ICE nach Berlin.«

»Was willst du denn da? Und wie lange bleibst du?«

Meine nächste Antwort fällt schon wesentlich weniger bestimmt aus: »Keine Ahnung. Mach dir keine Sorgen. Ich muss nur einfach mal in Ruhe nachdenken.«

»In Berlin?« Tinas Stimme ist förmlich anzuhören, dass sie den Kopf schüttelt. »Fährt man dazu nicht eher an die See?«

»Wir sind doch nicht in einer Vorabendserie.«

»Aber das passt überhaupt nicht zu dir, Franzi!«, jammert Tina. »Ich erkenne dich nicht wieder. Diese Schwangerschaft bekommt dir nicht. Wir wollten doch heute zu Ikea fahren!«

Erschrocken versuche ich, mir mein schlechtes Gewissen nicht anmerken zu lassen, und improvisiere: »Deswegen rufe ich ja an. Das schaffe ich heute nicht. Entschuldigung.«

Jetzt ist Tina wirklich sauer. »Hör mal, das hattest du mir versprochen! Du kannst doch nicht einfach so absagen!«

Ich fühle, wie mich der Brechreiz packt. »Es tut mir leid, Tina«, quetsche ich hervor. »Mir ist total kodderig, ich muss ...«

Tinas Sarkasmus ist auch durchs Telefon noch ätzend. »Natürlich, jetzt wird der armen Mami wieder schlecht. Wie passend!« Sie macht eine Pause, die ich dazu nutze, mit dem Handy am Ohr gegen die Fahrtrichtung zur Toilette zu schlingern. Ich nehme mir noch nicht einmal Zeit, das Telefon auszuschalten, lege es in das Waschbecken und habe das Gefühl, sogar den Apfelkuchen, den ich noch gar nicht gegessen habe, auszuspucken.

Danach greife ich wieder zum Handy. »Sorry, Tina, ich ...«

Sie unterbricht mich kühl: »Das war akustisch sehr eindrucksvoll, Franzi, aber ich bin immer noch wütend. Außerdem: Das alles sollte dir doch wohl zeigen, dass du nicht geeignet bist, eine Schwangerschaft zu überstehen, geschweige denn ein Baby zu ertragen. Du drehst ja jetzt schon völlig durch, vergisst Verabredungen, versetzt deine beste Freundin und neigst neuerdings zu Kurzschlusshandlungen. Schau dich doch mal an!«

Obwohl sie mich doch gar nicht sehen kann, muss ich ihr recht geben. Im fahlen Licht der Zugtoilette sehe ich tatsächlich wie ein Gespenst aus. Gelbliche Haut, dunkle Schatten unter den Augen, blutleere Lippen.

Tina redet weiter: »So schwierig kann es doch wohl nicht sein, eine Abtreibung vornehmen zu lassen, oder?«

Das ist der Moment, in dem ich das Handy abschalte.

In Berlin stromere ich zunächst ziellos durch den neuen Hauptbahnhof, der mich mit seinen verschiedenen Ebenen verwirrt. Hier ist es wärmer als in Hamburg. Selbst im Bahnhof ist das zu spüren.

Ich habe keine Ahnung, was ich als Nächstes tun soll. Ich will sehen, wohin mich der Tag treibt. Ich! Will! Wenn mich Andreas jetzt sehen könnte ... Der wäre bestimmt überrascht, dass seine puschelige Ex-Ehefrau, die er offensichtlich vor allem mit »Makramee« und »Topflappen häkeln« verbindet, mit so viel Abenteuerlust durch die größte Stadt des Landes zieht.

Entschlossen nehme ich die S-Bahn zum Zoologischen Garten, aber dort steige ich nicht etwa aus, um zwischen Giraffengehege und Pavianfelsen in Familiennostalgie zu schwelgen, sondern nehme eine Bahn in Richtung Potsdamer Platz. Dort soll sich angeblich das Gesicht des neuen Berlin zeigen. Alle naselang sieht man den Platz in den Fernsehnachrichten: die Luxushotels dort und natürlich die Stars. So weltabgewandt, wie Andreas glaubt, bin ich gar nicht. Statt, wie Tina vorschlug, aufs Meer zu starren, werde ich das aufregende, pulsierende Großstadtleben zur Entscheidungsfindung nutzen. Alles anders! Alles so-gar-nicht-Franzi-mäßig.

Eine feuchte Schwüle liegt über der Stadt. Zwischen den Häusern steht die Luft, in der Bahn ist es heiß, die Sonne brennt auf den Fenstern. Ich komme an diesem Tag nicht bis zum Potsdamer Platz. Die U-Bahn ist hier überirdisch, die Schienen sind wie auf Stelzen gebaut, man rumpelt über den Autos durch die Straßen und kann ab und an sogar Blicke in Berliner Wohnstuben werfen. Im linken Bereich meines Abteils sitzt eine kleine Gruppe aufgeregter, festlich gekleideter Menschen. Alle erheben sich gleich nach der Haltestelle Nollendorfplatz wie auf Kommando und drängen zur Tür. Eine alte Frau mit gepflegter weißer Lockenfrisur und hellem Kostüm steht neben ihrem ebenfalls weißhaarigen Mann, der einen dunklen Anzug mit einer weißen Nelke am Revers trägt. Zu einem mittelalten Paar gehören mürrisch dreinblickende Teenager-Zwillinge von frappierender Ähnlichkeit. Die beiden Mädchen haben lange, blonde Haare und verströmen den Charme von schlechtgelaunten Rauschgoldengeln. Dass zu ihnen der kleine, alte Hund gehört, der in der hintersten Ecke des Abteils auf dem Boden schläft, bekomme ich erst mit, als die Gesellschaft an der Bülowstraße aussteigt und sich in Richtung Ausgang in Bewegung setzt.

Die alte Dame, die vorangeht, bleibt abrupt stehen. Ihre Stimme ist so laut, dass ich sie im Wagen höre: »Wo ist Anton?«

Als alle suchend zu Boden schauen, klickt es in meinem Kopf: Sie suchen den Hund!

Dann geschieht alles sehr schnell. Ich bewege mich, bevor ich wirklich denke. Rase in die Ecke, hebe den kleinen, aber erstaunlich gelassenen und sehr leichten Hund auf und springe im letzten Moment aus dem Zug. Hinter mir schließen sich die automatischen Türen mit einem lauten Knall. Während der Zug davonfährt, umringt mich die Familie mit aufgeregten Rufen. Der alte Mann nimmt mir behutsam den Hund ab, der jetzt wach ist und ihm hechelnd die Hand leckt.

»Vielen Dank!«, wendet sich die alte Dame an mich. »Es ist uns noch nie passiert, dass wir Anton vergessen haben!«

Ihr Mann lächelt wehmütig. »Weil Anton jünger war. Aber jetzt, im Alter …« Er zwinkert mir zu. »Da lässt das Gehör nach, die Reaktionsfähigkeit. Das ist bei Hunden nicht anders als bei Menschen.«

»Also, meine Reaktionsfähigkeit ist in Ordnung!«, mischt sich seine Frau resolut ein. Sie schenkt mir erneut ein freundliches Lächeln. »Vielen Dank noch einmal, junge Frau.« Sie tippt ihrem Mann auf den Arm. »Wir müssen jetzt los. Die warten mit dem Heiraten nicht auf uns.«

Der alte Herr nickt. Er holt eine Leine aus seiner Jackettasche und hakt die Öse in Antons rotes Lederhalsband ein. »Dann wollen wir mal. Vielen Dank.« Alle wiederholen den Dank, auch das mittelalte Paar. Sie winken mir zu, und sogar die Rauschgoldengel lächeln, als sich die Familie auf den Weg macht.

Ich bleibe allein auf dem leeren Bahnsteig zurück. In der Nähe beginnen Kirchenglocken zu läuten. Durch das Fenster am Ende des Bahnsteigs kann ich den roten Backsteinturm einer Kirche sehen, der sich über den Baumwipfeln erhebt. Einen Moment lang höre ich den Glocken zu und dann – ich könnte nicht sagen, warum – verlasse auch ich den Bahnhof, gehe die Treppen hinunter, auf die andere Straßenseite und folge Anton und seiner Familie.

Unter der U-Bahn-Brücke gehe ich ein Stück an einer stark befahrenen Straße entlang. Hässliche Neubauten wechseln sich mit verwohnten alten Häusern ab, denen man ansieht, dass sie bessere Zeiten erlebt haben. Obwohl die Gegend weit entfernt ist von urbanem Schick oder gar städtebaulicher Romantik, wirkt sie nicht abweisend. Vor einer Kneipe sitzen alte, südländisch aussehende Männer. Sie rauchen, trinken Tee und diskutieren angeregt. Ein böiger Wind treibt Papierfetzen, Plastiktüten und altes Laub vor sich her. Am bedeckten Himmel ballen sich jetzt dunkle Wolken. Die alten Männer räumen ihre Stühle unter eine Markise. Vor der Kirche versammelte Menschen eilen in den Turmeingang, der auch Antons Familie verschluckt. Der Regen prasselt genau in dem Augenblick los, als ich das Portal erreiche.

Vorsichtig drücke ich die Tür auf und trete dabei fast der Braut auf die Schleppe, die gerade am Arm des Bräutigams in die Kirche einzieht. Erschrocken bleibe ich zurück und gleite möglichst unauffällig in die letzte Bank.

Als sich meine Augen an das Dämmerlicht gewöhnt haben, entdecke ich »meine Familie« aus dem Abteil in einer der vorderen Reihen. Zwischen den Rauschgoldengeln steht eine Tasche, aus der Antons Köpfchen lugt. Er hat ihn auf den Rand gelegt und ist bereits wieder eingenickt.

Während die Orgel erklingt und die Gemeinde singt, tauche ich ein in die friedliche, fast schläfrig gelassene Stimmung, nach der ich mich seit Nächten gesehnt habe. Hier, in dieser Kirche, als Zaungast bei der Hochzeit wildfremder Menschen, finde ich zum ersten Mal die Ruhe, über meine Situation nachzudenken. In der Obhut des Gottesdienstes gelingt es mir, die Gedanken endlich zu einer Pro-und-Kontra-Liste zu ordnen. Auf der Kontra-Seite steht: allein, vierundvierzig Jahre, zu spät, keine Unterstützung durch die Familie und den Freundeskreis. Auf der Pro-Seite steht: Erfüllung meines größten Herzenswunsches.

Vorn liest der Pastor aus der Bibel. Und mit einem Mal dringen seine Worte in mein Bewusstsein. »Da sprach der Herr: In einem Jahr komme ich wieder zu dir, dann wird deine Frau Sara einen Sohn haben. Sara hörte am Zelteingang hinter seinem Rücken zu. Abraham und Sara waren schon alt; sie waren in die Jahre gekommen. Sara erging es längst nicht mehr, wie es Frauen zu ergehen pflegt. Sara lachte daher still in sich hinein und dachte: Ich bin doch schon alt und verbraucht und soll noch das Glück der Liebe erfahren? Auch ist mein Herr doch schon ein alter Mann! Da sprach der Herr zu Abraham: Warum lacht Sara und sagt: Soll ich wirklich noch Kinder bekommen, obwohl ich so alt bin? Ist beim Herrn etwas unmöglich?«

Wie Sara in der biblischen Geschichte muss ich unwillkürlich lächeln und höre jetzt gespannt zu, wie es weitergeht. Der Pastor liest: »Der Herr nahm sich Saras an, wie er gesagt hatte, und er tat Sara so, wie er versprochen hatte. Sara wurde schwanger und gebar dem Abraham noch in seinem Alter einen Sohn zu der Zeit, die Gott angegeben hatte. Abraham war hundert Jahre alt, als sein Sohn Isaak zur Welt kam. Sara aber sagte: Gott ließ mich lachen; jeder, der davon hört, wird mit mir lachen.«

Als sich die Gemeinde zum Gebet erhebt, schlüpfe ich aus der Kirche. Draußen hat sich der Himmel aufgeklärt, eine fahle Sonne steht über den schmuddeligen Häusern. Grau- und Brauntöne dominieren, selbst das Grün der Bäume wirkt blass. Trotzdem liegt ein prickelnder Duft über allem, eine mir unbekannte Mischung aus abgeblühten Bäumen und einem schwer definierbaren Geruch, der mich an Steine und Sand denken lässt und mir gut gefällt. Wahrscheinlich ist das die legendäre Berliner Luft.

Der Regen hat sich verzogen, nur die Pfützen auf dem Kopfsteinpflaster des Kirchenvorplatzes erinnern an den Wolkenbruch. Die Luft hat sich etwas abgekühlt, aber es ist noch angenehm warm. Ich schlendere über den Platz auf längliche Betonblöcke zu, die wie Bänke um den Platz gruppiert sind. Gegen die Feuchtigkeit lege ich als Sitzunterlage meine Jacke auf einen Block und setze mich. Aus meinem Blickwinkel spiegelt sich die Kirche in einer großen Pfütze.

Drei Kinder mit dunklen Haaren und dunklen Augen tauchen auf: zwei Jungen in Jeans und bunten T-Shirts, die ich auf sieben oder acht Jahre schätze, und ein Mädchen von vielleicht fünf Jahren in einem rosafarbenen Kleidchen. Alle drei tragen bunte Gummistiefel an den Füßen, was sie wie Kobolde aussehen lässt. Der größere Junge hält eine Plastiktüte in der Hand. Die drei hocken sich um die größte Pfütze, und der Junge nimmt viele kleine, aus Papier gefaltete Schiffchen aus der Tüte. Einige tragen Beschriftungen, anderen sieht man an, dass sie bereits lange im Einsatz sind: oft nass geworden, wieder getrocknet und zurechtgebogen. Die Kinder sind begeistert, als ein sanfter Wind die kleinen Schiffe über die Pfütze treibt. Ich betrachte die Boote, und in meinem Kopf formt sich der Text von Mamas Lieblingsgedicht. Es ist, als ob ich ihre Stimme höre, wie sie leise sagt: »Kleine Schiffe, weiß und leicht erbaut;/Und in Träumen seiner lichten Weite/Sinkt der Himmel wolkenüberblaut.«

Obwohl der Dichter mit diesen Zeilen sicherlich nicht den graublauen Himmel über Berlin gemeint hat, fühle ich mich wieder wie damals als Kind, wie eins der kleinen Schiffe. Doch heute bin ich zart, zerbrechlich und dem Wind ausgeliefert. Und gleichzeitig spüre ich Sehnsucht in mir: Sehnsucht nach Mama, nach der Geborgenheit einer Familie, so wie damals im Zoo, als mich meine Eltern wiederfanden.

Wie ein starkes körperliches Gefühl, wie ein Kälteschauer oder eine Fieberwelle steigt ein Wunsch in mir hoch. Und mir wird unvermittelt klar: Ich will dieses Kind. Allen vernünftigen Argumenten, allem Verstand zum Trotz. Völlig ruhig bin ich mit einem Mal. Ruhig und sicher.

Die Kirchentür geht auf, und das Brautpaar tritt vor das Portal. Die Kinder unterbrechen ihr Spiel und laufen nach vorn. Erst jetzt sehe ich, dass eine kleine Musikkapelle mit Akkordeon, Bass und Gitarre ebenfalls aufmarschiert ist. Ein Walzer erklingt, das Brautpaar dreht sich im Kreis, die Menschen, die aus der Kirche strömen, applaudieren. Sehr weit hinten erblicke ich Antons Familie, der Hund wird jetzt von dem alten Herrn gehalten, der über das ganze Gesicht strahlt.

Ich stehe auf und gehe im Sonnenschein über die Straße. Als ich ein letztes Mal zurückblicke, schwimmen noch immer die kleinen Schiffe auf der Pfütze.

Zum ersten Mal seit Tagen habe ich Hunger. Ich schlendere eine Straße entlang, die mich zur Potsdamer Straße führt. Vom eleganten Stil des Potsdamer Platzes ist hier nichts zu spüren, aber das ist mir gleichgültig. Ich fühle mich wie von innen erleuchtet, lächele mir entgegenkommende Menschen an und schreite durch dieses heruntergekommene Viertel, als wäre es mein Königreich.

Ich werde Mutter! Mit einem Mal fühlt sich mein Körper wertvoll, kostbar und sehr schützenswert an.

Ein würziger Bratenduft zieht mich in ein grellgelb gestrichenes Lokal namens »Pascha 5«. Zweifellos ein Ort, den Tina nur mit Gummihandschuhen und Mundschutz betreten würde. Aber mich lockt die Kreideschrift auf der einfachen Tafel: »Dorade vom Grill«. Frisch gegrillter Fisch! Mir läuft das Wasser im Mund zusammen. Und so sitze ich in dem kleinen türkischen Imbiss, ziehe die kross gebratene Fischhaut vom Fleisch, lasse es mir schmecken und fühle mich wie neugeboren. Denn mir wird nicht übel.

Nach dem Essen schlendere ich zur U-Bahn zurück, fahre zum Hauptbahnhof und nehme den nächsten Zug nach Hamburg. Ich denke an das Gefühl, als ich meine Eltern damals im Berliner Zoo wiedergefunden hatte. Mama drückte mich fest an sich, Papa nahm mich auf den Arm, obwohl ich dafür schon zu groß war. Wir lachten, und Mamas und Papas Arme waren der sicherste Platz der Welt. Dieses Glücksgefühl hat die ganzen Jahre in Berlin auf mich gewartet!

Ich habe fest vor, es nicht wieder zu verlieren …

Bevor ich es mir auf meinem Sitz in dem fast leeren Zug bequem mache, rufe ich Tina an und teile ihr mit: »Du wirst Patentante!«

Danach schalte ich das Handy wieder aus und schlafe tief und fest, bis der Zug in den Hamburger Bahnhof einfährt.

6. Kapitel

Einmal im Leben kann man etwas fühlen
und später im Leben
werden wir uns fragen
was da los war
und wo es hin ist.

Bernd Begemann: »*Wir sind fünfzehn*«

Von da an sieht meine Welt völlig anders aus. Zum einen schlafe ich seit der Berlinfahrt wieder tief und fest – und muss dazu noch nicht einmal ein Kindergebet bemühen. Zum anderen haben mein Vater und Tina geschluckt, dass ich Mutter werde. Keiner von ihnen ist in lautstarken Jubel ausgebrochen, aber das hatte ich auch nicht erwartet.

»Oha, du hast ja Mut«, sagte mein Vater, als ich ihm bei einer Tasse Tee in seiner kleinen Wohnung am Sandweg die Mitteilung machte: »Du kannst dich damit anfreunden, einen Enkel zu bekommen. Der Zellklumpen bleibt!«

Selbstverständlich fand diese Unterredung nicht etwa in familiärer Zweisamkeit statt. Zwar hingen die Unvermeidlichen vor Papas Fernseher im Wohnzimmer herum, während wir in seiner winzigen Küche saßen, aber genau im Augenblick meiner Offenbarung schlurfte einer von ihnen zu uns herein.

»Is was?«, fragte er, als er die Miene meines Vaters sah, und stöberte im Küchenschrank herum.

»Die Salzstangen sind da drüben«, presste Papa hervor und platzte dann heraus: »Rudi, Franziska bekommt ein Kind!«

Rudi ließ die Salzstangentüte fallen. Er drehte sich um, maß mich mit einem verwirrten Blick, klaubte die Tüte vom Boden und sagte dann: »Ein Kind?« Ratlos schüttelte er den Kopf und entschied sich für einen schnellen Rückzug. Während er sich aus der Tür drückte, hörte ich ihn murmeln: »Ein Kind. Hasse da Geschmack für?«

Mein Vater versank in seinem Rollkragen.

Tina reagierte weitaus gefasster. Wir saßen auf ihrem Balkon, der auf den Kreisverkehr des Klostersterns hinausgeht, zwischen Erdbeeren, Lavendel und Weihrauch im Topf, Kletterrosen und Efeu am Spalier, auf Tinas bequemen Liegestühlen und unter dem schattigen Dach ihrer Markise.

Im Gegensatz zu mir ist Tina eine Pflanzenliebhaberin und ihr Balkon eine grüne Oase. Der Klosterstern liegt mitten im betuchten Stadtteil Harvestehude. Anders als in meinem Stadtteil gibt es feine Stadtvillen: Hier wohnen Rechtsanwälte, Fernsehleute, Professoren. In Harvestehude sind die Menschen erlesen gekleidet, auch die jungen Mütter und Väter, die ihre Brut im italienischen Maßanzug bei der Kita abliefern. Die Kinder tragen edle Marken. Teure Kinderklamotten werden hier Secondhand auf dem Flohmarkt verkauft – und der ist ein gesellschaftliches Ereignis, bei dem sich viele Anbieter als Outlet-Könige feiern und ihre letztjährigen Designer-Stücke verhökern. Harvestehude ist ein teures Pflaster, wer hier wohnt, muss es sich leisten können. Tina kann es sich leisten und ist stolz darauf.

Am Tag nach jenem legendären Zugtelefonat hatte sie mich zur Teestunde geladen. »Lass uns noch einmal in Ruhe drüber reden!«

Sie schenkte mir grünen Tee in eine hauchdünne Schale ein, knabberte an einem asiatischen Reiskräcker, lächelte wehmütig und sagte: »Ich hatte mir das schon gedacht. Das bedeutet also das Aus für meine wunderbaren Pläne, mit dir noch einmal die Welt zu erobern, oder?«

»Keinesfalls!«, wagte ich forsch zu entgegen. »Wenn du dich mit einer Welt anfreunden kannst, in der es ein Baby gibt?«

Tina trank einen Schluck Tee. Sie dachte nach. Sie stellte die Tasse wieder ab. Sie schwieg.

Schließlich streckte sie sich und stand dann auf. »Dann sollten wir darauf anstoßen!«

»Aber Tina, ich bin schwanger! Ich darf nichts trinken.«

Doch sie war bereits in der Küche. Ich hörte, wie der Kühlschrank geöffnet wurde, die Eiswürfel in Gläser fielen, und schließlich das »Plop«, mit dem ein Korken den Flaschenhals verlässt. Tina kehrte mit zwei großen Gläsern in den Händen auf den Balkon zurück. »Voilà! Sekt auf Eis!«

Das war ausgesprochen unfair, denn seit Jahren gehört es zu unseren Ritualen, den Sommeranfang im Juni und das Sommerende im September in einer unserer Lieblingskneipen, der Bar »R & B« in der Weidenallee, mit genau diesem Getränk zu feiern.

Ich protestierte erneut: »Tina, ich bin schwanger!«

Tina zauberte hinter ihrem Rücken die grüne Flasche hervor, die sie in der Küche geöffnet hatte. »Du bist schwanger. Und das ist alkoholfreier Sekt!« Sie grinste mich entwaffnend an und hielt mir die Flasche unter die Nase. »Ich bin schließlich deine beste Freundin! Wenn du mich vom Zug aus anrufst und mir sagst, dass ich Patentante werde, nehme ich das ernst.« Sie hob ihr Glas. »Alles Gute für die Schwangerschaft, Franzi. Und auf deine Courage!«

»Wenn du dich weiterhin so gut benimmst, darfst du mit in

den Kreißsaal!«, sagte ich – ich war glücklich, dass ich meine Freundin durch den Familienzuwachs doch nicht verlieren würde.

Tina sah mich entgeistert an. Dann schüttelte sie entschieden den Kopf. »Nie im Leben! So viel alkoholfreien Sekt gibt es in keinem Supermarkt.«

Aber völlig allein und vor allem unvorbereitet möchte ich die Geburt nicht erleben. Die vielen Chatrooms und Blogs im Internet sind zwar durchaus informativ, aber sie ersetzen nur halbwegs die echte Anteilnahme von Freunden oder verlässliche Informationen. Also lande ich wieder in der Buchhandlung und erwerbe nun doch ein Buch, das die Schwangerschaft »Woche für Woche« beschreibt. Es liegt auf meinem Nachttisch – jeden Abend lese, blättere und staune ich. Bereits in der zwölften Woche entwickeln sich die Finger des Embryos, so dass man sogar schon Fingernägel sieht! Die Fotos wirken auf mich wie Bilder von verzauberten Unterwasserwäldern. Ihre Farben und die Strukturen erinnern an Korallenbänke. Weniger angenehm ist, dass ich ständig pinkeln muss. Zunächst dachte ich, ich hätte eine Blasenentzündung. Was, wenn sich mein Körper hinter meinem Rücken innerlich bereits in Richtung Frührente verabschiedet hatte und nun ärgerlich auf meine Planänderung reagiert?

Doch Dr. Fohringer, der sich über meine Entscheidung für das Kind am meisten gefreut hat, bescheinigt mir einen guten Gesundheitszustand und nimmt mir meine Sorgen. »Der Blasendruck legt sich bald. Und was ihre Ängste angeht: Heutzutage werden fast die Hälfte aller Kinder in Deutschland von Müttern geboren, die über dreißig sind.« Er wühlt auf seinem Schreibtisch und hebt triumphierend eine Fachzeitschrift hoch, schlägt sie auf, wendet suchend einige Seiten und zitiert dann: »Um die neunzehntausend Kinder werden von Frauen zwischen vierzig und vierundvierzig Jahren geboren.« Er zeigt auf meinen Bauch. »Du bist nicht allein! Das können Sie Ihrem Junior gleich mitteilen!« Dann deutet er in Richtung Untersuchungsstuhl. »Bitte, Frau Funk.«

Beim Betrachten des ersten Ultraschallbildes gebe ich meinem Baby spontan den Arbeitstitel »Willy«, in Anlehnung an den Kinderfilm *Free Willy*, in dem ein kleiner Junge einen gefangenen Wal aus einem Vergnügungspark befreit. Der unscharfe Ausdruck sieht nämlich aus wie die verwackelte Aufnahme eines Wales beim Tauchen.

Während Fohringer mich weiter untersucht, frage ich: »Interessiert Sie das Thema ›Späte Mutterschaft‹, oder ist es Zufall, dass Sie diesen Artikel zur Hand haben?«

Dr. Fohringer räuspert sich verlegen. Ich könnte wetten, dass seine Halbglatze zart errötet. Er nickt und sagt schließlich: »Ich erlebe gewissermaßen gerade selbst so eine späte Schwangerschaft.«

Als er meinen erstaunten Blick sieht, winkt er ab. »Nein, nicht so, wie Sie meinen! Das Thema Kinder ist für mich und meine Frau abgeschlossen. Aber ich versuche mich gerade in einem anderen Metier – und bin unter die Autoren gegangen.«

»Sie schreiben?«

Fohringer nickt mit unverhohlenem Stolz. »Ein Sachbuch. Das ist *mein* Baby. Für das erste Buch eine recht späte Geburt.« Er deutet beim Wort »Geburt« mit beiden Händen Anführungszeichen an. »Ich schreibe über …«

»Späte Mütter?«

Fohringer bejaht und zieht die Gummihandschuhe von den Fingern. »Sie können sich wieder anziehen.«

Als ich im Stuhl ihm gegenüber Platz nehme, fährt er fort: »Die Schwangerschaft bei älteren Erstgebärenden ist in den letzten Jahren mein vordringliches Thema geworden. Viel mehr Frauen als jemals erwartet, werden heute spät schwanger und weisen dabei normale Blutzuckerwerte und einen normalen Blutdruck auf. Wie Sie. Es gibt eigentlich keinen Grund, in Ihrem Alter kein Kind mehr zu bekommen.« Er macht eine kleine Pause. »Jedenfalls keinen medizinischen.« Wir vereinbaren regelmäßige Termine, und dann händigt er mir ein kleines Heftchen aus. »Das ist Ihr Mutterpass, Frau Funk.«

Das erste Mal wird das Wort »Mutter« mit meinem eigenen Namen gekoppelt. Ich komme mir sehr bedeutend vor.

Die Schwangerschaft offenbart sich mir als großes Abenteuer. Das macht mir Angst. Als ob ich Couch-Kartoffel Hals über Kopf planen würde, den Mount Everest zu besteigen. Mit Flip-Flops und allein. Die medizinischen Fachtermini schrecken mich nicht, schließlich ist das mein tägliches Brot. Ich weiß, was ein Rötelntiter ist, kenne mich aus mit Hb-Werten und dem für andere so unübersichtlichen Abkürzungssalat: BPD, CTG, PDA. Aber die Vorstellung, die Geburt im wahrsten Sinne des Wortes mutterseelenallein durchzustehen, jagt mir jetzt schon, Monate vor dem Großereignis, Schauer über den Rücken.

Papa fällt aus – Rollkragenpullover sind im Kreißsaal bestimmt nicht erlaubt. Mich alarmiert der Gedanke, dass mein Vater meine Hand halten könnte, während ich mich im Wasserbad durch Presswehen heule. Auch auf Tina kann ich nicht zählen: Nach ihrer heftigen Ablehnung bei unserem letzten Gespräch wage ich keinen erneuten Vorstoß.

Aber ich kann doch schlecht die Unvermeidlichen um

Schützenhilfe bitten! Vor meinem inneren Auge tauchen Rudi und Helmut im Kreißsaal auf. Sie tragen Kittel und grüne Masken vor dem Gesicht. Einer von ihnen durchstöbert die Instrumententische, starrt auf Monitore und erscheint mit der nüchternen Erkenntnis »Kein Bier da!« neben der Liege, auf der ich mich mit aufgestellten Beinen rhythmisch hechelnd herumwerfe. Der andere schaut auf mich herunter und sagt: »Ein Baby! Franziska! Hasse da Geschmack für?«

Die meisten Mütter bekommen bei der Erwähnung meiner Schwangerschaft feuchte Augen. Meine Kollegin Nicoletta, selbst Mutter von zwei Kindern, umarmte mich spontan und zum ersten Mal, seitdem wir zusammenarbeiten, und das tun wir immerhin schon sieben Jahre. »Ein Baby! Herzlichen Glückwunsch!«

Es muss einen riesigen Unterschied zwischen »Babys« und »Kindern« geben. Die Erinnerung an ihre Schwangerschaft und die ersten Säuglingstage ihrer Kinder ist bei vielen Frauen eine Erinnerung mit Goldrand. Ich bin gespannt, ob ich herausbekomme, warum.

Jedenfalls läuft bei der Arbeit alles wesentlich leichter als privat. Nicoletta, unsere Auszubildende Fenia und selbst mein Chef Dr. Heymann scheinen sich wirklich für mich zu freuen. »Der Chef« ist anfangs etwas irritiert. »Schwanger? Jetzt noch? Mutig, mutig! Frau Funk, ich muss sagen, dass hätte ich Ihnen nicht zugetraut.« Er wirft mir unter den buschigen Augenbrauen einen anerkennenden Blick zu.

Es ist eine interessante Erfahrung, dass ich neuerdings von so vielen Menschen für mutig gehalten werde. Ausgerechnet ich: die graue Maus, die Frau ohne Willen! Courage, Mut, sich etwas zutrauen – das sind Worte, an die bisher niemand in Verbindung mit meiner Person gedacht hätte.

Allerdings falle ich sofort wieder in die mir vertraute Rolle der Bedenkenträgerin zurück, als ich die sorgenvolle Miene meines Chefs sehe, der mich jetzt fragt: »Da müssen wir uns ja um eine Vertretung für Sie kümmern, stimmt's? Hm ...« Er summt grübelnd vor sich hin. Das macht er immer, wenn er ein Problem lösen muss. Er hasst Veränderungen im Team, ja sogar in der gesamten Praxis. Nicoletta und ich haben einmal die Stühle im Wartezimmer neu arrangiert. Wir hofften, mehr Patienten unterbringen zu können, wenn wir die Stühle nicht nur an den Wänden entlang, sondern auch im Raum verteilten. Der Chef fand das gar nicht lustig und forderte eine umgehende Wiederherstellung der alten Ordnung.

Daran muss ich jetzt denken, und es tut mir aufrichtig leid, dass ich ihm Unannehmlichkeiten mache. Schnell tröste ich ihn: »Aber das hat doch Zeit. Ich gehe ja erst Ende des Jahres in Mutterschutz.« Und ich füge hinzu: »Verzeihen Sie mir, bitte. Ich weiß – das macht jetzt unnötig Arbeit. So kurz vor den Sommerferien.« Da ist bei uns nämlich Hochsaison, weil viele Patienten vor dem Urlaub geimpft und untersucht werden wollen.

Der Chef wirft seinen kantigen Kopf mit einer fast zornig wirkenden Bewegung in den Nacken. »Sind Sie völlig verrückt geworden, Frau Funk?«

Ich starre ihn erschrocken an. »Weil ich das Kind bekomme?«

»Nein, nein!« Der Chef springt auf. »Aber mich ärgert, dass Sie mir unterstellen, Ihre Schwangerschaft könnte mir Probleme bereiten. Für wen halten Sie mich denn? Für einen Leuteschinder? Sie sollten ruhig ein bisschen selbstbewusster werden. Schließlich leben wir nicht mehr im neunzehnten Jahrhundert, wo eine geschiedene Frau nicht schwanger werden durfte und ihr einziger Ausweg darin bestand, ins Wasser zu gehen.« Er klopft mir freundlich auf die Schulter. »Sie sind jetzt erst mal schön schwanger, Ende des Jahres gehen Sie in Mutterschutz, und alles andere soll nicht Ihre Sorge sein. Wir werden schon einen Ersatz finden.« Er hebt in tragikomischer Weise die Hände. »Natürlich wird keine Ersatzkraft so effizient sein wie Sie! Und es kostet leider so viel Energie, neue Mitarbeiterinnen einzuarbeiten.«

Nicoletta, die gerade Blutproben für das Labor fertig macht, gibt sich keine Mühe, ihr Lachen zu verkneifen. »Aber Chef, damit werden Sie doch gar nichts zu tun haben! Das mache doch ich!«

Der Chef sieht sie so zweifelnd an, als würde ich schon morgen niederkommen und die noch völlig fiktive Neue bereits in der Praxis herumwuseln. »Und wenn diese neue Kollegin die verrückt Ideen hat, das Wartezimmer umzuräumen?«

Ich melde mich in der Hebammenpraxis bei Nina und Kim an. Die Schwestern sind beide um die dreißig, kompetent und freundlich. Nina wird mich bei der Geburt betreuen. Jetzt habe ich nicht nur einen Mutterpass, sondern auch eine Hebamme. »Meine Hebamme« – ein paarmal lasse ich diese Formulierung stolz in ein Gespräch mit Tina einfließen.

»Deine Hebamme, deine Hebamme«, imitiert Tina meinen Tonfall. »Du redest so, als ob du ›mein Auto‹, ›mein Haus‹, ›meine Segeljacht‹ sagen würdest!«

Insgeheim fühle ich mich tatsächlich so. Bei meiner Angeberei ertappt, kontere ich bissig: »Na, es hört sich jedenfalls besser an als ›mein Schönheitschirurg‹, ›mein Urologe‹ oder ›mein Venenarzt‹.«

Bei dem Wort »Venenarzt« zuckt Tina zusammen. Sie hat sich vor zwei Jahren einige Krampfadern operativ entfernen lassen und wechselt jetzt hastig das Thema. »Hast du Lust, mal wieder zum Thailänder im Schanzenviertel zu gehen? Oder kotzt du immer noch?«

Auf Tina kann ich also bei den vielen Details, die eine Schwangerschaft ausmachen, nicht zählen. Ein Tagebuch zu führen ist mir fremd. Aber mit irgendjemandem würde ich wirklich gern über die Veränderungen in meinem Körper reden. Nicht völlig allein über die Anschaffung eines Schwangerschafts-BHs nachdenken. Außerdem möchte ich ein bisschen Sport treiben – auch so ein merkwürdiger Wunsch, den ich am Anfang auf meinen labilen psychischen Zustand geschoben habe. Meine Sportlerkarriere endete mit dem letzten Schultag. Bis dahin hatte ich in der Schulmannschaft viel und gern Volleyball gespielt. Aber dann kam die Ausbildung, in einen Verein wechselte ich nicht – und seitdem bastele ich. Doch nach dem Abebben der Kotzerei fühle ich mich manchmal so beschwingt, dass ich mich gern mehr bewegen würde. Volleyball kommt natürlich zurzeit nicht in Frage.

Meine Übelkeit legt sich also, meine Rührseligkeit nicht. Ich muss nur einen schmalzigen Werbejingle im Radio hören, und schon breche ich in Tränen aus. Der Anblick eines Kindes mit Eiswaffel oder eines Welpen treibt mir das Wasser in die Augen. Vergangene Woche habe ich sogar bei einem schwedischen Fernsehkrimi zwei Stunden durchgeheult: weil der Serienkiller, der acht Frauen bestialisch abgestochen hat, eine traurige Kindheit erlebt hatte.

Meine Einsamkeit, die Verwunderung über meinen sich wandelnden Körper und meinen Bewegungsdrang führen dazu, dass ich mir von Nina den Flyer einer Yoga-Schule an der Hoheluftchaussee aufschwatzen lasse: Dort wird »Schwangerschafts-Yoga« angeboten.

»Während der Schwangerschaft nimmt der Wunsch zu, nach innen zu spüren«, sagt Nina und empfiehlt mir, mich dort anzumelden. Ich erinnere mich an die schlaflosen Nächte, in denen ich in mich hineingehorcht habe.

Im Flyer steht: »Schwangerschafts-Yoga soll vor allem zum Wohlbefindenden der werdenden Mutter beitragen.« Das gibt den Ausschlag. Mittlerweile muss ich bei der Erinnerung an das letzte Treffen mit Andreas nicht mehr schlucken, sondern lächeln. Ich will zu wenig? Von wegen! Ich erwarte beispielsweise Rücksichtnahme und kann geradezu zickig werden, wenn neben mir geraucht wird – sogar, wenn ich draußen in einem Straßencafé sitze. Ich will gesunde Nahrung und bin mittlerweile Stammgast im Reformhaus an der Osterstraße. Und ich will mein eigenes Wohlbefinden. Für mich. Für mein Baby.

Weiter heißt es im Flyer-Text: »Schwangere Frauen sind besonders offen für ihre eigene Entwicklung.«

Selbst Tina kann dagegen nichts sagen, schließlich klingt das nach der Entdeckung neuer Welten. Doch als ich ihr aus dem Flyer vorlese, dass es auch spezielle Partnerabende gibt, an denen gegenseitige Massagetechniken während der Schwangerschaft thematisiert werden, winkt sie ab. »Vergiss es.«

»Aber ich bin bestimmt die Einzige, die da allein auftaucht«, jammere ich.

Tinas Stimme klingt ungehalten. »Immerzu ist vom Wohlbefinden der Mutter die Rede. Nur in einem Halbsatz kommt das Wort ›Partner‹ vor, und du drehst völlig durch. Ruf doch erst mal da an. Vielleicht gibt es gar keine freien Plätze mehr.«

Diesen guten Rat befolge ich und muss mir schon am Telefon meinen Irrtum eingestehen. »Nein, es ist sogar üblich, den Kurs allein zu belegen. Die Partnerabende sind Extra-Veranstaltungen«, erklärt mir eine freundliche Yoga-Lehrerin bei der Anmeldung. Ich stelle wieder einmal fest, wie sehr sich die Welt verändert hat: Mütter, die Kinder allein bekommen, Mütter, die fast fünfzig sind. Nichts scheint unmöglich. Ich streichele meinen Bauch. Willy wird in eine neue Zeit geboren.

Bereits in meiner ersten Yoga-Stunde treffe ich dort Lilli. Und nichts in meinem Leben ist mehr wie vorher.

Die Yoga-Schule befindet sich in einer ehemaligen Fabriketage. Der große luftige Raum ist weiß gestrichen, der helle Holzfußboden schimmert warm. Gemeinsam mit fünf anderen schwangeren Frauen, alle zwischen Ende zwanzig und Mitte dreißig, liege ich auf einer Matte und atme tief und regelmäßig. Ich fühle mich ein wenig verloren, obwohl die Yoga-Lehrerin Amrita, eine braungebrannte und schlanke Frau Ende fünfzig, mich freundlich begrüßt hat. Aber ich passe nicht ins Bild, in der ausgeleierten Gymnastikhose und meinem schlabberigen T-Shirt mit dem verwaschenen Aufdruck einer Segelregatta, die Andreas in den neunziger Jahren gesegelt ist. Die anderen tragen weiche Yoga-Stretchhosen, erwähnen, dass ihre Shirts aus einem speziellen Lycra-Baumwoll-Gemisch sind, und tauschen sich mit Blick auf mich besonders laut über einen Online-Yoga-Shop aus, bei dem man Yoga-Kissen mit Dinkelfüllung bestellen kann. *Dinkelfüllung!* Bei der Vorstellungsrunde müssen wir unsere Namen und unser Alter nennen und vom Vater des Kindes erzählen. Obwohl doch heutzutage alles möglich ist, werfen sich die anderen verstohlene Blicke zu, als ich mich vorstelle. Ob es an meinem Alter liegt oder daran, dass ich auf Nachfragen wahrheitsgemäß sage, dass ich das Kind allein aufziehen möchte, weiß ich nicht. Die anderen reden von ihrem Partner, ihrem Freund oder ihrem Mann. Diese Männer haben Jobs und scheinen gut zu verdienen. Mich scheinen sie für eine Versagerin zu halten, weil ich geschieden bin. Sie haben nur ein sehr aufgesetzt wirkendes Lächeln für mich übrig. Das kann natürlich auch daran liegen, dass sie einander schon kennen und ich »die Neue« bin. Glücklicherweise hat mich keine als mutig bezeichnet.

Amritas Stimme erhebt sich beruhigend über dem leisen Geplätscher eines Zimmerspringbrunnens in der Ecke. »Die Schwangerschaft ist eine sehr herausfordernde Zeit in eurem Leben. Yoga wird euch helfen, Vertrauen in die eigene Kraft zu entwickeln und zur Ruhe zu kommen.«

Als sie das Wort »Ruhe« ausspricht, wird die Tür mit einem lauten Krach aufgerissen: Eine Frau, nein, wohl eher ein Mädchen, stolpert in den Raum. Ihre deutlich schwarz gefärbten, hochtoupierten Haare erinnern an ein zu Recht verlassenes Vogelnest, ihre Augen sind dramatisch schwarz ummalt, an ihren Ohren hängen giftgrüne Weihnachtskugeln. Ihr Kleidungsstil ist eine Mischung aus Punk, Altkleidersammlung und Kaufhaus-Boutique: grellgelbe Leggings, schmuddelige graue Turnschuhe ohne Schnürsenkel, abgeschnittene Bermudashorts, die irgendwann einmal eine lange Hose waren – mit Fischgrätenmuster! Und über allem ein wallendes Oberteil, das zwischen Zelt und Blusenkleid oszilliert. Quer über dem schmalen Oberkörper trägt sie den Henkel einer Kuriertasche, in beiden Händen hält sie prall gefüllte Plastiktüten, die sie jetzt fallen lässt. Eine kippt um, und ein Apfel kullert heraus, direkt auf meine Matte. Ich richte mich auf und halte das flüchtende Obst an.

Das Mädchen kaut auf seinem Kaugummi und lächelt mir zu. Dabei entblößt es hinter den knallrot geschminkten Lippen perlweiße Zähne. Aber *wie* dieses Mädchen lächelt! Unwillkürlich muss ich an samtige Pfirsiche denken, die im Sommersonnenschein in einem Korb rosig und golden leuchten. »Kannst du gern behalten!«, sagt das Mädchen mit heiserer Stimme, die nach einem Jungen im Stimmbruch klingt. Sie sagt: »Kannze jern behalten« – Berlinisch ist selten in Hamburg. In ihren Ohren stecken Kopfhörer – deshalb spricht sie viel zu laut.

Aus dem Augenwinkel sehe ich, dass die anderen Schwangeren sie misstrauisch mustern. Amrita schwebt auf das Mädchen zu und nimmt ihm vorsichtig die Stöpsel aus den Ohren.

Die Weihnachtskugeln klingen leise. »Oh, ja, nee, klar, sorry!« Das toupierte Wesen grinst zuvorkommend und schaltet seinen MP3-Player aus. »Elvis kann man nur laut hören.« Sie streckt Amrita die rechte Hand entgegen. »Bin zu spät, Entschuldigung!« Sie sagt »Tschulli« statt »Entschuldigung«.

Amrita nickt ihr zu und zeigt auf den Boden neben mich. »Da ist noch Platz.«

Die anderen atmen hörbar erleichtert auf. Ich muss grinsen. Klarer Fall, Amrita packt die beiden Außenseiterinnen zusammen: Miss Punk und das Mittelalter, während die Mütter im *richtigen* Alter mit den *richtigen* Klamotten und den *richtigen* Männern auf ihrer kleinen Insel der dinkelgefüllten Yoga-Kissen unter sich bleiben.

Das Wesen hockt sich neben mich auf den Boden, schnallt eine Isomatte ab, die am Boden der Kuriertasche befestigt war, rollt sie aus und legt sich hin. Es wendet mir den Kopf zu. Seine Augen sind von einem durchdringenden Blau. Wie emailliert. Mit dem Mädchen ist eine Duftwolke süßlichen Teenagerparfüms in den Raum geschwappt, die bei einer der Schwangeren fast zur Schnappatmung führt.

»Können wir das Fenster öffnen?«, fragt sie und vermeidet jeden Blick in unsere Richtung.

Amrita nickt mit unbewegtem Gesicht. Sie geht zum Fenster. Während sie die Flügel weit aufmacht und die warme Sommerluft in den Raum dringt, sagt sie: »Wir spüren unseren Atem, wir schließen die Augen …«

Ich habe immer noch den Apfel in der Hand und bin schockiert über die Unverfrorenheit der anderen, die jetzt trotz Amritas Anweisungen leise miteinander tuscheln.

Die junge Frau neben mir bekommt das auch mit. Sie weist nachlässig mit dem Kopf auf die Frauen: »Det kenn ick schon, wa.« Sie streckt sich ächzend auf dem Rücken aus, streichelt ihren Bauch und atmet tief ein und aus. Ihre Fingernägel sind hellblau lackiert. Ich lege den Apfel zwischen uns und mache es ihr nach.

Bald dreht sie sich wieder mir zu. »Ich heiße Lilli. Und du?«

»Franziska.«

»Franziska? Cool. Ich kannte mal ein Meerschweinchen, das Franziska hieß.«

Amrita verteilt Kissen. »Legt euch jetzt in die Seitenlage, mit einem Kissen unter dem Kopf und einem zwischen den Beinen. Spürt ihr den Boden unter euch? Versucht, euer Körpergewicht loszulassen. Nehmt wahr, wie der Atem durch die Nase ein- und ausströmt. Gebt dem Ausatmen mehr und mehr Zeit, bis das nächste Einatmen von allein kommt. Spürt euer Becken, den Bauch und den Brustkorb. Alles wird weit beim Atmen …«

Die konzentrierte Stille wird unerwartet durch ein lautes Schnarchen unterbrochen: Neben mir liegt Lilli mit leicht geöffnetem Mund auf ihrer Matte – sie schläft tief und fest.

Als die anderen gegangen sind, sitze ich noch mit Amrita zusammen. Ab und an blicken wir zur schlafenden Lilli hinüber.

»Kim hat sie bei einem Fest im Hafen kennengelernt«, erzählt Amrita. »Lilli hat bei einem Szenefriseur gejobbt, und Kim war von ihrem Stil, Haare zu schneiden, begeistert. Die beiden haben einen Deal gemacht: Lilli schneidet Kim und Nina umsonst die Haare, dafür finanzieren sie ihr hier den Kurs.« Sie lächelt.

Die ersten Teilnehmerinnen des nächsten Kurses tauchen auf. Wir wecken Lilli, die wie ein Kind ohne Übergang aufwacht. Sie klappt ihre blauen Augen auf und ist da.

»Oh, hallo. Bin ich weggedöst?« Sie rappelt sich auf.

Ich halte ihr den Apfel hin. »Hier, das ist deiner.«

Lilli sieht mich gekränkt an. »Hab ich doch gesagt, dass du den behalten kannst.«

Also stecke ich den Apfel ein. Irgendetwas fesselt mich an diesem dünnen, blassen Mädchen, das ein bisschen wie die Rockmusikerinnen-Variante der Prinzessin aus einem tschechischen Märchenfilm wirkt. Und dann höre mir selbst überrascht zu, als ich sie frage: »Wollen wir noch irgendwo einen Tee zusammen trinken?«

Lilli lächelt und sieht dadurch noch jünger aus. »Cool. Kann ich auch Kakao haben?«

Wir schlendern mit ihren Plastiktüten ins Café Christiansen, wo Lilli zwei Stücke gedeckten Apfelkuchen zum Kakao mit Sahne bestellt. Allerdings nicht, ohne vorher zutraulich zu fragen: »Du zahlst doch, oder?«

Ich entscheide mich für einen Käsekuchen und Rooibos-Tee. Als unsere Bestellung kommt, verteilt Lilli ihre Energie gerecht zwischen Kuchen futtern und erzählen: Sie ist neunzehn Jahre alt und eine waschechte Berlinerin. Während sie mit der Gabel ein Stück Apfelkuchen aufspießt, betont sie: »Meine Eltern sind aus Friedrichshain – bevor das so'n Schickimicki-Viertel wurde.« Ich habe keine Ahnung von Berliner Stadtbezirken, also nicke ich nur bestätigend.

Lilli hat nach der mittleren Reife Friseurin gelernt, die Ausbildung aber abgebrochen. »Das war nichts für mich. Mensch, ich bin doch kreativ! Und dann immer nur doofe Dauerwellen.«

»Was hat dich denn nach Hamburg verschlagen?«, unterbreche ich ihren Redefluss.

Lilli schluckt ein Stück Apfelkuchen hinunter. »Schicksal! Ich bin jetzt ein Jahr hier. Echt schöne Stadt, aber, Mannomann, echt gewöhnungsbedürftig!«

Sie erklärt mir, wie sie mit ihrem Auftreten anfangs »total Probleme« bekam. Vergnügt prustet sie bei der Erinnerung daran Kuchenkrümel über den Tisch. »Wenn du in Berlin zum zweiten Mal in eine Kneipe kommst, sagt der Typ hinter der Bar: ›Wie imma, Mäuschen?‹« Sie greift sich in die stetig rutschende Frisur. »Und hier?« Lilli legt die Gabel auf den Teller, strafft den Oberkörper, hebt arrogant die Nase und näselt: »Nun? Was darf es für Sie sein?« Kopfschüttelnd macht sie sich wieder über den Kuchen her. »Mensch, ich bin doch nicht bekloppt! In Berlin gehst du raus, damit du andere Leute triffst. Da quatscht jeder mit jedem, quer durch die Kneipe von Tisch zu Tisch. Als ich das einmal in Hamburg gemacht habe, haben die mich angeglotzt, als ob ich eine Qualle aus'm Weltall wäre!«

Mir fällt auf, dass Lilli versucht, meiner Frage nach dem Grund ihres Umzugs mit ausufernden Schilderungen über Hamburger und Berliner Unterschiede auszuweichen. Also hake ich nach: »Warum bist du denn nun nach Hamburg gekommen?«

Lilli runzelt die Stirn. »Das ist privat.«

Erschrocken sehe ich sie an. Sie hat ja recht. Wieso sitze ich hier eigentlich wie beim Stasi-Verhör und quetsche sie aus? Lilli tätschelt meinen Arm. »Mach dir nicht gleich ins Hemd, Franziska. Ich hab's nicht böse gemeint. Also: Ich bin auf der Suche nach meinem Vater!«

Es stellt sich heraus, dass Lilli ihren Vater nicht kennt, weil der ihre Mutter verlassen hat, als sie noch ein Baby war. Bis heute hat sie ihn nicht gefunden.

»Welche Anhaltspunkte hast du denn überhaupt, dass er in Hamburg ist?«

Lilli zuckt mit den Achseln. »Es gab mal eine Postkarte und eine Adresse. Da lebt er zwar nicht, aber ich weiß, dass er hier irgendwo rumläuft. Und eines Tages finde ich ihn.«

»Und der Vater deines Kindes?«

Lillis Gesicht hellt sich auf. »David? Ach ja, David!« Beim zweiten Stück Apfelkuchen verrät sie mir mit dem verschwörerischen Tonfall einer Siebtklässlerin, dass sie nicht so recht weiß, ob sie David liebt oder doch eher nicht. Sie legt ihre Kinderstirn in zwei dicke Falten. »Weißt du, das ist nicht so einfach. Was heißt schon lieben? Ich *liebe* beispielsweise Fußball, also ich schwärme für die Jungs aus Liverpool. Du weißt schon, FC Liverpool. Die Reds.« Sie fügt rätselhafterweise hinzu: »Das muss ich ja. Schon wegen Elvis!«

»Wer ist Elvis?«

Lilli mustert mich entsetzt. »Du weißt nicht, wer Elvis ist? Na, Elvis Presley. Elvis the pelvis. Elvis, der größte Sänger der Welt.«

»Natürlich kenne ich Elvis Presley. Aber der ist doch tot«, wehre ich mich.

Lilli widerspricht: »Elvis ist nicht tot! Der ist unsterblich.« Sie macht eine kleine Pause und lächelt bedeutungsvoll. »Mein Vater sah so aus wie Elvis. Bei den Sachen meiner Mutter hab ich mal ein Foto von ihm gefunden.«

»Aber was hat Elvis Presley mit Fußball und dem FC Liverpool zu tun?«

Lilli schiebt die Unterlippe über die Oberlippe und schmatzt tadelnd. »Das weiß doch jedes Kind!« Sie beugt sich vor und teilt mir im Ton einer geduldigen Nachhilfelehrerin mit: »Die Hymne von Liverpool ist ›You'll never walk alone‹. Und keiner singt das besser als Elvis. Hier!« Sie wühlt in ihrer Kuriertasche, holt den MP3-Player hervor und stopft mir gegen meinen Widerstand ihre Kopfhörer in die Ohrmuscheln.

Die Stimme des Kings erklingt, aber Lilli gibt mir nicht viel Zeit zum Hören und rupft mir die Kopfhörer wieder aus den Ohren.

»Das geht ans Herz, oder?« Bevor ich etwas sagen kann, fährt sie fort: »Ich wollte doch von David erzählen. Elvis ist ja nur ein Beispiel. Ich liebe Elvis. Das weiß ich genau. Aber David? Das ist mal so und mal so.« Sie streckt den Daumen erst hoch und dreht ihn dann nach unten.

»Was ist er denn für ein Typ?« Ich richte mich innerlich auf eine ähnliche Ablehnung wie bei der Frage nach ihrem Vater ein. Doch obwohl es wieder »privat« wird, grinst mich Lilli nur um Verständnis heischend an. »Na, so'n typischer Reiche-Leute-Sohn. Verwöhnt bis dort hinaus. Die Eltern haben mächtig Kohle, der Alte ist Steuerberater oder so. Natürlich sind Mutti und Vater piekfein und wollen mit dem Bastard nichts zu tun haben.« Sie legt die Hand schützend auf ihren Bauch. »Aber das ist mir wurscht. Die sollen nur zahlen.« Ihr Gesicht hellt sich nach einer kurzen Pause wieder auf. »Von wegen Bastard. Ist mir egal, ob es ein Junge wird. Selbst ein Mädchen würd ich Elvis nennen … Guck mal!« Sie zieht den Rand der Leggings von ihrem linken Knöchel und hebt das Bein quer über den Tisch, ohne sich an den überraschten Blicken der anderen Gäste zu stören. »Tata!« Sie zeigt mir eine kleine Tätowierung: eine kaum sichtbare, winzige Rose. »Die habe ich mir stechen lassen, als ich wusste, dass ich schwanger bin. Für mein Kind.« Sie streichelt begeistert über ihren Knöchel, der fast an meinen Kuchenteller stößt. »Schön, nicht?«

Sie klingt so glücklich, dass ich unwillkürlich nicke. Dabei habe ich mit Tätowierungen nicht besonders viel am Hut. Und eigentlich finde ich, dass sie den Fuß vom Tisch nehmen könnte. Immerhin trägt sie noch ihren Turnschuh. Es ist etwas Besonderes an diesem Mädchen, das mich an eine aufmüpfige Fee erinnert, die aus dem Märchenland verbannt worden ist. Deswegen antworte ich freundlich: »Wirklich, sehr schön.« Und dann schiebe ich sanft ihren Fuß von meinem Kuchenteller.

»Sorry!« Lilli verzieht ihr Gesicht und verstaut den Fuß wieder ordnungsgemäß unter dem Tisch. Erneut strahlt sie mich himmelblau an. »Ich bin manchmal ein Trampel, ich weiß.« Sie stützt beide Ellbogen auf, legt ihr Kinn in die Hände und fragt: »Und was ist mit dir? Hast du einen Mann, noch andere Kinder, Familie?«

Ich erzähle in kurzen Worten von meiner Scheidung, meiner neuen Wohnung, und dass Andreas der Vater des Kindes ist. Lillis Augen weiten sich auf Untertassengröße. »Voll krass! Aber irgendwie auch cool. Meinst du, der kümmert sich mal um das Kind?«

»Wenn er davon erfährt, vielleicht. Aber ich weiß noch gar nicht, ob ich das will.«

Das findet Lilli noch krasser, und gleichzeitig gefallen ihr die Parallelen zwischen ihr und mir. »Ich habe keinen Vater, du keine Mutter mehr. Die Väter unserer Kinder – na ja, da gibt's wohl auch Ähnlichkeiten! Meine Ma hat mal so einen Astrologiekurs gemacht. Wir beide sind bestimmt seelenverwandt, oder wir kennen uns aus einem früheren Leben. Wir sind uns doch total ähnlich!« Ihr Haarwust wippt begeistert. Wie wir so dasitzen – sie mit ihrem quietschbunten, schrägen Outfit und ich in der Hamburger Bürgerlichkeitskostümierung mit Jeans, weißem T-Shirt und schwarzem Jackett – würde wohl kein Mensch auf der großen weiten Welt darauf kommen, in uns Seelen- oder sonst welche Verwandte zu sehen. Außer eben Lilli. Sie sieht mich so aufgeregt an, als ob sich gleich herausstellen wird, dass sie meine lange verschollene Cousine ist.

Während sie das letzte Stück Apfelkuchen vertilgt, fragt sie mit vollen Backen: »Wann ist dein errechneter Geburtstermin?«

»Mitte Januar.«

Lilli bleibt der Mund offen stehen, was bei der Menge von Kuchen, die sie hineingestopft hat, nur mäßig appetitlich ist. Sie schluckt hastig, bekommt dabei etwas in die falsche Röhre und hustet theatralisch. »Meiner auch!«

Wir sehen uns an. Auch ich bin wie vom Donner gerührt.

Dann reden wir beide gleichzeitig. Ich frage: »Wirklich?«, während Lilli ruft: »Das ist Schicksal!«

Sie fällt mir um den Hals, und ich rieche süßes Teenie-Parfüm, Haarspray – und etwas, das genauso duftet, wie ich mir Lebensfreude vorstelle.

»Hey, dann können wir uns ja gegenseitig begleiten!«, stellt Lilli fest, als sich unsere Aufregung gelegt hat.

»Ja, das wäre schön«, bestätige ich, denn ich kann mir auf einmal nichts Schöneres vorstellen, als dieses verrückte Wesen an meiner Seite zu wissen. »Wo wohnst du eigentlich?«

Lilli spielt mit ein paar Krümeln auf ihrem Teller. Sie wirkt wie ein beim Naschen ertapptes Kind. »Bis heute habe ich bei Freunden gewohnt. Da hinten an der Christuskirche. Aber die brauchen das Zimmer jetzt selbst.« Sie zeigt auf die Plastiktüten. »Ich wollte mich nach dem Kurs mal umhören.« Sie zieht ein Handy aus ihrer Tasche. »Ich habe die Nummer von einem Typen in Wilhelmsburg, da könnte ich wohl ein paar Nächte schlafen.«

»Du hast keine Wohnung?« Ich bin fassungslos.

»Erfasst, du Blitzmerkerin.«

»Wieso denn nicht? Weiß das deine Mutter?«

Lilli schüttelt den Kopf. »Erde an Franziska! Ich habe keine Wohnung, weil ich keinen festen Job habe, da ist alles viel zu teuer. Und meine Mutter … Ach, weißt du: Die ist ein Thema für sich.« Ihr Gesicht verschließt sich. Intensiv mustert sie ihren Kakaobecher. Dann hebt sie den Blick und grinst mich mit ihrem Pfirsiche-an-einem-Sommertag-Strahlen an. »Du hast nicht zufällig ein Zimmer frei?«

Ich atme tief durch. Und dann höre ich mich klar und deutlich sagen. »Doch, zufällig habe ich eins. Und gar nicht weit weg von hier.«

Ich weiß zwar jetzt schon, dass meine neue Wohnungsgenossin Papa für lange Zeit in seinem Kragen verschwinden lassen und Tina mich für wahnsinnig halten wird. Aber wie war das noch? »Schwangere Frauen sind häufig besonders offen für ihre eigene Entwicklung.«

Mit Lilli im Haus werde ich mich garantiert entwickeln. Ich weiß nur noch nicht, in welche Richtung.

7. Kapitel

Brennt am Ende meiner Straße ein Licht
wartest Du auf mich
erreiche ich Dich
rechtzeitig.

Bernd Begemann: *»Rechtzeitig«*

Lillis Einzug läuft in erstaunlicher Geschwindigkeit ab. Außer den beiden Plastiktüten holt sie eine prall gefüllte, abgeschabte Reisetasche aus ihrer letzen Behausung – fertig. Sie wirft den Krempel einfach in das Zimmer am Ende des oberen Flurs. Wir hatten besprochen, dass das mittlere Zimmer später das Kinderzimmer werden sollte.

»Aber worauf willst du denn schlafen?«, ist mein erstaunter Kommentar.

Lilli wedelt nur vage mit der rechten Hand. »Das kommt noch.«

»Wann?«, frage ich und hole die Not-Luftmatratze aus dem Schrank.

Wieder wird gewedelt. »Später. Wirst schon sehen.«

Und ich sehe, mit vom Schlaf verquollenen Augen aus meiner Schlafzimmertür. Denn »später« ist kurz vor Mitternacht an einem Dienstag, drei Wochen nach ihrem Einzug. Ich bin um halb elf todmüde in mein Bett gefallen und sofort fest eingeschlafen. Doch dann dringt irgendwann Musik und Stimmengewirr durchs Haus und in meinen Schlaf. Einen Moment lang liege ich mit hämmerndem Herzen im Bett und stelle mir vor, dass Einbrecher durch die Räume ziehen und eine Party veranstalten, die von meinem Haus nur Schutt und Asche zurücklassen wird. Vielleicht sind sie schon auf dem Weg nach oben? Ich muss Lilli wecken und retten! Unwillkürlich greife ich nach der nächstbesten Waffe und schleiche zur Tür.

Auf dem Flur ist ein Knacken zu hören, gefolgt von einem Klopfen an meiner Tür und Lillis Stimme. »Franziska?«

Erleichtert öffne ich und ziehe Lilli ins Zimmer. »Komm schnell rein!« Ich schließe die Tür und lehne mich aufatmend dagegen. Lilli ist wenigstens in Sicherheit.

»Was hast du denn?«, fragt Lilli überrascht. Sie scheint überhaupt keine Angst zu haben. Mich beschleicht das unangenehme Gefühl, mich gerade zu blamieren. Lilli zeigt auf den Föhn, den ich immer noch kampfbereit umklammere. »Was hast du mit dem Föhn vor, Schatz?«

Ich lasse ihn sinken. Lilli trägt statt Pyjama ein T-Shirt und Jeans und macht einen aufgekratzten Eindruck. Also scheint keinerlei Gefahr in Verzug zu sein. Außerdem geht das Gerumpel, Gerufe und die Musik im Haus unverdrossen weiter.

Dass wir uns gegenseitig »Schatz« nennen, begann vor einer Woche beim Schwangerschafts-Yoga, als wir beim Partnerschaftsabend Amritas Anweisung folgten: »Jetzt stützt jeder seinen Schatz im Rücken, und gemeinsam atmet ihr …« Lilli und ich sahen uns an. Dann prustete Lilli los: »Also, komm schon, Schatz!«

Jetzt fragt sie noch einmal: »Was soll der Föhn?«

»Was wohl? Ich wollte mir gerade die Haare waschen!«, antworte ich munter und setze mich aufs Bett.

Lilli grinst. »Nee, schon klar!« Sie zeigt auf die Tür. »Und ich wollte fragen, ob du mit uns was essen willst.«

»Essen? Mit euch?«, echoe ich blöde.

Lilli nickt, und die Glocken, die sie als Ohrringe trägt, läuten hell. »Franzi, mein Bett ist angekommen!« Sie sieht sich suchend um, greift nach meinem Bademantel, der auf dem Sessel liegt, und drückt ihn mir in die Hand.

»Komm schon, Tarek macht ein 1-a-Couscous!«

Wenig später sitzen wir zu acht am Küchentisch und essen ein wirklich leckeres Couscous. Ich habe beschlossen, großzügig darüber hinwegzusehen, dass Tarek, ein bleichgesichtiger Junge mit schütterem Dschingis-Khan-Bart, zu diesem Zweck mein für den nächsten Tag eingeplantes Lammgeschnetzeltes im wahrsten Sinne des Wortes verbraten hat.

Außer Tarek gibt es noch zwei Cousins von Tarek, deren Namen ich nicht verstanden habe, ein vierter Junge mit einem schwarzen Lockenkopf, der Oliver heißt, zwei Mädchen mit ähnlich verrückten Klamotten wie Lilli, die sich als Josy und Micki vorstellen, und David. Lillis David! Der Vater von Lillis Baby. Er ist sehr schmal, sehr blond und wirkt sehr lässig. Es ist offensichtlich, dass die anderen ihn als Anführer anerkennen. Und noch offensichtlicher ist, dass sich Micki und Josy beide Hoffnungen machen, Lillis Position bald zu besetzen. David hat das Ferienhaus seiner Eltern geplündert und Lilli eine breite Matratze mitgebracht, die die Jungs nach oben in Lillis Zimmer verfrachtet haben.

Auf meine Frage, ob Davids Eltern damit einverstanden sind, winkt er ab. »Die merken das gar nicht.«

Im Hof steht Tareks Kombi. Alle haben mit angepackt und sogar Bettwäsche und Handtücher nach oben geschleppt. Lilli hat an diesem Abend dauernd einen roten Kopf, hängt David am Arm und wirkt sehr glücklich.

Als ich meinem Vater von Lillis Einzug erzähle, verschwindet er nicht etwa in seinem Rollkragen. Im Gegenteil, er geht aus sich heraus: Er macht mir eine richtige Szene, und es kommt zu einem Streit. Nun gut, vielleicht hätte ich es ihm nicht gerade im Wartezimmer des Urologen sagen sollen. Dabei liegt der Grund für Papas Nervosität gar nicht so sehr in der bevorstehenden Untersuchung seines Unterleibs, sondern in seiner panischen Angst vor Spritzen. Er hat nämlich *Rollvenen* und kann mit schauerlichen Geschichten aufwarten, in denen unfähige Krankenschwestern oder Arzthelferinnen am Rande des Nervenzusammenbruchs vorkommen, blutverschmierte Untersuchungstische und er höchstpersönlich als das personifizierte Martyrium der Menschheit. Selbst meine fachliche Autorität nutzt nichts: Ich kann, sooft ich will, vergeblich betonen, dass es Rollvenen nicht gibt: »Rollvenen sind wegrutschende Venen in lockerem Bindegewebe.«

Papa sieht mich dann nachsichtig an. »Ach, Franziska, was weißt du schon?« Meist versinkt er dann in seinem Kragen und murmelt: »Nur wer Rollvenen hat, weiß, was Rollvenen sind.«

Ob Rutschen oder Rollen – Papa hat jedenfalls hosenflatternde Angst vor Blutabnahmen, Impfungen und allem, was mit Injektionsnadeln zu tun hat. Früher hat Mama ihn zu solchen Terminen begleitet, heute ist er auf mich angewiesen.

Bezeichnenderweise werden die Unvermeidlichen nicht zu diesen Hilfeleistungen herangezogen. »Die wissen doch gar nichts von meiner ... ähm ... von meinen Rollvenen«, empörte sich mein Vater, als ich ihm vorschlug, sich von Rudi oder Helmut zum Arzt begleiten zu lassen.

Deswegen muss ich auch diesmal den jährlichen Check-up mit ihm ertragen. Ich weiß zwar, wie unruhig Papa bei diesen

Terminen ist, aber für mich ist es eine Gelegenheit, endlich einmal allein mit ihm zu sprechen.

Während mein Vater nervös in einer Zeitschrift blättert, beginne ich: »Ich habe bei der Schwangerschaftsgymnastik ein nettes Mädchen kennengelernt – Lilli.«

Papa blickt von seiner Zeitschrift hoch. »Wie schön.« Er reibt sich die Innenseite seines linken Ellbogens. »Heute werde ich ihnen gleich den Arm mit den besseren Venen anbieten.«

Ich verzichte auf den Hinweis, dass das erfahrenen Blutabnehmern völlig gleichgültig ist. So gleichgültig wie für meinen Vater die Tatsache, dass ich schließlich Arzthelferin bin.

»Lilli ist zwar erst neunzehn, aber sie ist sehr selbständig«, versuche ich mich an das Thema »Lilli wohnt bei mir« heranzutasten.

Papa inspiziert seinen rechten Innenarm. »Das sollte sie auch, wenn sie in dem Alter Mutter wird. Wer ist denn der Vater? Und was sagen die Eltern des Mädchens dazu?«

»Der Vater von Lillis Kind geht noch zur Schule, er macht bald Abitur«, beschönige ich Davids Biographie ein wenig. »Ihre Eltern sind geschieden – der Vater lebt in Hamburg, die Mutter in Berlin.«

Papa rollt seine Pulloverärmel wieder nach unten und seufzt tief. »Gut, dass ich zur Not mit den Venen auf den Handrücken aufwarten kann!«

Ich entschließe mich zu einem Kurswechsel. »Jetzt, wo das Haus fast fertig ist, merke ich erst, wie groß es ist.«

Papa schlägt die Zeitschrift zu. »Zu groß für dich?«

Ich streiche über meinen Bauch. »Nein, nein, nicht zu groß für … uns. Aber es gibt doch noch Platz. Beispielsweise im Obergeschoss.«

Papa sieht mich interessiert an. »Das stimmt. Da oben gibt es neben deinem Schlafzimmer noch zwei hübsche Räume.«

»Genau. Und deswegen habe ich gedacht, dass ich vielleicht nicht allein mit Will…, mit dem Kind in dem ganzen Haus leben sollte.«

Papa nickt. »Das habe ich mir schon lange überlegt. Es wäre doch auch gut für dich, wenn du etwas Hilfe hättest. So ein kleines Kind kann einen sehr fordern.«

Ich lächele Papa an, der seine Angst vergessen zu haben scheint. Papa lächelt zurück. Und dann sprechen wir beide gleichzeitig.

Ich sage: »Deswegen freue ich mich, dass Lilli bei mir eingezogen ist.«

Papa sagt: »Hoffentlich passt mein Bett unter die Dachschräge.«

Wir starren einander erschrocken an. Mir wird schlagartig klar: Papa hat geglaubt, dass ich ihn als Mitbewohner in mein Haus einladen will. Einerseits tut es mir leid, weil ich ihn nicht verletzten möchte. Andererseits bin ich ärgerlich, weil ich dieses Thema aufgrund meiner Schwangerschaft für beendet angesehen habe und Papa jetzt doch wieder darauf zurückkommt.

Er wirkt aber gar nicht verletzt, sondern regelrecht wütend. Sein Kopf reckt sich aus dem Rollkragen hervor und läuft rot an. »Was soll das? Franziska, ich verstehe dich einfach nicht mehr! Drehst du jetzt völlig durch?« Seine Stimme fegt wie ein Windstoß durchs Wartezimmer. Alle Köpfe wenden sich uns zu. Ich lege meine Hand beschwichtigend auf seinen Arm, aber Papa schüttelt sie ab. »Erst diese völlig unsinnige Scheidung von Andreas …«

»Ich dachte, du magst Andreas nicht!«

»Aber deswegen lässt man sich doch von einem Mann wie ihm nicht scheiden!« Er wendet sich dem alten Mann neben ihm zu, der unseren Disput interessiert verfolgt. »Das muss man sich mal vorstellen: Lässt sie sich von einem Mediziner scheiden! Mein Ex-Schwiegersohn ist Anästhesist. Ein bisschen einzelgängerisch, ein bisschen zu oft den Kopf in den Wolken. Aber lässt man sich von so jemandem scheiden?«

Papas Nachbar schüttelt den Kopf.

»Zu unserer Zeit ließ man sich nicht scheiden!«

Einhelliges Nicken unter den Grau- und Weißköpfen im Wartezimmer. Nur ein junger Mann um die zwanzig lächelt mir tröstend zu.

»Du weißt gar nichts über unsere Ehe«, sage ich.

Papa winkt ab. »Erst die Scheidung, dann die Schwangerschaft – und jetzt die Schnapsidee, mit einer Minderjährigen zusammenzuziehen.«

»Lilli ist neunzehn.«

Papa bläht höhnisch die Nasenflügel. »Natürlich, das ist erwachsen, reif! Franzi, weißt du nicht mehr, was für ein Kind du mit neunzehn warst? Schmeiß diese Person wieder raus!«

»Damit hast du nichts zu tun. Ich mache, was ich will.« Ich stehe auf. »Das Gespräch ist hiermit zu Ende.«

Auch mein Vater steht auf. »Gern! Von mir aus! Mach ruhig eine Jugendherberge auf. Aber komm nicht bei mir angekrochen, wenn es nicht klappt! Was weißt du denn von dieser Person? Verdient sie Geld? Zahlt sie Miete? Was für Freunde bringt sie dir ins Haus? Willst du nächtelang Partys feiern, und die Nachbarn schicken dir die Polizei ins Haus?« Er plustert sich ordentlich auf.

Ich weiß nicht, ob ich weinen oder lachen soll. Momentan ist mir mehr nach weinen zumute, denn Papa hat viele meiner unterschwelligen Bedenken ausgesprochen, die unter Lillis leuchtenden Augen und ihrem pfirsichzarten Sonnenaufgangslächeln verborgen liegen.

»Franzi, das war's. Ich brauche dich nämlich nicht! Ich glaube, es ist besser, wenn wir uns eine Weile nicht sehen«, holt Papa zum Vernichtungsschlag aus.

In diesem Moment taucht die Sprechstundenhilfe im Türrahmen auf. »Herr Schneider, Sie können jetzt zur Blutabnahme kommen.«

Ich weiß, dass es nicht fein von mir ist, aber ich kann ein schadenfrohes Lächeln nicht unterdrücken, als ich Papa ins Sprechzimmer begleite. Mit dem »sich eine Weile nicht sehen« will er doch lieber warten, bis ihm das Blut abgezapft ist.

Drei Tage hält mein Vater seine selbst auferlegte Kontaktsperre durch. Dann taucht er unangemeldet mit den Unvermeidlichen bei mir auf.

Während die Unvermeidlichen auf der Bank vor dem Haus rauchen und die mitgebrachten Bierdosen öffnen, beehrt Papa Lilli und mich in der Küche, wo wir Tee trinken. Das heißt, Lilli macht sich gerade einen Kakao. Sie trägt diesmal ein rosafarbenes Hängerchen, rosa Strümpfe, hellgrün gefärbte Turnschuhe, an den Ohren baumeln Plastikerdbeeren, und ihre Fingernägel schimmern in Barbie-Rosa. Papa starrt sie an wie eine Erscheinung.

Ich verkneife mir, ihn darauf hinzuweisen, dass er mich doch eine Weile nicht sehen wollte. Insgeheim bin ich froh, dass er da ist, obwohl ich noch einen Restgroll in mir spüre. Mein Vater tut so, als hätte es niemals einen Streit zwischen uns gegeben. Er zischt in meine Richtung: »Feiert ihr ein Kostümfest?«

Lilli tritt unbefangen auf ihn zu und ignoriert seine Irritation. »Sie sind also Franzis Dad?«

Mein Vater reagiert ratlos und abweisend. »Was?«

»Sie fragt, ob du mein Vater bist«, übersetze ich.

»Natürlich! Wer sollte ich denn sonst sein?« Mein Vater lässt sich auf einem Stuhl nieder und verfolgt Lilli mit bösen Blicken.

»Es ist so cool, einen Papa zu haben«, sagt Lilli und häuft Löffel um Löffel Kakao in ihren Becher. Bei dem Kinderwort »Papa« zuckt mein Vater zusammen. Auch das ignoriert Lilli. Sie lächelt ihn an.

»Wollen Sie auch einen Kakao, Herr Franziskas-Papa?«

»Ich heiße Schneider.«

Lilli lächelt wieder. »Das macht doch nichts.« Sie gießt Milch in den Becher. »Also, Kakao – ja oder nein? Ich mach den irre lecker. Ihnen entgeht was, Mister Schneider!«

Papa schaut Lilli in ihre blauen Emaille-Augen. Sie lächelt.

Er streift die Erdbeeren und die Fingernägel mit einem unergründlichen Blick. Dann sieht er zu mir herüber. Bevor er sein Kinn im Kragen verschwinden lässt, murmelt er: »Ich kann's ja mal versuchen.«

Obwohl sich Papa Mühe gibt, Lilli abzulehnen, erliegt er am Ende ihrem Charme. Nicht, dass er von einem Augenblick zum anderen Pullover mit V-Ausschnitt tragen würde. Aber als ich einige Wochen nach Lillis Einzug vom Einkaufen nach Hause komme und in die Küche trete, sitzt mein Vater auf dem Küchenstuhl und hält verzückt den oberen Rand seines linken Ohres an Lillis Kugelbauch. Der Rest des Ohres bleibt zwar im Kragen, aber immerhin. Mein Vater! Mit seinem Ohr auf Lillis nacktem Bauch! Der Mann, der mein Baby »Zellklumpen« nannte und meine voranschreitende Schwangerschaft am liebsten ignorieren würde.

Aus meinem Mund dringt ein Überraschungslaut, den mein Vater ärgerlich wegwedelt. »Pssst!« Sein Gesicht verklärt sich, er drückt seinen Kopf ein wenig dichter an die Kugel, schließt die Augen und reckt dann den Daumen hoch. »Jetzt habe ich es gespürt!«

Ich kann nicht verhehlen, dass mich das traurig macht. Bisher hat sich Willy ziemlich ruhig verhalten. Dr. Fohringer beruhigt mich bei jeder Untersuchung: »Dem Kind geht es gut. Machen Sie sich keine Gedanken.« Tatsächlich habe ich schon sein Herz schlagen hören und über den Ultraschall mysteriöse Unterwassertöne vernommen. Aber ich möchte nicht zu viele Ultraschalluntersuchungen machen lassen, weil es für die Würmchen ziemlich stressig sein soll. Angeblich ist das für sie so laut wie ein einfahrender Zug! Trotz Fohringers Versicherungen bin ich neidisch, denn Lillis Baby – das sie natürlich »Elvis« nennt – trampelt schon seit der fünfzehnten Woche herum. Sie macht jedes Mal eine große Sache daraus und hält dann ihren Kopfhörer mit Elvis-Songs an den Bauch. »Das ist stilbildend. Damit verhindere ich, dass mein Kind jemals schlechte Musik mag«, behauptet sie. Das ist wohl auch der Grund, warum sie meinen Vater jetzt sanft wegschiebt. »Das reicht. Jetzt ist Zeit für die Musikstunde.«

Papa öffnet die Augen, zieht wie ertappt Lillis Pullover herunter und macht sich augenscheinlich verlegen über das Wurstbrot her, das vor ihm liegt.

Lilli zwinkert mir zu. »Willst du auch mal, Franziska? Ich war vorhin so aufgeregt, weil ich das Baby so deutlich spürte, da habe ich Hermann gezwungen, mal zu horchen.«

Mein Vater grinst mich freundlich an. »Deine Mutter war

damals genauso aufgedreht, als du unterwegs warst. Einmal hat sich mich im Restaurant angerufen, weil du sie so getreten hast. Sie meinte, dass du bestimmt ein Junge wirst. ›Unser kleiner Fußballer‹ hat sie dich genannt.« Diesmal liegt kein Schatten auf seinem Gesicht. Im Gegenteil: Es leuchtet geradezu. »Wir haben uns so auf dich gefreut!« Er lächelt auf sein Brot hinunter.

»Warst du sauer, weil Franzi kein Junge geworden ist?«, mischt sich Lilli ein.

Mein Vater schüttelt den Kopf. »Nein, kein bisschen. Uns war das gleichgültig. ›Hauptsache, gesund!‹, hat Franziskas Mutter immer gesagt.«

Er versinkt in seinem Kragen und in seinen Gedanken. Einen Moment lang ist es still in der Küche. Lilli fingert suchend an ihrem MP3-Player herum, Papa kaut in seinem Kragen an der Wurst, und ich räume die Einkäufe weg.

Ich will gerade zwei Äpfel in die Obstschale auf der Fensterbank legen – da geschieht es: Ich bemerke eine leichte Bewegung unter meiner Bauchdecke. Als ob etwas von innen abfedert. Das habe ich so noch nie gespürt. Wie Luftblasen, die aufsteigen. Luftblasen? Ich meine wohl Luft! Während ich noch überlege, was ich heute gegessen habe, das mir Blähungen bescheren könnte, geschieht es schon wieder. Das heißt, diesmal ist es anders. Wie ein zartes Blubbern und fernes Ziehen. Obwohl es neu für mich ist, weiß ich tief in mir drin: Das ist Willy. Das ist mein Baby. Ich spüre mein Kind. Zum allerersten Mal!

Papa und Lilli starren mich erstaunt an, als ich jäh ausstoße: »Ich kann es spüren! Das ist mein Baby!« Ich halte meinen Bauch und weine und lache in einem.

Lilli und mein Vater kommen zu mir. Beide legen ihre Hände auf meinen Bauch und fühlen angestrengt. Nichts. Immer noch nichts.

»Komm schon, Willy!«, flüstere ich. Nach weiteren Sekunden des Wartens gebe ich achselzuckend auf. »Vorführeffekt. Typisch.«

Doch ich sollte meinen Nachwuchs nicht unterschätzen. Als ich mich gerade wegdrehen will, quiekt Lilli: »Nee, da ist was!«

Auch ich spüre es jetzt wieder. Mein Vater zieht seine Hand weg, und legt stattdessen seinen grauen Kopf auf das weiche rosafarbene T-Shirt über meinem Bauch. Er nickt. Und dann, genau in dem Moment, als ich wieder das Hochblubbern in meinem Bauch spüre, höre ich ihn deutlich sagen: »Hallo, Kleines!«

Auch Tina wird von Lilli im Sturm erobert. Schon der erste gemeinsame Abend mit uns dreien ufert in eine Musikorgie aus – Lillis MP3-Player und Tinas iPod sind unablässig in Betrieb. Lilli mag die Musik, die in Tinas Jugend modern war. Für Lilli sind die Ramones, Velvet Underground, sogar Queen »voll krass retro«, und Tina schwelgt in Erinnerungen. Wenn sie nicht zusammenhocken und Musik hören, spielt sich Tina gern als mütterliche Beraterin auf, die Lillis dümpelnde Tätigkeit als Friseurin auf feste Füße stellen will.

»Du muss doch nicht für immer in irgendeinem Salon das Programm Waschen-Föhnen-Legen abspulen«, hält sie Lilli vor, schleppt Informationsbroschüren der Industrie- und Handelskammer ins Haus, stellt für Lilli den Kontakt zu einem der teuersten Friseursalons in der Stadt her und verspricht, sich bei ihren Patienten umzuhören, die in der Fernsehbranche arbeiten. »Du kannst doch noch eine Zusatzausbildung machen und dann als Maskenbildnerin für Theater oder Fernsehen arbeiten!«

Lilli strahlt ihr Pfirsich-Lächeln, und vor dem Zubettgehen flüstert sie mir zu: »Was Tina mir alles zutraut! Voll krass!«

Mit Lilli beginnt in meinem Haus ein völlig neues Leben. Obwohl ich anfangs unsicher war, ob ich mit ihren Freunden auskommen würde, muss ich doch zugeben, dass die meisten völlig in Ordnung sind. Zumindest, wenn sie einzeln auftauchen. Zu mehreren verwandeln sie sich manchmal in eine anstrengende Schulklasse, die einzig und allein auf ihre eigene Gruppendynamik konzentriert ist. Dann drapieren sich fünf oder sechs von ihnen leicht gelangweilt um den Küchentisch, plündern unsere Vorräte und traktieren einander mit spitzen Bemerkungen, die sie als »Witze« tarnen. Dagegen sind sie erstaunlich verständnisvoll, wenn ich um mehr Ruhe bitte, und so manches Mal überrasche ich Tarek dabei, wie er neue Keksdosen oder Konserven in der Speisekammer verstaut.

Lilli ist ein Menschenmagnet. Überall trifft sie »irre nette Leute«, die dann umgehend zu uns eingeladen werden. Zuerst finde ich es ziemlich befremdlich, dass fast immer Menschen im Haus sind, wenn ich nach Hause komme. Allerdings werde ich in meinem Zimmer in Ruhe gelassen, und alle respektieren diesen Raum.

Ich lerne, mich zurückzuziehen. Und ich lerne, mich nicht *immer* zurückzuziehen, sondern zu genießen, dass ich nicht allein bin. Sogar an nächtliche Überfälle von Lillis Freunden gewöhne ich mich. David erscheint häufig nach Mitternacht – dann höre ich leise Musik aus Lillis Zimmer. Manchmal frühstücken wir zu dritt, und ich merke, dass David hinter seiner aufgesetzten Lässigkeit ein freundliches Wesen verbirgt. Was mir allerdings gar nicht gefällt, sind seine Unzuverlässigkeit und sein Drogenkonsum.

Auf meine Frage, was David nimmt, sagt Lilli lachend: »Frag lieber, was er nicht nimmt!« David hat Geld und versucht in einem zweiten Anlauf, sein Abitur zu machen. Er kommt und geht, wann er will, und so oft, wie Lilli glücklich ist, ist sie auch traurig. Obwohl sie gern so tut, als ob es ihr nichts ausmacht.

Eines Tages bekommt Papa mit, wie Lilli von David versetzt wird. Sie geht mit einer kecken Bemerkung darüber hinweg. »Tja, Männer! Man kann sie nicht erschießen, aber mit ihnen leben ist auch unmöglich!« Aber dann verzieht sie sich leise und gedrückt in ihr Zimmer. Und Elvis singt in diesen Fällen regelmäßig »Love me tender«.

Papa wirft mir einen zweifelnden Blick zu. »Hoffentlich tut ihr dieser David nicht allzu weh.« Dann ergänzt er: »Arme Lilli: große Klappe, kleines Mädchen.«

Lilli ist jemand, der in das Leben von anderen Menschen fällt wie das lange gesuchte Puzzlestück, das ein Bild endlich vervollständigt. Und dabei hätte ich nicht gedacht, dass Papa und ich auch nur annähernd ähnliche Bilder zusammensetzen. Aber Lilli reißt mit den Unvermeidlichen Witze, begegnet Papa mit der Zutraulichkeit eines jungen Hundes und sagt mir jeden Tag, wie froh sie ist, in der Wiesenstraße zu leben. Neulich hat sie mir ihren Taschenkalender gezeigt. Einen waschechten Lilli-Taschenkalender: eigenhändig in lila Seide eingebunden und mit vielen Troddeln und glitzernden Perlchen bestickt. In der Rubrik: »Im Notfall bitte benachrichtigen« stehen mein Name und unser Festnetzanschluss sowie meine Handy-Nummer.

»Du bist ja jetzt so was wie meine Familie, Schatz!«, hat sie gesagt und dabei ihr pfirsichzartes Sonnenaufgangslächeln leuchten lassen.

Mittlerweile merken wir gar nicht mehr, wenn wir einander »Schatz« nennen – höchstens, wenn Lillis Freunde die Augen verdrehen. Aber das ist mir egal, denn Lilli ist wirklich ein Schatz. Jemand, der mein Leben reich und hell und froh macht. Sie ist unpraktisch, unordentlich, chaotisch – und gleichzeitig warmherzig, liebevoll und sanft. Ich fühle mich in unserer kleinen WG ebenso beschützt wie als Beschützerin.

Die Einrichtung meines Bastelzimmers geht leider sehr schleppend voran. Noch immer stapeln sich darin meine penibel eingepackten Kisten mit Perlen, Papier, Werkzeug und Farben. Zunehmend wird es aber von Lilli und mir auch als Ausweichgarderobe genutzt, in die wir feuchte Mäntel, schmutzige Schuhe, leere Getränkekisten schieben. Und dann die Tür schnell zumachen. Eines Tages setze ich mich in dem Zimmer mit einem Becher Lilli-Kakao an den alten Campingtisch und krame in meinen Kisten. Lilli gesellt sich wenig später dazu und bekommt große Augen. »Darf ich auch mal?« Sie öffnet den Karton, in dem ich die zuletzt gebastelten Klappkarten verstaut habe. »Die sind echt schön! Was machst du damit?«

Ratlos runzele ich die Stirn. »Was soll ich denn damit machen? Nichts Besonderes.«

Lilli legt die Karten auf den Tisch, zieht aus einem anderen Karton zwei meiner selbstgestrickten kleinen Teddys, stellt drei mit Serviettentechnik verzierte Becher daneben und drapiert das Ganze wie auf einem Verkaufstisch. Dann zeigt sie triumphierend darauf. »Nichts Besonderes? Das ist das, worauf du Stunden deines Lebens verwendet hast. Also ist es etwas wert. Warum verkaufst du das nicht?«

»Wo denn?«

»Na, beispielsweise auf einem Flohmarkt oder bei einem Basar?«

Und weil Lilli eben Lilli ist, findet sie noch am selben Tag heraus, dass in zwei Wochen ein Flohmarkt in der Grundschule Am Weiher stattfindet. Und sie treibt mich an, mich dort anzumelden, hilft mir die Sachen einzupacken und sie am Tag des Flohmarkts in der Aula der Schule aufzubauen. Anschließend erweist sie sich als gutgelaunte Verkäuferin.

Wir stehen stundenlang im Trubel und im Dunst von Waffeleisen herum und ärgern uns über kaufunlustige Glotzer, die alles anfassen und dann wieder zurücklegen. Natürlich ist es zwischendurch auch sehr nett, weil viele Bekannte und Freunde vorbeischauen, denen wir Bescheid gesagt haben. Am Ende nehmen wir 28,99 Euro ein. Ich bin ein wenig enttäuscht und scherze ironisch: »Na, das hat sich ja gelohnt!« Aber als ich Lillis verwunderte Miene sehe, schränke ich schnell ein: »Wenigstens ist das Bastelzimmer fast leer!« Lilli schneidet eine Grimasse. »Mensch, Franzi – und *wie* sich das gelohnt hat! Fast dreißig Euro – davon kannst du jetzt essen gehen! Vorzugsweise mit deiner treuen Verkaufshilfe.«

Sie reißt mich wieder einmal mit ihrem Lachen mit, also gebe ich mir einen Ruck, und wir spazieren zum »Nil«, wo Stefan leckere und preiswerte Nudelgerichte anbietet. Wieder zu Hause, schaue ich mich in dem Bastelzimmer um, das deutlich leerer geworden ist. Lilli lässt sich auf eine Kiste fallen. Sie grinst mir zu und streckt sich. »Danke für das Essen! Was für ein Tag.« Ich muss auch grinsen. »Ja, ein schöner Tag. Ich habe meine Vergangenheit in einen Teller Nudeln investiert.«

Lilli presst die Lippen aufeinander und schüttelt den Kopf. »Falsch! Ich bin mir sicher, dass von dem Essen der Daumen an der rechten Hand deines Babys heute gewachsen ist. Verstehst du das denn nicht? Du hast das Zeug verkauft und dir damit selbst ein Geschenk gemacht.« Sie steht auf. »Und mir auch.«

Lilli ist es auch, die mich drängt, mich endlich dem Gospelchor anzuschließen. Sie findet nämlich den Zettel, den ich vor Monaten in einem Laden abgerissen und unter einen Magneten am Kühlschrank geschoben habe. »Interessierst du dich für Gospel?«, fragte sie. Als ich mit den Schultern zucke, strahlt sie mich an. »Das ist doch völlig okay. Elvis hat toll Gospels gesungen.« Wie zum Beweis singt sie leise: »Lead Me, Guide Me …« Sie unterbricht sich, reibt sich erst die Nase und schnippt dann mit den Fingern, wie sie es häufig tut, wenn sie eine Idee hat. Ein wenig erinnert sie mich dann immer an Wickie, die Zeichentrickfigur. Gespannt blicke ich sie an. Doch was dann kommt, überrascht mich wirklich. »Frag doch mal Hermann.«

»Meinen Vater? Was hat er denn mit Gospel zu tun?«

Lilli blickt auf den Zettel am Kühlschrank. »Der Chor ist in Barmbek, also ziemlich weit weg. Hermann kocht doch bei diesem Seniorenmittagstisch der Kirchengemeinde. Und er hat mir etwas von einem dortigen Gospelchor erzählt. Er steht doch auch auf Elvis.«

Das höre ich zwar zum ersten Mal, aber im Zusammenhang mit Lilli überrascht mich mittlerweile nicht mehr viel. Also frage ich Papa tatsächlich. Ab jetzt gehe ich einmal in der Woche ins Gemeindezentrum und singe im Gospelchor, den eine Frau um die fünfzig namens Doro mit viel Schwung leitet. Sie sitzt am Klavier, und wir singen die Melodien so lange nach, bis wir sie können. Wir haben eine Handvoll sehr guter Sänger und Sängerinnen, und musikalische Leisetreter wie ich können sich problemlos einfädeln.

Als ich an einem Herbsttag beschwingt von der Probe zurückkomme, dringen aus dem Obergeschoss gedämpfte Geräusche. Der Fußboden knackt, etwas Schweres wird geschoben. Stellt Lilli Möbel um?

»Schatz, ich bin wieder da!«, rufe ich nach oben.

Heute habe ich beim Gemüsehändler Esskastanien entdeckt, und ich freue mich auf Lillis Reaktion, weil ich weiß, dass sie es sehr gemütlich finden wird, wenn wir vor dem Kamin sitzen und Maroni rösten. Ich habe gleich eine große Tüte gekauft, weil man ja nie wissen kann, wen Lilli diesmal im Schlepptau hat.

Als ich von oben keine Antwort bekomme, gehe ich die Treppe hinauf. Mit den Worten: »Schatz, wollen wir es uns später vor dem Kamin gemütlich machen?«, betrete ich Lillis Zimmer.

Eine Antwort bekomme ich weiterhin nicht. Dafür aber den Anblick eines Männerhinterteils in Jeans – in Augenhöhe. Mitten in Lillis Zimmer steht auf einer Leiter, mit beiden Händen an der Deckenlampe, ein mir unbekannter Mann.

»Hmfghrmpf!«, tönt es oben von dem Kopf, der zu dem Hinterteil gehört.

Weil ich das nicht verstehe, gehe ich um die Leiter herum. Jetzt erkenne ich auch, warum der Fremde auf der Leiter nicht sprechen kann: Zwischen seinen zusammengepressten Lippen hält er mehrere Schrauben. Geschickt schraubt er eine Lampe an der Decke fest.

Das gibt mir Zeit, ihn genau zu betrachten. Fest steht, dass ich ihn nicht kenne. Er muss Mitte zwanzig sein. Braune, kurze Haare, ein sommersprossiges Gesicht.

»So! Das hätten wir!« Er ist fertig und steigt von der Leiter. Dann hält er mir seine ausgestreckte Hand hin. »Ich bin Simon, ein Freund von Lilli!«

Längst habe ich mich daran gewöhnt, dass Lilli über ein unerschöpfliches Reservoir junger Männer verfügt, die allesamt »Freunde« sind und auf ihrem Lebensweg den Nachnamen verloren haben. Ich ergreife also seine Hand und sage: »Ich bin Franziska.«

Er hält meine Hand etwas zu lange fest, so dass ich fragend aufschaue. Simon hat helle braune Augen und einen intensiven Blick, der für Bruchteile von Sekunden eine zittrige Irritation durch meinen Magen schickt. Er ist größer als ich, aber nicht so groß wie Andreas. Ohne Hast gibt er schließlich meine Hand frei, blickt mich aber weiter unverwandt an.

»Wo ist denn Lilli? Und was machst du eigentlich hier?«, breche ich das Schweigen. Simon klappt die Leiter zusammen und räumt sein im Raum verstreutes Werkzeug ein. »Ich habe einen Dimmer eingebaut.« Er zeigt auf den Schalter neben der Tür. »Probier doch mal!«

Folgsam betätige ich den Schalter und drehe ihn langsam.

»Funktioniert!« Er lächelt stolz und sieht wie ein Junge aus, der seine Sandburg präsentiert.

»Ich wusste gar nicht, dass Lilli einen Dimmer haben wollte.«

Simon zuckt mit den Schultern. »Lilli hat doch Angst im Dunkeln.«

Das hat sie mir nie erzählt. »Wirklich?«

Simon nickt. »Was meinst du, was das ist?« Er zeigt auf einen Stecker, der vor der Steckdose auf dem Boden liegt und den ich noch nie in Lillis Zimmer gesehen habe. Ich hebe ihn auf. »Keine Ahnung. Eine Kindersicherung?«

Simon nimmt ihn mir aus der Hand und steckt ihn in die Steckdose. Ein Leuchtkranz erstrahlt. Simon sieht mich triumphierend an. »Sag bloß, das kennst du nicht. Das ist ein Schlummerlicht!« Er zieht den Stecker wieder heraus. Dann richtet er sich auf und schiebt die Hände in die Gesäßtaschen seiner Jeans. Diese Bewegung irritiert mich. Völlig unpassend stelle ich mir die Frage, wie sich das, was er jetzt unter seinen Händen spürt, wohl anfühlt. *Franziska, hör auf!* Laut sage ich: »Ein Schlummerlicht?«

Simon nickt wieder. »Das Schlummerlicht verhindert die völlige Dunkelheit im Zimmer. Ich hatte als kleiner Junge auch so eins. Dabei konnte ich viel besser einschlafen.« Er wirft mir einen Blick zu, den ich nur als »flirtend« bezeichnen kann. »Heute helfen mir natürlich andere Dinge beim Einschlafen.«

Mir wird heiß. Trotz meiner brennenden Wangen versuche ich einen kühlen Kopf zu bewahren. »Das kann ich mir lebhaft vorstellen.« Wäre doch gelacht, wenn mich so ein Jüngelchen aus der Ruhe brächte!

Routiniert schultert er die Leiter und greift nach seiner Werkzeugtasche. Dass er meine letzte Bemerkung überhaupt gehört hat, merke ich erst an seiner verspäteten Antwort. Er geht an mir vorbei und sagt auf der ersten Stufe der Treppe: »Ich hoffe, deine Phantasie reicht aus.« Und als ich gerade Luft hole, obwohl mir noch gar keine Entgegnung eingefallen ist, setzt er nach: »Aber ich finde es schon sehr schade.«

Ich renne hinter ihm die Stufen hinunter. »Was findest du schade?«

Er beugt sich vor, um die Leiter im Wandschrank am Treppenabsatz zu verstauen. Dabei kommt er mir so nahe, dass ich seinen Duft nach einem frischen Rasierwasser in der Nase spüre. Dann sagt er, während seine Lippen fast meine Ohren streifen: »Ich finde es schade, dass wir es uns noch nicht auf dem Sofa gemütlich gemacht haben, Schatz!«

Es klingelt. Simon atmet tief ein. Er hält meinen Blick mit seinen Augen fest. »Das muss Sophie sein.«

Es bleibt mir nichts anderes übrig, als zuzuschauen, wie er die Tür öffnet und eine junge Frau umarmt. Sehr weltmännisch und erwachsen läuft das ab, als ob er der Hausherr wäre. Von wegen Jüngelchen.

»Das ist Sophie«, stellt er die Frau vor, die im Blaumann und mit Werkzeug bewaffnet ausgesprochen professionell aussieht.

Ich habe zwar keine Ahnung, was Sophie in meinem Haus will, aber ich entscheide mich, ihr einfach die Hand zu schütteln. »Hallo Sophie, ich bin ...«

»Franziska, ich weiß«, unterbricht mich Sophie freundlich. »Lilli hat mir von Ihnen ...«

»Von dir! Wir können uns doch duzen, oder?«

»Ja, klar. Also, Lilli hat von dir erzählt. Wir hätten sie gern noch länger bei uns behalten, aber jetzt zieht der Freund von Lotti bei uns ein. Das heißt, eigentlich ist es mittlerweile der Freund von Hedi, denn Lotti hat Alzheimer und weiß nicht mehr, dass er ihr Freund war.« Sie verzieht entschuldigend das Gesicht. »Ich wohne mit zwei alten Damen zusammen. Das ist eine ziemlich komplizierte Geschichte, weißt du? «

Ich weiß nicht, ob es an der Art liegt, wie Lillis Freunde etwas erzählen, oder ob das Leben da draußen während meiner Ehe wirklich soviel unübersichtlicher geworden ist. Jedenfalls gibt es nur wenige Personen in Lillis Freundeskreis, die eine einfache Geschichte zu berichten haben. Viele sind Scheidungswaisen, leben in Patchwork-Familien oder abenteuerlichen WGs wie diese Sophie. Also nicke ich nur stumm.

Sophie fasst zusammen: »Lilli konnte also nicht länger bleiben, obwohl wir das alle sehr traurig finden. Ich habe Lilli bei Iuve, meinem Friseur, kennengelernt. Sie ist ein großartiges Mädchen.«

Simon mischt sich ein: »Willst du gleich loslegen oder vorher noch was trinken?«

Sophie spitzt unternehmungslustig den Mund. »Was kannst du denn anbieten?«

Simon lächelt mir zu. »Da fragen wir lieber Franziska. Schließlich ist das ihr Haus, oder?«

»Gut, dass dir das noch einfällt«, kontere ich spitz, mache mich aber auf den Weg in die Küche, wo ich die Vorräte inspiziere.

»Ich lade schon mal ab!«, ruft Sophie von der Tür her und verschwindet im Hof. Simon kommt mir nach. Er sieht ein wenig zerknirscht aus. »Entschuldigung, dass ich mich hier wie der Hausherr aufgeführt habe. Ich dachte nur, es wäre nett, wenn wir etwas trinken könnten. Ich habe den ganzen Nachmittag mit diesem Dimmer verbracht und könnte gut ein Bier vertragen. Oder bist du sauer auf mich?«

Es muss an den Hormonen liegen, denn trotz des Altersunterschieds und trotz meiner Schwangerschaft spüre ich, wie erotische Lust in mir aufsteigt. Dieser Simon ... wie er da steht, in seinem T-Shirt, mit den glatten braunen Armen und dem hübschen Mund ... Diese Lustanfälle scheinen übrigens für Schwangerschaften typisch zu sein: Lilli behauptet, ständig die Versuchung zu spüren, David auf die Matratze zu zerren.

Neben all der Abwechslung und der Fröhlichkeit, die Lilli

in mein Haus bringt, ist es wunderbar, eine andere Schwangere zu erleben, die genau versteht, warum ich mich manchmal wie eine Irre aufführe.

Letztens gingen wir zusammen über den Hof, als uns eine alte Nachbarin aus dem Vorderhaus ärgerlich aufhielt: »Grüßen können Sie wohl auch nicht mehr, was?«

Lilli und ich sahen uns verblüfft an, denn wir waren so mit uns selbst beschäftigt gewesen, dass wir ihren Gruß schlicht überhört hatten. Lilli fasste sich als Erste. »Tschulli, Frau Schröder. Wir sind nur gerade …« Sie sah mich hilfesuchend an und ich beendete ihren Satz: »Wir sind nur gerade schwanger!«

Das ist die reine Wahrheit: Seit wir schwanger sind – darüber haben Lilli und ich schon oft gesprochen –, haben wir einen regelrechten Tunnelblick. Wir übersehen Bekannte, verpassen U-Bahnen, kreuzen seelenruhig Fahrradwege und verlaufen uns im eigenen Stadtteil. Lilli hat das sehr gut beschrieben. »Wir gucken nach innen.«

Ist ja auch verständlich – schließlich transportieren wir eine sehr wertvolle Fracht. Was uns jedoch nicht daran hindert, Männer von Zeit zu Zeit mit ganz und gar unmütterlichen Gefühlen zu betrachten. Bei mir hielt sich die Lust bisher im Rahmen, was wahrscheinlich auch darauf zurückzuführen ist, dass es keinen Mann in meiner Nähe gibt, der für erotische Gefälligkeiten in Frage käme. Aber dieser Simon …

»Blödsinn, ich bin nicht sauer«, behaupte ich forsch und lenke meine Gedanken auf ein anderes Thema. »Wer ist denn diese Sophie und was will sie?« Ich reiche ihm ein Bier aus dem Kühlschrank, das er dankbar annimmt. Während er die Flasche öffnet, antwortet er: »Sophie ist eine sehr gute Handwerkerin und bei uns in der Familie die erste Ansprechpartnerin, wenn es darum geht, etwas zu bauen oder zu renovieren.«

Wie aufs Stichwort taucht Sophie mit farbigen Brettern und Holzplatten auf. Simon stellt das Bier schnell auf den Tisch. »Warte, ich helfe dir.« Er zwinkert mir zu. »Geh nicht weg. Wir sind gleich wieder da.«

Ich weiß nicht, ob mich das beruhigen oder alarmieren soll.

Während sie oben arbeiten, mache ich mich im Badezimmer frisch, pudere mir die Nase und beruhige Willy, der heute besonders munter ist. »Du denkst, dass deine alte Mutter verrückt geworden ist, was?« Ich streiche die Haare aus dem Gesicht und finde, dass die Schwangerschaft mich nicht älter, sondern jünger aussehen lässt. Die Haut ist straffer und rosiger, die Augen strahlen und der Zug um den Mund ist weicher.

Um mich zu beschäftigen, rufe ich meine E-Mails ab. Tina hat mir eine Information aus dem Restaurant »Nil« weitergeleitet: Koch Stefan lädt ein zum Kochkurs »Romantik-Dinner Austria – die Fortsetzung«. Einen Moment lang spüre ich mein schlechtes Gewissen, denn ich habe Stefan gar nicht davon unterrichtet, dass seine Vermutung an jenem Abend stimmte und ich schwanger bin.

Aber offenbar hat das Tina für mich erledigt, denn sie schreibt: »Stefan schickt liebe Grüße und meint, vielleicht hätte ja der werdende Vater Lust, wenigstens bei der Fortsetzung dabei zu sein. (Haha!) Ich habe schon gebucht und Kontakt mit Jonas und Suse aufgenommen. Die sind nur halb so spießig, wie man denkt, wenn man sie näher kennenlernt – und wieder dabei. Daniel und Matthias kommen auch, mit großem Bruder. Und du?«

Ich höre Sophie und Simon oben rumoren, und für einen

Moment stelle ich mir vor, mit Simon im »Nil« bei Kerzenschein am schön gedeckten Tisch zu sitzen und süße Mehlspeisen zu naschen. Schnell verscheuche ich die Gedanken – auf welche Ideen man kommt, wenn man schwanger ist! Mit großer Wahrscheinlichkeit würden alle ihn für meinen Sohn halten.

Schon eine halbe Stunde später poltert Simon die Treppe herunter und zieht mich vom Sofa hoch. »Komm, du musst mal schauen.« Sein Tonfall erinnert an ein ungeduldiges Kind. Der Druck seiner Hände aber ist der eines Mannes.

Oben in Lillis Zimmer bin ich überwältigt. Die Wickelkommode sieht aus wie das Schiff der Wikinger aus der Fernsehzeichentrickserie »Wickie und die starken Männer«: alles ausgesägt und bemalt. Sophie steht mit kritischem Blick davor. »Und?«

Ich streiche ich über das Holz, fahre mit dem Finger den Mast entlang, bewundere den Drachenkopf der Galionsfigur. »Du bist eine Künstlerin!«

Sophie winkt ab. »Vielen Dank. ›Handwerkerin‹ reicht mir völlig!«

»Kann Lilli das denn bezahlen?«, wage ich zu fragen.

Sophie sieht mich nachdenklich an. »Was ist das nur mit euch Leuten über vierzig, dass ihr immer alles in Geld umrechnet?«, fragt sie dann.

Die Antwort erschreckt mich – bin ich wirklich so materialistisch, wie Sophie annimmt? Bevor ich etwas zu meiner Rechtfertigung sagen kann, verteidigt mich Simon: »Hör mal, wenn es Franzi immer um Geld gehen würde, dürfte Lilli hier wohl kaum wohnen.«

Ich bin froh, dass er den Anfang gemacht hat, als ich noch nach Worten suchte. Jetzt kann ich weitermachen. »Stimmt, ich dachte nur, dass so etwas – zu Recht – sehr teuer sein muss, und ich habe mir Gedanken gemacht, wie Lilli das bezahlen kann.«

»Ich wollte dich nicht angreifen«, entschuldigt sich Sophie. »Ich finde es nur schade, dass heutzutage nichts einfach nur schön sein darf, sondern immer am Geldwert gemessen wird.« Sie klopft auf die Schiff-Wickelkommode. »Die habe ich in meiner Freizeit gebaut, weil ich Lust darauf hatte.« Sie runzelt die Stirn. »Und auch, weil ich ein schlechtes Gewissen dabei hatte, Lilli aus der Wohnung zu werfen. Aber wir brauchen den Platz.«

Es erstaunt mich immer wieder, wie Lillis Freunde einen Streit rasch in allgemeines Wohlgefallen verwandeln können. Einen Moment lang schweigen wir. Aber es ist kein unbehagliches Schweigen. Wahrscheinlich denken Simon und Sophie wie ich über das Gespräch nach. Ich glaube, dass die meisten Menschen gut sind. Mein Vater glaubt, dass die meisten Menschen schlecht sind. Und Leute wie Lilli oder Sophie scheinen zu glauben, dass die meisten Menschen eben Menschen sind.

Simon bricht als Erster das Schweigen. Er legt mir sanft die Hand auf den Arm. »Mein Bier ist bestimmt schon warm, aber ich hab gesehen, dass es noch mehr im Kühlschrank gibt. Was dürfen denn schwangere Frauen trinken?«

Als Lilli nach Hause kommt, wird die Runde noch fröhlicher. Sie freut sich über den Dimmer und über die Kommode, aber am meisten freut sie sich, dass Simon und Sophie zum Abendbrot bleiben.

Als wir alle noch einmal die Wickelkommode bewundern, fragt mich Simon, ob ich nicht auch einen Dimmer in meinem Schlafzimmer haben möchte. Er zeigt auf die Tür neben Lillis Zimmer. »Das ist doch dein Schlafzimmer?«

»Woher weißt du das?«

Täusche ich mich oder wird er rot? »Als ich heute Mittag mit Lillis Schlüssel hier hereinkam, wusste ich ja nicht, welches ihr Zimmer ist. Sie hatte nur gesagt: oben. Also bin ich durch alle Zimmer gegangen.«

»Du warst in meinem Schlafzimmer?«

»Ja, ich habe gleich gesehen, dass das nicht Lillis Zimmer ist.«

»Ach ja?« Ich kann nicht verhindern, dass meine Stimme scharf klingt. Worauf spielt er nur an? Wirkt mein Zimmer etwa … alt? Es ist ja fast so, als hätte er in meinem Zimmer ein Gebiss im Glas oder einen Krückstock entdeckt!

Simon zuckt mit den Achseln. »Davon, dass du keinen Teddy wie Lilli hast, will ich gar nicht reden. Eher von der Ausstrahlung des Raumes. Er wirkt einfach viel … erwachsener.« Er macht eine Pause. Dann sieht er mich an und ergänzt: »Weiblicher.«

Ich muss unwillkürlich lächeln, denn Lillis Raum mit der Matratze, den Postern an den Wänden, dem Duftkerzengeruch und den auf dem Boden verstreuten Klamotten sieht ja wirklich eher nach Mädchenzimmer aus. Gleichzeitig bin ich verlegen. Um irgendetwas zu sagen, antworte ich unfreundlicher, als ich eigentlich will: »Ich weiß nicht, ob ich einen Dimmer brauche.« Aber dann reitet mich der Teufel, und ich stoße die Tür zu meinem Zimmer auf. Unwillkürlich sehen wir beide auf das bequeme neue Bett, das den Hauptteil des Raumes einnimmt. Ich habe das Zimmer überwiegend in Weiß eingerichtet – mit ein paar Farbtupfern in einem schilfigen Grün und samtigem Ocker. Die Tagesdecke ist aus einem dicken, strukturierten Stoff, auf dem gemütliche Samtkissen liegen. Es gibt nur den alten Kleiderschrank in dem sanften

Nussbaumbraun, einen bequemen Sessel und ein kleines weißes Nachttischchen. Simon gibt sich einen Ruck und geht scheinbar unbefangen in den Raum. Er zeigt auf die Deckenlampe und das Nachttischlicht. »Da kann ich dir überall Dimmer einbauen. Das gibt doch eine viel weichere Beleuchtung.«

Ja, eine Beleuchtung, in dem man meine Falten nicht so deutlich sieht.

Simon fährt fort: »Das ist für Babys angenehmer, sagt Lilli.«

Das klingt logisch und ich nicke. »Hast du denn Zeit dafür?«

Simon lehnt sich gegen den Fenstersims. »Klar habe ich dafür Zeit. Ich arbeite zwar, aber ich habe ja auch mal frei.«

»Was arbeitest du denn?«

»Ich habe eine Ausbildung als Flugzeugbauer bei Airbus gemacht, und die haben mich übernommen.«

Zum zweiten Mal an diesem Tag denke ich: Von wegen Jüngelchen! »Du bist schon fertig? Wie alt bist du denn?«

»Dreiundzwanzig, wieso?«

Ich atme aus. Nervös? Erleichtert? Enttäuscht? Wahrscheinlich ein bisschen von allem. *Drei-und-zwanzig!* Als er geboren wurde, war ich fast so alt wie er heute. »Nur so.«

»Hm.« Er lächelt mich an – ein wenig schüchtern. Und ich spüre ein Ziehen in meiner Brust und merke, dass ich feuchte Hände bekomme. Gleichzeitig ärgere ich mich. Da fühle ich mich wie ein Schulmädchen, dabei bin ich doch die Ältere! Also zwinge ich mich zu einem leicht koketten Lächeln und behaupte: »Du wirkst älter.« Das freut ihn, wie ich sehe, und er wertet meine Antwort offensichtlich als Einladung zum Flirt, denn er rückt fast unmerklich näher zu mir. Was mich allerdings noch nervöser macht. Mit Männern habe ich nämlich nicht besonders viel Erfahrung gesammelt. Vor Andreas gab es einige kurze Liebesgeschichten, das war alles. Männer *nach* Andreas gab es nicht. Bis zur Scheidung habe ich mich befremdlicherweise weiter verheiratet gefühlt, trotz der Trennung. Und jetzt das. Papa hat doch recht: Ich habe ein beschissenes Zeitgefühl, und die Reihenfolge kann ich auch nicht einhalten: Mit vierundvierzig im eigenen Schlafzimmer mit einem zwanzig Jahre jüngeren Mann zu flirten – noch dazu mit einem dicken Bauch!

»Also, was ist jetzt mit den Dimmern?«

Ich reiße mich zusammen. »Die Dimmer, ja klar! Also, wenn du die einbauen würdest – ich glaube, das wäre großartig.«

Simon nickt befriedigt. »Na, dann mache ich das gleich nächste Woche, wenn ich frei habe, okay?«

»Okay.«

Eigentlich könnten wir jetzt wieder zu den anderen gehen, aber wir bleiben wie angeleimt stehen und sehen uns an. Simon dreht sich endlich um und blickt aus dem Fenster.

Er sagt: »Lilli nennt das hier immer Gartenhaus. Habt ihr Lust, hier einen richtigen Garten anzulegen?«

Ich bin nicht wie Mama, ich habe keinen grünen Daumen. Gärten können zerstört werden.

Schroff versetze ich: »Ich mache mir nichts aus Pflanzen.«

Simon sieht mich von der Seite an. Aber er nickt und sagt dann: »Für Rasensaat ist es jetzt zu spät, aber wenn man für eine Terrasse Holzplanken nimmt, ein paar Büsche setzt und vielleicht einen kleinen Teich anlegt ...«

Das geht mir doch zu weit. »Du vergisst schon wieder, dass du hier nicht wohnst! Außerdem baust du doch angeblich

Flugzeuge! Oder bist du Hobbygärtner?« Ich spüre Ärger in mir aufsteigen. Sexappeal oder nicht, Simon kommt mir eindeutig zu nahe. Für dieses distanzlose Geplänkel bin ich zu alt.

Simon hat keine Ahnung von meinen Gedanken. Er antwortet unbekümmert: »Natürlich bin ich kein Hobbygärtner – ich habe noch nicht einmal einen Balkon. Aber Sophie hat einen Freund, der Gartenteiche anlegt. Von dem kann ich mir bestimmt was abgucken.«

»Mir wäre das zu gefährlich: ein Gartenteich und kleine Kinder?«

Simon steht so dicht neben mir, dass sich unsere Arme beinahe berühren. Er zuckt mit den Achseln. »Du hast recht. Aber ich dachte auch eher an ein größeres Vogelbad – auf dem können die Kleinen später Schiffchen schwimmen lassen.«

»Kleine Schiffe … weiß und leicht gebaut …«, rutscht mir heraus.

»Wie bitte?«

Hastig sage ich: »Ach, nichts.«

Aber Simon lässt nicht locker. »Das klang schön. Ist das ein Songtext?«

»Nein, das war aus dem Lieblingsgedicht meiner Mutter.«

Und dann fällt mir noch etwas ein. »Von einem Dichter, der übrigens schon mit vierundzwanzig Jahren gestorben ist. Verunglückt beim Schlittschuhlaufen.« Woher weiß ich das? Das muss mir Mama irgendwann erzählt haben.

»Deine Mutter mag Gedichte?«

Ich seufze. »Mochte. Sie ist schon lange tot. Ich war vierzehn, als sie starb.« Simon sagt erst nichts. Dann fragt er: »Wie ging das Gedicht noch mal?« Ich bekomme nur die zweite Strophe zusammen. Simon hört zu. Als ich aufhöre zu sprechen, murmelt er: »Schön.« Anschließend holt er tief Luft und fragt ohne Umschweife: »Wieso machst du dir nichts aus Gärten? Da steckt doch mehr dahinter, oder?«

Das geht dich nichts an!, möchte ich am liebsten schreien und spüre, wie mir völlig unpassend Tränen in die Augen steigen. Aber ich schreie nicht. Ich schimpfe nicht. Ich wiegele nicht ab. Stattdessen lege ich die Hände auf meinen Willy-Bauch und erzähle diesem jungen fremden Mann die ganze Geschichte. Ohne ihm ins Gesicht zu schauen, mit dem Blick in den Hof, dem Stimmengemurmel von Lilli und Sophie und Elvis-Presley-Musik im Nebenzimmer. Mir tut der Hals weh, als würgte ich an einem zu großen Stück Brot, und in meinem Bauch scheint Willy Seil zu springen. Aber ich kann nicht aufhören. Ich erzähle vom frühen Tod meiner Mutter, von ihrer Liebe zu Pflanzen, davon, wie mein Vater den Garten niedermähte, als sie starb. Dann erzähle ich, wie Papa ihr Lieblingsgedicht auf der Beerdigung vorlas. Ich merke nicht, dass ich weine, bis Simon sanft seinen Arm um mich legt. »Hey, du«, sagt er und zieht mich kurz an sich. So wie man ein Kind tröstet.

Ich rücke ein wenig von ihm ab, um ein Taschentuch aus meiner Hose zu ziehen. Ich schneuze mich. »Bitte entschuldige – seit ich schwanger bin, habe ich sehr nahe am Wasser gebaut.«

Simon streichelt mir über den Arm. »Ist schon okay. Ist ja auch eine traurige Geschichte.«

Wieder ist es einen Moment lang still.

»Simon! Franzi! Was macht ihr eigentlich? Wir wollen uns einen Pudding kochen, habt ihr auch Lust auf was Süßes?« Das ist Lilli.

Simon ruft zurück: »Wir kommen gleich!«

Dann hören wir, wie die beiden die Treppe hinuntergehen und sich in der Küche zu schaffen machen.

Simon holt tief Luft. »Also mit den Dimmern, das geht klar, oder?« Ich nicke.

»Dann sehen wir uns schon nächste Woche wieder. Sehr schön!«, sagt Simon.

»Ruf vorher an, ob jemand im Haus ist. Ich gebe dir dann Geld für die Dimmer und das, was du sonst noch brauchst.«

»Das kriegen wir schon hin.« Er sagt noch einmal: »Kleine Schiffe, weiß und leicht erbaut. Das ist wirklich schön.«

»Ich habe das alles noch niemandem erzählt«, sage ich und kann nicht verhindern, dass meine Stimme zittert.

»Ich werde es keinem weitererzählen.« Er reckt sich, sieht sich noch einmal um und geht dann zur Tür. Ein vergnügtes Lächeln liegt auf seinem Gesicht. »Komm, Franziska, es sieht so aus, als ob wir es uns jetzt doch noch vor dem Kamin gemütlich machen.«

Als ich am nächsten Morgen den Müll hinaustrage, treffe ich auf dem Rückweg von den Containern meinen Vermieter, Herrn Pröllke – in seinem dunklen Anzug und mit Sonnenbrille, die er hier im schattigen Hinterhof eigentlich nicht benötigt.

»Hallo, Frau Funk! Na, wie gefällt es Ihnen in Ihrer neuen Behausung?«

So neu ist meine Behausung nicht mehr, aber natürlich lasse ich mich auf seinen jovialen Ton ein.

»Sehr gut, Herr Pröllke.«

»Dr. Pröllke!«

»Natürlich! Dr. Pröllke.« *Du arroganter Kerl!* »Ich denke gerade über die Gestaltung des Gartens nach«, flöte ich und gehe weiter in Richtung Haus. Pröllke bleibt an meiner Seite.

»Ich begleite Sie noch ein Stück.« Er reibt sich die Hände. »Also den Garten wollen Sie gestalten. Sehr schön! Woran hatten Sie denn gedacht? Ich hoffe doch nicht, an einen Grillplatz?« Sein Gesicht verdüstert sich.

»Nein, nein. Für Rasensaat ist es ja zu spät. Ich dachte daran, ein paar Holzplanken auf das Erdreich zu legen, damit ich einen Platz für Tisch und Stühle gewinne. Vielleicht eine Vogelwanne. Nichts Aufwendiges.«

Insgeheim mache ich mir eine Notiz, mich für die sachdienlichen Hinweise zum Thema Gartenbau bei Simon zu bedanken, wenn ich ihn wiedersehe. Zunächst aber will ich vor allem in mein Haus und fort von Pröllke, Dr. Pröllke, dessen aufdringlicher Duft nach Eau de Toilette, Haargel und Schuhcreme mir unangenehm in die Nase steigt.

An dem niedrigen Gartentor, das mein Grundstück vom Hinterhof trennt, schütteln wir uns förmlich die Hände. Doch Pröllke geht immer noch nicht. Er sieht mich grinsend an und nimmt sogar seine Sonnenbrille ab. In seinem rosigen Gesicht leuchten babyblaue Schweinsäugelein. »Sie sehen sehr wohl aus, Frau Funk!«, stellt er mit dem Ton eines erfolgreichen Rinderzüchters fest. »Sie sind runder geworden. Tja, in solch einem Häuschen kommt man zur Ruhe, nicht wahr?« Ohne eine Antwort abzuwarten, fährt er fort: »Dass mit dem Grillplatz habe ich nicht wörtlich gemeint. Natürlich können Sie hier mal ein paar Scampi oder auch ein Würstchen grillen. Nur, im Vorderhaus gibt es diese Familie Pepovic, die haben fünf Kinder, und da wird ständig gegrillt – auf dem Balkon! Denen mach ich jetzt die Hölle heiß. Das geht doch nicht! Nicht, dass sich die Nachbarn beschwert hätten. Aber ich habe das letztens mitbekommen, und dann haben die Gören auch noch Plastiktüten mit Wasser gefüllt und vom Balkon geworfen. Eine Unverschämtheit! Ich sage Ihnen: Wenn Kinder im Haus sind, hat man nur Probleme! Nicht wahr, Frau Funk?«

Ich hole Luft, doch bevor ich etwas sagen kann, piept Pröllkes Handy. Während er es aus seiner Jacketttasche holt, winkt er mir entschuldigend zu. »Die Baustelle in Barmbek. Das hab ich schon erwartet! Wenn man nicht alles selbst macht …!« Er lächelt. »Jetzt haben wir uns verplaudert, liebe Frau Funk. Also – weiterhin viel Freude im neuen Heim! Und halten Sie sich von Kindern fern!« Er lacht meckernd. Dann entfernt er sich mit langen Schritten, gestikuliert und bellt Anweisungen in sein Telefon.

Obwohl die Begegnung nur kurz war, fühle ich mich ausgelaugt. Hat Pröllke wirklich nicht gemerkt, dass ich schwanger bin? Nun gut, in meiner schlabberigen Sweatjacke und der ebenso schlabberigen weiten Hose kann Willy schon mal als Wampe durchgehen. Oder war Pröllkes Auslassung über Familie Pepovic ein Warnschuss in meine Richtung? Ich habe ihn bisher noch nicht einmal von Lillis Einzug in Kenntnis gesetzt. Was, wenn Pröllke uns nach der Geburt der Kinder »die Hölle heiß macht«? Nur mit Mühe gelingt es mir, mich zu beruhigen, als ich mich auf der Gartenbank niederlasse. Dieser Pröllke kommt zum Glück nicht allzu häufig vorbei – dazu ist der viel zu beschäftigt. Er wird also hoffentlich keine Einzelheiten von meiner neuen Lebenssituation mitbekommen. Und wenn doch … Nun, dann werden wir sehen, was zu tun ist. Plötzlich wird mir bewusst, dass ich mit sorgenvoll gerunzelter Stirn in den Hof starre. Dabei habe ich nach dem gestrigen Abend sehr gut geschlafen und bin heute Morgen mit einem Lächeln auf den Lippen aufgewacht. Erstens, weil sich Willy mit einem freundlichen Blubbern und kleinen Stößen in mein Bewusstsein gestohlen hat, und zweitens, weil ich sofort an Simon gedacht habe. Und an sein Lächeln.

Daran denke ich jetzt wieder – und Pröllke und meine schlechte Laune verschwinden wir durch Zauberhand. Und dann fallen mir auf einmal zwei kleine weiße Papierschiffchen ins Auge. Sie stehen auf dem oberen Rand der Rückenlehne meiner Gartenbank. Sauber gefaltet, ordentlich nebeneinander positioniert, als ob sie im nächsten Moment in See stechen wollten. Als ich die Schiffchen in die Hand nehme, erkenne ich, dass auf einem ein paar Worte stehen. Beim Lesen spüre ich, wie sich erneut ein Lächeln auf meinem Gesicht ausbreitet, das dort für den Rest des Tages bleiben wird. Ich lese: «Ein kleiner Gruß von Simon.«

Abends liege ich im Bett und lasse den Tag noch einmal an mir vorüberziehen. Den ganzen Tag habe ich das Lächeln auf meinem Gesicht gespürt, das Simons Papierschiffchen hervorgezaubert haben. Ich stelle sie auf das Fensterbrett in der Küche, wo sie zwischen Basilikum und Oregano segeln, und nehme mir vor, von nun an häufiger zu lächeln. Und erstaunt stelle ich fest, dass ich dazu mittlerweile gute Gründe habe.

8. Kapitel

Selten fühlte ich mich wohl in mir
an einem wundervollen Ort wie hier
Selten war alles richtig wie
Genau in diesem Augenblick. Selten.
Bernd Begemann: »*Selten*«

Weihnachten verbringen Lilli und ich zu Hause und pflegen unsere Bäuche. An Heiligabend gehen wir in die Kirche und feiern einen stimmungsvollen Gottesdienst mit Orgel und den vertrauten alten Texten. Lilli schluckt dauernd, und bei »Was trug Maria unter ihrem Herzen« in der zweiten Strophe von »Maria durch ein' Dornwald ging« fängt sie an zu weinen. Auch ich kämpfe mit den Tränen. Schließlich schauen wir uns an, nicken uns zu und nehmen uns einfach fest in die Arme. Es muss ein seltsamer Anblick sein: zwei aneinandergeklammerte Schwangere, die tränenüberströmt Weihnachtslieder singen.

Meinem Vater, der neben mir steht, ist das so unangenehm, dass kaum etwas von ihm zu sehen ist. Seine Mütze scheint direkt auf dem Rollkragen zu sitzen. Aber nach dem Gottesdienst nimmt er mich zur Seite und sagt mit verdächtig feuchten Augen: »Denk dir, Franzi, nächstes Jahr ist unser Nachwuchs schon mit dabei.« *Unser* Nachwuchs!

Papa hatte mir bereits am zweiten Advent seinen Weihnachtsplan erläutert. »Franzi, ich möchte gern mit Rudi und

Helmut feiern. Genauer gesagt: Ich lade die beiden ein, mit meinen Leuten vom Seniorenmittagstisch zu essen. Und zu dir komme ich dann am ersten Feiertag.«

Nach dem Gottesdienst winkt er einer Gruppe älterer Leute zu und zeigt auf mich. »Das ist meine Tochter Franziska!«

Die Angesprochenen winken freundlich zurück, und ein breitschultriger Mann mit rotem Gesicht und grauen Stoppeln ruft mit kratziger Stimme einen Weihnachtsgruß herüber.

»Das ist Kuddel«, erklärt mein Vater sichtlich pikiert. »Nicht gerade mein Liebling, aber er isst wenigstens immer alles auf.« Er grinst verschmitzt. »So einen hast du ja jetzt auch im Haus.« Natürlich ist ihm aufgefallen, dass Simon seit dem Einbauen des Dimmers in meinem Zimmer mittlerweile ein häufig gesehener Gast an unserem Küchentisch ist. Lilli und ich sind sehr froh darüber. Lilli wegen Simons handwerklichem Geschick. Und ich …

Silvester verbringen wir mit Tina. Das ist ein Ritual zwischen Tina und mir – wir haben viele Jahre auch gemeinsam mit Andreas und Tinas jeweiligem Begleiter gefeiert, der mitunter zu Andreas' Freundeskreis gehörte. In den letzten beiden Jahren sind Tina und ich zu zweit essen gegangen und haben dann am Hafen mit Tausenden Hamburgern das Feuerwerk erlebt.

Diesmal ist alles anders: Wir sehen mit Lilli »Dinner for One« im Fernsehen und stoßen vor dem Kamin mit alkoholfreiem Sekt an.

Meine Mutter hat immer gesagt: »Manches kann man sich nicht vorstellen, manches muss man selbst erleben.« Einmal wollte ich wissen, wie es sich anfühlt zu fliegen. Mama ging mit mir zur Schaukel auf dem Spielplatz und ermutigte mich, abzuspringen, wenn ich richtig viel Schwung hatte. »Fliegen dauert länger – wir Menschen sind viel zu schwer, wir können nicht allein fliegen wie Vögel. Aber wir können schaukeln – und springen. Und das ist auch schon schön, oder?« Als ich meine Angst überwunden hatte, konnte ich damit gar nicht mehr aufhören. Und schon heute freue ich mich darauf, mit Willy schaukeln zu gehen und ihm das »Fliegen« beizubringen. Ich wollte auch wissen, wie es ist, tot zu sein – aber nur so lange, wie Mama lebte. Wollte wissen, wie Sekt schmeckt. Das erfuhr ich bei meiner Konfirmation und mochte es sofort – sehr zur Sorge von Papa. Auch, wie es ist, einen Jungen zu küssen, war im echten Erleben radikal anders als in meiner Vorstellung.

Die Bedeutung von Mutters Bemerkung über das, was man beschreiben und sich vorstellen kann, und das, was man selbst erleben muss, wird mir an einem regnerischen Sonntagnachmittag im Januar erneut klar, als ich in der Küche Sahne schlage. Aus dem Wohnzimmer dringen Gelächter und Gesprächsfetzen herüber. Lilli und ich haben Tina zu Kaffee und Kuchen geladen – ein gemütliches Ritual am Wochenende, das wir eingeführt haben, seit wir immer unbeweglicher geworden sind. Die Zeit der Sekt-auf-Eis-Tradition ist vorbei: Es lebe der Kaffeeklatsch! Tina bringt Lilli häufig eine Kleinigkeit mit, eine Haarspange, ein Armband, eine Parfümprobe. Lilli dankt ihr diese kleinen Verwöhnungen nicht nur mit glücklichem Quietschen und Umarmungen, sondern auch mit kostenlosen Haarschnitten. Wenn ich beide nicht sosehr mögen würde, könnte ich auf die Innigkeit ihrer Beziehung eifersüchtig werden. Dass die Unvermeidlichen Papa beim

Sonntagsspaziergang begleiten und dann alle »zufällig« gegen halb vier Uhr bei uns vor der Tür stehen – auch daran haben wir uns gewöhnt. Es ist mittlerweile ja sogar recht gemütlich. Papa hat eigentlich immer etwas Leckeres dabei, und Rudi – oder Helmut? – hat sich als Schatztruhe für lustige Spiele erwiesen. Ihm ist es zu verdanken, dass sowohl Tina als Lilli passionierte Sängerinnen des Liedes »Ein kleiner Matrose« geworden sind und wir uns alle beim »Ministerstürzen« (einem recht komplizierten Klatsch- und Schnipsspiel) köstlich amüsieren. Diesmal hat Papa selbstgebackene Linzer Torte mitgebracht, für die ich schon als kleines Mädchen geschwärmt habe und deren feiner Duft nach Nelken und Schokolade verheißungsvoll in meine Nase steigt.

Lilli und ich können inzwischen wieder normal essen, nachdem wir während der Schwangerschaft abwechselnd von befremdlichen Gelüsten (bei mir Dosenfisch in Senfsoße, bei Lilli Kartoffelpüree) und Abneigungen (bei mir gegen Eier, bei Lilli gegen rote Beete) geplagt waren und sich die wachsenden Babys zwischen unseren Organen so viel Platz schufen, dass zumindest ich manchmal glaubte, mein Magen hätte keinen Raum mehr in meinem Körper. Aber das ist jetzt vorbei. Beide Babys haben sich schon vor einiger Zeit vorbildlich in Startposition gesenkt, und wir warten täglich darauf, dass »es« losgeht. Sogar einige anfänglich mit Schrecken notierte Senkwehen haben wir schon erlebt. Erst Lilli, dann ich. Natürlich sind wir beide gespannt, wer von uns als Erste dran ist. Auf jeden Fall haben wir uns in der Weihnachtsnacht bei Yogi-Tee, Zimtsternen und Kerzenschein am Kaminfeuer versprochen, dass wir uns gegenseitig durch die Geburt begleiten werden.

David hat nämlich von vornherein klargemacht, dass er das

nicht aushalten kann. »Nee, sorry, Kleines. Blut und so, da wird mir übel. Und bei mir liegen die Nerven doch eh schon blank.« Schließlich schreibt er im Februar seine Abiturklausuren.

Lilli hat geschluckt und einen Nachmittag lang Elvis' »Big Love, Big Heartache« gehört: in voller Lautstärke. Dass David sie noch nie mit zu sich nach Hause genommen hat, erschwert die Situation zusätzlich, obwohl sie sehr darauf bedacht ist, sich nichts anmerken zu lassen.

»Weißt du, David hatte schon so viel Stress mit seinen Eltern«, sagt sie abgeklärt. »Und ich bin wohl kaum eine Traumschwiegertochter. Ich kann ihn verstehen, schließlich bin ich ja keine Spießerin. Ist mir doch egal, ob die mich kennen oder nicht.« Der letzte Satz klingt wohl selbst für ihre eigenen Ohren unglaubwürdig – deswegen grinst sie mich frech an und zupft an ihrem grellgrünen, eng anliegenden Oberteil herum, unter dem man den vorgewölbten Nabel auf ihrer Schwangerschaftskugel erkennen kann. »David hat vielleicht nur Schiss, dass sein Alter mich sexy finden könnte. Das meint Davids bester Freund Oliver auch.«

Ich sehe in Lillis verletzte Kinderaugen und denke mir, dass Davids Eltern einen wunderbaren Menschen verpassen. Allerdings haben sie davon wahrscheinlich gar keine Ahnung, weil David zu Hause bestimmt nichts erzählt und seine Eltern von Lillis Existenz nichts wissen.

Also werde ich bei Lillis Entbindung dabei sein – und sie bei meiner. Dass David sie nicht begleiten will, verletzt Lilli auch noch aus einem weiteren Grund. Traurig schaut sie mich an. »Schatz, du bist zwar ein großartiger Mensch, aber eben kein Mann. Für Elvis wäre es doch sehr wichtig, auf der Welt sowohl von einer Frau als auch von einem Mann begrüßt zu werden. Männer haben so etwas ... Beruhigendes. Außerdem: Ein Kind braucht doch einen Vater.« Ob sie sich gar nicht klarmacht, wie sehr mich dieser Satz trifft? Aber ich weiß, dass Lilli nicht vorsätzlich verletzend ist. Höchstens gedankenlos. Und wenn es um Elvis geht, hat sie einfach den Tunnelblick. Dennoch bedrücken mich ihre Worte. Denn ich habe Andreas immer noch nichts gesagt und ihm zu Weihnachten nur eine lapidare Karte (keine von meinen selbstgebastelten!) mit unverbindlichen Grüßen geschickt.

Ständig muss ich die Frage nach dem Vater meines Babys mit einem »Ich werde alleinerziehend sein« beantworten. Das ist manchmal schwerer und manchmal leichter – wie zum Beispiel im Gospelchor, wo es keinen interessiert, wie ich lebe. Da singen Frauen und Männer, Mütter und Nicht-Mütter – die nehmen mich einfach so, wie ich bin. Mit oder ohne Kindsvater. Die Proben finden im Musikzimmer der Apostelkirche statt. Dort ist übrigens der Bruder von Handwerkerin Sophie Pastor. Markus Brenner. Und da heißt es immer, die Menschen lebten in der Großstadt isoliert. Ich habe eher das Gefühl, Hamburg – und Eimsbüttel insbesondere – ist ein Dorf, in dem man irgendwann fast jeden kennt. Im Wohnzimmer wird schon wieder »Ein kleiner Matrose« intoniert.

Ich schalte den Quirl ein und beginne die Sahne zu schlagen. Dabei erlaube ich mir einen Gedanken, den ich über die Feiertage erfolgreich verdrängt habe. Wie wohl Andreas Weihnachten und Silvester verbracht hat? Nicht einmal auf meine Karte hat er sich gemeldet. Ich schütte etwas Zucker in die Sahne. Andererseits: Wir sind geschieden. Nur sentimentale Tröpfe schreiben noch Karten. Sentimentale Tröpfe mit schlechtem Gewissen.

Ohne Voranmeldung durchzuckt etwas meinen Körper. Es schwappt aus mir hinaus, und im ersten peinlichen Moment denke ich erschrocken, dass ich in die Hose gemacht oder überraschend Durchfall bekommen habe.

Ich umklammere den Quirl, und da kommt auch schon der nächste Schwall. Meine Fruchtblase ist geplatzt! Ich stehe in einer Pfütze, schalte erst einmal den Quirl ab und weiß nicht, was ich als Nächstes tun soll.

In diesem Moment taucht Tina in der Tür auf. »Warum dauert das so lange?« Ihr munterer Gesichtsausdruck verschwindet, als sie mich sieht. »Franzi, was ist los?«

Ich zeige auf das Fruchtwasser, meine patschnassen Hosen und sage kläglich: »Ich glaube, mein Baby kommt.«

Tina wird bleich. »Jetzt gleich? Du meinst, noch vor dem Kaffeetrinken?« Typisch, Tina! Obwohl mir gerade nicht unbedingt zum Lachen ist, kann ich ein Lächeln nicht unterdrücken. »Ja, tatsächlich, vor dem Kaffeetrinken. Aber wenn es dir danach besser passt, spreche ich noch einmal mit Willy.« Tina wuselt hektisch um mich herum. »Ist das nicht der Zeitpunkt, an dem man Handtücher und heißes Wasser vorbereiten sollte? Und du musst atmen. Oder etwa hecheln?« Sie ringt die Hände. »Warum hab ich bloß im Kino nicht besser aufgepasst? Franzi! Was sollen wir denn jetzt machen?«

»Ich muss ins Krankenhaus.«

Tina starrt mich entsetzt an und murmelt noch einmal: »Ausgerechnet jetzt. Vor dem Kaffeetrinken.«

»Bitte sag Lilli Bescheid. Sie weiß, wo meine Sachen sind.«

Tina reißt sich aus ihrer Schockstarre und flitzt ins Wohnzimmer, wo ihr Alarmruf einen mittleren Tumult auslöst. Wenig später stehen alle um mich herum. Mein Vater hält mit blassem Gesicht einen Sicherheitsabstand, während Lilli beruhigend meine Hand streichelt und die Unvermeidlichen unsichere Blicke tauschen.

Ich sehe Tina an. »Fährst du mich?«

»In die Klinik?« Sie stakst wie ein Storch über den feuchten Küchenfußboden.

Rudi und Helmut lachen meckernd. »Der war gut!«, ächzt Rudi. Und Helmut äfft Tina nach: »In die Klinik?« Er zeigt Tina einen Vogel. »Sie müssen schon entschuldigen, aber wohin denn sonst? Glauben Sie, dass Franziska ins Spaßbad fahren will?«

Mein Vater geht dazwischen. »Jetzt hört mal auf, Jungs!« Dann sieht er Tina aufmunternd an. »Also, fährst du sie?«

Tina schluckt erst und nickt dann. Sie scheint froh zu sein, endlich die Küche verlassen zu können, und stürzt mit den Worten »Ich hol den Wagen« aus der Tür.

Während ich mich an die Spüle klammere, behält Lilli die Übersicht. Sie ruft bei meiner Hebamme an, die die Klinik verständigen wird, holt meinen Klinikkoffer aus dem Schlafzimmer und hat auch für Rudi und Helmut eine Aufgabe. »Hört mal, ihr zwei, wir fahren jetzt mit Franzi ins Krankenhaus. Und ihr macht hier einfach ein bisschen sauber, okay? Wischlappen und Schrubber sind dahinten im Schrank.«

Rudi und Helmut sind viel zu verblüfft, um zu reagieren. Mein Vater streift Lilli mit einem anerkennenden Blick. Lilli nimmt meinen Arm. »Auf geht's, Franzi!«

Mein Vater eilt voran. Er nimmt meinen Mantel vom Garderobenhaken, öffnet die Tür – und prallt erschrocken zurück. Denn in der Dämmerung des Winternachmittags steht ein Mann. Über die Schulter meines Vaters erkenne ich Simon. *Was will er hier? Und ausgerechnet jetzt?*

»Wer sind Sie?«, fährt mein Vater ihn barsch an. Simon lässt den Finger sinken, den er gerade auf den Klingelknopf legen wollte.

Er stammelt: »Ich bin … Ich wollte …«

»Dafür haben wir jetzt keine Zeit«, unterbricht mein Vater ihn entschlossen. »Wir bekommen ein Kind!«

Ich lächele Simon gequält an. Es ist mir unangenehm, dass er mich in dieser Situation sieht, obwohl die nasse Hose unter meinem Mantel verborgen ist. Ich fühle mich hilflos.

Simon wirkt verlegen. Er tritt zur Seite und lässt uns passieren. »Viel Glück!«, höre ich ihn sagen, als ich an ihm vorbeigeschoben werde.

»Danke!«

Lilli und Papa führen mich über den Hof zur Straße, wo Tinas Wagen mit laufendem Motor wartet. Langsam lasse ich mich auf den Beifahrersitz sinken, während die anderen einsteigen.

»Alle drin?« Die hinteren Wagentüren schnappen ins Schloss, Tina legt den ersten Gang ein und braust los. Hinter dem Lenkrad hat sie ihre Sicherheit wiedergefunden. Schließlich haben wir das Szenario immer wieder besprochen. Tina kennt den Weg zur Klinik im Schlaf – wir wissen, dass er selbst zur Hauptverkehrszeit nicht länger als maximal eine Viertelstunde dauert. Wir scheinen durch die Straßen zu fliegen. Kaum sitze ich, wühlt sich unvermittelt ein tiefer Schmerz in meinem Körper von unten nach oben, presst sich wie eine große Faust in meinen Unterleib, so dass ich mich unwillkürlich nach vorn beuge. Das also ist eine Wehe! Ich bin völlig überwältigt von der Dimension des Schmerzes.

Tina wirft mir einen erschrockenen Blick zu. »Franzi?« Ich tauche aus der Wehe auf wie aus einem See, in dem Schmerzen das Wasser sind. Keuchend sinke ich in den Sitz zurück. Ich habe das Gefühl, dass Tina und ich wie im Cockpit einer Rakete durch die Dunkelheit zischen. Von den anderen bekomme ich gar nichts mehr mit. Im Auto herrscht angespanntes Schweigen. Nur Lilli hört man ab und an sagen: »Hey, Franzi, alles wird gut.«

Am Tor zur Klinik zeigt Tina hektisch auf mich und schreit durch das Fenster das Zauberwort »Entbindung!«, und schon halten wir vor dem Eingang der Entbindungsstation, wo mich Nina bereits erwartet.

Als ich mich aus dem Wagen hinauswälze, erlebe ich eine Überraschung: Nicht etwa mein Vater oder Lilli helfen mir dabei – nein, es ist Simons große, warme Hand, die mich beim Aussteigen stützt.

»Simon?«

Er lächelt mich liebevoll an. »Ich weiß auch nicht, wieso. Ich bin einfach mit eingestiegen!«

Mein Vater schüttelt den Kopf. »Ich wollte ja nichts sagen, aber was soll das? Was wollen Sie hier?«

Lilli antwortet ihm, und auch Simon sagt etwas, aber ich verstehe ihre Worte nicht mehr, denn schon wieder wühlt sich der Schmerz durch meinen Körper und lässt mich zusammenklappen. Gleichzeitig habe ich das Gefühl, als hätte ich ein Stahlrohr im Rückgrat – mein Rücken ist völlig steif, während es in meinem Bauch so stark krampft, wie ich es von den schlimmsten Regelschmerzen kenne. Ich merke, dass ich mich kaum noch auf den Beinen halten kann, gleich müssen meine Knie wegknicken! Wieder bin ich völlig überwältigt von der Intensität des Schmerzes, der mich zusammendrückt, als würde ich in einer Schrottpresse stecken.

Als der Schmerz abebbt, will ich Lilli unbedingt mitteilen, dass echte Wehen den Senkwehen ungefähr so sehr ähneln wie ein in der Küchenschublade geklemmter Finger einer mit der Heckenschere abgesäbelten Hand. Ich sehe mich nach Lilli um, kann sie aber nicht entdecken. Trotzdem sage ich: »Kein Vergleich zu Senkwehen!«

Es gelingt mir, mich langsam wieder aufzurichten – gerade weit genug, um mitzubekommen, dass mein Vater bei dem Wort »Senkwehen« erbleicht, schwankt und einer Krankenschwester in die Arme sinkt.

Sie ruft: »Doktor Schilling? Wir haben hier einen Notfall.«

Während sich zwei Schwestern und ein junger Arzt um meinen Vater kümmern, der leise ächzend wieder zu sich kommt, zeigt Nina auf Tina, die erschrocken einen Schritt zurücktritt. »Sie sind ...«

»Ich bin Christina, Franziskas beste Freundin.«

Nina lächelt mir zu. »Wunderbar! Franziska, bist du damit einverstanden, dass Tina deine Geburtspartnerin wird?«

Ich sehe mich abermals suchend um. »Aber das sollte doch Lilli ...«

Die Hebamme schüttelt den Kopf. »Lilli ist anderweitig beschäftigt.« Ihr Grinsen wird noch breiter. »Wenn du dich nicht beeilst, wird Lilli noch vor dir Mutter!«

Ich habe keine Zeit mehr, diese Information zu kommentieren, denn die nächste Wehe reißt mich fast von den Füßen.

Dann liege ich im Geburtszimmer, und Tina, Nina und ich bekommen mein Kind.

»Tina, Nina und Franzi! Wenn das nicht nach einem Erfolgsteam klingt«, behauptet Nina.

»Für mich klingt das eher wie jodelnde Drillinge«, widerspricht Tina und zieht eine Grimasse. Sie ist bestimmt aufgeregter als ich, wirft aber ihre gesamte Physiotherapeutinnen-Souveränität in die Waagschale und bewahrt tapfer die Ruhe.

Obwohl ich zwischendurch mehr als einmal jammere, dass es nun endlich aufhören soll und dass ich eigentlich gar nicht schwanger werden wollte, mache ich meine Sache sehr gut – zumindest laut Nina und Dr. Fohringer, der inzwischen ebenfalls in der Klinik eingetroffen ist. Ihm ist ein gewisser Stolz auf seine »alte Erstgebärende« deutlich anzusehen. Er plaudert mit Tina, die ihre Augen dankbar von meinem verschwitzten, verzerrten Gesicht abwendet und auf seine gepflegten, graumelierten Schläfen heftet. Fohringer erklärt ihr, dass es heutzutage für eine gesunde Frau wirklich kein Problem ist, jenseits der vierzig ein Kind zu bekommen.

»Geben Sie sich keine Mühe, Herr Doktor«, quetsche ich zwischen zwei Wehen hervor. »Tina hasst Mütter!«

Tinas Griff um meine schweißnasse Hand verstärkt sich. »Herzchen, *so* kannst du das nicht sagen!« Sie schenkt Fohringer ein hinreißendes Lachen, das dieser jedoch gar nicht richtig würdigen kann, weil eine Schwester an ihn herantritt.

»Sie machen hier schön weiter, Frau Funk«, sagt Fohringer nach einer kurzen Unterredung mit ihr. »Ich sehe mir mal an, was sich bei Ihrer Mitbewohnerin nebenan so tut.« Zu Tinas Bedauern verlässt er das Zimmer.

»Meine Güte, musst du denn sogar bei der Geburt deines Patenkindes wie eine Weltmeisterin flirten?«, zische ich Tina zu.

Die zuckt nur mit den Schultern. »Nur keinen Neid!«

Gleich darauf habe ich für derartige Kabbeleien keine Kraft mehr. Die Wehen kommen in Abständen von zwei bis vier Minuten und halten sechzig bis neunzig Sekunden an. Ich habe das Gefühl, als würden sie mich ununterbrochen überrollen.

Während ich gegen die Schmerzen kämpfe, erinnere ich

mich, gelesen zu haben, dass der Weg durch den Geburtskanal die gefährlichste Reise ist, die ein Mensch jemals unternimmt. Ich wünsche meinem kleinen, unbekannten und schon intensiv von mir geliebten Passagier eine sichere Durchfahrt.

Zwischen zwei Wehen erscheint manchmal Andreas' Gesicht vor mir – ich wünschte, er wäre hier. Aber dann verschwimmt sein Gesicht wieder, und ich schaue in Tinas Augen, die mich aufmunternd ansehen. Tina bewährt sich trotz ihrer anfänglichen Panikreaktion als souveräne Geburtshelferin. Sie hilft mir atmen, stützt mich bei den Presswehen, und sie ist es auch, die mir mitteilt: »Ich sehe den Kopf!«

Willy kommt zur Welt. Nicht so schnell, wie ich mir vorgestellt habe, sondern langsam. Erst der Kopf. Eine Wehe! Dann eine Schulter. Noch eine Wehe! Und noch eine! Die zweite Schulter. Jetzt endlich rutscht mein Baby hinaus und wird mir klein, glitschig, verknautscht, froschartig, hässlich und einzigartig auf den Bauch gelegt.

»Willy«, murmele ich dem verschmierten Wesen zu.

Nina und Tina lachen. »Franziska«, sagt Nina dann, »du musst jetzt sehr tapfer sein!«

Erschrocken reiße ich die Augen auf und versuche mein Kind anzusehen, das inzwischen unter einem weißen Tuch auf mir liegt. »Wieso?«, frage ich nervös und suche Tinas Blick.

Sie lächelt mir beruhigend zu. »Alles gut, Franzi. Nur …«

Nina beendet den Satz: »Dein Willy ist ein Mädchen!«

»Ein Mädchen?« Wieder versuche ich mein Kind genauer anzusehen, und diesmal gelingt es, weil Nina es ein wenig höher schiebt. Ich blicke in das kleine Gesicht, sehe die zarten Nasenflügel, die flaumweichen, kaum sichtbaren Augenbrauen, die sanft gerundeten Wangen und verliebe mich mit einer mir bislang unbekannten Kraft in meine Tochter. »Ist sie nicht wunderschön?«, flüstere ich, während mir die Tränen über das Gesicht laufen und ich keinerlei Schmerzen mehr verspüre. Sondern ein Glück, das so groß ist, dass es eigentlich gar nicht mehr in mich hineinpasst.

»Wie soll sie denn heißen, deine Kleine?«, fragt Nina.

Tina ergänzt: »Willy geht ja nun nicht mehr, oder?«

Ich schaue noch einmal in das Gesicht meiner Tochter. Dann spreche ich den Namen aus, den Andreas und ich uns vor langer Zeit gemeinsam ausgesucht haben. »Sie soll Amélie heißen!« Und schon heule ich los.

Mitten in meinem überwältigenden Glücksgefühl überfällt mich eine große Traurigkeit darüber, dass Andreas in diesem Augenblick nicht bei mir ist. Ich lache und weine gleichzeitig. Auch Tina lacht und wischt sich die Tränen vom Gesicht.

Amélie regt sich ein wenig, aus ihrem Mund kommt ein krächzendes Quaken. Ich küsse das Baby auf sein Köpfchen und sage: »Hallo, Entchen.«

Wie hatte meine Mutter gesagt? »Manches kann man sich nicht vorstellen, manches muss man selbst erleben.« Obwohl ich verstanden habe, was sie meint, habe ich es doch bislang nie richtig *begriffen*. Die Schmerzen und die Ängste sind nichts gegen das Gefühl, das eigene Kind im Arm zu halten – dieses Gefühl lässt sich mit Worten nur unzulänglich beschreiben. Ich habe mich noch nie mehr eins mit mir, mit der Welt und dem Leben gefühlt als in diesem Moment.

Viel später taucht mein Vater auf – erst nach der Abnabelung, der Nachgeburt und all dem, was zu einer Geburt gehört und was ich wie unter einem Schleier aus Glück und Erschöpfung erlebe. »Es tut mir leid, Franzi«, hüstelt es aus seinem Kragen heraus, während er ehrfürchtig und aus gebührendem Abstand seine Enkelin bestaunt. »Mir wurde vorhin so schwummerig, und dann habe ich lieber in der Cafeteria gewartet.«

»Sie soll Amélie heißen«, sage ich.

Er sieht mich erstaunt an. »Amélie?«

»Na, Willy kann ich sie ja wohl kaum nennen.«

»Amélie, Amalia, Amelia, Amélie.« Ein Lächeln leuchtet aus dem Rollkragen, und er schluckt schwer. Auch Papa ist gerührt! Unsicher tauschen wir einen Blick und schauen dann beide schnell weg. In so etwas haben wir keine Übung.

Mir laufen schon wieder die Tränen über das Gesicht.

»Das ist ja furchtbar«, stöhnt Tina und wischt sich verstohlen über die Wangen. »Wie viele Stunden hintereinander kann man eigentlich dauergerührt sein?«

Papa schneuzt sich. »Das ist erst der Anfang, Tina. Mit einem Kind hat man ständig nahe am Wasser gebaut.« Er setzt sich vorsichtig zu mir aufs Bett und sieht auf Amélie hinunter. Dann sagt er leise: »Deine Mutter und ich haben in den ersten Wochen andauernd geweint. Und auch später gab es immer wieder neue Anlässe: Als du das erste Mal allein Karussell gefahren bist, das erste Mal in den Kindergarten gegangen bist.« Ihn überwältigen die Erinnerungen – er greift wieder zum Taschentuch. Dabei fällt ihm etwas ein. Aus seiner Manteltasche holt er ein flaches, in Seidenpapier geschlagenes Päckchen. »Hier, herzlichen Glückwunsch.« Ich packe es aus und traue meinen Augen nicht. Es ist ein leuchtend grünes Seidentuch – es ist wunderschön. Fragend blicke ich Papa an. Ihm ist meine Begeisterung sichtlich unangenehm, aber sie freut ihn auch. »Wie bist du denn darauf gekommen?« Papa lächelt wissend. »Weißt du, du wirst jetzt erleben, dass du dauernd Geschenke für das Baby bekommst. Spielzeug, Klamotten.

Da dachte ich, es wäre vielleicht schön, dir etwas zu schenken, das nur für dich ist.« Ich habe schon wieder Tränen in den Augen. Es klopft an der Tür, und Simon steckt seinen Kopf herein.

Ich kann meine Augen kaum von Amélie losreißen, die Nina mir inzwischen an die Brust gelegt hat. Allerdings will sie gar nicht saugen.

»Das üben wir noch«, sagt Nina lächelnd. »Viele Babys wollen nach der Geburt erst mal schlafen.«

Simon sieht genauso mitgenommen aus wie wir alle. Seine Haare sind wirr, sein Hemd ist zerknittert, und es hat den Anschein, als hätte auch er geweint. Mein Vater mustert ihn neugierig. »Na, junger Mann, alles im Lot?«

Es stellt sich heraus, dass Simon Lilli bei der Geburt begleitet hat. »Sie hat mir fast die Hand zerquetscht«, erzählt er mit stolzem Grinsen. »Und geflucht wie ein Kesselflicker. Der Arzt war von ihrem Vokabular sehr beeindruckt.«

Tina schaltet sich ein: »Wo ist eigentlich der Herr Doktor? Er hat Amélie nur kurz angesehen, aber dann ist er auf und davon. Wahrscheinlich ein Notfall.« Sie lächelt bedauernd, aber anerkennend. »Ein nobler Mann. Immer im Dienst!«

»Das denken Sie!«, widerspricht Nina. »Dr. Fohringer ist zwar in der Tat ein großartiger Arzt, aber er hat heute Abend keine Geburt mehr, sondern – Opernkarten!« Und dann schiebt sie mit vorgetäuschter Beiläufigkeit nach: »Mit seiner Frau.«

»Simon, spann uns nicht auf die Folter«, bettele ich. »Wie sieht Elvis aus?«

Simon ist anzusehen, dass er es genießt, uns noch ein wenig zappeln zu lassen. Er hebt die Schultern, presst grinsend die Lippen zusammen und holt aus seiner Brusttasche zwei kleine gefaltete Schiffe und einen Stift. »Ist es eigentlich bei Willy geblieben?«

Ich strahle ihn an. »Du darfst meine Tochter Amélie begrüßen.«

Lauthals lacht Simon auf. »Noch ein Mädchen?«

Irritiert wechseln wir anderen Blicke, während Simon mit großem Ernst säuberlich den Namen »Amélie« auf eines der Schiffchen schreibt.

»Was ist nun mit Elvis und Lilli?«, frage ich noch einmal.

Simon nimmt das zweite Schiffchen und schreibt etwas darauf. Dann stellt er beide auf meinen Nachttisch. Tina und Nina versuchen die Schrift zu entziffern. Aber das ist nicht mehr nötig.

»Mutter und Kind sind wohlauf!«, verkündet Simon. »Elvis ist da. Aber er heißt Lisa-Marie!«

9. Kapitel

Heute Morgen war ich auf der Straße
merkte plötzlich, dass ich lebte
und ich fühlte mich grundlos glücklich
ich wusste, mein Leben ist wichtig.
Bernd Begemann: »*Lebendig begraben*«

Lilli weiß nicht, wie sie auf Lisa-Marie gekommen ist. »Der Name war da, als ich sie zum ersten Mal sah. Und es ist ein schöner Name, sonst hätte Elvis Presley ja wohl kaum seine Tochter so genannt.«

Wir sind in einem Zweibettzimmer untergebracht worden. Es ist zwar erst Dienstag, aber der Sonntag mit der Linzer Torte scheint schon Jahre hinter mir zu liegen: Damals war ich noch keine Mutter. Damals waren wir noch zu zweit – wenn wir jetzt nach Hause zurückkommen, sind wir vier!

»Wenn die Mädchen groß sind, können sie immer von einem in den nächsten Geburtstag feiern«, schwärmt Lilli.

Lisa-Marie ist tatsächlich einen Tag älter als Amélie. Während ich mich durch eine lange Nacht quälten musste, bevor Amélie in den Morgenstunden endlich geboren wurde, hat die Geburt für Lilli und Lisa-Marie nur knapp drei Stunden gedauert. »Ich habe Simon gleich losgeschickt, mir mein Handy zu bringen, das ich in der Aufregung zu Hause liegen gelassen hatte.«

Ich blicke etwas streng hinüber. »Aber es ist doch verboten, im Krankenhaus mobil zu telefonieren.«

Lilli nickt besänftigend. »Ja, ja.« Sie betrachtet ihre Tochter mit demselben verliebten Blick wie ich die meine. »Ein echtes Sonntagskind!«

Lisa-Marie hat weiche Locken und sieht aus wie eine Miniaturausgabe von Lilli. Dieselbe stumpfe Stupsnase, dieselben leicht schräg stehenden, emailleblauen Augen. »Lisi!«, gurrt Lilli, als ob sie ihr Leben lang nichts anderes getan hätte.

»Weiß David eigentlich schon Bescheid?«

Lilli zieht die Augenbrauen zusammen. »Ich habe ihn angerufen, aber nur seine Mailbox erwischt. Der ist bestimmt in der Schule.«

»Seit Sonntag?«

Lilli verzieht ihr Gesicht. »Nein, Sonntag war er unterwegs, dann hatte sein Opa Geburtstag und heute ist Schule.«

Oder er lungert mit seinen Freunden herum. »Er kommt bestimmt, sobald er deine Nachricht gehört hat«, tröste ich sie und hebe Amélie in ihre Richtung. »Glaubst du, dass ihre Augen blau bleiben?«

Lilli zieht eine Grimasse. »Schatz, wir wissen doch beide, dass das jetzt noch nicht zu sagen ist. Jedenfalls sieht sie dir überhaupt nicht ähnlich.«

»Ist das gut oder schlecht?«

»Natürlich gut!«

Das Zusammensein mit Lilli verdrängt die Gedanken an Andreas.

»War Simon ununterbrochen bei der Geburt dabei?«, frage ich Lilli.

»Ja, war ja sonst keiner übrig! Er hat sich sehr gut angestellt und Kim bezaubert.«

Unerwartet spüre ich einen Stich Eifersucht. »Was wollte er eigentlich bei uns?«

Lilli zuckt mit den Achseln. »Keine Ahnung. Nur mal vorbeischauen. Kaffee trinken. Was weiß ich?« Sie wirft mir einen forschenden Blick zu. »Bist du an Simon interessiert?«

Ich spüre, wie mir das Blut in den Kopf steigt.

»Franzi?«

Mit gespielter Genervtheit winke ich ab. »Was du so denkst! Ich könnte seine Mutter sein.«

»Na und?«

Na und? Dieses Generationendurcheinander ist ziemlich unübersichtlich. Früher war alles viel klarer. James Dean hatte keine Eltern – jedenfalls spielten sie keine Rolle. Die Jugend war aufregend, und die Erwachsenen waren ... alt. Heute würden wir James Deans Eltern mit Sicherheit kennenlernen. James' Mutter würde mit den Mädels aus James' Klasse vielleicht sogar im selben Hip-Hop-Kurs tanzen. Heute nährt sich das Lebensgefühl nicht mehr aus den bereits gelebten Jahren, sondern aus denen, die noch vor uns liegen. Früher war eine Frau mit vierundvierzig uralt. Heute ist sie mittendrin im Leben. Und bekommt Babys. Lilli hat recht. Warum sollte ich nicht an Simon interessiert sein? An Simon als Mann. Mir wird abwechselnd heiß und kalt.

In den Monaten zuvor hat sich Simon manchmal in meine Gedanken gestohlen, aber mein dicker Bauch hat mir den Blick auf ihn gnädig verstellt. Doch jetzt bin ich bald keine unförmige Schwangere mehr. Jedenfalls könnte sich meine Figur in absehbarer Zeit wieder normalisieren.

»Was meinst du, wie lange wird es dauern, bis die Schwangerschaftspfunde wieder runter sind?«, frage ich Lilli.

»Du bist also doch an Simon interessiert!«

»So ein Unsinn! Aber sag doch mal.«

»Keine Ahnung. Das dauert sicher ein paar Monate. Aber

man soll mit Bewegung und gesunder Ernährung viel machen können.«

Manchmal habe ich das Gefühl, dass die Antwort auf *alle* Fragen des modernen Leben lautet: »Bewegung und gesunde Ernährung.« Ich würde mich nicht wundern, wenn selbst in Wirtschaftsmagazinen bald behauptet wird, dass Bewegung und gesunde Ernährung die besten Wege aus der Krise sind.

»Ich ernähre mich doch gesund!«

»Klar, aber wir haben uns in der Schwangerschaft angewöhnt zu naschen.«

»Du meinst unsere Kuchenschlachten?«

»Zum Beispiel.«

»Die Pudding-Orgien?«

Nachdenklich und nostalgisch grinsen wir uns an. Dann seufzt Lilli tapfer: »Also gut, damit ist jetzt Schluss. Schließlich wollen wir uns nicht für einen Platz in der Dicke-Mütter-Brigade bewerben.«

Die Dicke-Mütter-Brigade ist eine Gruppe von Frauen, die mindestens zweiundzwanzig Stunden am Tag auf dem Spielplatz verbringen. Alle sind übergewichtig und sehr mütterlich. Ihre Kinderwagen erinnern an Wohnmobile. Oder an Planwagen, vollgepackt für den Treck in den Wilden Westen. Riesige Karren mit unzähligen Speichermöglichkeiten für unterschiedliches Equipment. Diese Mütter sind ausgerüstet für alle Eventualitäten: von der kindlichen Durchfall-Attacke bis zum Weltuntergang – und darüber hinaus. Das alles ehrt sie. Und sie haben entzückende Kinder, wie wir auf unseren täglichen Wir-rollen-schwanger-durch-die-Nachbarschaft-Gängen bemerkt haben. Nur: Sie sind eben alle dick. Zu dick. Wir watschelten mit unseren runden Bäuchen an ihnen vorbei und nahmen gern die leckeren Muffins an, die sie uns aus ihren

Tupperware-Dosen anboten. Schwangerschaft ist eben ein Ausnahmezustand, der uns die widersprüchlichsten Dinge tun lässt. So schworen wir uns beispielsweise, nie so dick wie die Dicke-Mütter-Brigade zu werden, und kehrten dann zur Bekräftigung dieses Entschlusses in der nächsten portugiesischen Pastelaria ein, um uns mit Creme-Gebäck für den Heimweg zu stärken.

»Du hast recht. Also Schluss mit den Törtchen!«, bestätige ich entschlossen.

Lilli hebt nur widerwillig ihren Blick von Lisa-Marie, die sie mit der überwältigten Miene eines Entdeckers betrachtet. Doch die Entschiedenheit in meiner Stimme reißt sie mit. Sie nickt kämpferisch und deklamiert: »Keine heiße Schokolade am Abend!«

»Vorerst keine Pizza quattro stagioni!«

»Nie wieder Nutella-Croissants!«

Das geht nun doch zu weit: Nutella-Croissants gehören zum Samstagmorgen wie das Amen in die Kirche. Am Samstag kaufe ich immer beim Bäcker an der Ecke frische Croissants. Dann sitzen wir am Küchentisch und starten mit Nutella-Croissants ganz langsam in den Tag. Ich versuche es mit einem Kompromiss: »Wie wäre es mit wenigstens *einem* Nutella-Samstag im Monat?«

Doch Lilli bleibt hart. »Entweder – oder, Schatz! Ich will David nicht an so einen Hungerhaken aus der zehnten Klasse verlieren.«

»Befürchtest du das?«

»Ja und nein. Nicht, weil David mich zu fett fände. Dem ist es wurscht, wie dick ich bin, so lange ich nicht zickig bin oder schlecht gelaunt. Aber die anderen …«

»Die anderen?«

Lilli runzelt die Stirn und sieht jetzt viel älter aus, als sie ist. Sie legt den Kopf schief. »Die anderen gehen doch auch alle noch zur Schule und glauben das, was ihnen die Zeitschriften oder Fernsehmagazine vorbeten. Also: ›Mädchen müssen dünn sein, sonst kannst du sie nicht gut finden.‹« Sie imitiert Tarek: »Digga, eine fette Alte. Voll krass! Mit der kannst du dich nicht zeigen! So was wird nie 'ne Königin.« Sie macht eine kleine Pause. »Deinem Dad war es bestimmt egal, wie dick oder dünn deine Mutter war.«

Ich glaube auch, dass die Figur oder das Gewicht kein Thema für meine Eltern war. Sie hatten sicher Wichtigeres zu besprechen.

Lilli räuspert sich. »Eigentlich finde ich uns beide dumm. Da haben unsere Körper neun Monate lang eine Höchstleistung erbracht und wir haben die schönsten Babys der Welt geboren. Warum sind wir nicht einfach stolz darauf?«

»Sind wir doch.«

Das stimmt nicht hundertprozentig: Natürlich bin ich so stolz wie noch nie in meinem Leben. Und das Gefühl für Amélie verdrängt fast alle anderen Gefühle. Aber ein Kind geboren zu haben macht mich nicht automatisch blind, noch nicht einmal vorübergehend wie bei der Schneeblindheit. Ich habe vorhin im Badezimmer meinen Bauch angeschaut. Ich weiß, was mich bedrückt. Einen dicken Schwangerschaftsbauch zu haben ist etwas anderes, als nach der Geburt in den Spiegel zu schauen und zu erkennen: »Du bist dick!« Und dafür gibt es bald keine Entschuldigung mehr. Als Schwangere kann man ja nichts gegen den Hüftumfang tun – ein erleichterndes Gefühl, das einen dazu verleitet, mehr zu essen als nötig. Vorher war das ein Bauch mit Baby. Ohne Baby bleibt nur der Bauch übrig. Für den bin nur ich allein verantwortlich.

Lilli unterbricht meine Gedanken. »Wir dürfen uns nicht von diesen Pressemeldungen verrückt machen lassen, dass irgendwelche Models oder Sängerinnen vier Wochen nach der Entbindung schon wieder eine Topfigur haben. Das sind absolute Ausnahmen oder Presse-Enten. Diese Fotos von den ultrafitten Übermüttern sind alle im Computer bearbeitet. Wenn man ein Kind geboren hat, sieht man so aus wie wir!« Sie lacht mich an.

Und als ich sie ansehe – mit den verstrubbelten Haaren, ungeschminkt, mit dunklen Ringen unter den Augen und einem Pickel auf der Wange –, finde ich sie wunderschön. Sie strahlt von innen und ist umgeben von einem Glanz, den kein Puder und keine Computer-Retusche jemals herstellen können.

»Außerdem haben diese Glamour-Mamis alle einen Personal-Trainer, der sie bereits während der Nachgeburt isometrische Übungen zur Ganzkörperkräftigung turnen lässt«, sagt Lilli und schlägt dann vor: Demnächst machen wir bei Kim und Nina einen Kurs für Rückbildungsgymnastik. Und später suchen wir uns eine schöne Sportart aus.« Sie blitzt mich unternehmungslustig an. »Worauf hättest du Lust?«

Es klingt, als ob ich das große Los gezogen hätte. Während ich darüber noch schmunzele, wird mir schlagartig klar, dass ich tatsächlich gewonnen habe: Ich kann jetzt mein gesamtes Leben neu bestimmen. *Alles kann neu werden.* Ich bin zum ersten Mal Mutter – das hätte ich noch vor einem Jahr nicht für möglich gehalten.

Ich höre mich sagen: »Ich würde gern endlich anfangen zu laufen. Also Joggen. Und ein Ballspiel wäre schön. Volleyball hat mir früher Spaß gemacht.«

Lilli ist zufrieden. »Na, das ist doch schon was. Zum Laufen würde ich mich auch überreden lassen. Aber Volleyball? Nee, das wäre nichts für mich. Vielleicht Squash?«

Bevor ich antworten kann, klopft es, und Simon steckt den Kopf herein. »Ich wollte mal nach euch Mädels gucken!«

Lilli lacht vergnügt auf. »Mein Geburtshelfer! Immer rein in die gute Stube.«

Als Simon das Zimmer betritt, scheinen die Wände des Zimmers zu verrutschen, der Raum wird größer – es ist, als ob mit ihm eine frische Brise hereinweht. Auf jeden Nachttisch stellt er eine kleine Vase mit einer einzelnen Rose. »Die Schwestern auf dieser Station sind wirklich nett. Die haben mir sofort Vasen für euch geholt.«

Lilli und ich tauschen einen verständnisvollen Blick. Simon trägt ein eng anliegendes T-Shirt und sieht aus wie der vielversprechende junge Mann aus einer sympathischen Bausparer-Werbung. »So schnell wird Lisa-Marie mich nicht los«, sagt er jetzt und nimmt Lilli das Kind aus dem Armen. »Darf ich sie mal halten?« Sehr souverän macht er das.

Fast bin ich ein wenig neidisch – ich wünsche mir, dass er Amélie mit derselben Zärtlichkeit herumträgt. Er hebt Lisa-Marie auf, küsst ihre Stirn und schnattert mit ihr wie eine besorgte Gänsemutter.

»Simon, gib dir keine Mühe«, sagt Lilli endlich, nachdem er minutenlang nicht ansprechbar war.

»Wie bitte?«

»Sie kann noch nicht antworten.«

Simon sieht Lilli verblüfft an. »Was?«

»Du stellst ihr dauernd Fragen!« Lilli imitiert Simon: »Na, meine Kleine, wie geht es dir? Ist das nicht schön, dass der Onkel Simon jetzt da ist? Was hast du denn heute Morgen ohne mich gemacht?«

Simon wird puterrot und reicht Lilli das Baby zurück.

»Das hab ich gar nicht gemerkt!« Er seufzt. »Babys sind so …« Er sucht nach Worten und rettet sich dann in die Jugendsprache: »Babys sind so cool.«

Mir tut das Herz weh. Warum kann Andreas nicht so einen Satz sagen?

»Hat David dich erreicht?«, fragt Simon beiläufig und tritt nun endlich an mein Bett. Lilli schnappt aufgeregt nach Luft. »David? Wieso?«

Simon dreht ihr den Rücken zu und hält Amélie seinen Daumen hin, den sie reflexartig mit ihren kleinen Fingerchen umkrallt. Er sagt: »Na, wir haben telefoniert. Er ist total aufgeregt, der junge Vater. Er wollte unbedingt einen Blumenstrauß besorgen. Das hat ihn wohl aufgehalten.«

Unsere Blicke kreuzen sich, und obwohl er mir keinerlei Zeichen gibt und auch nichts weiter sagt, wird mir klar, dass er David aufgespürt und ihm die Leviten gelesen hat.

Wenig später taucht David wirklich auf – mit einem Blumenstrauß, dem man deutlich ansieht, dass er nicht mehr taufrisch ist. »Sorry«, murmelt er bleichgesichtig und übernächtigt. Er stinkt nach Bier und Zigarettenqualm. »Ich hab mit den Jungs gefeiert, dass ich Vater bin. Dabei sind wir abgestürzt.« Er legt die Blumen auf das Bett. »Oliver hat mich schnell hergefahren. Hier! Das war der letzte Blumenstrauß an der Tanke.«

Lilli freut sich trotzdem.

Als wir mit den Babys wieder zu Hause sind, beginnen wir sofort mit unserer Ernährungsumstellung. Dabei vertieft sich die Beziehung zwischen Lilli und meinem Vater, denn Lilli, die von Anfang an das Programm »gesunde Ernährung« im

Auge hat – »allein schon wegen des Stillens« –, wendet sich vertrauensvoll an Papa: »Du bist doch Koch gewesen, oder? Wie kochen wir denn am besten gesund?«

Papa grummelt zunächst, aber dann nimmt er sich doch die Zeit für sie. Er kocht jetzt einmal die Woche bei uns, und Lilli lernt alles über Brokkoli und Karotten, über Fisch und Salate.

Das mit dem Stillen hat bei mir leider nur bedingt geklappt. Ich hatte zu wenig Milch, und Amélie war in den ersten Wochen ein richtiges Schreikind – bis die Kinderärztin geraten hat, Flaschennahrung zuzufüttern. Erst in diesem Moment habe ich gemerkt, dass Amélie vorher wahrscheinlich nie richtig satt geworden ist.

Lilli hat keinerlei Probleme beim Stillen – anfangs hat es mich traurig gemacht, wenn ich sah, wie sie Lisa-Marie anlegte. Doch mein schlechtes Gewissen, weil ich Amélie das Geschenk der Muttermilch vorenthalte, beruhigt sich angesichts meines glücklichen, runden Babys. Amélie bekommt mittlerweile alle vier Stunden die Flasche und entwickelt sich prächtig. Also finde ich mich damit ab, dass ich sie nicht stillen kann – genauso wie mit der Tatsache, dass ich Geduld aufbringen muss, bevor ich wieder in meine Jeans passe.

Ich habe uns für den Herbst bei einem Indiaca-Kurs angemeldet. Das ist die Sportart, auf die Lilli und ich uns einigen konnten, weil sie eine Mischung aus Volleyball und Federball zu sein scheint. Man spielt auf einem Feld wie beim Volleyball, aber mit einem gefiederten Ball, der etwas größer ist als ein Federball und mit der Hand geschlagen wird. Das wollen wir uns im Herbst ansehen – eine Sportschule in der Nähe vom Bahnhof Schlump bietet den Kurs an. Um einen Babysitter werden wir uns wohl keine Gedanken machen müssen:

Simon hat sich bereits als wahres Naturtalent erwiesen, der großartig mit den Babys umgehen kann. Auch Lilli scheint sich darüber zu freuen, obwohl sie manchmal auch sehr traurig ist, weil David so selten vorbeikommt, um seine Tochter zu sehen.

Beinahe täglich fällt mir mittlerweile der Leitsatz meiner Mutter ein. Wir müssen wirklich selbst erleben, welche Gefühle in uns explodieren, wenn wir das eigene Kind im Arm halten. Das kann man mit den oft zitierten Hormonen nicht erklären.

Die Mutterschaft löst einen Mix aus Angstvisionen und Glücksräuschen in mir aus. Es kommt mir vor, als ob ich mich am letzten Tag eines Urlaubs verlieben würde und gleichzeitig das Traumjob-Angebot in Paris und einen Lottogewinn in Aussicht hätte: ein Gefühl von emotionaler Dauerekstase auf einem Kettenkarussell, auf dem man beim Erreichen der Höchstgeschwindigkeit feststellt, dass man den Sicherungsbügel nicht geschlossen hat. Die Welt ist wunderbar und gleichzeitig ein bedrohlicher Abgrund voll unwägbarer Gefahren. Jeder Luftzug könnte beim niedlichsten Baby der Welt zu einer Erkältung führen. Jede Berührung könnte tödliche Bazillen auf das wichtigste Wesen übertragen, das jemals das Antlitz der Erde verschönt hat. Jedes Auto, das fünfzig Meter entfernt in die Spielstraße einbiegt, könnte von einem gewissenlosen Raser gelenkt sein. Das Leben ist so herrlich und so anstrengend wie nie zuvor. Jetzt verstehe ich die Erschöpfung junger Mütter, die mir vorher so übertrieben vorkam.

»Es geht gar nicht sosehr darum, was wir tun müssen: das Aufstehen in der Nacht, das Füttern, der Haushalt. Irgendwie kriegen wir das hin. Es ist vielmehr die emotionale Anspannung. Diese Bungee-Sprünge zwischen tränenseligem Glück und zähneklappernder Sorge«, erkläre ich Tina, die ihre Abneigung gegen Mütter erstaunlicherweise nicht auf Lilli und mich überträgt. Im Gegenteil, sie liebt die Babys, und auch wir werden von ihr mit liebevoller Zärtlichkeit versorgt. Sie schleppt teure Obstsäfte an, mixt uns gesunde Müslis und hat sogar zwei hochwertige Babywippen »schnäppchenmäßig« für uns ergattert: »Ein Tipp von Britta!«

Ich bin sprachlos. »Mutti Britta?«

Tina runzelt die Stirn. »Was redest du da? Britta, meine ehemalige Sprechstundenhilfe! Die ist jetzt mit dem zweiten Kind schwanger und voll vernetzt. Die weiß genau, wo welche Flohmärkte, Kinderklamotten-Tausch-Aktionen und Ladenschließungen in der Nähe interessant sind. Ihr könnt euch wirklich dazu gratulieren, wie kinderfreundlich dieser Stadtteil ist.« Sie strahlt, streicht sanft über die Babywippen, die sie auf dem Küchentisch gestellt hat, und schwärmt: »Seht mal, Buchenholz und eloxiertes Aluminium.« Und dann hält sie uns einen Vortrag über herausnehmbare Sitzverkleinerer, Formholzschaukelkurven, streckt den Zeigefinger nach vorn wie ein Schulmeister und betont: »Inklusive Tragetasche! Seht mal, die Sitz- und Liegeneigung ist vierfach verstellbar, und es gibt sogar einen Arretierkeil zur Feststellung der Wippfunktion!«

»Einen was?«

»Einen Arretierkeil! Wo lebt ihr denn? Was würdet ihr bloß ohne mich machen?«

Lilli und ich grinsen uns an. Dann sagt Lilli ehrlich: »Keine Ahnung, Tina. Vielen Dank!«

Abends liege ich im Bett und denke an Andreas. Wenn er

mich jetzt sehen könnte. Während ich die winzigen Veränderungen und Entwicklungen bei Amélie und Lisa-Marie beobachte, begreife ich täglich besser, auf welche Weise das Leben Spuren hinterlässt. Leben heißt Wandel. Das gehört dazu. Wie die Jahreszeiten. Wir müssen nur vermeiden, diese Veränderungen zu bewerten. Die Babys wachsen dem Kleinkindstadium entgegen, und ich bekomme die eine oder andere Falte mehr. Das ist das Leben. Und es ist manchmal das Beste, was man sich vorstellen kann.

Eines Tages liegt eine bunte Grußkarte von Koch Stefan im Briefkasten. Er schreibt: »Jetzt weißt du also, wie sich der perfekte Strudelteig anfühlt!«

Tina hat sich bereits für die Fortsetzung des Kurses angemeldet und freut sich auf die Gelegenheit, mit Daniels (garantiert nicht schwulem) Bruder zu flirten. Bernhard hat diesmal seine Frau gleich mit angemeldet. Ich bin natürlich auch gefragt worden, ob ich wieder dabei sein möchte. Doch genau an dem Tag, an dem sich alle wieder im »Nil« treffen werden, habe ich etwas anderes vor. Denn eines Abends bringt mir Papa einen rosafarbenen Briefumschlag mit.

10. Kapitel

Du sagst das so
weil man das so sagt
du tust das so
weil man das so tut
du willst das so
weil es alle wollen.

Bernd Begemann: »*Seifenoper Situation*«

Die haben ihn erst an unsere alte Adresse geschickt, und dann ist er auf Umwegen schließlich in meinem Briefkasten gelandet.« Er reicht mir den Umschlag und verschwindet im Wohnzimmer, wo Lilli mit den Babys auf dem Teppich vor dem Kamin liegt.

Ich stehe in der Küche und drehe den Brief in meinen Händen. Der Absender kommt mir seltsam vertraut vor: Babette Hofmeister. Babette! Meine alte Schulfreundin Babette. Das heißt, Freundin ist wohl der falsche Ausdruck. Babette war nie meine Freundin. Eher im Gegenteil – Babette hatte keine Freundinnen. Sie war die umschwärmte Klassenschönheit, und sie wählte aus. Babette ließ sich huldigen. Alle Jungen waren hinter ihr her, alle Mädchen beneideten sie. Auch ich.

Im Umschlag finde ich eine Karte mit der Einladung zu einem »längst fälligen Klassentreffen«. Auf der Karte ist ein Foto unseres Jahrgangs zu sehen. Ich kenne das Bild, ich bin mir sicher, dass es in einem meiner Alben klebt. Aber ich habe es seit Jahren nicht mehr angesehen. Wie jung wir waren! Wie ungelenk und unsicher. Auch Babette – das sehe ich jetzt. Dabei kam sie mir damals schon so weltgewandt und erfahren vor.

In der zweiten Reihe bin ich die Dritte von links. Ich stehe neben unserem Lehrer Dr. Hohle, den wir heimlich anschwärmten. Er hatte dunkle, seelenvolle Augen, und wenn er physikalische Formeln erklärte, klangen sie wie Poesie. Leider bekam ich trotzdem immer nur eine knappe Vier in Physik.

Babette steht in der Mitte vorn, ihre blonden Haare haben einen lustigen Schwung, und ihre knallengen Jeans stecken in hochhackigen Stiefeln. Auch Petra – wie war noch ihr Nachname? – und Julia erkenne ich, mit denen ich in der Volleyballschulmannschaft spielte. Ich sehe mir das Foto an und erinnere mich bis auf wenige Ausnahmen an alle Vornamen. Da sind Jürgen und Bernd, die Mathe-Cracks, Frank und Gerd, die Frechdachse, Matthias und Stephan, die Rebellen. Matthias wischte sich damals demonstrativ die Hand an der Jeans ab, nachdem ihm der Rektor das Abgangszeugnis überreicht hatte. Klaus, der Klassenbeste, und Stefan, der Rockmusiker, der eine wüste Garagen-Combo namens »The Manic Teabags« leitete. Die braven Mädchen Carola, Birthe, Bettina, Michaela und Annette stehen neben den Einser-Schülerinnen Andrea und Kathrin.

Mein Blick fliegt über die Reihen. Wo ist *er* denn nur? Endlich finde ich ihn. Michael Zedlick. Michel. *Mein* Michel. Den ich jahrelang heimlich und vergeblich liebte. Ein einziges Mal hat er mich geküsst: auf der letzten Schulparty vor dem Abschluss, obwohl er mit Babette zusammen war. Das war so aufregend, dass ich danach wochenlang nicht schlafen konnte. Ich dachte nur an ihn. Allerdings verloren wir uns nach der Party so schnell aus den Augen, dass ich glauben musste, er habe mich doch nicht richtig wahrgenommen. Ich war ihm an jenem Abend einfach »passiert«. Vielleicht weil Babette einen Tanz nach dem anderen mit Stephan tanzte?

Von wegen schöne Jugenderinnerungen! Traurig, missverstanden und vor allem nicht liebenswert habe ich mich damals gefühlt. Michel war der Auftakt für mein nicht sonderlich spannendes Liebesleben. Bis Andreas auftauchte, habe ich mich bei Männern immer so gefühlt wie in jenen Tagen nach meinem Kuss mit Michel. Ich war nie eine Frau, um die sich Männer bemühten. Ich war immer die geduldige Zuhörerin, mit der ein Mann monatelang in einem Zweierzelt campen konnte, ohne sie anzurühren.

Bevor ich Andreas traf, verbrachte ich die Sommerferien mit Gelegenheitsliebhaber Heiko in einem bescheidenen Hotel auf einer griechischen Insel. Drei Wochen lang saßen wir Tag für Tag am Strand. Abends tranken wir bei Giorgios in der Taverne Retsina. Anfangs hatten wir ein paar Mal miteinander geschlafen, aber dann entwickelte sich unsere Beziehung immer mehr zu einer »guten Freundschaft«, wie Heiko meinte. Am Tag vor unserer Abreise eröffnete er mir, dass ich allein nach Hause fliegen müsse, weil er noch ein paar Tage dranhängen würde – mit Gundula. Ich fiel aus allen Wolken. Es stellte sich heraus, dass Gundula eines der blonden Mädchen war, die im Nachbar-Apartment wohnten. Dass Heiko mit ihr eine heiße Affäre hatte, war mir entgangen.

»Eigentlich habe ich gar keine Lust, zu diesem Klassentreffen zu gehen«, gestehe ich Lilli.

Sie ist entsetzt. »Natürlich gehst du! Was meinst du, was die staunen, wenn du mit Amélie auftauchst.«

»Ich kann doch kein Baby mit zum Klassentreffen nehmen!«

»Wieso denn nicht? Andererseits – vielleicht hast du recht: Das würde Amélie langweilen. Aber du kannst von ihr erzählen! Und nimm unbedingt ein paar Fotos mit. Ich wünschte, bei uns würde jemand ein Klassentreffen organisieren. Dafür würde ich mit Lisa-Marie glatt nach Berlin fahren!«

Ich habe nie herausbekommen, was zwischen Lilli und ihrer Mutter vorgefallen ist – nur, dass sich die beiden total überworfen haben. Lilli wollte ihr noch nicht einmal eine Geburtsanzeige schicken. Als ich versuchte, mit ihr darüber zu reden, blockte sie ab. »Denkste, Puppe!«, hat sie auf Berlinerisch geschnauzt. »Wenn du Andreas darüber informierst, dass er Vater geworden ist, dann melde ich mich auch bei meiner Mutter!« Damit war das Thema vom Tisch.

Jetzt sieht sie mich nachdenklich an. »Die Schule und unsere Freunde von damals – das war doch so etwas wie ein zweites Zuhause. Oder noch besser: Wir haben es als das wahre Zuhause verstanden, als wir mit fünfzehn in der extrem rebellischen Phase waren. Bei Mama, das war eben ... selbstverständlich. Die musste mich ja lieben.« Sie hängt ihren Gedanken nach. Dann gibt sie sich einen Ruck; als müsse sie dunkle Erinnerungen vertreiben, wedelt sie kurz mit der Hand durch die Luft. »Ob wir wollen oder nicht, Franziska, irgendwie gehören die doch zu uns. Und wir zu ihnen. Du musst da auf jeden Fall hin. Das bist du dir und denen schuldig! Irgendwie.«

Ich muss lachen. »Wie du das sagst, hörst du dich an, als ob du morgen fünfzig wirst. Lilli, das ist bei dir doch erst ein paar Jahre her!«

»Na und? fünfzehn ist man nur einmal. Jetzt bin ich bald zwanzig, und mir scheint das alles so weit weg und ewig her. Vielleicht hätte ich doch meinen Meister machen sollen – dann könnte ich jetzt einen eigenen Salon aufmachen. Wäre doch schön für die Kleine! Sie könnte stolz auf ihre Mutter sein.«

»Das kannst du doch immer noch nachholen!«

Lilli nickt. »Schon klar. Vielleicht mach ich das ja auch.« Sie presst die Lippen zusammen, wischt sich eine widerspenstige Haarsträhne aus der Stirn und zieht ihre Nase kraus. Wenn sie dieses Gesicht macht, weiß ich, dass das Thema erschöpft ist. Und schon fragt sie: »Was wirst du anziehen zu diesem Klassentreffen?«

Als ich mich fünf Wochen später auf den Abend vorbereite, bin ich zufrieden mit mir. Ich passe zwar noch nicht wieder in meine alten Jeans, aber ich habe mir eine schwarze Cargo-Hose gekauft, die zusammen mit einem weißen T-Shirt einen lässigen, aber gepflegten Eindruck macht. Ich habe immer noch ein paar Röllchen zu viel über dem Hosenbund, aber insgesamt sehe ich gesund und frisch aus. Finde ich. Lilli dagegen ist entsetzt. Sie stellt sich mit ausgebreiteten Armen vor die Haustür, als wolle sie ein fliehendes Pferd aufhalten, und sagt: »No way! So gehst du nicht aus dem Haus!«

»Und wieso nicht?«

Lilli schüttelt den Kopf. »Na, das ist doch nicht die Krabbelgruppe. Das ist ein Klassentreffen. Da, wo du allen mal zeigen kannst, was für eine tolle Nummer du geworden bist. Nee, Franzi, Ehrlichkeit ist schön und gut – aber so'n Abend? Das ist Showtime!« Sie lässt meinen Widerspruch nicht gelten und zerrt mich die Treppe hinauf. Oben komponiert sie dann einen Mix aus den Zutaten unserer Kleiderschränke. Von ihr stammt eine weiße Bluse mit langen Stulpen und einem tiefen Dekolleté. Von mir schwarze Leggings, die ich unter einem kurzen saphirblauen Seidenrock aus Lillis Sammlung trage.

An den Füßen habe ich hochhackige Stiefeletten aus einem weichen Leder, in einem ähnlichen Blau wie der Rock. »Und jetzt das Tüpfelchen auf dem i!«, sagt Lilli und lässt mich in paillettenübersätes, in mattem Eierschalenton schimmerndes Bolero-Jäckchen schlüpfen. Im letzten Moment ziehe ich noch ein weißes Spitzenunterhemd unter die Bluse. »Lippenstift, Mascara, ein bisschen Goldstaubpuder!«, ordnet Lilli an. Gegen den Goldstaubpuder setze ich mich erfolgreich zur Wehr. Aber ansonsten steht mir das geschminkte Gesicht gut. Obwohl …

»Sieht das nicht zu aufgebrezelt aus?«, frage ich unsicher und mustere misstrauisch mein Spiegelbild. Lilli schüttelt den Kopf. »Nee, voll sexy. Und irgendwie cool achtziger-Jahremäßig. Winntitsch, Baby, Winntitsch?«

»Win was?«

Lilli verdreht die Augen und buchstabiert: »V – I – N – T – A –G – E! Vintage!«

Ich habe zwar keine Ahnung, was das bedeutet, aber ich fühle mich reichlich verwegen, als ich mich endlich verabschiede. Lilli küsst mich. »Viel Glück! Und wünsch mir das auch!« Sie hat an diesem Abend ein Experiment vor: Sie wird mit Lisa-Marie bei Viola übernachten, einer der »richtigen« Mütter aus unserem Schwangerschaftsgymnastik-Kurs. Viola ist inzwischen Mutter des kleinen Leon, und bei einem Treffen zur Rückbildungsgymnastik hat sich herausgestellt, dass sie nicht nur wie Lilli ein Fan der Fernsehserie »Gilmore Girls« ist, sondern dass sie alle – und zwar wirklich alle! – Staffeln besitzt.

Lilli verabschiedet sich und nimmt mir das hochheilige Versprechen ab, dass ich tatsächlich die von ihr ausgesuchten Klamotten trage und nicht im letzten Moment Zuflucht zu meiner Mami-Uniform mit Schlabber-T-Shirt und Cargo-Hose suche. Tapfer nicke ich, obwohl ich mit fortschreitender Zeit immer unsicherer werde.

Amélie, die auf einer Decke im Wohnzimmer liegt, brabbelt jedenfalls ziemlich begeistert und krallt sich sofort in meinen Blusenausschnitt. Ihr scheint mein Aussehen zu gefallen. »Entchen, du bist nicht objektiv!«, tadele ich meine solidarische Tochter.

Weil Lilli unterwegs ist, Papa mit den Unvermeidlichen zum Schachspielen will und Tina zum Kochkurs, habe ich Simon gefragt, ob er bei Amélie babysitten würde. Als er auftaucht, bietet sich die erste seriöse Möglichkeit, mein Outfit zu testen.

»Gehst du mit einem Mann aus?«, fragt er, als ich ihn begrüße. Sein Tonfall liegt zwischen Interesse und Missbilligung.

»Das hat mein Vater früher auch immer gefragt«, ziehe ich ihn auf und spiele die brave Tochter. »Ich bin bestimmt vor Mitternacht zu Hause, Paps!« Aber da er nicht lacht, kläre ich ihn über den Anlass des Abends auf.

Sein Gesicht erhellt sich. »Bei meinem letzten Klassentreffen haben mein Freunde und ich stundenlang zusammengesessen, unfassbar viel getrunken und uns gegenseitig gebeichtet, wer mit wessen Freundin was gehabt hat und welche Mädels wir nie rumgekriegt haben, obwohl wir damit angaben. Da gab es nämlich einen heißen Feger namens Miriam …«

Bevor er weiter in Jugenderinnerungen schwelgen kann, unterbreche ich ihn: »Wie sehe ich aus?«

Ich drehe mich um die eigene Achse und freue mich über die blauen Stiefel, die sich nicht nur gut an den Füßen anfühlen, sondern mir einfach gute Laune machen. Und dass der Rock noch ein bisschen eng im Bund sitzt, bleibt unter der fluffigen weißen Bluse unbemerkt.

Simon sieht mich an. Für einen Moment meine ich einen fast verkniffenen Zug in seiner Miene zu entdecken: Als ob es ihn stört, dass ich heute Abend ausgehe – ohne ihn. Was für ein Blödsinn, schelte ich mich innerlich und frage: »Kann ich so los?«

Simon hebt Amélie hoch, er spielt den Ehemann und Vater, als er dem Baby zuraunt: »Die Mama wird ihren alten Schulfreunden bestimmt den Kopf verdrehen.« Dann wendet er sich mir zu. »Du siehst großartig aus!« Als ich zögernd an ihm vorbeigehe, hält er mich kurz an der Schulter fest und sagt: »Amüsier dich gut – und mach dir keine Sorgen. Wir zwei kommen hier gut klar.« Was seine letzten Worte angeht, gebe ich ihm sofort recht. Amélie liegt wie in Abrahams Schoß, wenn Simon im Haus ist. Aber was das Klassentreffen angeht: Da mache ich mir durchaus Sorgen.

Das Treffen findet in einem Restaurant namens »Mazza« am anderen Ende des Viertels statt. Da das Wetter frühsommerlich warm ist, schwinge ich mich auf unser Fahrrad. Lilli und ich benutzen es abwechselnd, es ist ein rostiger Drahtesel, aber in unserer Gegend ist es von Vorteil, ein altes Fahrrad zu haben: Alles andere wird geklaut.

Wie sooft in Hamburg hat sich die Sonne entschieden, erst am Abend richtig herauszukommen. Es ist viel wärmer, als ich dachte. Schon nach wenigen Metern spüre ich, dass ich schwitze – an der nächsten Ampel ziehe ich das Bolerojäckchen aus. Lilli hat aus einer alten Obstkiste einen Gepäckträger improvisiert – dort hinein lege ich die Jacke.

Mit den Schwitzflecken auf der weißen Bluse werde ich leben müssen. Und mit noch mehr, wie ich feststelle, als ich das Fahrrad schwer atmend vor dem »Mazza« abstelle. Ich bin die Abkürzung am Kaiser-Friedrich-Ufer entlanggefahren, wo die Mücken in der schwülen Abendsonne tanzten. Mücken – und auch viele kleine schwarze Gewittertierchen, die natürlich nichts Besseres zu tun hatten, als sich auf meine blütenweiße Bluse zu heften. Abklopfen kann man sie nicht, denn dabei würde man sie zerdrücken. Also zupfe ich erst einmal ein paar Minuten an der Bluse herum. Leider hat sich ein Gewittertierchen mitten auf dem Bauch für Selbstmord entschieden und dabei einen hässlichen Schmierer hinterlassen. Vielleicht reicht das Bolero-Jäckchen so weit über den Bauch, dass ich es verdecken kann?

Doch als ich danach greife, erlebe ich die nächste böse Überraschung: Der linke Ärmel ist auf unerklärliche Weise über die Seite der Kiste gekrabbelt und hat sich im rostigen Schutzblech verfangen. Herrlich. Also nichts mit Bolero! Mein Spitzenunterhemd klebt mir nass am Rücken. Während ich noch mit meinem Schicksal hadere, hat sich dieses schon eine weitere Härte für mich ausgedacht. Denn ich sehe, wie ein dicker älterer Mann mit eiligen Schritten auf mich zusteuert. Wahrscheinlich der Hausmeister. Gleich wird er seinen Zeigefinger ausstrecken und den hausmeisterlichen Klassiker von sich geben: »Hier dürfen Sie Ihr Fahrrad nicht stehen lassen!«

Doch diesmal irre ich. »Franziska? Mensch, Franzi!«, ruft der Mann mit Stirnglatze und leicht hängenden Wangen. Er trägt einen Anzug, der schon bessere Tage gesehen hat, abgestoßene braune Halbschuhe und eine Aktentasche, die mich an meinen Onkel Albrecht denken lässt, der bis zu seinem

Tod Beamter in einem niedersächsischen Katasteramt war. Etwas an dem Beamtengesicht kommt mir bekannt vor, und ich höre mich zu meiner eigenen Verblüffung fragen: »Gerd?«

Der Beamte nickt erfreut. »Ja, genau!« Er klopft mir tapsig auf die Schulter. »Meine Güte, Franzi! Du hast dich ja kaum verändert.« Er lächelt mir auffordernd zu.

Als danach eine kleine Pause entsteht und er mich immer noch erwartungsvoll angrinst, begreife ich, dass er auch von mir eine solche Bestätigung erwartet. Also huste ich schnell und sage: »Also, du auch nicht.«

Gerd ergreift schwungvoll meinen Arm. »Jetzt los! Ich hab von Frank auf der Fahrt hierher eine SMS bekommen. Die sind alle schon da.« Er erzählt, dass er mit Frank zusammen eine große Steuerberaterpraxis betreibt. Aus Frechdachsen werden Steuerberater. So ist das.

Obwohl Gerds Hand leicht schwitzig ist und diese Wärme durch die ebenfalls verschwitze Bluse zu spüren ist, bin ich froh, mit ihm gemeinsam das Restaurant zu betreten. Es ist schlicht und edel eingerichtet – ich fühle mich in meinem farbenfrohen Outfit sofort fehl am Platze. Zumal die Menschen, die schon mit einem Aperitif in den Händen zusammenstehen und plaudern, alle wesentlich förmlicher gekleidet sind. Die Frauen tragen fast alle Kostüme, vereinzelt sehe ich auch Hosen, aber immer mit hohen Schuhen kombiniert. Auch die Herren haben sich für gedeckte Farben entschieden. Ich habe das Gefühl, als würden meine blauen Stiefel leuchten.

Nur langsam gelingt es mir, einige Gesichter mit meinen Erinnerungen zu synchronisieren. Die Frauen sind leichter wiederzuerkennen als die Männer, die vor allem dicker geworden sind.

Mein Herz macht einen erschreckten Hopser, als ich in einem grauen Anzug Michel entdecke: Michel, der Abenteurer, der stets eine Lederschnur mit einem Tierzahn auf der braungebrannten Brust trug und dessen blonde Haare im Sommer völlig ausgebleicht waren, weil er mit seinen Eltern regelmäßig an die französische Atlantikküste fuhr. Dort surfte er jeden Tag, und es hätte niemanden ernsthaft verwundert, wenn ihm bis zur Rückkehr in die Schule Schwimmhäute zwischen den Zehen gewachsen wären. Dick geworden ist er zwar nicht, aber kahl und insgesamt irgendwie ... grauer. Doch seine Augen leuchten auf, als er mich sieht – er hebt sein Glas in meine Richtung.

Gerd zischt mir zu: »Michel, der alte Schwerenöter! Hat ziemlich gelitten. Wusstest du, dass er Lehrer geworden ist?«

»Surflehrer?«

Gerd schüttelt den Kopf. »Nee, Erdkunde und Sport. Er unterrichtet an unserer alten Penne.«

Bevor ich mir darüber Gedanken machen kann, tritt eine hochtoupierte, ultraschlanke Blondine auf mich zu. Auch sie erinnert mich an jemanden, aber es gelingt mir nicht, ein Gesicht aus meiner Schulzeit mit dem hageren, gebräunten und leicht erstaunt blickenden Gesicht in Einklang zu bringen.

»Herzlich willkommen, Franziska!«

Als ich ihre Stimme höre, erkenne ich sie. »Babette?«

Die Blondine lacht und drückt mir ein Glas mit Sekt in die Hand. »Du hast es erfasst.«

»Komisch, ich habe dich gar nicht wiedererkannt«, murmele ich und stürze den Sekt hinunter.

»War ja auch teuer genug«, flötet Babette.

»Teuer?«

Babette lächelt, wobei sich ihr Mund kaum öffnet. »Na, ich

sage es dir lieber gleich – reden ja doch alle drüber. Hubert, mein Mann, ist Schönheitschirurg.« Sie zeigt mit der Geste eines Rennstallbesitzers, der seinen dekorierten Preishengst vorführt, auf einen ebenfalls tief gebräunten Mann in gut sitzender Freizeithose und einem rosa Polohemd. Er demonstriert den Umstehenden offenbar gerade seine Golftechnik.

»Hubert hat mich von Grund auf erneuert, was indirekt ein Anlass für mich war, dieses Klassentreffen zu veranstalten. Aber es hat sich doch gelohnt, oder?« Sie lässt offen, ob sie ihre OP oder die Feier meint. Ihr Blick gleitet an mir hinunter. »Ich hatte dich gar nicht so modisch offensiv in Erinnerung. Bist du etwa aus der Branche?« In ihrem Tonfall liegt eine widerwillige Bewunderung, wie ich erstaunt feststelle. Und jetzt bin ich doch froh, dass Lilli mich überredet hat, mich umzuziehen, und lege schnell meine Hand auf den Fleck. Wenn Babette den sieht, ist der gute Eindruck zum Teufel. Ich will mich gerade verdrücken, da sagt sie: »Das damals mit Michel, Franziska … Glaub ja nicht, dass ich dir das jemals verziehen habe!«

»Was?«

Babette greift nach meinem Ellbogen. »Wenn du damals nicht mit Michel geknutscht hättest, wären wir garantiert ein Paar geblieben. Aber nach dieser Party war es mit uns aus.«

Ich finde meine Stimme wieder. »Doch nicht meinetwegen!«

Babette zuckt mit den Schultern. »Was auch immer da zwischen euch geschehen ist – danach hat Michel mit mir Schluss gemacht.«

Während ich diese erstaunliche Information noch verdaue, ruft jemand von hinten: »Babette, komm doch mal, diese Bilder musst du dir ansehen.«

Bevor sie der Aufforderung Folge leistet, flüstert sie mir zu: »Du solltest auch mal über eine OP nachdenken. Deine Lider hängen!« Damit dreht sie sich um.

Einen Moment lang stehe ich da wie vor den Kopf geschlagen. Meine gute Laune ist verpufft. Eine neue Bluse macht eben noch keinen neuen Menschen aus mir. Eigentlich möchte ich sofort nach Hause. Was habe ich mir eigentlich gedacht? Dass ich da anknüpfen kann, wo wir aufgehört haben? Am Anfang des Lebens?

Eine grauhaarige, dickliche Frau tritt auf mich zu. Sie lächelt mich schüchtern an und sagt: »Hallo, Franziska!« Sie scheint sich mindestens so unwohl zu fühlen wie ich.

Ich grüße höflich zurück und durchforste vergeblich mein Hirn nach einem Namen, nach einer Erinnerung. Aber da ist einfach nichts. Eine ungute Zeit des Schweigens verstreicht. Ich fasse mir schließlich ein Herz. »Du, entschuldige, aber …«

Die Dicke fällt mir grob ins Wort: »Du hast keine Ahnung, wer ich bin? Nicht wahr?«

Ich lächele entschuldigend. »Stimmt, ertappt! Hilfst du mir aufs Pferd? Ist ja auch schon so lange her …«

Doch die Dicke zeigt überhaupt kein Interesse daran, mir zu helfen. »Du hast nie gewusst, wer ich bin. Du hast mich nie wahrgenommen. Du und deine eingeschworene Sportclique. Ihr wart ja immer so großartig! Habt am Wochenende Turniere gespielt und Spaß gehabt. Ich fand euch damals schon blöd.« Mit diesen Worten lässt sie mich stehen.

»Da bist du ja endlich!« Eine vergnügte Stimme reißt mich aus meinem Schreckmoment. Julia und Petra stehen vor mir – und die haben sich wirklich kaum verändert. Nur ein paar Falten im Gesicht. Julia ist Krankengymnastin, Petra jobbt

Teilzeit im Büro eines Tennisclubs. Julia zupft an meinem Ärmel. »Tolle Bluse! So eine wollte ich mir letztens kaufen, aber ich habe mich nicht getraut. Ich dachte, die ist vielleicht zu ausgeflippt. Aber jetzt ärgere ich mich.«

Petra nickt. »Franzi war schon immer unser stilles Wasser. Du hast dich immer im Hintergrund gehalten – aber vorne am Netz kam keiner an dir vorbei.«

Julia kichert. »Stimmt! Wir nannten Franzi damals die Mauer!«

Und dann geschieht etwas Erstaunliches: Die letzten Jahre fallen von mir ab. Den anderen scheint es ebenso zu gehen, wir müssen uns keinerlei Mühe geben, um ins Gespräch zu kommen. Im Gegenteil, wir reden wie Wasserfälle, fragen uns Löcher in den Bauch, unterbrechen uns lachend. Wir reißen alte Witze, wärmen Erinnerungen auf und kichern genauso atemlos wie auf unseren Fahrten zu Auswärtsturnieren.

»Wisst ihr noch, als wir damals in Bad Bramstedt gegen die Schulmannschaft angetreten sind?«, fragt Julia. Petra und ich nicken und lächeln in uns hinein. In den Stunden vor dem Spiel sind wir durch das Städtchen gebummelt und haben uns Kirschen gekauft. Kirschkernspuckend stolzierten wir durch die Straßen und fühlten uns unbesiegbar. »Haben wir damals eigentlich gewonnen?«, frage ich. Julia zuckt mir den Achseln. Und ich weiß, dass gleichgültig ist, wer damals gewann. Denn dieses Gefühl der Unangreifbarkeit entstand nicht durch den sportlichen Erfolg, sondern durch das Zusammensein mit den anderen. Wir lachen und erzählen. Das Ambiente des Restaurants schreckt mich nicht mehr – endlich entspanne ich mich in dem schönen Raum. Ich vergesse sogar den Fleck auf meiner Bluse. Petra und Julia haben jeweils große Kinder. »Mein Ältester hat mich vorhin hierhergefahren, der hat schon den Führerschein!«, erzählt Petra. Mir versetzt das befremdlicherweise einen kleinen Stich, weil Petras Sohn ungefähr in Simons Alter sein muss. Wieso fällt mir Simon ein?

Julia ist geschieden, lebt aber schon seit Jahren mit ihrem neuen Partner zusammen. Gemeinsam haben sie vier Kinder zwischen acht und siebzehn Jahren. »Patchwork eben!«

»Und du?«

Beide sehen mich erwartungsvoll an. »Warst du damals nicht in Michel … oder bringe ich da etwas durcheinander?«, fragt Julia.

Ich winke ab, kann aber nicht verhindern, dass ich rot werde.

»Da war nichts. Aber … ich bin vor ein paar Monaten Mutter geworden.«

»Das wievielte?«, fragt Petra.

»Das erste.«

Petra fasst sich bald wieder. »Herzlichen Glückwunsch! Hast du ein Foto dabei? Ein Junge, ein Mädchen? Wie groß, wie schwer?« Als ich das Foto aus meiner Tasche krame, das ich auf Lillis Anraten für den heutigen Abend vorbereitet habe, ist sie begeistert. Julia ist aber deutlich gedämpfter. »Da hast du dir ja etwas vorgenommen«, sagt sie und gibt mir das Bild zurück. »Ich beneide dich nicht darum, dass du schon fast sechzig sein wirst, wenn Amélie in die Pubertät kommt. Bei uns scheint ständig mindestens einer in der Pubertät zu sein, und wir Eltern gehen total auf dem Zahnfleisch!«

Petra nickt. »Ja, die Pubertät dauert einfach zu lange. Sie fängt mit elf Jahren an und ist mit über zwanzig noch nicht abgeschlossen!«

Beide lächeln sich verstehend an. Ich fühle mich ein wenig

ausgeschlossen, und gleichzeitig spüre ich erneut so ein Stechen – und ja, mir fällt schon wieder Simon ein. Aber es gelingt mir erfolgreich, diese Gedanken zu verdrängen.

Mitunter taucht Michel in meinem Gesichtskreis auf, und je häufiger ich ihn anschaue, desto mehr von dem Jungen erkenne ich in dem Mann. Er lacht viel und laut – das klingt schön und sympathisch. Aber ich traue mich nicht, ihn anzusprechen, und auch er wirft mir nur Blicke aus der Distanz zu.

Eins muss man Babette lassen, bei der Restaurantwahl hatte sie ein Glückshändchen. Wir müssen nicht einmal überlegen, was wir essen möchten, denn als wir uns hinsetzen, werden die Tische in Windeseile mit unzähligen Schälchen vollgestellt.

Ein Kellner klärt uns auf: »Das hier ist Kichererbsenpüree, das dort geräuchertes Auberginenmus. Dies hier ist eine Walnuss-Paprika-Paste, daneben frischer Ziegenquark mit Kräutern. Hier hinten finden Sie kleine Kartoffeln in Zitrone, Olivenöl und Thymian.«

Diese leckeren Vorspeisen werden flankiert von Lammwürstchen auf orientalischem Salat und Geflügel, mariniert in arabischen Gewürzen. Es schmeckt köstlich, und wir amüsieren uns – bis Babette mit dem Löffel an ihr Glas klopft.

Als die Gespräche verstummen, steht sie auf und hält eine kleine Rede. Sie freute sich, sagt sie, dass wir alle ihrer Einladung gefolgt sind, und berichtet von Mitschülern, die abgesagt haben. »Klaus ist auf dem Pilgerweg, Katrin in der Reha, Stephan hat eine Gitarrenschule auf Mallorca, Carola lebt in Winnipeg, und Annette arbeitet in einem Labor für Molekularbiologie in Cottbus.«

Merkwürdig, dass ausgerechnet Babette das Treffen organisiert hat. Ihr hätte ich am ehesten Ausflüge ins Ausland zugetraut, und dass sie einen Formel-1-Piloten heiratet und im internationalen Jetset eine schillernde Figur abgibt.

Babette belässt es nicht bei ihrer Rede. Sie verlangt von uns, dass wir der Reihe nach aufstehen und kurz aus unserem Leben erzählen. Das ist wirklich eine gute Idee, weil wir so alle etwas von den anderen erfahren. »Sonst sitzen ja doch nur die alten Cliquen zusammen!«, sagt Babette und wirft uns einen vorwurfsvollen Blick zu.

Julia lacht unbekümmert. »Nur kein Neid!«

Und Petra ergänzt scherzhaft: »Für Volleyball warst du doch viel zu schön. Und wir haben dir viel zu viel geschwitzt!«

Alle lachen, und Babette zieht eine bemühte Grimasse. Sie wirkt ziemlich angespannt. Immer wieder sieht sie zu Michel hinüber.

Der erzählt, als er an der Reihe ist, von seinen vier Söhnen, mit denen er an der Atlantikküste surft, und von seiner Frau, die als Architektin das Eigenheim der Familie selbst entworfen hat.

Wie sehr wünsche ich mir in diesem Augenblick, von Andreas und »unserer Familie« erzählen zu können …

Auch die anderen berichten von Häusern auf dem Land, von Fernreisen, von den schulischen Leistungen der Kinder, von neuen Büros und neuen Ehen, von gelungenem Leben.

All diese Erfolgsstorys drücken schwer auf meine Brust, und als ich dran bin, bekomme ich kaum ein Wort heraus.

»Also, Franziska, was hast du in den letzten Jahren gemacht?« Babette sieht mich von unten an. Ich fühle ihren lauernden Blick über den Insektenfleck auf meinem T-Shirt streifen.

Unwillkürlich verschränke ich die Arme vor der Brust. »Ich bin Arzthelferin, aber derzeit im Mutterschaftsurlaub.«

Das sorgt für einiges Raunen an den Tischen.

Babette fasst nach: »Und der glückliche Vater babysittet heute Abend?«

Ich spüre, wie ich rot werde. Aber dann sage ich es doch: »Ich bin alleinerziehend.«

Wieder ein leichtes Geraune. Michel rettet die Situation, indem er ruft: »Herzlichen Glückwunsch zum Nachwuchs, Franziska!« Er hebt sein Glas und animiert die anderen, auf mich anzustoßen. Ich sehe, wie die Dicke, die neben Gerd sitzt, ihm etwas zuflüstert. Babette zieht ihre Augenbrauen noch höher unter den Stirnansatz. Sie spielt immer noch die Rolle der Gastgeberin und will sich das Heft nicht aus der Hand nehmen lassen. Mit allen anderen hat sie ein kleines Frage-und-Antwort-Gespräch geführt, und auch ich komme nicht darum herum. »Du warst ja immer schon eine Spätentwicklerin, nicht wahr?«, witzelt sie, während ich mit rotem Kopf neben ihr stehe und nicht weiß, wohin ich mit meinen Händen soll. »War das so geplant?«, fragt sie.

»Na, ja, was heißt schon geplant?«

Gönnerhaft fährt sie fort: »Es ist auf jeden Fall sehr mutig von dir, in diesem Alter noch Mutter zu werden.« Die Worte »in diesem Alter« betont sie derart, dass mich mit Sicherheit alle Anwesenden in ihrer Vorstellung als gebrechliche Greisin mit künstlichem Darmausgang sehen. Babette fährt fort: »Aber ich verstehe das. Torschlusspanik ist ja nichts, wofür man sich schämen müsste. Besser spät als nie! Was soll man machen? Zeugungswillige Männer fallen ja besonders in unserer Generation nicht vom Himmel.«

Als ich die Augen senke, bemerke ich, dass Babettes Mann

Hubert konzentriert in sein Glas blickt. Könnte es sein, dass Babette lieber mit Michel Kinder bekommen hätte, statt von Hubert runderneuert zu werden?

Die Dicke kommt als Nächste dran. Sie heißt Roswitha, und ich schäme mich, weil ich mich noch immer nicht an sie erinnere. Nur undeutlich fällt mir ein stilles, pummeliges Mädchen ein, das am äußeren Rand der Klasse saß. Erstaunlicherweise ist Roswitha Kriminalkommissarin. »Mordkommission«, wie sie stolz verkündet.

Ähnlich unauffällig wie Roswitha war Heiner Wittkowski, der sich jedoch in meiner Erinnerung damit lebendig hielt, dass er den Hamburger U-Bahn-Plan mit verschiedenen Farbstiften vollständig aus dem Gedächtnis aufzeichnen konnte. Er ist heute Besitzer einer Ladenkette für Sanitärbedarf. »Wir verkaufen und vertreiben vor allem Rollatoren oder Delta-Gehräder und haben damit einen wachsenden Markt erschlossen«, fasst er zusammen.

Babette nutzt diese Information für eine hämische Bemerkung an meine Adresse: »Heiner, dann schreib dir schon mal Franziskas Adresse auf. Die braucht bestimmt eine Gehhilfe, um später unfallfrei zur Abschlussfeier ihrer Tochter gehen zu können!« Sie steht sehr gerade, sehr schick und selbstsicher in dem stilvollen Restaurant und lacht zum ersten Mal an diesem Abend aus vollem Herzen. Natürlich lachen auch einige andere, und ich entscheide mich, gute Miene zum bösen Spiel zu machen und mitzulachen, obwohl mir die Tränen hinter den Augen sitzen.

Als endlich alle vorgestellt sind, wird glücklicherweise das Dessert serviert, und ich kann mich auf die Toilette verdrücken. In der Kabine vermag ich mein Schluchzen nicht mehr zurückzuhalten. Natürlich weiß ich, dass Babette ein Biest ist, und ich weiß auch, *warum* sie so gemein ist. Aber ich kann nicht verhindern, dass ihre Worte meine tiefsten Befürchtungen getroffen haben: Bin ich nicht tatsächlich zu alt für die Erziehung eines Kleinkinds? Solange ich mich mit Lilli unter unserer gemütlichen Mütter-Baby-Glasglocke befinde, fällt mir das nicht auf. Aber die meisten anderen Mütter auf dem Spielplatz gehören nun mal einer anderen Generation an. Meine Wimperntusche verläuft, und meine Haut ist fleckig und rot. Ich repariere mein Äußeres, soweit es mit angefeuchtetem Toilettenpapier geht. Dabei beschließe ich, nach Hause zu fahren. Was soll ich noch hier? Mit Julia und Petra habe ich bereits E-Mail-Adressen ausgetauscht. Die anderen können mir gestohlen bleiben.

Ich drücke mich den Flur entlang und gehe mit hocherhobenem Kopf am Speiseraum vorbei. Dabei greife ich in meine Handtasche, als suche ich nach einer Zigarettenschachtel – für eine schnelle Raucherpause. Ich laufe die Treppe hinunter zu meinem Fahrrad. Ich will nur nach Hause. Zu Amélie, zu Lilli. Dorthin, wo mein Leben nicht als gescheitert betrachtet wird und mich niemand für eine Versagerin hält. Doch meine Flucht ist nicht unbemerkt geblieben.

Als ich das Fahrradschloss öffne, taucht überraschend Michel hinter mir auf. »Franziska!«

Einen Moment lang stehen wir uns verlegen gegenüber.

Michel sagt schließlich: »Wegen damals …«

»Das ist doch gleichgültig. Ist schon so lange her.«

Michel schüttelt den Kopf. »Nein, mir ist das wichtig!«

Unter dem Kragen seines grauen Hemdes erkennt man eine Lederschnur. Als er meinen Blick bemerkt, zieht er sie aus dem Kragen hervor. Ein Tierzahn baumelt daran.

»So etwas trägst du noch?«

»Klar! Ich surfe doch auch immer noch.« Er steckt seine Hände in die Hosentaschen und zieht die Schultern hoch. »Franziska! Wenn ich es jetzt nicht sage, dann traue ich mich wahrscheinlich nie. Oder erst beim nächsten Klassentreffen in zwanzig Jahren.« Er sieht mich nicht an, sondern fixiert einen Punkt weit hinter mir. Dann sagt er langsam: »Ich ... ich war ... von der siebten Klasse bis zum Schluss, während der kompletten Schulzeit, in dich verliebt!«

Ich traue meinen Ohren nicht und starre ihn an.

Schließlich presse ich hinaus: »In mich? Ich dachte, du und Babette ...«

Michel schüttelt den Kopf. »Babette ...« Er sucht nach Worten. »Babette, das war mehr eine Trophäe. Die wollte jeder haben, und ich musste mir und den Kumpels beweisen, dass ich sie auch kriegen konnte. Die war doch so was wie ... ein Wanderpokal.«

»Warum hast du mir das nie gesagt? Also, dass du ...« Ich verstumme.

Michel legt den Kopf schief. »Weil ich ein Idiot war. Weil du für mich etwas ... Heiliges warst.« Er sieht mir in die Augen und sagt: »Als wir uns auf dieser Party damals geküsst haben, bin ich hinterher bis zum Morgengrauen durch die Stadt gelaufen. An Schlaf war nicht zu denken. Ich war furchtbar durcheinander.«

»Du hast mich nicht angerufen.«

»Ich *konnte* nicht. Ich wusste, das mit dir würde eine große, eine ernste Sache werden – und dem fühlte ich mich nicht gewachsen. Ich wollte doch nach Hawaii ... nach Australien ... die perfekte Welle ...«

Ich sehe in sein gealtertes Michel-Gesicht und erkenne den Jungen, in den ich einst so sehr verliebt war. Es tut weh. Und es tut gut. »Mit deiner Frau … ist das eine große, ernste Sache geworden?«

Michel nickt. »Ja. Sehr groß, sehr ernst und richtig.«

Wir lächeln uns an, und dann beugt sich Michel vor und küsst mich sanft auf die Wange. »Viel Glück, Franziska!«

»Dir auch, Michel.«

Als ich in die Fruchtallee einbiege, erhellt ein Blitz die Nacht. Ein Donner folgt sehr weit entfernt. Dann fängt es an zu regnen. Mir ist gleichgültig, dass ich nass werde. Mein Outfit ist sowieso hin. Ich sitze auf dem Rad, fahre durch den Gewitterregen und heule mir die Seele aus dem Leib. Nicht wegen Michel und mir, unserem schlechten Timing. Sondern weil ich mich klein, erfolglos und einsam fühle. Klassentreffen dienen nämlich nicht dazu, uns ins Erinnerungsparadies der Jugend zu entführen. Sie zeigen uns mit gnadenloser Härte die gescheiterten Träume, die nicht erfüllten Hoffnungen. Klassentreffen zeigen uns, was wir *nicht* geworden sind. Doch als ich die Osterstraße erreiche, versiegen die Tränen endlich. Ich stemme mich gegen den Wind und trete in die Pedale, und dann muss ich lachen. Ich bin froh, dass kaum Menschen auf der Straße sind, denn ich lache wie eine Irre und trotze mit hoch erhobenem Kopf dem Unwetter. Das Leben ist so absurd und herrlich! In einem Moment versetzt es einem eine schallende Ohrfeige, und man fühlt sich wie die geborene Verliererin. Und im nächsten macht es uns zu Heldinnen unserer eigenen Geschichte. *Michel hat mich geliebt. Er hat mich geliebt.*

11. Kapitel

Irgendwas hat angefangen
ich bin nicht sicher, ob ich alles verstehe
doch ich bin mir ganz sicher
dass ich mit dir gehe.
Bernd Begemann: *»Ich bin dann soweit«*

Als ich zu Hause ankomme, habe ich mich wieder halbwegs im Griff. Doch dann stehe ich klatschnass im Hausflur und höre, wie Simon oben mit Amélie spricht. Das klingt so vertraut und tröstlich und rührend, dass ich wieder in Tränen ausbreche und mich auf die Treppenstufen sinken lasse. Tränen ändern zwar nichts, aber Tränen trösten. Also heule ich ein wenig vor mich hin, gerührt und melancholisch. Ich bin gar nicht mehr so unglücklich. Nur sehr verheult. So findet Simon mich.

»Franziska!« Er setzt sich neben mich. »Was ist los?«

Ich schüttele unter Tränen den Kopf und bringe nur heraus: »Wie geht's Amélie?«

Simon rubbelt meinen Rücken. »Prima, ich habe ihr gerade das Nachtfläschchen gegeben. Jetzt schläft sie.« Er gibt mir einen kleinen Stups. »Du bist völlig nass. Warum steigst du nicht schnell in die heiße Wanne, und ich mach uns einen Tee?« Er sieht mich besorgt an. »Und dann reden wir?«

Der Vorschlag ist gut. Ich drücke ihm meine durchnässte Jacke in die Hand und schleiche nach oben. Bevor ich mich ausziehe, gehe ich auf Zehenspitzen zu Amélies Bettchen. Sie liegt mit geballten Händchen auf dem Rücken, als wolle sie ihren Babytraum festhalten. Bei ihrem Anblick muss ich schon wieder schlucken. Ich verdrücke mich schnell in die Badewanne, wo niemand meine Tränen sieht.

Später schlüpfe in eine gemütliche Sweathose und ein frisches T-Shirt. Als ich vor dem Spiegel meine nassen Haare kämme, fühle ich mich etwas besser. Als ob das Bad Babettes gehässige Kommentare und meine bitteren Gefühle fortgewaschen hätte.

Im Wohnzimmer hat Simon das Sofa vor den Kamin gezogen. Auf dem kleinen Tisch steht ein Teebecher. Simon liegt auf dem Sofa und trinkt aus einem Weinglas. Als er mich sieht, schwingt er die Beine herunter und setzt sich aufrecht. »Da bist du ja! Hier ist dein Tee.«

Als ich mich neben ihn setze, drückt er mir fürsorglich die Tasse in die Hand.

»Ich habe den Kamin angezündet«, erklärt er unnötigerweise.

Wir sitzen vor dem Feuer und sehen in die Flammen. Mir tut die Wärme gut, der Tee vertreibt die letzte Kälte aus meinem Körper. Simon steht auf. »Ich trinke noch ein Glas Wein. Möchtest du jetzt auch eins?«

Ich nicke. Er kommt mit den Gläsern zurück, wir stoßen an. Dann fragt er: »Was war denn los? War's nicht nett?«

»Doch … nein …« Ich schlucke wieder, und dann erzähle ich ihm alles. Von Babette und Michel, von dieser Roswitha und Heiner Wittkowski und seinen Gehhilfen. Als ich an dieser Stelle angekommen bin, überwältigen mich erneut die Tränen. »Vielleicht hat sie recht«, presse ich zwischen zwei Schluchzern heraus. »Was ist, wenn ich Amélie als alte Mutter blamiere? Vielleicht schämt sie sich ja eines Tages für mich …«

Simon hat aufmerksam zugehört. Er nimmt mir das Glas aus den Händen, legt den Arm um meine Schulter und drückt mich tröstend an sich. »Franzi, das wird nicht geschehen, davor brauchst du keine Angst zu haben.«

»Und was, wenn doch?«

Simon zieht mich noch ein wenig näher an sich heran. Sein schlanker Körper ist überraschend groß, und ich habe das Gefühl, in seinen Armen Schutz zu finden wie im Regen unter den Ästen eines Baumes. Mein Gesicht liegt an seiner Brust, sein Herz schlägt beruhigend regelmäßig.

»Hast du früher mal ›Sesamstraße‹ gesehen?«, fragt Simon.

Überrascht richte ich mich auf. »Ja, wieso?«

Simon drückt meinen Kopf wieder an seine Brust. Während er mit der anderen Hand meinen Rücken streichelt, erzählt er: »Es gibt eine Geschichte in der ›Sesamstraße‹, die mir gerade einfällt. Eine Geschichte, die mit diesen lustigen Stoffpuppen gespielt wurde. Du weißt schon, wie auch Ernie und Bert welche sind.« Ich nicke.

»In der Geschichte sucht ein kleiner Junge verzweifelt seine Mutter. Dem König fällt der suchende Junge auf, und er verspricht dem Kleinen, ihm zu helfen.«

Simons Worte wecken bei mir Erinnerungen an meine ersten Fernseherlebnisse. Die ›Sesamstraße‹ um sechs Uhr abends war damals für mich so etwas wie für die Erwachsenen die Tagesschau um acht: der Abschluss des Tages. Danach kam noch das Sandmännchen, und dann musste ich ins Bett. Ich liebte Ernie und Bert und Professor Hastig. Aber am meisten liebte ich Grobi, dieses blaue, schusslige Monster, das sich stets über die Grenze der Erschöpfung hinaus verausgabte und in seinem Wunschtraum als Supergrobi über den Himmel sauste. Dabei plumpste er meist wie ein Sack Kartoffeln auf die Erde.

Ich sehe die Puppen mit ihren Froschmäulern und schiefen Augen vor mir, als Simon erzählt: »Der König fragt den Jungen: ›Wie sieht deine Mutter aus? Wir müssen wissen, wie sie aussieht, um sie finden zu können.‹ Der Junge sagt: ›Das ist einfach. Meine Mutter ist die schönste Frau der Welt.‹ Der König befiehlt, dass sich alle schönen Frauen im Land bei ihm melden sollen. Daraufhin paradieren alle möglichen schönen Frauen am König und dem Kleinen vorbei: blonde mit langen Locken, welche mit goldenen Kleidern und funkelnden Schleiern, kleine, große, dicke, dünne. Aber jedes Mal sagt der Junge: ›Nein, das ist nicht meine Mutter. Meine Mutter ist viel, viel schöner!‹ Als alle verzweifelt aufgeben wollen, weil sich diese wunderschöne Frau nicht finden lässt, schiebt sich ein altes, verhutzeltes Weiblein weit hinten in den Thronsaal.« Simon sagt tatsächlich »Weiblein« wie auf einer alten Märchenkassette. »Der kleine Junge schreit plötzlich: ›Da ist ja meine Mutter!‹ Er rennt zu dem Weiblein und umarmt es. Der König fragt: ›Das ist deine Mutter? Ich dachte, deine Mutter wäre die schönste Frau der Welt!‹ Der kleine Junge sieht den König überrascht an und sagt: ›Ja, genau!‹« Simon richtet sich und damit auch mich etwas auf. Er streichelt meine Wange, wischt mir mit einem Finger zart eine Träne weg … und dann küsst er mich.

Ich bin vierundvierzig, Simon ist so jung, ich bin eine geschiedene Mutter … aber dann, ich weiß nicht warum, lasse ich mich nicht nur küssen, sondern erwidere zögernd seinen Kuss. Seine Lippen fühlen sich angenehm und nach wenigen Minuten schon vertraut an. Er schmeckt gut.

»Franzi«, murmelt Simon, als wir wieder zu Atem kommen. Er lässt mich nicht los. In seinen Augen lese ich Lust und Zärtlichkeit, aber auch Unsicherheit und Zweifel. Wahrscheinlich denkt er ähnlich wie ich. Schließlich könnte ich seine Mutter sein. Aber keiner von uns sagt ein Wort. Wir sehen uns nur an. Und dann küssen wir uns wieder. Simons Hände streichen über meine Schultern und die Hüften. Langsam gleiten sie zu meinen Brüsten. Ich zucke zusammen. Ich stille zwar nicht mehr, aber in den vergangenen Monaten sind meine Brüste nur von meinem Baby berührt worden.

Simon weicht etwas zurück. Seine Augen blicken mich unverwandt an, als er aufsteht und langsam, so langsam, sein Hemd aufknöpft. Er hebt fragend seine Augenbrauen. Ich bin etwas verlegen, aber ich nicke. Simon lässt das Hemd von seinen Schultern gleiten. Er hat eine glatte muskulöse Brust, unterhalb seines Bauchnabels schlängelt sich eine schmale Spur aus Haaren in den tiefsitzenden Jeansbund. Simon legt den Kopf schief. Er beugt sich vor, streift die Schuhe ab und zieht die Socken aus. Er deutet ein paar Tanzschritte an. Endlich begreife ich, was Simon da eigentlich macht. Er versucht mir die Angst zu nehmen, er gibt sich als Erster preis, zeigt sich nackt. Ein kleiner Strip, ein Geschenk für mich. Dabei ist er überhaupt nicht abgebrüht, sondern wirkt sogar ziemlich schüchtern. Als er die Jeans fallen lässt und in einer angedeutet lasziven Bewegung seine Boxershorts vor sich dreht wie eine Nachtclubtänzerin ihre Federboa, kann ich nicht anders: Ich öffne meine Arme. »Komm her zu mir.«

Unter den äußeren Schichten meines Körpers, der in den letzten Monaten der einer Mutter geworden ist, regt sich eine andere Frau. Sie streckt sich, räkelt sich … und dann steht sie auf. Sie drängt – erst schüchtern, dann immer ungestümer – ins Freie, dorthin, wo der Wind über Ebenen fegt … vielleicht zum Meer. Sie hebt den Kopf stolz, als wolle sie zum Bootsmast hinaufsehen, an dem eine Fahne im Wind flattert.

Simons Hand gleitet unter mein T-Shirt. »Ist das in Ordnung?«

Ängstlich nicke ich. Seine Haut duftet nach Duschgel, nach Mann, nach ... Simon. Simon, der mich begehrt.

Für den Bruchteil einer Sekunde kommt mir Babette in den Sinn, mit ihrem dauergebräunten Golfspieler und dem frustrierten Zug um die Mundwinkel, den keine Operation der Welt verschwinden lassen kann.

Während ich Simon dabei helfe, mir das T-Shirt auszuziehen, verschwindet jene verschrumpelte Franziska, die Babette mit ihren gehässigen Worten heraufbeschworen hat, aus meinem Sichtfeld.

Hier und jetzt, auf dem Sofa vor dem Kamin, in den Armen eines jungen Mannes, liegt eine andere Franziska. Eine, deren Haut im Feuerschein leuchtet und die sich befangen und erwartungsvoll wie beim ersten Mal den Umarmungen hingibt.

»Ich glaube, ich bin etwas aus der Übung«, flüstere ich.

Simon sieht mich lächelnd an und streicht mir eine Haarsträhne aus der Stirn. Er beugt sich über mich und sagt zwischen zwei Küssen: »Das verlernt man nicht.«

Er stützt sich auf den Ellbogen und streichelt meinen Körper. Nicht nur mit seinen Händen, sondern auch mit seinen Augen. Der letzte Mann, der mich nackt gesehen hat, war Dr. Fohringer bei der Geburt. Instinktiv greife ich nach der Decke, die über der Sofalehne hängt.

»Ist dir kalt?«, fragt Simon.

»Nein, ich ...«

»Lass doch. Deck dich nicht zu! Ich möchte dich ansehen ...«

Und meine Schwangerschaftsstreifen? Meine Speckröllchen? Das leichte Hängen des Bauches unter dem Nabel?

Doch Simons Augen spiegeln die Frau, die er gerade sieht. Sie hat mit Speckröllchen und Schwangerschaftsstreifen nichts zu tun. Er steht auf und holt ein Kondom aus seiner Jackentasche im Flur. »Hast du das immer dabei?«, scherze ich.

Simon sieht mich verwundert an. »Natürlich!«

Ich sehe ihm zu, wie er das Kondom überzieht. Natürlich! Simon ist kein Mann in meinem Alter, bei dem eine Frau sehr konsterniert wäre, wenn er beim ersten Date ein Gummi dabeihat. Simon ist jung und ungebunden. Er kann gestern mit dem einen Mädchen geschlafen haben und morgen mit einem anderen schlafen. Aber heute schläft er mit mir.

Es ist so, als müsste ich meinen Körper in einen anderen Betriebs-Modus schalten. Das ging beim Küssen und Berühren leicht, aber nun habe ich doch Angst. Wird es weh tun? Wird es sich anders anfühlen? In den letzten Monaten hatte Liebe nur etwas mit meinem Baby zu tun. War reine Zärtlichkeit. Kann ich jetzt wieder Erregung und Lust spüren? Darf ich das?

Simon spürt meine Bedenken.

»Hab keine Angst, ich bin vorsichtig«, sagt er und küsst mich immer und immer wieder. Und er sagt auch: »Amélie schläft tief und fest.«

Das ist der Moment, in dem ich mich ihm anvertraue. Es fühlt sich wirklich wie das erste Mal an, als er in mich eindringt. Ich spüre den Schmerz, aber auch die Wärme, die den Schmerz überstrahlt. Und Lust. Lustlustlust. Simon zu küssen und zu schmecken, seine weiche Haut zu streicheln und auf meiner Haut zu fühlen. Mit jeder Bewegung, mit jedem gemeinsamen Atemzug rollt Babettes Gehhilfe ein Stück weiter den Abhang hinunter, bis sie im hohen Bogen über die Klippe stürzt. Simon hält mich fest. Ich bin sicher. Ich bin neu und heil.

Als er in den frühen Morgenstunden geht, bin ich hellwach und todmüde gleichzeitig – und auf der Haut spüre ich eine Sehnsucht, die sich anfühlt wie Hunger. Ich bin glücklich.

Drei Tage lang trägt mich dieses Glück. Aber am vierten Tag nach jener denkwürdigen Nacht bröckelt meine Zuversicht zusehends, denn Simon meldet sich nicht. Seine letzten Worte waren ein hastig in meine Haare gemurmelter Gruß zwischen zwei Küssen: »Ein Lehrgang! Bis bald, Franzi!« Dann war er fort.

Als ich Tina von meiner Nacht mit Simon erzählte, warnte sie mich sofort: »Pass bloß auf! Dem bist du vielleicht nicht gewachsen. Junge Männer können sehr verletzend sein!«

Woher sie diese Erkenntnis wohl hat? Aber auch auf mein Nachfragen ist nichts aus ihr herauszubekommen. Vielleicht liegt es auch an dem missglückten Flirtversuch mit Daniels Bruder im Kochkurs. »Ein ich-bezogenes Arschloch«, lautet ihr drastisches Resümee. Mir rät sie bissig: »Statt dich mit jungen Männern unglücklich zu machen, solltest du lieber einkaufen gehen! Tu dir was Gutes – ohne deine Seele zerfetzen zu lassen!«

Als ob das so leicht wäre. Schließlich ist ein One-Night-Stand etwas anderes als ein missglückter Flirt. Ich habe mit Simon geschlafen. Ich habe mich ihm … hingegeben. Ich fühle mich verletzt und missbraucht. Nachdem ich eine Woche lang nichts von ihm gehört habe, steigere ich mich regelrecht in Wut auf ihn hinein. Was hat er sich eigentlich dabei gedacht? Ich war wohl ein leichtes Opfer für eine schnelle Nummer, denke ich. Eine bedürftige »Alte«, Sex auf die Schnelle. Dann wieder weiß ich, dass Simon nicht so ist. Simon ist zärtlich, ehrlich – ich habe ihm Amélie anvertraut. Mit Lilli mag ich dieses Thema nicht näher besprechen. Sie schaut mich zwar aus ihren Emailleaugen wissend an, aber mir ist zum ersten Mal nicht nach Lillis Lebensweisheiten zumute. Ich kann mir denken, was sie sagen würde: »Mach dir keinen Kopf. Der kommt schon wieder.« Und dann würde sie mir wahrscheinlich »Love me Tender« als Seelentröster anbieten. Dennoch recherchiert sie, wo Simon ist, kann aber nichts herausbekommen. »Ich weiß auch nicht, wo der ist. Bei ihm läuft nur der AB. Und du darfst sowieso nicht anrufen.«

»Wieso nicht?«

»Weil eine Frau niemals bei einem Kerl als Erste anrufen darf. Mensch, Franzi, das ist ein Naturgesetz. Die Männer sind die Jäger. Wir werden gesammelt.«

Ich finde das zwar nicht sehr emanzipiert, aber ich halte mich daran – schließlich kann ich doch nicht einem zwanzig Jahre jüngeren Mann hinterherlaufen. Ich schleppe mich in einer Mischung aus Euphorie, Weltschmerz und Wut durch die Tage. Der Sex mit Simon hat mich aufgeweckt und mit neuem Leben erfüllt, mich auf einen Höhenflug entführt – von dem ich mit einem heftigen Bauchklatscher abgestürzt bin. Aber die Zeit heilt selbst Bauchklatschernarben. Zwei Wochen nach meiner Nacht mit Simon wache ich morgens zum ersten Mal wieder gut gelaunt auf. Unter der Dusche beschließe ich, das Trübsalblasen sofort einzustellen. Ich schmuse mit Amélie und denke an den Abend, als Simon auf sie aufgepasst hat. Wie in Abrahams Schoß hatte ich damals gedacht. Nein, Simon ist kein kaltherziger Weiberheld, der alles mitnimmt, was sich ihm bietet. Ich entdecke eine ungeahnte Großzügigkeit in mir und frage mich nicht mehr ängstlich, ob es ihm vielleicht nicht gefallen hat. Nein, an diesem Morgen verzeihe ich ihm und erlaube mir sogar den Gedanken, dass es einen guten Grund für sein Verschwinden gibt. Vielleicht erfahre ich ja irgendwann, warum er sich nicht mehr meldet. Ich stehe in ein Handtuch gewickelt vor dem Kleiderschrank und krame nach Unterwäsche. Und während ich so zwischen Unterhemden und Socken wühle, fällt mir ein Ziel für einen Shopping-Ausflug ein. Nämlich ein kleiner Laden, den Lilli und ich in den Colonaden bei unserem letzten Sonntagnachmittagsspaziergang (statt Kaffeeklatsch) entdeckt haben. Der Laden heißt »Die Perle«, und man kann dort Wäsche kaufen. Genauer: Dessous. Seit Jahren kaufe ich ausschließlich eine Traditionsmarke – weißer BH, weißer Slip, weißes Unterhemd, fertig. Weiße Wäsche ist zeitlos, gepflegt, vernünftig. Doch seit der Nacht mit Simon glühe ich innerlich, als wäre eine Lampe in mir angezündet worden. Allerdings hat sich der Hunger, den ich nach der Nacht mit ihm verspürt habe, zwischenzeitlich in Angst verwandelt. Und die liegt mit meiner neu entdeckten Lebensfreude im Clinch. Denn immer wieder taucht in diesem See freudiger Gefühle der hässliche Frosch des Zweifels auf. Er steckt seinen dicken glibberigen Kopf aus dem Wasser und quakt: »Wirst du Simon auch ein zweites Mal gefallen? Wirst du ihn überhaupt wiedersehen?« Weil ich auf diese Frage sowieso keine Antwort finde, entscheide ich mich, einmal nicht vernünftig zu sein. Und weit hinten in meinem Kopf keimt verborgen und heimlich auch der Gedanke: Falls ich Simon wiedersehen sollte, falls wir uns je wieder so nah kommen, dann werde ich die schönste Unterwäsche der Welt tragen.

Also fahre ich, nachdem ich Amélie mit Lilli und Lisa-Marie in den Mittagsschlaf verabschiedet habe, in die City zum Jungfernstieg. Wenig später nehme ich allen Mut zusammen und stoße die Tür des Ladens auf. »Die Perle« ist größer, als das Schaufenster vermuten lässt. Am hinteren Ende steht ein antiker Holztresen mit Registrierkasse. Der dicke schilffarbene Teppichboden dämpft meine Schritte. Weiches Licht erfüllt den Raum. An den Wänden sind Leisten angebracht, an denen auf Bügeln Dessous in allen Größen, Farben und Stilrichtungen präsentiert werden. Eine Verkäuferin ist nicht zu sehen. Ich schaue mich um und versuche mein klopfendes Herz zu beruhigen. Leise Klaviermusik tönt aus verborgenen Lautsprechern. In der Mitte des Raumes ist Wäsche auf einem Verkaufstisch angeordnet. Aber was für Wäsche! Zauberhafte Farben, wunderschöne Stoffe, üppige Stickereien, aufwendige Verarbeitung. Weit mehr als Wäsche. In Seide verwandelte Phantasien: BHs, Slips, Bustiers. Textilien, die sich unter dem Fachbegriff Lingerie zusammenfassen lassen. Genüsslich, mit dem Gefühl, etwas Verbotenes zu tun, flüstere ich das für mich ungewohnte Wort und lasse es auf meiner Zunge schmelzen wie ein Praliné. Lingerie: Das klingt wie perlender Champagner, wie das Rascheln schwerer Seide, wenn man sie aneinanderreibt. Ein wenig verrucht.

Eine Verkäuferin kommt aus dem Nebenraum. Sie ist schlank, hat feuerrote, kurze Haare und sieht aus, als wäre sie früher einmal Model gewesen. Ich erstarre mit der Seide in den Händen und werfe ihr einen unsicheren Blick zu. Doch sie lächelt freundlich. »Sie finden sich zurecht? Oder brauchen Sie Hilfe?«

Ich lächele zurück und bin erstaunt, wie sicher meine Stimme klingt. »Nein, vielen Dank, ich möchte mich erst einmal umschauen.«

Sie nickt mir zu. »Dahinten können Sie auch anprobieren.« Sie deutet nach links. Mein Blick folgt ihrem Zeigefinger, und am Ende des anderen Raums entdecke ich eine Kabine. Kabine? Ein geräumiges Extra-Zimmer, dessen Tür einladend offen steht. Dort sind die Wände im Eierschalenton gehalten, der Boden ist mit einem dicken roten Teppich bedeckt. Im Ankleideraum selbst stehen ein großer Spiegel auf Rädern, mehrere Lampen, die man verstellen kann, und ein gemütlicher Sessel mit einem kleinen Tischchen davor. In dieser Umgebung traue sogar ich mich, Dessous anzuprobieren.

Die Verkäuferin lächelt mir noch einmal zu und setzt sich an die Kasse, um Hochglanzprospekte zu sortieren.

Unsere kleine Unterhaltung hat mich entspannt. Jetzt schaue ich mir die Wäsche ernsthaft an. Ich beginne mit Slips. Große und kleine, Tangas, Pantys, French Knickers, Jazzpants. Und Strings. Belgische Fabrikate, italienische und französische Mode. Winzig kleine Stofffläppchen, gehalten von zwei Schnüren. Früher hätte ich sie kopfschüttelnd links liegen lassen. Wer trägt denn so etwas? Ich nehme einen String in die Hand. Eigentlich ist er sehr hübsch. Gar nicht obszön. Im Gegenteil: champagnerfarben, seitlich mit Spitze und vorn und hinten mit einem Schleifchen verziert. So ein Wäschestück betont die Nacktheit eher, als dass sie etwas verhüllt. Außerdem gefällt mir die Vorstellung, den ahnungslosen Simon mit dieser aufregenden Kleinigkeit zu überraschen.

Was soll ich denn nun kaufen? Den schönen Tanga beispielsweise? Ich greife nach einer schwarzen Korsage und einem Paar Strümpfen und begebe mich in die Kabine. Die Tür schließt sich sanft hinter mir, und der Raum umfängt mich wie eine Muschel die Perle. Genauso fühle ich mich: wie etwas Kostbares, Zerbrechliches, Leuchtendes. In der Abgeschiedenheit des Raumes teste ich die Dessous. Der Stoff der Korsage fühlt sich auf meiner Haut glatt und weich an, aber ich wage nicht, in den großen Spiegel zu schauen. Als ich es dann tue, verschlägt es mir fast den Atem: Der Stoff liegt eng, aber angenehm an meinem Körper, die Körbchen unterstützen den Schwung meiner Brüste, die von Spitze umschmeichelt werden. Die Farbe lässt meine Haut schimmern, die Strapse machen meine Beine länger. Probeweise stelle ich mich auf die Zehenspitzen, als hätte ich hochhackige Schuhe an, drehe mich um die eigene Achse …

Meine Figurprobleme begannen erst, als Andreas und ich nicht mehr miteinander schliefen. Es schlich sich ein, und irgendwann war es eine Tatsache. Als mir das klar wurde, hatte ich den Eindruck, dass sich meine Haut veränderte, rauher und schlaffer wurde. Ich bekam Röllchen über dem Hosenbund.

Mein Körper wurde nicht mehr geliebt, weder von mir noch von meinem Mann. Ein geliebter Körper ist schön. Ganz von allein. Einen ungeliebten mag man noch nicht einmal in der Sauna zeigen. Ich schlüpfe mit Bedauern wieder aus dem schönen Stück. Aber ich werde es ja bald wieder tragen. Als ich die Kabine verlasse, ertönt eine sonore Männerstimme neben mir: »Darf ich Ihnen helfen?«

Ich fahre herum. Ein Mann im Anzug steht mir gegenüber.

»Wo kommen Sie denn her?«, rutscht es mir heraus. Er zeigt über seine Schulter. »Aus dem Büro. Ich bin der Geschäftsführer. Sie haben gewählt?« Er nimmt mir die Wäsche so vorsichtig aus den Händen, als handele es sich um rohe Eier oder Edelsteine.

Ich betrachte ihn von der Seite. Er ist ungefähr in Simons Alter, mit einem sympathischen Grinsen und einem gepflegten blonden Wuschelhaarschnitt. Er geht zur Kasse, tippt die Beträge ein und nennt eine Summe, bei der mir schwindelig wird. Aber wenn ich diese Summe durch all die Jahre teile, die ich vernünftige, langweilige Unterwäsche gekauft habe, kann ich mir eine derart luxuriöse Verführung wirklich einmal leisten.

Also schiebe ich fast trotzig meine Kreditkarte über den Tisch. Dabei spüre ich seine Blicke wie brennende Nadeln auf mir. Was der wohl denkt? »Was will die denn mit solcher Wäsche?« Oder: »Ist wahrscheinlich für ihre große Tochter.« Vielleicht auch: »Ist bestimmt ein Geschenk. Für eine jüngere, schönere Freundin.«

Er liest die Karte ein, schiebt mir den Abschnitt, den der Apparat ausspuckt, zur Unterschrift hin, verpackt die Stücke und hält mir dann die Tüte entgegen. »Viel Spaß damit.« In seiner Stimme schwingt etwas mit, das über die Unverbindlichkeit dieser Verkaufsfloskel hinausgeht.

Auf dem Weg nach Hause halte ich mich gerade. So, als trüge ich die neue Pracht schon und würde auf hohen Absätzen gehen. Ich schwinge die Hüften, wiege meinen Oberkörper, und wie ein Kribbeln auf der Haut spüre ich die Vorfreude, mich in den neuen Dessous auszuprobieren.

In meinem Haus ist es still. Die Küche ist lichtdurchflutet, die Sonne verleiht dem abgezogenen Holzfußboden einen warmen Schimmer, der weinrote Samtbezug des Küchensofas leuchtet. Am Kühlschrank hängt ein Zettel in Lillis Handschrift: »Bin mit den Kindern im Park.«

Das geht seit neuestem, weil Papa eines Tages mit einem gebrauchten Zwillingskinderwagen ankam. Den habe eine Frau beim Seniormittagstisch im Gemeindehaus abgegeben, sagte er. Zur Weiterleitung an den Kindergarten der Gemeinde. Da habe er sofort an uns gedacht. »Schließlich kann ja mal eine von euch krank werden, und dann sollte doch die andere mit den Kleinen trotzdem mobil sein!« Er hatte dem Kindergarten eine kleine Spende zukommen lassen und den Wagen eigenhändig in die Wiesenstraße geschoben. Der Gute!

Im Kühlschrank steht eine Flasche Sekt. Genau das Richtige, um weiterhin die Unvernunft zu feiern! Ich gieße mir ein großes Glas ein. Dann kicke ich die Schuhe von den Füßen und kuschele mich aufs Sofa, von dem aus ich in den Garten sehen kann. Zufrieden nehme ich einen Schluck.

Es klingelt. Ächzend erhebe ich mich vom Sofa.

Vor der Tür steht … Simon! Mein Herz macht einen Hüpfer, und ich bekomme einen feuerroten Kopf. »Was machst du denn hier?«

Das verletzt ihn. »Ich wollte … äh … Hm, ist Lilli da?« Er blickt an mir vorbei in Richtung Küche. Enttäuscht schüttele ich den Kopf. Also kommt er, um Lilli zu besuchen?

Simon lächelt mich an. »Da bin ich aber froh! Ich würde nämlich gern etwas mit dir allein besprechen.«

Mein Herz wird schwer. Jetzt kommt es also! Jetzt wird er etwas sagen wie: »Weißt du, die Nacht damals … die vor zwei Wochen. Das war ein Fehler.«

Er tritt von einem Fuß auf den anderen. »Darf ich nicht reinkommen?«

»Was?«

»Franzi, was ist denn los? Man könnte meinen, ich wäre der Mann von der GEZ.« Er streckt seine Hand aus und tippt mir mit dem Zeigefinger auf die Nase. »Ich bin's, Simon! Erinnerst du dich?« Seine Stimme wird tiefer, und er raunt mir zu: »Der von der Nacht neulich.«

In meinem Kopf hallen seine Worte unnatürlich laut wider: »Der von der Nacht neulich.« Also denkt er auch an diese Nacht. Als ich nicht reagiere, wird er unsicher. »Ich, äh …

also, ich wollte dich sehen. Hast du kurz Zeit – oder hast du was vor? Störe ich?«

Unsicher und jungenhaft sieht er aus, und gleichzeitig männlich. Ich weiß nicht, was ich mir mehr wünsche: ihn zärtlich zu küssen oder ihm die Jeans vom Leib zu reißen. Schnell ziehe ich ihn in den Flur. »Nein, nein! Ich bin gerade vom Einkaufen gekommen. Ich war in der Stadt. Schön, dass du da bist.«

Er kommt herein, schließt die Tür hinter sich und sieht mich nachdenklich an. Dann fängt er an zu strahlen, und ich muss einfach zurückstrahlen. Er tritt vor mich hin und legt seine Hände auf meine Schultern. »Franzi, Franzi! Du bist mir nicht mehr aus dem Kopf gegangen …« Seine Stimme bricht ab, er spielt mit meinen Haaren, hebt mein Kinn und küsst mich.

Ich ziehe ihn an mich. Simon murmelt: »Ich bin vorhin erst vom Lehrgang heimgekommen. Du hast mir gefehlt.«

»Du hättest ja mal anrufen können.« Immer wieder muss ich auf seinen Mund sehen.

»Das wollte ich ja. Was meinst du, wie oft ich das Handy in der Hand hatte! Aber dann habe ich mich nicht getraut.« Er streichelt meinen Rücken und beginnt sehr konzentriert meine Bluse aufzuknöpfen. Ich lehne mich an ihn. Sein Herz pocht genauso schnell wie meines. Aufatmend zieht er meinen Kopf an seine Schulter. Mir fallen die schönen neuen Dessous ein, und ich will etwas sagen. Aber Simon küsst mich schon wieder. Er umarmt mich, seine Hände gleiten über meinen Körper. Meine Knie werden weich, ich muss mich an ihm festhalten. Er lacht, nimmt mich hoch und trägt mich in die Küche, wo wir beide auf dem Sofa landen. Ich will mir Bluse und BH schnell ausziehen.

Simon bremst mich. »Sachte, sachte. Ich will das genießen. Wir haben doch Zeit, oder?« Zwischen zwei Küssen fragt er: »Wo sind die anderen?«

Wir schmiegen uns auf dem kleinen Sofa aneinander, meine Bluse rutscht mir von der Schulter, und während ich ihm das T-Shirt aus der Hose zerre, antworte ich atemlos: »Im Park.« Es ist wie in unserer ersten Nacht: Mir ist gleichgültig, wo die anderen sind. Nichts zählt als dieses Jetzt mit Simon. Simon.

Simons Lächeln. Unsere Küsse. Seine Neugier. Meine Bereitwilligkeit. Simon küsst mich wach. Ein altes Dornröschen, das wieder leben wird. Lust, Begehren, Sinnlichkeit, Berührungen. Ich bin ein Körper. Ich bin eine Frau. Liebe? Ja, auch ein kleines bisschen Liebe. Aber beruhigend entfernt. Ich habe keine Angst.

Später liegen wir erschöpft auf dem Sofa. Unsere warmen Glieder sind ineinander verschlungen. Die Nachmittagssonne steht über dem Garten, durch das geöffnete Oberlicht dringt Vogelgezwitscher in die stille Küche.

Das Telefon klingelt. Simon hält mich fest, und ich spüre seinen warmen Atem an meinem Hals. »Lass doch den Anrufbeantworter rangehen.«

Also rühren wir uns nicht. Während ich seine Brust streichele und seinen Herzschlag unter meiner rechten Wange spüre, hören wir meine Ansage und dann Lillis muntere Stimme: »Franziska, bist du da? Du, die Kleinen sind beide im Kinderwagen eingeschlafen, und ich habe gerade Viola getroffen. Wir gehen jetzt noch ein Eis essen. Wir sind so gegen sieben Uhr zu Hause. Mach dir keine Sorgen. Wenn was ist, ruf mich auf dem Handy an. Tschüs!«

Simon legt seine Hand meinen Bauch. »Noch mehr Glück!«

Er küsst mich erst auf den Mund, anschließend auf die linke Brust und richtet sich vorsichtig auf. Dann dreht er sich auf die Seite und zieht mich so an sich, dass sich sein Bauch an meinen Rücken schmiegt und mein Kopf auf seinem Oberarm liegt. Seine Hände umfassen wieder meine Brüste, er küsst meinen Nacken.

Für eine Weile liegen wir schweigend da. Dann regt sich Simon erneut. Er hält mich fest und blickt dabei über meine nackte Schulter auf die Einkaufstüten mit dem »Die-Perle«-Aufdruck, die auf dem Küchenstuhl stehen. »Meine Schöne, was hast du denn da eingekauft?«

Ich drehe mich langsam um und küsse ihn. Dann sage ich: »Warte. Ich zeig's dir.«

12. Kapitel

Bleib zuhause im Sommer
Bleibe bei mir
Ich lebe bloß
für diesen Sommer mit dir.
Bernd Begemann: *»Bleib zuhause im Sommer«*

Will deine Mutter auch ein Stück Kuchen?«, fragt die Kellnerin und lächelt erst Simon, dann mich an.

Ich lasse mich auf den Stuhl neben Simon fallen. Er hat im Parkcafé Am Weiher bei einem Milchkaffee auf mich gewartet.

Simon grinst ebenso freundlich zurück. »Ich weiß nicht, was meine Mutter möchte. Meine Freundin jedenfalls kannst du selbst fragen.« Er nimmt meine Hand und zieht sie an die Lippen.

Die Kellnerin erschrickt. »Oh, Entschuldigung, ich wollte ..., ich meine ... äh ... willst du, wollen Sie ... auch ein Stück Kuchen?«

Mir tut das Mädchen leid. Amélie sitzt in ihrer Karre und kräht vergnügt. Ich nehme sie auf meinen Schoß. »Welchen Kuchen gibt es denn?«, frage ich und vermeide so, die Kellnerin zu siezen oder zu duzen.

»Apfel oder Käse.«

Ich blicke Simon an. »Was isst du?«

»Käse.«

»Ich nehme Apfel. Dann können wir tauschen.«

Simon beugt sich zu mir herüber und küsst mich. »Das sagst du jetzt, aber nachher futterst du wieder alles allein auf!«

Die Kellnerin denkt gar nicht daran, die Bestellung weiterzugeben. Stattdessen betrachtet sie unser Geturtel mit einer Mischung aus Neugier, Widerwillen und Faszination.

Simon bemerkt das und entscheidet sich für einen Kurswechsel. Er sieht mich unter seinen halb geschlossenen Lidern an und spitzt die Lippen. »Du willst dir ja nur Kondition verschaffen, damit du mich heute wieder wach halten kannst. *Du Nimmersatt!*« Die letzten Worte taucht er in ein so samtiges Timbre, dass völlig klar ist: Die Gier auf Kuchen meint er nicht. Er wendet seine Augen langsam von mir ab und schenkt der Kellnerin, die immer noch mit offenem Mund neben uns steht, ein breites Grinsen. »Willst du heute Abend mitmachen – oder uns doch lieber den Kuchen bringen?«

Das Mädchen flieht mit hochrotem Kopf, während Simon ein Lachen unterdrückt. Als er meinen Blick sieht, reißt er sich zusammen. »Nun schau nicht so böse, Franzi. Du machst der Kleinen Angst!«

Das ist natürlich Unsinn, denn Amélie spielt selbstvergessen mit meinem Teelöffel. Trotzdem muss ich mich zwingen, meine Stirn zu entrunzeln.

»Bist du sauer?«, fragte Simon.

»Nein, aber erstens fand ich dich ihr gegenüber nicht besonders nett. Ihr war das doch peinlich! Und zweitens … solche Äußerungen treffen mich schon.«

»Aber warum denn nur? Uns kann doch egal sein, was die denkt! Sie ist sicher nur neidisch. Wenn die hier mit einem Mann um die vierzig sitzen würde, würde übrigens keiner was sagen. Das ist ungerecht. Deswegen musste ich sie ein bisschen ärgern.« Er gibt mir noch einen Kuss. »Nein wirklich, du siehst doch nicht aus wie meine Mutter! Demnächst zeige ich dir ein Foto von ihr.«

Simons Eltern wohnen außerhalb von Hamburg auf dem Land, und ich bin froh darüber. Ich bin gern mit Simon zusammen, doch einem Treffen mit seinen Eltern fühle ich mich nicht gewachsen. Die Frage der Kellnerin hat den Altersunterschied, den wir beide in unserer Verliebtheit nach wie vor verdrängen, wieder einmal in den Vordergrund geschoben.

Ich ärgere mich über mich selbst, über meine Unsicherheit. Trotzdem frage ich: »Bin in dir wirklich nicht zu alt? Wenn man das so deutlich sieht ... und es gibt doch so viele schöne Mädchen in deinem Alter.«

Simon schüttelt den Kopf. »Pfeif auf die anderen, Franzi. Wenn wir in deinem Schlafzimmer sind, bist du die Einzige.« Er nimmt mein Gesicht in seine Hände. »Du bist die, die ich will.« Dann streckt er sich behaglich und hält sein Gesicht der Sonne entgegen.

Wie wichtig das Wetter für junge Mütter ist! Vorher war Wetter einfach nur Wetter. Mal erfreulich, mal ärgerlich, aber letztlich ohne Bedeutung.

Junge Mütter sind wie Obdachlose: immer auf den Straßen, in der Stadt unterwegs. Sie sitzen auf Parkbänken, rotten sich auf Grünflächen oder vor Supermärkten zusammen. »Kilometergeld sollte man verlangen«, witzelt Lilli gern. »Spazieren gehen, einkaufen, immer mit dem Kinderwagen und immer draußen. Bei Regen oder Sonne.« »Draußen« bedeutet außer frischer Luft vor allem Kontakt zu anderen Menschen. Schöne Kontakte, denn Babys machen vielen Leute gute Laune.

Früher lief ich wie unter einer Tarnkappe durch die Straßen. Niemand sah mich an, und auch ich vermied den Blickkontakt mit Fremden. Heute lächeln mich viele Menschen auf der Straße an, sie freuen sich an Amélies Lachen, oder sie bleiben mitfühlend stehen, wenn sie plärrt. Dieses Mitgefühl gilt auch mir.

»Gar nicht so einfach, herauszubekommen, warum sie weinen. Nicht wahr?«, kommentieren alte Damen oder andere Mütter, und im Nu ist ein Gespräch im Gange. Aber auch größere Kinder oder Geschäftsmänner mit Aktentasche schauen in den Kinderwagen und wollen wissen, wie alt Amélie ist.

Und ich, die früher kein Wort herausbekam, wenn mich Fremde ansprachen, ich antworte. Amélie macht mich stark. Für sie muss ich entscheiden, Verantwortung übernehmen. Ich muss sie schützen. Ich darf nicht zaudern, kann mich nicht verkriechen und hoffen, dass ein anderer entscheidet, was zu tun ist, wenn sie weint. Ich bin wichtig. Auch das ist ein neues Gefühl. Ohne mich könnte Amélie nicht existieren. Durch Amélie bin ich manchmal irrsinnig stolz. Stolz auf sie, aber auch stolz auf mich. Weil sie meine Tochter ist.

Mit Simon ist der Sommer gekommen. Endlich. Der Hamburger Frühling hat lange Händchen mit dem Winter gehalten: Noch bis in den späten April streckten die Straßenbäume schwarze, kahle Äste in den schiefergrauen Himmel. Während anderswo schon die Tulpen verblüht waren, kämpften sich bei uns erst Krokusse und Schneeglöckchen durch die winterharte Erde nach oben. Im Mai taten sich Windböen zu Frühlingsstürmen zusammen, die die letzten braunen Herbstblätter, die sich noch in Regenrinnen und Rinnsteinen klumpten, durch die Straßen trieben. Wie ein Großreinemachen, das der Ankunft eines hohen Gastes vorangeht. Aber jetzt ist der Sommer da! Es ist heiß in der Stadt, Türen und Fenster stehen offen. Wir legen morgens die Kissen auf die Gartenbank, und wenn wir vergessen, sie abends wieder ins Haus zu räumen, schadet das gar nichts. Zum Glück hat sich mein Vermieter bisher noch nicht wieder blicken lassen.

Simon ist fast jeden Tag bei uns, obwohl er das Zimmer in seiner WG behält. »Die Jungs sind auf meine Miete angewiesen.« *Die Jungs* sind zwei Informatikstudenten, die ich bisher noch nicht kenne und die wie Vampire tagsüber schlafen, um nachts vor dem Computer zu sitzen und dabei wummernde Technomusik zu hören. »Nett, aber ohne Peilung«, lautet Simons Urteil. Kein Wunder, dass er lieber bei mir übernachtet.

Simon und ich ... *wir!* Wir haben keine Definition für das, was zwischen uns geschieht. Es gibt keinen Plan. Kein Protokoll. Mit einem Mann meines Alters würde ich überlegen, wie es weitergehen soll. Mit einem Mädchen in seinem Alter würde Simon feiern und tanzen gehen. Aber mit mir?

Eines Nachmittags arbeiten wir im Garten. Lilli und ich träumen mittlerweile nämlich von einem grünen Idyll für unsere Kleinfamilie. »Als Erstes sollte mal dieser alte Baum weg!«, hat Papa empfohlen und auf einen wirklich etwas mickrigen Baum auf dem Grundstück gezeigt. Nicht nur, weil diese Worte bei mir sofort die Erinnerung an Mamas abgeholzten Garten wachriefen, sondern auch aus Trotz habe ich mich dagegen gewehrt. »Der Baum bleibt!« Ich brach ein kleines Zweiglein ab und sah, dass es innen grün und lebendig war. Das Zweiglein zeigte ich dem Mann vom Blumenladen an der Ecke und weiß jetzt, dass mein alter Baum ein Pflaumenbaum ist. »Lassen wir ihm einfach Zeit«, legte ich fest und gieße ihn weiter. Simon hat ein Stück umgegraben und neuen Rasen gesät, der mittlerweile recht dicht sprießt. Gartenpflege bedeutet leider auch, dass wir Unkraut zupfen müssen – besonders aus den Ritzen zwischen den Holzplanken, mit denen Simon eine Terrasse für den Gartentisch angelegt hat. Ich richte mich gerade stöhnend auf und werfe einige Löwenzahnwurzeln in den Abfalleimer, als Simon mit den leeren Gießkannen auf mich zukommt. Das heißt, in einer gluckert es noch. Simon tut so, als wolle er mich begießen, und eine Weile rangeln wir vergnügt, bis er die Gießkannen fallen lässt, mich umarmt und dann heftig küsst.

»Muss Liebe schön sein!«

Bei diesem Ausruf fahren wir auseinander. Am Gartentor steht Tina und verdreht die Augen.

Simon lässt mich los. »Schade!« Mit diesen Worten packt er die Gießkannen, winkt Tina zu und verschwindet in Richtung Gartenschlauch. Ich schlendere zu Tina hinüber.

Sie fixiert mich, als hätte sie den bösen Blick. Als ich sie erreiche, scheint sich um sie herum eine dunkle Wolke zusammengeballt zu haben, wie bei der Muhme Rumpumpel in dem Kinderbuch *Die Kleine Hexe*. Aus dieser Wolke tönt es: »Darauf ruht kein Segen! Hatte ich dir nicht geraten, dir lieber etwas Schönes zu kaufen?«

Ich werfe ihr einen Handkuss zu. »Das habe ich getan. Vorher!«

Wieder schüttelt Tina mit Nachdruck den Kopf. Aber dann schneidet sie eine Grimasse und sagt: »Pass einfach nur auf, dass er dir nicht allzu sehr weh tut.«

In Bezug auf meinen Vater weiß ich nicht, was ihm peinlicher ist: dass ich geschieden bin, Amélie geboren ist, ich einen neuen Freund habe – oder dass dieser Freund soviel jünger ist. Manchmal habe ich ein schlechtes Gewissen, weil ich ihm einiges zumute. Nach einem Schreckmoment hat sich Papa aber erstaunlich schnell für einen brummigen Waffenstillstand entschieden – mit seinem Rollkragen als Demarkationslinie. Maßgeblich beteiligt an dieser Wendung sind die Unvermeidlichen: Sie loben Simon über den grünen Klee, seit er eines Abends bei ihnen als dritter Mann beim Skat eingesprungen ist – an unserem Küchentisch. Der entwickelt sich mittlerweile zum Dreh- und Angelpunkt für den halben Stadtteil. Dabei kann ich durchaus nicht Lilli allein die Verantwortung für den Trubel in unseren vier Wänden in die Schuhe schieben. Ich trage selbst kräftig dazu bei.

Samstags morgens beispielsweise sitzen die vierzehnjährige Lucia und ihre zwei Jahre älteren Zwillingsbrüder Drago und Emir am Küchentisch. Mit Nachnamen heißen alle Pepovic und gehören zu der vom Vermieter Pröllke geschmähten Familie im Vorderhaus. Ich bin mit ihrer Mutter an den Mülltonnen ins Gespräch gekommen, und sie hat mich irgendwann mit den beiden Jüngsten der Familie, dem fünfjährigen Dragan und der siebenjährigen Ana, besucht und gefragt, ob ich den Großen nicht ein wenig bei den Hausaufgaben helfen kann. Alle drei sollen den Hauptschulabschluss machen. Das heißt, Lucia würde bestimmt auch die Realschule schaffen. Sie ist übrigens bei dem Bruder von Sophie – der Frau, die für Lilli die Wickie-Wickelkommode gebaut hat – im Konfirmandenunterricht. Und der saß auch schon bei uns am Küchentisch. Diesmal allerdings nicht auf eine Einladung von Lilli – sondern weil er mich gesucht hat. Eines Abends steht er einfach vor der Tür. »Neuzugänge in der Gemeinde bekommen sonst nur einen Brief«, erklärt er mir, als ich ihm die

Tür öffne. Er hält wie zum Beweis einen Umschlag hoch. »Aber da ich selbst direkt um die Ecke wohne, habe ich heute einfach das Porto gespart und mein Glück versucht.«

Am Ende des Abends weiß ich, dass Familie Pepovic erst vor wenigen Jahren aus Bosnien nach Hamburg gekommen ist und dass es damals um Leben oder Tod ging. Frau Pepovic mag nicht darüber reden. Sie leidet sehr darunter, dass sie noch nicht besonders gut Deutsch spricht – und an etwas sehr Dunklem und Schrecklichem aus ihrer Vergangenheit, worüber Pastor Brenner aber nur Andeutungen macht. Stattdessen erfahre ich von ihm viel mehr über den Seniorenmittagstisch, als Papa mir jemals erzählen würde – vor allem wie sehr man meinen Vater dort schätzt. Und wir haben Amélies Taufe im nächsten Jahr besprochen. »Schatz, das ist krass!«, entfährt es Lilli, als ich ihr davon erzähle. »Glaubst du etwa an Gott?«

»Irgendwie schon. Besonders jetzt, wo die Kinder da sind. Du nicht?«

Lilli legt den Kopf schief. »Nö. Ich glaube nur an Elvis. – Was ist das mit dem Begrüßungsbrief? Wie ist er eigentlich auf dich gekommen?«

»Ich zahle Kirchensteuer – und ein Umzug wird an die zuständige Gemeinde weitergeleitet.«

Lilli ist entsetzt. »Warum zahlst du denn noch Kirchensteuer?«

Lilli zahlt grundsätzlich nichts. Das betreibt sie quasi als Sport: keine Fernsehgebühren, keine Versicherung, keine Monatskarten. Sie kommt damit erstaunlich gut über die Runden und wird auch nie erwischt. Bei mir ist es genau umgekehrt. Ich zahle alles, und ich werde in der U-Bahn mindestens zweimal im Monat kontrolliert. Unnötig zu sagen, dass ich natürlich immer meine Monatskarte dabeihabe. Lilli dagegen fährt schwarz und ist, jedenfalls seit wir uns kennen, noch nie kontrolliert worden. Jetzt fragt sie wieder: »Wenn du zahlst, heißt das doch, dass du in der Kirche bist. Warum bloß?«

Ich zucke die Achseln. »Keine Ahnung.« Dabei weiß ich es sehr genau. Aber manche Dinge kann ich selbst Lilli nicht erklären.

Meine Mutter ist in einem Diakonie-Krankenhaus gestorben. In den Tagen, als diese kleine, zarte Person in ihrem Krankenbett lag, habe ich aus purer Verzweiflung immer wieder dieselben Sätze gelesen – ich fand sie in einer Broschüre, die auf ihrem Nachttisch lag. Ich erinnere mich nicht mehr an jedes Wort, aber ich habe den Trost nicht vergessen, den sie meiner verzweifelten Teenagerseele spendeten, während ich mich vergeblich gegen das Unabänderliche stemmte.

Die Sätze lauteten ungefähr so: »Wir schauen Not, Leid und Schwäche als Teil des Lebens ins Gesicht. Wir wenden uns nicht ab, sondern lassen uns anrühren. Unser Glaube spricht durch Taten. Wir geben weiter, was wir von Gott empfangen.«

Als meine Mutter starb, war ich nicht bei ihr. Ich war zu Hause, schließlich musste ich am nächsten Tag in die Schule. Meine Eltern hatten vereinbart, unseren Alltag trotz der Krankheit meiner Mutter so wenig wie möglich einzuschränken. Mein Vater arbeitete an jenem Tag. Mama starb in den Armen der grauhaarigen Krankenschwester Ursula, die sie in ihren letzten Monaten pflegte. Schwester Ursula war es auch, die mich tröstete, meine Hand ergriff und mich in einen stillen Raum begleitete. Dort lag meine Mutter klein und schmal auf einem Bett. Sie sah verletzlich und sehr verlassen aus.

Schwester Ursula legte ihren Arm um meine Schulter und sagte: »Sie war nicht allein, denn sie wusste, dass du und dein Vater immer bei ihr seid. Und sie war bei Gott.« Sie strich mir über die Haare.

Ich dachte an die Worte in der Broschüre und wusste: Schwester Ursula hatte sich nicht abgewendet, sie hatte sich Mama zugewendet und ihr mit Gottvertrauen die Angst genommen. Deshalb zahle ich Kirchensteuer. Und wahrscheinlich habe ich auch deswegen Frau Pepovic ihre Bitte nicht abschlagen können.

Bei einem Mann in meinem Alter hätte ich wohl gezögert, ihn mit meinem jetzigen Leben zu konfrontieren. Wenn ich mir beispielsweise meinen Klassenkameraden Gerd hier vorstelle ...

»Lebst du in einem Kibbuz, einer multikulturellen Wohngemeinschaft oder der Zentrale von Schüler-VZ?«, würde er wahrscheinlich fragen und sich schnellstens aus dem Staub machen.

Simon findet das ständige Kommen und Gehen nicht störend – weder die anderen Mütter mit ihren Babys noch Davids und Lillis Freunde. Wie beispielsweise Davids besten Freund Oliver, der hartnäckig und freundlich die von Simon mitgebrachten Bierflaschen reduziert. Nicht einmal Tinas süffisante Miene scheint Simon zu irritieren. Er fädelt sich in diesen Alltag ein, und wir finden immer wieder Zeit, allein zu sein.

Eines Morgens stehe ich wieder einmal in dem als Bastelzimmer geplanten Raum. Noch immer stapeln sich halbleere Kartons. Doch die langen einsamen Winterabende, mit denen ich gerechnet hatte, als ich das Haus anmietete, gibt es in meinem Leben nicht mehr. Die Wochenenden, in denen mir ohne Beschäftigung die Decke auf den Kopf fallen würde. Die Franzi aus der Zeit *vor* Amélie konnte von der heutigen Franzi nichts ahnen.

Ich wühle mich durch die Kartons und feiere noch einmal Wiedersehen mit meinem alten Ich. Da sind zum Beispiel die Makramee-Materialien. Die Sammlung aus meiner großen Zeit als Serviettentechnikerin wiederum, die vom Tablett bis zum Blumentopf alles dekorierte, habe ich größtenteils schon auf dem Flohmarkt verkaufen können. Aber es gibt immer noch palettenweise Farbdosen und -tuben, rund zwanzig Pinsel in allen Größen und Stärken nebst Staffelei, Scheren, Knäuel mit Häkel- und Strickwolle sowie die dazugehörigen Sortimente von Nadeln und Stickrahmen.

Fast bekomme ich ein schlechtes Gewissen. Diese Dinge haben mir einmal sehr viel bedeutet. Doch heute ist in meinem Leben kein Platz mehr dafür.

Einmal in der Woche joggen Lilli und ich um den Weiher, während mein Vater mit den Unvermeidlichen die Mädchen hütet. Lilli ist natürlich viel schneller und auch mit mehr Spaß dabei, aber auch ich laufe jetzt schon einmal die ganze Runde, ohne pausieren zu müssen. Insgeheim bin ich jedoch froh, dass unser Indiaca-Kurs verschoben wurde, weil die kleine Sportschule, in der wir uns angemeldet haben, renoviert wird.

Mein Leben hat sich sehr verändert – und dennoch wäre ich allein nie darauf gekommen, mich von meinen Bastelsachen zu trennen.

Lilli steckt den Kopf zur Tür herein. »Na, mal wieder beim Aufräumen?« Ohne eine Antwort abzuwarten, fährt sie fort: »Ich wollte dich sowieso mal wegen des Zimmers etwas fragen.« Sie verschränkt die Arme vor der Brust. «Könnten wir es nicht als Gästezimmer nutzen?«

»Erwartest du noch mehr Gäste?« Vor meinem inneren Auge verwandelte sich unser kleines Häuschen in eine internationale Jugendherberge: Lillis Freunde aus aller Welt kampieren mit Rucksäcken und Isomatten im Flur, schlagen Feldbetten in meinem Bastelzimmer auf und entfachen im Garten ein Lagerfeuer.

Lilli antwortete kaum hörbar: »Vielleicht will meine Mutter ja mal kommen.« Ich sehe schnell hoch. Lilli weicht meinem Blick aus.

»Du hast Kontakt zu deiner Mutter?«

Lilli nickt. Ihr Gesicht ist von einem flammenden Rot überzogen. »Ja, ich habe ihr geschrieben. Und ein Foto von Lisa-Marie mitgeschickt. Du weißt schon, das, wo sie auf der Decke vor dem Kamin liegt.«

»Das ist wunderschön, Lilli! Natürlich kann deine Mutter kommen! Wann ist es denn soweit?«

»Halt die Luft an, Franzi! Noch ist kein Happy End in Sicht.«

»Wieso nicht?«

»Ich habe ihr geschrieben ... aber bisher hat sie nicht geantwortet.« Sie nimmt Lisa-Marie auf den Arm und geht in die Küche. In der Tür dreht sie sich um. »Ist ja erst drei Wochen her.«

Nachdenklich stöbere ich weiter in den Kisten. Was soll ich nur mit all diesem Zeug? Ich krame einen Untersetzer hervor. Als ich den häkelte, war Simon noch nicht einmal geboren. Seit über zwanzig Jahren schleppe ich ihn mit mir herum! Das erscheint mir so absurd, dass ich lauthals lachen muss. Ich beruhige mich erst, als Lilli wieder in der Tür auftaucht. »Bei dir alles klar?«

Ich setze mich immer noch kichernd auf einen Stuhl und zeige auf den Untersetzer, der sich hellgrün und hässlich auf der Tischplatte wölbt. »Sieh mal: Das ist bisher mein Leben gewesen!«

Lilli grinst und begreift. »Jetzt mistest du richtig aus, stimmt's?«

Ich nicke. Genau das ist es! Ich kann es kaum erwarten, die Erinnerungsstücke aus meinem früheren Leben zu entsorgen. Die Sache mit dem Flohmarkt war nur der erste Schritt. Jetzt gehe ich den Weg weiter. »Was mache ich mit Bastelmaterialien, die noch verwendbar sind?«

Lilli schlägt vor: »Die könntest du dem Kindergarten stiften. Die Pfadfinder haben da doch auch ihr Quartier.«

»Hilfst du mir?«

»Klar! Und danach grillen wir, okay? Simon ist doch später sowieso da, wie ich ihn kenne. Und David sag ich noch Bescheid.«

David und Simon haben einen simplen Grill im Garten gemauert – seitdem legen wir abends häufig Würstchen oder Maiskolben auf den Rost.

Gemeinsam gehen Lilli und ich die Kisten durch: Wir teilen den Inhalt auf – in Müll, Erinnerungsstücke, die ich behalten will, und gut erhaltene Materialien für den Kindergarten.

Zwei Stunden später ist das Zimmer fast ausgeräumt, und ich fühle mich, als wäre eine Zentnerlast von meiner Brust gewälzt. Mir war nicht klar, wie schwer Erinnerungen wiegen können.

Während Lilli den Müll zu den Tonnen schleppt, stehe ich nachdenklich im neuen Gästezimmer.

Den schaurigen grünen Untersetzer habe ich aufgehoben. Er soll mich an die andere Franziska erinnern, die ihren Kummer hinter ihren Hobbys verbarg. Ich hebe Amélie aus ihrer Wippe, die auf dem Boden steht. Sie sieht mich aufmerksam an. Das können nur Säuglinge: Einen anderen Menschen minutenlang ansehen, ohne die Augen niederzuschlagen. Während ich in ihren blauen Augen versinke, kommt mir eine Idee. Und die teile ich Lilli gleich mit, als sie zurückkommt. »Weißt du was? Solange wir keine Übernachtungsgäste haben, können wir für die Kinder hier ein Spielzimmer einrichten.« Lilli strahlt mich mit ihrem Pfirsich-Lächeln an. »Lass uns Sonnenblumen an die Wände malen, dann haben die Kleinen auch bei Regenwetter immer die Sonne vor Augen!« Sie zeigt auf meine aussortierten Tuben und Dosen. »Wir müssen nicht einmal neue Farben kaufen!«

Bevor wir uns am Abend um den kleinen Grill setzen, kommt Lilli mit einer Plastiktüte in den Garten. »Guck mal, Schatz! Überraschung!« Sie holt rote kleine Laternen aus der Tüte, bestückt sie mit Teelichten und hängt sie in den alten Pflaumenbaum. »Die gab's billig im Drogeriemarkt. Wie schön!« Sie zündet die Teelichte an. Die roten Lämpchen schwimmen wie kleine Schiffe durch die Abenddämmerung. Und als ich mir das von nahem ansehen will, erlebe ich noch eine Überraschung. Der alte Baum treibt sehr vereinzelt, aber sichtbar wieder aus! Jetzt, mitten im Sommer! Begeistert zeige ich es Lilli. Sie piekt mich in die Seite. »Kannste mal sehen: Vierzig ist nicht alt, wenn man ein Baum ist.« Sie zwinkert mir zu. »Und auch sonst nicht!«

Der Tisch ist schon gedeckt, die Babys haben wir in ihren Wippen auf die Terrasse gestellt, wo wir sie von allen Seiten gut im Blick haben, die ersten Würstchen liegen auf dem

Grill – da sagt David wieder einmal kurzfristig ab. Lilli ist traurig. Aber seit Lisa-Maries Geburt hellt sich ihre Stimmung sehr viel schneller wieder auf. Sie gibt sich einen Ruck und legt statt der melancholischen Elvis-Stücke neue Musik auf. Während ich in der Küche den Salat mische, tanzt sie mit Lisa-Marie durch den Garten. »Mach doch mal ein bisschen lauter!«, ruft sie ins Haus.

Ich gehe zur iPod-Anlage, die Lilli von David ausgeliehen hat. »Was hörst du denn?«

Lilli kommt an die Tür. »Die siebzehn Hippies.«

Die Musik ist eine Mischung aus Folklore und Jazz, mit Akkordeons und Trommeln, Geigen und Gitarren. Sehr rhythmisch und pulsierend.

Aufatmend lässt sich Lilli auf einen Liegestuhl fallen. Sie ruft: »Simon! Essen!« Ich stelle das Tablett mit dem Salat, Senf und Ketchup auf den Campingtisch. Die siebzehn Hippies geben jetzt alles. Simon, der im Wohnzimmer Fußball geguckt hat, kommt nach draußen. Er gibt mir einen Kuss und verbeugt sich dann vor mir. »Darf ich bitten, meine Schöne?«

»Wie … ich … was, hier?«

»Wo, wenn nicht hier? Wer, wenn nicht wir? Wann, wenn nicht jetzt? Was, wenn nicht tanzen?« Er nimmt meine Hände, zieht mich an sich, und dann drehen wir uns zu der Musik in der warmen Abendluft.

Als junges Mädchen habe ich immer davon geträumt, mit dem Mann meiner Träume tanzen zu gehen. In einem funkelnden Ballsaal im Licht vieler flackernder Kerzen. Ich im langen, fließenden Abendkleid, mit hochgesteckten Haaren und rot leuchtenden Lippen. Er im dunklen Anzug, vielleicht sogar im Smoking, mit glänzenden Schuhen und eingehüllt in den Duft eines teuren Aftershaves. Zu den Klängen eines Tanzorchesters …

Doch dieser Tanz hier in unserem kleinen Garten, mit Flipflops an den Füßen, in Jeans und T-Shirt, mit offenen Haaren und ungeschminkt, in den Armen von Simon, der ein wenig nach Holzkohlerauch und Bier und nach zu Hause und nach Abenteuer riecht, zu dieser Musik von Lilli … das ist es. Das ist Glück.

»Hallo, Frau Funk! Hallo!« In die Musik hinein tönt eine Stimme, die mir vertraut erscheint. Ich öffne die Augen.

Am Gartenzaun steht Herr Pröllke. Dr. Pröllke!

Ich mache mich von Simon los und flüstere ihm zu: »Mein Vermieter. Machst du die Musik leiser?«

Während Simon ins Haus geht, atme ich tief durch und gehe auf Pröllke zu. Genau in dem Moment, als die Musik verstummt, beschließen die Babys loszuheulen – erst Amélie, dann Lisa-Marie. Das machen sie häufig so: Eine fängt an, die andere stimmt mit ein. Normalerweise stört uns das nicht weiter, aber diesmal werde ich nervös und bin froh, dass sich Lilli gleich Lisa-Marie schnappt.

»Moment, ich komme gleich, Herr Pröllke!«, rufe ich und nehme Amélie auf den Arm. Dann trete ich auf ihn zu. »Entschuldigen Sie, *Dr.* Pröllke.«

Pröllke verzieht das Gesicht und lässt keinen Zweifel daran, dass er nicht bereit ist, irgendetwas zu entschuldigen. Er kommt ohne Umschweife zur Sache. »Frau Funk, was ist das hier?« Er zeigt auf den Grill und auf Lilli, die in knallroten Shorts, einem quietschgelben Top und einem buntgemusterten Turban im Liegestuhl sitzend Lisa-Marie stillt.

»Wir essen zu Abend«, antworte ich und hoffe, dass meine Stimme harmlos klingt. »Möchten Sie auch ein Würstchen?«

Pröllke wehrt so erschrocken ab, als hätte ich ihm einen Salat aus Spinnenbeinen und Mäuseschwänzen angeboten.

Amélie hat sich immer noch nicht beruhigt. Ich stecke ihr zur Ablenkung meinen kleinen Finger in den Mund.

Pröllke nutzt die Chance. »Ich dachte, ich hätte Ihnen meine Meinung über das Grillen schon gesagt.« Simon kommt aus dem Haus, aus dem die Musik jetzt deutlich leiser klingt. Er lächelt unbefangen zu uns herüber und dreht ungerührt von dem Disput zwischen Pröllke und mir die Würstchen um.

»Bis jetzt hat sich noch keiner beschwert.«

Pröllke winkt ab. »Darum geht es nicht, Frau Funk. Es geht um mich. *Ich* wünsche das nicht!« Er mustert Amélie, als ob er sie jetzt erst wahrnimmt. »Wenn Ihre Tochter mit ihren Kindern zu Besuch ist, möchte ich sie doch bitten, sich an die Hausordnung zu halten.«

»Meine Tochter?«

Pröllke weist auf Lilli. »Oder wer ist das dort? Mich geht es ja nichts an, aber so jung und schon zwei Kinder! Und der Mann dahinten? Ihr Schwiegersohn?« Pröllke sieht mich ernst an, als versuche er in mir eine Verbündete zu finden.

»Na ja, eigentlich ...« Durch mein Gestottere versuche ich Zeit zu gewinnen. Was geht denn den Pröllke mein Leben an? Ich bezahle schließlich die Miete pünktlich.

Lisa-Marie schreit. Das Stillen scheint sie nicht beruhigt zu haben. Simon und Lilli besprechen etwas, das ich nicht verstehen kann, dann geht Simon ins Haus.

Pröllke beobachtet die Szene mit sichtlichem Widerwillen und schaut Simon mit unverschämter Neugier hinterher.

»Wir können die Grillerei natürlich etwas einschränken«, schlage ich beschwichtigend vor.

»Das will ich auch sehr hoffen. Schließlich ist das hier keine öffentliche Grillanlage.«

»Aber es ist doch erlaubt, im eigenen Garten zu grillen«, wende ich ein, denn allmählich reicht es mir. Pröllke verzieht seine Lippen zu einem fischigen Grinsen.

Aus meinem Schlafzimmerfenster ruft Simon: »Ich finde die Schnuller nicht!«

Lilli antwortet: »Nicht in Franzis Zimmer – in meinem Zimmer auf der Fensterbank!«

Pröllke hat die kurze Unterhaltung mit sichtlichem Interesse verfolgt. »Ihre Tochter wohnt also hier?« Er bohrt seine Hacken in den Boden und lehnt sich nach hinten. »Oder ist sie für länger zu Besuch?«

Ich entscheide mich für die Wahrheit. »Herr Dr. Pröllke, das dahinten ist nicht meine Tochter, sondern eine Freundin. *Das* hier ist meine Tochter.« Ich halte ihm Amélie hin.

Pröllke entgleisen die Gesichtszüge. Dann fasst er sich und schaut Amélie mit dem gezügelten Ekel eines Mannes an, der beim Verlassen seines Autos in Hundescheiße tritt.

»Ihre Tochter? Aber das ist ja ... das ist ...« Er sucht nach Worten. »Das ist ein Baby!«, sagt er schließlich.

Ich lächele ihn lieb an. »Und ein gesundes dazu! Sie heißt Amélie.«

Pröllke windet sich. Es ist ihm anzumerken, dass er sich von mir belogen und betrogen fühlt. »Sie haben mir nicht gesagt, dass Sie Kinder haben!«

Ich lächele weiterhin lieb. »Hatte ich auch nicht, als ich das Haus mietete!« Ich senke den Blick. »Amélie war nicht geplant, wenn Sie verstehen, was ich meine.«

Pröllke versteht, aber es schmeckt ihm nicht. »Und der Vater Ihrer Tochter?«

Wieder entscheide ich mich für die Wahrheit. »Dr. Funk, Amélies Vater, arbeitet an einem Krankenhaus in Dänemark.«

Während Pröllke diese Nachricht noch verdaut und offensichtlich nicht weiß, wie er sie bewerten soll – das Dr. vor dem Funk beeindruckt ihn –, sehe ich David mit Oliver und drei anderen jungen Männern in den Hof kommen. Sie halten Bierflaschen in den Händen, und einer trägt ein Sixpack unter dem Arm.

»Lilli, Mutter meiner Kinder, wo bist du?«, lallt David beschwipst. Oliver versucht ihn zu beruhigen. »Klappe, Alter!« Aber Lilli kreischt auf: »David!« Sie rennt mit Lisa-Marie im Arm über den Rasen, drängelt sich an mir und Pröllke vorbei und wirft sich David in die Arme, soweit das mit dem Baby und der Bierflasche möglich ist. Lisa-Marie schreit wieder, und Amélie fällt natürlich sofort ein. Sie machen einen Höllenlärm.

Die Jungen drängeln sich an Pröllke vorbei.

Ich will den Tumult nutzen und wende mich zum Gehen. »Bitte entschuldigen Sie mich jetzt, das Kind muss ins Bett.«

Aber so leicht lässt mich Pröllke nicht vom Haken. »Einen Moment, Frau Funk!«, sagt er mit schneidender Stimme. »Ich erwarte von Ihnen umgehend eine vollständige Liste aller Bewohner dieses Hauses! Schließlich habe ich Ihnen kein alternatives Wohnprojekt genehmigt!« Er beugt sich so weit vor, wie es der Gartenzaun zwischen uns zulässt. »Ihnen ist hoffentlich klar, dass ich Sie jederzeit rauswerfen kann, oder?« Wieder wirft er den Kopf triumphierend in den Nacken. »Ich zitiere: Unterlässt es der Mieter von Wohnraum, vor der Gebrauchsüberlassung an einen Dritten die Erlaubnis des Vermieters einzuholen, so verletzt er seine mietvertraglichen

Pflichten. Diese Pflichtverletzung kann ein berechtigtes Interesse des Vermieters an der Beendigung des Mietverhältnisses durch Kündigung gemäß Paragraph 564 b Absatz 2 Nummer 1 BGB begründen!« Seine Stimme überschlägt sich.

Die Babys hören schlagartig auf zu schreien. Alle im Garten starren zu Pröllke und mir herüber. Der wedelt mit dem ausgestreckten Zeigefinger vor meinem Gesicht. »Ich hoffe, Sie haben mich verstanden, Frau Funk! Wenn ich morgen nicht eine vollständige Liste erhalte und sich diese Zustände hier nicht schlagartig bessern – dann fliegen Sie raus!«

David und seine Freunde reagieren auf die Ankündigung mit belustigtem Gejohle und Gelächter.

Pröllke dreht sich noch einmal um. »Ich freue mich, zum Amüsement Ihrer Freunde beigetragen zu haben. Aber ich kann Ihnen versichern: Ich meine es ernst!« Er fixiert David direkt. »Und wenn Sie nicht furchtbar aufpassen, schicke ich Ihnen gleich die Polizei vorbei. Wegen Ruhestörung!« Mit diesen Worten stapft er davon.

Während die Jungs ihm hinterherpöbeln, werfen Lilli und ich uns über die Köpfe der Babys hinweg besorgte Blicke zu. Wo sollen wir denn hin, wenn Pröllke Ernst macht?

13. Kapitel

Mein Leben würde aufhören
Wenn du ja sagst
Und unser Leben würde anfangen.
Bernd Begemann: *»Ich kann dich nicht kriegen, Katrin«*

Am nächsten Morgen hat sich meine Angst schon wieder etwas gelegt. Nach Pröllkes Auftritt hat Simon Lilli und mich sofort beruhigt. »David ruft einfach seinen Vater an – der kann bestimmt herausfinden, ob der Pröllke das darf.«

David war ebenso verblüfft wie wir. »Mein Alter?« Er schien schlagartig nüchtern zu werden. »Was soll ich den denn fragen?«

Oliver, der mir immer ein wenig freundlicher und warmherziger als David vorkommt, warf sofort ein: »Na, du sagst ihm einfach, dass ein Freund von dir untervermietet hat und der Vermieter ihn jetzt rauswerfen will. Ob das einfach so geht.«

»Wieso soll mein Alter das denn wissen?«, fragte David misstrauisch.

Simon lachte. »Der hat doch Rechtsanwälte in seiner Kanzlei.«

»Okay, das mache ich aber erst morgen.«

»Man muss nur wissen, wo man Hilfe suchen kann«, sagte Simon und legte tröstend den Arm um mich. »So schnell kann der euch gar nicht rausschmeißen. Was meinst du, was los wäre, wenn wir das einer Zeitung stecken. Mütter von Babys auf die Straße gesetzt!« Er lachte und nahm mich fest in seine Arme.

Das Glück, das der Tanz mit Simon in mir ausgelöst hat, ist auch an diesem Morgen noch spürbar. Es gibt jetzt so *viel* Glück in meinem Leben! Viele Einzelmomente, von Amélies erstem Lachen am Morgen bis zu Simons letztem Kuss. Die Liebe zu Amélie. Zu Simon. Zu Lilli und Lisa-Marie. Zum Leben. Und während ich im Bett liege und auf Simons Atem an meinem Ohr lausche, fällt mir kurz Andreas ein – der einzige Schatten in meinem Leben. Ich komme mir zunehmend schlecht vor, dass ich ihm Amélie vorenthalte. Aber immer wenn ich überlege, es ihm zu sagen, steht dieser Satz zwischen uns: »Du willst zu wenig.« Nein, ich kann Andreas nichts sagen. Ich bringe es einfach nicht fertig. Und ich will mein Glück nicht gefährden. Wie würde Andreas reagieren? Ich sehe ihn vor mir, wie er den Fast-Fahrrad-Dieb verprügeln will. Andreas, sonst eher sanft, vermag sehr zornig zu werden. Nein, darauf kann ich verzichten. Ich will mein Glück behalten. Mein Glück mit Lilli. Und mein Glück mit Simon.

Natürlich bleiben Zweifel. Das Leben ist kein abgeschlossener Fotoroman. Das Leben ist niemals fertig. Und das Glück? Dafür gibt es keine Formel. Mann + Kind + Haus = Glück? Idealgewicht + operativ perfektionierte Brüste = Glück? Guter Job + neues Auto + zweimal jährlich Urlaub = Glück?

Glück ist nicht herstellbar, Glück geschieht. In diesem Sommer mit Simon lerne ich von neuem: Glück ist der Moment. Es ist ein Schmetterling, der sich für einen Moment auf die sonnige Fensterbank setzt.

Genauso ist das Leben mit Simon. Wir verbringen innige Momente. Wir gehen spazieren, halten einander an den Händen, schlafen miteinander ein, wachen miteinander auf und sind uns so nahe, so nahe. Dann wieder schwingt er sich auf sein Fahrrad und fährt fort, ohne sich umzudrehen. Er taucht ab, meldet sich tagelang nicht, reagiert nicht auf Mails oder Anrufe. Anfangs stürzt mich das in tiefe Zweifel: Ist er jetzt mit einer anderen zusammen? Will er lieber allein sein? Will er mich nicht mehr? Doch dann kommt er durch die Tür und setzt sich an den Küchentisch, als wäre er nie fort gewesen.

Auch das Glück mit Amélie und Lisa-Marie ist kein sonniges Mutter-Kind-Idyll wie im Werbespot. Es ist zermürbend, wenn die Kinder krank sind und uns nächtelang nicht schlafen lassen. Sie haben ihren eigenen Kopf, ihre eigene Persönlichkeit. Sie bespucken uns und rupfen uns mit ihren klebrigen Händchen Haare aus. Sie sitzen auf dem Schoß und werfen unvermittelt den Kopf zurück: Zweimal hatte ich deswegen schon eine dicke Unterlippe. Sie schlafen ein, wenn sie essen sollen, und haben Hunger, wenn sie schlafen sollen. Es ist erschöpfend, sie herumzuschleppen – besonders, wenn man gleichzeitig ein Windelpaket und ein Sixpack Mineralwasser trägt. Und doch: Sie machen uns so glücklich! Neben den Momenten der Anstrengung stehen Augenblicke intensiven Glücks: tiefe Blickwechsel, ihr fröhliches Glucksen beim »Kuckuck«-Spiel. Der süße, saubere Babyduft, der sie umgibt wie eine hauchzarte Wolke.

Das Leben ist wie ein Pepita-Muster, hell-dunkel-hell-dunkel. Schwarz-weiß. Und das Glück liegt in der sekundenkurzen Abwesenheit von Sorge und Anspannung – im erfüllten Beobachten des Schmetterlings, wohl wissend, dass er gleich weiterfliegt.

Wenn Simon nicht da ist, spüre ich meine Sehnsucht nach ihm und merke, wie lebendig ich bin. Vielleicht ist Sehnsucht das intensivste aller Gefühle – intensiver noch als ihre Erfüllung.

Der scharfe Schmerz der Sehnsucht, wenn sich Simon nicht meldet, hält mich nicht nur in der Nacht wach. Er begleitet mich auch durch den Tag, und ich habe das Gefühl, als wäre meine Haut dünner geworden. Alles spüre ich intensiver. Den Schmerz und die Angst, aber auch die Freude, die Freundlichkeit, das Glück. Eben das Leben.

Viel zu schnell kommt der Herbst. Wir kaufen Schneeanzüge für die Kinder, Handschuhe und dicke Strumpfhosen, Steppeinlagen mit Fußsack für die Buggys. Während es kälter wird, läuft sich Dr. Pröllke richtig warm. Fast jede Woche bekommen wir ein neues Schreiben von ihm, doch es sind immer nur Drohgebärden. David hat seinen Vater zwar nicht angerufen, aber Pastor Brenner hat sich für uns beim Mieterschutzbund, bei dem er Mitglied ist, erkundigt: Solange Pröllke uns nicht rechtskräftig kündigt, brauchen wir keine Angst zu haben. Allerdings hat mir Hebamme Kim verraten, dass Pröllke mittlerweile großes Interesse daran hat, das Gartenhaus zu verkaufen. »Die Gegend hier boomt doch – und ihr habt aus dem Schuppen ein richtiges Schmuckstück gemacht, mit dem tollen Garten. Kleine Wiese, alter Baum, ein Grillplatz …« Also will Pröllke uns rausekeln und schreibt Briefe, in denen er behauptet, wir hätten irgendwelche Bestimmungen nicht erfüllt, als wir den Grill bauten, oder dass sich Mieter im Vorderhaus über unsere Musik – wahlweise den Kinderlärm – beschwert hätten.

An einem Samstag liege ich in meinem Bett und lausche den Geräuschen des Morgens: die wochenendliche Stille im Hinterhof, das Zwitschern vereinzelter Vögel, die sich entschlossen haben, den Winter in der Stadt zu verbringen. Das beruhigende Brummen der Großstadt, gedämpft durch das Vorderhaus und den Garten.

Neben mir plappert Amélie vor sich hin. Ich habe ihr vorhin das Morgenfläschchen gegeben und mich dann noch einmal hingelegt. Jetzt versucht sie, sich in ihrem Bettchen am Fenster hochzuziehen. Natürlich kann sie noch nicht richtig stehen. Aber mit fast zehn Monaten übertrumpfen sich Lisa-Marie und Amélie mittlerweile gegenseitig dabei, Sachen aus den Regalen zu reißen. Wir sind gespannt, wer von den beiden zuerst laufen wird.

Neben mir liegt Simon, er regt sich, und ich fühle seine Hand an meiner Hüfte.

Lilli ist schon wach, ich höre von unten Geräusche aus der Küche: das Öffnen und Schließen der Schränke, leise Musik, Klappern von Geschirr, Lisa-Maries Babyplappern, Männerstimmen.

»Mit wem redet Lilli?«, frage ich Simon. Er schlingt seine Arme um mich. »Vorhin ist Hermann mit Rudi und Helmut gekommen. Du hast noch schön geschlafen, als sie klingelten. Ich wollte dich nicht wecken und habe mit Lilli abgemacht, dass sie ihnen vor ihrem Einsatz ein kleines Frühstück macht. Du weißt doch, die wollen das Kaminholz stapeln, das Sophie heute liefert.« Er spricht langsam und schläfrig wie ein Kind, das gerade geweckt worden ist.

Lilli hat Papa und die Unvermeidlichen in unseren Haushalt eingebunden. Es ist, als ob sie nur auf Lisa-Marie gewartet hätte, um in ihrem Leben auf »Neustart« zu klicken. Sie hat einen großen Kalender für die Küche gekauft, in den sie unsere Termine einträgt. Sie scheucht mich zum Lauftraining, sorgt dafür, dass wir alle Untersuchungstermine beim Kinderarzt einhalten, und plant sogar, ihre Ausbildung zu beenden. »Lisa-Marie kann sich ja schließlich nur auf mich verlassen!« Das ist ihr neuer Wahlspruch.

David lässt sich immer seltener blicken. Lilli verliert darüber kein Wort. Nur als ich einmal nachfragte, ob David eigentlich für Lisa-Marie zahlt, erwidert sie kurz und knapp: »Lisa-Maries Großeltern haben sich entschlossen, sich ihres Problems mit Geld zu entledigen.« Baby, Haushalt, Weiterbildung – das verträumte Märchenwesen mit dem Pfirsich-Lächeln verfügt unter dem dicken Lidschatten und den gelben Kreppschleifen im Haar über die Qualitäten einer Logistik-Managerin, über das Hirn einer Philosophin und das Herz einer Löwin.

Doch momentan ist von dieser Ausnahmefrau nur eins zu hören: ein gackerndes Lachen, flankiert von Gelächtersalven der alten Männer. Simon steckt seine Nase in meinen Nacken. Doch dann schlägt Amélies Geplapper in Gequengel um. Seufzend richte ich mich auf und gebe Simon einen bedauernden Kuss. »Bleib noch ein wenig liegen. Ich bring Amélie nach unten zu Lisa-Marie, und für dich mache ich einen Milchkaffee. Als Dank dafür, dass du mich nicht geweckt hast!«

Simon schließt lächelnd die Augen und rollt sich in die Decke ein.

Unten in der Küche werden wir mit großer Begeisterung begrüßt.

»Hallo! Wen haben wir denn da!«, ruft Papa, und die Unvermeidlichen echoen gut gelaunt: »Hallohallo!« Dabei gilt ihr Augenmerk nur Amélie, die begeistert auf die Willkommensgrüße reagiert. Man bekommt wohl nie wieder so viel uneingeschränkte Aufmerksamkeit und Zuwendung wie als Baby. Und für den Rest unseres Lebens sehnen wir uns dann danach …

Ich setze Amélie zu Lisa-Marie auf die bunte Decke, auf

der diese sich mit Bauklötzen beschäftigt. Dort erspäht mein findiges Kind sofort einen alten Keks, den sie zufrieden in den Mund steckt. Manchmal krabbelt eins der Kinder auf den Schuh von einem der alten Herren, die konzentriert Skat spielen. Dann beugt er sich zu ihnen hinunter und streichelt ihre Köpfchen. Zwischen alten Menschen und kleinen Kindern existiert ein magisches Band. Sie verstehen einander ohne Worte, und sie freuen sich auf eine einzigartige Weise aneinander.

Lilli betrachtet die Szene mit dem glücklichen Stolz einer Herbergsmutter, der es gelungen ist, eine Klasse mit vierundzwanzig rotznasigen Rabauken erfolgreich zum Tischdecken abzukommandieren. Wieder einmal wirkt sie durch diesen Blick viel älter, als sie ist.

»Noch jemand Milchkaffee?«, frage ich und öffne den Kühlschrank. Lilli nickt. Aber die Männer wollen lieber einen echten deutschen Filterkaffee.

»Den mach ich«, bietet sich Lilli an. Sie stellt die orangefarbene Kaffeekanne meiner Mutter auf die Küchenanrichte, findet den alten Melitta-Kaffeefilter aus Porzellan und gießt wenig später sorgfältig und langsam heißes Wasser hinein. Gleichzeitig fülle ich Milch in den Topf und setze ihn auf die Herdplatte.

Lilli zwinkert Papa zu. »Ich habe etwas für euch besorgt.« Sie verschwindet in der kleinen Speisekammer neben der Spüle und holt triumphierend eine Palette mit Kaffeesahnedöschen vom Regal.

»Ah! Lecker!« Die Herren sind erfreut. »Nicht diese aufgeschäumte Milchplörre!«, ruft Rudi. »Latta Mikano!«

»Togo«, krächzt Helmut.

Es klingelt an der Tür.

Papa steht auf und setzt sich Amélie gekonnt auf die Hüfte. »Das ist bestimmt Sophie mit dem Holz.«

Lilli dreht Elvis ein wenig lauter und singt mit: »Just tell her Jim said hello!«

»Hat deine gute Laune einen Anlass?«, frage ich, während ich in der Besteckschublade wühle. »Hast du den Milchaufschäumer gesehen?«

Lilli greift an mir vorbei und findet das Gerät sofort. Sie drückt es mir in die Hand und sagt: »Weißt du, ich habe mir was überlegt. Ich kann nicht ewig auf David warten. Ich muss nach vorne sehen.« Mit diesen Worten stellt sie den Männern die Kaffeebecher vor die Nase. Dann singt sie weiter im Duett mit Elvis: »I'd like to pour out my heart /But I don't know where to start ...«

Als ob das nicht laut genug wäre, kommt es zwischen Rudi und Helmut zum Streit. Rudi meckert: »Wenn du Vorhand bist, dann musst du Trumpf spielen!« Worauf Helmut kontert: »Ja, aber ich hatte Pik lang.«

Von oben schreit Simon: »Lilli, mach doch mal die Musik leiser! Franzi! Fraaan-zi! Ich ...« Alles Weitere geht in einem Fluch unter, als er offensichtlich über etwas stolpert.

Ich rufe zurück: »Was? Simon? Kaffee ist gleich fertig!«

Lisa-Marie, die erschrocken zwischen Rudi und Helmut hin und her gesehen hat, verzieht weinerlich ihr Gesicht. Elvis, Lilli, die Streithähne, Simons Rufe, Lisa-Maries Gejaule – in dieser Sinfonie behauptet sich Papa mit einem Trompetensolo: »Franziska! Schau mal, wer da ist!«

Ich drehe mich um und reiße vor Schreck fast den Milchtopf von der Platte.

Andreas! Glatt rasiert, in einem eleganten dunklen Anzug.

Obwohl ich gerade noch in Simons Armen so glücklich

war und mich schön und geliebt fühlte, komme ich mir in meinem Unterhemdchen und der karierten Pyjamahose, barfuß und mit zerzausten Haaren, auf einmal hässlich und ungepflegt vor. Warum rast mein Herz so?

Elvis singt unverdrossen weiter. Mittlerweile füllt er mit »Honky Tonk Angel« die Küche. »When was the last time you kissed me / And I don't mean a touch now and then / It's been a long time since you felt like my woman / And even longer since I felt like your man.«

Andreas und ich starren uns an. Ich sehe, wie sein Mund ein »Hallo« formt, und auch ich sage »Hallo«, aber unser Gruß geht im Gelärme unter. Wir zucken beide zusammen, als Rudi aufspringt und Helmut anmosert: »Du musst dich an die Regeln halten! Ich kann doch nicht wissen, dass du Pik lang hast!«

Papa nimmt seine Karten auf, setzt sich zu seinen Freunden und sagt: »Man kann nicht immer nach den Regeln spielen.« Lisa-Maries Gejaule steigert sich zum hysterischen Geplärr. Lilli versucht sie zu trösten. Auch Amélie fängt jetzt an zu weinen. In dieses Durcheinander stapft Simon – nur mit einem Handtuch um die Hüften, mit nassen Haaren und Wut im Bauch. Er rennt zur Anlage und dreht Elvis die Luft ab. »Das ist hier ja wie im Irrenhaus!«

Er übersieht Andreas, der halb verdeckt in der Küchentür steht und mit einem unergründlichen Gesichtsausdruck das Treiben in der Küche beobachtet.

Während Rudi und Helmut immer noch grummelnd über den Karten sitzen und uns ignorieren, baut sich Simon vor mir auf. Er gibt mir einen Kuss auf die Nase, legt seine Arme um mich und fragt: »Franzi, meine Süße, wo sind meine Jeans? Ich schrei mir da oben die Seele aus dem Leib!« Mich zu küssen, obwohl ich stocksteif bleibe, scheint seine Laune zu besänftigen. Er tritt zurück und öffnet in gespielter Tragik die Arme. »Könntest du mir vielleicht auch verraten, ob es in diesem Haus noch Unterwäsche für mich gibt? Ich kann doch nicht den ganzen Tag hier im Lendenschurz herumlaufen, Schmusi.«

Lilli kichert, als er neckisch so tut, als ob er das Handtuch öffnen wollte. Ohne Simons kleine Scharade zu beachten, hält mir Papa die mittlerweile laut jammernde Amélie hin. »Franzi, übernimm du mal!« Bei den letzen Worten kreuzen sich Andreas' und meine Blicke. Jetzt habe ich keinerlei Schwierigkeiten, seinen Gesichtsausdruck zu deuten: Andreas ist fassungslos – und sehr ärgerlich. Schnell senke ich den Blick und greife an Simons ausgebreiteten Armen vorbei, um Papa das Kind abzunehmen.

Amélie hört sofort auf zu weinen, und mit einem Schlag ist es still in der Küche. Simon versucht, den Arm um mich zu legen, wobei sein Handtuch nun wirklich fast von der Hüfte rutscht. Er küsst Amélie aufs Köpfchen, sie greift in seine Haare. »Also, Liebling, wo ist meine Jeans?«

Bevor ich antworten kann, sagt Andreas mit schneidender Stimme: »Franziska, ich muss jetzt gehen. Und zwar so-fort! Auf Wiedersehen!«

Diese Stimme kenne ich: Das ist der Chefanästhesist-scheißt-unfähiges-Krankenhauspersonal-zusammen-Ton. Mich hat er in unserer Ehe nur selten mit dieser Stimme angesprochen. Aber wenn er es tat, dann ging es um elementare Dinge: ob wir ein Haus kaufen (ich war dafür, er dagegen – er setzte sich durch), ob wir ein Boot anschaffen (er war dafür, ich dagegen – er setzte sich durch) oder ob wir ein Kind adoptieren sollten (ich war dafür, er dagegen – er setzte sich durch).

Auch heute duldet dieser Tonfall keinen Widerspruch, vor allem, weil er mit einem äußerst kritischen Blick in meine Richtung verbunden ist. Andreas mustert mich mit offensichtlichem Missfallen – und wieder wird mir mein schlampiges Outfit bewusst: das ausgeleierte T-Shirt, die ausgebeulte Pyjamahose, die bloßen Füße. Ich bin der Prototyp der verhuschten, überforderten Mutter.

Simon dreht sich verwundert um. »Huch, wer sind Sie denn? Ich hab Sie gar nicht gesehen.« Beschützend fügt er den Nachsatz hinzu: »Und warum schreien Sie Franziska so an?«

Jetzt reden alle gleichzeitig. Papa blökt: »Du hattest noch nie Manieren, Andreas!«

Lilli fragt: »Ja, wer sind Sie eigentlich? Etwa von der Kirche?«

Ich sage: »Das ist Andreas. Mein Ex-Mann.«

Das ist der Moment, in dem die Milch zischend überkocht. Innerhalb von wenigen Sekunden durchzieht der verbrannte, unangenehme Geruch die Küche. Ich schiebe den Topf mit der linken Hand vom Ceranfeld, was gar nicht so einfach ist, weil ich Amélie auf dem Arm habe. Aus dem Augenwinkel sehe ich, wie Andreas sich umdreht und aus der Tür marschiert. Ich drücke Simon das Baby in den Arm und renne hinter ihm her. Erst am Gartentor erwische ich ihn und versuche ihn festzuhalten.

Andreas fährt zornig herum und misst mich mit einem verächtlichen Blick. »Wie du lebst, geht mich nichts mehr an. Aber …« Er holt tief Luft.

»Mit wie vielen Leuten wohnst du da eigentlich? Wer ist diese durchgeknallte Küchenfee? Und worauf wartet die Rentner-Combo? Und jobbst du jetzt nebenbei noch als Tagesmutter? Mann, da bin ich zum ersten Mal mal wieder in

Hamburg, freu mich auf einen gemütlichen Kaffee mit meiner Ex-Frau und gerate in das Picknick einer Großstadt-Kommune!« Seine Stimme ist sehr laut.

»Du hättest mich ja ruhig vorher anrufen können!« Seine Tirade weckt meinen Widerspruchsgeist. Was bildet er sich eigentlich ein? Nur, weil er sich das anders gedacht hat, kann er doch nicht einfach in mein Leben platzen und erwarten, dass die Welt, *meine* Welt, seinetwegen stillsteht! Fast tut er mir ein wenig leid. Denn ich kenne ihn ja. Meist ist ihm sein cholerisches Aufbrausen nach kurzer Zeit selbst sehr peinlich, und er entschuldigt sich – und zwar aus tiefstem Herzen. Aber noch ist er nicht so weit. Er reckt das Kinn mit einer Bewegung nach oben, die ich nur zu gut kenne. Für ihn ist das Gespräch beendet. Von oben herab informiert er mich: »Ich muss jetzt los! Bin sowieso schon spät dran!« Er wendet sich um und stürmt über den Hof. In der Einfahrt wird er fast von einem entgegenkommenden roten Lieferwagen überfahren.

»Passen Sie doch auf!«, schreit er die Fahrerin an, die so heftig auf die Bremse tritt, dass die Reifen quietschen. Und dann reagiert Andreas, wie ich es noch nie erlebt habe. Außer sich vor Wut tritt er gegen die Stoßstange – wie in einem amerikanischen Film: einmal, zweimal, dreimal. Dann schlägt er mit beiden Händen einmal auf die Kühlerhaube, bis die Fahrerin des Lieferwagens aussteigt. Es ist Sophie.

Andreas hält inne, dreht sich um, starrt mich an, greift sich an den Kopf wie jemand, der etwas nicht fassen kann, und läuft durch die Einfahrt davon.

Sophie blickt ihm mit offenem Mund hinterher. Sie steigt wieder ein und fährt auf unser Gartentor zu. Als sie aussteigt, stehe ich noch immer wie angewurzelt am Tor. Hinter mir tauchen jetzt nacheinander Simon mit Amélie und Papa auf.

Sophie blickt noch einmal in die Richtung, in die Andreas verschwunden ist. Dann sieht sie auf Simons Handtuch und auf Papa, der wieder in seinem Rollkragen verschwunden ist.

Sie schüttelt den Kopf und sagt: »Also egal, welche Vorurteile man gegen späte Mütter hat – sie haben die interessantesten Männer am Start!«

Während die Unvermeidlichen mit Sophie das Holz abladen, versuchen wir das, was vom Frühstück noch übrig ist, zu retten.

Papa schenkt Kaffee nach und fragt mich dann: »Na? Was hat er gesagt?«

»Dass er eigentlich in Ruhe mit mir Tee trinken wollte und jetzt in ein Picknick einer Großstadt-Kommune geraten ist«, berichte ich kopfschüttelnd.

»Was für ein Penner!«, sagt Simon, der immer noch im Handtuch an der Küchenzeile lehnt.

»Zieh dir doch endlich mal was an«, rutscht es mir heraus. Simon sieht mich erst verwundert, dann verletzt an. Versöhnlich füge ich hinzu: »Deine Jeans ist auf dem Trockenständer im Badezimmer.«

Aber jetzt reicht es wohl auch Simon. Er blafft mich an: »Erstens kann ich so lange mit dem Handtuch herumlaufen, wie ich will! Oder auch nackt! Und zweitens: Nur weil dein Ex hier aufkreuzt und motzt, musst du noch lange nicht auf mir herumhacken!«

»Tu ich doch gar nicht«, antworte ich, obwohl ich genau weiß, dass er recht hat.

Papa sitzt verlegen am Tisch. Lilli verschwindet mit den Babys im Spielzimmer. Ich verstehe ihre Geste. »Wollen wir oben weiterreden?«, schlage ich Simon vor und versuche, ihn bei der Hand zu nehmen. Als hätte ich ihn mit heißem Wasser verbrüht, zieht er den Arm zurück und stößt hervor: »Nein, das halte ich für keine gute Idee.« Er sieht mich an. »Die beste Idee ist wohl, dass ich mich anziehe!« Er läuft mit großen Schritten die Treppe hinauf.

Ich gucke Papa ratlos an. »Was ist denn nur los mit ihm?«

Papa legt den Kopf schief, fummelt an seinem Rollkragen und zuckt mit den Achseln.

Es klingelt an der Tür. Andreas? Ich renne durch den Korridor. Doch es sind nur Lucia und ihre Brüder, die verlegen mein Outfit mustern. »Sind wir zu früh?«

Himmel, ich habe die Nachhilfe für die Pepovic-Kinder vergessen! »Nein, nein«, beeile ich mich zu sagen. »Ich bin zu spät. Herein mit euch!«

Als ich nach oben komme, knöpft Simon gerade sein Hemd zu.

»Ich muss mich auch anziehen«, sage ich unnötigerweise. Ich schlüpfe aus der Pyjamahose und öffne die Wäscheschublade, um einen frischen Slip herauszuholen. Zum ersten Mal seit langer Zeit ist mir meine Nacktheit vor Simon unangenehm. Schnell streife ich die Jeans und ein T-Shirt über und binde meine Haare zu einem Pferdeschwanz. Währenddessen kramt Simon Wäschestücke zusammen, nimmt sein Buch vom Nachttisch und verstaut seine Sportschuhe im Rucksack.

»Simon, was ist denn los?«

Er stützt die Hände in die Hüften, denkt nach und mustert mich lange. Schließlich sagt er: »Was los ist, Franzi? Schau dich doch mal an! Du bist völlig durcheinander, weil dein Ex hier aufkreuzt. Mir kannst du nichts vormachen: Du liebst den noch, oder?«

Simon ist eifersüchtig! Früher hätte mir das geschmeichelt.

Es wäre Balsam für meine wunde Seele gewesen, als ich vergeblich hinter ihm hertelefonierte und auf seinen Besuch wartete.

»Was redest du denn da? Ich bin aufgeregt, weil ... weil ... Er weiß doch gar nicht, dass er Vater ist! Ich habe deswegen schon lange ein schlechtes Gewissen.«

Simon stopft ein paar Pullis in seinen Rucksack. »Warum eigentlich? Soviel ich verstanden habe, hat sich dein Ex doch wie ein Arschloch verhalten, oder?«

Habe ich ihm diesen Eindruck vermittelt? Ich versuche Andreas' Verhalten zu erklären, ohne es zu beschönigen und ohne mich als Opfer darzustellen. »Es gab Missverständnisse zwischen uns ...« Ich merke selbst, wie wenig überzeugend das klingt.

Mein Herz klopft immer noch. Weil ich vom Treppensteigen außer Atem bin? Hat Simon vielleicht recht? Liebe ich Andreas noch? Nein! Ich bin in Simon verliebt.

»Wir wollten uns doch heute einen schönen Abend machen«, erinnere ich ihn.

Simon schüttelt den Kopf. »Daraus wird nichts, Franzi.« Er macht eine Pause, gibt sich dann einen Ruck. »Ach, weißt du, ich kann es dir ebenso gut jetzt sagen ...« Er verstummt.

Ich sinke auf das Bett, in dem wir beide vor einer Stunde noch eng aneinandergeschmiegt geschlafen haben. »Was willst du mir sagen?«

Mit einem entsetzlich endgültigen Geräusch zieht Simon den Reißverschluss seines Rucksacks zu. Er vermeidet es, mich anzusehen. In diesem Moment sieht er so jung, verletzlich und liebenswert aus, dass es mir den Hals zuschnürt.

»Dass das zwischen uns vielleicht doch keine so gute Idee ist.«

Meine Trauer schlägt in Wut um. *Was denkt sich Simon bloß?* Nur weil mich ein Überraschungsbesuch von Andreas aus der Bahn wirft und er sich nicht mehr im uneingeschränkten Mittelpunkt fühlt, benimmt er sich wie ein verwöhntes Kind!

»Ach, findest du? Das fällt dir aber reichlich überraschend ein! Vorhin war doch noch alles in Ordnung. Was hat sich seitdem geändert?«

Mein Zorn wird von Simon widergespiegelt. Angriffslustig schiebt er das Kinn vor. »Ich bin in deinem Leben doch nur die Schleife um das Geschenk. Der Zuckerguss auf einem Alltag, der mit Freundinnen und Babys prima ausgelastet ist. Und wenn die liebe Mutter von ihren vielfältigen Pflichten mal ausruht, steht Simon als Liebhaber parat.«

»So siehst du das?«

»Mensch, Franzi, ich bin kein Familienvater! Ich finde Babys nett, aber doch nicht dauernd. Ich bin dreiundzwanzig und, ja, ich finde dich wunderbar! Ich schlafe gern mit dir, aber ich will nicht für den Rest meines Lebens das Bett mit einem sabbernden Säugling teilen. Und dich auch nicht.«

»Ich dachte, du magst Amélie.«

»Was hat das damit zu tun? Natürlich mag ich Amélie. Aber sie ist ein Baby. Babys sind niedlich, ja. Ich fühle mich einfach noch nicht … reif für all das hier.« Er macht eine unbestimmte Bewegung, die das Zimmer und das Haus umfasst.

»Das hast du bisher aber ziemlich gut verborgen.«

Simon nickt. »Bisher fand ich das auch nicht so schlimm«, schränkt er ein.

»Und wieso heute?«

Jetzt erscheint eine steile Falte auf seiner Stirn. »Weil dieser

Typ da aufgekreuzt ist und in seinem Kasernenton rumgeschrien hat …«

»Das fand ich auch furchtbar.«

Simon schüttelt wieder den Kopf. Er schultert den Rucksack und geht an mir vorbei. In der Tür dreht er sich um. »Warum bist du ihm denn nachgelaufen? Ich meine, der rauscht hier herein, brüllt dich an, und du rennst ihm auch noch hinterher?« Er hebt die Hand, als ich ihn unterbrechen will, um zu erklären, dass Andreas manchmal einfach ein Hitzkopf ist, es aber eigentlich nie so meint. »Nein, Franzi, lass mal. Ich brauch jetzt ein bisschen Abstand.« Und dann stampft er aus dem Schlafzimmer, die Treppe hinunter und zur Haustür hinaus.

Ich stehe am Schlafzimmerfenster und sehe ihm nach, wie er durch den Garten und über den Hof geht. Aber Simon dreht sich nicht mehr um.

Lilli taucht im Türrahmen auf. Auf jeder Hüfte sitzt ein Baby. Sie lächelt mich aufmunternd an. »Franziska Funk! An einem Morgen zwei Männer in die Flucht geschlagen! Kein schlechter Schnitt.«

Sie kommt herein und setzt die Kinder aufs Bett. »Atme erst einmal tief durch. Um die Pepovic-Kinder kümmert sich dein Vater. Er meint, so viel Grammatik kann er.« Sie sieht mich forschend an. »Na, komm mal her!«

Wir setzen uns auf das Bett. Lisa-Marie und Amélie kugeln kichernd durch die Kissen. Lilli hält mich fest, als ich weine. Ich spüre mein Leben: schwarz-weiß-schwarz-schwarz …

14. Kapitel

Ich habe nichts erreicht außer dir
Bitte bleib bei mir
Denn das Beste an mir sind wir.
Bernd Begemann: »*Ich habe nichts erreicht außer dir*«

»Was ist denn schon passiert?«, muntert Lilli mich auf. »Andreas muss verdauen, dass seine Ex nicht auf seinen Besuch wartet und Strohsterne bastelt, um ihre leeren Stunden zu füllen, sondern ein ganz munteres Leben führt. Und Simon kocht vor Eifersucht.«

»Und wenn Simon nicht wiederkommt?«

»Du scheinst nicht viel Vertrauen in ihn oder eure Beziehung zu haben.« Sie wirft mir einen kritischen Blick zu. »Hast du nicht viel mehr Angst davor, dass Andreas nicht zurückkommt?«

»Franziska!«, ruft mein Vater von unten. »Dauert das noch lange?«

Ich stehe auf, setze mir Amélie auf die Hüfte.

»Wirst sehen, Schatz«, sagt Lilli. »Meine Prognose ist, dass beide wiederkommen. Und *dann* hast du ein Problem!«

Ich versuche vergeblich, Simon zu erreichen. Auf seinem Handy meldet sich nur die Mailbox. In der WG läuft der Anrufbeantworter, und auch auf die Mail, die ich ihm schicke, erhalte ich keine Antwort. Andreas zu erreichen, versuche ich erst gar nicht. Dazu kenne ich ihn zu gut.

Für das Mittagessen ist Papas legendäre Erbsensuppe vorgesehen. Dafür hat er am Vorabend bereits die Erbsen eingeweicht. Nachdem das Pepovic-Trio das Weite gesucht hat, wirft er nur einen Blick auf mein Gesicht und bittet mich, ihm zu helfen: Kartoffeln, Karotten und Lauch sind zu schälen und zu schnippeln. »Das lenkt dich ab.«

Während ich den Sparschäler betätige, serviert mir Lilli fürsorglich ihren Spezialkakao mit Extra-Schokoflocken. Die Unvermeidlichen schickt Papa zum Fleischer, um Wiener Würstchen zu kaufen.

Mit dem Duft von gebratenem Bauchspeck und der vor sich hin köchelnden Erbsensuppe bereitet sich in der Küche eine friedliche Stimmung aus. Mein Vater hackt frische Petersilie, die Kinder krabbeln zwischen Küche und Spielzimmer hin und her.

Lilli sortiert am Küchentisch Wäsche. Mit einer Kinderstrumpfhose in der Hand schaut sie versonnen aus dem Fenster in den verregneten Herbsttag. Dann blickt sie sich in der Küche um. »Wisst ihr, dass ich mir das Familienleben immer so vorgestellt habe? Uns geht es doch wirklich gut, oder?«, fragt sie mit einem wohligen Seufzer und lehnt sich zurück. Sie lauscht ihren eigenen Worten nach und sieht dann verlegen zu mir herüber. Ich nicke ihr beruhigend zu. Schließlich ändert der heutige Morgen nichts an unserem Zusammenleben.

»Hast du denn solch ein Familienleben nie kennengelernt?«, fragt Papa. Ich halte erschrocken den Atem an, denn ich weiß, wie verschlossen Lilli in diesem Punkt sein kann, und erwarte ihre abweisende Standardantwort: »Das ist Privatsache.«

Aber sie antwortet, ohne zu zögern: »Nie! Mutter ist Alkoholikerin und ihre Freunde – und davon gab es schon eine ganze Menge – waren meist auch Alkoholiker, weißt du. Die haben sich dauernd gestritten, vor allem, wenn sie beide wieder einmal arbeitslos waren. Oder voll.« Sie lächelt meinen Vater an, als ob sie um Entschuldigung bittet.

»Gemeinsames Kochen stand da nicht auf dem Programm. Ich war schon froh, wenn jemand eine Tiefkühlpizza eingekauft hatte, wenn ich aus der Schule kam.« Sie wischt sich eine Haarsträhne aus der Stirn.

»Ich wäre gern ein Adoptivkind gewesen. Früher dachte ich immer, dass Adoptivkinder die wahren Wunschkinder sind. Meine Mutter konnte mit mir nichts anfangen. Und mein Vater wollte es nicht.« Ich wage kaum, sie anzusehen. Warum hat mir Lilli nie etwas davon erzählt? Und warum habe ich sie nie danach gefragt?

»Wie geht es deinen Eltern heute?«

»Keine Ahnung. Mein Vater soll hier in Hamburg sein, aber ich habe ihn nicht gefunden. Und meine Mutter …« Sie beißt sich nachdenklich auf die Unterlippe. »Ich habe ihr von Lisa-Marie geschrieben.«

»Na, da hat sie sich aber gefreut, nicht wahr?«, sagt mein Vater. Seine Stimme ist betont fröhlich – ihm ist die Situation unangenehm. Immer wieder verschwindet sein Kinn im Rollkragen. Ein müdes Lächeln huscht über Lillis Gesicht. Sie schüttelt den Kopf. »Ich glaube, meine Mutter ist nicht der Typ Mensch, der sich freut.«

Ich schiebe die Schüssel mit dem Gemüse in Papas Richtung. »Sie hat sich überhaupt noch nicht bei dir gemeldet?«

»Nein.«

Mein Vater und ich schauen uns bestürzt an. Als ich aufstehe, um die Gemüseschalen in den Mülleimer zu werfen, richte ich es so ein, dass ich Lilli über die Schulter streicheln kann.

Papa hebt Lisa-Marie hoch, setzt sie Lilli auf den Schoß und fährt ihr kurz über die Haare.

Lilli versteht, dass wir trösten wollen, ohne großes Aufheben zu machen. Sie lächelt uns an. »Aber jetzt habe ich ja euch.«

Der Kopf meines Vaters wächst wieder aus dem Rollkragen. Später versammeln wir uns um den Tisch in der Küche: Papa, der es offensichtlich genießt, den Küchenchef zu spielen, die Unvermeidlichen, die stolz die Bio-Würstchen präsentieren und auch frische Semmeln mitgebracht haben, die Kinder in ihren Hochstühlen, und Lilli und ich – keine Familie aus einer Hochglanzbroschüre, sondern etwas seltsam und durcheinander, aber dennoch eindeutig eine Familie.

Während der Mittagsruhe – einer der Segnungen eines geregelten Familienalltags –, als die Kinder endlich schlafen, Papa und die Unvermeidlichen zum Schachspielen in den Club wandern und Lilli sich einen Moment lang hinlegt, versuche ich abermals Simon anzurufen. Aber er bleibt unerreichbar.

Eines der lieb gewordenen Rituale, die wir wieder aufgenommen haben, ist der Wochenendkaffeeklatsch mit Tina.

Doch vorher fließen erneut Tränen. Als ich die Tür mit Amélie auf dem Arm öffne, wirft sich eine dunkle Gestalt mit lautem »Buh!« auf uns und streckt grünglibberige Pfoten nach mir aus. Ich kreische auf und weiche zurück. Amélie ist genauso erschrocken – nur ihr Heulen ist viel lauter. Verärgert und erleichtert zugleich erkenne ich hinter den Monsterkrallen und dem Hexenhut Tina.

Ich versuche Amélie zu beruhigen. »Das ist doch Tante Tina!« Wir haben uns für den Namen »Tante Tina« entschieden, weil Tina mir einleuchtend erklärte, dass sie immer schon Tante werden wollte, und außerdem findet, Kinder hätten viel zu wenige Tanten und viel zu viele Freunde. »Die haben doch heute häufig noch nicht einmal Mama oder Papa, sondern nur den Karsten oder die Marion«, hatte sie gezetert.

Zerknirscht betrachtet sie jetzt das weinende Kind und zieht die Gummipfoten von ihren Händen. Aber erst als sie auch den Hut mit dem schwarzen Schleier abgelegt hat, lässt sich Amélie beruhigen.

»Was soll der Aufzug?«, frage ich, während sich Tina mit großen Papiertüten an mir vorbeidrückt. Sie wirft ihren Mantel über die Garderobe und schüttet dann die Tüten über dem Küchentisch aus: Kürbismasken, Kerzen, Gummibärchen in Teufelsform, Konfetti und schwarz-orange-farbene Luftschlangen.

»Na, heute ist doch Halloween!«

Lilli und ich starren uns verblüfft an. Das haben wir völlig vergessen, denn unsere Kinder sind noch viel zu klein, um bei »Süßes oder Saures« mitzumachen. Selbst für den Laternenumzug der Kirchengemeinde, der hier im Oktober stattfindet, war es eigentlich noch zu früh. Amélie und Lisa-Marie saßen mit großen Augen in der Zwillingskarre, die wir durch den Matsch um den See im Park schoben, und beäugten erstaunt die vielen Lichter. Neben Lilli lief ein ungefähr vierjähriger Junge, der die gesamte Zeit über auf einem Ton »Laterne, Laterne« sang. Sein komplettes Repertoire bestand aus diesem einen Wort, gesungen auf einem Ton.

Nach einer Umrundung des Sees raunte Lilli mir zu: »Wenn wir hier nicht abbiegen, muss ich dieses Kind erwürgen!« Glücklicherweise war das nicht nötig, weil der Vater des Sängers auftauchte, ihn auf seine Schultern hob und mit großen

Schritten an die Spitze des Laternenzuges trug, wo ein Musikzug mit Klingelspiel, Querflöten und Posaunen »Laterne, Laterne! Sonne, Mond und Sterne!« anstimmte.

Gefasst akzeptiert Tina unsere Einschätzung, dass sie mit dem Halloween-Feiern in diesem Jahr zu früh dran ist. »Dann nehme ich das Zeug wieder mit. Ich bin zur Halloween-Party bei Jonas und Suse eingeladen.« Wir setzen uns in die Küche, und ich erzähle ihr erst einmal von Andreas' Auftritt. Tina ist ebenso überrascht, wie ich es war. »Was hat ihn denn nach Hamburg getrieben? Sehnsucht?«

Lilli wirft ein: »Oder hat ihm irgendjemand etwas gesteckt? Dein Vater vielleicht?«

Bei der Vorstellung, dass Papa und Andreas heimlich telefonieren, müssen Tina und ich lachen. Tina fragt: »Und wie geht es jetzt weiter?«

»Keine Ahnung. Ich stehe immer noch unter Schock.«

»Er bestimmt auch. Er ist ja noch nie Vater geworden«, kommentiert Tina.

»Aber er weiß doch gar nicht, dass er Vater ist«, wirft Lilli ein. Beide sehen mich an.

Ich schüttele den Kopf. »Er vermutet, dass ich als Tagesmutter jobbe.«

»Na, dann mach dir mal keine Gedanken.« Tina blickt auffordernd zu Lilli. »Wie sieht's denn jetzt mit Kaffee aus? Ich habe Kürbiskuchen mitgebracht.«

Nach dem Kaffee greift Tina wieder zu ihrem Hexengut. Beim Abschied tröstet sie mich noch einmal: »Franzi, das mit dir und Simon wird schon wieder.« Sie sieht mich mit einem forschenden Blick an, der mich an Lilli erinnert. »Wie war es denn mit Andreas? Empfindest du noch etwas für ihn?«

»Nein. Das heißt ... Ich weiß nicht.«

Tina schlüpft in ihren Mantel. »Also bleibt uns nichts anderes übrig, als abzuwarten.« Sie küsst mich auf die Wange. »Aber halte dein Herz fest. Andreas hat dich schon einmal verletzt. Vergiss das nicht.«

Während ich den Kaffeetisch abräume, klingelt das Telefon.

»Ich geh ran«, sagt Lilli. Einen Moment später steht sie neben mir. »Für dich!« Sie formt mit dem Mund eine stummes »Andreas« und hält mir das Telefon hin. Ihr Gesichtsausdruck liefert mindestens drei Ausrufezeichen mit.

»Ja?«

»Ich bin's, Franziska.« Im Hintergrund höre ich Stimmengewirr, Geräusche wie in einem Restaurant, ein Frauenlachen. »Ich möchte mich entschuldigen. Für den Überfall heute Morgen. Und für alles, was ich gesagt habe.« Nach einer Pause lacht er gepresst und fügt hinzu: »Und was ich getan habe.«

Ich suche vergeblich nach Worten. Soll ich ihm jetzt endlich von Amélie erzählen? Am Telefon?

Schließlich fragt Andreas: »Bist du noch dran?«

»Ja, ja. Ich ... Bitte sag mir doch das nächste Mal, wenn du nach Hamburg kommst, vorher Bescheid.« Ich fasse mir ein Herz. »Ach, und ... ich würde gern etwas mit dir besprechen. Also, wenn du Zeit hast.« Wieder klopft mein Herz wie verrückt. Will ich ihm wirklich alles sagen? Was bedeutet das für mein Leben?

Jetzt schweigt er. Im Hintergrund höre ich die Frage: »Wo ist Andreas?«

»Hör zu, Franziska! Können wir uns später treffen? Das dauert hier noch eine Stunde, dann kann ich weg.«

»Wo bist du denn?«

»Im Kongresszentrum bei einem Ärztekongress. Wie sieht es bei dir gegen sieben Uhr aus?«

»Das ginge.«

»Fein. Nur ...« Er zögert. »Können wir uns woanders treffen? Sozusagen auf neutralem Boden? Deine ... äh ... Wohnsituation wirkte heute etwas unübersichtlich ...« Wahrscheinlich fürchtet er, dass ich mit Papa zusammenwohne. Oder er will Simon nicht begegnen.

»Gut. Kennst du das ›Lál Pera‹?« Das ist eines von Lillis und mir favorisierten Cafés in der Osterstraße. Ich erkläre ihm, wie er dort hinkommt, und lege auf.

Lilli starrt mich an. »Du triffst dich mit ihm?«

»Lilli, er ist Amélies Vater! Er hat ein Recht darauf, es endlich zu erfahren.«

Woher diese Erkenntnis kommt, kann ich nicht genau fassen. Doch der Anblick von Andreas hat mich an so vieles erinnert. Auch an die guten Zeiten, an das unbedingte Vertrauen, das wir zueinander hatten. An mein Glück, meine Zufriedenheit, an meine Erleichterung, endlich den Mann gefunden zu haben, mit dem mein Leben einen Sinn ergab. Der mich auffing und stützte und mein Zuhause war. Selbst sein cholerisches Aufbrausen hat mir immer gut gefallen, wenn er mich damit gegen andere verteidigte oder mich beschützte. Ob beim Open-Air-Konzert, wo mich ein Betrunkener einmal anrempelte, oder als mich ein Ticketkontrolleur nicht in Ruhe nach meiner U-Bahn-Fahrkarte suchen ließ. Andreas, der meinen Lieblingsduft kannte und ihn mir mit großer Verlässlichkeit an jedem Geburtstag schenkte. Andreas, der mich im Bett liebevoll in die Decke einwickelte und mich morgens mit einem Tee weckte. Diesen Andreas will ich auf einmal nicht mehr anlügen.

»Du willst Amélie mitnehmen? Bist du verrückt?«, sagt Lilli in meine Gedanken hinein.

»Wieso wirst du denn so laut? Was soll denn schon passieren?«

»Du hast den doch heute Morgen erlebt! Was, wenn er dir Amélie wegnimmt und nach Dänemark abhaut?«

»Das würde Andreas nie machen.«

»Wieso bist du da so sicher? Dass er randaliert und gegen Autos tritt, hast du auch nicht für möglich gehalten, oder? Wie gut kennst du deinen Ex?«

Ich schweige und sehe wieder vor mir, wie Rumpelstilzchen Andreas im Hof herumspringt. »Aber reden sollten wir schon, findest du nicht auch?«

Lilli nickt. »Natürlich, aber musst du Amélie mitnehmen? Ich kann auf sie aufpassen.«

»Aber du wolltest doch heute Abend ausgehen. Ich bin mit Babysitting dran.« *Und eigentlich wollte ich diesen Abend mit Simon verbringen. Wenn die Kinder eingeschlafen sind, hat man immer viel Zeit.*

»Aber wir gehen erst um zehn los. Wir wollen doch feiern! Vor Mitternacht läuft da nichts.«

Um halb sieben stehe ich in meinem Zimmer vor dem Kleiderschrank. Was zieht man an, wenn man mit dem Ex-Mann verabredet ist? Ich entscheide mich für eine schlichte schwarze Hose, einen schwarzen Rollkragenpullover und das leuchtend grüne Tuch, das mein Vater mir zur Geburt von Amélie geschenkt hat. Ich schminke mich sorgfältig. Ich bin schließlich nicht die verhuschte Mama, als die ich mich heute Morgen ungekämmt und im Pyjama präsentiert habe.

»Très chic, Schatzö!«, sagt Lilli mit gespieltem französischem Akzent, als ich vor ihr stehe. Dann runzelt sie die Stirn.

»Aber da fehlt noch etwas. Warte mal …« Sie holt einen Lippenstift aus ihrer Handtasche. »Dieses dunkle Rot passt zum grünen Tuch. Probier mal, das ist mein Lieblingslippenstift!«

Der Lippenstift schmeckt nach süßer Pflaume, ein richtiger Lilli-Mädchen-Geschmack, der mich tröstet und ermutigt.

»Steck ihn ein und gib ihn mir morgen wieder«, sagt Lilli und stopft ihn in meine Manteltasche. »Denk dran, das ist mein Lieblingslippenstift.«

Selbst wenn mir diese Farbe überhaupt nicht stehen würde, würde ich ihn mitnehmen, weil mich Lillis Fürsorge rührt.

Die Kinder sitzen in Erwartung des Abendbrots bereits in ihren Hochstühlchen.

»Bist du sicher, dass du allein zurechtkommst?«

Lilli nickt. »Du hast doch nicht vor, mit ihm durchzubrennen und erst zurückzukommen, wenn die Kinder schulpflichtig sind, oder?« Sie sieht auf die Uhr. »Es ist gleich sieben, du solltest los. Ich bin um zehn mit den Mädels verabredet.«

Die Mädels – das ist der Sammelname für eine in ihrer Zusammensetzung häufig wechselnde Gruppe von Freundinnen, die Lilli wie Satelliten umschwärmen. Dazu gehören zeitweilig sogar einige der »richtigen« Mütter – jedenfalls die jüngeren unter ihnen, einige Kundinnen von Lilli, die sie aus ihrer Zeit im Friseurladen »Hairfriend« kennt, ehemalige Kolleginnen, Freundinnen aus Davids Schule und Frauen wie ich, die sie zwischendurch kennengelernt hat – auf dem Markt, im Schwimmbad, im Schuhgeschäft.

»Bis dahin bin ich längst wieder da«, versichere ich ihr und schlinge das Tuch um den Hals.

»Nun mach schon!« Lilli schiebt mich zur Tür hinaus. »Lass dir nichts gefallen. Hast du dein Handy mit?«

Ich muss über ihren mütterlichen Ton lachen. »Ja, und das Pfefferspray auch!«

Lilli presst die Lippen zusammen und sagt in ihrem besten Berlinerisch: »Ick will dir mal wat sagen, junge Dame. Ick hab schon Pferde vor der Apotheke kotzen sehen!« Was so viel heißt wie: »Du glaubst vielleicht, diesen Andreas zu kennen. Aber wundere dich nicht, wenn sich der Typ als Frankenstein entpuppt.«

Mit diesem Segen gehe ich durch den Abend über die Osterstraße zum »Lál Pera«. Dabei begegnen mir viele kleine unheimlich verkleidete Gestalten mit weißgeschminkten Gesichtern oder Totenkopfmasken. Manche tragen Hexennasen und Teufelshörnchen, andere grüne Perücken und dunkle Capes. Sie schleppen prallgefüllte Plastiktüten.

Andreas ist schon da. Er sitzt vorn rechts auf einem der hohen Holzstühle, von dem er herunterrutscht, als er mich sieht. Er nimmt die Situation in die Hand, indem er sich vorbeugt und mir einen freundschaftlichen Kuss auf die Wange drückt.

Bevor er etwas sagen kann, frage ich: »Wollen wir nicht lieber da drüben sitzen?« Ich zeige auf ein tiefes Sofa direkt vor dem Fenster.

Andreas zuckt mit den Achseln. »Wenn du möchtest!« Er nimmt seine Jacke vom Stuhl und folgt mir.

»Was trinkst du?«, frage ich und werfe meinen Mantel auf das Sofa. »Hier bestellt man am Tresen.«

»Das wusste ich nicht.« Andreas' Stimme klingt unsicher. In dieser aktiven Rolle hat er mich nie erlebt. Wenn wir früher essen gingen, übernahm er nicht nur die Restaurantauswahl, sondern mehr oder weniger selbstverständlich auch die Bestellung. Er fragte mich zwar immer, was ich wollte, doch das unterstrich nur die Tatsache, dass er die Verantwortung trug. Sogar im arabischen Imbiss, beim Essen nach der Scheidung, hat er bestellt und bezahlt.

Ich nehme die Speisekarte vom Tisch und halte sie ihm hin. »Ich nehme einen Tee mit frischer Pfefferminze und Ingwer.«

Andreas überfliegt die Karte. »Das klingt mir zu ... abenteuerlustig. Ich trinke einen Kaffee.«

»Dann erledige ich das. Setz dich doch! Bin gleich wieder da.«

Beim Bestellen spüre ich seinen irritierten Blick. Als ich ihm dann gegenübersitze, sagt er unvermittelt: »Gut siehst du aus!«

Du siehst viel besser aus. Seine dunklen Haare sind gut geschnitten, sein offenes Gesicht rasiert und gepflegt. Er ist so sportlich und schlank wie immer. Ich sage nichts, sondern lächele nur. Da sitzen wir also: Ein Mann und eine Frau, die einander einmal alles bedeutet haben. Andreas berichtet über den Ärztekongress, der unter dem Motto »Moderne Rettungsmedizin« steht. Ich zupfe an den Minzblättern und höre mit halbem Ohr zu, denn ich muss eine erstaunliche Beobachtung verdauen: Mein sonst so selbstsicherer Ex-Mann verfranst sich im Smalltalk.

»... es ist wirklich erstaunlich, wie manche Kollegen ...«

Bedächtig lasse ich Honig in mein Teeglas tropfen.

»Das muss man sich einmal vorstellen! Dabei ist der Stand der modernen Rettungsmedizin ...«

Die Tür wird aufgestoßen, und mit einem Schwall kalter Luft entert eine vierköpfige Gruppe Halloweengeister das Café. Zielbewusst steuern sie die Theke an. Ein Kleiner im Kürbiskostüm kräht: »Süßes oder Saures! Süßes oder Saures!«

Andreas starrt die Kinder verwirrt an, was zu einem abrupten Ende seines Wortschwalls führt.

»Hihi!« Eine kleine Hexe rennt als Erste mit einem Lolli in der Hand aus dem Lokal. Andreas starrt ihr nach wie einer Erscheinung. »Was ist denn das?« Die Kinder verschwinden mit schaurigem Gejaule.

Ich zucke mit den Achseln. »Halloween!«

Andreas wiederholt das Wort wie einen ihm bisher unbekannten medizinischen Fachausdruck: »Halloween ...«

Innerlich grinse ich. Wenn Amélie zu jung für diesen Tag ist, dann ist Andreas zu alt dafür. Gleichzeitig überlege ich krampfhaft, wie ich das Gespräch auf Amélie bringen kann. In einem spontanen Entschluss platze ich einfach heraus: »Lass uns über Amélie sprechen!«

»Amélie? Wer ist ...« Fragend zieht er die Augenbrauen hoch. »Amélie?« Er lauscht dem Wort nach. Dann scheint er etwas zu erinnern. Amélie! Wenn er es nicht vergessen hat ... Ungläubiges Verstehen flackert in seinen Augen auf. »Dann waren das heute *deine* Kinder?«

»Nur eins. Das Blonde. Die Dunkelhaarige ist Lisa-Marie, Lillis Tochter.«

»Du bist also Mutter. Glückwunsch!« Andreas sieht traurig aus. Verletzt. Er glaubt offenbar, dass ich mit einem anderen Mann ein Kind bekommen habe. Er fragt: »Und der Vater ist dieser ... dein ... also der junge Mann von heute Morgen?«

Ich hole Luft. »Du bist der Vater.«

Andreas starrt mich an. »Ich? Wie ... Wann...« Dann scheint ihm etwas einzufallen. »Die Nacht nach der Scheidung?«

Als ich nicke, lehnt er sich in seinem Stuhl zurück. Er stößt mehrfach die Luft aus, wie nach einem schnellen Lauf, und schüttelt den Kopf.

Als er seine Stimme wiederfindet, muss er sich anstrengen, um ganze Sätze herauszubringen.

»Das ist unglaublich ... Wieso hat das da geklappt, nachdem wir es so lange vergeblich versucht haben? Das ist ja der Wahnsinn ... Mensch, Franzi ...« Er fährt sich aufgeregt durch die Haare. »Und ich habe mir die Kinder heute Morgen gar nicht genauer angesehen ... Dabei war eines meins! Also ein Mädchen. Ein Mädchen! Ich habe eine ... Ich bin Vater einer Tochter!« In seiner Stimme klingt ein weiches Juchzen mit. »Warte ...« Er greift in seine Jackentasche, holt sein Handy heraus und lässt es wieder sinken. Er atmet tief ein, und ich sehe, dass seine Augen feucht sind.

Andreas räuspert sich. Er blickt fast schüchtern zu mir herüber. »Weißt du, was ich gerade machen wollte?« Er legt das Handy auf den Tisch. »Ich wollte doch tatsächlich Johannes anrufen!«

Johannes. Wie durch Zauberhand verschwindet das »Lál Pera«, der Tisch mit unseren Getränken, der Stadtteil, die Gegenwart, die Zeit. Johannes, Andreas und ich sitzen an unserem alten Küchentisch und prosten uns zu. Viel jünger sind wir alle – Johannes und Andreas sind gerade von einem Segeltörn in Dänemark zurückgekommen. Andreas legt den Arm um Johannes' Schulter und hebt sein Glas. »Bei unserem ersten Kind wirst du Patenonkel, abgemacht?«

Johannes stößt mit uns an. »Aber nur, wenn es ein Mädchen ist, das so aussieht wie Franziska!«

Ein kalter Luftzug trifft uns. »Süßes oder Saures?«

Wir sitzen wieder im »Lál Pera«. Johannes' Name hat die Distanz zwischen uns schrumpfen lassen.

»Es war nicht richtig von mir, dir Amélie vorzuenthalten«, sage ich. »Dafür möchte ich mich entschuldigen.«

»Warum hast du das nur getan?«

Ich sehe ihn direkt an. »Weil du mich bei unserem letzten Treffen so verletzt hast.«

»Womit denn?«

»Du hast gesagt, dass es gut wäre, dass wir keine Kinder haben. Weil ich so unselbständig – und mit einem Kind dauernd überfordert gewesen wäre. Und dann hast du noch einmal nachgetreten.«

Er verzieht sein Gesicht, als ob er Schmerzen hätte. »Wie denn?«

»Du hast gesagt: ›Du willst zu wenig.‹«

Nun ist es einen Moment lang still am Tisch. Andreas stützt sein Kinn in die Hände. Schließlich sagt er: »Ich kann mich gar nicht richtig an die Situation erinnern. Nur daran, dass ich eigentlich so schnell wie möglich nach Aabenraa wollte ... und dann die ganze Nacht geblieben bin. Der Scheidungstag war für mich grauenhaft. Wir hatten uns doch unser Leben so anders gedacht. Und ich spürte ... Ich wollte dir nie weh tun.« Er greift spontan nach meiner Hand. »Du musst mich für ein riesiges Arschloch gehalten haben!«

Ich nicke. Es kommt mir unpassend vor, mit Andreas Händchen haltend im Café zu sitzen, obwohl es sich gut anfühlt. Aber ich bin mit Simon zusammen. Noch. Oder? Ich entziehe Andreas langsam meine Hand.

Er sieht mich fragend an. »Und was machen wir jetzt?« Es ist ungewohnt, ihn so abwartend und zurückhaltend zu erleben.

»Wärst du denn gern Amélies Vater?«

Er runzelt die Stirn. »Bin ich das nicht sowieso?«

Ich muss lachen, weil er so besorgt aussieht. »Doch, natürlich. Aber bis jetzt wusstest du ja nichts von deinem Glück.«

Sein Gesicht leuchtet auf. »Ja, nicht wahr – es ist ein Glück!«

Er schüttelt wieder seinen Kopf. »Stell dir das mal vor: Ich bin Vater! Nach all den Jahren, wo es nicht geklappt hat! Ich … bin … Vater …« Er nimmt wieder meine Hand.

Diesmal ziehe ich meine nicht weg. Wir halten nicht Händchen wie ein Liebespaar. Andreas hält meine Hand wie ein Freund. Ich sehe ihn an, sehe uns, wie wir in diesem dunklen Café sitzen, während draußen die kostümierten Kinder die Straße entlangziehen. Mit einem Mal bin ich sehr froh. Froh, dass Andreas der Vater meines Kindes ist. So, wie ich es mir immer gewünscht habe.

»Wo ist denn unser Wunschkind im Moment?«, fragt Andreas.

»Zu Hause.«

»Und wer kümmert sich um sie? Dein …« Er unterbricht sich und fängt noch einmal an: »Kümmert sich dein Freund um sie?« Er zögert, aber dann fragt er doch: »Findest du ihn nicht reichlich jung?«

Seine Frage verletzt mich erstaunlicherweise nicht. Sie erfüllt mich mit Stolz. Ich richte mich auf, straffe meinen Oberkörper. »Jung, ja. *Zu* jung? Nein. Simon ist dreiundzwanzig.«

Andreas atmet hörbar ein. »Dreiundzwanzig!« Mehr sagt er nicht.

Stattdessen beantworte ich seine Frage: »Amélie ist bei Lilli und Lisa-Marie.« Ich erkläre ihm meine Wohnsituation und dass mein Vater und seine Freunde heute Morgen nur zu Besuch waren.

Andreas trommelt ungeduldig mit den Fingern auf dem Tisch. »Wollen wir dann nicht langsam los?«

»Wohin?«

Zum zweiten Mal überrascht mich Andreas. Er springt auf, reißt die Arme hoch, als wolle er die Welt umarmen, und ruft: »Wohin? Na, zu meinem, äh … unserem Kind, natürlich! Ich … habe … eine … Tochter!«

Von den anderen Tischen tönt Applaus herüber. »Wird ja auch Zeit!«, ruft ein junger Mann mit unförmiger Strickmütze, der am Tresen ein Bier trinkt.

»Glückwunsch!«, sagen zwei junge Mädchen kichernd von einem der tiefen Sofas an der Seitenwand aus. Der Applaus brandet noch einmal auf, als sich Andreas verbeugt. Nur ein kleines Teufelchen, das im Luftzug der offenen Tür steht, applaudiert nicht. Es hält Andreas eine Tüte hin. »Süßes oder Saures?«

Auf dem Weg nach Hause schleift mich Andreas fast mit, weil ich ihm nicht schnell genug gehe. Gleichzeitig stellt er unablässig Fragen: Wann ich gemerkt habe, dass ich schwanger bin. Warum ich mich entschieden habe, das Kind zu bekommen – und zwar allein. Wie die Schwangerschaft verlaufen ist. »War das nicht eine Risikoschwangerschaft – in deinem Alter?«

Ich erzähle von meinen Trip nach Berlin, von der Hochzeit und vom Bibeltext. »Das war für mich wie ein Zeichen. Schließlich hätte auch ein anderer Text aus der Bibel gelesen werden können. Dick genug ist sie ja.«

Nur von den kleinen Schiffen erzähle ich ihm nichts.

Zu Hause platzen wir in eine vergnügte Badegesellschaft. Lilli hat beide Kinder in die Wanne gesetzt und ist gerade dabei, Amélie die feinen blonden Härchen zu waschen. »Mensch, ich sag's ja nur ungern, aber ich glaube, Amélie ist ein Genie!«, ruft mir Lilli aufgeregt zu.

»Wieso?«

»Na, pass mal auf!« Sie spricht Amélie an. »Amélie! Wo ist die Mama?« Das ist ein altes Spiel, und natürlich guckt Amélie sofort in meine Richtung.

»Ja, und? Das können beide doch schon lange.«

Lilli hebt ihren Zeigefinger. »Pst, warte doch ab!« Sie ruft wieder: »Amélie!« Amélie sieht sie aufmerksam an. Lilli zeigt auf Lisa-Marie. »Wer ist das? Na?«

»Kann sie etwa schon Lisa-Marie sagen?« Dann wäre meine Tochter wirklich ein Genie!

»Pst!«

Wir sind alle still. Und dann sagt Amélie laut und deutlich: »Bim!«

Andreas steht andächtig vor seiner Tochter, die ihn unter einer Haube aus Schaum vergnügt anlacht. Lilli erzählt, dass Amélie immer wieder »Bim« gesagt hat, bis sie verstand, dass sie Lisa-Marie meint. »Wahnsinn, oder?«

»Vielleicht heißt Bim ja auch etwas anderes«, wende ich ein. »Nun sei doch nicht so destruktiv!« Lilli ist etwas enttäuscht, dass ich über die frühsprachlichen Qualitäten meiner Tochter nicht so sicher bin wie sie.

»Lisa-Marie sagt doch auch zu allem ›dabbn'!«, wende ich noch mal ein. »Wirst schon sehen!«, lautet die sture Antwort von Lilli. Und dann knöpft sie sich Andreas vor. »In letzter Zeit mal wieder ein Auto auseinandergenommen?« Sie grinst ihn frech an.

Er senkt den Kopf, streckt dann aber seine Hand aus und stellt sich vor. »Ich bin Andreas. Normalerweise benehme ich mich besser.«

Hinter seinem Rücken strecke ich beide Daumen hoch – zu

Lillis Beruhigung. Sie zwinkert mir zu und wendet sich dann an Andreas: »Willst du gleich mal mit anfassen? Es gibt nämlich immer zweimal Tränen, wenn die beiden baden: Wenn Lisa-Marie reinmuss – und wenn Amélie rausmuss.«

»Sie ist also eine Wasserratte?« Andreas freut sich.

Lilli nickt. »So großartig ist das nicht, finde ich. Die Kreischerei, wenn man sie aus dem Wasser hebt, ist ohrenbetäubend.«

Andreas schaut seine Tochter verliebt an. »Was ist, wenn man das Wasser ablässt? Dann ist es ja sowieso weg.«

Lilli pfeift durch die Zähne. »Keine schlechte Idee. Lass es uns probieren.«

Andreas zieht die Jacke aus, kniet sich vor die Wanne und greift vorsichtig ins Wasser. Die Kinder folgen seinen Bewegungen aufmerksam. Andreas zieht den Stöpsel heraus und beginnt mit den Kindern zu spielen. Er lässt seine Hand immer wieder aus dem Schaum auftauchen und häuft ihn auf die kichernden Mädchen.

Als das Wasser gluckernd im Abfluss verschwindet, nickt Andreas Lilli zu. »Na, dann komm mal her, du Frosch«, sagt er zu Amélie und hebt sie mit einem erstaunlich sicheren Griff aus der Wanne. »Du bist ja gar kein Frosch, du bist eine Möwe!«, ruft er dann und lässt Amélie in das Handtuch fliegen, das Lilli ihm hinhält.

Amélie ist so überrascht, dass sie das Plärren vergisst. Fasziniert verfolgt sie Andreas mit den Augen, und bereitwillig lässt sie sich von ihm auf den Schoß nehmen, als er sich auf den Badezimmerhocker setzt. Während Andreas Amélie vorsichtig trocken rubbelt, kümmert sich Lilli um Lisa-Marie.

Ich stehe in der Badezimmertür. Es ist mir völlig gleich, dass mir in der feuchten Hitze der Schweiß den Rücken hinunterläuft und ich kaum Luft bekomme. Ich sehe Andreas und Amélie zu, und mein Herz wird weit.

Dann bringen wir die Kinder ins Bett. Das geht nicht ohne Gejuchze und Getobe ab – irgendwann müssen Lilli und ich Andreas ermahnen, die Kinder nicht allzu sehr aufzudrehen.

»*Mein* Problem ist das heute Nacht nicht«, witzelt Lilli. »Denn ich gehe tanzen. Aber Franzi hat die Gören am Hals!«

Andreas sieht das ein. »Tja, ich weiß, wie anstrengend Nachtdienst ist!« Er nimmt Amélie auf den Arm. »Wie mache ich mich denn?«, fragt er mit einem nervösen Unterton in der Stimme, den ich nicht kenne.

Lilli und ich wechseln einen amüsierten Blick. Ich nicke wohlwollend, und Lilli schnalzt anerkennend mit der Zunge. »Gar nicht so schlecht, nur das Wickeln musst du noch üben.«

In der Tat ist Andreas in seinem Bemühen, die letzten zehn Monate schnellstmöglich nachzuholen, sogar vor dem Wickeln nicht zurückgeschreckt. Da hat er jedoch kläglich versagt.

»Man sollte eben wissen, wie man eine Windel hinlegen muss, damit die Klebestreifen am Ende nicht die Ohren zusammenkleben«, tröstet Lilli ihn mit hintergründigem Lächeln.

»Sie sollten schon über dem Bauch verlaufen«, ergänze ich beflissen.

Andreas und ich sitzen am Küchentisch, als sich Lilli von uns verabschiedet. Auch sie trägt dem Datum Rechnung: schwarz-orangefarben geringelte Strümpfe, ein schwarzes Etuikleid mit einem schwarzen Spitzenschal, grellgrüne Lippen, orangefarbener Lidschatten und kleine Deko-Kürbisse als Ohrringe.

»Guckt mal!« Sie steckt sich Vampirzähne aus Plastik in den Mund. »Tut nichts, was ich nicht auch tun würde!« Mit diesen Worten verschwindet sie im Flur. Aber sie kommt noch einmal zurück. »Und pass bitte gut auf Lisa-Marie auf, ja, Schatz?« Sie zwinkert Andreas zu. »Deine Tochter ist das schönste Baby auf der Welt. Ja, ich weiß: meine auch!«

Wir bleiben in dem stillen Haus zurück. Doch die anfängliche Scheu und Verlegenheit sind überwunden. Andreas arbeitet sich systematisch durch mein Fotoalbum und studiert Amélies Kinder-Untersuchungsheft, als bräuchte er für eine Prüfung alle Werte vom Geburtsgewicht bis zur Größe seiner Tochter. »Zehn von zehn«, murmelt er stolz, als er die Zeile mit den Apgar-Werten nach der Geburt erreicht hat. Er sieht sich die Seite über die Entwicklung des Kopfumfangs an, vergleicht die Ergebnisse von U4 und U5. »Wann gehst du zur U6?«, fragt er, und bevor ich antworten kann, kommt schon die nächste Frage: »Darf ich mitkommen?« Er schlägt die Hand vor den Mund. »Was meinst du, wird mich die Kinderärztin für ihren Großvater halten?« Er grinst mich an.

Wie sehr habe ich dieses Grinsen vermisst!

Andreas missversteht mein Schweigen. »Nicht, dass du jetzt denkst, ich hielte dich für alt!«, beeilt er sich zu sagen. »Du siehst gar nicht alt aus. Im Gegenteil!« Er verstummt hilflos. Dann fährt er fort: »Hast du mich eigentlich beim Standesamt als Vater angegeben?«

»Nein.«

»Holst du das nach? Mir wäre es wichtig. Ich würde natürlich auch gern für Amélie zahlen.« Er lächelt mich anerkennend an. »Dass du das alles allein gestemmt hast, Franzi! Meine Hochachtung.«

Mir wird warm ums Herz, weil mich seine Bemerkung

freut. Und weil er mich »Franzi« genannt hat. Das tut Andreas nämlich nur in besonderen Momenten.

So sitzen wir vor dem Kamin, und die Zeit verstreicht. Irgendwann nach Mitternacht fragt Andreas: »Wollen wir nicht noch eine zweite Flasche Wein aufmachen?« Mit frisch gefüllten Gläsern machen wir es uns wieder vor dem Kamin gemütlich und reden und reden. Andreas berichtet von seiner Arbeit in der großen Klinik in Aabenraa. Von seiner Wohnung im »Rádhusgangen«, in einem schönen Neubau aus hellrotem Klinker mit einem großen Balkon unweit der alten St. Nicolai Kirke. Er erzählt vom alten Stadtkern, der belebten Fußgängerzone mit Cafés und Läden, vom »Kinesisk Grill«, wo er Stammkunde ist – nach jedem Nachtdienst. Er erzählt vom Strand, an dem er im Sommer mit Kollegen Beachvolleyball gespielt hat, vom Yachthafen, dem Hafen-Restaurant »Sejlclubben« und dem Boot, das er sich mit einigen Kollegen und Kolleginnen teilt. Und dann erzählt er ausführlich von Mette, der dänischen Assistenzärztin, mit der er zusammen ist.

»Ist es Liebe?«, frage ich.

Andreas antwortet: »Es ist angenehm. Meistens.« Er blickt ins Feuer. »Und bei dir und diesem Simon? Ist das Liebe?«

Ich ziehe die Schultern hoch. »Bis jetzt hat es sich so angefühlt. Bis ...« Ich will sagen: »Bis heute« oder »Bis du hier aufgetaucht bist.« Doch das Klingeln des Telefons unterbricht mich. Überrascht sehe ich auf die Uhr. »Schon nach drei. Wer ruft denn um diese Zeit an?« Ich nehme ab.

»Frau Funk?«, fragt eine unbekannte Stimme.

»Ja?«

»Henschel, Polizeikommissariat 23, Troplowitzstraße.«

»Ja?«

»Im Fall eines Unfalls hat Frau Lilli Urbschat darum gebeten, Sie zu informieren.«

Mir wird schwindelig. »Lilli hatte einen Unfall?«

Herr Henschel legt einen tröstenden Ton in seine Stimme. »Bedauerlicherweise. Sie ist ins Universitätskrankenhaus Eppendorf verbracht worden.«

Die Küche dreht sich vor meinen Augen. »Was ist passiert? Geht es ihr gut?«

»Frau Funk, bitte notieren Sie die Nummer des Krankenhauses. Dort wird man Ihnen Genaueres sagen. Haben Sie einen Stift griffbereit?«

Ich krame hektisch in der Küchenschublade nach einem Kuli, schreibe mit zitternder Hand die Nummer auf. Zweimal lässt mich Herr Henschel die Nummer wiederholen, weil ich vor lauter Aufregung die Zahlen verdreht habe.

»Gibt es noch Verwandte, die Sie informieren könnten?«, fragt der Polizist.

»Nein, sie lebt mit ihrer Tochter hier.«

»Wie alt ist das Kind?«

»Zehn Monate.«

»Wer kümmert sich um das Kind? Ist jetzt jemand bei ihm?«

»Es ist hier.«

»Und wenn Sie jetzt ins Krankenhaus kommen, wer …«

»Mein Mann ist hier. Dr. Funk. Er ist Arzt.« Erst als die Worte heraus sind, fällt mir auf, dass ich nicht Ex-Mann gesagt habe. Mit zitternden Fingern lege ich auf.

Andreas steht plötzlich neben mir. »Was ist los?«

»Lilli hatte einen Unfall! Sie ist im Krankenhaus! Ich muss zu ihr …«

Er hält mich auf. »Also, du solltest nicht in Hausschuhen losrennen. In welchem Krankenhaus ist sie?«

»Im UKE.«

Andreas nimmt mir sanft den Zettel aus der Hand. »Hör mal, du schaust jetzt nach den Kindern und suchst ein paar Sachen für Lilli zusammen. Ich kümmere mich in der Zwischenzeit um das Krankenhaus.«

Dankbar überlasse ich ihm das Telefon.

Der Anblick der schlafenden Kinder beruhigt mich tatsächlich ein wenig. Friedlich schlummern sie in ihren Bettchen. Lisa-Marie hat sich freigestrampelt, und ich decke sie wieder zu. Sie bewegt sich leicht, runzelt die Stirn, schläft aber weiter. Unten höre ich Andreas' Stimme, ruhig und bestimmt. Eine Sekunde lang überlege ich, Simon anzurufen. Aber ich lasse es. Denn noch weiß ich nicht, was geschehen ist. In Lillis Zimmer packe ich Unterwäsche, eine frische Jeans und einen sauberen Pullover zusammen.

Andreas empfängt mich mit sorgenvoller Miene. »Sie hatten einen Autounfall.«

»Sie? Wer denn noch?«

Das weiß Andreas nicht. Jedenfalls war noch jemand dabei.

»Wobei?«

»Soviel man weiß, saß Lilli in einem Auto, das in der Osterstraße einen Unfall hatte.«

»Was?« Ich beginne wieder zu zittern.

Andreas seufzt. »Man weiß noch nichts Genaues.«

»Was soll ich denn nur tun?«

»Du fährst jetzt mit einem Taxi ins Krankenhaus.« Er drückt mir den Zettel in die Hand, auf dem inzwischen wesentlich mehr steht als nur die von mir notierte Telefonnummer. »Da kannst du dich nach Lilli erkundigen. Das da oben ist der Name des operierenden Arztes.«

»Und die Kinder?«

Andreas seufzt wieder. »Wenn es nicht so schrecklich ernst wäre, müsste ich jetzt lachen: Es sieht so aus, als ob ich gerade einen Crash-Kurs im Vatersein absolviere. Und heute Nacht gleich mit zwei Kindern.« Er wirft noch einmal einen Blick auf den Zettel in meiner Hand. »Ach, darum werde ich mich kümmern.« Er greift nach dem Stück Papier und setzt etwas in Klammern. »Der Kinder- und Jugendnotdienst wird sich bestimmt bei uns melden – wegen Lisa-Marie.« Andreas nimmt mein besorgtes Gesicht in beide Hände. »Das ist Routine. Du hast doch der Polizei von Lisa-Marie erzählt. Und die sind verpflichtet, sich schnell zu überzeugen, dass es ihr gutgeht. Ich kenne das. Könnte ja auch sein, dass sie niemanden hat, der sich um sie kümmert, solange Lilli nicht da ist. Verstehst du?« Er streicht mir über den Arm. »Dass du dir Sorgen um Lilli machst, ist verständlich. Aber um die Kinder brauchst du dich nicht zu sorgen. Die haben einen voll ausgebildeten Mediziner als Kindermädchen ergattert. Brei kann ich auch kochen.« Andreas zwinkert mir zu. »Nur beim Windelnwechseln müssen mir die Zwerge halt helfen.« Dann ruft er mir ein Taxi.

»Wir können nicht über die Osterstraße fahren«, informiert mich der Fahrer. »Da ist alles gesperrt, gab einen schweren Unfall. Ein paar Idioten sind in den U-Bahn-Eingang gerauscht.«

Ich sitze schweigend auf dem Rücksitz, starre in die Dunkelheit und fange an zu beten. Meine eiskalten Finger umklammern in der Manteltasche Lillis Lippenstift.

15. Kapitel

In meiner letzten Stunde gibt es keine Bitterkeit
und keine verpasste Gelegenheit
in meiner letzten Stunde
wirst Du bei mir sein.
Bernd Begemann: *»In meiner letzten Stunde«*

Vor dem Eingang der Notaufnahme warten Menschen in Gruppen, jemand ruft etwas Unverständliches, ein Blitzlicht flammt auf. Ich umklammere meinen Zettel wie den Schlüssel einer Fee, den ich sicher durch die Drachenhöhle bringen muss, um damit die Tür zu öffnen, die mich in die Freiheit führt. Wieso ist es hier so voll? Ist immer so viel los in der Notaufnahme? Stimmengewirr erfüllt den großen Raum. Ich versuche mich zu orientieren, suche die Rezeption. Doch bevor ich mich in die Menschenschlange einreihen kann, die sich vor einer Glasscheibe gebildet hat, kommt ein Pfleger auf mich zu und fragt mich, ob er mir helfen könne. Ich halte ihm den Zettel hin. »Die Polizei hat mich angerufen. Meine Freundin Lilli hatte einen Unfall.«

Der Pfleger wirft einen Blick auf den Zettel. »Sind Sie Frau Funk?« Als ich nicke, gleitet ein verstehendes, trauriges Lächeln über seine Züge. Er sieht sich um, macht einer Schwester ein Zeichen. »Alles klar. Ich habe sie!«

Später wird mir Andreas erklären, dass bei einem so schweren Unfall, wie Lilli ihn hatte, in der Notaufnahme ein Krisenteam bereitsteht, das sich um die Angehörigen kümmert und sie vor der Presse schützt. So werde auch ich quasi »abgefischt«, bevor die Reporter zwischen dem Unfallopfer und mir eine Verbindung herstellen und mich mit Fragen bombardieren können.

Der Pfleger führt mich in einen kleinen Raum, in dem nur einige Stühle und Regale stehen. Hier ist es auf einen Schlag stiller.

»Bitte warten Sie hier, es wird sich gleich jemand um Sie kümmern!«

Ich halte ihn am Ärmel fest. »Wie geht es Lilli? Wo ist sie? Kann ich zu ihr?«

Der Pfleger lächelt mich tröstend an. »Frau Funk, ich kann Ihnen nichts sagen. Gleich kommt der zuständige Arzt.« Er zeigt auf einen Stuhl. »Bitte setzen Sie sich doch.«

Also setze ich mich und warte. Mein Herz klopft gegen meine Rippen, meine Hände sind immer noch eiskalt. In meinem Kopf gibt es nur einen Gedanken, ein Gebet: »Bitte, lass sie leben.«

Durch die Tür klingen die Geräusche gedämpft, dennoch ist Nervosität und Betriebsamkeit zu spüren. Immer wieder blicke ich auf die Uhr. Ich sehne mich nach Simon. Wo ist er nur? Lilli ist doch auch seine Freundin. Auf seinem Handy antwortet nach wie vor die Mailbox. Also versuche ich es noch einmal in der WG. Diesmal habe ich Glück. Nach dem zehnten Klingeln antwortet Simon, seine Stimme klingt belegt und verschlafen.

Ich komme nur bis: »Simon! Wo bist du denn? Lilli …«

Er unterbricht mich und nuschelt unfreundlich: »Sind wir etwa verheiratet? Mann, ich muss pennen! War heftig, diese Nacht.« Dann legt er auf.

Ich starre fassungslos auf mein Handy, bin aber zu angespannt, um wütend zu werden. Verzweiflung kriecht in mir hoch wie Kälte. Wieso lässt mich Simon so allein? Warum ist er nicht bei mir? »Bitte, lass sie leben. Bitte, lass sie leben.« Wie viele Menschen wohl hier schon so gesessen haben? Verzweifelt und hoffend.

Nach zwanzig Minuten, die mir endlos vorgekommen, geht die Tür auf. Der Pfleger kommt mit einem grauhaarigen Arzt herein. »Das ist Doktor Czybulka«, stellt er vor und zieht sich dann zurück. Ich springe auf, mit der linken Hand umklammere ich Lillis Lippenstift in der Manteltasche.

Dr. Czybulka spricht Deutsch mit einem leicht slawischen Akzent, er sieht müde aus. Es liegt etwas in seinen Augen, das mich stutzig macht. Mein Blick bleibt an seinem hängen wie ein Schal in einer Dornenhecke. Begreifen schwappt in mir hoch – groß und dunkel und schrecklich. Werde ich aushalten, was jetzt kommt? Unversehens *weiß* ich mit untrüglicher Sicherheit, was der Doktor sagen wird. Und ich höre mich »Nein!« schreien, als er zu sprechen beginnt.

In meinen Aufschrei hinein sagt Dr. Czybulka: »Es tut mir leid. Wir konnten ihr nicht mehr helfen.«

Während er weiterspricht, schlägt über mir die schwarze Welle zusammen. Sie trifft mich mit ungeminderter Gewalt. Ich kann kaum standhalten, schwanke, aber ich bin wie gelähmt. Ich weigere mich zu verstehen, was ich gehört habe. In meinem schmerzenden Kopf herrscht vollkommene Leere. Ich versuche mich zu erinnern, aber ich komme immer nur bis zu dem Moment, als der Arzt den Raum betritt. Ich sehe seinen Mund, der unablässig Wörter formt, ich höre sie, begreife sie aber nicht. Wörter wie Milzruptur, Leberriss, Blutverlust.

Ich schüttele den Kopf. Das kann nicht sein. Lilli tot? Wer hat sich diesen schlechten Scherz ausgedacht? Meine Lilli, meine schöne, kluge, lebenslustige Lilli mit dem pfirsichzarten Sonnenaufgangslächeln kann nicht tot sein. Lilli, meine süße Freundin mit dem Herzen aus Gold und der frechen Schnauze. Lilli, Lisa-Maries fröhliche Mutter. Bei dem Gedanken an Lisa-Marie krampft sich mein Körper zusammen, als hätte ich einen Schlag in den Bauch bekommen.

Ich muss nach Hause. Ich muss zu Simon. Ich muss mich um Amélie kümmern. Ich muss Lilli fragen, was sie sich dabei gedacht hat. Sie wollte doch tanzen gehen. Ich bin taub, stumpf. Ich fühle nichts. Nur eine diffuse Ahnung. Auf mich wartet ein Schmerz, der ungleich größer sein wird als alles, was ich in diesem Moment fühle. Es ist der Schmerz des Unfassbaren. Er wird mich treffen, wenn Lillis Tod zur Gewissheit wird.

Dr. Czybulka legt seine Hand auf meinen Arm. Die Wärme der Berührung – das ist zu viel. Ich bekomme keine Luft mehr, das Zimmer gleitet unter mir weg. Ich sinke dem Arzt in die Arme, er hilft mir, mich wieder zu setzen, dabei fällt mir der Lippenstift aus der Hand, rollt über den Boden und verschwindet unter einem Regal. Schlagartig bin ich hellwach. Das Allerwichtigste ist jetzt, den Lippenstift wiederzubekommen. Ich mache mich los, rutsche auf Knien zum Regal und suche hektisch. Lillis Lieblingslippenstift! Wo ist er? Das Weinen kommt völlig unvermittelt, es packt mich wie eine große Hand, drückt mir den Körper zusammen, presst mir Tränen, viele Tränen aus den Augen, dem Mund, dem Hals.

Dr. Czybulka kniet sich neben mich. »Hier, Frau Funk.« Er hält mir Lillis Lippenstift hin.

Mit großer Anstrengung gelingt es mir, meinen Oberkörper aufzurichten und durch den Tränenschleier den Lippenstift zu erkennen. Ich greife zu. »Das ist ihr Lieblingslippenstift. Den will sie doch wiederhaben!« Mehr kann ich nicht sagen, Schluchzen schüttelt mich. Dr. Czybulka legt vorsichtig den Arm um mich, und diesmal kann ich seinen Trost annehmen. Er sitzt neben mir und hält mich.

Die alte Wunde bricht auf. Ich bin wieder die zwölfjährige Franziska, deren Mutter gestorben ist. Ich bin verlassen. Der Schmerz überwältigt mich. Wieder allein. Allein. Ich weiß nicht, wie lange wir so sitzen, bevor mein krampfartiges Schluchzen nachlässt.

Dr. Czybulka hilft mir auf. Er geleitet mich zu dem Stuhl, auf dem ich vorhin gewartet habe. Auf dem Tisch steht eine Wasserflasche, einige Gläser. Der Arzt gießt mir ein Glas ein. »Trinken Sie etwas.«

Ich folge seiner Aufforderung, fühle mich ausgehöhlt, zu Tode erschöpft. Als ich sicher bin, dass ich meine Stimme unter Kontrolle habe, frage ich: »Was genau ist passiert?«

»Es war ein furchtbarer Unfall. Der Fahrer des Autos war sofort tot.«

Die Äußerung des Taxifahrers fällt mir ein. »Ist das Auto in einen U-Bahn-Eingang gefahren?«

Dr. Czybulka nickt. »Ja, Ihre Freundin saß auf dem Beifahrersitz. Ein alter Mercedes. Ohne Kopfstützen und nur mit alten Gurten ausgerüstet. Kein Airbag. Der Fahrer …« Er verstummt.

»David Möller?«

»Sie kennen ihn?«

Als er den alten Mercedes erwähnte, wusste ich sofort, dass es das Auto von Davids Vater sein muss. Eines der vielen Autos von Davids Vater. David war immer scharf darauf, den

Mercedes zu fahren, bekam aber nur selten die Erlaubnis dazu.

»David ist Lillis Freund. Und der Vater von Lillis Tochter.«

Der Arzt schweigt. Angst und Kummer kühlen mich aus, aber ich frage dennoch: »Wo ist Lilli jetzt?«

»Wir nennen das Zimmer ›Raum der Stille‹. Dort können Sie sich von ihr verabschieden, wenn Sie mögen.« Er sieht mich aufmerksam an. »Fühlen Sie sich dazu in der Lage? Oder wollen Sie auf jemanden warten?«

Obwohl Schüttelfrost meinen Körper erbeben lässt, weiß ich, dass ich jetzt stark sein muss. Denn sonst werde ich ewig darauf warten, dass Lilli nach Hause kommt.

Dr. Czybulka geleitet mich durch den immer noch vollen Korridor, vorbei an Menschen, die mir neugierige und mitleidige Blicke zuwerfen. Bin das wirklich ich, die diesen scheinbar endlosen Gang entlanggeht? Oder ist das die kleine Franziska, die an der Hand einer Krankenschwester unterwegs zu ihrer toten Mutter ist? Was will der Tod mir eigentlich beweisen? Dass er stärker ist als ich?

Dr. Czybulka öffnet eine Tür.

Die ganze Zeit, in der ich gehofft und geweint habe, hat Lilli hier auf mich gewartet – nur wenige Meter durch ein paar dünne Zimmerwände von mir getrennt. Sie liegt in einem Krankenhausbett unter der Bettdecke. Nur ihr Kopf ist sichtbar. Sie sieht gar nicht verletzt aus, nur eine kleine Platzwunde ist auf der Stirn zu sehen. Auch das wird mir Andreas später erklären. Dass man die geschundenen und verletzten Körper der Unfallopfer so verbindet, dass kein Blut durch die Laken dringt. Dass man den Angehörigen einen möglichst sauberen Eindruck vermittelt, um die Schwere des Augenblicks etwas zu mildern. Davon weiß ich nichts, als ich dort im Raum der Stille stehe. Bilder durchzucken mich: Lilli, die sich während der Schwangerschaftsgymnastik wie eine kleine Katze auf der Gymnastikmatte zusammenrollt und einschläft. Lilli, die mir einen Apfel schenkt. Lilli am Tag unserer ersten Begegnung.

Meine Finger zittern so stark, dass ich sie in die Manteltaschen stecke. Meine Hand umkrampft wieder Lillis Lippenstift.

In mir keimt die irrwitzige Hoffnung, einem makabren Halloween-Scherz aufzusitzen. Lilli kennt so viele Menschen. Vielleicht auch einen Polizisten, einen Krankenpfleger, einen Arzt? Eine trügerische Ruhe breitet sich in meinen verwirrten Gedanken aus. Ja, so bekommt die Sache einen Sinn. Das alles ist ein Scherz. Lilli hat sich das ausgedacht, oder? Gleich wird sie mit ihrem Lilli-Lachen die weißen Laken zurückschlagen und sich über ihren Witz und mein erschrockenes, dummes Gesicht amüsieren.

Ich trete ans Bett. »Lilli! Komm, steh auf!«

Aber Lilli bleibt liegen. Ihr Gesicht ist ernst. Viel zu ernst für Lilli. So ein Gesicht macht sie nur, wenn David sie wieder einmal enttäuscht hat. Ihre Augen werden dann stumpf, und ich habe das Gefühl in ein leeres Haus zu blicken. Aber jetzt sind ihre Augen geschlossen. Ich habe mich getäuscht. Sie sieht nicht aus, als ob sie schläft. Sie sieht fremd aus.

Ich berühre ihre kalte Wange, wünsche mir immer noch, das Unabänderliche wegwischen zu können.

Lillis Gesicht macht meine Hoffnungen zunichte. Ich kenne dieses Gesicht. Es ist das Gesicht meiner Mutter. Es ist das Gesicht des Todes. Lilli liegt da wie meine Mutter. Still, unnahbar. Unerreichbar.

Eine Schwester kommt herein, tritt sofort den Rückzug an, als sie uns sieht, und berührt dabei versehentlich den Lichtschalter. Für einige Sekunden wird es dunkel im Zimmer.

Bevor ich mich zusammennehmen kann, fahre ich herum und keife: »Machen Sie das nie wieder, hören Sie?«

Die Schwester entschuldigt sich. Ich bin fast so erschrocken wie sie, aber die Tränen, die aus mir herausbrechen, schwemmen Rücksicht und Höflichkeit fort. »Lilli hat Angst vor dem Dunkeln«, stoße ich zwischen zwei atemlosen Schluchzern hervor. »Versprechen Sie mir, dass Sie das Licht anlassen, solange sie hier ist.«

Dr. Czybulka verspricht es.

Andreas erweist sich als der sprichwörtliche Fels in der Brandung. Als ich ihn später vom Krankenhaus aus anrufe, bietet er sofort an, sich um die Formalitäten in der Klinik zu kümmern. »Ich kenne die Kollegen dort noch. Komm erst mal zurück, dann besprechen wir alles Weitere.«
Es ist mittlerweile Morgen, ein grauer, trüber Morgen, der so dunkel wirkt, als ob niemals wieder die Sonne scheinen wird.

Zu Hause erwartet mich Andreas in der Küche mit einem Kaffee. Ich bin seit mehr als vierundzwanzig Stunden wach, todmüde und dennoch wie aufgezogen. Papa und die Unvermeidlichen sind mit den Kindern im Park. »Den Kleinen geht es gut – die Herren haben einen Schock«, berichtet Andreas, der die Nacht mit Lisa-Marie und Amélie gut überstanden hat. »Amélie ist einmal aufgewacht und hat geweint, hat sich aber schnell beruhigen lassen. Vor einer Stunde war eine junge Frau vom Kinder- und Jugendnotdienst da und hat sich davon überzeugt, dass es Lisa-Marie gutgeht. Sie wird auch das Jugendamt informieren.«

»Was wird denn nur aus Lisa-Marie?«, frage ich verzweifelt. »Muss ich nicht irgendwen benachrichtigen?«

Andreas beruhigt mich. »Ihr geht es doch gut. Und alles Weitere findet sich. Lass uns jetzt erst einmal über das Nächstliegende sprechen. Wo ist eigentlich dein … Simon?« Kläglich flüstere ich: »Ich kann ihn nicht erreichen.«

Andreas zieht fragend eine Augenbraue hoch, erspart sich aber einen Kommentar. Mit letzter Kraft schiebe ich den schmerzhaften Gedanken an Simon weg. »Was *ist* das Nächstliegende?«

Andreas zählt auf: »Lillis Eltern finden, die Beerdigung organisieren.« Er schiebt mir den Kaffeebecher, den ich bisher nicht angerührt habe, mit Nachdruck zu. »Weißt du mittlerweile, wie der Unfall passiert ist?«

»Nein, ich weiß nur, dass David mit dem Auto seines Vaters in den U-Bahn-Eingang gefahren ist. Vielleicht war er betrunken. Oder bekifft. Wahrscheinlich beides.« Die Tränen, die mir auf den Wangen brennen, sind Tränen des Zorns. »Dieser Idiot! Er hat Lilli umgebracht.«

Andreas lässt mich glücklicherweise in Ruhe. Er weiß, dass ich nichts so sehr hasse wie Mitleid. Selbst wenn ich mir nur den Finger klemme, kann ich es schlecht ertragen, getröstet zu werden. Ich möchte schwere Zeiten lieber allein durchstehen. Vielleicht weil bei Mamas Tod diese Unabhängigkeit das Einzige war, das mir blieb. Ich habe darin eine gewisse Übung.

Doch es tut gut, in dieser Situation jemanden in der Nähe zu wissen, der mich kennt. Andreas lässt mich weinen. Jetzt und immer wieder. Ich weine, als Papa und die Unvermeidlichen mit den Kindern zurückkommen. Ich weine, als ich die Kinder auf den Arm nehme – und löse bei ihnen sofort ein verunsichertes Heulen aus. Ich weine mit Tina, die – von Papa alarmiert – mittags vor der Tür steht.

Sie fällt mir um den Hals – ich bin diejenige, die sie hält und tröstet, als sie wimmert: »Warum nur?«

Später sitzt sie vor dem Kamin, den Andreas bestückt hat. Sie starrt in die Flammen und sagt leise: »Ich habe ihr, glaube ich, niemals gezeigt, wie viel sie mir bedeutet hat.« Sie wischt sich mit einem Taschentuch über die verquollenen Augen. Als die Kinder ihren Mittagsschlaf halten, hole ich Lillis Tasche, die man mir im Krankenhaus gegeben hat. Sie ist verschmutzt. Ob die dunklen Flecken Lillis oder Davids Blut sind, will ich gar nicht wissen. Der Taschenkalender, in dem die Polizei meine Telefonnummer gefunden hat, steckt in der Vordertasche.

Unter »E« hat Lilli in ihrer verschnörkelten Schrift eingetragen: *Eltern*. Darunter stehen einen Berliner Telefonnummer *(Ma)* und eine Hamburger Adresse *(Dad)*. Nach längerem Zögern rufe ich die Berliner Nummer an.

»Urbschat!«, sagt Lillis Stimme.

»*Lilli!* Was machst du denn in Berlin?« Mein vor Traurigkeit verwirrtes Hirn wird von einer Woge der Erleichterung und Empörung überrollt.

»Wieso Lilli? Lilli wohnt hier nicht mehr. Hier ist Lillis Mutter!«, informiert mich diese Stimme, die mit ihrem leicht rauhen Timbre so sehr an Lilli erinnert, dass es mir den Atem verschlägt.

Ich weiß nicht, wie, aber es gelingt mir, der Frau von Lillis Tod zu erzählen. Auch sie ist in Tränen aufgelöst und sagt immer wieder. »Ick wollte ihr doch morgen schreiben, wegen dem Kind!«

Ich muss versprechen, ihr den Beerdigungstermin mitzuteilen. »Vielleicht schaff ick det ja. Jehört sich auch. Und der Bus ist nich so teuer.« Auf keinen Fall will sie Lilli in Berlin bei sich beerdigen. »Hatte kein schönes Leben, das Mädchen. Und jetzt so einen Tod. Eine schöne Beerdigung kann ich mir auch nicht leisten.«

»Und was ist mit Lisa-Marie?«

Die Antwort kommt schnell. »Ein Kleinkind kann ick hier nich jebrauchen. Da muss sich der Staat drum kümmern.« Dann legt sie ohne Gruß auf.

»Wie teuer ist eine Beerdigung?«, frage ich in die Runde.

»Teuer«, antwortet Tina.

Unwillkürlich balle ich die Fäuste. »Irgendwie kriege ich das schon hin.« Papa, der seit Stunden im Rollkragen verschwunden ist, tauscht einen Blick mit den Unvermeidlichen und sagt: »Nee, das machen wir. Lilli soll die schönste Beerdigung bekommen, die es gibt.« Als er Lillis Namen ausspricht, verzieht sich sein Gesicht mit einem Mal. Seine Augen werden rot, und er scheint sich für seine Tränen nicht zu schämen. Er nimmt sogar mit einem Anflug von dankbarem Lächeln das Papiertuch an, das ihm Andreas von der Küchenrolle reißt.

Auch die Unvermeidlichen schlucken, sehen vor sich hin. Rudi sagt leise: »War 'n großartiges Mädchen, die Lilli.«

Helmut nickt. »Das kriegen wir schon hin.«

Papa steht auf. Sein Gesicht ist klein – er wirkt sehr alt. Ich sehe ihm nach, wie er nach draußen geht und dann im Garten mit kleinen Schritten immer wieder die Strecke zwischen Haus und Gartentor abmisst. Ich weiß, dass ich ihn jetzt in Ruhe lassen muss.

Andreas nimmt Lillis Taschenkalender wieder in die Hand. »Neustädter Straße«, liest er den zweiten Eintrag unter »Eltern« vor. »Wo ist das?«

Rudi überrascht uns mit einer Antwort. »Innenstadt, zwischen Kaiser-Wilhelm-Straße und Bäckerbreitergang.«

Helmut kommentiert: »Hat mal als Taxifahrer gejobbt, der Rudi!«

»Ja, als die mich damals gefeuert haben. Betriebsrat gab's nämlich nicht.«

Andreas unterbricht ihn. »Lass uns da hinfahren, Franzi. Da finden wir Lillis Vater vielleicht.«

»Kann ich mir nicht vorstellen. Das hätte Lilli mir doch gesagt, oder?«

»Vielleicht. Aber es ist besser, als hier nur herumzusitzen.« Er steht auf und reckt sich. »Bewegung tut uns gut.«

Tina und Papa bleiben zu Hause, um sich um die Kinder zu kümmern.

Als Andreas und ich über den Hof gehen, blickt er zurück auf das kleine weiße Haus. »Ein richtiges Familienhaus ist das«, sagt er leise.

Ich schaue ihn von der Seite an. Auch er hat feuchte Augen, obwohl er Lilli doch kaum kannte. Wir gehen schweigend weiter. Ich denke an Papa, Tina und die Unvermeidlichen, die in meinem Haus geblieben sind. Weil keiner von ihnen weggehen mochte in seine eigene Einsamkeit. Heute wollen alle zusammen sein. Sie werden dort sitzen, und heimlich wird jeder auf Schritte lauschen, die von draußen kommen. Auf Lillis Schritte.

Die Adresse in der Neustädter Straße entpuppt sich als die unter dem Namen »Pik-Ass« bekannte Übernachtungsstätte für obdachlose Männer. Ratlos stehen wir vor dem roten Klinkergebäude, das wir nur aus der Zeitung kennen.

»Urbschat? Ja, da hatten wir mal einen, der ist aber schon lange weiter«, sagt einer der dort beschäftigen Sozialarbeiter.

»Wollte nach Süddeutschland, wo er wohl ein Mädchen hatte.«

»Ein Mädchen? Wie alt war er denn?«

Der Sozialarbeiter legt die Stirn in nachdenkliche Falten. »So Ende zwanzig.«

»Das kann er nicht sein. Lillis Vater müsste viel älter sein. Haben Sie denn keine Unterlagen?«

»Doch, natürlich. Aber die tauchen bei uns ja oft nicht unter ihrem richtigen Namen auf. Können Sie ihn nicht beschreiben?«

Andreas sieht mich fragend an.

»Lilli hat immer gesagt, er sieht aus wie Elvis.«

Der Sozialarbeiter wiegt den Kopf. »Das tun hier viele.«

Enttäuscht kehren wir zu Andreas' Wagen zurück. Es wird schon dunkel.

Im Auto sitzen wir erst schweigend nebeneinander. Meine Stimme zittert, als ich endlich sage: »Arme Lilli! Da ist sie nach Hamburg losgezogen, um ihren Vater zu suchen. Und gefunden hat sie einen Mann, der vielleicht ab und an mal im ›Pik-Ass‹ nächtigt, aber ansonsten auf Trebe ist.«

Andreas legt kurz seine Hand auf meine. »Aber ein Zuhause hat sie trotzdem gefunden.«

In der Wiesenstraße bauen Rudi, Helmut und die Kinder im Spielzimmer mit Duplosteinen. Sie sind so ins Spiel vertieft, dass sie unsere Rückkehr gar nicht bemerken.

Mir ist das momentan recht. Sie sind noch so klein – die bedrückte Stimmung und die Lücke, die Lilli hinterlässt, sind schlimm genug.

Außerdem sitzt mit Papa und Tina am Küchentisch – Simon! Er ist kalkweiß. Mein Herz scheint zu zerreißen, als er aufspringt und sich in meine Arme wirft, als hätte es nie ein böses Wort zwischen uns gegeben.

Simon weint, wie ich noch nie einen Menschen habe weinen hören. Sein Körper bebt, er klammert sich an mich.

Ich denke an die Kinder und werfe Andreas einen hilfesuchenden Blick zu. Er macht eine kleine Bewegung mit dem Kopf nach oben.

Also führe ich Simon hinauf in mein Zimmer. Dort legen wir uns in der Dunkelheit aufs Bett. Wir halten uns umschlungen und weinen gemeinsam um Lilli, das Mädchen mit dem Pfirsich-Lächeln.

16. Kapitel

Ich blickte auf den
Stillen, dunklen Hafen
Überlegte, wie es wäre
Alles hinter mir zu lassen.
Bernd Begemann: »*Unten am Hafen*«

Die nächsten Tage erlebe ich wie einen endlosen bösen Traum. Am Morgen warte ich darauf, dass Lilli von unten ruft: »Schatz! Kaffee ist fertig!« Doch kein Morgen beginnt so. Ich wache auf, fühle mich einen kostbaren Augenblick lang sicher und wohl – bis mir alles wieder einfällt. Sekunden nach dem Erwachen drückt mich der unbarmherzige Schlag wieder weinend in die Kissen: Lilli ist tot.

Den anderen geht es ähnlich schlecht. Papa und die Unvermeidlichen schleichen graugesichtig, unrasiert und betrübt umher. In der ersten Woche erscheinen sie täglich mit frischen Brötchen, auf die keiner Appetit hat. Am Abend verabschieden sie sich kurz vor den 20-Uhr-Nachrichten und vergewissern sich, dass ich hinter ihnen abschließe. Tina kommt nach der Arbeit zu uns. Als Erstes hat sie Lillis Toilettenartikel aus dem Badezimmer geräumt. Ich beschwerte mich: »Jetzt ist Lilli endgültig tot!«

Tina setzte ihr strengstes Physiotherapeutinnengesicht auf. »Je eher, desto besser!«

Es tut weh, aber sie hat recht. Tränen beim Anblick von Lillis Zahnbürste machen sie auch nicht wieder lebendig.

Tina überrascht mich, denn sie übernimmt mit großer Selbstverständlichkeit die Betreuung von Lisa-Marie. Das hilft mir sehr, denn ich bin schon mit Amélie im Moment völlig überfordert.

Tina bringt ein Büchlein mit einem blauen Samteinband mit. Sie nimmt alle Fotos, die Lilli mit Stecknadeln an ihre Zimmerwände gepinnt hatte, ab und klebt sie ein. »Das ist für Lisa-Marie.«

Ein Foto von Lisa-Marie und Lilli befestigt sie jedoch mit einem Magneten an der Kühlschranktür. Es zeigt die beiden in der Badewanne. Lilli lächelt darauf ihr Pfirsich-Sonnentag-Lächeln. Ihre runden nackten Schultern glänzen. Lisa-Marie sieht wie eine Miniaturausgabe ihrer Mutter aus. Beide tragen freche Rattenschwänzchen, die über ihren Ohren abstehen, und weiße Schaumflocken auf den Haaren. Ein lustiges Bild. Doch mir schnürt es die Kehle zu, wenn ich es betrachte.

Der U-Bahnhof Osterstraße liegt unter einer Kreuzung und hat vier Ausgänge. David ist in den an der südöstlichen Ecke hineingefahren, der im Heußweg schräg vor der Buchhandlung Lüders liegt. Schon wenige Stunden später haben Menschen Kerzen an der Unfallstelle aufgestellt und Blumen niedergelegt. Papa ist bleich im Gesicht, als er davon erzählt. Jemand hat ein Plakat gemalt: »Lilli und David – Wir vermissen Euch«. Die Unfallstätte sieht aus wie ein Wallfahrtsort. Der Tod von David und Lilli berührt viele, weil die beiden so jung waren und ihr Tod so sinnlos ist. Die Unvermeidlichen erzählen, dass Menschen einander vor den Blumen und Kerzen in die Arme nehmen oder schweigend verharren.

Der U-Bahn-Eingang ist geschlossen, die Treppe abgesperrt. David ist aus unbekannten Gründen von der Straße abgekommen, der Wagen ist die Treppe hinuntergerast und unten gegen die Wand geprallt. Der Mercedes hat es, zwar schwer lädiert, ausgehalten, aber Lilli und David nicht. Sie waren nicht angeschnallt.

Bei uns zu Hause tauchen schon am ersten Tag nach dem Unfall Menschen auf. Es ist, als ob sie Lilli suchen und meinen, in dem Haus, in dem Lilli lebte, Antworten auf ihre Fragen nach dem Warum zu finden. »Die Mädels« kommen, die »richtigen Mütter«, Tarek und seine Gang.

Die ersten sind die Pepovic-Kinder – sie bringen eine Platte mit scharf gewürztem Fleisch und Gemüse, das ihre Mutter zubereitet hat. Verlegen stehen sie in der Küche, sehen unsicher von mir zu Papa und fliehen bald wieder.

Einen Tag nach dem Unfall lungern einige Reporter und Fotografen im Hof vor dem Gartenzaun herum. Papa verscheucht sie mit grummeliger Entschiedenheit. Der spektakuläre tödliche Unfall macht Schlagzeilen in der Tagespresse, und zwar im Stil des typischen Boulevardaufmachers: »So jung, so wild – Liebespaar fährt in den Tod«. Oder »Tödliches Ende einer Spritztour« und »Party, Party – die Fahrt in den Tod«. Die Umstände des Unfalls sind für die Zeitungen Anlass, sich mit dem Thema Jugend und Alkohol auseinanderzusetzen. Sogar eine große Illustrierte ruft bei uns an, aber Andreas wimmelt sie erfolgreich ab. Ich frage mich, woher die Boulevard-Blätter so viele Fotos von Lilli und David haben. Es gibt Bilder, die Lilli und David am Unfallabend in einer Disco an der Reeperbahn erst beim Tanzen, dann offensichtlich im Streit zeigen. Und es gibt noch viel mehr Bilder. Simon blättert das regionale Revolverblättchen durch und kommentiert bissig: »Die haben doch Davids Facebook-Eintrag geknackt!« Die Websites, auf denen Menschen in der ganzen Welt soziale Netzwerke unterhalten, sind für die Presse natürlich eine Schatztruhe. Damit ersparen sich die Reporter, Angehörigen von Unfallopfern Fotos abzuschwatzen. »Ist das nicht verboten?«, frage ich empört. Simon zuckt die Schultern. »Wer soll sich denn darüber beschweren? Die Eltern von David? Die sind doch viel zu geschockt. Bin gespannt, ob sie Lillis Seite bei Schüler-VZ auch noch plündern.«

Durch die Internet-Einträge geraten in den nächsten Tagen auch Bilder von Lilli und Lisa-Marie in die Öffentlichkeit und in Zeitungen, die wohlmeinende Nachbarn uns mitbringen oder die Menschen, die zu Lillis Kosmos gehören, vor die Tür legen. Ich überfliege sie nur kurz. Sie gar nicht zu lesen, schaffe ich nicht. Aber sie genau zu studieren, genauso wenig. Die Unvermeidlichen sind immer zur Stelle, um den Schund taktvoll zu entsorgen. Glücklicherweise ist der Unfall nach drei Tagen kein Thema mehr für die Presse. Schließlich bringt der Tod unbekannter junger Leute dauerhaft keine hohe Auflage.

Immer wieder frage ich mich, was in jener Nacht geschehen ist, in die Lilli so unternehmungslustig aufgebrochen war. Wieso hat sie sich doch wieder mit David getroffen? Auf wen war ihre Äußerung gemünzt, dass es noch andere Männer als David gibt und sie nach vorn blicken müsse? Vergeblich versuche ich mich an unsere letzten Gespräche zu erinnern. Offensichtlich hatte sich Lilli doch nicht von David getrennt. Warum ist sie sonst in sein Auto gestiegen? Und warum hat sie mir nie davon erzählt, dass sie ihren Vater im »Pik-Ass« gefunden hatte? Sie muss ihn gefunden haben, sonst hätte sie doch diese Adresse nicht notiert!

Als ich mit Tina darüber spreche, versucht sie mich zu trösten. »Lilli war eine Geheimniskrämerin, das weißt du doch. Geheimnisse sind für manche Menschen wichtiger als für andere. Geheimnisse schützen etwas, was nur dir allein gehören soll. Außerdem wäre ihr mit einer Offenlegung der Weg in ihre Wunschwelt versperrt worden. So konnte Lilli weiter von einem Happy End träumen. Und du mit ihr.«

Lisa-Marie ist trotz einer leichten Erkältung genauso vergnügt wie immer. Tina nimmt sich dennoch abends besonders viel Zeit, sie ins Bett zu bringen. Sie sagt: »Wer weiß, was in ihrer kleinen Seele los ist.«

In meiner Seele herrscht Aufruhr. Und Leere. Simon hat sich nach der Nacht nach dem Unfall einfach verdrückt. Zwar mit dem Spruch »Ruf mich an, wenn du mich brauchst«, aber der klang in meinen Ohren recht halbherzig. Vielleicht ist er immer noch eifersüchtig auf Andreas, der noch einen Tag drangehängt hat und in Hamburg und bei uns geblieben ist?

Erstaunlicherweise ist es Papa, der bei mir um Verständnis für Simon bittet. »Du bist nicht die Einzige, die Lilli verloren hat. Der Junge hat großen Kummer«, sagt er zwei Tage nach dem Unfall zu mir. Wir warten auf einen Beamten vom Jugendamt, der sich telefonisch angemeldet hat, um die »Lebenssituation des Säuglings Lisa-Marie Urbschat« zu begutachten.

»Ich auch!«

Papa zupft an seinem Rollkragen. »Ich weiß, Franzi. Aber du kennst ...« Er wirft mir einen unsicheren Blick zu und verbessert sich: »*Wir* kennen den Tod bereits. Simon ist sehr jung. In seinem Alter hält man sich noch für unsterblich. Warum, meinst du, schicken die im Krieg immer die jüngsten Soldaten an die Front? Weil die noch keine Angst haben zu sterben. Für Simon ist Lillis Tod noch viel unfassbarer als für dich.«

Glücklicherweise klingelt es in diesem Moment an der Tür, denn sonst wäre ein Streit zwischen uns unvermeidlich gewesen. Lillis Tod wirft mich ständig zwischen tiefer Trauer und unsinniger, rasender Wut hin und her. Für Simon soll Lillis Tod unfassbarer sein als für mich? Schmerz lässt sich nicht messen.

Herr Scherz vom Jugendamt ist ein freundlicher, interessiert wirkender Mitfünfziger. Er sieht sich die Schlafzimmer an, lobt, dass jedes Kind ein eigenes, sauberes Bett hat, inspiziert Badezimmer, Küche und das Spielzimmer. Er bleibt auf einen Kaffee, stellt ein paar Fragen, füllt dabei Formulare aus und beobachtet Amélie, die auf meinem Schoß, und Lisa-Marie, die auf Papas Schoß sitzt. Nach einer knappen Stunde verabschiedet er sich freundlich.

»Wie geht es jetzt weiter?«, frage ich, als wir im Hausflur stehen.

»Wir informieren die Großeltern des Kindes über die Lebenssituation und klären die Interessen aller Parteien ab. Im Moment ist Lisa-Marie hier in ihrer vertrauten Umgebung wohl am besten aufgehoben. Wir halten Sie auf dem Laufenden, Frau Funk.« Bevor er sich zum Gehen wendet, sagt er mit unerwarteter Wärme: »Viel Glück.«

Eine Woche nach dem Unfall sitzen Simon und ich am Küchentisch und überlegen, wer wegen der Beerdigung benachrichtigt werden muss. Simon hat sich sofort bereit erklärt, mir zu helfen, als ich ihn deswegen anrief. Und als er durch die Tür kommt und mich in den Arm nimmt hat, ist keine Fremdheit zwischen uns. Ich sehe in seine traurigen Augen, sehe die dunklen Schatten darunter, die ungewohnt scharfen Falten um den blassen Mund und erkenne, dass Papa recht hatte. Simon hat sich nicht verdrückt, Simon trauert. Mit jeder Faser seines jungen, entsetzten Herzens. Papa und die Unvermeidlichen haben einen Bestatter ausgesucht, den ihnen Pastor Brenner empfohlen hat. Andreas, der damals die Beerdigung für Johannes organisierte, hatte sich angeboten, uns zu dem Bestatter zu begleiten, bevor er nach Aabenraa zurückfuhr. Vielleicht merkte er, wie viel Angst ich vor diesem Termin hatte. Die Vorstellung, über Preise von Leichenhemden, Blumengestecke und Särge zu diskutieren, war mir widerwärtig. Trotzdem lehnte ich erst einmal ab. »Du kanntest sie doch kaum.« Andreas lächelte mich traurig an und sagte: »Aber ich kenne *dich*.« Und dann ist er mit Papa und den Unvermeidlichen zu dem Bestatter gefahren. Taktvollerweise haben sie mir Einzelheiten erspart, und ich frage nicht. Papa hat knapp aus seinem Rollkragen genickt. »Fast alles geklärt; bis auf ein paar Details.« Damit gebe ich mich zufrieden.

»Ich informiere Lillis Mutter in Berlin, unsere Hebammen und die Kinderärztin«, fange ich jetzt, mit Simon am Tisch sitzend, an. »Aber wie erreichen wir ihre Freunde? Von den meisten kenne ich nur die Vornamen.«

Simon springt auf und geht hinauf in Lillis Zimmer. Bis jetzt habe ich vermieden, dort aufzuräumen, ich betrete es nur, um frische Wäsche für Lisa-Marie aus dem Schrank zu holen.

Simon bringt Lillis abgegriffenen Laptop mit. »Wir holen uns die Adressen einfach aus Lillis Kontaktliste. Und über Schüler-VZ erreichen wir auch viele.«

»Aber wie soll das funktionieren? Kennst du etwa ihr Passwort?«

Simon meidet meinen Blick. »Ja, wenn sie es nicht im letzten Moment geändert hat.«

Ich bin verwirrt. »Wie kommt das?«

Simon tippt konzentriert. »Na, du kennst doch Lilli, unsere Chaotin.« Er beißt sich auf die Unterlippe. »Ich wollte jetzt nichts Schlechtes über Lilli sagen.«

Er beschäftigt sich weiter mit dem Computer. »Hier!« Er dreht den Laptop um, so dass ich auf den Monitor sehen kann. »Das ist ihr Mail-Programm. Und da ist ihr Adressbuch.«

»Simon! Du kannst doch nicht einfach in ihren Mails rumwühlen.«

»Ich habe nicht vor, ihre Mails zu lesen. Ich interessiere mich nur für das Adressbuch!« Er hebt den Kopf. »*Du* willst schließlich ihre Freunde zur ... Beerdigung einladen.« Das Wort kommt ihm schwer über die Lippen, seine Augen glänzen.

Ich lenke ein: »Es fällt mir schwer, ihre Sachen zu benutzen oder anzufassen, das ist alles.«

»Klar. Übrigens, ich kenne ihr Passwort, weil ich ihr damals das Laptop eingerichtet habe. Außerdem muss man kein Genie sein, um auf Lillis Passwort zu kommen.«

Wir sehen uns an. Einer Eingebung folgend sage ich: »Elvis!«

Simon nickt. »Genau.« Er will noch etwas sagen, besinnt sich dann aber anders.

Ich stupse ihn an. »Was ist?«

Simon wirft mir einen nervösen Blick unter zusammengezogenen Augenbrauen zu. Er holt Luft, zieht die Schultern hoch, gibt sich einen Ruck und sagt: »Einmal hättest du es ja doch erfahren. Wir fanden es nur bisher einfach nicht wichtig.«

»Wir? Was denn?«

Simon nimmt meine Hand. »Bevor wir uns kennenlernten … Also, ich war kurze Zeit mit Lilli zusammen.«

»Du warst mit Lilli zusammen? Ihr wart … ein Liebespaar?« Ich will ihm meine Hand entziehen, doch Simon hält sie fest.

»Ja und nein. Franzi! Ich habe Lilli nicht geliebt. Wir haben vor langer Zeit einmal zwei oder drei Nächte miteinander verbracht. Dann tauchte David auf.«

Ich fühle in mich hinein: Da ist keine Eifersucht. Kein neuer Schmerz. Nur ein großes Staunen. Ich habe mir nie Gedanken darüber gemacht, woher Simon und Lilli einander kennen. Und wieso Lilli ihm damals ihren Schlüssel so vertrauensvoll überlassen hat. Wieder sehe ich Simon in Lillis Zimmer auf der Leiter stehen. Unser erstes Treffen. Eifersucht? Wie lächerlich erscheint mir dieses Gefühl heute im Angesicht des Todes. Es gibt Wichtigeres. Selbst wenn Lilli noch lebte – wofür ich meinen rechten Arm geben würde –, selbst dann wäre ich wahrscheinlich nicht eifersüchtig. Es würde mir nur einen heftigen Stich versetzen, und ich würde mich einmal mehr fragen, ob Simon meinen Körper tatsächlich begehrenswert findet.

Ich wünsche mir so sehr, dass Lilli in ihrem viel zu kurzen Leben genug Zuneigung, Freude und Wärme erfahren hat! Wenn Simon ihr das geben konnte, und sei es nur für kurze Zeit, freue ich mich aus tiefstem Herzen. Lilli war Anfang zwanzig, Simon ist Anfang zwanzig. Sie haben sich da draußen in der freien Wildbahn zwischen Disco, Party und Kneipe, im Irrgarten der Gefühle, Wünsche und Pläne getroffen und waren vielleicht ein wenig verliebt. So wie Tina ständig meinte, verliebt zu sein, als sie jünger war. Und dann doch immer wieder herausfand, dass sie sich in die Liebe an sich und ins Leben verliebt hatte. Jedenfalls war das meistens das Ergebnis tränen- und alkohlgetränkter Bewältigungsabende, in deren Verlauf mir Tina ihre jeweils letzte missglückte, traurige Liebesgeschichte erzählte. Ich denke mir das so: Lilli und Simon sind miteinander ins Bett gegangen, weil sie wissen wollten, wie sich das anfühlt. Als ihre Neugierde verflogen war und ihr Gefühl nicht für mehr ausreichte, sind sie wieder aufgestanden und Freunde geworden. Darauf kann ich nicht eifersüchtig sein. Ich habe jetzt nur für ein Gefühl Platz in meinem Herzen: für die Trauer um Lilli.

Der Tod ändert die Sicht aufs Leben. Zum ersten Mal denke ich darüber nach, was Andreas nach Johannes' Tod empfunden haben mag. Andreas, der sich vergrub, für mich unerreichbar war.

Ich erkenne, dass ich ihn damals nicht trösten konnte, indem ich die Trauer mit ihm teilte. »Sprich mit mir!«, habe ich gedrängt. Heute weiß ich: Trauer kann man nicht teilen, Trauer kann man nur respektieren.

War ich damals respektvoll genug? Bei Mamas Tod sind Papa und ich nicht respektvoll miteinander umgegangen. Wir waren zu verletzt und verängstigt.

Ich weiß nicht, ob man den Umgang mit dem Tod lernen kann, aber in diesen Tagen sind wir einander nahe, wir stützen uns gegenseitig. Ich wünsche mir sehr, dass Papa noch lange lebt. Er ist über siebzig. Hoffentlich kann er Amélie noch ein paar Jahre begleiten. In diesen dunklen Stunden lasse ich zum ersten Mal an mich heran, was ich bisher erfolgreich verdrängt habe: Wenn Papa stirbt, wächst Amélie ohne Großeltern auf. Andreas hat keine Eltern mehr.

Der Tod wirft ein neues Licht auf unser Leben. Er leuchtet

unbarmherzig in die dunklen Ecken, die nicht aufgeräumten Winkel, in denen wir steckengeblieben sind, aufgegeben haben. Habe ich mir wirklich genügend Gedanken über die Konsequenzen gemacht, als ich mit über vierzig Jahren ein Kind bekam? Habe ich darüber nachgedacht, dass ich meinem Kind die unbedingte Liebe der Großeltern vorenthalte? Ich bin von *meinem* biologischen Vermögen ausgegangen – was aber, wenn diese Biologie mich im Stich lässt? Wenn ich krank werde oder einen Unfall habe? Der Tod, bis vor kurzem noch so weit entfernt, steht nun direkt neben mir.

Simon beugt sich noch weiter vor und lehnt seine Stirn an meine. »Woran denkst du? Das zwischen Lilli und mir war schon lange vorbei.«

Als ich nichts erwidere, fragt er: »Alles in Ordnung?«

Ich schüttele den Kopf. Simon steht auf, kommt um den Tisch herum, setzt sich neben mich und zieht mich an sich. Er spricht in meine Haare: »Natürlich ist nichts in Ordnung, ich weiß. Es wird nie wieder in Ordnung sein. Neuerdings klingen alle Worte so falsch.« Der Tod wirft sein Licht auch auf Simons Leben. »Ich vermisse Lilli so!«

Ich drücke mich eng an ihn. »Ich weiß.«

»Aber nicht, dass du denkst ...«

»Ich weiß, dass du sie nicht als Frau, sondern als Freundin vermisst.«

Simon holt ein Papiertaschentuch aus seiner Jeanstasche. »Bleib noch ein bisschen bei mir«, höre ich mich sagen, und zum ersten Mal spüren wir wohl beide, dass unsere Geschichte irgendwann zu Ende geht. Bisher habe ich die Gedanken daran immer beiseitegeschoben. Simon sieht mich erschrocken an. »Natürlich! Was ist denn los mit dir?«

Ich streichele über sein Haar. »Seitdem Lilli ... Seit Lillis Unfall halte ich alles für möglich.« Wieder kuschele ich mich eng an ihn. »Bleib einfach bei mir und hilf mir, diesen Wahnsinn zu ertragen.«

Simon nickt. Wir umarmen einander. Doch wir suchen vergeblich Trost in der Wärme des anderen. Es gibt keinen Trost.

Am Abend, als Tina und ich die Kinder oben ins Bett bringen, steht Pastor Brenner vor der Tür.

Mein Vater lässt ihn ein und ruft im Bühnenflüsterton von unten: »Franziska!«

Amélie ist endlich in meinem Bett eingeschlafen. Nebenan im Kinderzimmer ist Tina noch mit Lisa-Marie beschäftigt. Leise schleiche ich die Stufen hinunter.

Pastor Brenner kommt mir entgegen und schüttelt mir die Hand. »Mein herzliches Beileid, Frau Funk! Ich habe es leider nicht geschafft, sofort vorbeizukommen, nachdem mir ihr Vater von dem Unglück erzählt hat.«

Meine Lippen sind wund und rissig, meine Gesichtshaut trocken und rot. Das ständige Weinen hat mich ausgelaugt. Ich würde viel lieber oben bei Amélie sein. Vielleicht könnte ich einschlafen. Schlafen ist das Beste. Schlafen und vergessen.

Auf zittrigen Beinen gehe ich zum Küchentisch und lade den Pastor mit einer fahrigen Bewegung ein, Platz zu nehmen.

»Ich mach uns einen Tee«, schlägt Papa vor, der immer froh ist, wenn er sich in der Küche nützlich machen kann – dabei fühlt er sich am sichersten.

»Ich wohne im Heußweg, ich habe das Plakat am U-Bahn-Eingang gesehen, die Kerzen und Blumen«, beginnt Pastor Brenner. »Ich weiß, dass nichts, was ich Ihnen sagen könnte,

Ihren Kummer lindert. Jedenfalls jetzt noch nicht. Aber ich dachte …« Er unterbricht sich. »Lilli war nicht in der Kirche, nicht wahr?«

Ich schüttele den Kopf. Papa stellt Teebecher und die Kanne auf den Tisch. Er setzt sich zu uns und schenkt den heißen Tee ein.

Pastor Brenner fragt: »Wann ist die Beisetzung?«

Papa antwortet: »Nächsten Donnerstag.« Er sucht Brenners Blick. »Ich hätte Sie deswegen sowieso noch angerufen. Wir haben darüber nachgedacht, was wir mit den Kindern machen sollen. Ich bin dafür, sie zu Hause betreuen zu lassen. Meine Tochter ist dagegen.«

»Wenn wir alle weggehen, macht ihnen das Angst«, sage ich. »Sie begreifen doch nicht, dass Lilli beerdigt wird. Aber für Lisa-Marie ist es später vielleicht wichtig zu wissen, dass sie bei der Beerdigung ihrer Mutter dabei war.«

Der Pastor nickt. Sein schmales, jungenhaftes Gesicht wirkt wie immer erfrischend natürlich. Er sieht aus wie der nette Nachbar von gegenüber, der vielleicht in einer Agentur arbeitet oder als Fußballtrainer. Er räuspert sich. »Herr Schneider, ich denke, dass Ihre Tochter recht hat. Nehmen Sie die Kinder mit. Sie werden auch Ihnen helfen, den Tag zu überstehen. Kinder können manchmal der größte Trost sein.«

Papa wirkt nachdenklich. Ob er wohl an Mamas Tod denkt? War ich ihm damals ein Trost? Unsere Blicke kreuzen sich. Vielleicht liest Papa in meinen Augen die Fragen oder auch das Flehen der kleinen Franziska. Damals habe ich mir nichts mehr gewünscht, als zu spüren, dass ich trotz Mamas Tod ein Trost für Papa war. Dass ich keine Schuld an ihrem Sterben hatte. Papa lächelt mir verkrampft zu. Aber er lächelt. Und ich lächele zurück.

»Würden Sie denn die Ansprache bei der Beisetzung übernehmen?«, wendet sich Papa an den Pastor. »Vom Bestattungsunternehmen haben sie uns eine Beerdigungsrednerin angeboten – aber so was wollen wir nicht. Nicht für unsere Lilli – ich hätte Sie schon früher fragen sollen.«

Ich schaue ihn ärgerlich an. »Lilli war nicht besonders begeistert von der Kirche«, sage ich leise und trinke einen Schluck Tee. Weil ich Pastor Brenner nicht vor den Kopf stoßen will, füge ich jedoch hinzu: »Sie persönlich fand sie aber nett.«

Der Pastor nickt und runzelt die Stirn. »Normalerweise ist das nicht einfach. Kirchlicher Beistand gilt vor allem den Mitgliedern der Kirche. Obwohl ich gern in Ihrem Fall eine Ausnahme machen würde. Quasi auf dem kleinen Dienstweg.«

Papa lugt aus seinem Rollkragen hervor. Auf seinem Gesicht liegt überraschend ein breites Grinsen. Ungläubig starre ich ihn mit meinen verheulten Froschaugen an.

»Was ist so witzig?«

Papa erschrickt und wird wieder ernst. »Ich musste gerade daran denken, was Lilli am letzten Samstagmorgen gesagt hat.« Er beugt sich vor. »Lucia und ihre Brüder waren zur Nachhilfe hier. Franziska hatte oben noch zu tun.« Er spricht über den Morgen, an dem Andreas überraschend auftauchte. Über den Morgen, an dem Simon weggelaufen ist. Über den Tag, an dem Lilli starb. »Also, die Kinder sprechen miteinander. Oben streiten sich Franziska und Simon, ihr Freund.«

Ich fahre hoch. »Papa! Das interessiert doch Pastor Brenner nicht!«

»Das will ich ja auch gar nicht erzählen. Warte doch ab!«

Ich werfe ihm einen zornigen Blick zu. Wie schnell trotz allem Verständnis füreinander in diesen Tagen die Stimmung kippt! Die Nerven liegen blank. Schließlich senkt Papa den Kopf. Doch er muss schon wieder grinsen.

Brenner lächelt mir zu. »Ich bin verschwiegen! Und mich interessiert nun doch, was Herr Schneider so erheiternd findet. Gerade jetzt könnten wir ein bisschen Heiterkeit gut gebrauchen.«

»Heiterkeit? Sie gefallen mir!« Wieder brause ich auf.

Doch Brenner lässt sich nicht beirren. Er ist verständnisvoll, freundlich und gar nicht überheblich. Erstaunlicherweise entspannt mich das. Also lasse ich Papa weiterreden und hoffe, dass er mein Privatleben nicht weiter vor Brenner ausbreitet.

Papa erzählt: »Emir zeigt also nach oben, wo der Streit im Gange ist. Er sagt: ›Muss Liebe schön sein.‹ Dragan sagt: ›Das ist doch der pure Stress.‹ Emir wieder: ›Ja, wie die Schule.‹ Lilli mischt sich ein und meint: ›Lieber Liebe als Schule!‹ Das finden die Jungs auch. Aber dann machen sie sich einen Spaß daraus. Lucia sagt: ›Aber lieber Schule als Kirche.‹ Und dann sagt Lilli: ›Da hast du vielleicht recht. Aber so einen knackigen Hintern wie Pastor Brenner hat in meiner Schulzeit kein Lehrer gehabt!‹«

Tina, die in diesem Moment die Küche betritt, hat die letzten Worte noch gehört. Sie grinst ebenso breit wie Papa. »Das ist so typisch Lilli!« Jetzt sehen wir uns alle an, und es ist, als ob wir dasselbe Lächeln teilen.

Papa holt Tina einen Becher, und sie setzt sich zu uns. Plötzlich erzählen wir alle Geschichten von Lilli. Wie sie in der U-Bahn einen Kontrolleur mit einer Flunkergeschichte so gerührt hat, dass er ihr am Ende Geld für ein Taxi nach Hause gab. Brenner berichtet von einem legendären Auftritt beim Seniorenmittagstisch, als Lilli die Rentner zum Tangotanzen animierte.

Papa zitiert sie: »Ick hab schon Pferde vor der Apotheke kotzen sehen.« Er räumt die Teetassen weg und holt Rotwein aus der Speisekammer.

Lilli ist wieder unter uns. Am Ende sind wir alle ein bisschen beschwipst, Pastor Brenner sagt zu, die Trauerfeier zu übernehmen, und Tina kann sich einen Kommentar nicht verkneifen: »Ich hoffe, der Talar ist lang genug!« Und dann fügt sie überflüssigerweise hinzu: »Wegen des knackigen Hinterns.«

Lillis Unfall lässt uns aus der Zeit fallen. Welcher Wochentag? Welches Datum? Im Haus in der Wiesenstraße leben wir wie auf eine Insel der Zeitlosigkeit. Unsere Zeit heißt Kummer.

Die Beerdigung findet an einem unwirklichen, grauen Tag statt. Lillis Mutter hat im letzten Moment abgesagt. Mit der Lillis so frappierend ähnlichen Stimme lallt sie auf meinem Anrufbeantworter: »Ick schaff det nich!«

Also wird Lilli ohne ihre Eltern beerdigt. »Aber von ihrer richtigen Familie!«, sagt Tina und heult schon wieder. Sie hat in der Nacht vor der Trauerfeier bei mir geschlafen. Am Morgen holen uns Papa und die Unvermeidlichen in einem Großraumtaxi ab. Ich schiebe den Zwillingswagen den Weg zur Kapelle hinauf. Der Platz davor ist schwarz von Menschen: viele junge Leute, die ich nicht kenne, aber auch andere, deren Gesichter mir vertraut sind. Der türkische Gemüsehändler und der Inhaber des arabischen Grillimbisses sind gekommen, mehrere ältere Damen, denen Lilli wohl mal die Haare frisiert hat und die sich ängstlich von einer Gruppe dunkel gekleideter Leute fernhalten. Ich weiß, dass einige von Lillis Freunden sich dem sogenannten Schwarzen Block zugehörig fühlen und bei Demonstrationen im Schanzenviertel an Straßenkämpfen teilnehmen.

Heute ist von kriegerischer Stimmung nichts zu spüren. Die Traurigkeit lässt die Menschen zusammenrücken, sie senken die Köpfe.

Sophie, die Tischlerin, winkt mir zu. Neben ihr steht eine hübsche, mutmaßlich türkische Frau, die mit einem schlanken dunklen Mann Händchen hält.

»Das ist Iuve, der Friseur, bei dem Lilli anfangs gejobbt hat«, flüstert mir Simon zu. Er hat vor der Kapellentür auf uns gewartet und schaut über die Beerdigungsgäste. »Das müssen über zweihundert sein.«

»Alles Freunde von Lilli?«

»Es sind auch welche aus Berlin gekommen. In ihrer Kontaktliste waren über achthundert Namen!«

Die Trauerfeier fließt an mir vorbei. Simon hat ein Foto von Lilli vergrößert und ausgedruckt – es steht auf einer Staffelei vor dem Sarg. In meiner Manteltasche umklammere ich Lillis Lieblingslippenstift wie einen schützenden Talisman. Obwohl die Orgel aufrauscht und immer wieder unterdrücktes Schluchzen zu hören ist, weint keines der Kinder. Sie plappern aufgeregt und finden das Herumkrabbeln im Kirchraum so spannend, dass Simon und Papa sie abwechselnd einfangen müssen. Pastor Brenner hatte recht: Die unbefangene Krabbelei der Kinder tröstet und lenkt mich von dem beängstigenden Gedanken ab, dass Lilli da vorn unter dem geschlossenen Sargdeckel im Dunkeln liegt. Zu spät kommt mir der Gedanke, dass ich ihr das Schlummerlicht hätte mitgeben sollen …

Endlich heben vier Träger den Sarg hoch. Sie gehen vor uns aus der Kirche. Pastor Brenner schreitet hinter ihnen, und wir folgen mit den anderen in einem langen Zug zum offenen Grab.

Es ist der längste Gang meines Lebens, vorbei an frischen und alten Gräbern. Papa schiebt den Kinderwagen, und ich umklammere Simons Hand, als würde mich einzig dieser Halt davor bewahren, unterzugehen. Die Menge hinter uns murmelt, einmal lacht sogar jemand kurz auf. Aber die Stille, die die Träger und den Sarg umgibt, ist ansteckend. Nach und nach verstummen alle. Die Stille legt sich über den Zug wie eine Decke. Sogar die Kinder werden von ihr erfasst. Mit großen blanken Augen sitzen sie im Wagen und geben nur ab und an einen Laut von sich. Wir kommen vor dem Grab an.

Zwei Möwen fliegen in großer Höhe über uns, ihre weißen Federn zeichnen sich hell vor dem schiefergrauen Himmel ab. Sie stoßen gellende Schreie aus, die mir durch Mark und Bein gehen.

Die Träger lassen den Sarg langsam in der Erde versinken.

Pastor Brenner spricht die alte Formel: »Erde zu Erde, Asche zu Asche, Staub zu Staub.« Er tritt zurück, um den Weg zu den bereitstehenden Schaufeln freizugeben, mit denen die Trauergäste Erde in das Grab fallen lassen. Simon, Tina und ich ziehen es vor, nacheinander rote Rosen hinunterzuwerfen. Nur Papa ergreift die Schaufel. Die Erde schwankt unter meinen Füßen, als ich wieder in unsere Reihe zurückgehe. *Lilli, wo bist du nur?*

Da erklingt unerwartet leise Gitarrenmusik und dann Elvis' Stimme: »When you walk through a storm / Hold your head up high / And don't be afraid of the dark …«

Köpfe drehen sich, für einen kurzen Moment herrscht Unruhe.

Davids Freund Oliver tritt vor – er trägt einen Ghettoblaster in den Armen. Während die anderen Blumen und Erde ins Grab werfen, steht er unbeweglich da. Seine dunklen Locken kräuseln sich um sein schmales, blasses Gesicht, das von Tränen überströmt ist.

Ich blicke Simon an. »Stand Oliver Lilli so nahe?«

Simon zuckt mit den Achseln. »Keine Ahnung. Ich glaube, der war schon immer in Lilli verliebt. Aber Lilli hatte ja nur Augen für David.«

Das steigert meine Traurigkeit noch mehr. Da war Lillis Glück vielleicht in ihrer Nähe, und sie hat es nicht gesehen. Wäre Lilli an jenem Abend nicht David in die Arme gelaufen, hätte sie vielleicht mit Oliver ein kleines Glück erleben können.

Ich flüstere Simon zu: »Wenn ich doch nur wüsste, was genau in dieser Nacht geschehen ist!«

Simon legt den Arm um mich. »Quäl dich nicht, Franzi.« Aber an seinem konzentrierten Blick merke ich, dass er seine Tränen nur mühsam zurückhält.

Die Musik schwingt sich hinauf zu den bleiernen Wolken. Elvis' Stimme. »When you walk through a storm /Hold your head up high /And don't be afraid of the dark. /At the end of a storm /Is a golden sky /And the sweet, silver song of a lark. /Walk on, through the wind, /Walk on, through the rain, / Though your dreams be tossed and blown. /Walk on, walk on with hope in your heart, /And you'll never walk alone, /You'll never walk alone.« Erst summt nur einer mit, dann noch einer. Ich sehe, dass die Trauernden einander an den Händen fassen, und spüre, wie Papas Hand meine Linke ergreift. Rechts fühle ich Simons Hand. Wir singen alle mit. Aus vielen Kehlen erklingt über dem Grab: »Walk on, walk on … you'll never walk alone.«

Anschließend fahren Tina und ich mit den Kindern nach Hause. Sie sind müde und hungrig, und wir sehnen uns danach, den Rest des Tages ruhig vor dem Kamin zu verbringen.

Auf den traditionellen Leichenschmaus verzichten wir – mir hat es schon bei dem Wort gegraust. Papa und die Unvermeidlichen verschwinden zu der Kneipe, die dem Schachclub gegenüberliegt. Lillis Freunde bleiben noch auf dem Friedhof, sie wollen später hinunter zur Elbe, um für Lilli am Elbstrand ein Feuer anzuzünden. Simon begleitet sie. Er ist so still – manchmal habe ich das Gefühl, dass Lilli ihm weitaus mehr bedeutet hat, als ihm selbst bewusst war. Vielleicht hat er sie mehr geliebt, als er eingesteht? Jedenfalls habe ich das Gefühl, dass ihn und Lilli ein Geheimnis umgibt, das mich zunehmend verunsichert. Noch aber fühle ich mich nicht stark genug, um Simon darauf anzusprechen.

Zu Hause höre ich auf dem Anrufbeantworter eine Nachricht des Vormundes vom Jugendamt: Davids Eltern haben kein Interesse an Lisa-Marie.

Ich hebe nacheinander Lisa-Marie und Amélie aus der Karre. Tina hilft mir, ihnen die Schneeanzüge auszuziehen. Sie krabbeln sofort ins Spielzimmer. Tina verzieht das Gesicht, als ich von dem Anruf des Jugendamts erzähle. »Kein Interesse? Was für eine merkwürdige Formulierung! Lisa-Marie ist doch kein Gegenstand, den man kauft oder nicht!« Dann fügt sie an: »Ist David eigentlich schon beerdigt?«

Das weiß ich nicht. Ich habe Davids Eltern eine Traueranzeige mit dem Beerdigungstermin geschickt, aber sie haben sich nicht bei mir gemeldet.

Wir bringen auch diesen Tag herum. Obwohl die Stunden quälend langsam verstreichen. Wir unternehmen noch einen Spaziergang in der kühlen Luft und wippen ein bisschen auf dem Spielplatz. Zu Hause hat Tina dann die Idee, den Kindern mit Wasserfarben die Händchen zu bemalen und sie auf Papier zu drucken. Die Kinder finden das lustig und »bedrucken« in unglaublicher Geschwindigkeit nicht nur das vorbereitete Papier, sondern auch noch gleich eine Ecke der Küchentapete … Dennoch sind sie sehr stolz, als wir mehrere Blätter mit bunten Händchenabdrucken zum Trocknen in den Flur hängen. Zumindest bilden wir uns das ein – vielleicht sind auch nur wir stolz darauf. »Da haben wir schon ein schönes Geschenk für Papa, Rudi und Helmut zu Weihnachten!«, sage ich. Tina sieht mich nachdenklich an. Wir denken beide an das letzte Weihnachtsfest und dass wir in diesem Jahr Weihnachten ohne Lilli feiern werden. Aber keine von uns sagt ein Wort.

Später sitzen wir wieder im Wohnzimmer und lassen die Kleinen auf dem Teppich zwischen den Spielsachen herumkrabbeln. Tina nimmt ein Kindersöckchen hoch, das sich unter den Tisch verirrt hat, und legt es zusammen. Diese Bewegung erinnert mich daran, wie Lilli an ihrem Todestag in der Küche saß und die Wäsche sortierte, während Papa Erbsensuppe kochte. Wie lange das schon her zu sein scheint. Und ich erinnere mich noch an etwas anderes: An Lillis Ausspruch damals, dass sie am liebsten ein Adoptivkind gewesen wäre. Ich sehe ihr Gesicht vor mir und höre wieder ihre Worte: »Adoptivkinder sind die wahren Wunschkinder.«

Tina rollt einen kleinen Ball zu Amélie hinüber. Dann sagt sie: »Spuck es schon aus.«

»Was?«

Tina lächelt müde. »Ich kenn dich doch, Franzi. Du denkst so laut, dass ich fast etwas höre.«

Ich schüttele den Kopf. »Mir ist nur gerade eingefallen, dass Lilli einmal gesagt hat, sie wäre gern ein Adoptivkind, weil Adoptivkinder die wahren Wunschkinder wären.«

Tina guckt mich erstaunt an. »Das hat sie gesagt?« Sie streichelt Lisa-Marie über den Kopf. »Hör gar nicht hin, mein Spatz. Du warst Lillis absolutes Wunschkind.« Lisa-Marie lacht Tina an. Tina nimmt sie auf den Schoß. Über ihre dunklen Locken hinweg fragt sie mich: »Willst du Lisa-Marie etwa weggeben?«

Ich starre sie entsetzt an. »Natürlich nicht! Ich frage mich nur, ob ich sie behalten darf.«

»Warum nicht? Hast du mit dem Jugendamt schon gesprochen?«

»Noch nicht darüber. Die mussten ja erst einmal klären, ob Davids Eltern ›Interesse an Lisa-Marie‹ haben. Jetzt, wo ich weiß, dass das nicht der Fall ist, hoffe ich natürlich, dass sie bei mir bleiben kann.«

»Warum solltest du sie denn nicht behalten dürfen?«

»Na, erstens bin ich nicht verwandt mit ihr. Zweitens bin ich fast sechsundvierzig und drittens bereits mit einem Kind allein erziehend.«

Tina nickt, sie scheint nachzudenken. Schließlich sagt sie langsam: »Reiß mir nicht gleich den Kopf ab, Franzi. Aber ich finde, diese Gedanken solltest du dir wirklich machen. Das stimmt ja alles. Du gehst auf die fünfzig zu, du bist hier allein, und du hast schon ein kleines Kind. Da mutest du dir natürlich einiges zu.«

»Ja, aber ich kann doch Lisa-Marie nicht weggeben! Sie muss hier bleiben. Bei uns und in ihrem Zuhause!«

Ich verstumme. Lisa-Marie strampelt und will wieder auf den Boden. Tina lässt sie runter und sieht zu, wie sie zu Amélie hinüberkrabbelt. Sie stützt ihr Kinn in die Hände. »Warte doch mal! Denk doch mal nach, was Lilli gesagt hat. Sie wäre gern ein Adoptivkind gewesen … Vielleicht hätte sie sich gewünscht, dass wir ihrer Tochter eine neue Familie suchen?« Ich wehre heftig ab: »Unsinn. Und Lisa-Marie ist ja kein Waisenkind!«

»Doch, ist sie«, widerspricht Tina mir.

»Aber nicht im klassischen Sinn. Sie hat mich, sie nennt mich sogar Mama! Sie hat meinen Vater – Unsinn, sie hat drei Opas. Und dich hat sie auch noch.«

Tina schüttelt den Kopf. »Lisa-Marie hat mich nicht. Das siehst du zu romantisch. Und lass uns doch einmal ernsthaft durchsprechen, wie du das mit zwei kleinen Kindern schaffen willst.« Jetzt ist sie wieder die kühl kalkulierende Geschäftsfrau, verheulte Augen hin, rotgeputzte Nase her. »Finanziell wirst du ja nun von Andreas unterstützt. Wenn alles klappt, kriegst du auch Geld von Davids Eltern. Ich glaube also, es ist kein wirtschaftliches Problem.«

Wir kommen in dieser Diskussion nicht richtig weiter. Andererseits versuche ich mir ernsthaft vorzustellen, wie ich ohne Lilli beide Kinder allein aufziehen soll. Ich habe nur zwei Hände. Und ich halte mich nicht gerade für eine Heldin. Ich weiß, dass es andere Mütter gibt, die so etwas schaffen. Aber ich? Ich verspüre den heftigen Drang, mich in irgendeiner Ecke zu verstecken und ein paar Klappkarten zu basteln. Aber es gibt ja gar kein Bastelzimmer mehr.

Wir bringen die Mädchen nach einem ausgiebigen Bad ins Bett. Eigentlich hatten wir eine schwierige Nacht erwartet, weil Kinder ein untrügliches Gespür für Stimmungen haben und sich die Trauer, die Angst und Angespanntheit auf sie überträgt. Aber sie scheinen nach dem Tag so erschöpft zu sein wie wir. Auf jeden Fall schlafen beide schon fast, bevor ihre Köpfchen die Matratzen berühren. Tina und ich machen es ihnen ein Rotweinglas später nach. Wir verziehen uns in mein breites Bett, Tina rollt sich auf die linke Seite. Wir können nicht mehr reden. Wir können nicht mehr weinen.

Es ist mitten in der Nacht, als ich von unten ein Geräusch höre.

Neben mir schnarcht Tina mit leicht geöffnetem Mund. Wieder knackt es unten. Jemand ist im Wohnzimmer. Ich lausche. Jetzt höre ich es deutlich: Eine Bierflasche wird geöffnet. Weil das für einen Einbrecher ein recht ungewöhnliches Verhalten ist, entscheide ich mich, meine Angst zu überwinden und nicht die Polizei anzurufen. Stattdessen schlüpfe ich in dicke Socken und meinen Bademantel und schleiche die Treppe hinunter.

Im Wohnzimmer fläzt sich Simon schläfrig auf dem Sofa und trinkt bedächtig ein Bier.

Als ich ins Zimmer trete, setzt er sich auf. »Franzi! Liebling!« Er ist angetrunken und deprimiert und streckt die Arme nach mir aus. Er riecht nach Rauch und Bier, nach Novemberluft und ein wenig nach Schnee.

Ich küsse ihn und lehne mich an ihn. »Wie war's?«

»Traurig, aber auch schön. Lilli hätte es wohl gefallen. Viel Bier, ein großes Feuer, viel Elvis-Musik.« Er legt seinen Kopf auf meine Schulter. »Du hast mir gefehlt.«

Ich erzähle ihm vom Anruf des Jugendamts.

»David ist gestern beerdigt worden«, sagt Simon.

»Warum hast du mir das nicht gesagt?«

»Warum denn? Du wärst sicher nicht hingegangen.«

Das stimmt. »Aber ich würde gern wissen, wo das Grab ist, damit ich es für Lisa-Marie aufschreiben kann.«

Simon greift in die Tasche seines Parkas, den er immer noch trägt. »Hier.«

Während ich den Ausriss aus dem Hamburger Abendblatt studiere, zieht er den Parka aus.

Es ist eine schlichte Todesanzeige mit dem kurzen Text: »Wir trauern um unseren Sohn David.« Dazu Davids Lebensdaten sowie Datum und Ort der Beerdigung – ein kleiner Friedhof am anderen Ende der Stadt. Kein Wort von Lisa-Marie.

»Warst du da?«

Simon nickt. »War eine kurze Angelegenheit.« Seine Augen liegen tief in den Höhlen.

Er will nicht darüber reden, das ist deutlich. Ich streiche den Ausschnitt auf dem Tisch glatt.

»Ich habe seit Tagen keine Zeitung gelesen. Seit den Berichten über den Unfall habe ich dazu überhaupt keine Lust mehr. Komisch, dass mir Papa das nicht gezeigt hat. Er hat das Abendblatt doch abonniert.«

Simon reibt seine Nase. »Dein Vater ist eben klüger, als du denkst.« Er streckt sich, leert die Bierflasche mit einem Zug und steht auf. »Kann ich heute bei dir bleiben?«

»Tina schläft oben.«

Wir sehen uns einen Moment ratlos an.

»Was ist mit Lillis Zimmer?« Ich zucke zusammen. Simon zieht mich vom Sofa hoch. Er legt die Arme um meine Taille und küsst mich auf den Nacken. »Lilli würde sich bestimmt freuen. Und sie würde es verstehen.«

Zögernd lasse ich mich von ihm die Treppe hinaufführen.

Noch hängen Lillis Poster an den Wänden: eine Weltkarte, ein Stadtplan von Berlin, das Poster einer alten Konzert-Ankündigung einer Gruppe namens »Die Befreiung«, ein Platten-Cover von Elvis. Tina hat Lillis Bett bereits abgezogen. Es riecht nicht einmal mehr nach ihr. Lilli umgab der klassisch süße Mädchenduft zwischen Patschouli und Bébé-Creme. Doch jetzt duftet ihr Zimmer nach Tinas Reinigungsmitteln und frisch geputzten Fenstern.

In Windeseile beziehen Simon und ich leise flüsternd das Bett. Seine Anwesenheit macht es leichter, das Gefühl zu überwinden, ich sei ein Eindringling in diesem Zimmer. Und ich bin dankbar für Tinas tatkräftiges Handeln. Sicher, hier erinnert vieles an Lilli, aber es ist nicht mehr Lillis Zimmer. Ich denke an die Worte von Lillis Mutter: »Kein schönes Leben, kein schöner Tod.« Ich höre Lilli sagen: »Adoptivkinder sind die wahren Wunschkinder.«

Ich schmiege mich an Simon, der die Tür hinter uns schließt. Er küsst mich zärtlich, und schon wieder sammeln sich Tränen hinter meinen Augenlidern. Simon öffnet meinen Bademantel und zieht mich unter die Decke. Wie in unserer ersten Nacht küsst er mir die Tränen weg. Lillis Schlummerlicht leuchtet. In seinem matten Licht lieben wir uns mit einer zwischen uns noch nie erlebten Intensität und in aller Stille. Es ist, als ob wir mit unseren Berührungen und Bewegungen versuchen, das Bollwerk aus Kummer und bitterem Schmerz in uns zu sprengen. Der Tod hat uns so viel genommen. Aber wir halten uns gegenseitig und halten das Leben fest – verzweifelt und erfüllt von der irrsinnigen Hoffnung, die Dunkelheit besiegen zu können. Erst als das milchige Morgengrauen die Schwärze der Nacht durchdringt, schlafen wir ein.

17. Kapitel

Jeder Mensch sucht
nach dem Frieden seiner Seele
jeder Mensch weiß
Wovon ich hier erzähle.
Bernd Begemann: »*Unten am Hafen*«

Am nächsten Morgen rufe ich Herrn Scherz beim Jugendamt an. »Sehen Sie eine Chance, dass ich Lisa-Marie behalten darf?«, falle ich mit der Tür ins Haus, sobald er sich gemeldet hat.

Er zögert für einen Moment. Dann sagt er: »Haben Sie sich das auch gut überlegt?«

»Ja.«

Herr Scherz räuspert sich. »Lassen Sie uns darüber doch einmal in Ruhe sprechen. Wann passt es Ihnen denn?«

Es stellt sich heraus, dass es weniger darum geht, wann es mir passt, als darum, wann er einen freien Termin hat.

Wir einigen uns schließlich auf den 7. Dezember.

»Das ist gar nicht gut gelaufen. Der Scherz war so abweisend!«, jammere ich Tina vor. Sie sieht das völlig anders. »Das Jugendamt lässt Lisa-Marie doch erst einmal hier, und je länger sie bleibt, desto besser. Oder? Nun warte doch mal ab.«

»Und das sagst du nicht nur, weil du eigentlich findest, dass ich das mit zwei Kindern nicht schaffe?«

Tina zeigt mir einen Vogel. »Sei froh, dass ich deine beste Freundin bin, sonst würde ich mich jetzt ernsthaft mit dir streiten. Du tust ja geradezu, als ob ich es darauf anlegen würde, die Kleine aus dem Haus zu schaffen!«

Erschrocken besänftige ich sie, als ich bemerke, wie verletzt sie ist.

Andreas, der während seines Nachtdienstes anruft, sieht die Haltung von Scherz ähnlich wie Tina. »Mach dir erst einmal keine Sorgen. Soviel ich weiß, steht bei Entscheidungen des Jugendamts immer das Wohl des Kindes im Fokus. Und dass sie Lisa-Marie erst einmal bei dir und in ihrer vertrauten Umgebung lassen, ist bestimmt ein gutes Zeichen.« Und dann fügt er noch hinzu: »Ich finde es jedenfalls großartig, dass du sie behalten möchtest.«

»Wirklich?«

»Ja. Erstens wächst Amélie dann nicht als verwöhntes Einzelkind auf und wir, also du und ich …« Er gerät etwas ins Stottern. Trotz meiner Anspannung muss ich lächeln. Es geschieht nicht häufig, dass Andreas um Worte ringt. Aber dann beendet er tapfer seinen Satz. »Also, wir hätten doch gern Kinder gehabt.«

»Aber nicht um diesen Preis.«

»Natürlich nicht um diesen Preis!« Andreas wird ärgerlich. Irgendwie habe ich ein Talent, mit diesem Thema andere vor den Kopf zu stoßen. »Das ist doch wohl selbstverständlich. Aber wenn es nun einmal so ist?«, bescheidet er mir. Und dann sagt er fast wütend: »Ich will ja nur sagen, dass ich dich unterstützen werde, soweit ich das von Aabenraa aus kann.«

Dann legt er auf, weil ein Notfall eingeliefert worden ist. Ich sitze auf dem Sofa mit dem Telefonhörer in der Hand und starre in das Dunkel vor meinem Fenster. Was soll ich nur tun, wenn sie uns Lisa-Marie wegnehmen? Lilli, was soll ich nur tun?

»Ob das Jugendamt mir Lisa-Marie überlässt? Ob ich sie adoptieren kann? Und wenn nicht, ob ich es zulassen muss, dass man sie mir wegnimmt?« Diese Fragen stelle ich Pastor Brenner, als ich ihn beim Einkaufen in der Osterstraße treffe.

Statt sofort zu antworten, fragt er: »Wollen wir ein Stück gehen?«

Papa und die Unvermeidlichen sind bei den Kindern, also nicke ich. Wir gehen am »Lál Pera« vorbei und meiden wie auf eine geheime Verabredung hin den Unfallort, als wir den Weg Richtung Kaiser-Friedrich-Ufer einschlagen.

Ich berichte Brenner von Lillis Worten und der bevorstehenden Besprechung mit Herrn Scherz. Wir schlendern die winterlich kahlen Wege am Ufer des Kanals entlang. Brenner hört zu, fragt nach, überlegt. Schließlich sagt er: »Wie stellen Sie sich die Zukunft in den nächsten Jahren vor? Ganz konkret, meine ich.«

Ich runzele die Stirn. »Eigentlich wie jetzt. Die Miete ist gesichert, ich bin zurzeit im Erziehungsurlaub, aber wenn die Kinder groß genug für den Kindergarten sind, würde ich wieder als Arzthelferin arbeiten. Lilli und ich haben … wir hatten schon angefangen, uns nach einem Kindergarten umzusehen.«

Brenner wirft ein: »Sie könnten ja eine unserer Kindereinrichtungen besuchen.« Er erzählt, dass die Gemeinde ein Kindertagesheim und zwei Kindergärten im Stadtteil unterhält.

Ich nicke. »Wirtschaftlich würde ich, was Amélie angeht, von meinem Ex-Mann unterstützt. Noch teilen sich die Kinder ein Zimmer zum Schlafen im Obergeschoss. Aber wenn sie größer werden, könnte jedes Mädchen ein eigenes Zimmer bekommen.«

Brenner fragt: »Sie trauen sich das also allein zu mit zwei

Kindern?« In meiner Manteltasche umklammere ich Lillis Lippenstift.

»Es wird anstrengend, aber es ist immer anstrengend mit Kindern.« Ich denke an die Nächte, wenn die Kinder krank sind. An die Nachmittage, an denen sie nur quengeln und wütend sind. Und dann denke ich an ihr Lachen und daran, wie sie vor Glück kreischen, wenn sie zusammen in der Badewanne sitzen. Laut sage ich: »Anstrengend und schön. Andere Frauen haben auch Zwillinge. Unsere wären dann eben …« Ich suche nach einem Wort. »Sie wären Herzenszwillinge. Und ich bin zwar geschieden, aber ich bin nicht allein. Da gibt es meinen Vater …«

Brenner fällt mir ins Wort. »Und der steht bestimmt hinter der Idee.«

»Meinen Sie?«

»Ich glaube, er wartet nur darauf, dass Sie ihm von Ihrem Wunsch erzählen.«

»Meine Freundin Tina würde mir auch helfen. Aber was mache ich, wenn das Jugendamt nun doch findet, dass ich zu alt bin? Ich habe einmal gelesen, dass Adoptiveltern ein bestimmtes Alter nicht überschreiten dürfen.«

Er drückt meine Hand. »Franziska, machen Sie sich keine Sorgen. Die Frage ist doch: Was ist das Beste für Lisa-Marie?«

Wir gehen langsam wieder zurück und drehen noch eine Runde um den Weiher. Als wir vor meiner Hofeinfahrt ankommen, nimmt er meine Hand. »Ich wünsche Ihnen viel Kraft für die nächste Zeit. Rufen Sie mich an, wenn Sie mögen. Ach – und auf die Gefahr, dass Sie mich jetzt furchtbar spießig und fromm finden: Beten hilft manchmal!«

Genau das tue ich in den nächsten langen, schlaflosen Nächten. Aber Gott, der in Lillis Todesnacht nicht bei ihr war, schweigt auch jetzt. Trotzdem wende ich mich in meiner Verzweiflung immer wieder an ihn. Was bleibt mir anderes übrig?

Der Herbst neigt sich dem Winter zu, und Hamburg ist längst in dem Tunnel, in dem es jedes Jahr zwischen Oktober und März verschwindet. Die wenigen Tage, an denen der Himmel über der Stadt in Aquamarinblau erstrahlt, leuchten aus dem einförmigen Grau der Jahreszeit wie Wunderkerzen in der Dunkelheit.

Wir sprechen immer vom Unfall, vermeiden das Wort Tod. Mit dem Tod kann nichts beginnen. Mit dem Tod endet alles.

Die Adventszeit fällt in diesem Jahr aus. Mir steht der Sinn nicht nach Plätzchen backen und Weihnachtsliedern. Wir sind froh, dass die Kinder noch so klein sind, dass sie die Schwärze dieser Zeit nicht begreifen. Lilli hat übrigens recht behalten: Amélie nennt Lisa-Marie so konsequent »Bim«, das wir uns das auch immer mehr angewöhnen. Und beim Singen von »Bruder Jacob, hörst du nicht die Glocken, bim, bam, bum« hören beide immer genau hin.

Am 7. Dezember kommt Herr Scherz zu uns. Die Kinder sind beide wach, und er kann sich ein gutes Bild von einem Stück Alltag mit ihnen machen. Er stellt mir viele Fragen. Wann ich wieder anfangen würde zu arbeiten. Wie mein Arbeitgeber zu Kindern steht. Wie meine finanzielle Situation ist. Wie ich Lilli kennengelernt habe. Er sieht sich das Album an, das Tina für Lisa-Marie gemacht hat.

Nach zwei Stunden kommt Papa mit selbstgebackenen Zimtsternen dazu. Auch ihm stellt Scherz viele Fragen. Wie weit entfernt Papa wohnt, was er von der Idee hält, Lisa-Marie zu behalten – und ob er wohl sein Rezept für Zimtsterne verraten würde?

Ich fasse mir ein Herz. »Herr Scherz, glauben Sie denn nun, dass ich Lisa-Marie behalten darf?«

Scherz greift noch einmal nach den Zimtsternen. »Solch eine Entscheidung ist ein langwieriger Prozess, das geht nicht so schnell, wie es sich alle Leute immer vorstellen oder es sich wünschen. Ich denke, wir werden jetzt erst einmal einen gesetzlichen Vormund bestimmen, und Sie werden einen Antrag auf Adoption stellen. Wir bleiben weiter in Kontakt und bringen alles auf den Weg.«

Ich bin geknickt, denn das ist nicht die Antwort, die ich erwartet habe. Aber ich traue mich nicht, noch einmal nachzufragen. Im Spielzimmer bricht gerade ein Streit um ein Spielzeug aus, und ich muss schlichten. Während ich aufstehe, höre ich Papa im vertraulichen Ton sagen: »Lieber Herr Scherz, bitte ein offenes Wort unter Männern. Wie schätzen Sie das aus Ihrer Erfahrung ein?« Leider kann ich die Antwort nicht hören, weil das Geheule der Mädchen zu laut ist. Aber als ich die Tränen getrocknet habe, die Kinder wieder versöhnt sind und Scherz gegangen ist – nicht ohne eine Tupperdose voll mit Papas Zimtsternen –, frage ich Papa: »Was hat er gesagt? Unter Männern?«

Papa legt sein Kinn auf den Rollkragen. »Er hat gesagt: Das sieht alles sehr gut aus. Und dass er sich für dich einsetzen wird.«

Ich falle ihm um den Hals und gebe ihm einen dicken Kuss. Dann heule ich ein bisschen. Und Papa hält mich fest im Arm.

Diesmal schreibt Andreas zu Weihnachten übrigens nicht nur eine Karte, er schickt ein Paket mit kleinen Jule-Trollen aus Stoff und dänischen Keksen. Über die Feiertage hat er Dienst, und dann feiert er mit seiner Freundin Mette.

Wir rücken in diesem Jahr zusammen. Papa, die Unvermeidlichen, Tina, Simon und ich gehen mit den Kindern in die Kirche, wir haben keinen Baum, aber es gibt wieder die von Lilli geliebte Erbsensuppe. Alle tun, als ob es ein normaler Abend ist. Aber das ist es natürlich nicht. Papa und die Unvermeidlichen sind sichtlich gerührt, als Tina und ich ihnen je ein Blatt Papier mit den farbigen Händchenabdrücken überreichen, die wir an Lillis Beerdigungstag fabriziert haben. Und als es um kurz vor halb zehn Uhr klingelt und Oliver vor der Tür steht, wird natürlich auch wieder geweint. Ich jedenfalls kann meine Tränen nicht zurückhalten, als Oliver fragt, ob er stört. »Ich musste von zu Hause weg. Da ist mir die Decke auf den Kopf gefallen.« Er schluckt und guckt schnell weg. Dann hält er mir ein Päckchen hin. »Das hatte ich schon im Sommer für Lilli besorgt.« Es handelt sich um das »Christmas Album« von Elvis Presley.

Silvester verbringen Tina, Simon und ich allein mit den Mädchen. Es ist das traurigste Silvester meines Lebens. Simon verschwindet kurz nach Mitternacht, weil er mit seinen Kumpels auf der Reeperbahn noch anstoßen will. Ich muss ihn geradezu fortschicken. »Kann ich dich wirklich allein lassen?«, fragt er immer wieder. Dabei sieht er sehnsüchtig zur Uhr. Ich will ihn nicht festhalten. Er ist noch so jung. Es ist alles schwer genug für uns, denke ich. Wenn er mit seinen Freunden ein bisschen den Kummer vergisst, umso besser. Ich küsse ihn zärtlich. »Du lässt mich doch nicht allein. Wir machen es uns hier noch gemütlich.« Dass es keine gute Idee wäre, wenn ich mit ihm auf die Reeperbahn ginge, fühlen wir beide, ohne es auszusprechen. So bleiben Tina und ich zurück. Wir gucken uns einen alten Schwarzweißfilm an, dann sitzen wir im Wohnzimmer vor dem Kamin, hören dem immer stiller werdenden Silvesterfeuerwerk zu und sehen in die Flammen.

Die Geburtstage der Kinder im Januar feiern wir natürlich, obwohl uns Großen immer noch nicht richtig nach Feiern zumute ist. Tina backt einen Schokoladenkuchen, und wir schenken den Kindern ein Bobbycar. Es ist schön, wie viele Menschen an uns denken. Andreas ist aus Dänemark angereist und versucht Amélie und Bim beizubringen, »Papa« zu sagen. Außer meinem Vater und den Unvermeidlichen, Tina und Simon, den Pepovic-Kindern und Pastor Brenner ist auch Herr Scherz vom Jugendamt vorbeigekommen. Die Eltern von David haben mittlerweile ihr Einverständnis bekundet, Lisa-Marie zur Adoption freizugeben. Von Lillis Mutter haben wir nie wieder etwas gehört.

Vielleicht helfen meine Gebete ja doch, denn eines Tages verspüre ich am Vormittag unvermittelt einen unbändigen Appetit auf Milchkaffee. Seit Lillis Tod habe ich keinen mehr getrunken. Ein Grund dafür ist, dass mir der Sinn derzeit eher nach Tee steht – Tee tröstet besser als Kaffee. Tee ist ein Heilmittel. Hinzu kommt, dass der tägliche Milchkaffee ein Ritual zwischen Lilli und mir war. Der Geschmack von Kaffee und aufgeschäumter Milch – das ist die Erinnerung an Lilli. Ich vermeide unsere Rituale wie ein Hund, der seine verletzte Pfote schont.

Doch heute vergesse ich zum ersten Mal unser Ritual, sehne

mich einfach nach Kaffeeduft und dem Geruch von Zimt und Kakao, die ich auf die Milchhaube streuen möchte.

Kakao und Zimt waren für Lilli unerlässlich, denn am liebsten hätte sie immer Kakao getrunken. Doch der tägliche Milchkaffee bedeutete uns mehr als ein Heißgetränk: Er war eine Gelegenheit, innezuhalten. In solchen Pausen seufzten wir: »Wie gut wir es haben!« Wir machten es uns immer besonders gemütlich. Lilli suchte die schönsten Becher aus, oft stand ein Blumenstrauß auf dem Tisch, manchmal auch ein Teller mit Keksen.

Darauf verzichte ich heute – mir reicht der Kaffee. Aber wo ist der Milchaufschäumer? Ich schaue in der Besteckschublade nach, durchforste den Küchenschrank, werde dabei wütend und traurig. Weil ich den Aufschäumer nicht finde. Und weil mir klar wird, dass ich heute zum ersten Mal Lilli vergessen habe. Wie sich der Hund mit der verletzten Pfote nicht mehr an die Qual erinnert, sobald er wieder auftreten kann.

Bedeutet das schwächere Leuchten des Todes, dass ich Lilli vergesse? Obwohl ich mir sehnlichst gewünscht habe, der Schmerz möge aufhören, erfüllt es mich mit großem Schuldgefühl, dass er heute weniger brennt. Mir wird heiß, der Schweiß perlt von meiner Stirn.

Wie konnte ich Lilli vergessen? Panisch blicke ich auf das Badewannenfoto mit Lilli und Lisa-Marie, das am Kühlschrank hängt. In Sekundenschnelle spüre ich Erleichterung. Nein, ich habe Lilli nicht vergessen. Ich erinnere mich an ihren Geruch. Ich erinnere mich an die tätowierte Rose am Knöchel, an die lustige Nase zwischen den großen Augen – ich kann mir jede Einzelheit lebendig vor Augen führen. Aber, wie kann ich Kaffeedurst spüren, obwohl Lilli tot ist? In meiner Kehle wird es eng. Doch an diesem Morgen kommen zum ersten Mal keine Tränen mehr.

Als ich den Milchaufschäumer endlich auf der Küchenfensterbank aus einem Topf ziehe, wo er sich zwischen Kochlöffeln und großen Messern versteckt hat, muss ich lächeln. Der wiedergefundene Milchaufschäumer ist ein Zeichen von Lilli – als ob sie ihn mir mit ihrem nachsichtigen Grinsen selbst in die Hände gelegt hätte. Fast meine ich, ihre Stimme zu hören: »Hier, Franzi. Mach doch die Augen auf!«

Ich drehe mich um, als würde Lilli gleich in der Küche auftauchen. Aber der Türrahmen bleibt leer. Trotzdem unterhalte ich mich weiter mit ihr. Ich spreche nicht laut, und es ist auch keine Antwort zu hören. Doch in meinem Inneren frage ich sie, ob sie auch möchte, dass Lisa-Marie bei mir bleibt. Dass ich sie adoptiere. Ich, die bald 46-jährige Franziska. Die Lilli an ein Meerschweinchen gleichen Namens erinnerte und die manchmal auf sie so spießig gewirkt hat. Denn das ist eine Befürchtung, die ich noch niemandem verraten habe. Papa nicht, Andreas nicht und nicht einmal Tina: Werde ich die richtige Mutter für Lisa-Marie sein? Eine gute Mutter? Werde ich sie in Lillis Sinn erziehen? Würde Lilli mit mir zufrieden sein? Und werde ich für beide Mädchen die richtige Mutter sein? Werde ich keines vernachlässigen? Werde ich beiden gerecht werden? Ich liebe sie beide, aber reicht das? Ich schäume nachdenklich die Milch auf und streue bedächtig etwas Kakaopulver auf den weißen Schaum. Der Duft von Kaffee und Schokolade steigt in meine Nase, und dann höre ich auf einmal Lillis Stimme: »Du machst det schon, Franzi. Mach dir ma keenen Kopp!« Vielleicht habe ich mir das alles eingebildet, aber als der Becher mit dem Milchkaffee vor mir steht, fühle ich mich getröstet und hoffnungsvoll.

Als ich Simon am Abend von »meinem Kaffee mit Lilli« berichte, versteht er sofort, was ich meine. »Ich sitze auch manchmal in der Kneipe und denke, dass sie zur Tür hereinkommt.« Er starrt vor sich hin. Es wirkt, als ob er in sich hineinsieht, und wie bei einem Reptil scheint sich über seine Augen eine zweite Schicht Hornhaut zu legen. Sein Blick wird leer. Dann gibt er sich innerlich einen Ruck und fragt: »Willst du auch ein Bier?« Er hat sich angewöhnt, bei jedem seiner Besuche ein Sixpack Bier mitzubringen. Er sitzt am Küchentisch und leert mit großen Schlucken eine Flasche. Dann unterdrückt er ein Aufstoßen, und während er eine zweite Flasche öffnet, sagt er: »Es wird natürlich ein bisschen enger mit zwei Kindern.«

»Wie meinst du das? Ohne Lilli sind wir doch eine Person weniger. Wir haben zurzeit sogar ein Zimmer zu viel.«

Er nimmt wieder einen Schluck.

»Ist ja auch egal. Ich wollte dir nicht deinen Schwung nehmen.« Er verstummt, und ich frage mich, warum. Wieder scheint er seinen Blick nach innen zu richten.

Wir haben nie über seinen Ausbruch an Lillis Todestag gesprochen. Davon, dass er weggelaufen ist, weil er eifersüchtig auf Andreas war. Dass er sich als Ersatzvater zu jung fand. Dass er Babys mag, aber nicht dauernd. Jetzt muss er mich sogar mit zwei Kindern teilen. Ob er wohl noch an diesen Streit denkt? Ich forsche in seinem Gesicht. Aber er lächelt mich schon wieder an. »Komm her, Franzi, küss mich. Und dann bringen wir die beiden Racker ins Bett, okay?«

Doch so harmonisch bleibt es nicht zwischen uns. Simon trinkt zu viel, und ich bin überlastet, weil die Kinder zum Ausgang des Winters ständig erkältet sind und mir die ohnehin kurze Nachtruhe rauben.

Lilli fehlt mir an allen Ecken und Enden. Nicht nur ihr Lachen und ihr Witz, sondern ihre Unterstützung, ihre praktische Art, das Leben zu meistern. Zwei Hände schaffen weniger als vier. Aber Lilli fehlt auch noch in anderer Hinsicht: Ich begreife erst jetzt, dass sie häufig wie ein Puffer zwischen mir und Simon wirkte. Wie oft hat sie eine Kabbelei zwischen uns ins Lächerliche gezogen, mit einer kecken Bemerkung die Stimmung entspannt, das Augenmerk auf wichtigere Dinge gelenkt. Jetzt, wo Lilli nicht mehr da ist, scheinen Simon und ich häufiger aneinanderzugeraten.

Eines Abends kommt es zwischen Simon und mir wieder einmal zum Streit – der Anlass ist sein Bierkonsum. »Findest du nicht, dass du zu viel trinkst?«, frage ich, zugegeben etwas spitz, als er sich an diesem Abend die vierte Flasche Bier aus dem Kühlschrank holt.

»Wer bist du? Meine Mutter?«, patzt Simon zurück.

Ich verzichte auf eine Antwort und strecke mich auf dem Sofa aus. Im Fernsehen läuft ein Krimi, dessen Anfang wir verpasst haben. Vergeblich versuche ich mich auf die verworrene Handlung zu konzentrieren.

Simon sitzt neben mir und spielt mit seinem Handy. Zunächst versuche ich das Gepiepe zu ignorieren, aber dann frage ich doch: »Was machst du da eigentlich?«

»Ich such einen anderen Klingelton.«

Das Gepiepe geht weiter. Im Fernsehen stehen zwei Ermittler vor einer Currywurstbude und tauschen ihre neuesten Fahndungsergebnisse aus.

»Hast du mitbekommen, wer wen ermordet hat?«, frage ich.

Simon wirft das Handy entnervt auf den Tisch. »Nein, habe ich nicht! Wen interessiert der Scheiß überhaupt?«

»Na, du hast das doch eingeschaltet, oder?«

»Aber nicht, weil es mich interessiert hätte.«

»Und warum sonst?«

Simon springt auf. »Weiß ich nicht! Ich wollte einfach …« Er verstummt.

»Was wolltest du?«

Simon läuft unruhig im Zimmer hin und her. Endlich bleibt er am Fenster stehen. Er sieht in die Dunkelheit und sagt kaum hörbar: »Ich wollte, dass die Stille aufhört.«

Polizeisirenen aus dem Fernseher.

Ich stelle den Ton ab. »Die Stille?«

Simon nickt missmutig.

»Wir können doch reden.«

Simon verzieht verächtlich den Mund und vergräbt seine Hände in den Hosentaschen. »Reden? Worüber denn?« Wütend zappelt er herum. »Man kann nicht über alles reden.« Mir fällt auf, wie blass er ist. Seit Tagen hat er sich nicht rasiert. Die Worte meines Vaters kommen mir wieder in den Sinn: »Für Simon ist der Tod unvorstellbarer als für uns.«

Sanft frage ich: »Simon, was ist eigentlich los? Mir kannst du doch alles sagen.« Als er weiter schweigt und meinem Blick ausweicht, bitte ich: »Simon, sprich mit mir!«

Es ist, als ob meine Worte ein brennendes Streichholz sind, das in einen Benzinkanister geworfen wird. Simon explodiert förmlich. Er fährt herum und brüllt: »Nein, nein, nein! Ich will nicht reden! Am allerwenigsten mit dir!« Er rennt an mir vorbei, wobei er die leeren Flaschen umstößt, reißt seine Jacke von der Garderobe und knallt die Haustür hinter sich zu. Seine schnellen Schritte verklingen auf dem Hof. Dann ist alles still.

Mein erster Gedanke gilt den Kindern. Hat Simons Ausbruch sie geweckt? Ich horche in den Flur hinaus. Aber es bleibt alles ruhig.

Das Fernsehbild flackert. Ich schalte das Gerät aus und versuche, meine wirren Gedanken zu ordnen. Was ist nur los mit Simon? Und wieso kann er »am allerwenigsten« mit mir über seine Probleme reden?

Wohin verschwindet er jetzt? Das Ganze sah wie eine Flucht aus. Hoffentlich stößt ihm nichts zu. Seit Lillis Unfall bin ich noch besorgter als sonst. »Männer machen Lärm, Frauen machen sich Sorgen«, hat Lilli mal gesagt. Ich will nicht, dass Simon so aus meinem Leben hinausläuft.

In seiner WG meldet sich nur der Anrufbeantworter, und als ich versuche, ihn mobil anzurufen, höre ich sein Handy klingeln. Es liegt nämlich noch auf dem Tisch im Wohnzimmer! Nachdenklich betrachte ich es.

Und dann klingelt es zum zweiten Mal. Ich greife danach. Auf dem Display erscheint der Name des Anrufers: »Nadine«. Ich kenne keine Nadine. Auch in Lillis Freundeskreis gab es keine Nadine. Mein Herz tut mir weh. Ich warte, bis die Mailbox antwortet. Dann lege ich Simons Handy vorsichtig auf den Tisch zurück. Ich räume das Wohnzimmer auf, stelle die leeren Flaschen in den Eingang, gehe in mein Schlafzimmer und rolle mich im Dunkeln im Bett zusammen. Und jetzt kommen doch wieder die Tränen.

Simon kehrt spät nach Mitternacht zurück. Bei dem Versuch, die Treppe hinaufzusteigen, macht er so viel Lärm, dass ich schnell zu ihm runterlaufe, damit er die Kinder nicht weckt.

Ich bugsiere ihn ins Wohnzimmer. Er ist betrunken, plumpst schwerfällig auf das Sofa und schnarcht sofort. Ich ziehe ihm die Stiefel von den Füßen, breite eine Decke über ihn und gehe wieder ins Bett.

Obwohl ich erst glaube, nicht schlafen zu können, muss ich doch eingeschlummert sein. Es ist immer noch Nacht, als mich Simon weckt. »Franziska, ich muss mit dir sprechen«, flüstert er und legt seine Hand auf meine Schulter.

»Wie spät ist es?«

»Gleich fünf.«

Etwas in seiner Stimme alarmiert mich. »Bin sofort unten.«

Als ich wenig später in die Küche trete, steht die Kaffeekanne schon auf dem Tisch. Simon ist übernächtigt, sein Dreitagebart lässt ihn noch blasser erscheinen, seine Augen liegen tief in den Höhlen, er wirkt aber hellwach. Er gießt mir wortlos einen Becher voll und schiebt mir das Kännchen mit der Milch zu. Er selbst leert seinen Becher mit großen Schlucken.

Ich hoffe, dass meine Stimme nicht zickig klingt, als ich frage: »Bist du okay? Also wieder nüchtern?«

Der Tonfall scheint der richtige zu sein. Simon nickt. »Keine Sorge. Ich musste mich vorhin übergeben. Aber das Gästeklo ist schon wieder sauber.« Er zuckt mit den Achseln. »Der Apfelschnaps war wohl zu viel ... nach dem Bier und dem Grappa.«

»Wo warst du denn?«

»Überall und nirgends. Auf dem Kiez, dann in der Schanze. Im ›Maybach‹ habe ich noch ein paar Schnäpse nachgeladen, aber dann wollten mich dort noch nicht einmal mehr die Piranhas sehen.«

Das »Maybach« ist ein Café an der Ecke Wiesenstraße/Heußweg – dort gibt es ein Aquarium mit echten Piranhas.

»Wo steht dein Auto?«

Simon wirft mir einen scharfen Blick zu. »Zu Hause natürlich. Ich fahre doch nicht, wenn ich besoffen bin.« Er scheint noch etwas sagen zu wollen, verschluckt es dann aber.

Einen Moment lang schweigen wir. Wir denken wohl beide an David und Lilli. David hatte laut Polizeibericht über zwei Promille Alkohol im Blut, als er, zusätzlich noch bekifft, mit dem Auto in den U-Bahn-Eingang krachte. Mit Mühe verdränge ich die Bilder, die wieder in mir aufsteigen. Vom kaputten Wagen, von Lilli auf dem Krankenhausbett, dem Sarg …

Ich konzentriere mich auf die nächstliegende Frage. »Warum hast du mich geweckt?«

Simon setzt sich mir gegenüber und nimmt meine Hände. Er sagt: »Ich bin schuld an Lillis Tod.«

Bevor ich darüber nachdenken kann, entziehe ich ihm meine Hände und schlinge die Arme um meinen Körper. Ich starre ihn fassungslos an, ringe nach Worten. Endlich finde ich meine Stimme wieder und presse heraus: »Was?«

Simon sitzt regungslos da. Seine Hände liegen jetzt offen auf der Tischfläche, sie sehen leer und nutzlos aus, wie im Sandkasten vergessene Kinderschippen.

Schnell schiebe ich meine Finger wieder zwischen seine. »Was sagst du da?«

Simon hält meine Hände fest. Er ist noch blasser geworden, auf seiner Stirn steht Schweiß. »Heute Abend habe ich es nicht mehr ausgehalten. Ich meine, ich habe alles ertragen. Ich habe dir geholfen, ich habe die Beerdigung organisiert, ich habe mich zusammengerissen. Weihnachten, Silvester, die Geburtstage … Aber jetzt kann ich nicht mehr.« Sein Gesicht verzieht sich, er schiebt meine Hände fort und beginnt zu weinen. Er klingt wie ein Ertrinkender, als er herauspresst: »Franzi, bitte, hilf mir! Ich weiß nicht mehr, was ich machen soll!«

Ich ziehe meinen Stuhl neben seinen und lege den Arm um seine Taille. Das Weinen kommt genauso machtvoll über ihn wie damals über mich, im Raum der Stille. Es erdrückt ihn – er bricht über dem Tisch zusammen, legt die Stirn auf das Holz. Seine Schultern zucken, sein Körper wird von Schluchzern gebeutelt.

Es dauert lange. Simon weint und weint. Zwischendurch stößt er in Bruchstücken hervor, was in jener Nacht geschehen ist.

»Ich war so eifersüchtig, weil Andreas hier aufgetaucht ist!« Er erzählt mir, dass er sich neben diesem gutgekleideten Erfolgsmenschen klein und unwichtig vorkam. »Der ist Arzt – und ich? Ich beschloss, den Abend nicht mit dir zu verbringen. Du solltest einfach mal sehen, wie das ist, wenn ich nicht da bin.«

»Du wolltest, dass ich mir Sorgen mache?«

»Ich wollte, dass du dich zu *mir* gehörig fühlst – und nicht zu diesem Doktor Wichtig!« Bei der Erinnerung daran schüttelt er den Kopf. »Wie der dich behandelt hat!«

»Aber du hast dich doch in letzter Zeit gut mit ihm verstanden.«

»Ja, aber erst nach Lillis Tod. Und ich weiß jetzt: Der ist gar nicht so übel. Sogar dein Vater kommt jetzt mit ihm klar. Aber das wusste ich damals noch nicht. Ich hatte die Hasskappe auf! So ein Arschloch. Wie der hier reinspaziert kam! Und wie entsetzt er über das Leben in der Küche war. Also ob wir ein Haufen Asozialer wären! Und du bist dem noch hinterhergelaufen. Ich fühlte mich echt beschissen. Meine Frau rennt so einem Typen nach!«

Er erzählt, wie er an dem Abend mit den Jungs aus der WG bei etlichen Bieren ein wenig »vorgeglüht« habe, wie er das nennt. »Aber die sind dann zu einer LAN-Party nach Kiel gefahren. Also bin ich allein weiter. Auf der Reeperbahn habe ich Lilli getroffen. Mit ihren Mädels im Schlepptau – und mit Oliver. Mit dem hat sie ein bisschen rumgeflirtet.« Simon unterbricht sich. Dann fährt er fort: »Wir haben zusammen getrunken und gefeiert.«

»Gefeiert« – ich habe in meiner Wohngemeinschaft mit Lilli und Simon mittlerweile gelernt, dass damit der Zustand beschrieben wird, den Papa und die Unvermeidlichen als »sturzbesoffen« definieren.

»Wir saßen da also rum und haben gefeiert und waren gut in Stimmung. Ohne David kann Oliver sehr witzig sein, und wir haben viel gelacht. Besonders Lilli ...«

Einen Moment lang steht Lillis Pfirsich-Lächeln vor uns – ihre rauhe Stimme klingt in unseren Ohren, diese Stimme, die beim Lachen mitunter so unerwartet kiekste, dass es alle anderen mitriss.

»Aber dann tauchte aus heiterem Himmel David auf. Er war ziemlich zu und hat sich als Lillis Macker aufgespielt. Lilli hat zwar mehrfach gesagt, dass sie mit ihm fertig ist, aber David hat immer wieder Lisa-Marie ins Spiel gebracht und Lilli jedem, der es hören wollte oder nicht, als ›die Mutter meines Kindes‹ vorgestellt. Lilli war das sehr peinlich. Dann hat sich David mit mir angelegt. Er hat nach dir gefragt und ob ich Freigang aus dem Seniorenheim hätte. Wir haben uns fast geprügelt und sind deswegen aus dem Klub geflogen. Draußen ging es aber weiter, denn David hat mit dem Mercedes seines Alten angegeben. ›Tja, das sind Klassewagen, für so was haben Leute wie du kein Gefühl‹, hat er rumgegrölt.«

Ich nicke, denn ich weiß, wie arrogant David sein konnte.

Wenn Simon überhaupt Auto fährt, nimmt er manchmal

das sogenannte WG-Mobil, einen betagten Opel Astra, den einer seiner Mitbewohner von seinem Vater geerbt hat.

»Wieso bist du schuld an Lillis Tod?«, frage ich.

Simons Augen erinnern mich an die eines Tieres in Todesnot. Schließlich flüstert er: »Weil ich mit David dieses Scheißautorennen gefahren bin.«

Eine stählerne Hand krallt sich um meinen Magen. Mühsam bringe ich heraus: »Autorennen? Was für ein Autorennen?«

»Wir waren beide besoffen. Ich habe dann gesagt, dass er vielleicht die schickere Karre hat, dass es aber immer drauf ankommt, wie man ein Auto fährt. Hundertfünfzig Sachen macht der Astra auch.«

»Die kann man in der Stadt aber nicht fahren.«

»›Kommt drauf an, wo, wann und wer‹, hat David gesagt. Und dann haben wir verabredet, dass wir doch mal sehen wollen, wer besser ist. Was für Idioten wir waren!« Simons Gesicht wird klein, tiefe Falten zeigen sich um seinen Mund, die Augen glänzen unnatürlich über den dunklen Schatten auf seinen Wangen.

»Und Lilli …?«

Simon zuckt zusammen. »Lilli ist irgendwann dazwischengegangen.«

»Aber wieso ist sie in Davids Wagen gestiegen?«

Simon hebt gequält die Achseln. »Das hab ich nicht richtig mitbekommen. Ich habe mein Auto geholt, und als ich bei Davids Mercedes ankam, saß sie plötzlich auf dem Beifahrersitz.«

Er streicht sich über die Stirn. »Und das hat dich nicht von diesem Rennen abgehalten?« Meine Stimme klingt schrill.

Simon schüttelt den Kopf und spricht durch seine Finger.

»Nein. Das heißt: Anfangs schon, aber dann hat David an der Ampel wieder den Dicken markiert. Er hat mir den Stinkefinger gezeigt und ist losgefahren – da bin ich einfach hinterher. An Lilli habe ich überhaupt nicht gedacht. Außerdem wollte ich doch niemanden totfahren!«

Bei dem Wort »totfahren« schluchze ich auf. Ohne darüber nachzudenken, ziehe ich Simon an mich. Wir halten uns im Arm.

Simon sieht mich nicht an, als er sagt: »Wir sind also die Reeperbahn runter, in die Budapester rein. Alles ging wahnsinnig schnell, ich kann mich kaum daran erinnern. Das ist alles völlig verschwommen. War ja schon lange nach Mitternacht. Die Straßen waren leer. Dann die Kieler längs über den Eimsbüttler Marktplatz. Da habe ich sie abgehängt, bin vor ihnen in den Heußweg. Wir wollten ja zur Osterstraße.« Er pausiert, sucht meinen Blick. Mein Gesicht muss mein Entsetzen derart widerspiegeln, dass er schnell wieder wegschaut. Stockend beendet er seine Erzählung: »Ich weiß nicht, was mit mir los war. Ich war eifersüchtig, unglücklich und besoffen. Ich hätte gar nicht mehr fahren dürfen. Aber ich wollte es dem Scheiß-Mercedes-Arsch einfach zeigen.«

Und Andreas und mir! Laut sage ich: »Und der Unfall?«

»Von dem habe ich überhaupt nichts mitbekommen. Ich habe sie ja schon an der Ampel Eimsbüttler Markt überholt, und damit war klar, dass ich gewonnen hatte. Ich bin mit großer Geste an ihnen vorbei.« Er strafft seinen Körper und markiert einen militärischen Gruß. »Dann bin ich einfach nach Hause gefahren. Sollten mich doch alle kreuzweise! Zu Hause habe ich mir noch ein paar Bier reingezogen. Und es gab noch eine halbe Flasche Wodka …«

Er legt die Stirn auf den Tisch. Es ist still in der Küche.

Simons Stimme klingt jung und sehr verloren, als er später sagt: »Er muss gewendet haben. Denn eigentlich war das ja die falsche Richtung.«

Wir werden nie erfahren, was in Lillis und Davids letzten Lebensminuten vorgefallen ist. Aber Simons Bericht lässt den Schmerz, den ich schon ein wenig gemildert geglaubt hatte, mit unverminderter Heftigkeit wieder aufbrechen. Lillis Tod erscheint nun noch sinnloser. Das entsetzliche Ende eines Autorennens zwischen zwei frustrierten, betrunkenen, von Hormonen gesteuerten Jungmännern.

Aber Simon ist so verzweifelt, dass ich nicht wütend auf ihn sein kann. Wie muss ihn das Geschehnis gequält haben! Ich streiche über seinen Rücken.

Simon hebt den Kopf. »Seitdem erlebe ich dieses Scheißrennen immer wieder: Ich sehe Lilli neben David sitzen, als ich sie überhole. Ich sehe sie jeden Morgen, wenn ich aufwache. Ich sehe sie, wenn ich die Augen schließe. Und ich weiß, ohne mein Verhalten wäre sie noch am Leben. Und David auch.«

Es gibt nichts, was ich zu seinem Trost sagen kann. Wir trinken den Kaffee, manchmal halten wir uns an den Händen. Es ist wie eine Totenwache.

Es wird hell. Simon sagt: »Ich muss dir noch etwas sagen, Franzi.«

Ich weiß nicht, wie viel ich noch aushalten kann. Simon lehnt sich an mich. Seine Stimme ist fest. »Ich gehe weg, Franzi. Ich habe die Chance, im Airbus-Werk in Toulouse zu arbeiten. Ich glaube, das mache ich.«

Ein scharfer Schmerz durchzuckt mich, und ich rücke von ihm ab. Es tut weh. Ich will rufen: »Nein, bitte lass du mich nicht auch noch allein! Bleib bei mir, bleib bei uns!« Aber als ich seinen bittenden Blick sehe, nehme ich mich zusammen. Ich weiß nicht, was ich sagen soll. Ich kann ihn verstehen. Er will das alles hinter sich lassen. Neu anfangen. Ich darf ihn nicht aufhalten. Obwohl sich mein Herz zusammenkrampft, versuche ich mich an einem Lächeln. »Das ist wirklich eine große Chance. Herzlichen Glückwunsch!«

»Aber kann ich dich denn allein lassen?«

Simon nimmt wieder meine Hand. Seine ist kalt. Ich rubble seine Finger zwischen meinen wie die Mutter eines Kindes, das die Handschuhe vergessen hat. Leichthin sage ich: »Ich bin doch nicht allein. Ich habe meinen Vater, Rudi und Helmut, Tina. Und die beiden Mäuse.« Tapfer schlucke ich die Tränen hinunter.

Im Obergeschoss sind die Kinder wach geworden. Behutsam mache ich mich von Simon los. »Ich gehe lieber mal hoch, bevor sie anfangen zu weinen.« Ich drücke ihm einen Kuss auf die Wange und wende mich zum Gehen. Als ich die Stufen hinaufsteige, habe ich das Gefühl, kiloschwere Eisengewichte an den Beinen zu haben. Simon sitzt am Tisch und starrt vor sich hin. Und ich weiß, dass er noch genauso da sitzen wird, wenn ich mit den Kindern nach unten komme. Er wird Lisa-Marie, die Lilli so ähnlich sieht, auf den Schoß nehmen, und er wird wahrscheinlich nie aufhören, sich die Schuld am Tod ihrer Mutter zu geben. Jetzt ist also eingetreten, wovor ich so große Angst hatte: Simon und ich werden uns trennen. Das ist der Anfang vom Ende. Denn ich spüre instinktiv, dass das, was Simon und ich hatten, keine weiten Entfernungen aushält.

Oben hole ich die Mädchen aus ihren Betten. Amélie krabbelt sofort zum Bobbycar, während sich Lisa-Marie noch etwas verschlafen in meinen Arm kuschelt. Ihre Augen sind von demselben Blau, wie Lillis Augen waren. Dann geschieht etwas Merkwürdiges. Wie in einem Film sehe ich vor meinem inneren Auge, wie Lilli Simon auf die Schulter klopft. Und ich höre sie sagen: »Mach dir keenen Kopp, Junge! Und macht alle mal hinne mit eurem eigenen Leben. Mir nützt det allet nischt. Ick bin ja schon tot! Ihr schafft det schon! Wetten?«

Ich setze auf jede Hüfte ein Kind und teile den beiden mit: »Wir schaffen das. Und Simon schafft das auch.« Wir müssen nur noch eine Weile länger durch die Dunkelheit tappen, erst dann wird eine neue Zeit beginnen. Es heißt, dass jedem Neubeginn ein Zauber innewohnt. Ich werde auf den Neubeginn warten. Geduldig. Und gespannt.

18. Kapitel

Niemand erwartet etwas von uns
Niemand traut uns etwas zu
Aber das Fenster steht offen
Der Himmel ist leer
Die Straße ist leer
Die Nacht erwartet uns.

Bernd Begemann: »*Wir werden uns umsehen*«

Jetzt muss es aber langsam besser werden!«, sagt Papa, als er einige Tage nach Simons Geständnis an meinem Küchentisch sitzt. Es ist ein kalter, sonniger Märztag. Die Kinder sind nach dem Mittagsschlaf munter und aufgekratzt und krabbeln zwischen Spielzimmer und Küche hin und her. Beide können an der Hand recht gut laufen, aber auf den Knien sind sie immer noch schneller. Obwohl Papa die Sache mit dem Autorennen sehr aufregt und er über Simon und seine Verantwortungslosigkeit lauthals geschimpft hat, ist ihm seine Genugtuung anzusehen. Schließlich hat er mich schon frühzeitig darauf hingewiesen, dass hinter Simons Verschlossenheit und Kummer und seinem verstärkten Alkoholkonsum mehr steckt als normale Trauer.

Wir warten auf Herrn Scherz, der sich wieder einmal zu einem Besuch angesagt hat. Herr Scherz hat Papa verraten, dass er nach der Schule erst Konditor gelernt, aber später umgesattelt hat. Jetzt gehören Kekse der unterschiedlichsten Sorten zum Kaffeetrinken mit Scherz. In der Zwischenzeit hat Lisa-Marie einen gesetzlichen Vormund, was sich viel bedeutender anhört, als es eigentlich ist. Denn wir bemerken von dem Vormund, einer Frau Schulze, gar nichts. Sie ist ein Name und eine Telefonnummer in meinem Telefonbuch. Müsste bei Lisa-Marie zum Beispiel eine lebensnotwendige Operation vorgenommen werden, würde bei ihr angefragt werden, und sie müsste etwas entscheiden – *nachdem* sie sich mit mir beraten hat. Ich bin derzeit eine Art Pflegemutter für Bim, und wenn alles gutgeht, werde ich irgendwann ihre Adoptivmutter sein. Aber die Mühlen mahlen langsam, bevor das, was in der Wiesenstraße längst Realität ist, bürokratisch mit Brief und Siegel abgesegnet ist.

Scherz greift begeistert nach einer Nussecke. »Köstlich, Herr Schneider!«

Er erzählt, dass er sich immer amüsiert, wenn über Prominente in der Zeitung steht, sie hätten ihr fünfmonatiges Kind vor drei Monaten adoptiert. »Das ist praktisch kaum möglich. In Deutschland hat eine abgebende Mutter nach der Geburt ja zunächst einmal drei Monate Zeit, es sich noch einmal anders zu überlegen.«

Das verstehe ich nicht. Scherz erklärt: »Eine Mutter entschließt sich beispielsweise schon vor der Geburt, ihr Kind zur Adoption freizugeben. Dann bringt sie es zur Welt, und es wird vom Jugendamt den potenziellen Adoptiveltern übergeben. Die leibliche Mutter hat nun drei Monate Zeit, ihre Lebenssituation noch einmal zu bedenken. Dann erst kann sie zu einem Notar gehen und der Adoption zustimmen.«

Papa fragt nach: »Das heißt, wenn sie es sich anders überlegt, kann den Adoptiveltern das Kind wieder weggenommen werden?«

Scherz nickt und betrachtet andächtig den Teller mit den

Nussecken. »Ja, das kann passieren. Manchmal taucht zum Beispiel unerwartet noch eine Tante auf, die der leiblichen Mutter unter die Arme greift. Oder der Kindsvater. Wir denken immer, am besten ist es, wenn Kinder bei ihren Eltern aufwachsen.«

»Auch, wenn die Eltern ihr Leben nicht im Griff haben?«

»Wer beurteilt denn, was ›ein Leben im Griff haben‹ ist? Sie würden staunen, wie häufig die Geburt des eigenen Kindes aus unorganisierten Menschen verantwortungsbewusste Eltern macht. Darüber berichten die Medien übrigens nie ...« Er nimmt einen Schluck Kaffee. »Die Beziehung zwischen Eltern und Kindern ist unendlich kompliziert, und sie ist exklusiv. Es gibt nur einen Vater und eine Mutter in unserem Leben. Nur zu einem Menschen werden wir Mama sagen.« Er lächelt mir zu. »Ich weiß, dass Lisa-Marie zu ihrer Mutter und Ihnen Mama sagte – zunächst. Aber schon in wenigen Wochen hätte sie differenziert und erkannt, dass Frau Urbschat ihre Mutter war und Sie Amélies. Jetzt werden Sie für beide Mädchen diese exklusive Position übernehmen.«

Er sieht sich in der Küche um und betrachtet lange ein Foto von Lilli, Lisa-Marie, Amélie, Papa, den Unvermeidlichen und mir, das bei einem unserer legendären Suppen-Essen entstanden ist und jetzt an der Kühlschranktür hängt. »Wirklich eine nette Familie«, sagt Scherz zufrieden und lächelt mir zu.

Vor uns auf dem Tisch steht eine Erinnerungskiste, die Tina und ich für Lisa-Marie zusammengestellt haben. Darin befinden sich Lillis Klimperarmreifen, ein kleiner Samtsack, in dem Lilli ihren weiteren Schmuck aufbewahrte, ein paar Christbaumkugeln, einige schöne Steine und Muscheln, Souvenirs eines Strandspaziergangs, ein Zementbrocken, der angeblich aus der Berliner Mauer stammt, ein pinkfarbenes

Samtband. »Die Kiste werden wir Lisa-Marie geben, wenn sie alt genug ist. Und ich habe auch noch Lillis iPod und einen Datenstick, auf dem kleine Filmchen von uns allen sind, die Lilli und Simon, ein gemeinsamer Freund von uns, im letzten Jahr mit dem Handy aufgenommen haben«, erkläre ich. Herr Scherz wischt seine Hände mit einer Papierserviette sauber, damit keine Kekskrümel in die Kiste fallen. Sorgsam nimmt er nacheinander unsere Erinnerungsstücke aus der Kiste. Er wirft zuletzt einen Blick in das Samtsäckchen mit dem Schmuck und legt dann alles sorgfältig wieder zurück.

»Wie ist eigentlich die letzte Untersuchung beim Kinderarzt verlaufen?«, fragt er unvermittelt. Ich hole die gelben Untersuchungshefte der Kinder. »Alles prima!« Herr Scherz blättert schnell die Hefte durch. Dann steht er auf. »Ich möchte mir gern, bevor ich mich verabschiede, noch einmal das obere Geschoss ansehen.« Vorsichtig versucht er aufzustehen, was dadurch erschwert wird, dass sich Amélie an seinem Knie festklammert. Sanft nimmt Scherz ihre Hand.

»Guck mal, Bim ist allein aufgestanden«, bemerkt Papa.

Wir sehen zu Lisa-Marie hinüber. Sie lacht und ruft: »Mi!« Ein Laut, den sie derzeit auf Spielzeuge, Essen und vor allem auf Amélie anwendet. Sie wühlt in der Plastikkiste, in die wir alles hineinwerfen, was wir abends aus den Ecken der Küche klauben: ausrangiertes Strandspielzeug, Bauklötze, Plastikfiguren, einen alten Holzlöffel, einen schlaffen Luftballon, kleine Bälle. Denn obwohl die Kinder ein Spielzimmer haben, verteilen sie natürlich ihr Spielzeug über das ganze Untergeschoss. Bim hält sich nur noch wenig an der Kiste fest. Bald wird sie sicher laufen.

»Bim und Mi! Säuglinge sind sie wirklich nicht mehr«, sage ich.

Papa nickt. »Erst lernen sie laufen, dann laufen sie ins Leben – so ist das nun mal. Deine Mutter hat immer gesagt: ›Kinder sollte man in Liebe marinieren, dann sind sie mit sechzehn schön durch.‹« Er lacht leise. »Mir gefiel, wie sie versucht hat, meine Küchensprache auf völlig andere Dinge anzuwenden.« Er wird wieder ernst und nimmt Scherz Amélie ab, die sich immer noch an dessen Hand klammert. Vorsichtig hilft er ihr, sich auf ihren Windelpopo fallen zu lassen. »Schade, dass deine Mutter dich mit sechzehn nicht mehr erleben konnte.« Er nickt Scherz zu, der sich bei unserem kleinen Wortwechsel diskret zurückgehalten hat. »Kommen Sie, ich zeige Ihnen die Belletage.« Natürlich wollen die Kinder mit, und so stehen wir wenige Minuten später alle in dem kleinen Flur, von dem die drei oberen Zimmer und das Badezimmer abgehen. Papa folgt den Kleinen auf dem Weg in ihr gemeinsames Schlafzimmer, während Scherz sich in Lillis Zimmer umsieht. Es stehen noch ihre alte Möbel darin, aber sie selbst ist kaum noch spürbar: Die für sie typische Unordnung fehlt. Keine Wäschestapel, keine wehenden Tücher an Schränke gehängt und über Stühle geworfen. Verschwunden die stets leicht eingestaubte Armada von Nagellackfläschchen in verrückten Farben. Ihre Klamotten sind im Schrank verstaut, ihre Schuhe stehen ungewohnt ordentlich in Paaren an der Wand. Ihr Nippes, kleine Figuren, Karten, Souvenirs, drängelt sich in Zweierreihen auf dem untersten Regalbord. Das ist alles Tinas Werk, und ich bin ihr dankbar dafür, denn ich konnte mich bisher noch nicht überwinden, Lillis Sachen auszusortieren. Scherz blickt sich um. »Ich verstehe, das wird sicher erst einmal ein Gästezimmer, und später wird sich eines der Mädchen hier austoben können. Sehr schön!« Er stutzt. »Ach was, das ist mir beim letzten Mal gar nicht aufgefallen!«

Er zeigt auf das Poster der Band »Die Befreiung«. »Die habe ich mal live gesehen! Vor zwei, drei Jahren war das.«

Ich versuche mir erfolglos den rundgesichtigen, korrekten Scherz mit seinem schlammfarbenen Wolljackett auf einem Live-Konzert vorzustellen. Er ahnt nichts von meinen Zweifeln und plaudert weiter: »Wer weiß, vielleicht waren Frau Urbschat und ich ja einmal gemeinsam auf einem Konzert. Die sind häufig im ›Knust‹ aufgetreten. Und da waren immer jede Menge hübscher Mädchen.« Er lächelt mir zu. »Der Leadsänger ist ein Kracher. Hat mich manchmal an Elvis erinnert.«

Aufatmend schließe ich wenig später die Tür hinter ihm. Obwohl mir Scherz immer wieder versichert, dass ich mir »wohl keine Sorgen« machen muss, werde ich erst völlig ruhig sein, wenn das Adoptionsverfahren durchgestanden ist. Und das kann dauern. Aber Lisa-Marie ist bei uns, und daran wird sich »wohl« nichts mehr ändern.

Während ich den Kaffeetisch abräume, denke ich darüber nach, wie drastisch sich meine kleine Welt verändert hat. Und sie wird sich weiter verändern – die Kinder werden wachsen, Simon wird nach Toulouse gehen, ich bleibe mit den Kindern zurück.

»Nicht völlig allein!«, hat Andreas bei unserem letzten Telefonat gesagt. »Ich bin ja auch noch da.«

Er hat uns neulich besucht und in einem kleinen Hotel im Schanzenviertel übernachtet. Am Samstag fuhren wir in den Wildpark Schwarze Berge, wo die Kinder die herumlaufenden Hängebauchschweine streicheln durften und – auf unseren Armen in Sicherheit – die anderen Tiere bestaunten. »Was meinst du, wie schön sie das finden, wenn sie erst größer sind!«, hat Andreas gesagt – es klang so, als hätte er fest vor, mit dabei zu sein.

Simon war an diesem Tag zu Vorgesprächen in Toulouse. Ich war darüber erleichtert, obwohl ich ihm mehrfach versichert habe, dass es keinen Grund für ihn gibt, auf Andreas eifersüchtig zu sein.

Tina glaubt, dass ich nicht ehrlich bin und Simon etwas vormache. »Natürlich hat er Grund, eifersüchtig zu sein! Andreas liebt Amélie, und ich denke, dass er auch dich liebt. Immer noch!«

Ich weiß noch nicht, was ich fühle. Andreas' Gegenwart ist angenehm, und es rührt mich, ihn mit den Kindern zusammen zu erleben. Aber ich weiß auch von Andreas' Freundin, und ich selbst fühle mich weiter an Simon gebunden, obwohl wir seit Lillis Beerdigung keine Nacht mehr miteinander verbracht haben. Das heißt, wir verbringen die Nächte häufig in einem Bett, aber wie auf eine geheime Verabredung hin schlafen wir nicht mehr miteinander. Trotzdem sind wir unvermindert zärtlich, nehmen uns in die Arme, schlafen eng umschlungen ein.

Die Unbeschwertheit zwischen uns ist verflogen. Ich spüre den Altersunterschied zwischen Simon und mir deutlicher. Für mich sind Amélie und Bim das Wichtigste – in seinem Leben steht er selbst im Mittelpunkt. Seine Karriere, sein Leben, sein Spaß. Er denkt an sich, ich denke an mein Kind.

Nadine, so hat sich herausgestellt, ist übrigens die Kollegin in Toulouse, die für die Mitarbeiter aus Deutschland zuständig ist. Papa weiß, dass Simon nach Toulouse will, aber er hält sich mit Vermutungen über unsere Beziehung dankenswerterweise zurück und behandelt Simon nach wie vor mit der für ihn typischen freundschaftlichen Knorrigkeit. Eines habe ich in den letzten Monaten gelernt: Papa weiß immer mehr, als er sagt. Und sicher, er ist ein alter Sturkopf mit Rollvenen, aber er hat ein großes Herz. Er mag mehr Menschen, als ich jemals gedacht hätte. Derzeit kümmert er sich geradezu rührend um eine alte Dame vom Seniorenmittagstisch, die an Alzheimer leidet, und er sitzt auch unter der Woche häufig mit Lucia und ihren Brüdern zusammen und hilft ihnen bei den Hausaufgaben.

Jetzt holt mich sein Gelächter aus meinen Gedanken. Er liegt auf dem Boden, während Amélie und Lisa-Marie versuchen, einen Bauklotz in seinen Rollkragen zu stecken. Papa fängt meinen gerührten Blick auf und sagt fast beschwörend: »Franziska, jetzt wird nicht mehr geheult!« Er hilft mir, die Kinder ins Bett zu bringen und dann macht er mir den Vorschlag, Lillis Zimmer endlich ganz auszuräumen.

Er hebt beide Daumen. »Was du heute kannst besorgen, das verschiebe nicht auf morgen!« Er zieht mich vom Sofa hoch und schiebt mich die Treppe hinauf. In Lillis Zimmer öffnet er eine Schublade. »Hier, ich habe schon Müllbeutel bereitgelegt. Komm schon, Franzi!«, ermuntert er mich noch einmal. Und weil ich nichts anderes vorhabe, lasse ich mich schließlich von seinem Aktionismus anstecken.

»Das geben wir in die Altkleidersammlung«, bestimmt Papa und versenkt Lillis pinkfarbenes Hängerchen in einen Karton. »Sie hatte ja einen reichlich exzentrischen Geschmack.« Dann zupft er einen riesigen graubraunen Norwegerpullover mit Rundhals aus dem Stapel. »Was ist das denn? Ob der mir wohl passt? Einen dicken Pullover könnte ich gut gebrauchen.« Er zieht seinen Rollkragenpullover über den Kopf und schlüpft in den anderen. »Passt!«, verkündet er und breitet die Arme aus. »Wie sehe ich aus?«

Mir liegt ein »Lächerlich!« auf der Zunge, denn vorn auf dem Pullover prangt ein Elch mit einem Cowboyhut. Aber ich schlucke meinen Kommentar hinunter. So furchtbar ist der Pullover nicht – und außerdem: Er hat keinen Rollkragen! Papas faltiger Altherrenhals reckt sich kampflustig aus dem wollenen Elchgewimmel. Frisch wirkt er, unternehmungslustig. Also nicke ich anerkennend. »Die Farben stehen dir.«

Am traurigsten finde ich, Lillis Schuhe auszusortieren. Jacken, T-Shirts, Mäntel – die kann man reinigen lassen, dann sind sie fast wie neu. Aber getragenen Schuhen haftet etwas sehr Persönliches an. Füße formen die Schuhe individuell. Getragene Schuhe – das ist eine gänzlich andere Sache als ein getragenes Jackett. Wir entschließen uns, Lillis Turnschuhsammlung wegzuwerfen. »Jeder hat das Recht auf seine eigenen Schweißfüße«, kommentiert Papa naserümpfend.

Als ich aufatmend die Schuhabfalltüte verknote, schaue ich auf das Plakat der Band »Die Befreiung«. »Das möchte ich hängen lassen!« Die vier Männer blicken ernst und kritisch unter ihren halblangen Frisuren vom Plakat. »Neben dem Elvis-Bild hat Lilli dieses Poster als Erstes aufgehängt. Ich habe die Gruppe nie gehört.«

»Vielleicht hat Lilli David bei einem Konzert von denen kennengelernt?«

So vieles über Lilli werde ich nie erfahren.

Papa hebt den Schuhsack prüfend hoch. »Den nehme ich gleich mit zum Container. Und sonst …«

Als er sich im Zimmer umsieht, erinnert mich das an unser Gespräch damals beim Arzt. Ich folge einer plötzlichen Eingebung. »Papa, möchtest du eigentlich immer noch hier einziehen?«

Er runzelt die Stirn, setzt sich auf das abgezogene Bett und schaut mich ernst an. Dann antwortet er: »Vor Amélies Geburt habe ich mir das sehr gewünscht. Aber jetzt mit den beiden Kindern brauchst du den Platz. Außerdem, warte ab, mein Mädchen, du bleibst nicht lange allein.« Bevor ich nachfragen kann, sagt er: »Natürlich werde ich dir immer zur Seite stehen, aber ich werde auch nicht jünger. Und … Ich habe mittlerweile andere Pläne.« Und dann erzählt er mir, dass er mit Helmut und Rudi innerhalb der nächsten zwei Jahre eine Alten-WG aufmachen will. Grinsend fügt er hinzu: »Wir legen zusammen und leisten uns später eine attraktive Schwester.« Dann wird er wieder ernst. »Weißt du, nicht zuletzt durch Lillis Tod habe ich endlich verstanden, dass ich loslassen muss. Man kann nichts im Leben für immer festhalten.«

Ich sehe ihn verwirrt an. Papa hält mir seine Hand hin. Als ich sie ergreife, zieht er mich neben sich. »Ja, Franzi, ich muss endlich lernen, dich loszulassen!«

»Ich habe es gar nicht so empfunden, dass du mich festhältst.«

»Ich glaube, du hast dich oft von mir kritisiert gefühlt. Das ist auch eine Art, jemanden nicht loszulassen. Immer an ihm herumzunörgeln.«

»Du traust mir so wenig zu.«

»Weil ich immer Angst um dich habe. Hatte! Dass du es nicht schaffst. Du bist doch mein kleines Mädchen. *Unser* kleines Mädchen. Aber seit deiner Trennung von Andreas habe ich neue Seiten an dir entdeckt. Und dass du jetzt Lisa-Marie aufnimmst, hat mir endgültig gezeigt: Du bist stark, und du kannst dein Leben allein regeln – und das mit zwei Kindern.«

»Aber ich brauche dich mehr denn je.«

»Ja, als Wegbegleiter. Nicht mehr als einer, der dir den Weg *bereitet.* Und weißt du was? Das macht mich unglaublich stolz. Und wann immer du mich brauchst und ich es noch kann, werde ich da sein.« Er legt den Arm um mich. In dieser so ungewöhnlichen Haltung sitzen wir einen Moment lang. Ich bin genauso erschrocken wie er, als ich ihn küsste. Ich glaube, Arm in Arm haben wir noch nie gesessen.

Papa sagt: »Weißt du, ich habe deiner Mutter versprochen, auf dich aufzupassen. Kannst du dich noch an unseren Ausflug nach Berlin erinnern? Als wir dich im Zoo verloren haben?«

»Natürlich. Warum?«

»Damals hat sie mir zum ersten Mal gesagt, wie krank sie wirklich ist. Wir haben dich überhaupt nur aus den Augen verloren, weil wir so mit uns und unserem Kummer beschäftigt waren. Wir wollten doch zusammen alt werden.« Er wischt sich über das Gesicht. »Nach der Geschichte im Zoo hat sie mir das Versprechen abgenommen, dass ich mich um dich kümmern werde. ›Das darf nie wieder geschehen!‹, hat sie immer wieder gesagt. ›Unsere Probleme und meine Krankheit dürfen nicht dazu führen, dass wir Franziska verlieren!‹« Er macht eine Pause. »Als sie dann nicht mehr war, hatte ich oft das Gefühl, versagt zu haben.«

Das ist alles neu für mich. Etwas liegt schwer auf meiner Brust, ich habe Schwierigkeiten zu atmen.

Und dann geschieht das, wovor ich immer die größte Angst hatte: Wir sprechen über Mamas Tod – und es fällt uns erstaunlich leicht. Im Halbdunkel von Lillis leerem Zimmer frage ich meinen Vater, warum er damals alle Pflanzen in Mamas Garten abgeholzt hat.

Er schweigt lange, aber er hält dabei meine Hand. Dann sagt er: »Als klar war, dass sie nie mehr nach Hause zurückkehren würde, konnte ich den Garten nicht mehr ertragen. Ich musste zerstören, was sie geliebt hat, um ihren Verlust aushalten zu können.«

Als Papa an diesem Abend nach Hause geht, umarmen wir uns lange schweigend. Er geht über den Hof, und bevor er durch die Einfahrt verschwindet, dreht er sich noch einmal um. Ich winke ihm nach. So wie ihm Mama auf dem Weg zur Arbeit nachgewinkt hat.

Dann steige ich die Treppe hinauf und öffne die Schublade, in der der Bilderrahmen mit Mamas Lieblingsgedicht zwischen meiner Wäsche liegt. Ich nehme ihn heraus, setze mich in meinen Sessel und lese halblaut:

Viele Drachen stehen in dem Winde,
Tanzend in der weiten Lüfte Reich.
Kinder stehn im Feld in dünnen Kleidern,
Sommersprossig, und mit Stirnen bleich.
In dem Meer der goldenen Stoppeln segeln
Kleine Schiffe, weiß und leicht erbaut …

In meiner Vorstellung überlagern sich die Stimmen von meinen Eltern. Ich höre meine eigene Stimme und doch ihre. Ich fühle mich wieder wie eines der kleinen weißen Schiffe, das über goldene Wellen segelt. Etwas einsam und doch zielsicher. Ich habe wertvolle Fracht geladen. Meine beiden Mädchen, Amélie und Lisa-Marie. Sie sind klein und zart, doch die Liebe meiner Eltern, Lillis Liebe und meine Liebe tragen unser kleines Schiff sicher durch Wellentäler und -berge. Lange sitze ich so an diesem Abend. Ich lege den Rahmen nicht mehr zurück in die Schublade, sondern stelle ihn auf die Fensterbank in meinem Zimmer, neben die Papierschiffchen, die mir Simon mit den Namen der Kinder bei ihrer Geburt ins Krankenhaus gebracht hat. Zweimal schleiche ich noch nach unten. Beim ersten Mal hole ich die ersten Schiffchen, die Simon gefaltet hat und die noch immer auf der Küchenfensterbank zwischen den Kräutern stehen: Jetzt habe ich meine eigene kleine Flotte. Beim zweiten Mal gehe ich zur Garderobe und nehme Lillis Lieblingslippenstift aus meiner Manteltasche. Jetzt beginnt etwas Neues, ich brauche keinen Talisman mehr. Ich stelle den Lippenstift wie eine Kerze vor den Bilderrahmen. Nach kurzer Überlegung lege ich noch ein Papier dazu, das ich seit Monaten hüte wie einen Schatz: Darauf sind, rot und blau, die Abdrücke der Händchen von Amélie und Lisa-Marie, die wir an Lillis Beerdigungstag gemacht haben. Einen Moment lang stehe ich vor meinem kleinen Hausaltar. Dann gehe ich endlich schlafen.

19. Kapitel

Du warst da
Als ich traurig war
Jetzt blick ich zurück
Und sehe ein gutes Jahr.
Bernd Begemann: »*Irgendwie klappt es mit uns*«

Franziska, jetzt wird nicht mehr geheult!«, hatte Papa an dem Tag gesagt, als wir Lillis Zimmer ausräumten. Und als wäre das ein Zauberspruch, gelingt es mir in der folgenden Zeit, mich daran zu halten.

Mit jedem Monat schwindet der Schmerz über den Verlust von Lilli ein Stück mehr. Am Ende spüre ich ihn nur noch als festes Band, das meinen Oberkörper umspannt und sich manchmal qualvoll zusammenzieht.

Nachdem ich mich zunächst dagegen gewehrt habe, etwas in der Wohnung zu verändern, packt mich nach dem Ausräumen von Lillis Zimmer die Renovierungswut. Papa und Tischlerin Sophie haben mit vereinten Kräften Lillis alte Möbel abgebaut, zerlegt und zum Trödler transportiert. Die Wickie-Wickelkommode haben sie in das Schlafzimmer der Kinder gestellt, die muss natürlich bleiben. Danach wurde Lillis Zimmer in einem hellen Zitronengelb gestrichen. Mit einer bequemen Schlafcouch und einem Schrank verwandeln wir Lillis Zimmer in ein Gästezimmer. Hier legt sich Papa auch gern hin, wenn er Babysitter ist. Nur das Poster der »Befreiung« hängen wir erneut auf.

»Ein bisschen mehr Befreiung täte allen gut«, sagt Papa. Als er meine fragende Miene sieht, zählt er auf: »Befreiung von der Steuer, von schlechter Laune …« Wir grinsen uns an.

Ich fahre fort: »Befreiung von Nieselregen.«

»Von Mundgeruch!«

»Befreiung von schlechter Rap-Musik!«

»Oder vom Shopping-Kanal!«

»Befreiung von Rollvenen.« Damit überschreite ich jedoch eine Grenze. Papas Gesicht verschließt sich. Er sieht wütend aus. Schnell versuche ich die Situation zu retten: »War nur ein Scherz.«

Papas Gesicht über dem Elchmotiv seines neuen Lieblingspullovers entfaltet erneut seine tausend Lachfalten. »Reingelegt!« Er nutzt meine Überraschung und nimmt mich kurz und herzlich in die Arme. Mittlerweile umarmen wir uns bei jeder Begrüßung. Unsere neuen Umgangsformen reißen Tina zu der Bemerkung hin: »Man könnte meinen, ihr wärt frisch verliebt.«

Damit liegt sie gar nicht so falsch. Seit unserer Aussprache ist das Eis zwischen Papa und mir geschmolzen. Ich habe erkannt, wie sehr die Angst, die er als allein erziehender Vater um mich hatte, sein Verhältnis zu mir geprägt hat. Andererseits scheint er mich mittlerweile auch besser zu verstehen.

Jetzt zieht mich Papa liebevoll am Ohr. »Entschuldige, die Sache mit den Rollvenen war eine Steilvorlage für mich. Aber es erschüttert mich doch, dass du mir nicht zutraust, einen Witz zu verstehen.« Er hebt kämpferisch seine Faust vor dem Poster. »Meine befreiten Herren, auch wenn ich von Ihnen noch nichts gehört habe: Die Befreiung von Rollvenen sollten Sie in Ihrem Repertoire nicht vernachlässigen.«

Nach Ostern beginnt Simon bei seiner neuen Arbeitsstelle

in Toulouse. Die leidenschaftliche Anziehung zwischen uns hat sich auf Zehenspitzen aus dem Staub gemacht. Die Liebesnacht nach Lillis Tod war der Epilog unseres Begehrens – für ihn und auch für mich. Wir sprechen nicht darüber, und es herrscht das stillschweigende Abkommen, auf ein letztes romantisches Treffen mit Übernachtung zu verzichten.

Stattdessen verabreden wir uns am Vorabend seiner Abreise zum Essen in dem italienischen Restaurant »Da Leo« in der Weidenallee, einem unserer Lieblingslokale. Simon trägt ein weiches Jeanshemd, das mich an das Wiedersehen nach unserer ersten Nacht denken lässt. Er wirkt erwachsener als noch vor wenigen Wochen. Als ob er größer geworden wäre. Simon ist ein bisschen bedrückt, aber vor allem hat er Reisefieber. »Willst du wirklich nicht zum Flughafen kommen?«, fragt er.

»Tränenselige Abschiedsszenen liegen mir nicht. Außerdem möchte ich ungern deine Familie treffen.«

Simon grinst spitzbübisch. »Das wird meine Mutter enttäuschen.« Er nimmt meine Hand mit einer lässigen, fast unbeteiligten Bewegung – so wie man mit einem Kugelschreiber spielt, der auf dem Schreibtisch liegt. »Sie wird im nächsten Jahr fünfzig. Du bist also quasi ihre Generation! Sie hätte zu gern die Frau kennengelernt, mit der ihr Sohn …« Er zögert kurz, wirft mir einen unsicheren Blick zu und vollendet dann tapfer seinen Satz: »… zusammen war.«

Danach herrscht einen Moment lang Schweigen. Simon sucht meinen Blick. Ich nicke, und wir lächeln einander an. Sind erleichtert und doch ein wenig ratlos. Simon runzelt die Stirn.

»Mach nicht so ein Gesicht«, versuche ich die Situation aufzulockern. »Du hast nur ausgesprochen, was ich längst weiß – seitdem du erzählt hast, dass du nach Toulouse willst.«

»Da wusstest du mehr als ich.«

Er klingt so verletzt, dass ich es mit einer ironischen Bemerkung versuche. »Die Weisheit des Alters!«

Doch Simon bekommt das in den falschen Hals. Er fährt hoch: »Also darum geht es? Ich bin dir zu jung! Ich hab's doch geahnt!«

Nein, nein! Aber in wenigen Jahren wäre ich dir zu alt – wenn du deine eigene Familie gründen willst! Oder wenn du eine Glatze bekommst und einen Bauch, wenn du deine Altersängste mit einem hübschen jungen Mädchen wegflirten willst.

An dieser Stelle stutze ich. Dieser Gedanke erlaubt den Rückschluss, dass auch ich versuche, mit Simon meine Falten wegzubügeln. Das ist natürlich Unsinn. Jede Frau, die einen Jüngeren liebt, weiß: Das Gegenteil ist der Fall. Neben dem jungen Geliebten fühlt man sich besonders alt.

Aber ich behalte meine Gedanken für mich, lächele nur und sage: »Du weißt genau, dass du mir nicht zu jung bist.« Und dann spiele ich den Ball schnell zurück. »Bin ich dir etwa zu alt?«

»Nein, natürlich nicht. Darum geht es doch nicht.«

»Siehst du!«

»Aber warum trennen wir uns dann eigentlich? Weil ich mal kurz was mit Lilli hatte? Das war doch vor dir!«

Ehrlich und offen antworte ich: »Nein, deswegen auch nicht.«

»Weswegen dann?«

»Hör mal, *du* hast gesagt, dass wir zusammen *waren!*«

Auch wenn wir beide wissen, dass es vorbei ist, so tut es doch weh, den Tatsachen ins Auge zu sehen. Ein Abschied in der Liebe, gleichgültig wie ruhig und besonnen er vorbereitet wird, ist auch unter Freunden traurig. Mit einem Händedruck oder einem Winken ist es nicht getan. Der Abschied unterliegt bestimmten Regeln. Wir müssen letzte Worte austauschen, Trauerarbeit leisten. Nachdenklich betrachte ich meinen jungen Geliebten, der ebenso versunken auf einen Nietnagel an seinem Daumen schaut. Ich war einmal sehr verliebt in ihn.

»Franziska, du hast ja keine Ahnung, wie verliebt ich in dich war!«

»Und jetzt?«

»Immer noch ein bisschen, aber anders.«

Er lächelt mich an. »So habe ich mich noch nie von einem Mäd…, von einer Frau getrennt. Das ging immer mit viel Stress und Generve und Streit ab. Mit dir ist das anders. Genauso wie es anders war, mit dir zusammen zu sein.« Er sieht mich offen an. »Eigentlich möchte ich mich gar nicht trennen, aber …« Er nimmt wieder meine Hand. »Wirst du zurechtkommen? Du kannst mich jederzeit anrufen …«

Jetzt müssen wir beide lachen. Verlegen schränkt er ein: »Also, prinzipiell! Wenn mein Akku nicht wieder leer ist …«

»… oder du keine Lust hast, ans Telefon zu gehen! Aber trotzdem, vielen Dank.«

Simon zieht die Schulterblätter zusammen, richtet sich auf und nimmt die Speisekarte erneut zur Hand. »Ich nehme noch ein Tiramisu – und du?«

Er bestellt das Dessert und lässt sich vom Kellner in eine Diskussion über Fußball verwickeln.

So ist das also: Wir trennen uns, reden über Fußball und essen dann Nachtisch. Wie anders war doch die Trennung von Andreas. Simon sieht mich an. »Alles in Ordnung?«

Ich drücke seine Hand. »Alles in Ordnung!«

»Er war schön, unser Sommer, oder? Wirst du manchmal daran denken?« Simon beugt sich noch näher. »Du warst die erste Frau in meinem Leben, die sich für mich Dessous gekauft hat.«

Bei Espresso und Tiramisu lassen wir unseren Sommer noch einmal Revue passieren – die Spaziergänge, das Grillen im Garten, die nächtlichen Essen mit Lilli und ihren Freunden.

»Merkwürdig«, sagt Simon. »Manchmal habe ich das Gefühl, dass Lilli uns zusammengehalten hat.«

Lilli hat mich zurück ins Leben gerissen – und dort habe ich Simon getroffen. »Ohne Lilli wären wir nie zusammengekommen.«

»Dann dürfen wir sie jetzt nicht enttäuschen und müssen unbedingt Freunde bleiben.«

»Das klingt reichlich abgedroschen.«

»Aber nur, wenn man es nicht ehrlich meint. Wenn es eine dumme Floskel ist. Und das passt doch gar nicht zu uns, oder?«

Ich kann mir durchaus vorstellen, mit Simon befreundet zu sein. Mit Andreas nicht. Andreas war *mein Mann* mit Haut und Haar, und ich habe mich ihm mit Haut und Haar hingegeben. Aber unsere Leidenschaft ist einfach auf der Strecke geblieben, als wir nur miteinander schliefen, um ein Kind zu bekommen. Dennoch: Davor waren Andreas und ich ein loderndes Feuer. Mit Simon und mir war es eher eine wohlig warme Wärmflasche, die allerdings auch recht heiß werden konnte.

Als ob er meine Gedanken liest, fragt Simon: »Wirst du wieder mit Andreas zusammenkommen?«

»Wieso?«

Er zuckt mit den Achseln. »Weiß nicht, ist nur so ein Gefühl.«

Ob Simons Gefühl stimmt oder nicht – Andreas tut viel dafür, mit mir in Kontakt zu bleiben. Er ruft fast täglich an, fragt, was die Kinder machen und wie wir den Tag verbracht haben. Mit geschicktem Fragen hat er aus mir herausgeholt, dass Simon nach Toulouse geht. Und unaufgefordert hat er mir mitgeteilt, dass er sich von seiner dänischen Freundin getrennt hat.

»Warum?«, habe ich gefragt.

»Ich hatte keine Lust mehr, ihr meine Vergangenheit erzählen zu müssen.«

Als Simon und ich an diesem Aprilabend nach Hause gehen, fühlt es sich sehr vertraut an, seine Hand zu fassen. In der Wiesenstraße küssen wir uns zärtlich, aber nicht leidenschaftlich. Simon hat mit den Jungs einen Abschiedsdrink auf der Reeperbahn abgemacht.

»Kein Angst, ich fahre mit dem Taxi!«, beruhigt er mich.

Wir küssen uns wieder.

»Ich melde mich.« Und dann sieht er mir tief in die Augen, schließt mich fest, so fest, in die Arme und flüstert: »Vergiss mich nicht völlig.«

Er macht sich los. Winkt noch einmal. Ist fort. Und ich weine noch nicht einmal.

So tapfer bin ich nicht, als im Mai Lillis Grabstein aufgestellt wird. Die Nacht davor wälze ich mich schlaflos in meinem Bett hin und her. Ich sehe Lilli vor mir. Lachend, tanzend, mit klimpernden Ohrringen. Ach, Lilli! Sie fehlt mir immer noch sosehr.

Tina, die mich begleitet, hat ein rotes Grablicht gekauft. »So ein kitschiges. Das hätte sie bestimmt gemocht.« Ich bin mir noch nicht sicher, ob ich Blumen kaufen soll. Auch ein Grablicht? Doch dann blicke ich am Morgen aus dem Fenster meines Schlafzimmers in den Garten. Und als ob mir der Garten zuzwinkert und ein Geschenk für Lilli macht, blüht der Pflaumenbaum. Der, den Papa abholzen wollte, als ich eingezogen bin. Nun hat er kleine rosafarbene Blüten bekommen, die seine dunklen Äste umschmeicheln wie Badeschaum. Ich werde einige Zweige abschneiden und mitnehmen.

Tina holt mich wie versprochen ab. Ausgerechnet an diesem Tag steckt wieder einmal ein Schreiben von Pröllke im Briefkasten. »Das liest du erst nachher«, bestimmt Tina und bewundert die Pflaumenzweige. Mein Magen klumpt sich zusammen, wie immer, wenn Pröllke einen seiner unsinnigen Angriffe reitet. Nach der legendären Grillnacht hatte ich ihm eine Liste erstellt, auf der Lillis und meine Namen und die Namen der Kinder standen. Darauf hat Pröllke niemals direkt reagiert, sondern stattdessen immer wieder seltsame Schreiben geschickt, in denen er uns beschuldigte, den Hausfrieden zu stören. Immer neue Gründe fielen ihm ein: Die Kinder waren zu laut. In unserem Garten lag Müll. Unsere Fahrräder standen im Weg … Jedes Mal bekamen wir einen Schreck, informierten den Mieterschutzbund und schafften Abhilfe. Wenn Pröllke bei uns auftauchte, war er immer sehr kurz angebunden und stieß Drohungen aus. »Sie haben sich unter falschen Voraussetzungen hier eingeschlichen, Frau Funk! Das wird ein Nachspiel haben!« Aber geschehen ist noch nichts. Trotzdem habe ich immer Angst, wenn sich Pröllke meldet. Er hat nach Lillis Tod eine erstaunlich lange Zeit stillgehalten, und Frau Pepovic hat mir erzählt, dass er auf verschiedenen seiner Baustellen Ärger hat. »Die Krise, sagt er. Ich sage: Ist kein guter Mensch, Doktor Pröllke!«

Lillis Grabstein, ein schlichter, rechteckiger Stein, trägt nur ihren Namen und ihre Lebensdaten. Die Blumen und Kränze der Trauergemeinde sind längst fortgeräumt, aber es liegen frische Rosen auf der Grabstelle. Von Oliver? Vieles in Lillis Leben und Sterben wird ein Rätsel bleiben.

Nachdem sich der Steinmetz und der Friedhofsgärtner verabschiedet haben, stehen Tina und ich noch einen Moment lang schweigend vor dem Stein. Wir weinen, aber hier, unter den dichten, alten Bäumen fühle ich mich wundersam getröstet. Ein Gefühl, das sogar noch nachwirkt, als wir zu Hause im Garten sitzen, wo die Kinder und Papa uns erwartet haben. Es gelingt mir sogar, Pröllkes Schreiben ohne Zittern zu öffnen. Das formelle Schreiben besteht in einer Aufzählung von »Sommerlichen Verhaltensregeln in unserem Haus«. Die erste Maßregel lautet natürlich: Kein belästigendes Grillen!

»Der ist gestört!«, befindet Tina, und ich zerknülle das Schreiben einfach.

In der nächsten Zeit gehe ich häufig zum Grab. Dort kann ich mich auf meine Trauer um Lilli konzentrieren. Ich erinnere mich an sie, bespreche die Dinge des Lebens mit ihr.

Das tun übrigens fast alle Besucher des Friedhofs, wie ich bemerkt habe. Unsere Toten sind für uns weiter lebendig. Es besteht ein großer Unterschied zwischen einem Gang auf den Friedhof und der Trauer zu Hause. Daheim führt die Trauer immer wieder in Gedankenlabyrinthe. Bis jetzt ist alles, was das Jahr anbietet – Weihnachten, Geburtstage, Ostern – immer noch ein erstes Mal *ohne Lilli*. Doch auf dem Friedhof, inmitten der Gräber, kann ich mich mit Lillis Tod abfinden. Der Friedhof lädt zum Spazieren ein – manchmal gehe ich eine Stunde lang dort umher. Wenn ich dann nach Hause fahre, fühle ich mich wieder getröstet.

»Auch die Kinder scheinen die besondere Atmosphäre zu spüren«, erzähle ich Andreas, als ich von einem meiner Friedhofsausflüge zurückkomme.

»Kleine Kinder haben doch eigentlich nichts zwischen Gräbern zu suchen«, klingt seine Stimme aus dem Hörer.

»Für sie ist es wie ein Park.«

»Aber ein ziemlich düsterer Park«, widerspricht Andreas. »Ich finde sowieso, dass ihr einen Tapetenwechsel braucht. Warum kommt ihr nicht mal zu mir nach Dänemark?«

»Für später im Sommer ist das eine schöne Idee. Jetzt ist es noch ziemlich kühl. Da müsste ich die dicken Sachen mitnehmen. Das ist ein ziemlicher Aufwand für ein paar Tage.«

»Ich rede nicht vom Verreisen.« Er macht eine Pause. Dann sagt er: »Franziska, hast du schon einmal darüber nachgedacht, mit den Kindern für immer nach Dänemark zu kommen?«

»Was?« Ich traue meinen Ohren nicht. »Nach Aabenraa? Was sollen wir denn da?«

Andreas' Stimme klingt etwas verletzt. «Warum bist du darüber so überrascht?«

»Na, weil ...« Mir fehlen die Worte. Ich bin verwirrt, überrascht, auf irgendeine Art geschmeichelt, aber auch erschrocken. Will Andreas mich wieder zurückhaben? Oder will er seine Tochter? Und: Will ich ihn überhaupt wieder? Ich horche in mich hinein. Nein, ich spüre einen Widerwillen, der stärker ist als die Freude über eine mögliche Rückkehr zu Andreas. Ich will nicht fort aus dem Haus in der Wiesenstraße. Aus meinem Zuhause.

Das sage ich Andreas. »Ich will hier bleiben.«

Andreas ist es noch immer nicht gewohnt, dass ich widerspreche. Er ist auch nicht gewohnt, dass ich eigene Pläne habe. »Aber was hält dich denn in Hamburg? Durch Lillis Tod ist eure WG-Idee hinfällig, und dein Vater kommt allein zurecht. Arbeiten könntest du hier auch. Ich habe mich bei einem Kollegen erkundigt, der braucht eine Sprechstundenhilfe. Auch für Lisa-Marie ist hier genug Platz. Also, was hält dich? Jetzt, wo auch dein Simon das Weite gesucht hat.«

Letzteres ist ziemlich unverschämt. »Wie bitte?«

Andreas rudert sofort zurück und entschuldigt sich. »Verzeih, das mit Simon war unfair. Ich kann es nur immer noch nicht fassen, dass ausgerechnet du dich mit einem so viel jüngeren Mann ...« Er wirkt verlegen.

Ich muss fast lachen. »Eingelassen hast? Mensch, Andreas, sei doch nicht so spießig. Du warst doch auch älter als deine Mette.«

»Hat ja auch nicht gehalten.«

Jetzt bin ich noch einmal überrascht. Wie gleichgültig Andreas das sagt! Als ob er mir zu verstehen geben will, dass Mette nie wirklich wichtig war in seinem Leben. Auf eine verrückte Weise freut mich das. Doch weil ich ihm das nicht zu sehr zeigen möchte – vielleicht täusche ich mich ja auch –, hake ich noch einmal nach.

»Hat sie sich von dir getrennt, weil du zu alt bist?«

Diese Entwicklung des Gesprächs ist ihm spürbar unangenehm. Schnell lenkt er ab: »Natürlich nicht, das weißt du doch! Es ist nur so: Eine Affäre mit einem so viel jüngeren Mann hätte ich einfach bei dir nicht erwartet.«

»Du hältst mich also für unattraktiv?« Langsam macht mir die Unterhaltung Spaß.

Andreas zappelt wie ein Fisch an der Angel. »Nein, so ein Unsinn! Natürlich bist du attraktiv – das hat doch mit dem Alter nichts zu tun ... Ach, ich weiß auch nicht. Aber lass uns nicht abschweifen. Nenn mir einfach einen guten Grund, warum du deine Zelte in Hamburg nicht abbrechen kannst! Hier ist alles vorbereitet: Mein Job läuft, ich verdiene gut, die Wohnung ist groß, Aabenraa ist kinderfreundlich. Du hättest Arbeit und musst nicht einmal viel Dänisch lernen – die sprechen hier alle gut deutsch. Es gibt sogar eine deutsche Schule. Also, Franzi, warum willst du nicht zu mir kommen?«

Eigentlich müsste ich jetzt die Fragen aller Fragen stellen: Was ist mit uns? Wo bleibt in deinen Überlegungen die Liebe?

Während ich noch darüber nachdenke, wiederholt Andreas seine Frage: »Was hält dich? So großartig ist dein Leben allein mit den Kleinen doch sicher nicht.«

Wut wallt in mir hoch. Gefühle hin oder her – eines weiß ich mit Sicherheit: Ich will mich nie wieder von Andreas organisieren lassen. Aber wie sage ich das, ohne ihn zu verletzen? In meiner Hilflosigkeit fällt mir nur etwas ein, das Andreas als lächerlich abtun wird. Ich quetsche heraus: »Mein Indiaca-Kurs hat gerade erst angefangen.«

Andreas grunzt verständnislos: »Indi... was?«

»Indiaca. Das ist eine Art Federball, nur ohne Schläger«, erkläre ich.

»Und was hat das damit zu tun, ob du nach Aabenraa kommst oder nicht?«

»Weil ich den Kurs gerade erst angefangen habe und mir das großen Spaß macht.« Das ist nicht gelogen. Kurz nachdem Lilli gestorben war, hatte ich in meinem Briefkasten eine Karte mit folgendem Text gefunden: »Nicht vergessen! Ihr

Indiaca-Kurs beginnt nächsten Donnerstag!« Die Karte war an Lilli und mich adressiert. Nach kurzem Überlegen fiel es mir wieder ein: Dieses merkwürdige Indiaca war die Sportart, auf die wir beide uns geeinigt hatten. Es war nicht einfach gewesen, einen Sport zu finden, der einer Neunzehnjährigen und einer Fünfundvierzigjährigen gleichermaßen Spaß macht. Einen Moment lang hatte ich damals geschwankt, ob ich auch ohne Lilli den Kurs absolvieren sollte – und mich dagegen entschieden. In der kleinen Sportschule am Schäferkamp hatte man Verständnis für meine Situation, nahm mich aber in den E-Mail-Verteiler und informierte mich weiter über neue Kurse.

»Ich habe mich gerade zum Sommerkurs angemeldet!«, erkläre ich Andreas und lenke das Gespräch in unverfänglichere Bahnen. Glücklicherweise lässt er sich mit Geschichten über unser Wunderkind oder über Mis und Bims Abenteuer immer schnell auf neue Themen bringen. Von Mette erzählt er nichts mehr. Und ich frage auch nicht.

An einem Donnerstag im Juni stehe ich zum ersten Mal in der Halle auf dem Spielfeld. Gemeinsam mit sieben anderen Männern und Frauen zwischen Mitte zwanzig und Mitte fünfzig renne ich dem kleinen gefiederten Ball hinterher und fühle mich hinterher so glücklich wie schon lange nicht mehr. Man bildet Mannschaften zu drei, vier oder fünf Spielern – je nachdem, wie viele Teilnehmer anwesend sind. Ich muss mich erst daran gewöhnen, den Ball mit der Hand zu spielen, doch Trainer Fabian, ein schlanker, dunkelhaariger Mann in meinem Alter, attestiert mir »ein prima Ballgefühl«. Das hatte ich zuletzt in der elften Klasse gehört, als ich die Volleyball-Schulmannschaft zum Sieg schmetterte.

»Prima Ballgefühl!« Danach trage ich meinen Kopf ein Stück höher. Wieso habe ich Jahre meines Lebens an Makramee und Lochstickerei verschwendet, statt mit anderen Indiaca zu spielen? Denn die anderen sind der zweite Grund, warum mir der Kurs so viel Spaß macht. Genauso schnell wie der gefiederte Ball fliegen lustige Kommentare durch die Halle, wird gefrotzelt und viel gelacht.

Als ich in einer Spielpause meine Mitspieler näher ansehen kann, erlebe ich eine große Überraschung. Denn wer steht mir am Netz gegenüber? Der Hüne von Richter, der Andreas und mich geschieden hat. Damals noch an Krücken. Verletzt hatte er sich genau in der Halle, in der wir jetzt spielen. Umgeknickt und den Mittelfußknochen gebrochen. Auch er erinnerte sich sofort an mich. Er heißt Dieter – beim Sport duzen sich alle.

Nach zwei Ballwechseln fragt er grinsend: »Hältst du immer noch Händchen mit deinem Ex?« Dann sagte er, er habe noch nie ein Paar geschieden, das Hand in Hand zum Termin erschienen war.

Der Sommer hält Einzug in Hamburg. Der erste Sommer ohne Lilli, ein Sommer ohne Simon und der zweite Sommer mit Amélie und Lisa-Marie, die mittlerweile durch die Gegend sausen und ihr Vokabular stetig erweitern. Vom Klassiker »Wauwau« (alles, was kein Mensch ist und irgendwie tierhaft aussieht, also auch Katzen, Papageien, Hasen und Meerschweinchen im Schaufenster der Tierhandlung), »Lala« (Fernseher, Radio, iPod) und »Nam-Nam« (Essen, Trinken, Eis). Ich bin viel in unserem kleinen Garten, und Tina genießt es auch, nach der Arbeit vorbeizukommen. Wir werden, wenn es richtig heiß wird, ein Planschbecken auf dem Rasen aufstellen und freuen uns schon aufs Grillen. Den Gedanken an Pröllke verdränge ich erfolgreich.

»Willst du nicht wieder einmal zu Besuch kommen?«, lade ich Andreas am Telefon ein.

»Komm du doch erst mal nach Aabenraa!«, erwidert er. »Oder bereitest du dich jetzt schon auf die Teilnahme an der Indiaca-WM vor?«

Das Indiaca-Spielen versteht er einfach nicht, denke ich. Ich habe ihm von Dieter, dem Indiaca und meinem alten Traum vom Volleyball erzählt. Eigentlich müsste er meine Begeisterung verstehen. Er redet weiter und fängt wieder davon an, dass ich mit den Kindern nach Dänemark ziehen soll. »Überleg es dir doch noch mal, Franzi. Sieh mal, der Sommer ist hier am Meer so schön. Du hast hier alles. Sogar den Job für dich gibt's noch. Jetzt gib deinem Herzen einen Stoß. So großartig kann Hamburg gar nicht sein.«

Liegt es an seinem Tonfall? Daran, dass er mir gar nicht zugehört hat? Dass er mich nicht ernst zu nehmen scheint? Ich spüre, wie Ärger in mich hochschießt. Ich zische ihn an: »Auf die Idee, dass ich hierbleiben will, weil mir mein Leben so gefällt, wie es ist, kommst du wohl nicht, oder?«

Andreas stößt hörbar Luft aus. »Ich verstehe dich nicht! Hast *du* nicht immer von einer Familie geträumt?«

»Ich *habe* eine Familie!«

»Zwei Kinder machen noch keine Familie.«

»Ein Umzug nach Dänemark auch nicht. Hier gibt es meinen Vater, Tina, meine Freunde, ich kümmere mich um die Jugendlichen im Vorderhaus, ich gehe zum Sport, ich singe im Chor. Mein Leben ist hier, Andreas, hier in diesem Haus, mit Amélie und Lisa-Marie. Versteh das doch endlich!« Meine Stimme ist laut geworden. Ich setze den Schlusspunkt hinter meine Rede: »Und Händchen halte ich schon lange nicht mehr mit dir!«

»Was soll das denn heißen?«, fragt Andreas. »Mensch, Franziska, hier hättest du es viel leichter. Warum willst du das nicht verstehen? Ich könnte dir hier goldene Brücken bauen. Ich weiß doch, wie schwer du dich oft mit allem tust. Ich meine es wirklich nur gut! Erklär mir bitte einmal, warum du dich gegen die Idee so wehrst?«

Aber ich habe keine Lust mehr auf Erklärungen. »Du verstehst das einfach nicht, Andreas!« Als ich auflege, höre ich seine protestierende Stimme. Aber es ist alles gesagt.

Danach herrscht Funkstille zwischen uns. Er ruft nicht mehr an, und ich melde mich auch nicht bei ihm. Was denkt er sich eigentlich? Hat mir sogar schon einen Job in Dänemark besorgt. Wie er sich das wohl vorgestellt hat? Ich ziehe mit Amélie zu ihm in sein beschauliches Aabenraa, und wir teilen wieder Bett und Tisch miteinander?

»Franziska, jetzt wird nicht mehr geheult«, hatte Papa gesagt. Daran halte ich mich. Selbst wenn ich an Andreas denke und mir das Herz schwer wird. Aber jedes Mal kocht auch ein bisschen Wut in mir hoch. Wir können nicht so tun, als hätte es unsere Scheidung nicht gegeben. Doch ich schlucke Wut und Traurigkeit hinunter und klammere mich an Papas Worte. Außerdem muss ich mir für den nächsten Indiaca-Termin neue Hallenschuhe besorgen.

20. Kapitel

Liebe tat mir nie weh
Und Liebe war niemals grausam
Aber keine Liebe schmerzt und keine Liebe tötet
Und keine Liebe lässt uns nachts flehen
Für den Tag.

Bernd Begemann: »*Liebe tat mir nie weh*«

Der erste Sommer ohne Lilli und Simon vergeht, und er ist trotzdem schön. Mi und Bim entwickeln sich, werden größer, und es macht viel Spaß, mit ihnen zusammen zu sein. Mein Leben bekommt ein ruhigeres Tempo, weil ich mich ihren kleinen Schritten anpassen muss. Konnte ich früher schnell in der Osterstraße einkaufen, muss ich jetzt für jeden Einkaufsgang doppelt so viel Zeit einplanen. Denn die Mädchen sitzen nicht mehr gern in der Karre. Sie bestehen darauf, an meiner Hand zum Einkaufen mitzukommen. Also schleiche ich in Rückenschmerzen heraufbeschwörender Bückhaltung und im Schneckentempo zum Supermarkt, bleibe an jedem Steinchen stehen, bewundere Marienkäfer und zerknüllte Kaugummipapierchen und erkläre ein ums andere Mal, dass Hundemist und Glasscherben weder angefasst noch in den Mund gesteckt werden sollten.

In diesem Sommer entdecken wir den großen Spielplatz von Planten un Bloomen, dem Park, der am Fuß des Hamburger Fernsehturms liegt. Da gibt es Klettergeräte und Rutschen und Pumpen, aus denen die größeren Kinder Wasser in den Sand pumpen können. Bei diesen Ausflügen müssen Bim und Mi sehr zu ihrem Ärger in die Karre, weil der Weg zu weit ist, als dass sie ihn zu Fuß bewältigen könnten. Aber auf dem Rückweg kommen wir beim italienischen Imbiss »Lo Spuntino« vorbei, wo es einen sehr leckeren Milchkaffee gibt – und Eis! Natürlich zerbröseln meine Prinzessinnen alles, was in ihrer Reichweite liegt, schmieren mit ihrem Vanilleeis herum oder rühren in meinem Milchkaffee so heftig, dass der Tisch unter Kaffee gesetzt wird. So geht das fast den ganzen Sommer lang. Aber als wir an einem warmen Tag Ende August wieder im »Lo Spuntino« einkehren, hinterlassen wir einen völlig sauberen Tisch. Beide haben sich manierlich von mir füttern lassen und dann mit den Spielsachen gespielt, die auf einer Kiste am Boden unter einem Tisch steht. Es ist ein erhebendes Gefühl.

»Stell dir vor, ich war mit den beiden wie mit Großen Kaffeetrinken!«, erzähle ich Tina stolz. Und ich bedauere, dass Andreas und ich immer noch nicht wieder miteinander sprechen und dass Simon so weit weg ist. So kann ich nur bei Tina und Papa mit meinen Kindern angeben.

Mir fehlen die Telefonate mit Andreas. Glücklicherweise ist mein Leben so ausgefüllt, dass ich abends zu müde bin, um allzu viel Trübsal zu blasen. Andreas ruft zwar nicht mehr an – die Kinder vergisst er aber nicht. Immer wieder trudeln lustige Postkarten für die beiden ein, kleine Pakete mit Püppchen oder Teddys oder ein paar Süßigkeiten. Ich bin zwar immer wieder versucht, ihn daraufhin anzurufen, aber dann hält mich mein Stolz davon ab. Stattdessen maile ich ihm kommentarlos Bilder von den beiden, wie sie mit seinen Geschenken spielen oder seine Kekse essen. Und als er meine Mails nicht beantwortet, weiß ich nicht, ob ich froh oder enttäuscht sein soll. Aber jedes Mal, wenn ich an ihn denke, fühle ich

Trotz in mir aufsteigen. Ich habe mir doch das Leben in der Wiesenstraße nicht eingerichtet, damit ich alles wieder verlasse und nach Dänemark ziehe! Zu einem Mann, der zwar immer noch Herzklopfen bei mir auslöst, sich aber weigert, mich zu verstehen.

Und Simon? Anfangs haben wir uns noch regelmäßig E-Mails geschrieben. Aber dann drängte sich das unterschiedliche Leben und die Entfernung dazwischen. Zuletzt bekam ich vor drei Wochen eine Postkarte von ihm. Simon hatte in seiner wirren Jungenschrift gekritzelt: »Liebe Franzi, herzliche Grüße aus Toulouse! Die Franzosen sind komisch – sie sprechen alle französisch. Zu Weihnachten freue ich mich auf ein Wiedersehen mit meinem alten Leben. Viele Grüße …« Weihnachten! Das liegt noch so weit entfernt – und davor muss ich noch Lillis ersten Todestag überstehen. Ich hänge die Karte an die Pinnwand und vergesse sie dann.

Tina und ich feiern unser Sommerende-Ritual zwar diesmal wieder mit Sekt auf Eis, allerdings nicht im »R & B«, sondern bei uns vor dem Kamin. Die Terrassentür der Küche steht zwar noch offen, aber wir haben schon einmal Feuer im Kamin gemacht und uns in Decken aufs Sofa gekuschelt. Tina bringt für Mi und Bim Fäustlinge und neue Mützen aus weichem Stoff mit. »Da kratzt nichts, und trotzdem ist das alles fair gehandelt und Bio! Ein Tipp von Britta!«

Ich streiche über die Handschuhe.

»Mutti Britta?«

Tina winkt ab. »Reite nur weiter darauf rum, Franzi! Ich war da vielleicht ein wenig voreingenommen. Du wirst es nicht glauben, aber ich war mit Britta in einer Babylounge am Ahlsenplatz …«

»Babylounge? Du?«

Tina grinst. »Ja, du hast richtig gehört. Britta hat mich letzte Woche zum Basteln für das Herbstfest mitgenommen!«

»Das heißt, du vermutterst jetzt? Oder besser: Du verpatentantest?«

Tina wedelt meine Ironie großzügig fort. »Davon kann keine Rede sein. Aber ... das war sehr gemütlich, und es waren lauter interessante Leute da. Übrigens nicht nur Mütter. Sondern auch ein paar Väter.«

»Tina! Du klaust doch nicht etwa junge Väter vom Kleinfamilien-Kuchenblech?«

»Quatsch! Aber ein bisschen Vernetzung im Stadtteil täte dir ganz gut. »Hier!« Tina holt einen Flyer aus ihrer Handtasche. »Das sind ein paar Eindrücke von der Babylounge. Du kannst dir im Internet auch mal deren Website ansehen. Die haben spannende Kurse im Angebot und zweimal in der Woche eine Spielgruppe. Das wäre doch was für die Mäuse.«

»Du hast also Frieden mit den Müttern geschlossen.«

Tina verzieht indigniert ihr Gesicht. »Ich wüsste nicht, dass ich jemals mit Müttern auf Kriegsfuß stand.« Sie macht eine kleine Pause. »Das verwechselst du wohl eher mit Männern.«

»Seit wann stehst du mit Männern auf dem Kriegsfuß?«

Tina seufzt tief auf. »Schön, dass du mich endlich auch mal wieder fragst, wie es mir geht!«

Ich spüre einen Stich von Schuldbewusstsein. Seit Lillis Tod habe ich mich eigentlich nur um die Kinder und mich gekümmert. Tina ist anfangs täglich vorbeigekommen, und auch jetzt sehen wir uns alle zwei, drei Tage. Ohne Tina könnte ich mir kaum in Ruhe die Haare waschen, und ein schönes Wannenbad wäre viel seltener drin. Und würde zweifelsohne wesentlich kürzer ausfallen. Obwohl wir uns regelmäßig treffen, scheine ich einiges bei Tina übersehen zu haben. Zwar habe ich ab und zu mitbekommen, dass sie einen neuen missglückten Flirt erlebte, aber sie ist nie ins Detail gegangen, und ich habe nicht nachgefragt. »Also, was ist los?« Tina seufzt wieder, fährt sich mit der Hand über die Stirn und lächelt mir dann zu. »Für dich war Lillis … Tod natürlich ein größerer Einschnitt, weil sich deine Lebenssituation grundlegend geändert hat. Aber ich habe auch Probleme.«

»Welche denn?«

Tina seufzt noch einmal. Dann sagt sie: »Ich weiß gar nicht, wie ich das formulieren soll. Aber …« Ihre Stimme klingt verzagt. »Mit dem Noch-einmal-Loslegen klappt es nicht so richtig.«

»Wie meinst du das?«

»Na, weißt du noch, welche großen Pläne ich damals nach deiner Scheidung hatte? Du bist vierundvierzig, nicht vierundachtzig habe ich gepredigt.« Sie verzieht ihren Mund anerkennend. »Das ist bei dir ja auf sehr fruchtbaren Boden gefallen. Und du hast gleich bei Lillis Freunden gewildert.« Als sie mein Gesicht sieht, beeilt sie sich hinzuzufügen: »Das war ein Scherz, Franzi!«

Ich sage das Erste, was mir spontan einfällt: »Warst du etwa eifersüchtig? Ich meine, darauf, dass Simon und ich …« Tina nickt und sieht mich offen an. Ihre Antwort überrascht mich. »Ja, und wie! Ich habe dir das natürlich nicht gesagt. Aber ich war zerfressen vor Eifersucht!« Sie grinst entschuldigend. »Kein besonders schönes Gefühl. Aber ich konnte es nicht ändern. Ich meine, du kriegst nicht etwa nur mit vierundvierzig ein Baby – nein, du bekommst auch noch einen jungen Liebhaber, der nicht nur einfach mit dir ins Bett will, sondern sich in dich verliebt und eine kleine Familie aufmacht.« Sie sieht zerknirscht drein. »Ich hätte gern mit dir darüber gesprochen, aber ich konnte nicht. Also habe ich mich darauf beschränkt, dich zu warnen. Ziemlich kleinlich von mir, oder? Und dann ist auch noch Andreas als liebevoller Vater um die Ecke gekommen ...«

Ich fühle mich schlecht. In meinem Kummer habe ich meine beste Freundin wochenlang vernachlässigt. Ich bin selbstverständlich davon ausgegangen, dass ich die Hauptrolle spiele. Dass ich diejenige bin, auf die alle Rücksicht nehmen müssen. *Ich* hatte eine Scheidung hinter mir. *Ich* hatte ein Kind bekommen. *Ich* hatte Lilli verloren. *Ich* lebte mit zwei Kindern weiter. *Ich* hatte mich von meinem jungen Liebhaber getrennt und mit dem Vater meiner Tochter zerstritten. *Ich, ich, ich.* Aber Tina war immer dabei gewesen und hatte mir geholfen. Hatte mich durch die ersten Tage nach Lillis Tod gebracht, hatte sich um Lisa-Marie gekümmert, hatte mit mir die Beerdigung durchgestanden, hatte mich nach Simons Umzug mit einem teuren Badeöl überrascht und sich meine Tiraden über Andreas und seine fixe Idee, dass wir alle zu ihm nach Aabenraa ziehen sollten, mit nachsichtigem Lächeln mehrfach angehört. Mir fällt das Bette-Midler-Lied ein: »You are the wind beneath my wings.« Ich schüttele den Kopf. »Nicht du musst dich schämen, sondern ich! Ich war so egoistisch!«

Tina nickt. »Ja, aber doch auch mit Recht. Bei mir lief alles glatt. Die Praxis, mein soziales Leben. Nur das mit den Männern ... Aber das ist ja nichts Neues bei mir.«

»Bei mir doch auch nicht. Mir geht es doch gar nicht viel besser! Jetzt bin ich eine alleinerziehende Mutter mit zwei Kindern – und weit und breit kein Mann in Sicht.«

Tina schnieft. »Das hast du ja toll hingekriegt – und mit dir wollte ich noch einmal die Welt erobern. Stattdessen sitzen wir am Kamin und bewachen den Schlaf der Kinder.« Sie lächelt mich an. »Aber weißt du was? Solange wir das zusammen machen, ist es in Ordnung!«

Wir liegen uns in den Armen. Heulen beide ein bisschen und sind einander so nahe, wie nur beste Freundinnen einander nahe sein können: mit einer absoluten Parallelität der Gefühle. Ich kann auf Tina neidisch sein – und gleichzeitig gönne ich ihr alles Glück auf Erden. Ich kann sie anstrengend finden – und gleichzeitig möchte ich auf ihren Rat nicht verzichten. Ich kann sie als übertrieben kritisieren – und würde mich doch immer vor sie stellen, wenn irgendein anderer sie angreift. Wir stoßen noch einmal an. Ich putze mir die Nase und sage: »Also, was ist los? Was am Noch-einmal-Loslegen klappt nicht?«

Tina spielt mit ihrem Glas. »Na, ich habe doch gedacht, ich könnte einfach wie immer weitermachen – wie nach meiner Beziehung mit Bodo. Rausgehen, flirten, Männer treffen, mich verlieben, tanzen. Nur: Damals war ich Anfang dreißig. Heute traue ich mich nicht mehr.«

»Wieso das denn? In Brasilien und Argentinien tanzen sogar noch Achtzigjährige.«

»Wir sind hier aber nicht in Brasilien, sondern in Hamburg! Da unten tanzen die Tango oder was weiß ich. Aber hier? Dieses Gehopse im Freestyle zu Hiphop-Musik, die wie ein sterbender Elefant klingt, der mit einem defekten Presslufthammer gefoltert wird – das kann ich nicht!«

»Das musst du doch auch nicht. Aber vielleicht wäre ein Tangokurs eine gute Sache?«

Tina sinkt in sich zusammen. »Nein, vielen Dank! Der

Kochkurs war mir eine Lehre. Am Ende habe ich in Suse eine neue Freundin gefunden – aber die Herren der Schöpfung suchen immer schnell das Weite. Und weißt du, was das Schärfste ist?« Sie streckt empört ihren Zeigefinger in die Luft. »Die neueste Theorie in der Single-Forschung ist folgende: Singles *wollen* eigentlich gar keine Partner!«

»Wie bitte?«

»Die Paartherapeuten sind der Meinung, dass Singles selbst schuld sind. Wer einen Partner will, findet auch einen, lautet deren These. Und wenn du keinen findest, willst du im Grunde auch gar keinen. Ich bin also nicht nur für mein Gewicht, meine Gesundheit, meinen Job allein verantwortlich, sondern auch für mein Versagen im zwischenmenschlichen Bereich!« Ihre Lippen zittern, als sie mich mit betrübten Augen ansieht. »Meinst du, das stimmt? Ich möchte mich so gern wieder verlieben. Aber mich will keiner!« Sie zieht die Nase hoch und wehrt ab, als ich ihr ein Papiertaschentuch zuschieben will. Während sie eines aus ihrer eigenen Tasche holt und sich schneuzt, murmelt sie: »Und sag jetzt bloß nicht, dass du mich wunderbar findest! Das ist zwar sehr lieb – aber du bist nun mal nicht meine erste Wahl als Begleitperson für einen tropischen Sonnenuntergang am Meer.«

»Bei deinem einzigen Tropenbesuch hast du dir merkwürdige Strandwürmer geholt, die sich in deinen Hintern gefressen haben«, erinnere ich sie trocken.

Tina muss wider Willen lachen.

»Geschenkt! Auf jeden Fall muss ich mir für nächstes Jahr eine andere Strategie ausdenken.«

Ich denke an Andreas und dass ich mich manchmal fühle wie vor meiner Scheidung. Ich vermisse ihn immer noch. Immer wieder. Obwohl ich ihn heute nicht mehr um jeden Preis zurückhaben möchte. Ich will einfach nicht nach Aabenraa. Wir sind kein Liebespaar mehr, wir sind geschieden. Und für eine Vernunft-Wohngemeinschaft wegen der Kinder fühle ich mich in der Wiesenstraße zu sehr zu Hause. Und doch denke ich wieder an Andreas, kann das Leuchten in seinen Augen nicht vergessen, als wir uns im »Lál Pera« getroffen haben. Seine Einfühlsamkeit, mit der er mich in den schrecklichen Tagen nach Lillis Tod begleitet hat. Andreas ... Ich behalte alle diese Gedanken für mich. Aber ich nehme mir vor, genau aufzupassen, wenn Tina ihre neue Strategie präsentiert. Vielleicht hat sie ja einen Tipp für mich.

Der Herbst kommt mit Stürmen und Regenfällen, und unaufhaltsam steuert der Oktober auf Halloween und auf Lillis Todestag zu. In der Krabbelgruppe der Babylounge gibt es am Vormittag einen Halloween-Kaffeeklatsch, zu dem ich mit den Kindern gehe und daran denke, wie Lilli an jenem Tag zum Feiern »mit den Mädels« verschwunden ist. Wo wohl das kleine Plastikgebiss geblieben ist, dass sie damals über ihre Zähne gestülpt hatte? Es war nicht bei den Sachen, die wir vom Krankenhaus zurückbekommen haben ... Am Nachmittag bin ich mit Tina für einen Gang zum Friedhof verabredet. Die Kinder sind bei Papa und den Unvermeidlichen. Ich habe ein neues Grablicht gekauft, Tina hat drei rote Rosen besorgt. Auf dem Weg zu Lillis Grab kommt uns Oliver entgegen. Er grüßt uns verlegen und scheu und geht schnell an uns vorbei.

Vor dem Grabstein liegt schon eine Rose. Tina holt aus ihrer Tasche eine Thermoskanne. »Was ist das?« Tina lächelt. »Na, was wohl?« Sie gießt dampfenden Kakao in die Verschlusskappe, die auch als Becher dient. So stehen wir vor dem Grab, trinken Lillis Lieblingsgetränk und denken an das schöne Mädchen mit den strahlenden blauen Augen und dem Pfirsich-Lächeln.

Die Zeit heilt zwar nicht alle Wunden – aber mit der Zeit nimmt der Schmerz ab. Mir gelingt es mittlerweile auch, die Missstimmung mit Andreas, die ich monatelang wie einen leichten, aber hartnäckigen Kopfschmerz gespürt habe, zu verdrängen. Ich erfreue mich in diesem Jahr wieder an der vorweihnachtlichen Straßenbeleuchtung, den buntgeschmückten Fenstern. Mir gefällt sogar das grelle Weihnachtsschmuckangebot im Supermarkt, auch wenn Weihnachten noch fast sieben Wochen entfernt liegt. Alles strahlt hell und gleißend – und auf tröstliche Weise lebendig.

Am Samstag vor dem ersten Advent taucht Papa mit einer großen Kiste bei uns auf. »Guck mal, Franzi, was ich bei mir auf dem Speicher gefunden habe.« Er wuchtet die Kiste in die Küche, setzt sich an den Tisch, nimmt auf jedes Knie ein Kind und sieht mich gespannt an.

Neugierig öffne ich die Kiste und sehe eine Vielzahl von kleinen Seidenpapierpäckchen. Eine Ahnung steigt in mir auf, mein Atem geht schneller, es durchzuckt mich warm, und ich spüre ein lange vergessenes Glücksgefühl. Schnell nehme ich eines der Päckchen aus dem Karton, wickle das Seidenpapier ab und halte ein filigranes hölzernes Engelchen in den Händen, mit rosafarbenen Flügeln und weißem Hemd, das mit geblähten Wangen Trompete bläst. Ich setze es sanft auf den Tisch, greife zum nächsten Päckchen und wickle ein Flöte spielendes Engelchen aus. Dann befreie ich ein Engelchen mit Dirigentenstab vom Seidenpapier, und so geht es weiter, bis ein vollständiges Engelorchester vor mir steht.

Die Kinder beobachten mich mit großen Augen, und Papa hält liebevoll ihre Händchen fest, die so gern zugreifen wollen. »Da muss der Nussknacker drin sein, den können sie anfassen«, sagt er und deutet auf ein größeres Päckchen.

Ich packe weiter aus und finde tatsächlich den großen Nussknacker, der mich als Kind Jahr für Jahr begeisterte. Er ist fast zwanzig Zentimeter hoch, rot und grün bemalt. Unter seinen Lippen klebt ein weißer Kunsthaarbart.

Amélie juchzt auf. Papa ergreift den Hebel des Nussknackers auf seinem Rücken und lässt ihn den Mund aufreißen. Wir müssen beide lachen, als wir Amélies Schrecken und gleichzeitiges Staunen sehen. Sie zappelt und will auf den Boden. Während sie das Geschehen aus sicherer Entfernung betrachtet, ist Lisa-Marie mutiger. Papa führt ihre rechte Hand zum Rachen des Nussknackers und schließt ihn dann spielerisch. Verblüfft zieht Bim ihre Finger aus dem Nussknackermaul. Danach betrachtet sie die Holzfigur mit derselben Mischung aus Faszination und Respekt, die ich aus meinen Kindertagen erinnere.

»Ich habe mich immer gefragt, wo die Sachen geblieben sind.«

Papa zupft unbehaglich am Rundhalsausschnitt seines Pullovers. »Du weißt doch, dass ich für solche Sachen keinen Sinn hatte. Als deine Mutter starb, habe ich das alles weggepackt.«

Ich wickele weiter aus und fördere eine kleine Holzpyramide und eine Schachtel mit Glasvögeln zutage. Meine Augen werden feucht, als ich die Handschrift meiner Mutter auf einer weiteren Schachtel entdecke: »Baumschmuck und Kugeln.«

Ich lächele Papa an. »In diesem Jahr werden wir einen

Weihnachtsbaum aufstellen.« Als das letzte Seidenpapier auseinandergezogen ist und alle Engel, Rehe und kleinen Tannenbäume auf dem Tisch stehen, verteilen wir unseren neuen Reichtum im Haus. Die Engelskapelle formiert sich auf der Fensterbank im Wohnzimmer, die so hoch ist, dass die Mädchen nicht an die Figuren herankommen, sie aber sehen können. Der Nussknacker grüßt von der Küchenanrichte, wo er über eine Schüssel mit Walnüssen wacht. Daneben bilden die geschnitzten Tannen eine kleine Lichtung, die Schutz für eine Ricke und ihr Kitz bietet. Das Wild habe ich einer Box mit der Aufschrift »diverse Rehe« entnommen.

»Diverse Rehe!« Papa lächelt. »Das ist typisch für deine Mutter! Sie war immer so ordentlich.«

Die Glasvögel setze ich auf die Verstrebungen meines großen Kerzenleuchters im Wohnzimmer.

Obwohl sich Tina von unserer Weihnachtsstimmung nicht anstecken lässt, hat sie den Kindern in liebevoller Kleinarbeit Adventskalender gebastelt, hat achtundvierzig winzige Frotteewaschlappen mit Spielfiguren, Süßigkeiten, Babybadeschaumproben und anderen Kleinigkeiten gefüllt und mit roten und goldenen Schleifen verschlossen. »Auf die Idee hat mich Britta gebracht«, erzählt sie beim Kaffee am ersten Advent, zu dem sich neben Papa und den Unvermeidlichen überraschend auch Dieter vom Sport und meine alten Schulfreundinnen Julia und Petra angesagt haben.

Das Gespräch dreht sich um die Planung der Weihnachtstage. Julia und Petra feiern mit ihren Familien, Rudi und Helmut wollen eine alte Schulfreundin im Altenheim besuchen, Papa zuckt mit den Achseln.

»Was hast du vor?«, wende ich mich an Tina. Sie leert die Keksschüssel mit einem zielsicheren Griff, kaut bedächtig und antwortet dann: »Auf keinen Fall werde ich dir bei deinem Mutti-Opa-Kindchen-Glück zuschauen! Die Mäuse bekommen ihre Patentanten-Geschenke im Voraus geliefert. Meine Schwester hat die Familie zu sich eingeladen. Ihre Planung sieht vor, dass meine Eltern und ich den ganzen Abend den Christbaum und ihre drei ach so begabten Gören beklatschen, die derart Aufsehen erregende Dinge tun, wie ihre Sweatshirts unfallfrei vom Boden aufzuheben. Und Schwesterleins Gatte stöhnt über die viele Arbeit und den Lieferstau bei den Firmenwagen und die Finanzkrise. Meine Eltern tragen es mit Fassung, weil sie gern Großeltern sind. Aber ich bin das fünfte Rad am Wagen.«

Alle lachen, aber ich spüre, dass Tina gar nicht lustig zumute ist. Sie sieht mich trotzig an. »Nein, Weihnachten bleibe ich diesmal zu Hause und betrinke mich. Oder ich gehe aus und betrinke mich. Oder ...«

»Schon kapiert: Egal, was du tust, am Ende wirst du betrunken sein.«

»So ist es.« Sie greift zum Kaffeebecher. »Hoch die Tassen!«

Als alle anderen gegangen sind, versuche ich, Tina noch einmal zu trösten. »Es ist okay, wenn du Weihnachten allein feiern willst. Aber was ist mit Silvester?«

Tina sieht mich verständnislos an. »Was soll damit sein? Silvester ist doch genauso trübselig. Wenn am Ende jeder seinen Schatz küsst.«

»Dann kannst du ja mich küssen. Bei mir ist derzeit auch kein Schatz weit und breit zu sehen!« Ich blicke sie auffordernd an. »Lass uns doch eine Party feiern! Einige vom Chor haben bei der letzten Probe gefragt, ob jemand eine größere Feier plant.« Ich schränke ein: »Vielleicht organisiere ich lieber eine Feier mit Büfett, zu dem jeder was mitbringt.« Ich bin Feuer und Flamme für meine Idee und denke laut weiter: »Es gibt immer erstaunlich viele Leute, die noch nicht wissen, wie sie feiern wollen. Es soll ja auch ganz unkompliziert sein. Ich werde den Verteiler der Indiaca-Gruppe anmailen. Einige von Lillis Freunden haben bestimmt auch Lust. Oliver und Tarek beispielsweise. Die können ja hinterher auch noch woanders Party machen.«

Ich sehe am Glitzern in Tinas Augen, dass sie anfängt, sich für die Idee zu erwärmen. Sie schnippt mit den Fingern. »Was hältst du von einer Motto-Party? Und ich weiß auch schon das Motto: Silvester wie früher. Du weißt schon, Silvester, wie wir es als Kinder feierten – als es noch nicht darum ging, cool zu sein. Ein Silvester mit Kartoffelsalat und Würstchen, mit der Silvestershow im Fernsehen, ›Dinner for One‹, mit Gesellschaftsspielen, Bleigießen und Knallerei erst ab Mitternacht.«

Ich hole Papier und einen Stift, und wir fangen an zu planen. Als Erstes schreibe ich »Gästeliste« auf.

»Nele und Carlos aus dem Chor. Carlos bringt bestimmt seine leckere Paella mit.«

»Was ist mit Steffen und den anderen vom Kochkurs?«

»Einladen!«

Tina will unsere Hebammen fragen. Ich notiere aus dem Indiaca-Kurs Dieter mit Frau, Ralf mit Frau und Kind, Insa und Michaela. Am nächsten Tag schicken wir per E-Mail die Einladungen raus. Papa und den Unvermeidlichen sagen wir natürlich auch Bescheid, und sie sind sofort dabei. Papa druckst nur ein wenig herum, bis er damit herausrückt, dass er Hedi einladen möchte.

So kommt es, dass Tina zwar meine folgenden Adventskaffee-Einladungen bedingt durch ihre Weihnachtsdepression abschlägt, sich aber mit der Vorbereitung unserer Party beschäftigt. Fast 30 Leute haben sich angemeldet. Aber während Tina schon kalkuliert, wie viele Kartoffeln für ihren legendären Kartoffelsalat geschält werden müssen, erfreue ich mich noch an den vielen großen und kleinen Vorweihnachtsritualen: das Öffnen der Adventskalender, das Entzünden der Kerzen auf dem Adventskranz, die antike Mahalia-Jackson-LP, die mein Vater ausgräbt. Die Unvermeidlichen schleppen zu diesem Zweck einen alten Plattenspieler an, und nun erklingt bei jeder Gelegenheit knisternd und rauschend »Ho-ho-ly Night«. Die alten Herren lassen den Hinweis, dass es diese Musik auch auf CD gibt, nicht gelten.

Jedenfalls sind die drei nun statt Tina bei jedem Adventskaffee dabei. Und auch andere finden den Weg vor meinen Kamin. Es ist, als ob noch ein wenig von Lillis Menschenmagnetglanz unter uns leuchtet. Natürlich fehlt sie mir in dieser Zeit immer noch – und mir fehlt Andreas. Mehr als einmal tut mir unser Streit leid. Aber keinem von uns beiden gelingt es, den ersten Schritt zu tun.

Einmal steht Oliver vor der Tür und verzehrt dann große Mengen Zimtsterne, ein anderes Mal folgen Astrid, Marianne und Eric aus dem Gospelchor meiner Einladung. An diesem Sonntag wird viel gesungen, und die Mädchen tanzen, indem sie auf ihren kurzen Beinchen hin und her wippen.

Auch die Weihnachtsplanung nimmt nun konkrete Formen an. Rudi und Helmut bleiben bei ihrem Vorhaben, die Freundin im Altersheim zu besuchen, und Papa hat sich bei mir eingeladen. Weil er aber am Tag vorher für den Seniorenmittagstisch der Kirchengemeinde kocht, überlässt er mir die Zusammensetzung des kulinarischen Angebots am 24. Dezember. »Mach etwas ohne großen Aufwand, ich bin mit allem zufrieden«, ist seine Ansage. »Diesmal bist du der Küchenchef!«

Ich besorge eine kleine Gans, einen Kopf Rotkohl und eine Packung Instant-Semmelknödel und freue mich auf einen ruhigen Abend mit Papa und den Kindern.

Doch als Papa bereits am Heiligabend statt wie besprochen um neunzehn Uhr schon um drei Uhr am Nachmittag mitten in die Zubereitung der Gansfüllung platzt, beschleicht mich ein ungutes Gefühl.

»Du könntest noch getrocknete Aprikosen hinzufügen«, beginnt er seine Belehrungen. Ich versteife mich innerlich. Ich hasse es, wenn man mir in das, was ich gerade tue, hineinredet. Außerdem lebt er in bester Chefkoch-Manier seine Autorität aus: Die Beigabe von Aprikosen ist kein freundlicher Vorschlag, sondern eine Ansage. Im Grunde meint Papa: »Wenn du keine getrockneten Aprikosen für die Füllung verwendest, wird sie nicht einmal halb so gut schmecken, wie du dir erträumt hast, du blutige Anfängerin.«

Doch in meine leicht köchelnde Wut dringt aus dem Wohnzimmer Mahalias Stimme, die Kinder knuspern plappernd an Spekulatius-Plätzchen, und die Gans sieht so bedauernswert gerupft, nackt und bloß aus, dass ich es nicht übers Herz bringe, mit Papa zu streiten. Es ist schließlich Weihnachten! Also schlucke ich meinen Stolz hinunter und werfe ein paar getrocknete Aprikosen in die Füllung aus Brot, Schinkenspeck, gebratener Gänseleber, Zwiebeln und Rosinen.

»Hast du an Majoran gedacht?«

Das habe ich zwar nicht, doch der findet sich glücklicherweise in meinem Gewürzregal. So weit, so gut. Nur bei Papas Forderung nach Beifuß muss ich passen.

Er ist entsetzt. »Kein getrockneter Beifuß? Na, ob das schmecken wird?« Er taxiert die Gans, als erwarte er von dem toten Tier eine Antwort.

Mit zusammengebissenen Zähnen arbeite ich weiter – ich bin mir seiner kritischen Augen durchaus bewusst. Schweißgebadet fülle ich die Gans und suche dann nach einem Faden, mit dem ich sie zusammennähen kann.

»Das könntest du sehr viel leichter mit Zahnstochern machen. Einfach locker zusammenstecken«, meldet sich Oberkoch Papa wieder.

»Wolltest du nicht erst um sieben kommen?«

Papa guckt erstaunt auf die Uhr. »Jetzt ist es gleich vier. Ich dachte, dass du dich freust, wenn ich früher da bin.«

Da es keine Zahnstocher gibt, muss sich Papa mit meinem Kreuzstich abfinden. »Wirst sehen, das geht auch«, tröstet er mich scheinheilig und zieht sein T-Shirt herunter. »Hoffentlich wird deine Soße nicht zu fett. Ich muss auf mein Gewicht achten.«

»Ausgerechnet an Weihnachten?«

Papa nickt bedächtig. »Seitdem ich nicht mehr so dicke Pullis trage, kommt meine Figur viel mehr zur Geltung.«

»Deine Figur?« Mir fällt beinahe der Soßentopf aus der Hand.

Papa pfeift durch die Zähne. »Ja, die Figur. Ich bin schließlich erst sechsundsiebzig! Da kann man immer noch auf sich achten.« Er zieht das T-Shirt noch einmal straff. »Sagt jedenfalls Hedi.«

»Ist es was Ernstes mit euch?«

Unvermittelt hüllt sich Papa in Schweigen. Er zuckt mit

den Achseln, murmelt etwas von »einer guten Freundin« und »Wirst du auch noch besser kennenlernen«. Zwischen klapperndem Geschirr durchsucht er die Speisekammer. »Vielleicht hast du ja doch irgendwo Beifuß!«

Papa auf Freiersfüßen? Und Tina fühlt sich alt!

Endlich schmort der Vogel im Ofen, und ich mache mich mit deutlich gedämpftem Enthusiasmus an die Zubereitung des Rotkohls. Diesmal hat Papa nichts zu meckern, obwohl er den Rotwein »nicht süffig genug« findet und von meiner Bemerkung, dass der doch sowieso verdunste, nichts wissen will. Dass ich vergessen habe, Gummihandschuhe zu kaufen, weswegen meine Finger nach dem Rotkohlreiben aussehen, als hätte ich mindestens ein Schwein mit bloßen Händen ausgenommen, quittiert er nur mit einem überlegenen Lächeln.

Wenigstens gesteht er mir kampflos Kernkompetenz beim Wickeln von Amélie zu und rettet sich mit den Worten »Nee, danke. Mach du das lieber!« ins Wohnzimmer, als seine Lieblingsenkelin vor dem Nachmittagsschläfchen eine frische Windel bekommen muss.

Der Rotkohl simmert vor sich hin, die brutzelnde Gans verströmt ihren würzigen Duft, Papa ist dabei, den Kamin neu mit Feuerholz zu bestücken, und ich will mich gerade aufs Küchensofa kuscheln – da klingelt es.

Vor der Tür steht – Andreas! Wirre Locken lugen unter einer tief in die Stirn gezogenen Mütze hervor. Ein dicker Schal ist um seinen Hals geschlungen. Er ist blass und hohläugig.

Einen Moment lang mustern wir uns schweigend, dann zieht sich sein Gesicht gequält zusammen, seine Augen verengen sich zu Sehschlitzen, er reißt den Mund auf und wird von einem Niesanfall geschüttelt.

»Wer ist es denn?«, ruft Papa aus dem Wohnzimmer.

Andreas lehnt mit grünlichem Gesicht und roter, wundgeschneuzter Nase an der Wand. »Franzi, hast du ein Aspirin?« Mein Herz zieht sich zusammen. Wie blass er ist, der arme Kerl.

Ich frage mich zwar, was Andreas gerade am Heiligabend zu uns treibt, aber im Vergleich zu Papas exotischem Verlangen nach Beifuß und Trockenobst erscheint mir Andreas' Wunsch erfrischend unproblematisch. »Komm erst mal rein!« Ich schiebe ihn in die Küche. »Ich hab natürlich Aspirin im Haus. Was machst du überhaupt in Hamburg?«

Andreas sinkt auf den Küchenstuhl. Seine Augen glänzen fiebrig. »Weihnachten ist doch das Fest der Familie«, hüstelt er und putzt sich die Nase. »Ich bin furchtbar erkältet.«

»Und da hast du gedacht, es wäre doch prima, uns alle anzustecken? Im Sinne von festlich und familiär?«, stänkert Papa von der Tür her. Er mustert Andreas mit unverhohlener Abneigung. »Du als Arzt weißt ja, wie anfällig vor allem Kinder und alte Leute in der Grippezeit sind. Bei uns findet ein Bakterienbomber wie du fette Beute!«

Andreas ist offenbar zu erschöpft, um sich zu wehren. Er zieht nur die Nase hoch und fragt kläglich: »Franziska, ... Aspirin?«

Ich hole die Packung aus der Schrankschublade und fülle ein Glas mit Wasser. »Was machen wir denn nun mit dir?«

Papa grätscht sofort dazwischen: »Quarantäne in einem Hotel am Hafen oder am besten postwendend zurück nach Dänemark! Da wartet ein großes Krankenhaus auf dich.«

»Papa!« Mir tut Andreas trotz seines Überfalls leid. Er ist krank, er ist allein und er ist Amélies Vater. Ich will mir nicht eines Tages vorwerfen lassen, dass ich ihn – noch dazu am Heiligabend! – in die Kälte gestoßen habe. Oder, besser gesagt, in den Regen, denn von weißen Weihnachten sind wir auch in diesem Jahr mindestens vier regnerische Grad Celsius entfernt. »Du legst dich im Gästezimmer hin und ruhst dich erst mal aus. Ich bringe dir einen Tee«, entscheide ich, ohne Papas ärgerliches Gesicht zu beachten.

Vier Stunden später sitzt Andreas mit am Tisch – eingehüllt in eine Wolldecke und bewaffnet mit einer Toilettenpapierrolle, weil ich nicht genügend Papiertaschentücher im Haus habe.

Vor der Gans findet die Bescherung für die Kinder statt. »Netter Weihnachtsbaum!«, schnieft Andreas höflich.

»Den habe ich besorgt!« Bei diesen Worten lächelt Papa sogar.

Die Tanne ist nicht besonders groß – wir haben sie auf den Küchenhocker gestellt, über den ich eine rote Weihnachtstischdecke geworfen habe. Unser kleines, dickes Bäumchen ist mit Mamas Christbaumkugeln, Sternen und Bienenwachskerzen bestückt – sowie mit von Papa sorgfältig aufgefädelten Schokokringeln.

Wir zünden die Kerzen an und singen für die Mädchen »Alle Jahre wieder«. Papa kann den Text auswendig und zieht uns mit. Sogar Andreas krächzt mit belegter Stimme vor sich hin.

Die Kinder machen große Augen, als wir ihnen die Geschenke zeigen. In ihrem Alter ist das Auspacken noch viel schöner als das eigentliche Geschenk. Verstehen können sie das Fest nicht – aber es gefällt ihnen. Von Papa bekommen sie Spielzeugtiere, die mit einem Stab geschoben werden können, von mir neue Förmchen für die Sandkiste und von Andreas zwei Steckspiele aus buntem Holz.

Dann steht endlich die Gans auf dem Tisch. Papa zieht

naserümpfend über die Fertigklöße her, die Amélie und Lisa-Marie aber ausgezeichnet schmecken.

Andreas muss natürlich nachfragen: »Hätte man die Gans nicht mit ein bisschen Knoblauch anbraten sollen?«

»Manche Dinge ändern sich nie!«, ätzt Papa.

Trotzdem scheint das Essen die gereizten Gemüter zu beruhigen.

Doch dann bricht Papa einen Streit vom Zaun. Er streift Andreas, der zusammengekauert am Küchentisch hockt und mit beiden Händen zusammengeknülltes Toilettenpapier umklammert, mit einem strafenden Blick und raunzt: »Hol dir gefälligst eine Plastiktüte für deine Rotzfahnen. Ich will mich nicht anstecken.«

Andreas quält sich hoch und schlurft hüstelnd, schniefend und leise meckernd Richtung Speisekammer. Während ich die Reste abräume und die Spülmaschine bestücke, verfransen sich Papa und Andreas in einer unerquicklichen Diskussion darüber, ob man im Winter schneller Erkältungen bekommt und – wenn ja – woran das liegen könnte. Während Andreas damit argumentiert, dass Erkältungen durch Viren ausgelöst werden und mit dem Wetter wenig zu tun haben, führt Papa seine Lebenserfahrung ins Feld. »Im Winter wird man leichter kalt – daher doch auch der Begriff Erkältung. Ich kann mich noch an den harten Winter 48/49 erinnern. Erzähl mir nichts!«

Nachdem ich den fettigen Gänsebräter sauber geschrubbt habe, sammle ich das Geschenkpapier zusammen und versuche meine Enttäuschung zu unterdrücken. So habe ich mir dieses Weihnachtsfest mit den Kindern nicht vorgestellt: Ich mache Küchendienst, räume auf, bringe die Mädchen zu Bett – und Papa und Andreas giften sich an.

Andreas unterbricht seinen Disput kurz und fragt in meine Richtung: »Kannst du mal Wasser zum Inhalieren aufsetzen? Ich brauche auch noch ein Handtuch und eine Schüssel.«

Bevor ich dem Impuls nachgebe, ihm das Wasser ins Gesicht zu kippen, wie er es verdient hätte, greife ich nach der Mülltüte und stürme wortlos aus der Tür. Im Rausgehen höre ich Papas keckernde Stimme: »Das soll wohl heißen: Mach dir dein Wasser selbst heiß, oder?« Wenigstens er scheint sich an diesem Abend prächtig zu amüsieren.

Bei den Müllcontainern reiße ich die erstbeste Klappe auf, stopfe die Mülltüte hinein und lasse den Deckel krachend zufallen. In diesem Moment werde ich von hinten umarmt, und eine heisere Stimme raunt in mein Ohr: »Überraschung!«

Ich fahre herum, knalle mit dem Kinn gegen den Hals einer Magnum-Champagnerflasche und spüre dann Simons warme Lippen auf meinen. »Bist du wahnsinnig?«, wehre ich mich. Mein Herz rast – allerdings vor Schreck, denn im dunklen Hof habe ich niemanden erwartet, am allerwenigsten Simon. Und so frage ich zum zweiten Mal an diesem Abend: »Was machst du denn in Hamburg?«

Simon hat offenbar einen anderen Empfang erwartet. »Hast du meine Postkarte nicht bekommen?«, fragt er gekränkt.

Ich erinnere mich. »Doch, natürlich, die mit dem Flugzeug drauf? Das ist doch schon Monate her!«

»Das war ein A 319,« stellt Simon richtig. »Hast du sie nicht gelesen?«

Simon stellt die Champagnerflasche auf den Boden und wirbelt mich herum. »Ich hab doch vom Wiedersehen mit meinem alten Leben geschrieben!« Er legt seine Hände auf meine Hüften und zieht mich an sich. »Verstehst du denn nicht, was ich gemeint habe?« Seine Stimme wird leiser, und obwohl ich mich stocksteif halte, zieht er mich noch enger an sich heran. »Ich habe Champagner mitgebracht. Also lass uns da weitermachen, wo wir Ostern aufgehört haben …« Er vergräbt seine Lippen in meinen Haaren. »Ich dachte mir schon, dass es bei meinem Eltern total öde werden würde. Und jetzt bin ich hier!«

Mir ist mittlerweile so kalt, dass meine Zähne klappern. Ich bringe kein Wort heraus. Simon legt den Arm um meine Schultern, greift nach der Flasche und geleitet mich fürsorglich ins Haus. »Du musst erst mal wieder warm werden, meine Süße«, flüstert er mir ins Ohr und schlingt seine Arme wie Tentakel um mich.

In der Wärme des Hausflurs komme ich langsam wieder zu mir. »Simon, das geht nicht!«, sage ich entschieden, mache mich los und fliehe in die Küche.

»Franzi, Süße! Lass uns doch erst einmal reden!«, ruft er mir nach. »Ich mach jetzt den Schampus auf, und dann setzen wir uns gemütlich vor den Kamin!« Mit diesen Worten betritt er hinter mir den Raum und prallt zurück, als er Papa und Andreas am Küchentisch sitzen sieht. Vor Andreas steht eine Schüssel, aus der heißer Wasserdampf aufsteigt, und er hat ein Handtuch über den Schultern.

Papa grinst hinterhältig. »Hallo, Simon – da freue ich mich aber! Ich wollte schon immer mal gemütlich mit dir vor dem Kaminfeuer sitzen.« Zu Andreas gewandt spöttelt er: »Schade, dass du mit deinem Schnupfen den Champagner nicht schmecken kannst.«

Andreas schnappt zurück: »Und bedauerlich für dich, dass du zu deinen Blutdruckmitteln keinen Alkohol trinken darfst!« Er verschwindet wieder röchelnd unter dem Handtuch.

Simon blickt von Papa zu Andreas und zurück und schließlich zu mir. Ich lehne regungslos an der Anrichte und habe das Gefühl, eine Fremde in meinem eigenen Leben zu sein. Das kann doch nicht ich sein? Diese vom Kochen und Saubermachen verschwitzte Frau, die in ihrer Küche drei Psychopathen bewirtet? Wo ist nur Lilli, die die Männer mit ihrem trockenen Humor in die Schranken gewiesen hätte? Zu meiner Enttäuschung und Ratlosigkeit addieren sich Traurigkeit und ein Gefühl von Verlorenheit. All das ballt sich zu einem dicken Kloß in meinem Hals zusammen, den ich nicht schlucken kann.

Andreas linst unter dem Handtuch hervor. Nach einem Blick auf mein Gesicht legt er das Handtuch weg, steht auf und nähert sich mir mit rotem Gesicht. »Nun sieh bloß mal, was du angerichtet hast!«, blafft er Papa an. »Franziska, fang jetzt bitte nicht an zu weinen!« Er will seinen Arm um mich legen. Doch Simon kommt ihm zuvor und drückt Andreas beiseite. »Wenn sie weint, dann vor allem, weil du hier bist!«

Sie fangen an zu streiten. Papa quittiert diesen Hahnenkampf mit einem zufriedenen Lachen.

Das gibt mir den Rest. »Was denkt ihr euch eigentlich?«, platzt es aus mir heraus.

Die Männer verstummen.

Dafür werde ich umso lauter. »Ist das hier ein Auffanglager für weihnachtlich Gestörte?« Simon will etwas sagen, aber ich schneide ihm das Wort ab. »Du bist noch nicht dran!« Und dann halte ich die erste Standpauke meines Lebens und nehme mir jeden einzeln vor. »Ihr seid jetzt alle mal still und hört mir zu. Papa: Das Einzige, was du zum Weihnachtsessen beigetragen hast, sind kluge Ratschläge und jede Menge Kritik! Und du, Andreas? Du setzt dich an den gedeckten Tisch und erwartest Krankenschwesterdienste, weil du erkältet bist! Warum sehen Männer eigentlich bei jedem kleinen Schnupfen sofort den Sensenmann ums Haus schleichen?« Ich hole tief Luft. »Und jetzt zu dir, Simon! Was hast du dir dabei gedacht? Dass du mich mit einer läppischen Postkarte als heißblütige Gespielin für dein Weihnachtsprogramm buchen kannst? Oder als alternatives Show-Programm, weil du dich bei deinen Eltern langweilst?« Ich warte keine Antwort ab, reiße im Flur meine Winterjacke vom Haken und stürme aus dem Haus. Im Hof halte ich kurz an, um Tina eine SOS-SMS zu schreiben: »Hilfe!« Als ich durch die Hofeinfahrt laufe, piept schon ihre Antwort: »Zu mir oder zu dir?«

Ich winke einem Taxi, das gerade glücklicherweise die Wiesenstraße entlangfährt. Beim Einsteigen simse ich zurück: »Bin unterwegs!« Erst im Auto fällt mir ein, dass ich die Kinder nicht mitgenommen habe.

Als ich eine Viertelstunde später vor Tinas Tür stehe, ist meine Wut schon fast verraucht, und ich möchte am liebsten wieder nach Hause, um nach den Mädchen zu sehen.

Tina hält mich erfreut, verwundert und leicht angeschickert zurück. »Nun beruhige dich erst einmal. Die Mädchen haben doch geschlafen, als du weggegangen bist. Amélies Vater ist bei ihnen und der ist Arzt! Weiterhin ist da noch *dein* Vater, mit dem sie vertraut ist, und auch Simon kennen beide seit ihrer Geburt!«

Sie zieht mich aufs Sofa und drückt mir ein Glas Sekt in die Hand. »Du hast schließlich nicht vor, nach Papua-Neuguinea auszuwandern!« Ihre Augen blitzen unternehmungslustig. »Wie wäre es, wenn wir beide einfach feiern gehen?«

Ich schiebe die Unterlippe vor. »Weiß nicht.«

»Ach, komm schon! Carpe diem! Wenn du schon mal drei Babysitter gratis hast ...« Ich lasse mir ihr Angebot durch den Kopf gehen. Tina hat recht. Die Kinder sind gut aufgehoben, meine Helden können ein bisschen Zeit zum Nachdenken verkraften, und ich habe schon lange mit Tina keinen Abend mehr allein verbracht. Also nicke ich. »Also gut, wo soll's denn hingehen?«

Tina schränkt schnell ein: »Aber getanzt wird nicht! Kein Freestyle, kein Gehopse, keine gequälten Elefanten!« Kritisch begutachtet sie meine Jeans und die blaue Bluse. Dann zieht sie mich wieder vom Sofa hoch. »Mal sehen, was mein Kleiderschrank für dich hergibt.«

Als wir eine Stunde später die Bar »20Up!« im Empire Riverside Hotel betreten, sieht man mir mein häusliches Drama nicht mehr an. Die dunkle Hose von Tina kneift nur leicht im Bund, und ihre silberweiße Satinbluse wirkt festlich, aber nicht zu aufgedonnert.

Tina selbst trägt ihr Etuikleid aus weinroter Wildseide, das sie vor einem halben Jahr voller Begeisterung erstanden hat. Bis zum heutigen Abend hatte sie noch keine Gelegenheit, es zu tragen. Doch in dieser Umgebung wirkt es angemessen.

Leise Musik und gedämpftes Licht empfangen uns in der nur spärlich besetzten Bar. Wir finden einen Platz auf dem Sofa direkt vor einer der sieben Meter hohen Panoramascheiben. Unter uns funkeln die Lichter des Hafens. »Wir sind hier neunzig Meter hoch«, weiß Tina. Wir besuchen beide zum ersten Mal diese Bar, über die Tina einen Artikel in einer Frauenzeitschrift gelesen hat. »Ich bin ein bisschen aufgeregt«, gesteht sie. »Jedenfalls sind wir im richtigen Alter«, stellt sie nach einem kurzen Blick durch den Raum fest. »Wir sind noch nicht mal die Ältesten.«

Wir bestellen jede ein Glas Rotwein, hören der Musik zu und sehen auf den Hafen. Ab und zu seufzt eine von uns »Schön!«, und die andere nickt.

Ich versuche, meine Gedanken an Andreas, Papa und Simon zu verdrängen und mir um die Mädchen keine Sorgen zu machen. Tina sieht sich immer wieder verstohlen im Raum um, summt manchmal eine Melodie mit und entspannt sich zusehends. »Ich bin so froh, dass du noch vorbeigekommen bist!«

»Danke. Es ist auch schön, dass du mich mitgenommen hast.«

»Dabei wollte ich erst auf den Kiez in eine Disco.«

»Ach?«

»Ja. Ich dachte, sich allein zu betrinken ist doch kein abendfüllendes Programm. Aber ich wusste nicht wirklich, wohin mit mir. Ich wollte mich gerade aufhübschen, als du geklingelt hast.« Sie sieht wieder über den Hafen. »Weißt du was? Ich habe gerade große Erkenntnisse! Du bist trotz der Kinder noch nicht vermuttert. Und ich habe das Gefühl, dass ich heute Abend anfange, mich mit meinem Alter anzufreunden.«

»Von welchem Alter redest du?« Ich erzähle Tina von Papas Kontakt zu einer gewissen, mir noch unbekannten Hedi.

Tina grinst. »Vielleicht ist ein Tangokurs doch keine so schlechte Idee!«

Ihr Handy piepst. Sie blickt auf das Display und hält es mir hin. »Jetzt kannst du wirklich feiern.«

Ich lese. »Falls Franzi bei dir, bitte kurze Antwort. Mit den Kindern alles o.k. Andreas.«

Ich muss lächeln. Tina stößt mich an. »Nanu, was war das eben für ein Lächeln?«

»Ein erleichtertes!«, wehre ich ab. Das ist jedoch nur die halbe Wahrheit. Ich empfinde mehr als Erleichterung. Monatelang war ich allein für die Mädchen verantwortlich, habe alle Ängste und Sorgen eigenverantwortlich durchgestanden. Jetzt ist Andreas da – und »unsere« Kinder sind bei ihm gut aufgehoben. Aber diese Freude ist ein sehr zartes, zerbrechliches Gefühl, das ich instinktiv selbst vor Tina verbergen will.

Sie sieht mich immer noch an. »Schreibst du ihm zurück?«

»Auf keinen Fall! Sollen die sich ruhig noch ein paar Gedanken machen!«

Also tippt Tina ein kurzes »Franzi hier. Alles gut. Tina« und schickt die SMS ab. Dann greift sie zum Glas. »So, und jetzt lass uns weiterfeiern!«

Wir stoßen an.

»Fröhliche Weihnachten!« Ein leicht graumelierter Anzugträger prostet uns vom Nebensofa zu. Er erinnert mich mit seinem offenen Lächeln und den kurzen Stoppelhaaren ein wenig an den Kassierer in meiner Sparkassenfiliale.

Tina lächelt geschmeichelt. »Danke gleichfalls!«

Darauf stoßen wir alle an, wobei sich der Graumelierte als Erich vorstellt, und den asiatischen Herrn, mit dem er zusammensitzt, als seinen Zufallsbekannten Cheng. Wir plaudern für eine Weile. Dabei erfahren wir, dass Erich mit seiner Frau Streit gehabt und in der Bar Asyl gesucht hat, während Cheng in Hamburg gestrandet ist. In einem Mischmasch aus Englisch und Deutsch erzählt er, dass er Geschäftsmann und erstmals in Deutschland sei – er war nicht auf die arbeitsfreien Weihnachtsfeiertage eingestellt. Selbstironisch lächelt er. »Cheng heißt ›erfolgreich‹, success, ja? Kein gut proof für mein Name!«

Nach einer Weile schlägt Erich vor, dass wir uns zusammensetzen. Cheng lädt uns ein. Erich blickt aus dem Fenster und zeigt auf zwei Schiffe, die sich im Hafeneingang aneinander vorbeischieben. »So sind wir heute Abend auch«, sagt er. »Wie Schiffe, die einander zufällig begegnen.«

Cheng versteht ihn sofort. »Like ships in the sea!«

Wir stoßen wieder an. Und wie es manchmal unter Fremden vorkommt, erzählen wir einander erstaunlich persönliche Geschichten. Cheng berichtet von den Hoffnungen, die seine Familie in ihn setzt, und den Opfern, die seine Eltern für seine Ausbildung gebracht haben. Tina gesteht offen ihre Angst vor dem Alter, ich amüsiere die anderen mit einer naturgetreuen Wiedergabe meines Wutausbruchs in der Küche. Erich beichtet sein Gefühl, dass seine Frau ihn für einen Versager hält, weil er in seinem Versicherungsbüro kürzlich zum zweiten Mal bei der Beförderung zum Abteilungsleiter übergangen worden ist.

»Ich glaube, ich bin nicht der einzige stranded person!«, sagt Cheng.

Erich gibt zu, dass er den Streit mit seiner Frau letztlich selbst vom Zaun gebrochen hat, weil er seinen Schwiegervater nicht ausstehen kann. »Keiner kann den leiden, nicht mal meine Frau. Aber es ist halt ihr Vater.« Schuldbewusst runzelt er die Stirn. »Und jetzt habe ich sie mit dem Kerl allein gelassen.«

Cheng klopft ihm aufmunternd auf die Schulter. »Morgen ist neuer Tag!« Und er fügt lachend hinzu: »Und morgen Schwiegervater ist gone!«

Wir verlassen die Bar erst in den frühen Morgenstunden. Als wir auf die Straße treten und zum Taxistand laufen, erklingt Akkordeonmusik. In einem Hauseingang kauert ein dick vermummter Straßenmusikant, der sein Spiel unterbricht, als er uns sieht. Auffordernd hält er uns seine Hand hin. »Kleingeld?«

Cheng greift sofort in seine Tasche. »Spielen für uns?«

»Was du wollen?«, fragt der Musikant mit starkem slawischem Akzent. Man sieht von ihm nur die Augen. Alles andere ist hinter Mütze und Schal verborgen. Seine Hände stecken in Handschuhen, die alte, runzlige Finger freilassen.

»Wie wäre es mit einem Walzer?«, fragt Erich.

Der Musikant nickt und beginnt zu spielen.

»Das ist der Dornröschen-Walzer von Tschaikowski«, verkündet Erich zur allgemeinen Überraschung. »Tja, ich habe mal ein halbes Jahr Geigenunterricht gehabt«, erzählt er. Dann verbeugt er sich vor mir, bietet mir galant den Arm und wirbelt mich sicher und gekonnt im Walzertakt über den Fußgängerweg. Und ich, die ich zuletzt in der Tanzstunde Walzer getanzt habe, schwebe mit ihm die Straße entlang. »Du tanzt gut«, sagt er bei einer Drehung. »Aber, nimm's mir nicht übel: Am liebsten tanze ich mit meiner Frau!«

Ich verspüre einen eifersüchtigen Stich. Wie schön wäre es, wenn Andreas diesen Satz einmal gesagt hätte! Doch wir haben nie miteinander getanzt. Aus den Augenwinkeln sehe ich, dass sich Tina und Cheng ebenfalls wiegen. Der Asiate bewegt sich leicht und geschmeidig und hat die Augen geschlossen. So tanzen wir durch die leere Straße.

Nach einer Weile wird Erich langsamer, dann beugt er sich über meine Hand, deutet einen Handkuss an und tritt zurück. »Vielen Dank für diesen Weihnachtsabend, Franziska!«, sagt er. »Und viel Glück mit deinen Männern.« Er winkt Cheng und Tina zu und verschwindet mit schnellen Schritten in die Dunkelheit.

Cheng überlässt das erste Taxi Tina und mir. Wir verabschieden uns herzlich mit vielen Verbeugungen und Gelächter. Cheng nötigt uns beiden seine Visitenkarten auf.

»Hongkong!«, liest Tina und verspricht: »Natürlich besuche ich dich, wenn ich das nächste Mal dort bin!«

Als ich mich aus dem Rückfenster des Taxis nach ihm umblicke, steht er noch neben dem Akkordeonspieler. Wir fahren erst zur Wiesenstraße, dann fährt Tina weiter zu sich. »Wir telefonieren morgen!«, ruft sie zum Abschied.

Auf Zehenspitzen tappe ich in mein Haus. Mich erwartet ein wahrlich weihnachtliches Bild. Im Wohnzimmer vor dem erloschenen Kamin liegen auf einem Lager aus Bett- und Wolldecken meine heiligen drei Könige Papa, Andreas und Simon. Statt Gold und Myrrhe haben sie den Christkindern Amélie und Lisa-Marie, die in einer Buggy-Krippe schlafen, Spielkarten und Bierflaschen in großer Anzahl dargeboten. Während Bim fast in ihrer Decke versinkt, liegt Mi auf dem Rücken, und ich streiche sanft über ihre Stirn und dann über ihre Händchen, greife nach ihrem rechten Daumen. Mir fällt der Flohmarktverkauf meiner Bastelsachen ein, der uns damals fast dreißig Euro eingebracht hat. Ich denke an Lillis Überzeugung, dass ich mir mit meinen Bastelsachen ein Geschenk gemacht habe und von dem Geld, für das wir Nudeln essen gegangen sind, der rechte Daumen von Amélie gewachsen ist. Wie sehr mir Lilli fehlt.

Über dem Nachtlager blinkt ein silberblauer Weihnachtsstern, den jemand an der Deckenlampe befestigt hat. Andreas schläft mit offenem Mund und schnarcht leise wegen seiner verstopften Schnupfennase. Von Papa sehe ich nur einen Zipfel grauer Haare über dem Rand der blauen Wolldecke. Die beiden anderen habe ihm das Sofa überlassen. Auch er schnarcht gleichmäßig. Simon hat sich zusammengerollt und sieht im Schlaf wieder so jung aus, wie er ist. Er hat seine Decke weggestrampelt. Ich ziehe sie sanft hoch. Dabei wird er wach und sieht mich verwundert an. Schnell lege ich den Finger auf den Mund. Ich will die anderen nicht wecken.

Simon nimmt meine Hand. Er sieht mich bittend an. Ich mache mit meinem Kopf eine Bewegung in Richtung Küche und forme mit meinem Mund lautlos das Wort »Kaffee«.

Simon nickt. Wir schleichen aus dem Zimmer und schließen die Tür hinter uns.

»Mach du den Kaffee – ich schäume die Milch auf«, schlage ich vor. Bald sitzen wir vor zwei Milchkaffee-Bechern.

»Wo warst du denn?«, fragt Simon. Ich erzähle von Tina, von Erich und von Cheng.

Simon grinst. »Klingt nach einem spannenden Abend!« Er rümpft die Nase. »Da war es doch gut, dass es hier gestern so gekracht hat.«

»Gut?«

»Na, sonst hättest du wohl kaum in dieser schicken Bar gefeiert!«

»Und ihr hättet euch nicht gepflegt betrunken!«

»Das war Andreas' Idee. Der ist spätnachts noch zur Tankstelle, weil es hier nichts mehr zu trinken gab.« Er nickt gut gelaunt. »Andreas ist wirklich nett. Wir hatten am Ende viel Spaß miteinander. Hermann ist ja ein leidenschaftlicher Skatspieler – und hat uns ordentlich abgezockt. Der Weihnachtsstern ist übrigens von mir: ein Mitbringsel aus Frankreich. Andreas fand den so gut, dass er ihn sofort aufhängen wollte.«

»Und die Mädchen?«

»Die sind irgendwann wach geworden. Wir haben hier gesessen, gespielt und getrunken – ach, und die Reste von der

Gans haben wir auch noch verputzt. Um vier Uhr meldete sich das Babyphon. Hermann ist dann rauf und hat erst Amélie, dann Lisa-Marie geholt. Andreas hat ihre Flaschen gemacht, und dann haben wir eine Stunde mit ihnen gespielt. Das war's auch schon.« Simon rührt in seinem Kaffee und wirft mir einen nachdenklichen Blick zu. Schließlich sagt er: »Wegen gestern Abend ... Ich glaube, ich muss mich entschuldigen.« Er legt seine Hand auf meine. »Du hattest recht mit deinem Vorwurf. Ich wollte wieder zurück in die Sorglosigkeit unseres Sommers!«

»Aber wir haben uns doch getrennt!«

Simon nickt. »Ja, ich weiß. Und das ist auch gut so. Aber ... weißt du, mit dir war Sex ... wunderschön und vor allem ... unverbindlich.«

»Unverbindlich?«

Simon presst die Lippen aufeinander und nickt. »Mit dir war Sex eben Sex und keine Auftaktveranstaltung für weibliche Lebensträume. Du hast bereits ein Kind – also wolltest du keins von mir. Du warst frisch geschieden – also wolltest du mich nicht heiraten. Du wohnst in einem Haus – also wolltest du keines mit mir bauen. Mit den Mädchen, die ich jetzt treffe, ist das anders.«

»Ich kann mir gar nicht vorstellen, dass Mädchen um die zwanzig schon über Familienplanung nachdenken!«, wende ich ein.

Simon runzelt die Stirn. »Nein, nicht direkt. Aber irgendwie ist das bei den meisten schon im Hinterkopf. Vordergründig geht es vor allem darum, dass man ständig Zeit mit ihnen verbringen soll, um Ausschließlichkeit und so was.«

Ich denke an die vielen Male, die Simon auf sein Fahrrad gestiegen und aus meinem Alltag geradelt ist. Daran, dass er sich manchmal tagelang nicht gemeldet hat. Mir hat das auch weh getan, und ich kann mir vorstellen, dass es für ein junges, verliebtes Mädchen die Hölle ist. Wie hat Lilli immer gelitten, wenn David keine Zeit für sie hatte! Doch mir ist auch klar, dass hinter Simons Aufregung noch mehr steckt.

»Sag mal, bist du verliebt?«

Simon sieht mich verblüfft an – wie ertappt. Also liege ich mit meiner Vermutung richtig. Irgendeine Frau setzt Simon die Pistole auf die Brust. Oder zumindest spürt er die Pistole.

»Also?«

Simon wird rot und grinst verlegen. »Erwischt. Sie heißt Denise und ist Krankenschwester.«

»Und?«

»Sie ist anders als die Mädchen hier. Und auch sonst.«

»Das macht dir Angst?«

»Zähneklappernde Angst! Und gleichzeitig habe ich das Gefühl, ohne sie zu sterben.«

Und deswegen fliehst du vor ihr und versuchst den Teufel mit einem aufgewärmten erotischen Abenteuer mit deiner Ex auszutreiben? So ist das wohl. Die Ängste, die Zweifel, die Irrtümer, Versuche, Bauchlandungen und Ekstasen – jeder muss da durch. Und es schmerzt mal mehr, mal weniger. Ich begreife das vielleicht ziemlich spät.

Laut sage ich: »Ohne Liebe tut das Leben eben noch viel mehr weh.«

Simon sagt: »Du warst die erste erwachsene Frau in meinem Leben. Ich werde dich nie vergessen.«

Ich lächele ihn an. »Und ich werde immer an dich denken, wenn ich mit Amélie und Lisa-Marie Schiffchen falte.«

21. Kapitel

Es sind kleine Dinge
Die du tust
Völlig unbedacht und unbewusst
Die mir zeigen
Du wirst niemals bleiben.
Bernd Begemann: »*Du gehst so zärtlich*«

Papa geht am ersten Weihnachtstag grummelnd seiner Wege. Simon fährt zurück nach Toulouse. Andreas bleibt.

Den ersten Feiertag verbringt er hustend und schniefnasig im Bett. Doch schon am nächsten Tag geht es ihm besser. Er steht auf und rasiert sich, packt seine Tasche und schleppt sie in den Flur nach unten. Nach dem Frühstück steht er unschlüssig davor und murmelt: »Ich könnte ja auch noch bleiben. Meine Krankschreibung gilt noch für den Rest der Woche.«

Einen Moment lang sagt keiner von uns etwas. Dann gebe ich meinem Herzen einen Stoß. Denn trotz seines Schnupfens hat es sich gut angefühlt, dass er da ist. Ich ergreife die Tasche und trage sie wieder zurück ins Gästezimmer. Immer noch sagt keiner von uns ein Wort. Andreas folgt mir und fragt mit schrägem Lächeln: »Räumst du jetzt meine Sachen auch noch ein?« Ich drehe mich um und antworte mit einem ebenso schrägen Lächeln: »Nein, das habe ich viel zu lange gemacht.«

Andreas bleibt also. Er sieht sich sogar nach einem Platz für seine Joggingschuhe um. »Wem gehören die hier?«, fragt er und hebt im Korridor meine schmutzigen Laufschuhe hoch.

»Mir.«

»Läufst du?«

Stolz platze ich heraus: »Aber nur eine kurze Strecke von rund fünf Kilometern.«

Andreas wirkt beeindruckt. »Das ist großartig!« Ich spüre seinen Blick auf mir – unsicher, neugierig, irritiert. Er gefällt mir.

In den Tagen »zwischen den Jahren« lerne ich eine neue Seite von Andreas kennen: Zum ersten Mal akzeptiert er fraglos meine Kompetenz. Die hat er mir früher höchstens in Bezug auf die Zubereitung von Bratkartoffeln oder das Kneten von Salzteig zugestanden. Die täglichen Fragen des Lebens beantwortete Andreas immer allein. Dabei hätte es uns manches Mal gut getan, wenn wir uns vorher besprochen hätten – beispielsweise, als uns die Meyers in ihr Wochenendhaus einluden.

»Hast du gefragt, ob sie Katzen haben?«, erkundigte ich mich damals bei meinem Mann. Der winkte ärgerlich ab – schließlich war Ulli Meyer der sicherste Anwärter auf den Chefarztposten, und Andreas wollte sich gleich mit ihm gut stellen. »So einer hat keine Katzen.« Hatte er aber leider doch. Und weil Andreas hochallergisch gegen Katzenhaare ist, fuhren wir nach wenigen Stunden – viel früher als geplant – wieder ab. Da sah Andreas' geschwollenes Gesicht bereits aus wie eine Baseler Fasnachtsmaske. Liebevoll verkniff ich mir selbstverständlich eine hämische Bemerkung.

In diesen Weihnachtstagen aber beginnt Andreas, mich wegen aller möglichen Dinge zu fragen. Langsam und stockend, aber er fragt! Andreas bereist den neuen Kosmos mit dem Namen »Kinder« wie ein Alien den blauen Planeten. Was können, dürfen, sollen sie essen? Was mögen sie? Wovor fürchtet sich wer? Brauchen sie über der Strumpfhose noch eine paar dicke Socken? Wo ist eigentlich die Salbe für einen wunden Po?

Die Kinder fremdeln überhaupt nicht mit Andreas, und Lisa-Marie sagt schon am dritten Tag seines Aufenthalts »Papa« zu ihm. Es geschieht, als Andreas vom Brötchenholen kommt. Beide Mädchen sitzen in ihren Hochstühlen am Küchentisch. Als sie die Haustür hört, sieht mich Lisa-Marie fragend an. »Papa? Papa? Mama, Papa?«

Andreas legt die Brötchentüte auf den Tisch. »Hat sie Papa gesagt?« Seine Augen sind feucht.

»Ich glaube, ja.«

Jetzt ruft auch Amélie: »Papa!«

Andreas grinst seine Tochter verliebt an. »Du Goldstück!«

Das Goldstück lacht triumphierend, greift nach dem Marmeladenglas und lässt es mit lautem Krachen auf den Küchenfußboden fallen.

Ich hatte mich nach einem Jahr Mutterschaft abgebrüht gewähnt. Doch mit Andreas an meiner Seite erlebe ich eine zweite Welle der Dauerrührung. Vielleicht verliebe ich mich noch einmal in meine kleine Tochter und in Lillis Lisa-Marie, weil ich sie mit seinen Augen neu entdecke. Ich verliebe mich auch in uns vier als Familie. Obwohl ich manchmal fast ein schlechtes Gewissen Lilli gegenüber habe. Wie viel Glück schenkt sie mir durch ihren Tod! Es kommt mir so ungerecht vor! Und manchmal habe ich das Gefühl, als verliebte ich mich, zögernd und zweifelnd, aber unaufhaltsam wieder in Andreas – ohne etwas dagegen tun zu können. Andreas ist wieder wie der herzliche, liebevolle Mann, den ich damals bei meinem Segelurlaub kennenlernte. Seine Chefarzt-Attitüden, seine Dominanz, sein mitunter fast unfreundliches Verhalten – das scheint der Vergangenheit anzugehören. Die Kinder bringen den großen fröhlichen Mann mit dem jungenhaften Charme, den ich damals geheiratet hatte, wieder zum Vorschein. Vielleicht war er auch immer dort, unter den Schichten von Alltag, enttäuschten Erwartungen und Anforderungen? Vielleicht habe auch ich dazu beigetragen, dass er sich veränderte?

Andreas spielt hingebungsvoll mit den Kindern, er lacht viel, und ich denke wieder an die zahllosen Nächte, in denen ich mich an seiner Seite so sicher gefühlt habe. An das tiefe Gefühl der selbstverständlichen Zugehörigkeit, das ich seitdem nicht wieder gespürt habe. Nicht einmal in Simons Armen.

Wir erleben diese Tage nach Weihnachten wie Abenteurer auf Entdeckungsreise in unerforschte Territorien: neugierig, erwartungsvoll, ohne Ziel – geplant wird immer nur bis zur nächsten Wegbiegung. Wie durch ein Wunder bleiben wir allein. Tina ist nun doch zur Familie ihrer Schwester aufs Land gefahren, Papa und die Unvermeidlichen veranstalten einen mehrtägigen Skat-Marathon, bei dem der Verlierer des Tages am nächsten Tag die Rolle des Gastgebers übernimmt. Wir sind also unter uns. Amélie, Lisa-Marie, Andreas und ich.

Und wenn die Kinder schlafen, gibt es nur noch uns zwei.

Drei Tage vor Silvester nutze ich den Mittagsschlaf der beiden für ein ausgiebiges Bad. Andreas liest unten im Wohnzimmer. Ich habe mich gerade abgetrocknet und will mich eincremen, als er an der Badezimmertür klopft.

»Franziska? Hast du eine Nagelschere?«

Schnell wickle ich mich in das Handtuch, hole die Nagelschere aus dem Spiegelschrank und öffne ihm.

»Hier!«

Andreas hält mir seinen rechten Zeigefinger hin. »Ich habe mir den Nagel eingerissen.«

Unsere Blicke treffen sich, bleiben aneinander hängen – länger, als zwei Menschen einander ansehen sollten, wenn einer kaum bekleidet ist.

»Brauchst du noch was?«

»Nein. Das heißt: doch. Ich bin mit der linken Hand ziemlich ungeschickt.«

Tatsächlich ist der Nagel des rechten Zeigefingers so tief eingerissen, dass ein Stück abgeschnitten werden muss. Ich halte seine Hand über das Waschbecken und erledige das schnell. »Bitte sehr!«

Andreas zögert, das Bad zu verlassen. Er sagt mit einem Blick auf die geöffnete Flasche Körperlotion, die ich auf den Badewannenrand gestellt habe: »Soll ich dir den Rücken einreiben?«

Wir sehen einander lange an. Schließlich sage ich: »Warum eigentlich nicht?«, und reiche ihm die Flasche. Ich drehe mich zum Spiegel um und sehe ihm zu, wie er etwas Lotion in seine Hand tropfen lässt und dann meine Schultern einreibt. Vorsichtig hebt er meine Haare hoch, massiert den Nacken und kreist dann mit seinen Händen tiefer. Und noch tiefer. Unter den Handtuchrand.

Unsere Blicke kreuzen sich im Spiegel. Ich spüre seinen Atem auf meiner Haut. Andreas beugt sich vor und küsst mich hinter das Ohr. Er nimmt seine Brille ab und legt sie auf die Ablage unter dem Spiegel. Mein Herz klopft gegen meinen Brustkorb. Seine Hände umfassen wieder meine Schultern, gleiten hinab zu meinen Hüften.

Und dann bewegen wir uns mit der geübten Sicherheit miteinander vertrauter Tänzer. Ich drehe ich mich zu ihm um, hebe meine Arme. Unsere Lippen treffen aufeinander, forschend und vorsichtig, wir küssen uns, erst zärtlich, dann atemlos. Ich fühle eine große Freude und Aufregung in mir aufsteigen.

Andreas hebt mich auf den halbhohen Badezimmerschrank. Jetzt sitze ich vor ihm, er stellt sich zwischen meine geöffneten Beine. Ohne seine Lippen von meinen zu nehmen, entledigt er sich seiner Jeans, mein Handtuch gleitet zu Boden … »Warte!«, murmelt er. Ich weiß sofort, worum es geht. Schnell ziehe ich mit der linken Hand den Spiegelschrank auf und zeige Andreas die Schachtel mit den Kondomen.

Für den Bruchteil einer Sekunde fällt mir Simon ein. Doch dann gibt es nur noch Andreas. Seine Berührungen, mein Verlangen, unser Atmen, unser Glück. Heftig und neu in ihrer Ungestümheit sind unsere gemeinsamen Bewegungen.

»Nimm mich mit«, murmelt er in mein Haar.

Hier und jetzt. *Andreas …*

Und in diesen Sekunden wird mir plötzlich alles klar. Danach habe ich mich gesehnt. Nach Andreas' Geruch, nach seinen Berührungen, nach seinem Körper, nach seiner Nähe. Ich gestehe mir ein, was ich die letzten Monate krampfhaft verdrängt habe: Damals, als Simon aus dem Haus stürmte, weil er eifersüchtig auf Andreas war – damals habe ich nicht um Simon geweint, sondern um Andreas. Um die verpasste Chance auf unser Leben. Er stand in der Küche, groß, gutaussehend, mein Andreas. Und ich lebte doch eigentlich unseren Traum – mit einem schönen Zuhause, einer Familie, Kindern. Wäre dieser Morgen ein Bild in einer Rätselzeitung gewesen, so wäre Andreas der Fehler gewesen, den man in diesem Bild hätte finden sollen. Und in den Monaten davor, in den Monaten nach unserer Trennung, nach unserer Scheidung, gab es ganz tief in mir ein Sehnen, das Gefühl eines Verlustes, das bittere Eingeständnis, gescheitert zu sein. Ich habe diese Gefühle, die mich mit meiner Vergangenheit verbanden, tief in meinem Innersten verborgen und sie zusammengedrückt wie eine Drehspirale. Doch stets habe ich ihren Druck gespürt. Ich musste sie zusammendrücken, während ich versuchte, mein neues Leben zu bewältigen. Um nachts schlafen zu können. Ich spürte den Druck, selbst wenn ich mit Simon zusammen war. Natürlich nicht in der ersten Zeit unserer Affäre. Da waren die Glückshormone einfach stärker. Doch später. Immer, wenn ich über die Zukunft nachdachte und mir unweigerlich die Vergangenheit einfiel. Das waren keine großen Gedanken, die ich mit Tina besprochen hätte. Sondern federleichte Gefühle, vorbeiflirrende Erinnerungen, flüchtige Stimmungen, die wie niedrig fliegende Vögel Schatten in mein Herz warfen. Andreas war immer da. In meiner Sehnsucht, die mich wie auf Zehenspitzen begleitete, mir manchmal das Atmen schwer machte, sich aber immer wieder von Vernunft und Alltag beiseiteschieben ließ. Und jetzt, in diesem Augenblick, in dem mir Andreas so nahe ist, da ist es, als hätte ich monatelang die Luft angehalten und könnte jetzt zum ersten Mal wieder ausatmen. Die Spirale springt hoch, zieht sich auseinander, zittert, kommt zur Ruhe. Entspannen. Hingabe. Vertrauen. Das ist Andreas. Mein Andreas. Ich habe nie aufgehört, ihn zu lieben. Selbst als wir keinen Kontakt hatten. Andreas war immer da. In meinen Gedanken, unter den Gedanken. Hinter dem Paravent meines täglichen Lebens. In meinem Herzen. In meiner Sehnsucht. In meinem Begehren. Ich schließe die Augen und lasse los.

Hinterher stehen wir gemeinsam unter der Dusche, ich wasche seine Haare, er seift mir den Rücken ab. Schon wieder sind wir von Lust erfüllt. Doch dann hören wir die Kinder rufen: »Mama! Papa!«

Andreas steigt aus der Dusche. Er reicht mir ein Handtuch, öffnet die Tür und antwortet: »Wir kommen!« Er wickelt sich ein Handtuch um die Hüfte und gibt mir einen Kuss. »Ich geh schon.« Und dann lächelt er mich an. Es ist das Lächeln eines sehr glücklichen Menschen.

Und ich lächele zurück. Mit demselben Lächeln.

Am Nachmittag gehen wir mit den Kindern spazieren. Es ist immer noch ein ungewohntes, beglückendes Gefühl, mit Andreas und ihnen als Familie unterwegs zu sein. Danach spielen wir mit den beiden, ich mache Abendbrot. Wir baden sie und bringen sie zu Bett. Eine halbe Stunde später sind wir in meinem Schlafzimmer. »Ich hätte nie gedacht, dass man seinen Ex-Mann so aufregend finden kann«, murmele ich zwischen zwei Küssen.

»Wieso nicht? Ich bin nämlich auch hingerissen von meiner Ex-Frau! Besser gesagt: Meine Ex-Frau müsste ich kennen. Aber du … dich muss ich wohl neu kennenlernen.« Er stützt sich auf den Ellbogen und lächelte mich an. Seine Haare sind zerzaust. Wie immer finde ich, dass er ohne Brille jünger und verletzlicher wirkt.

»Lilli hat mich fast gezwungen, Sport zu treiben«, erzähle ich. »Mittlerweile habe ich jedoch Spaß dran. Glücklicherweise unterstützen mich mein Vater und seine Freunde. Sie übernehmen die Kinder, wenn ich laufe.« Und dann traue ich mich. »Vielleicht können wir ja mal zusammen joggen?«

Andreas sieht mich verblüfft an. »Dass ich diesen Satz mal aus deinem Mund hören würde, hätte ich nie gedacht.«

Ich verdrehe die Augen. »Schon gut. Ich war halt früher nicht so sportlich. Obwohl du ja auch nicht gerade versucht hast, mich dafür zu begeistern.«

»Und jetzt hast du mich gar nicht gebraucht. Du hast dich ganz allein begeistert.« Etwas eifersüchtig klingt das. Er scheint es selbst zu bemerken und streichelt meine Hüfte. »Sport tut dir gut. Du hast eine gute Figur.«

»... bekommen!«, gebe ich offen zu. »Du hättest mich direkt nach der Geburt sehen sollen. Oder im siebten Monat. Mein Arbeitstitel für Amélie war Willy – wie der Wal aus dem Kinofilm. Und ich war Willys Mutter!«

»Wieso gibt es hier im Haus eigentlich nirgendwo Bastelsachen und Strickkörbe?«, fragt Andreas.

»Höre ich da etwa einen ironischen Unterton?«, erwidere ich in gespieltem Ernst.

Andreas küsst meine Schulter. »Entschuldigung, aber früher stand doch überall solches Zeug bei uns herum.«

»Dafür habe ich keinen Bedarf mehr. Die Kinder, der Sport, der Chor, die Nachhilfe ...«

»Meinst du denn, dass du bei diesem Terminkalender überhaupt noch Zeit für mich findest?«

Während meine Hand zielsicher den Weg unter die Decke findet, antworte ich: »Das merkst du doch gerade.«

Andreas rollt sich über mich. Er schließt die Augen nicht, als er mich küsst und flüstert: »Wir haben viel nachzuholen.«

In dieser Nacht schlafen wir wenig. Irgendwann steht Andreas auf, um die Kerze auf der Fensterbank zu löschen. Dabei fällt ihm der Bilderrahmen mit Mamas Lieblingsgedicht auf. Leise liest er: »In dem Meer der goldenen Stoppeln segeln / Kleine Schiffe, weiß und leicht erbaut; Und in Träumen seiner lichten Weite / Sinkt der Himmel wolkenüberblaut.« Er bläst die Kerze aus. Als er wieder unter die Decke schlüpft und seinen kühlen Körper an meinen warmen schmiegt, sagt er: »Das Gedicht da, es ist schön.«

Ich habe Andreas noch nie etwas von der Bedeutung dieses Gedichts für mein Leben erzählt. Und wie Papa es auf Mamas Beerdigung gelesen hat. Nur Simon weiß davon. Ich werde es Andreas auch nicht erzählen. Weil die Missverständnisse zwischen Papa und mir der Vergangenheit angehören – auch, wenn er sich Weihnachten daneben benommen hat. Ich sehe ihn, wie er am ersten Weihnachtstag verkatert von mir Abschied nahm.

Er umarmte mich. »Franzi, das war ein Rückfall! Ich möchte mich dafür entschuldigen. Und weißt du was, im nächsten Jahr koche ich an Heiligabend!«

Ich lächele Andreas an. »Das war das Lieblingsgedicht meiner Mutter. Papa hat es einmal für mich gerahmt, und beim Umzug habe ich den Rahmen wiedergefunden.«

Andreas streichelt meine Schulter. »Kleine Schiffe. Da muss ich natürlich ans Segeln denken. Weißt du, vielleicht segeln wir doch noch einmal zusammen?« Er erzählt von dem Boot, das er sich mit Kollegen in Aabenraa teilt. »Ich bin dort der Älteste, aber noch ist das kein Problem. Beim Skipper geht es ja vor allem um Erfahrung.«

»Du wirst dich daran gewöhnen müssen, der Älteste zu sein.« Ich berichte vom Klassentreffen und Babettes

Schreckensvision. Andreas grinst. »Mit der Gehhilfe zur Abiturprüfung? Die hat dich wohl verwechselt!«

»Aber älter als die meisten anderen Eltern werden wir immer sein.«

Andreas zuckt mit den Achseln. »Na und? Weißt du, wir sind halt älter. Aber vielleicht auch lustiger.« Ich finde es schön, dass er mich tröstet, und ergänze: »Oder dicker.«

Andreas lächelt. »Richtig, alle sind immer anders! Es geht doch nur darum, dass wir die Kinder lieben. Lass uns hoffen, dass sie uns nicht eines Tages peinlich finden.«

Ich lehne mich an ihn. »Was redest du da? Sie werden uns auf jeden Fall irgendwann peinlich finden. Spätestens, wenn sie in die Pubertät kommen. Aber das geht auch den Kindern von Hollywood-Schauspielern und Pop-Größen so. Selbst Oscar-Gewinner sind in den Augen ihrer Kinder früher oder später …« Andreas beendet den Satz für mich und sagt: »… alte Säcke.«

Er streichelt meine Wange. »Ich finde, Anderssein ist kein Makel. Es kann eine Auszeichnung sein. Dafür spricht doch auch, dass du Lilli bei der Schwangerschaftsgymnastik kennengelernt hast. Du warst anders. Sie war anders. Und du hast erkannt, was wirklich in ihr steckte!« Momentan scheint Andreas alles zu bewundern, was ich tue und erreicht habe, denn in seinem Tonfall liegt Respekt – als hätte ich mich im Dschungel richtig verhalten, als ein gefährlicher Tiger meinen Weg kreuzte.

»Lilli *entschied* selbst, wer sie kennenlernte.«

»Aber wie viele Frauen in deinem Alter hätten sich darauf eingelassen?«

Ich muss lachen. »Womit wir wieder beim Thema wären. Bei der Schwangerschaftsgymnastik war ich die Einzige in meinem Alter. Und Lilli hatte immer ein Herz für Außenseiter.« Ich gebe Andreas einen zärtlichen Nasenstüber. »Aber erstens gewöhnt man sich daran, und zweitens werden wir immer mehr.«

»Bei einer Lebenserwartung von durchschnittlich achtzig Jahren ist das doch ein sinnvolles Konzept. Ich habe vor, noch mit siebzig zu joggen.« Seine Hand gleitet über meinen nackten Rücken. »Und nicht nur joggen …«

Mir fällt etwas ein. »Du, mein Vater hat Weihnachten so etwas angedeutet … Was meinst du, könnte es sein, dass er sich auf seine alten Tage noch einmal verliebt hat?« Ich erzähle von Papas befremdlichem Ansinnen, auf seine Figur zu achten, und von der Erwähnung dieser flüchtigen Bekannten. Andreas lacht. »Ist das nicht genau das Wunderbare am Leben? Gleichgültig, wie alt man ist – die Träume bleiben! Wenn sich der olle Hermann nochmals an die Liebe herantraut, dann könntest du doch riskieren, wieder mal ein Boot zu betreten!«

Ohne nachzudenken, antworte ich: »Ja, vielleicht.« Dann erst setzt mein Denken ein. Nervös lausche ich meinen Worten nach.

Andreas setzt sich auf. »Wirklich? Stell dir mal vor, Amélie wird wirklich eine Wasserratte! Wo sie doch so gern badet.« Er malt sich in Gedanken bestimmt schon die schönsten Törns mit seiner Tochter aus. Er zieht mich enger an sich. »Alte Eltern – vielleicht. Aber junge Träume!«

Zwischen den Gesprächen, unserem Lachen, den Umarmungen und den Küssen wird Andreas still. Durch das Fenster fließt bereits graues Morgenlicht, als er zum ersten Mal davon spricht, wie sehr er Johannes vermisst. »Es macht mich traurig, dass er Amélie nicht kennengelernt hat.«

Ich streichele seine Wange. Mehr als meine Gegenwart kann ich ihm nicht geben – das habe ich durch Lillis Tod gelernt.

Andreas' Stimme ist leise, er sucht nach Worten, spricht langsam, als taste er sich vorwärts. Es schwingt Trauer in seinen Worten mit, aber noch viel mehr Wärme und Liebe. »Als Johannes starb, begriff ich, dass ich mein Leben verändern musste. Weil es sich von selbst nicht mehr geändert hätte … Mir wurde klar, dass es in jedem Moment vorbei sein konnte. Und dass ich nicht alles gelebt hatte, was ich mir vorgenommen und erhofft hatte.«

»Ich war nicht Teil deiner Hoffnung?«

Ich spüre, wie Andreas langsam den Kopf schüttelt. »Unsere gemeinsame Hoffnung war unerfüllt geblieben. An ihr festzuhalten erschien mir wie eine Sackgasse.«

»Hat Aabenraa daran etwas geändert?«

»Es hat mir gutgetan, mich noch einmal neu zu fühlen. Ich kam mir vor wie ein Ausbrecher. Ungebunden, frei. Ich lernte Frauen kennen, neue Wege.«

»Aber es hat dich auch nach Hamburg gezogen.«

Wir sprechen miteinander wie zu der Zeit, als wir noch nicht voneinander und von uns selbst enttäuscht waren. Mit der Ehrlichkeit unserer frühen Jahre. Als wir noch alles für möglich hielten. Voller Hoffnung und Neugier waren. Wir reden miteinander, wie es uns in den letzten Jahren unserer Ehe nicht mehr gelang. Andreas legt seinen Kopf in den Nacken. »Damals bei dem Kongress zur Rettungsmedizin … Ich hätte gar nicht dort hingemusst. Aber als die Einladung kam, merkte ich, dass ich nach Hamburg wollte … um dich wiederzusehen. Ich hatte das Gefühl, dass da immer noch etwas war. Obwohl wir geschieden waren. Obwohl es Mette gab.

Und dann habe ich Amélie gesehen.« Er macht eine Pause. »Das war wie ein Stromschlag. Und als ich sie dann zum ersten Mal auf dem Arm hielt ... da waren Gefühle in mir, die ich so noch nie gefühlt hatte.« Er seufzt, sucht nach Worten. »Das war ... überwältigend. Sie sieht dir so ähnlich!«

»Mir? Sie hat deine Augen.«

»Und dein Lächeln.«

Wir tauschen einen tiefen Blick. Keiner wird meine Liebe zu Amélie jemals so verstehen wie Andreas. Keiner wird sie so fraglos teilen wie er. Andreas fährt fort: »Aber es geht mir nicht nur um Amélie. Als ich dich wiedersah, erschien mir mein freies, aufregendes Leben in Aabenraa plötzlich schal und leer. Ich wusste ja noch gar nicht, dass eines der Kinder meine Tochter war. Ich hab damals nur dich gesehen. Du warst an jenem Morgen so strahlend und selbstbewusst. Da standest du in deiner Pyjama-Hose und warst so ... schön und gleichzeitig so süß. Und begehrenswert. Deswegen bin ich ja auch ausgeflippt, als Simon halbnackt in der Küche auftauchte.«

»Du hast anschließend sogar Sophies Auto fast demoliert!«

Andreas schlägt die Hände vor das Gesicht. »Ja, und das ist mir heute noch peinlich! Aber ich war fassungslos. Ich hatte mich darauf eingerichtet, dich beim Frühstück zu überraschen. Aber auf ein ausgefülltes Leben war ich nicht vorbereitet. Ich dachte, du trinkst Kaffee, bastelst vielleicht irgendetwas und freust dich über eine Abwechslung. Mannomann, da hatte ich mich aber getäuscht!« Er lächelt bei der Erinnerung an jenen Morgen. »Die Küche war voll, alle möglichen Leute, die Kinder ... und du mittendrin. Deine Haare waren zerstrubbelt, und rings um dich war eine Art glückliches Leuchten. Es hat mir fast das Herz gebrochen. Denn ich hatte plötzlich das Gefühl, dass das wahre Leben hier stattfindet. Und dass ich damit leider gar nichts zu tun hatte. Mit diesem Leben nicht – und vor allem mit dir nicht.«

»Ohne dich würde es Amélie nicht geben.«

»Das stimmt nicht ganz – ohne deine Verführungskünste!«

»Amélie war eben schon immer unser gemeinsames Projekt. Unsere Hoffnung.«

Einen Moment lang ist es still.

Andreas küsst meine Hand. »Lach mich jetzt bitte nicht aus, aber vorhin habe ich gedacht, dass Amélie vielleicht so etwas wie eine Botschafterin ist. Sie soll uns an unsere Liebe erinnern.«

Mein Herz hüpft.

»Liebe?«

»Ja. Liebe.« Er drückt mich eng an sich. »Franziska, ich liebe dich. Ich habe nie aufgehört, dich zu lieben.«

Ihm kommt das Wort »Liebe« so leicht über die Lippen. Simon und ich sind um dieses Wort herumgeschlichen. Natürlich gab es Momente, in denen ich für Simon Liebe empfand, aber es laut auszusprechen, wagte ich nicht. Und er? Vielleicht fürchtete auch er die Verbindlichkeit, die von dem Wort ausgeht, wenn es außerhalb dieses magischen Raumes von zärtlicher Zweisamkeit in den Alltag gezerrt wird. Wer dem anderen seine Liebe gesteht, geht damit Verpflichtungen ein: »Du liebst mich doch, warum also tust du dieses oder jenes nicht?« Simon und ich sprachen zwar von »meiner Freundin« oder »meinem Freund«, doch wie auf geheime Verabredung hin verwendeten wir das Wort »Liebe« nicht. Aber Andreas war schon immer so. Hinter seiner effizienten Chefarzt-Pose schlummert ein großer Romantiker. Seine Geschichte von dem roten Band, die hat er mir in unserer allerersten Nacht erzählt – und er hat sich nicht geschämt, mir am nächsten Morgen ein rotes Band zu bringen. Wie konnte ich das vergessen? Mit Andreas ist es Liebe. Und doch ist zu viel geschehen, als dass wir übergangslos wieder an unser altes Leben anknüpfen könnten. Ich fühle mich, als ob ich bei einem Winterspaziergang das Eis des zugefrorenen Sees auf seine Festigkeit prüfe. Ich zögere. Aber dann ist das Vertrauen stärker. Ich küsse ihn und mache den ersten Schritt auf das Eis. Ich flüstere: »Ich liebe dich auch.«

Wir halten einander fest, schlafen müde und glücklich ein. Wachen müde und glücklich auf. Wir holen die Kinder zu uns ins Bett, als auch sie wach werden. Wir sind die glücklichsten Menschen der Welt.

Wir sprechen am nächsten Tag nicht darüber, wie es weitergeht. Ich liebe Andreas. Aber ich will keine ausgetretenen Pfade mehr gehen. Wir leben weiter von Minute zu Minute. Auch als Papa und die Unvermeidlichen wieder bei uns eintrudeln. Papa grinst nur, als er mitbekommt, dass Andreas nicht im Gästezimmer schläft, und zwinkert mir gut gelaunt zu. »Dein altes Problem mit der Reihenfolge!«

Tina ist geschlagene fünf Sekunden sprachlos, als ich ihr am Telefon von Andreas erzähle. Dann kreischt sie umso lauter. »Findest du das jetzt gut oder schlecht?«, unterbreche ich sie schließlich.

»Na, super natürlich! Ich mag doch Andreas!«

»Seit wann das denn? Du hast doch immer über ihn hergezogen.«

Tina ist empört. »Na, hör mal, das musste ich doch. Schließlich hatte der Kerl meine beste Freundin verlassen! Ich bin doch loyal!«

So hatte ich das noch nie gesehen. Ich bin gerührt. Tina treiben aber ganz andere Gedanken um. »Bleibt er zur Party?«

Die Silvester-Party! Die hatte ich über meinem Liebesglück vergessen.

»Keine Ahnung. Ich glaube eher nicht. Er muss wieder arbeiten.«

Tina kann es nicht fassen. »Du hast ihn noch nicht gefragt? Na, einen mehr kriegen wir auch noch satt.«

»Denk dran, dass alle etwas mitbringen. Wahrscheinlich ist wie immer zu viel da. Um die Getränke kümmern sich übrigens mein Vater und seine Freunde.«

Einen Tag vor seiner Abreise erzähle ich Andreas von der Party.

Andreas ist überrascht. »Du? Eine Party?«

»Ja, ich!«

Wieso sieht er plötzlich so ablehnend aus? Ist er traurig, weil er nicht mitfeiern kann? Mir fällt siedend heiß ein, dass ich ihn gar nicht eingeladen habe. Als Tina und ich die Party planten, waren Andreas und ich ja noch zerstritten.

Ich ergreife seine Hand. »Kannst du nicht doch noch bleiben? Dann würdest du meine Freunde kennenlernen.« Aber Andreas verzieht ablehnend den Mund. »Nein, das geht nicht. Du weißt doch: Dienstpläne sind verbindlich.« Er sieht aus dem Fenster. »Hast du was dagegen, wenn ich jetzt laufen gehe? Ich nehme dafür die Kinder gern nachher.« Er geht mit steifem Rücken aus der Küche und lässt mich bedrückt zurück. Wollte er nicht mit mir gemeinsam laufen? Irgendetwas hat sich hauchdünn und kühl zwischen uns und unsere neu gefundene Innigkeit geschoben. Was hat Andreas gegen die Party? Er feiert doch ebenso gern wie ich. Habe ich etwas gesagt, das ihn verärgert hat? Ich gehe unsere Unterhaltung noch einmal Satz für Satz durch. Aber mir fällt nichts auf. Und dann schiebe ich diesen Gedanken beiseite. Das sind doch genau die alten Gleise, die ich nicht mehr befahren will! Als Andreas vom Laufen zurückkommt, ist er zwar stiller als sonst, aber genauso so liebevoll und leidenschaftlich wie in den vergangenen Tagen. In seiner letzten Nacht in Hamburg halten wir uns eng umschlungen. Der zarte Hauch Fremdheit, den ich seit dem Gespräch über die Party zwischen uns spüre, hindert mich daran, ihn zu fragen, wann er wiederkommt. Er selbst sagt auch nichts. Was geht nur in ihm vor? Ich traue mich nicht, ihn zu fragen. Wenn er sich wieder von mir abwenden würde, könnte ich das nicht ertragen. Ich möchte ihn am liebsten nicht loslassen, und aus einem traurigen Instinkt heraus versuche ich, jeden Kuss, jede Berührung so zu genießen, als ob es das letzte Mal sei.

Vor seiner Abreise bittet mich Andreas, allein mit den Kindern zum Spielplatz gehen zu dürfen. »Ich möchte mich von ihnen verabschieden, auf meine Weise. Wer weiß …« Er unterbricht sich, schluckt und sieht an mir vorbei auf Bim und Mi, die im Spielzimmer mit ihren Bauklötzen spielen.

Wer weiß, wann du sie wieder siehst?, vollende ich in Gedanken seinen Satz. Die Frage nach unserer Zukunft steht weiter unausgesprochen zwischen uns. Ich wage nicht, sie anzuschneiden, weil ich befürchte, dass wir uns wieder darüber streiten, ob ich nach Dänemark ziehe.

Der Abschied kommt viel zu schnell. Wir umarmen uns, dann gibt er den Kindern Küsse und schultert seine Tasche. »Ich melde mich. Feiert schön!«

Als er über den Hof geht, rufe ich ihm nach: »Guten Rutsch!«

Er dreht sich um und winkt. »Bis bald!« Dann verschwindet er in der Ausfahrt, und ich bleibe mit meinen unausgesprochenen Fragen zurück. Hat unsere Liebe eine Zukunft? Kommst du wieder? Wie soll ich ohne dich leben?

Andreas ruft an, als er gut angekommen ist. Ich presse den Telefonhörer an mein Ohr, möchte weiter seine Stimme hören. Aber er hat keine Zeit, sondern muss sofort ins Krankenhaus. »Ich vermisse dich!«, sage ich. »Ich vermisse dich viel mehr«, antwortet er. Dann muss er auflegen. Und ich weiß nicht, was größer ist – meine Traurigkeit, mein Glück oder meine Sehnsucht. Ich habe ihn noch nicht einmal gefragt, wann ich ihn wieder anrufen kann.

Am nächsten Morgen, dem Silvestermorgen, hole ich die Post aus dem Briefkasten. In der Küche sitzt bereits Tina und schält Kartoffeln.

»Guck mal!« Ich halte einen Briefumschlag hoch. »Das Buch von Dr. Fohringer ist erschienen.«

Gemeinsam betrachten wir die Karte, die auf das Buch mit dem Titel »Eine gute Entscheidung – Eltern werden mit über 40« hinweist. Auf der Karte prangt ein Porträtfoto von Fohringer. »Mit dem Bild hat er sofort hundert Käuferinnen mehr und wird ebenso viele gebärfreudige Frauen über vierzig motivieren«, befindet Tina. »Egal, was in dem Buch steht.« Sie sieht mich auffordernd an. »Weißt du denn jetzt, wie es mit dir und Andreas weitergeht?«

Ich antworte ehrlich: »Nein.«

»Liebst du ihn noch?«

»Ja.« Mehr kann ich nicht sagen. Ich vermisse ihn sehr. Mit Herzklopfen und Sehnsucht.

»Willst du zu ihm nach Dänemark ziehen?«

Tina kann ich meinen Widerstand viel leichter erklären als Andreas. »Nein, das geht nicht. Als junge Frau wünschte ich mir nur Mann-Haus-Kind. Jetzt aber gibt es so viele Facetten mehr in meinem Leben …«

»Aber es gibt Kind, Mann und sogar Haus!«

»Letzteres nur gemietet«, erinnere ich sie. »Zuallererst gibt es in meinem Leben ein Kind. Und auch ein Mann, Andreas, könnte seinen Platz darin haben. Aber ich weiß noch nicht, wie – oder ob sie beide unbedingt an einem Ort sein müssen.«

Tina nickt verständnisvoll. »Da hast du dir ja was vorgenommen! Aber ich finde es schön, dass du nicht zu Andreas ziehst und mich allein lässt. Wo ich mich doch gerade zur besten Patentante der Welt entwickele!« Sie legt Fohringers Karte auf den Poststapel und tippt mit dem Finger auf einen neutralen Briefumschlag. »Der hier sieht seltsam aus. Was will denn jetzt eine Hausverwaltung von dir? Sonst kamen doch nur blöde Briefe von Pröllke selbst.«

Ich bekomme einen Schrecken. »Der fiese Pröllke! Dr. Pröllke! Was der sich wohl wieder ausgedacht hat.«

»Wahrscheinlich hat er mitbekommen, dass Andreas hier gewohnt hat«, vermutet Tina. »Pröllke glaubt bestimmt, dass du einen Puff aufgemacht hast.«

Ich wische mir die Hände ab, wiege den Umschlag in der Hand.

»Mach ihn doch im neuen Jahr auf«, schlägt Tina vor. Aber ich beschließe, dass ich mich nicht mehr von Pröllke verunsichern lasse. »Vielleicht muss sich der Kerl einfach mal wieder verlieben«, sage ich und schlitze den Umschlag mit dem Kartoffelschälmesser auf. Ich überfliege das Papier und lasse es dann wie im Schock sinken.

»Und?« Tina sieht mich erschrocken an. Ich muss das Schreiben noch einmal lesen, weil ich es nach der ersten Lektüre nicht glauben kann. Dann halte ich es ihr hin. In sachlichem Ton teilt mir ein Herr Fanucci von der Hausverwaltung Mödeking mit, dass die Wohnhäuser des Herrn Pröllke in der Wiesenstraße den Besitzer gewechselt haben und er, Fanucci, im Auftrag der neuen Besitzer die Verwaltung übernommen habe. »Scheint Kohle gebraucht zu haben, der olle Pröllke!«, sage ich. »Wenigstens sind wir den los.«

Aber Tina wäre nicht Tina, wenn sie nicht sofort ein Haar in der Suppe finden würde. »Hoffentlich heißt das für dich nicht Mieterhöhung und neuen Ärger«, orakelt sie düster.

Aber für diesen Pessimismus ist es mir zu früh. »Warte doch mal ab. Bestimmt ist dieser …« – ich suche nach dem Namen in dem Brief – »… dieser Fanucci ein netter Mensch. Sein Name klingt doch sehr freundlich.«

Tinas Miene hellt sich auf. »Du hast recht. Fanucci … vielleicht ist der Mann ja noch zu haben. Stell dir mal vor, ein Italiener. Das wäre doch mal was anderes!«

Später als Tina und ich das Büfett vorbereiten, beschäftigen sich die Kinder mit den Steckspielen, die Andreas ihnen geschenkt hat. Lisa-Marie erweist sich dabei als die Geduldigere. Mit großem Ernst steckt sie Dreiecke in dreieckige Löcher, sucht nach dem Kreis und zeigt stolz das fertige Spiel. Ich betrachte sie nachdenklich. Als sie das Spiel an Heiligabend auspackte, freute sie sich erst. Dann weinte sie, weil es ihr nicht im ersten Anlauf gelang, die richtigen Formen in die entsprechenden Öffnungen zu stecken. Und sie strahlte, als es nach vielen Versuchen endlich klappte.

In meiner Melancholie tröstet es mich, sie zu beobachten.

So ist das Leben. Es ist Geschenk, Aufgabe, Herausforderung und klappt nicht immer. Beim ersten Anlauf schon gar nicht. Ob ich die Kraft habe, es weiter zu versuchen?

Den ganzen Tag warte ich auf einen Anruf von Andreas. Als ich bis zum Abend nichts von ihm höre, versuche ich ihn zu erreichen, erwische aber nur seine Mailbox. »Er schläft jetzt bestimmt. Nach dem Nachtdienst«, beruhigt mich Tina. Ich nicke und erwidere ihr Lächeln. Aber nur mit den Lippen, meine Augen bleiben ernst. Und ich spüre meine Sehnsucht wieder wie eine Spirale in mir. Werde ich sie erneut zusammendrücken müssen? Werde ich von neuem den Atem anhalten müssen? War unser Weihnachten nur ein schönes Zwischenspiel ohne Folgen?

Als ich mich im Badezimmer für die Party fertig mache, mustere ich forschend mein Spiegelbild. Trotz des leicht verunglückten Ausgangs haben mir die Tage mit Andreas gutgetan, ich sehe ausgeruht aus und ich gefalle mir. Und dann lächele ich mir plötzlich zu. »Jetzt wird gefeiert!« Schließlich will ich im Rätselbild meines Lebens nicht der Fehler sein, der entdeckt werden muss.

22. Kapitel

Ich hab mir etwas Zeit genommen
Aber jetzt bin ich angekommen
Du hast gewartet auf mich
Dafür liebe ich dich.
Bernd Begemann: *»Ich bin dann soweit«*

Kurz vor Mitternacht ist die Party voll im Gange. Vor dem Fernseher, den ich in den Korridor gestellt habe, wird zur »Definitiv Ultimativen Chartshow« getanzt. In der Küche zelebrieren die Unvermeidlichen seit Stunden mit großer Routine und ebenso großem Erfolg bei Jung und Alt ihre Bleigieß-Rituale. Mein Versuch sah aus wie ein zu kurz geratener Regenwurm, aber Rudi (oder Helmut?) behauptete steif und fest, es wäre ein Kranz.

»Ein Kranz?« Ich starrte perplex auf das geschwungene Etwas, das sich im stumpfen Silberschein auf meiner Handfläche kräuselte.

»Ein Kranz!«, bestätigte auch Helmut (oder Rudi?) mit Überzeugung in der Stimme.

»Und was soll das bedeuten? Werde ich in einem Blumenladen jobben?«

»Nein, nein!« Beide blättern hastig in ihren abgegriffenen Auflösungsheften, die ich schon seit meiner Kindheit kenne. Darin sammeln sie seit ihrer Zeit bei den Pfadfindern nicht nur handschriftliche Notizen zur Bedeutung und Durchführung des Bleigießens, sondern auch Zeitungsartikel zum Thema. Schon als Kind keimte in mir die Vermutung auf, dass sich die beiden überhaupt nicht für das gesammelte Wissen interessierten, sondern sich die Auslegung der unter Zischen ins Wasser gegossenen Hoffnungen schlicht ausdachten. Niemals durfte ich einen Blick in die Hefte werfen – und so ist es auch heute.

Mit einem »Kannst meine Schrift sowieso nicht entziffern!« werde ich verscheucht, als ich nach Rudis Heft greife, um selbst nachzulesen.

»Also, was bedeutet ein Kranz?«

Die beiden wechseln bedeutungsvolle Blicke. Dann sagen sie gleichzeitig: »Eine Hochzeit!«

Papa, der in der Speisekammer hantiert, streckt seinen Kopf kampflustig aus dem offenen Kragen seines weißen Hemdes. »So ein Unsinn! Wen sollte Franzi denn heiraten? Etwa ihren Geschiedenen? Das habt ihr euch doch ausgedacht!«

Rudi und Helmut sind empört, widersprechen heftig, und im Nu ist eine erregte Diskussion unter den drei alten Freunden im Gange.

Ich nutze den Moment, um aus der Küche zu schlüpfen und nach oben ins Gästezimmer zu schleichen, wo Amélie und Lisa-Marie seit einer halben Stunde schlafen.

Als ich die Treppe hinaufgehe, sehe ich Dieter und seine Frau auf der improvisierten Tanzfläche im Flur herumwirbeln, wobei sich Dieter als bejubelter Luftgitarrenspieler profiliert. Es ist kaum zu glauben: Während unten die Party tobt, schlafen die beiden Mädchen in ihren Bettchen und lassen sich vom rhythmischen Wummern der Musik nicht stören.

Die beiden sind nicht allein geblieben, wie ich jetzt bemerke: Ein kleiner Junge liegt in seinem Kindersitz vor Bims Bett und schläft genauso tief. Ich bleibe einige Minuten lang im schummerigen Zimmer, lausche dem ruhigen Atmen der Kinder und bewundere den sanften Schwung ihrer Wimpern, die seidig auf den runden, weichen Wangen liegen.

Schlafende Kinder sind Glücksboten. Sie erfüllen uns mit Rührung und Demut. Schlafende Kinder zu beobachten ist mit einem Kirchenbesuch vergleichbar: Unwillkürlich geht man auf Zehenspitzen – auch innerlich.

Unten steigt die Stimmung weiter. Mein bescheiden geplantes Abendessen ist zur ausgelassenen Party mutiert. Ich lehne mich an den Türrahmen zwischen Korridor und Wohnzimmer, wo ich einen guten Überblick über das gesamte Untergeschoss habe.

Britta kugelt im Spielzimmer mit einer Handvoll größerer Kinder im »Twister«-Spiel herum. Ich erkenne Tim, den Sohn von Jella, der Wirtin vom italienischen Imbiss »Lo Spuntino«. Jellas Freund Robin hat seinen Sohn Lasse mitgebracht. Auf der Tanzfläche liefern sich Dieter und Koch Stefan ein heißes Bewegungsduell.

Papa hat seinen Streit mit den Unvermeidlichen beendet. Er sitzt jetzt, ins Gespräch vertieft, mit Hedi in den Wohnzimmersesseln vor dem Fenster. Mit ihren wachen dunklen Augen, dem rundgeföhnten Pagenschnitt und dem freundlichen Lächeln erinnert mich Hedi an ein Stiefmütterchen. Sie nennt Papa unbeirrt »Herr Schneider«, obwohl er sie ständig auffordert, seinen Vornamen zu gebrauchen. Mir gefällt, wie Hedi »Herr Schneider« sagt. Es klingt zugetan und persönlich.

Den Kamin haben wir mit einem Gitter so gut wie möglich gesichert, um neugierigen Kindern Verbrennungen zu ersparen. Davor sitzt die versammelte Familie Pepovic und brutzelt Marshmallows über den Flammen. Sie werden dabei ehrfurchtsvoll von zwei kleinen blonden Jungen beobachtet, die wie Miniaturausgaben von Koch Stefan aussehen.

Das ist mein Leben, meine Familie, mein Zuhause. Meine Freunde – Alte und Junge, Familien und Singles, Männer und Frauen. Und fehlt mir jemand? Natürlich Andreas. Und ich vermisse Lilli. Wie gut würde sie hierherpassen! Sie wäre die Erste und die Letzte auf der Tanzfläche, ihr Lachen würde am lautesten durch die Räume hallen. Sie fehlt, aber ich weiß, wie sehr sie diesen Abend genossen hätte. Und wie froh sie wäre, wenn sie uns jetzt so sehen könnte: Lisa-Marie, Amélie, Papa, mich und die Unvermeidlichen – ihre Familie.

Aus dem Fernseher klingt das Lied, das ich so häufig in Elvis' Version aus Lillis Zimmer gehört habe: »Love Me Tender«.

Papa hebt den Kopf, er sieht zu mir herüber. Unsere Blicke treffen sich. Auch er denkt jetzt an Lilli. Als Hedi ihre Hand auf Papas Arm legt, wendet er sich ihr wieder zu. Ich sehe zu den Tanzenden hinüber, die sich jetzt als eng umschlungene Paare im Rhythmus wiegen.

Tina steht an der improvisierten Bar und verfolgt das Treiben auf der Tanzfläche mit unergründlichem Blick. Ist sie traurig? Ob sie auch jemanden vermisst? Sie scheint meinen Blick zu spüren, schaut mich an und hebt ihr Weinglas. Ich winke ihr zu.

Vielleicht ist es im Leben genauso: Irgendjemand fehlt immer. Vollkommen ist das Leben nur für die Dauer eines Lidschlags: als Andreas mir nach unserer ersten Nacht das rote Seidenband brachte. Die Nacht, in der ich mein Haus in der Wiesenstraße entdeckte. Als man mir Amélie nach der Geburt auf den Bauch legte. Der Sommertanz mit Simon im

Garten. Jedes Mal, wenn Lilli ihr Lächeln lächelte, bei dem ich das Gefühl hatte, das Leben würde in seiner ganzen Schönheit vor mir leuchten wie ein Korb duftender Pfirsiche an einem Sommertag. Auch der Augenblick, den Papa wählte, um mir endlich zu erklären, warum er Mamas Garten zerstören musste. Und zuletzt der Moment im Badezimmer vor vier Tagen, vor einer Ewigkeit, als Andreas und ich uns zum ersten Mal wieder küssten ... Diese vollkommenen Momente machen das Leben aus. Dazwischen wird es immer wieder hart, anstrengend, furchterregend, unverständlich und auch ungerecht sein. Aber für diese vollkommenen Momente lohnt es sich, den Rest auszuhalten.

Der Musikrhythmus ändert sich, Dieter zieht mich in die Gruppe der Tanzenden hinein. Wenig später intonieren wir gemeinsam den Klassiker: »We – will – we – will – ROCK – YOU!!«

Ich hopse, als wäre ich ein Nachwuchs-Punk beim Pogo-Wettbewerb, und freue mich an meiner Kondition und Beweglichkeit.

Vielleicht sollte Tina mehr Sport treiben – dann wäre ihr das Herumgehüpfe auch nur noch halb so peinlich. Sie scheint jedoch ihre Bedenken über Bord geworfen zu haben, denn sie kämpft sich zu mir durch. Allerdings nicht, um mit mir zu tanzen. »Da ist jemand für dich!«, schreit sie mir ins Ohr und zeigt in Richtung Haustür.

»Wer denn?«

Aber sie hat sich schon wieder umgedreht und rudert in Richtung Bar zurück.

Als ich noch außer Atem und leicht verschwitzt in den Windfang einbiege, steht dort Andreas.

Andreas! Zum ersten Mal bemerke ich, dass seine dunklen

Haare an den Schläfen einen schmalen Silberrand bekommen haben. Wieso ist mir das in den vergangenen Tagen gar nicht aufgefallen? Hinter den Brillengläsern mustern mich seine dunklen Augen. Um seinen Mund liegen Schatten. Er sieht aus, als hätte er schlecht geschlafen. Wieder fängt mein Herz an zu rasen. Ich will ihm am liebsten sofort um den Hals fallen. Aber er sieht so ernst aus, dass ich unwillkürlich verharre.

»Ist was passiert?«, ist das Einzige, was ich herausbekomme.

Andreas schüttelt den Kopf. Seine Stirn liegt in Falten.

Wir taxieren uns zögernd. Gleichzeitig lächeln wir vorsichtig. Je länger wir uns ansehen, desto breiter wird das Lächeln, das unsere Mundwinkel hebt. Ich habe den Eindruck, in einen Spiegel zu blicken.

Andreas öffnet seine Arme – und da weiß ich, dass alles gut wird. Ich laufe zu ihm. Er hält mich fest, sehr fest. Und dann bedeckt er mein Gesicht mit vielen kleinen Küssen, bis seine Lippen endlich meine finden. »Du hast mir so gefehlt!«

»Du bist doch gestern erst gefahren.«

»Ich meine nicht die beiden letzten Tage. Ich meine die letzten zwei Jahre.« Er nimmt meinen Kopf in seine Hände und sieht mich eindringlich an. »Ich musste einfach zurückkommen!«

»*Du* wolltest doch wegfahren!«

»Das war ein Fehler. Das weiß ich jetzt.«

»Was ist mit deinem Dienstplan?«

Andreas schüttelt seinen Kopf. »Dienstpläne kann man ändern.«

»Warum hast du nicht angerufen?«

»Ich wollte keine Zeit verschwenden. Ich habe mich einfach wieder ins Auto gesetzt.«

Ein Polonaisezug zieht jubelnd an uns vorbei und zur Haustür hinaus. Tina führt, und die, die hinter ihr laufen, werfen Konfetti durch die Gegend. Andreas zieht mich aus dem Windfang ins Haus. »Wo können wir in Ruhe miteinander reden?«

Mir fällt nur mein Zimmer ein. Ich zeige nach oben. Andreas nickt. Wir bahnen uns Hand in Hand einen Weg durch die Partymeute. Der Polonaisezug ist bereits auf dem Rückweg.

Tina ruft uns zu: »Gleich ist Mitternacht!«

Wir nicken nur. Oben angelangt, schließt Andreas die Tür.

»Warum bist du nicht gleich in Hamburg geblieben?«, frage ich, als wir beide auf dem Bett liegen. »Damit hättest du dir ein paar Autobahnstunden gespart.«

»Du bist erschreckend praktisch.«

»Und du glücklicherweise romantisch.«

Andreas stützt sich auf seinen Ellbogen. »Es lag an deinem Partyplan: Ich habe dich gar nicht wiedererkannt. Die Franziska, die ich geheiratet hatte, feierte keine Partys.«

»Von der Franziska, die du geheiratet hast, hast du dich scheiden lassen!« Ich kann seinen Gesichtsausdruck nicht deuten und frage: »Mochtest du die andere Franziska lieber?«

»Nein. Ich vermute sogar, dass du wunderbares Wesen, wer auch immer du in Wahrheit bist, immer schon in der alten Franzi gelebt hast. Du bist nur nicht herausgekommen. Entweder hast du dich nicht getraut – oder du fandest es hier draußen nicht schön genug. Vielleicht hat das auch an mir gelegen.«

»An dir?«

»Ja, ich hätte dich vielleicht früher entdecken können.«

»Habe ich mich wirklich so verändert?«

»O ja! Das ist mir in der letzten Woche aufgefallen.«

»Du meinst: keine Bastelarbeiten, keine Strickkörbe?«

»Ja – und noch viel mehr. Deine neue Begeisterung für Sport. Du hast mich gefragt, ob wir gemeinsam laufen.«

»Haben wir bisher aber leider noch nicht getan.«

»Ich war von deiner Frage so überrascht, dass ich es gar nicht glauben konnte. Wenn ich früher gelaufen bin …«

»… habe ich das nie boykottiert!«

»Nein, aber du hast auch nicht mitgemacht. Ich hatte immer das Gefühl, dass du den Sport als Rivalen gesehen hast.«

Dieser Gedanke ist mir neu. Aber ich muss zugeben: »Vielleicht hast du damit recht. Denn das war Zeit, die du nicht mit mir verbrachst hast.«

»Du hättest jederzeit mitmachen können. Stattdessen hast du gesagt: ›Lauf du nur, in der Zwischenzeit koch ich uns etwas.‹«

»Das war doch nett, oder?«

»Ja und nein. Ich habe etwas nur für *mich* getan – das Laufen. Du hast etwas für *uns* getan – das Kochen. Das hat mich bedrückt. Mir wäre lieber gewesen, wir hätten gemeinsam etwas für uns getan. Und zwar, weil es dir wirklich Spaß macht.« Er sucht meinen Blick. »Ich hätte dich gern gefragt, ob du mitkommen willst. Zum Laufen oder zum Fahrradfahren. Jedenfalls am Anfang. Später warst du so … eingeschlossen in deiner Enttäuschung, deiner eigenen Welt. Als ob …« Er lächelt wehmütig. »Als ob du dich selbst in einen Kokon eingehäkelt hättest.«

Ich beginne langsam zu verstehen. »Und du hast dich gleich mit eingehäkelt gefühlt in diesem Kokon? In unserer Ehe?«

Andreas nickt. »Nach Johannes' Tod fühlte ich mich auch

wie tot. Ich spürte mich nicht mehr. Ich spürte auch unsere Verbindung, unsere Liebe nicht mehr.«

»Und jetzt?«

Andreas setzt sich auf. Er reibt sich aufgeregt die Hände.

»Jetzt lebe ich wieder! Mir ist heute Morgen etwas klargeworden. Ich habe verstanden, dass die Liebe ein Marathon ist. Wir haben schon gute fünfundzwanzig Kilometer hinter uns. Und können uns auf die nächsten freuen. Und wenn ich es nach den letzten Tagen beurteile, reicht unsere Kondition noch bis zum Ziel. Franzi, ich habe damals viel zu früh aufgegeben. Und mich beinahe um alles gebracht. Ich war so ein Idiot!«

Ich will etwas sagen, aber Andreas hebt abwehrend die Hand. »Warte noch. Ich will noch etwas sagen. Also ... Du brauchst keine Angst zu haben, dass ich dich nach Dänemark holen will. Dass das keine gute Idee war, habe ich verstanden. Ich habe in den letzten Tagen überhaupt so einiges verstanden. Ich habe immer gedacht, dass ich eine Frau und eine Familie will. Aber ich will eben nicht irgendeine Frau – ich will dich.«

Er beugt sich vor und sagt mit großer Dringlichkeit: »Ich möchte den Rest meines Lebens mit dir verbringen. Ich *muss!*«

Ich wage kaum zu atmen und halte unwillkürlich die Luft an.

»Ich muss mit dir zusammen sein. Um zu leben. Mit dir und mit Amélie und Lisa-Marie.« Ich atme aus. Alles ist gut. Das Glück ist da.

»Auch, wenn ich Partys veranstalte?«

»Auch dann!«

»Wenn ich in Hamburg lebe?«

»Das habe ich doch schon gesagt.«

»Und wenn ich uns wieder einhäkele?«

Andreas lacht. »Soviel ich weiß, hast du gar keine Häkelnadeln mehr im Haus! Da probiere ich lieber mal diese exotische Ballsportart mit dir aus, Indi… Indi-irgendwas.«

»Indiaca.«

»Indiaca. Willst du das?«

»Was?«

»Willst du es mit mir noch einmal probieren?« Es ist klar, dass hier nicht von Indiaca die Rede ist. Andreas zieht mich in seine Arme. Für einen Augenblick fallen mir die Worte ein, mit denen er damals einen Schlussstrich unter unsere Scheidung gezogen hatte: »Du willst zu wenig.«

Ich fühle sein Herz klopfen. Ich atme tief ein. Ich atme aus. Dies ist einer der Momente, in denen das Leben rund und vollkommen ist. In denen nichts und niemand fehlt.

Ich sehe in seine Augen und sage: »Ja, ich will.«

Andreas fummelt etwas aus seiner Hosentasche. Es ist das rote Seidenband, das ich ihm nach unserer Scheidung ins Portemonnaie gesteckt hatte. Er schlingt es um mein Handgelenk und macht einen Knoten. »Das gehört dir. Pass gut darauf auf.«

Ich will ihn küssen, aber er hebt die Hand. »Sag mal, höre ich da Amélie?«

In der Tat ist ein leises Rufen aus dem Kinderzimmer zu hören.

Ich springe auf. »Normalerweise haben Mütter bessere Ohren als Väter.« Ich laufe nach nebenan.

Amélie ist tatsächlich halbwach und streckt mir ihre Ärmchen entgegen. Die anderen Kinder schlafen tief. Schnell nehme ich sie aus ihrem Bettchen und bringe sie in mein Zimmer.

»Jetzt haben wir also eine Long-Distance-Beziehung und zwei Kinder«, sagt Andreas, nachdem wir uns alle auf das Bett gekuschelt haben.«Hoffentlich haben wir da auch genug Zeit füreinander.«

Mir kommt eine Idee. »Vielleicht sollten wir als Familie einen gemeinsamen Urlaub planen. Was hältst du von einem Ferienhaus in …« Mein Blick fällt auf den Bilderrahmen mit Mamas Lieblingsgedicht. Ich sehe weiße Segelboote auf dem blauen Meer und sage: »… in Griechenland? Vielleicht in der Nähe eines Hafens oder einer Bucht, damit man segeln kann?« Andreas lächelt.

Wie konnte ich so lange Zeit ohne dieses Lächeln leben?

Unten im Haus verstummt die Musik schlagartig. Vielstimmig wird das alte Jahr ausgezählt: »… fünf – vier – drei – zwei – eins!«

Andreas zieht mich hoch und nimmt Amélie auf den Arm. Wir schauen aus dem Fenster des Schlafzimmers. Unten im Hof knallen die Böller, das bunte, gleißende Licht der Raketen und anderer Feuerwerkskörper leuchtet am schwarzen Nachthimmel.

Es klopft an der Tür, Tina streckt den Kopf herein.

»Ein gutes neues Jahr, ihr Turteltäubchen! Unten gibt es Sekt, habt ihr Lust?«

Eine Stunde später haben alle angestoßen und hat jeder jeden umarmt. Die Kinder haben ihre Wunderkerzen abgebrannt, und der letzte Luftballon ist zertreten. Nach und nach verabschieden sich die Gäste. Sophie und Tom fahren Hedi nach Hause. Papa und die Unvermeidlichen wollen in der Kneipe beim Schachclub noch einen Absacker trinken. Am Ende bleiben nur noch Andreas, Tina und ich übrig. Und Amélie und Lisa-Marie, die seit dem großen Abschied der Partygäste beide wieder munter sind, aber im Spielzimmer selig in einer Höhle spielen, die die größeren Kinder gebaut haben.

Wir sitzen in dem stillen Haus, trinken Wein und naschen Käse, den Tina im Kühlschrank gefunden hat. Auch sie scheint überhaupt nicht müde zu sein.

Es ist kurz vor zwei. Amélie und Lisa-Marie sind in der Höhle eingeschlafen. Andreas erzählt Tina von unseren Urlaubsplänen, als es klingelt. »Ich geh schon!«, ruft Tina mit einer ungewöhnlich aufgeregten Stimme und eilt zur Tür.

»Vielleicht hat jemand etwas vergessen?«, vermutet Andreas und blickt auf das Partychaos aus Luftschlangen, Gläsern, Flaschen und zertretenen Kartoffelchips, das wir erst morgen beseitigen wollen.

Aber es sind völlig neue Gäste, die Tina mit rotem Kopf hereinführt.

»Cheng!«, rufe ich überrascht, als ich den Chinesen wiedererkenne.

Der verbeugt sich formvollendet, schüttelt Andreas die Hand und stellt seinen Begleiter vor: »Stanislaw.«

Von Stanislaw ist auch heute nicht viel zu sehen – nach wie vor ist er eingemummelt in Mütze, Schal und Mantel. Unüberseh- und -hörbar ist jedoch sein Akkordeon. Tina stellt schnell zwei weitere Gläser auf den Tisch. »Ich hatte Cheng eingeladen – aber er musste die ganze Nacht über arbeiten.«

Cheng verdreht die Augen. »Ich musste einer Delegation von business people aus China Silvester auf der Reeperbahn zeigen.«

»Und Stanislaw?«, flüstere ich Tina zu, als ich sehe, wie der Musiker in rasendem Tempo drei große Gläser Wein hinunterstürzt.

Tina sieht mich verlegen an. »Ich habe nur Cheng eingeladen. Aber er findet Akkordeonmusik einfach gut.«

Wie aufs Stichwort stellt Stanislaw das Glas weg, greift zum Instrument und spielt einen Tango. Cheng zieht Tina vom Stuhl hoch.

»Ich kann keinen Tango tanzen«, wehrt sie peinlich berührt ab. Cheng zieht sie an sich. »Du lernst jetzt!« Und ich sehe staunend, wie Tina ihren Widerstand aufgibt und sich in seine Arme schmiegt.

Ich spüre Andreas' Lippen in meinem Nacken. »Komm, lass uns die Kinder ins Bett legen und nach oben gehen«, murmelt er. Wir verlassen unsere Gäste, die uns bereits völlig vergessen haben.

Während in der Ferne letzte Böller krachen und von unten süß und melancholisch Tangomelodien heraufdringen, nimmt Andreas seine Brille ab. Er zieht mich aufs Bett. »Ich habe keine Ahnung, wohin unsere Reise letztlich führt. Aber ich freue mich darauf. Denn weißt du was? Eine Frau mit zwei kleinen Kindern, in deren Küche ein Chinese Tango zur Musik eines russischen Akkordeonspielers tanzt, die darf ein Mann nie wieder loslassen.«

Epilog

Die kleine griechische Bucht gehört uns fast allein. Manchmal kommen Familien aus dem Ort zum Schwimmen. Die größeren Jungen fangen Tintenfische, die später im einzigen Restaurant am Strand serviert werden. Wir essen dort jeden Tag: Fisch, Calamares, Salat, Grillkartoffeln. In dem weißen, zweistöckigen Haus gibt es drei einfache Wohnungen. Zwei Zimmer, Küche, Bad. Wir bewohnen das Apartment im Erdgeschoss links. Die Wohnung neben uns steht noch leer. Oben wohnt Jannis, der Vermieter, ein freundlicher Mann Anfang vierzig, der im Hauptberuf Lehrer für Mathematik ist.

Ich sitze im leichten Sommerkleid auf der Terrasse und schaue über das Meer, das türkisfarben glitzert. Amélie und Lisa-Marie hocken vor dem kleinen Planschbecken, das wir unter das Sonnensegel gestellt haben. Mit großem Ernst und unablässig vor sich hin plappernd gießen sie Wasser von einem Förmchen in ein anderes, lassen ihre Spielschiffchen zu Wasser und planschen selbstvergessen. Unten am Strand liegt das Segelboot, mit dem wir schon mehrfach hinausgesegelt sind. Die Kinder und ich tragen dabei Schwimmwesten, und die Kleinen sind zusätzlich mit einer Schnur gesichert.

Ich höre Andreas' Schritte auf dem Kies und drehe mich nach ihm um. Er ist braun gebrannt, sein helles Hemd leuchtet in der Sonne. Er küsst mich auf die nackte Schulter und rückt einen Stuhl neben meinen. Jetzt erst sehe ich, dass er seinen iPod in der Hand hält.

»Im Gästezimmer in der Wiesenstraße hängt noch immer

das Plakat dieser Gruppe ›Die Befreiung‹«, sagt Andreas. »Ich habe mich immer gefragt, woran die mich erinnert. Irgendwie kannte ich die. Aber woher? Vor dem Urlaub habe ich die Kartons auf meinem Speicher durchsucht. Ich habe die Platten von Johannes gefunden. Da bin ich endlich fündig geworden.« Er nimmt meine Hand und schiebt mir den iPod zwischen die Finger. »Johannes besaß eine von dieser Gruppe. Oder, besser gesagt: vom Leadsänger. Stell dir mal vor: Johannes und Lilli haben sich vielleicht gekannt. Oder sie waren mal gemeinsam auf einem Konzert dieser Gruppe.«

»Und jetzt hören sie da oben gemeinsam die Musik?«

Andreas nickt. »Ist doch eine schöne Vorstellung. Hör dir mal dieses Lied an. Nein, lass es uns zusammen hören.«

Ich stecke einen Kopfhörer in mein linkes Ohr, Andreas steckt den anderen in sein rechtes Ohr, und dann hören wir Wange an Wange:

Wenn wir Glück haben
endet es am Strand
du hältst meine Hand
und wir sitzen dort im Sand
auf unseren Campingstühlen
mit einem guten Gefühl
das die Zeit überstand
wenn wir Glück haben
sind wir zusammen.

Ich sitze in der Sonne, im leichten Wind, der vom Meer heraufweht, und bin der reichste Mensch der Welt.

Vor uns glitzern die Wellen, der Himmel wölbt sich blau. Weiße kleine Schiffe schwimmen über den Horizont.

Sachdienlicher Hinweis und Dank

Bernd Begemann ist ein Hamburger Sänger, Gitarrist und Entertainer. Er hat mir freundlicherweise erlaubt, seine Songtexte zu zitieren. Danke, Bernd! Bernd Begemann erscheint im Wintrup Musikverlag/Detmold, www.ghc.de

Mehr über Bernd Begemann unter *www.bernd-begemann.de*

Wie immer gilt mein Dank dem besten Lektor der Welt, Timothy Sonderhüsken. Und bestimmt nicht zum letzten Mal der wunderbaren Lektorin Gisela Klemt.

Anne Hertz

Goldstück

Roman

Das Leben ist kein Wunschkonzert – oder etwa doch? Maike hat das Gefühl, vom Pech verfolgt zu sein: Warum sonst sollte ihr Freund sie verlassen haben? Und warum bricht ein Jahrhundertsommer an, kaum dass sie am Umsatz eines Sonnenstudios beteiligt ist? Doch manchmal muss man sich etwas nur wirklich wünschen, um es zu bekommen – denn Wünsche können ungeahnte Kräfte freisetzen. Aber sie haben auch erstaunliche Folgen …

Knaur Taschenbuch Verlag